Rolf Helmboldt

Es ist weit bis Pontresina, wenn man aus dem Osten kommt

W0216858

Rolf Helmboldt

Es ist weit bis Pontresina, wenn man aus dem Osten kommt

Roman

ANTHEA VERLAG

Für Margarete und meine Eltern.

Impressum

© 2020 by ANTHEA VERLAG
Hubertusstraße 14, 10365 Berlin
Tel.: (030) 993 93 16 Fax.: (030) 994 01888
eMail: info@anthea-verlag.de
Verlagsleitung: Detlef W. Stein

www.anthea-verlag.de

Ein Verlag in der ANTHEA VERLAGSGRUPPE.
www.anthea-verlagsgruppe.de

Fotonachweis: Rolf Helmboldt (Privatarchiv)
Umschlaggestaltung / Satz: Stefan Zimmermann
Textredaktion: Thomas Richter

ISBN 978-3-89998-307-4

Seit einiger Zeit dachte ich abends gelegentlich an das Symposium, von dessen Vorbereitung man mir im Januar erzählt hatte.

Damals war ich nicht dazugekommen, mich genauer danach zu erkundigen, es war nur ein kurzes Gespräch gewesen, das mit der Auskunft geendet hatte, höchste Stellen hätten den Anstoß für dieses Vorhaben gegeben, offenbar in der Absicht, ein wenig von den Schmähungen abzutragen, die dem in seinem Fachgebiet weit über die Grenzen unseres Landes hinaus bekannten Wissenschaftler zugefügt worden waren.

Auch später hatte ich nichts Näheres erfahren können. Zweifellos konnte es sein, dass man, was nicht selten der Fall war, zunächst allgemeines Stillschweigen verordnet hatte.

Ich sagte mir, wenn dieses Symposium stattfinden würde, bekäme ich auch eine Einladung, sicher drei oder vier Wochen zuvor, ebenso wie alle anderen erwünschten Teilnehmer, meine Adresse würden sie gewiss in irgendeinem Verzeichnis finden, da hatte ich keine Bedenken. Ansonsten war es nicht meine Angelegenheit, mich um die Erwägungen bestimmter höherer Gremien zu kümmern.

Und trotz alledem ging mir in den letzten Wochen manchmal vor dem Einschlafen der Gedanke durch den Kopf, ob es ihnen tatsächlich gelingen würde, mit diesem Vorhaben alte eklatante Fehler aus der Welt zu räumen und widerwärtige Geschehnisse vergessen zu machen.

Einmal dachte ich sogar, vielleicht werden sich die Organisatoren daran erinnern, dass ich mehrere Jahre unter Kurt Günzerodt gearbeitet und bei ihm promoviert habe.

Aber wer sollte das heutzutage noch wissen? Höchstens Gottfried Kasberg, doch es war fraglich, ob er überhaupt zum Kreis der Organisatoren zählte. Und außerdem, das alles gehörte zur Vergangenheit, zu einem Zeitabschnitt, über den kaum noch jemand gerne sprach.

Überrascht war ich dann aber schon, als gestern, kurz vor Mittag, die Briefträgerin, nachdem sie die Dienstpost bei der Sekretärin abgegeben hatte, in der offenstehenden Tür erschien und mir lächelnd einen grauen Umschlag auf den Schreibtisch legte.

Ich dankte ihr, nahm den Brief und begleitete sie bis zu ihrem Fahrrad, das sie, wie immer, im Hof gegen den steinernen Brunnen gelehnt hatte. Wir wechselten ein paar belanglose Sätze miteinander, dann ging ich hinüber zu meinem Haus und nicht, wie sonst, zum Mittagessen in den Speisesaal.

Einen Augenblick blieb ich noch zögernd in der Tür stehen und beobachtete die ersten Tropfen, die das Pflaster des Vorgartenwegs zaghaft dunkel zu färben begannen. Im Flur zog ich darauf die Jacke aus, hängte sie an die Garderobe, betrat das Wohnzimmer, setzte mich an den Schreibtisch und öffnete den Brief.

Aus Anlass der Emeritierung von Prof. Dr. Kurt Günzerodt beabsichtigt die Sektion Pflanzenproduktion der Universität, ein wissenschaftliches Symposium durchzuführen, las ich mir leise vor, ich bewegte zumindest meine Lippen. Diese Information klang normal, ganz vernünftig. Doch schon der nächste Satz hielt die eigentliche Überraschung des gestrigen Tages für mich bereit, verstärkt noch durch die Tatsache, dass sie von Gottfried Kasberg kam, dem Sektionsdirektor, der nach der Mitteilung über Ort und Termin die Bitte an mich richtete, einen Kurzvortrag von maximal fünfzehn Minuten zu übernehmen. Das Thema, das er mir vorschlug, war gekonnt formuliert, er hatte das, wie ich mich erinnerte, schon immer beherrscht, es würde mir die Möglichkeit bieten, die Schwerpunkte weitgehend nach meinen eigenen Vorstellungen zu setzen. Er gehe davon aus, schrieb mir Kasberg, dass auch ich großes Interesse daran habe, die außerordentlichen wissenschaftlichen Leistungen von Professor Günzerodt zu würdigen und ihn mit meiner aktiven Teilnahme am Symposium zu ehren. Er bitte mich um eine baldige Zusage. Dem Schreiben beigefügt war der Programmentwurf mit allen vorgesehenen Themen und Referenten, mein Thema rangierte an dritter Stelle.

Womöglich trug der sachte Regen dazu bei, dass die Stimmung, während wir am gestrigen Nachmittag unser Programm für die kommende Woche besprachen, so angenehm gelöst war und vermutlich keiner der Anwesenden meine mangelnde Aufmerksamkeit bemerkte oder mein fehlendes Drängen vermisste, endlich zur Sache zu kommen, wenn die Diskussionen auszuufern drohten. Ich ließ sie reden, hielt mich zurück, wunderte mich höchstens ein bisschen, dass niemandem mein passives Verhalten aufzufallen schien, dass kein einziger mich fragte, ob ich mich nicht wohlfühlen würde oder in irgendeiner Weise Probleme hätte.

Später, am Abend, schaute ich, weil ich drinnen keine Ruhe finden konnte, eine Weile vor die Tür, es regnete noch immer, nun etwas stärker als am Nachmittag, aber keineswegs heftig, sondern so, wie sich Landwirte den Regen wünschen, wenn zuvor eine längere Trockenperiode geherrscht hat.

Ich ging schließlich wieder hinein, setzte mich an meinen Schreibtisch, las erneut den Brief des Sektionsdirektors und den beigefügten Programmentwurf, betrachtete beide Schriftstücke unter dem Licht der Schreibtischlampe, gewahrte das verwendete billige Papier, welches ebenso grau und faserig war wie das von unserer Bezirkszeitung und die Insignien der Universität kaum zur Geltung kommen ließ.

Angenommen hatte ich zwar, seit ich vom geplanten Symposium wusste, dass man mich als ganz gewöhnlichen Teilnehmer einladen würde, niemals aber hatte ich auch nur eine Sekunde daran gedacht, dass sie mich als Referenten brauchen würden, ausgerechnet mich, der weit ab von der Universitätswelt sich tagtäglich mit den widrigen Problemen der Praxis herumschlug, der froh war, wenn es mit den Erträgen und Leistungen einigermaßen voranging und die Mitglieder seiner Genossenschaft nicht murrten, sondern sich mit den erreichten Resultaten und den ihnen somit zufallenden Erlösen zufriedengaben.

Ich könnte antworten, dachte ich, dass ich mich aus terminlichen Gründen außerstande sehe, an der Veranstaltung teilzunehmen und den mir zugedachten Vortrag zu halten. Ich würde viel Zeit einsparen, in der ich mich meinen hiesigen Aufgaben widmen könnte, denn aller Voraussicht nach würden die Vorbereitung meines Beitrags und die Teilnahme mich etliche Tage kosten. Wozu also diese zusätzlichen Anstrengungen, die man in unseren Leitungsgremien womöglich als kaum vertretbare Zeitvergeudung bezeichnen würde? Als Konsequenz würde es folglich nur die Absage geben, schlussfolgerte ich. Und im gleichen Moment sagte ich mir, eine solche Entscheidung meinerseits hätten weder Günzerodt noch Kasberg verdient, und es wäre wahrhaftig ein erbärmliches Verhalten von mir, eine Gelegenheit nicht zu nutzen, um etwas wieder gutzumachen oder wenigstens den Versuch dazu zu wagen. Ich konnte doch wohl nicht so tun, als ob auch ich alles, was damals geschehen war, längst vergessen hatte.

Ich wachte um sechs Uhr auf und stellte fest, dass es regnete.

Dann war ich schon dabei, einiges auf den Bogen zu schreiben, auf dem bereits das Thema meines Vortrags stand, als das Telefon klingelte. Der Abteilungsleiter, der Wochenendbereitschaft hatte, informierte mich, dass alles so ablaufe, wie wir es am Vortag abgesprochen hatten. Der Chef müsse über alles Bescheid wissen, das hatte bei meinem Vorgänger Heinz Wendler gegolten, und ich hatte es in gleicher Weise beibehalten.

Der zweite Anruf, so gegen zehn oder schon halb elf, erreichte mich, als ich bereits den Koffer vom Kleiderschrank genommen, hinüber ins Wohnzimmer getragen und geöffnet hatte, den schwarzen Holzkoffer, den mein Vater, angefüllt mit wertvollem Inhalt, seinerzeit aus der Kriegsgefangenschaft in Belgien mitgebracht hatte. Der Koffer war nun eher grau, das Holz war ausgebleicht und die vielen Rillen und Kratzer fielen kaum noch auf. Aber auch ich bezeichnete mein Erbstück noch immer als den schwarzen Koffer, weil meine Eltern ihn so genannt hatten und mein Vater stets behauptet hatte, er hätte jeden Tag, wenn er aus dem Kohleschacht heraufgekommen wäre, genauso ausgesehen, wie dieser Koffer, schwarz eingestaubt und Risse vom Steinschlag in der Haut.

Der jetzige Inhalt des Koffers hat lediglich für mich einen Wert, Fremde würden all das, was sie beim Ausleeren vorfänden, höchstwahrscheinlich für nutzlos halten und es einem Altpapierbehälter anvertrauen. Denn wen würde so etwas interessieren, wie die Diplom-Arbeit, die Promotionsschrift, die dazugehörenden handschriftlichen Manuskripte, die Übersichten neuerlicher Feldversuche, einige Sonderdrucke, die Mappen mit Zeitungsausschnitten, vieles davon schon erheblich vergilbt, der mit roter Schrift gekennzeichnete Schnellhefter mit dem bewussten, alles in Gang setzenden Artikel und mit weiteren, damit im Zusammenhang stehenden Veröffentlichungen? Ich glaube, höchstens die vielen Briefe könnten ein bestimmtes Interesse erwecken, ja, vielleicht die Briefe, die ich nach Jahresetappen und in zwei Gruppen, allgemein und äußerst privat, gebündelt habe, und bei denen ich jedes Mal, wenn ich sie sehe, meine Neigung unterdrücken muss, nach ihnen zu greifen, das heißt, nach denen aus dem Stapel mit der Aufschrift: äußerst privat, und mit dem Lesen eines ersten Briefes zu beginnen und dabei auch ein eventuell beigefügtes Foto zu betrachten, denn es würde dann so weitergehen, ich könnte nur schwerlich aufhören, Brief um Brief zu lesen, wie eine Sucht würde es über mich hereinbrechen, und meine gesamte Planung würde zur Makulatur verkommen.

Ich war schon im Begriff, einen Teil des Fußbodens meines Wohnzimmers mit einem Mosaik aus Schnellheftern, Seiten bedruckten Papiers, graphischen Darstellungen und Fotos zu gestalten, als mich das Telefon rief und ich mutmaßte, dass es nun doch irgendwo ein Problem gab, über das ich unterrichtet werden musste oder wo meine Hilfe erforderlich war.

„Störe ich dich mit meinem Anruf?“ wollte Heinz Wendler wissen.

„Eigentlich nicht“, antwortete ich ihm und fügte dann unnützerweise hinzu: „Ich bin gerade dabei…“ Mehr aber sagte ich nicht, denn weitere Auskünfte hätten, wie ich annahm, ein langes Gespräch zur Folge gehabt.

„Du bist wobei?“, fragte Heinz.

„Beim Aufräumen, beim Sortieren“, log ich.

„Ja, das muss auch mal sein“, sagte er.

„Und um was geht es dir?“, fragte ich.

„Um Argumente“, sagte er.

„Etwa um Zahlen und Fakten, wie immer, um die Lage bei uns?“, fragte ich zurück.

„Nein, mehr darum, wie die Leute reden“, sagte er.

„Keine Ahnung“, sagte ich. „Ich nehme an, sie reden wie immer, nicht anders, sie sagen ohnehin nicht alles, was sie denken. Sie werden das sagen, was sie gerade für angebracht halten. Jetzt jedenfalls werden sie…“ Ich zögerte einen Moment.

„Was ist jetzt?“, hakte Heinz nach.

„Jetzt freuen sie sich ganz bestimmt über den Regen“, antwortete ich ihm.

„Über den Regen?“

„Freilich, er ist gerade noch zur rechten Zeit gekommen. Und sie haben ein freies Wochenende, nicht alle, aber die meisten.“

„Sie freuen sich also“, wiederholte Heinz.

„Sag` mal, für was brauchst du solche Informationen, nistet sich bei euch etwa der Argwohn in den Köpfen und Stuben ein oder war der schon immer da?“

„Die Stimmung unter der Bevölkerung will man erfahren“, sagte Heinz, ohne auf meine Frage einzugehen.

„Ich weiß nicht mehr als du“, sagte ich abrupt. Und dann fiel mir doch etwas ein, womit ich mich über seine unmögliche Fragerei ein wenig lustig machen konnte. Wie die Stimmung sei, sagte ich, stehe bald jeden Tag in der Zeitung, man müsse nur die Grußadressen an den Generalsekretär lesen, da finde man alles, was das Herz erfreue.

Ich lachte, aber Heinz stimmte nicht in mein Lachen ein, erwähnte stattdessen, dass über die Stimmung im Lande in ihrem Apparat eine Beratung am Nachmittag stattfinde, an der ein Gast vom hohen Haus in Berlin teilnehme, der ihnen vermutlich nach der Aussprache dringend empfehlen werde, gründlicher als bisher die Reden der führenden Genossen zu lesen und die gefassten Beschlüsse zu studieren, um die richtige Linie zu finden, wie es weitergehe.

Ich sagte: „Ihr werdet zum Sonnabendnachmittag sicher noch einen kräftigen Umtrunk veranstalten. Dabei kannst du dem hohen Gast wahrheitsgemäß berichten, die Genossenschaftsbauern von Lübenow und Umgebung sind hocherfreut über den Regen, denn er wird dazu beitragen, die Pläne zu erfüllen."

Ihm sei nicht an einem Umtrunk mit dem Berliner Gast gelegen und schon gar nicht an einer Diskussion, die in der gegenwärtigen Situation völlig zwecklos sei, entgegnete mir Heinz. Er glaube nämlich, es gerate alles aus den Fugen oder es sei schon längst aus den Fugen geraten, wir hätten es nur noch nicht bemerkt, und zwar deshalb, weil man uns beigebracht habe, anders zu denken und mit größter Bestimmtheit auf unsere Thesen zu pochen und alles andere um uns herum zu ignorieren.

Mein ehemaliger Chef redete noch eine ganze Weile, obwohl das, was er mir über seine Feststellungen und vor allem über seine Zweifel hinsichtlich unserer trügerischen Fortschrittsgewissheit, unseres Glaubens an die Überlegenheit unseres Systems sagte, alles andere als ein Thema für ein normales Telefongespräch war. Auch wenn man sich anstrenge, wenn man sich redlich bemühe, werde es einem nicht gelingen, an dieser erstarrten Doktrin und deren vielfach verheerenden Auswirkungen etwas zu ändern, schloss er.

„Kämpfe trotzdem weiter", sagte ich zu ihm.

Und das sage ich auch am späten Abend zu mir, nachdem ich den schwarzen Koffer, mein altes Erbstück, wieder auf den Schrank verfrachtet habe. Alles, was ich für meinen Vortrag zu benötigen glaube, habe ich zwei neuen, großen Mappen anvertraut, selbst den Schnellhefter mit der roten Kennzeichnung habe ich darin untergebracht, seine scharfen Kanten lugen noch trotzig hervor, sie schneiden, sofern man nicht aufpasst, in die Haut der Fingerkuppen, wie scharfe Messer, die, weil sie sich als nicht besonders brauchbar erwiesen haben, in einem Schubfach ganz unten gelandet sind, aber von ihrer Gefährlichkeit trotz des langen Liegens kaum etwas eingebüßt haben.

Zum Abendbrot trinke ich Bier, nur eine Flasche, keinen Doppelkorn, er würde sicher die Unruhe, die in mir ist, auch nicht niederdrücken können.

„Du musst deine Arbeit fortsetzen“, befehle ich mir. Zaudern hilft nicht.

***

Ich brauche mehr Zeit, als ich anfänglich geglaubt habe.

Vorträge, für die ein oder zwei Stunden veranschlagt worden waren, hatte ich in wenigen Tagen oder, genauer gesagt, an wenigen Abenden vorbereiten können, und ich war mit ihnen bei den Zuhörern angekommen.

Jetzt reichen mir nicht die Abende, sogar während meiner offiziellen Dienstzeit beschäftige ich mich gedanklich mit dem Beitrag, den sie von mir erwarten. Es passiert mir, dass ich nach etwas frage, und der Gefragte sagt darauf, ob ich ihm denn nicht zugehört habe, er habe doch gerade alles ausführlich erläutert. Selbstverständlich wiederholt er das bereits Gesagte noch einmal, ohne eine Spur von Unwillen zu zeigen, vielleicht nun ein wenig ausführlicher und nachsichtiger, schließlich muss er ja seinen Chef so informieren, dass der über alles genauestens Bescheid weiß. Ich versäume es dann nicht, ihn für die überzeugende Darstellung des Sachverhalts zu danken oder, sofern es sich um einen Vorschlag gehandelt hat, auch zu loben.

Gestern sagte mein Stellvertreter, er glaube, ich habe wieder einmal Urlaub nötig, es sei bei mir an der Zeit, für eine Woche auszuspannen.

Mir war klar, er hatte längst bemerkt, dass ich, wie er es gewöhnlich nannte, nicht ständig voll bei der Sache war.

„Urlaub?“, fragte ich, als hätte ich ihn nicht richtig verstanden.

„Ja, Urlaub“, wiederholte er und nickte.

Heute bin ich erst am späten Nachmittag aus der Bezirksstadt zurückgekehrt. Ursprünglich hatte ich angenommen, es bis zum Mittag zu schaffen. Doch die Verhandlungen, die ich für den Betrieb zu führen hatte, beanspruchten durchweg mehr Zeit, als es von mir vorhersehbar gewesen war.

In der Bezirksverwaltung traf ich noch den Sekretär der Agrarwissenschaftlichen Gesellschaft, bei der ich ehrenamtlich die Funktion eines stellvertretenden Vorsitzenden ausübe. Er tat so, als wäre unsere

Begegnung rein zufällig gewesen, aber ich nahm an, er hatte von irgendeinem Mitarbeiter erfahren, dass ich mich in diesem Hause aufhielt. Er überredete mich, auf einen Kaffee mit in sein Büro zu kommen. Und während wir den Kaffee tranken, musste ich in Vertretung des Vorsitzenden ein paar Unterschriften leisten, es waren alles Schreiben von untergeordneter Bedeutung, bei denen der Name des Sekretärs meiner Ansicht nach völlig ausgereicht hätte, und sicher auch bei dem Brief an die Zentrale unserer Organisation, der mir zum Schluss vorgelegt wurde und den ich dann aus Interesse doch aufmerksam las. Ich konnte mit dem Text wenig anfangen, ich brauchte nähere Erklärungen, was dem Sekretär zu gefallen schien.

Es sei vermutlich für mich eine Sensation, sagte er und bot mir einen Weinbrand an, den ich ablehnte, ich musste ja noch mit dem Auto nach Lübenow fahren.

Ich wusste davon, dass in den letzten beiden Jahren mehrmals Vertreter unserer westdeutschen Partnerorganisation mit den Verantwortlichen unserer zentralen Leitung verhandelt hatten, wobei das Ziel darin bestand, eine geregelte Zusammenarbeit in Gang zu bringen. Scheinbar war man mittlerweile zu einem Ergebnis gelangt, das auch den höchsten Gremien zusagte.

„Da wollen Fachleute von drüben kommen und sich anschauen, wie es bei uns in der Landwirtschaft läuft?“, fragte ich.

„Ja, zu Studienzwecken“, wurde ich belehrt. „Und sie werden ihren Aufenthalt hier bei uns auch bezahlen müssen. Von den Devisensummen wird unserem Bezirksverband ein bestimmter Teil zufließen. Eine große Chance für uns.“

Ich traute dem Vorhaben nicht. Ich konnte mir nicht vorstellen, dass Landwirte aus dem Westen sich für unsere Art des Wirtschaftens interessieren würden.

Der Sekretär erteilte mir Nachhilfeunterricht, er sprach vom Konzentrationsprozess, der sich auch drüben abspiele, die Betriebe würden größer, sie müssten größer werden, ansonsten wären sie nicht mehr wettbewerbsfähig, könnten sich auf dem Weltmarkt nicht behaupten. Der Wandel beginne bei denen erst, und da könnten unsere Erfahrungen sich für sie als sehr nützlich erweisen.

Es kann sein, dass ich genickt habe. Jedenfalls schien sich der Sekretär sicher zu sein, dass ich seinem Vorschlag zustimmen würde, die ersten beiden Gruppen zu übernehmen. Es sei für uns doch kein Problem, sagte er, den Gästen zu den Themenschwerpunkten „Moderne Pflanzenproduktion" und „Leistungsfähige Rinder- und Schweinehaltung" etwas zu bieten, von dem sie zweifellos begeistert sein würden. Und außerdem sei bei uns die Übernachtung möglich, die Gäste würden bestimmt staunen, dass eine Kooperation ein Ferienheim besäße. Im Übrigen, fügte er hinzu, habe er bereits mit den bezirklichen Stellen gesprochen, sie würden es begrüßen, wenn Lübenow auf diesem Gebiet als Vorreiter wirke.

Während ich mit meinem Stellvertreter telefonierte und ihn bat, die Arbeitsberatung ohne mich durchzuführen, da sich meine Rückkehr verzögern würde, diktierte der Sekretär einen neuen Brief an die Berliner Zentrale, den ich hernach ohne den Vermerk „im Auftrag" unterschrieb.

Ich fragte noch, ob auch für uns einmal die Möglichkeit bestehe, in den Westen zu reisen.

Wenn alles planmäßig verlaufe, glaube er das schon, antwortete mir der Sekretär. Immerhin komme Bewegung in die Sache, es werde spannender für uns.

Als ich eine reichliche Stunde später auf den kleinen Parkplatz am Schloss rollte, sah ich Irma Birke am steinernen Brunnen stehen. Ich wusste nicht, wie lange sie bereits auf mich gewartet hatte, sie war ziemlich aufgeregt. Robert Hohler, ihr Lebensgefährte, müsse aus dem Krankenhaus abgeholt werden, denn mit dem Krankentransport würde es nicht klappen, und sie hätten ihr auch für morgen keine Zusage geben können, berichtete sie mir. Sie sei erschüttert darüber, wie es bei uns abwärts gehe, dabei hätte es im Jubiläumsjahr doch ganz anders aussehen müssen.

„Irma, ich fahre, ich hole deinen Robert“, sagte ich. „Aber höre auf, über unsere Verhältnisse zu schimpfen.“

Sie lud mich zum Abendessen ein, doch ich vertröstete sie auf einen späteren Tag. Mir fehle einfach die Zeit, sagte ich.

Robert fand ich, ohne lange suchen zu müssen. Er saß auf einer der weißen Bänke gleich hinter der Flügeltür, den Arm auf seiner Reisetasche.

Irma habe wohl die ganze Verwaltung in Aufruhr versetzt, so dass es der Chef vorgezogen habe, gleich selber loszufahren, sagte er lachend, als ich ihm die Hand gab und mich anschickte, ihm beim Aufstehen zu helfen.

Er könne das schon recht gut allein, wehrte er meine Hilfe ab. Es reiche aus, wenn ich mich um seine Tasche kümmern würde. Er solle ja trainieren, um in zwei, drei Monaten wieder einigermaßen einsatzfähig zu sein. Immerhin hätten ihm die Ärzte versichert, dass er sich in einem knappen halben Jahr sogar an Bergwanderungen heranwagen dürfe, dafür wäre aber tägliche Bewegung notwendig.

„Du musst eben Geduld haben, so etwas ist ein langwieriger Prozess“, sagte ich zu ihm, als wir losfuhren.

Erst nachdem die Stadt hinter uns lag, wandte ich mich vorsichtig an Robert: „Du willst Bergwanderungen unternehmen, aber wir haben hier doch gar keine Berge, nur ein paar Hügelchen, über die es sich natürlich auch wandern lässt.“

Robert schüttelte nachsichtig seinen Kopf. Ich hätte ihn missverstanden, er habe von Bergwanderungen gesprochen, von Wanderungen im Hochgebirge, keinesfalls von Hügelchen, über die er marschieren wolle.

„Du hast dich darauf versteift, im Hochgebirge zu wandern?", fragte ich.

„Ich habe Irma versprochen, mit ihr im Hochgebirge zu wandern", sagte Robert. „Wie lange soll sie denn noch darauf warten, etwa bis ihr die Luft knapp wird?"

Mein Schweigen schien ihm nicht zu gefallen. Fast vorwurfsvoll erläuterte er mir, dass Irma den Thüringer Wald, den Harz und das Erzgebirge kenne, wohl auch das Zittauer Gebirge, nicht aber die Alpen, folglich müsse er mit ihr in seine Heimat reisen, ihr das Berner Oberland zeigen, sie müsse Eiger, Mönch und Jungfrau sehen, von Grindelwald könnten sie hinauf zur Kleinen Scheidegg fahren, Fotos davon habe sie schon betrachtet, aber man müsse das Panorama an Ort und Stelle erlebt haben, Fotos allein reichten nicht aus. Danach werde er sie ins Engadin führen, hoch in die Bernina, schließlich in die Walliser Alpen, von Zermatt aus das Matterhorn bewundern, dafür müsse man mehrere Tage einplanen, weil es passieren könne, dass der obere Teil des Gipfels, die markante Spitze also, von einer Wolke verhüllt werde, es komme jedoch darauf an, diesen Berg in seiner Gesamtheit zu erblicken, um sich dessen einmalige Schönheit einprägen zu können.

Vermutlich hatte Robert mein zustimmendes Nicken nicht registriert, er fragte: „Peter, hörst du mir überhaupt zu?"

„Selbstverständlich höre ich dir zu. Doch ich muss auch noch Auto fahren, ich muss dich wohlbehalten zu Irma bringen, sonst wird es nämlich nichts mit eurer gemeinsamen Reise."

Nun schwieg Robert und blickte starr nach vorn, als müsse auch er mithelfen, dass wir unser Ziel ohne Schaden erreichen würden.

Als ich von der Fernverkehrsstraße abbog, meinte Robert lächelnd, ihm sei eben der Gedanke gekommen, eine solche Reise könne auch für mich von Interesse sein. Denn wenn man Tag für Tag über den Acker latsche oder sich auf Tagungen über langatmige Reden ärgere, brauche man mal einen Ausgleich, den könne das Hochgebirge bieten.

Das leuchte mir ein, bestätigte ich ihm. Er wisse ja genauestens Bescheid, deshalb überlasse ich ihm gern die Planung.

Vielleicht hatte ihn meine Antwort überrascht, er schwieg einen Moment.

"Gut, Peter", sagte er dann, „wir müssten mit dem Oberengadin anfangen, vielleicht mit Pontresina."

„Pontresina, der Name klingt schon mal sehr schön", sagte ich.

„Es ist nicht nur der Name, der schön klingt", antwortete er. „Was glaubst du, die ganze Gegend dort ist überaus schön. Du musst dir ein Hochtal vorstellen, verstehst du, ein Hochtal. So was kennst du noch nicht, leider."

„Dann erzähl mir davon", forderte ich ihn auf. Ich musste mich jetzt auf die Straße konzentrieren, uns kam ein LKW mit Anhänger entgegen.

„Von St. Moritz hast du schon gehört?"

„Ja."

„Pontresina ist nur wenige Kilometer davon entfernt", erklärte mir Robert. „Eine Straße führt hinauf zum Berninapass und dann, auf der Südseite des Alpenkammes, durchs Puschlav hinunter nach Poschiavo und weiter ins italienische Tirano. Doch zuerst halten wir einmal an, oberhalb von Pontresina. Es gibt dort eine Stelle, wo man mit dem Auto stehenbleiben darf, um dann schauen zu können. Und auf der rechten Seite, da hast du die Berge fast alle beisammen, Piz Palü, Bellavista, Piz Bernina mit Biancograd, Piz Morteratsch und, wenn du dich noch etwas weiter nach rechts wendest, auch den Piz Roseg. Gewiss, es gibt dort noch mehr Gipfel, aber ich wollte dir zunächst nur die wichtigsten nennen. Es ist wirklich eine erhabene Welt. Manche behaupten, dort fühlst du dich dem Himmel nahe, aber da müsstest du wohl auf die Berge hinaufsteigen."

„Bist du hinaufgestiegen?"

„Nein", sagte Robert entschieden. „Mir genügte es immer, einfach hinaufzuschauen."

„Wir müssen also nicht klettern?“, fragte ich ein wenig ironisch.

„Uns genügt das Schauen, das Hinaufschauen“, meinte Robert belehrend. Und auf einmal wies er mit seiner Hand nach rechts und sagte forsch: „Du schaust einfach dorthin und erkennst den Piz Palü und den Piz Bernina.“

„Ich sehe nur das Ortseingangsschild von Lübenow“, sagte ich und fügte gleich hinzu: „Und weiter hinten sehe ich die Kirche, auch die von Lübenow. Robert, von deinen beiden Bergen kann ich nichts erkennen, wirklich, absolut nichts. Vielleicht herrscht hier dichter Nebel. Und Pontresina zeigt sich auch nicht, stattdessen aber Lübenow. Alles um uns gehört zu Lübenow, zu diesem nicht sehr großen Dorf in einem nicht sehr großen Land. Robert, wir sind tatsächlich in Lübenow.“

Ich merkte, Robert gefiel nicht, wie ich reagierte. Er reckte sich in seinem Sitz ein wenig hoch, soweit es der Gurt zuließ. Und dann sagte er vorwurfsvoll, wie der kluge Lehrer zu seinem schwerfälligen Schüler, ob ich es nicht versuchen könne, mir wenigstens in Gedanken das von ihm Beschriebene vorzustellen, ich solle mir endlich einen Schupf geben.

„Was soll ich mir geben?“, fragte ich.

„Einen Schupf“, sagte Robert, „einen leichten Stoß sollst du dir geben. Du sollst dich überwinden und dir vorstellen, wir sind nicht in Lübenow, sondern in Pontresina. Ja, hast du denn überhaupt kein Verlangen nach solch einer Landschaft, bist du nicht neugierig auf etwas Anderes als das Übliche hier? Ich will nicht hoffen, dass sie dir das gänzlich ausgetrieben haben. Schau mal, ich könnte dir dort zur Seite stehen, du würdest rasch lernen, dich in dieser neuen Umgebung zurechtzufinden.“

„Robert, wir nehmen Kurs auf Pontresina“, sagte ich.

Robert nickte. Wir würden gemeinsam schon die richtige Strategie finden, nach der wir vorgehen könnten, meinte er. Pontresina biete nicht nur die schöne Landschaft, sondern für mich als Anfänger im

Hochgebirgswandern auch das günstigste Gelände, ich fände Wege, die sanft ansteigen würden und nicht zu steil wären.

„Robert, auf deine Mithilfe kann ich bauen, das ist doch so?"

„Ich sehe, du bist noch lernfähig", sagte Robert zufrieden.

„Danke", sagte ich und hielt an.

Robert blieb sitzen. Er wartete, bis ich ihm aus dem Auto half. Ich hob seinen rechten Fuß an und setzte ihn vorsichtig auf den Boden, danach umfasste ich seinen Rücken und stützte ihn.

„Es braucht eben alles seine Zeit", sagte ich zu Robert. Doch das nahm er wohl schon gar nicht mehr wahr. Er hatte Irma entdeckt, und auf einmal wünschte er von mir keine Hilfestellung mehr. Er schritt nahezu aufrecht Irma entgegen und ließ sich von ihr umarmen. Ich nahm seine große Reisetasche vom Rücksitz und trug sie in den Hausflur.Ob ich nicht doch noch zum Essen bleiben wolle, fragte mich Irma.

„Ein andermal", sagte ich. „Ich muss noch was tun."

„Wie du willst, aber erstmal danke ich dir, dass du Robert geholt hast", sagte Irma. Und dann informierte sie mich noch, dass Heinz Wendler dagewesen sei und Bier gebracht habe, je sechs Flaschen Radeberger für mich und für Robert. Die Flaschen für mich habe sie in meine Küche gestellt, und in meinem Briefkasten stecke ein Brief, fügte sie hinzu, sie habe ihn nicht herausgenommen, das müsse ich noch tun. Es war ein zartes Gelb, die Farbe wie hingehaucht. Lange hatte ich nicht mehr Briefpapier von solcher Qualität gesehen. Und die Anrede: Lieber Peter! Nichts Offizielles, keine Titel. Ich müsse unbedingt zum Symposium kommen, Kurt Günzerodt hätte es verdient, geehrt zu werden von Bekannten, die er schätze, las ich. Und danach folgten Nachrichten über neue Vorhaben an der Sektion mit dem Arbeitstitel: „Erfolgreich produzieren – von den Besten lernen". „Wäre das nicht eine Sache, die dich reizen würde, wieder an der Sektion mitzuwirken?", fragte Gottfried Kasberg abschließend.

***

Damals hatte Bernd Scheufler, mein Freund vom ersten Tag des Studiums an und Zimmergenosse im Studentenheim am Rande der Stadt, unendlich lange mit mir reden müssen, um mich zu der Entscheidung zu bringen, nicht nach Hause zu fahren, weil ein runder Geburtstag meines Großonkels, einer meiner Taufpaten, gebührend gefeiert werden sollte, sondern unbedingt den Fakultätsball zu besuchen, dieses, wie er formulierte, herausragende Ereignis im Studienjahr und für uns obendrein der allerletzte Ball, zumindest als Studenten, denn niemand wusste, ob sich uns jemals wieder die Möglichkeit bieten würde, an einer solchen Festlichkeit teilnehmen zu können.

Wir waren im elften Semester, es war ein Freitag Anfang Dezember 1961, grau und wolkenverhangen, wie es die Tage um diese Jahreszeit häufig sind. Bernd hatte schon viele Argumente ins Feld geführt, und wenn sich diese auch bisweilen auf wackligen Füßen befunden hatten, vermutlich war es am Ende deren Zahl, die mich irgendwann weich werden ließ.

Ich zögerte noch immer mit meiner endgültigen Zusage, als ich bereits dabei war, ihm den Schlipsknoten zu binden, eine Gefälligkeit, für die ich mich all die gemeinsamen Jahre verpflichtet gefühlt hatte, weil Bernds Art des Bindens stets dazu führte, dass der Schlips sich lockerte und dann wie ein Kuhschwanz zu baumeln anfing, während er, wenn ich ihn band, exakt saß, so wie es sein musste.

Er sei mir wirklich dankbar, sagte Bernd, als ich ihm den Schlipsknoten straff zog und danach dessen Sitz prüfte. Aber er wäre mir noch weit dankbarer, wenn ich mich nun endlich aufraffen könnte, mit zum Fakultätsball zu kommen.

Da verschoss ich mein letztes Gegenargument, ich sagte zu ihm, ich besäße ja bislang keine Eintrittskarte, und wenn es noch welche gäbe, was ja der Fall sein könnte, wären es Plätze für einen der beiden unteren Säle, auf die ich keinesfalls erpicht wäre.

Bernd ging zu seinem Schrank und öffnete die Tür. Dann kam er überlegen lächelnd zurück, überreichte mir eine Karte und sagte: „Wir sitzen oben im Festsaal. Möchtest du neben meiner Freundin Helga sitzen?"

„Ja", sagte ich.

„Es hat zwar ziemlich lange gedauert, aber die Vernunft scheint sich bei dir nun doch durchgesetzt zu haben", stellte Bernd fest. „Die Karte kostet nichts, ich habe sie umsonst bekommen."

Wir fuhren mit der Straßenbahn bis zum Zentrum und gingen danach die restliche Strecke zu Fuß. Wir waren unweit der Straße, in der sich das Grundstück von Helgas Tante befand, als Bernd im Licht einer Straßenlaterne auf seine Armbanduhr schaute und mir mitteilte, dass wir gut in der Zeit lägen. Dreißig Minuten Bahnfahrt, fünfzehn Minuten Fußweg, sagte er, was wolle man mehr, die eingeplante Reservezeit von zehn Minuten müssten wir noch nicht mal ausschöpfen.

Von der Villa war dann wenig zu sehen. Ein schwacher Lichtschein, dem das vergitterte Fenster der Eingangstür die Form eines Rhombus verlieh, gab uns etwas Orientierung, so dass wir ohne Schwierigkeiten über einen schmalen Plattenweg zur Treppe gelangten. Bernd klingelte, und im gleichen Moment öffnete sich die Tür, die Tante musste schon gewartet haben.

Bernds Freundin Helga sah ich an diesem Abend zum ersten Mal.

Aus seinen Berichten hatte ich mir ein Bild zu machen versucht. Ich musste mir nun eingestehen, dass ich ein wenig danebengelegen hatte, sie war nicht ganz die Bilderbuchschönheit, wie ich sie mir nach Bernds Schilderungen vorgestellt hatte. Ihr Haar war dunkel, nicht schwarz, die Augen braun, das Gesicht wirkte ein wenig breit. Und dennoch, ich fand sie recht hübsch, jedenfalls später, als mich ihr heiteres Wesen, ihre Ausstrahlung gefangengenommen hatten. Wenn sie redete, wenn sie lächelte, dann konnte man sich ihrem natürlichen Charme nicht entziehen.

Bernd hatte seine Freundin während des Praktikums im vorausgegangenen fünften Studienjahr kennengelernt. Im Konsum–Laden des Nachbardorfs, den sie leitete, hatte er gelegentlich eingekauft, und sie hatten, sofern dafür Zeit war, miteinander geredet, und im Laufe des Praktikumsjahres war aus dem Reden allmählich mehr geworden. Es habe sich alles wie von selbst ergeben, hatte Bernd behauptet. Auch im Hinblick auf die Bekanntschaft mit Helgas Eltern. Ihr Vater war Vorstandsmitglied der Genossenschaft, und da es Bestrebungen gab, mit der Genossenschaft des Nachbardorfes zu fusionieren, wurde Bernd zum gefragten Gesprächspartner und folglich von Helgas Vater auch nach Hause eingeladen. Die Besuche dort trugen nicht nur zur Annäherung beider Landwirtschaftsbetriebe bei, sondern auch zur festen Beziehung zwischen Bernd und Helga.

Auf dem Weg zur Mensa, als es sacht zu schneien anfing, hatte sich Helga bei uns beiden eingehakt, und wir gaben uns alle Mühe, damit sie mit ihren Ballschuhen nicht ins Rutschen kam. Sie erzählte uns von ihrem Laden. Sie hoffe, sagte sie, dass die versprochenen vorweihnachtlichen Apfelsinenlieferungen auch noch ihr Dorf erreichen würden. Ihre Kolleginnen seien jetzt sicher dabei, die Lampen zu löschen und die Türen zu verschließen. Abends, verriet sie uns, sei es gar nicht so einfach, die Nachzügler zur Eile zu drängen, auch Verkäuferinnen wären schließlich froh, wenn sie Dienstschluss hätten und ihre Hausarbeit in Angriff nehmen könnten.

Vor der Freitreppe der Mensa mussten wir ein paar Minuten warten, vermutlich nahmen es die Verantwortlichen bei der Einlasskontrolle sehr genau oder waren lediglich ungeübt in der Handhabung dieser für sie seltenen Tätigkeit.

Unser Tisch trug die Nummer acht, er befand sich auf der Fensterseite, er hatte vier Plätze.

Die langen Vorhänge, die am Tage kaum auffielen, waren nun zugezogen und schufen eine anheimelnde Atmosphäre. Unsere Stühle rückten wir gleich so, dass wir einen guten Blick zur Bühne hatten und dass auch die Säulen, die den eigentlichen Festsaal vom Seitengang, wo unser Tisch stand, trennten, unsere Sicht nicht allzu sehr beeinträchtigten.

Helga war von der Ausgestaltung der Mensa begeistert. Die großen, zum Teil auch ziemlich gewagten, handgemalten Darstellungen von Episoden aus der landwirtschaftlichen Praxis, die die Wände schmückten, beeindruckten sie sehr. Und ihr gefiel auch, wie man mit den zahlreichen Grünpflanzen, die aus den Gewächshäusern des Botanischen Gartens stammten, erstaunliche Effekte erzielt hatte. So hätte sie sich eine Mensa nie vorgestellt, gestand uns Helga.

Die Mensa erhalte auch nur zu derartigen Anlässen eine Dekoration in dieser reizvollen Art, ansonsten sei sie ebenso trostlos oder langweilig wie ihr Dorfkonsum, erklärte ihr Bernd, räumte dann aber ein, dass sich das dritte Studienjahr diesmal besonders viel habe einfallen lassen.

Noch war der dunkelrote Samtvorhang der Bühne geschlossen, und im Saal herrschte das Stimmengewirr, wie man es vom Theater her kennt, bevor das Stück beginnt, hier nun etwas lauter und intensiver, nicht so gedämpft und von Tönen durchsetzt, wie vor einer Opernaufführung, wenn die Musiker noch dabei sind, ihre Instrumente zu stimmen und sich einzuspielen.

Sie finde es richtig feierlich, einfach großartig, sagte Helga leise zu mir, während Bernd mit dem Kellner verhandelte, sicher einem Aushilfskellner, der uns unaufgefordert Bier auf den Tisch gestellt hatte, obwohl wir beabsichtigten, Wein zu trinken.

Bier sei das absolut Beste für den ersten Durst, alle würden anfangs ein gepflegtes Bier trinken, verteidigte sich der Kellner. Selbstverständlich werde er uns auch gleich noch Wein bringen, sie hätten vorzüglichen Rotwein, sogar mehrere Sorten, fügte er hinzu, und sein Finger verharrte einen Moment auf der Weinkarte, die auf unserem Tisch lag. Bernd zeigte schließlich Verständnis für den Kellner, tippte ebenfalls auf einen der aufgeführten Weine und fragte, ob diese Sorte empfehlenswert sei.

„Absolut“, bestätigte der Kellner, „ein Spitzenwein, auf Ehre, die meisten Gäste wählen ihn.“

Auf einmal stand Dr. Alfred Brähmisch neben dem Kellner, fasste nach dessen Jackenärmel, als wolle er ihn am Fortgehen hindern, und sagte ziemlich barsch: „Bringen Sie mir ein Bier.“

„Sehr wohl, mein Herr“, erwiderte eilfertig der Kellner und lächelte. „Ich verstehe, ein gepflegtes Bier für den ersten Durst.“

Nun war mir klar, wessen Gesellschaft ich den Abend über ertragen musste, und ich konnte mir auch denken, aus welcher Quelle Bernd die Eintrittskarten bezogen hatte.

Kaum hatten wir uns zur Begrüßung die Hand gegeben, brach Brähmischs Mitteilungsbedürfnis schon über uns herein. Wir erfuhren von ihm, dass der Höhepunkt im Programm zweifellos das Auftreten von Ben Alfi sei. Sein Studienfreund Alfred Fiedler, schilderte er uns, habe eine sensationelle Entwicklung genommen. Er habe über ein Landtechnik-Thema promoviert, sei zur Zeit Abteilungsleiter in einem Akademieinstitut in der Nähe von Berlin und nebenbei noch Artist, also der Künstler Ben Alfi, dem ein Angebot vom Friedrichstadt-Palast vorliege, in der nächsten Saison in dessen Programm aufzutreten. Das sei doch bewundernswert, der Vater Erster Sekretär einer Kreisleitung der Partei und der Sohn Wissenschaftler und zugleich Artist der Spitzenklasse, und es zeige auf eindrucksvolle Weise, welche Möglichkeiten unser Staat jedem biete, der bereit sei, sich anzustrengen und seine Fähigkeiten umfassend auszuschöpfen. Ja, Ben Alfi könne man wirklich bestaunen, schloss Brähmisch seinen Kurzvortrag und trank danach das vom Kellner gebrachte Bier mit großen, hastigen Schlucken.

Oberassistent beim Dekan und Institutsdirektor Professor Kaufhold, das sei doch wohl auch schon allerhand, meinte Bernd lächelnd. Er müsse sein Licht keinesfalls unter den Scheffel stellen.

Vielleicht hatte Helga so etwas wie einen ironischen Ton herausgehört, ich sah, dass sie Bernd sacht in die Seite stieß.

Doch Brähmisch schien das alles kaum noch wahrzunehmen, er machte nur eine lässige Handbewegung, bevor er sagte, Frau Dr. Kaufhold sei gerade eingetroffen, er müsse uns leider verlassen, um ihr behilflich zu sein, den für sie reservierten Platz zu finden, ihr Mann halte sich vermutlich schon hinter der Bühne auf.

Der Kellner servierte uns überaus elegant den Wein, und wir prosteten uns zu.

Kurz danach öffnete sich der Vorhang, doch nur einen Spalt breit, der Dekan erschien, und im Saal wurde es augenblicklich still.

Kaufholds Stimme klang angenehm kräftig, und offensichtlich gefiel es Helga, was er sagte, nur Bernd flüsterte, ihm komme es so vor, als habe der Dekan aus Versehen das Redemanuskript von vor zwei Jahren mitgebracht, anstatt sich was Neues auszudenken.

Wenn er erst Dekan sei, könne er ja eine andere, eine noch schönere Rede halten als sein Professor, erwiderte Helga, ein wenig spöttisch oder fast ärgerlich.

Noch während des Beifalls für den Dekan kam der Kellner erneut an unseren Tisch, um sich zu erkundigen, ob wir mit dem Wein zufrieden wären.

„Hervorragend“, sagte Bernd, „der Wein ist besser als die Rede des Dekans.“

Der Kellner nickte zufrieden und sagte, er werde es seinem Chef übermitteln.

Wir hatten uns vom Kellner ablenken lassen, und uns war dabei entgangen, wie sich der Vorhang lautlos in voller Breite geöffnet hatte, so dass uns der plötzlich einsetzende Orchesterklang wie ein unerwarteter Stoß traf. Was wir hörten, war wohl zunächst eine Art Erkennungsmelodie, gewissermaßen das Markenzeichen der Kapelle, die, wie man mir später erzählte, aus dem Leipziger Raum stammte und von Kennern überaus geschätzt wurde. Es folgte eine winzige Pause, und noch während applaudiert wurde, begann die Kapelle schon wieder zu spielen, und eine attraktive Sängerin gesellte sich hinzu. Sie hatte eine wohlklingende Stimme und erhielt außergewöhnlich viel Beifall.

Es muss der vierte oder fünfte Titel gewesen sein, ich hatte die ganze Zeit über nach vorn geschaut, um die Sängerin auch zu sehen und nicht nur zu hören, wie gesagt, die Sängerin war sehr attraktiv, es lohnte sich, sie ständig auf der Bühne agieren zu sehen und nicht nur ihre Stimme zu hören. Aber aus irgendeinem Grund war mein Blick auf einmal ein wenig nach rechts gerutscht, vielleicht war es reiner Zufall gewesen, ich hatte ja trotzdem noch die Bühne mit der Sängerin und dem Orchester im Auge, nur eben nicht mehr als Mittelpunkt meines Blickfeldes. Vielleicht jedoch hatte es auch eine Wahrnehmung gegeben, unbewusst, aber in der Wirkung möglicherweise noch anziehender als die Dame auf der Bühne, was sich nun sicher nicht mehr eindeutig klären lässt.

Ich wandte meinen Kopf noch weiter nach rechts, auch wenn ich dadurch alles, was auf der Bühne geschah, nicht mehr beobachten konnte und zur zweitrangigen Sache werden ließ, ich war nur noch auf diese neue Erscheinung fixiert. Was ich entdeckt hatte, war ein wippender Pferdeschwanz, das dazugehörige Gesicht war nach vorn gerichtet, zur Bühne, von mir aus also mehr zu erahnen, zumindest sah ich es von der Seite. Und mir genügte wohl anfänglich dieser aufregend wippende Pferdeschwanz, so schön, wie gebündelte Flachsfasern, dachte ich, ein Ausdruck, der mir einfiel, weil ich ihn unzählige Male von meiner Großmutter gehört hatte. Immer wenn sie von einem Mädchen mit blondem Haar sprach oder etwas Goldblondes erwähnte, vergaß sie nicht, erklärend hinzuzufügen, wie gebündelte Flachsfasern, eine Gewohnheit, die sie vermutlich beibehalten hatte aus früherer Zeit. Flachs musste für sie von besonderem Reiz gewesen sein, sie kannte sich damit noch genauestens aus, ich weniger, die Faserpflanze hatten wir nach dem Krieg ein paar Jahre auf kleiner Fläche anbauen müssen, offiziell als Faserlein bezeichnet, selbst für die Prüfung hatte ich kaum mehr als den botanischen Namen der Pflanzenart gelernt: Linum usitatissimum, und dazu die Auskunft: Kommt auch unter unseren Standortbedingungen noch in Frage. Mehr nicht, mehr musste ich nicht wissen. Und auch an diesem Abend reichte es, dass die Worte meiner Großmutter präsent waren, wie gebündelte Flachsfasern, während ich, anstatt das Programm auf der Bühne zu verfolgen, unverwandt hinüber zu meiner Entdeckung schaute, von der eine Faszination ausging, die ich so bei einem Mädchen noch nie erlebt hatte.

Für Ben Alfi hatte ich nun keinesfalls das gleiche Interesse, wie es der Friedrichstadt-Palast für ihn womöglich haben mochte, auch wenn ich hin und wieder, meist aufgeschreckt vom Beifall, einen Moment nach vorn schaute, um zu kontrollieren, wie weit er mit seinen Darbietungen war, ob er die Zauberkunststücke schon beendet und mit dem Jonglieren angefangen hatte, nein, ich wünschte nicht, dass ihm etwas misslang, ich wünschte ihm, dass er gut und schnell vorankam.

Plötzlich zerrte jemand an meinem Jackenärmel, ich hörte dicht hinter mir die Stimme von Brähmisch, im Befehlston kam die Aufforderung: „Unbedingt aufpassen, es folgt Ben Alfis Finale.“

Ich konnte nicht ahnen, dass es der längste Teil seiner Darbietung werden würde.

Ben Alfi unterwies die Professoren Kaufhold und Günzerodt im Falten von Tüten. Für mich war das uninteressant. Doch Bernd fragte Brähmisch, ob es das ND sei, das da herhalten müsse.

Nur das ND, unsere führende Zeitung, eigne sich dazu, das ND besitze das stabilste Papier und auch die erforderliche Seitengröße, wurde ihm geantwortet.

Ich rückte mit meinem Stuhl ein wenig nach vorn in der Hoffnung, nicht nur den wippenden oder in Ruhe verharrenden Pferdeschwanz zu sehen, sondern auch das dazugehörige Gesicht, aber eine Hand, die sich auf meine Schulter legte, und eine strenge Stimme, die mir aufzupassen befahl, veranlassten mich, kurze Zeit nach vorn zur Bühne zu schauen und den Blick hinüber zu meiner Entdeckung zu vernachlässigen.

Ein zusätzlicher Scheinwerfer fing die beiden Professoren ein, die ihre Tüten Ben Alfis Assistentin entgegenhielten. Günzerodts Tüte blieb dicht, aus Kaufholds Tüte floss das Wasser nahezu ebenso schnell wieder heraus, wie es von der Assistentin hineingegossen wurde. Es nützte auch nichts, dass Kaufhold den Zuruf seines Kollegen Henningsen befolgte, die Tüte mit beiden Händen unten ganz fest zuzudrücken.

Günzerodt schritt indessen mit seiner gefüllten Tüte nach vorn zur Bühnenkante und verneigte sich vor dem Publikum wie ein Sänger, dem soeben eine außerordentlich schwierige Arie mit besonderem Glanz gelungen war. Er genoss den Beifall, er verbeugte sich ein zweites Mal, es wurde weiter geklatscht, und mir kam der Gedanke, er sei darauf bedacht, dem Dekan die nötige Zeit zu verschaffen, um in Ruhe eine neue Tüte falten zu können.

Auch ich hatte geklatscht und zu Günzerodt geschaut, und dabei war mir der Pferdeschwanz abhandengekommen. Stattdessen sah ich Karin Burger, meine Kommilitonin, die zu mir herüberblickte und provozierend die Hand hob, als wäre es ihr endlich gelungen, mich ausfindig zu machen und auf Dauer meine gierige Sicht auf ein anderes Mädchen zu unterbinden.

Kaufholds zweite Tüte vermochte das hineingegossene Wasser genauso wenig zu halten wie seine erste. Günzerodt entschloss sich, für den Dekan eine Tüte anzufertigen, und diese neue Tüte hielt dicht, auch in Kaufholds Händen.

So sehe eben sozialistische Hilfe aus, sagte Günzerodt, der wieder vorn an der Rampe stand. Es wurde gelacht und heftig geklatscht. Ich beteiligte mich nicht, ich suchte meine Entdeckung, doch ich sah nur Karin Burger.

Die Erklärung des Oberassistenten, es sei zu vermuten, Ben Alfi habe eine alte Rechnung mit Kaufhold begleichen wollen, ging im Lärm rutschender Stühle fast unter. Der Hausmeister und seine Gehilfen befreiten die Tanzfläche des oberen Saales von den Stühlen, die man für die Gäste aus den beiden unteren Sälen aufgestellt hatte.

Brähmisch rauchte und redete und trank zwischendurch kleine Schlucke Wein. Kaufhold hätte damals über seinen Schatten springen müssen, sagte er. Eine Drei in Betriebslehre für Alfred Fiedler, bei sonst lauter Einsen in den anderen Fächern, das wäre wirklich nicht schön gewesen. Aber so sei das Leben, vielleicht habe das heute eine Quittung dafür sein sollen.

Die Pause war erstaunlich kurz.

Auf einmal erklang der Walzer „Rosen aus dem Süden", und Professor Kaufhold schritt erhaben lächelnd mit seiner Gattin zur Tanzfläche, als sei er nun wieder ganz im Besitz der unversehrten Amtswürde. Es war das eingeübte Ritual, das sich alljährlich wiederholte. Doch diesmal hatte sich der Kreis von wartenden Paaren noch gar nicht geschlossen, da kam vom Dekan bereits das übliche Zeichen. Ich war aufgestanden und sah, wie er seine Hand hochreckte und sie sofort seitlich fallen ließ, alles andere als eine würdevolle Geste, eher so, als gebe er seinen Angestellten einen Wink in der Art, wie er es möglicherweise in jungen Jahren als Gutsverwalter getan hatte, damit sie die Stalltore öffneten, um der drängenden Kuhherde den Weg zur nahegelegenen Weide frei zu machen. Es konnte sein, dass er zwar versucht hatte, die Tanzfreigabe elegant zu signalisieren, doch dass ihn seine um etliche Jahre jüngere Ehefrau, eine resolute Oberärztin, mit zu viel eingesetzter Kraft etwas aus dem Gleichgewicht gebracht hatte, offensichtlich führte sie beim Tanzen.

Während ich dies dachte und dabei zur Tanzfläche schaute, musste Brähmisch längst losmarschiert sein, denn ich sah ihn, wie er vor Karin Burger stand.

Auch Bernd und Helga schlenderten gemächlich in Richtung Tanzfläche. Ich beobachtete, wie sie tanzten, mehr am Rande, als störe sie das aufkommende Gedränge, das Mädchen mit dem blonden Pferdeschwanz konnte ich nicht entdecken, so sehr ich mich auch anstrengte.

Und dann sah ich, wie Brähmisch nach der ersten Tanzrunde Karin Burger an ihren Platz zurückbrachte und wie meine Kommilitonin, kaum dass sie saß, zu mir herüberblickte und dabei ihre Hand ans Ohr hielt, als würde sie von mir eine Nachricht erwarten. Ich lächelte zu ihr hinüber und hob auch ein wenig meine Hand, in Wirklichkeit aber war ich nur darauf bedacht, den blonden Pferdeschwanz wiederzufinden. Doch es gelang mir nicht, entweder war das Mädchen nicht da oder es wurde von den beiden anderen verdeckt, die nahe beieinander am gleichen Tisch saßen und möglicherweise die Plätze getauscht hatten.

Ich darf nicht zu spät ankommen, dachte ich, als die Kapelle wieder zu spielen begann. Doch der Stuhl, der, wie ich annahm, meiner Entdeckung gehörte, war leer. Einen winzigen Augenblick zögerte ich, bevor ich mich vor Karin verbeugte. Sie musste mein Zögern bemerkt haben, denn als sie aufstand, schenkte sie mir zunächst nur ein sparsames Lächeln.

Erst beim Tanzen, als sie die Führung zu übernehmen sich bemühte, scheinbar glaubte sie, die Foxtrottschritte besser als ich zu beherrschen, sagte sie fast zärtlich zu mir, sie freue sich sehr über mein Kommen. Und danach tanzten wir ziemlich eng, und wir wurden auch immer wieder aneinander gedrückt, offensichtlich bevorzugten viele der Tanzpaare den oberen Saal, scheinbar gefiel ihnen die Musik dieser Kapelle.

Plötzlich blieb Karin abrupt stehen, mitten im Tanz, aus der Bewegung heraus, und sie lehnte sich an mich, drückte fest gegen meine Schulter, wie sie es manchmal tat, wenn sie in der Vorlesung neben mir saß und sehen wollte, was ich aufgeschrieben hatte, wenn sie nicht mitgekommen war oder etwas für nicht so wichtig gehalten hatte und sich bei ihr dann doch Zweifel einstellten, ob nicht gerade diese Aussage für sie einmal von Bedeutung sein könnte. Gelegentlich passierte es auch, dass sie sich an mich drängte und mir ins Ohr flüsterte, sie möchte sich gern meine Mitschrift ausleihen, wenigstens für ein, zwei Tage, weil für sie alles viel zu schnell gehe und sie dem ganzen Gerede nicht mehr folgen könne. Wenn ich danach schwieg oder nickte, schrieb sie überhaupt nicht mehr mit und hörte nur noch zu.

Während wir auf dem Tanzparkett standen und von den Paaren, die um uns herum tanzten, angestoßen wurden, fragte mich Karin, ob ich mit der Dame Medicago varia gut vorankäme. Ich antwortete nicht gleich, lächelte nur und überlegte, meinte sie mit Medicago varia die Luzerne, über die wir beide unsere Diplom-Arbeit schrieben, oder meinte sie sich selber, denn mehrfach hatte sie mich in den vergangenen Wochen daran erinnert, dass Henningsen und auch Kasberg uns beiden geraten hatten, zu kooperieren.

„Also, was ist mit der Medicago varia?“, fragte Karin, nun etwas energischer.

„Alles läuft planmäßig“, antwortete ich ihr.

„Aha“, sagte sie, und wir setzten darauf unseren Tanz fort, allerdings fehlte bei ihr nun die Sicherheit, mit der sie am Anfang zu Werke gegangen war. Sie tanzte jetzt nachlässiger, überließ mir ganz und gar die Führung, unsere Füße stießen mehrmals aneinander, und sie schwieg, sicher war sie enttäuscht, aber mir fiel nichts ein, was ich ihr hätte sagen können, meine Gedanken waren woanders.

Bernd traf ich auf der Treppe. Er kam von unten, wo sich die Toiletten befanden, und ich wollte hinunter. Er zog mich dicht ans Geländer heran und sagte ohne Vorbemerkung, wenn mir Karin genüge, könne ich wie bisher weiter trödeln, sollte ich mich aber für eine andere interessieren, was er annehme, müsse ich endlich zu agieren beginnen, zielstrebig, mit Überlegung, um vor allen anderen an Ort und Stelle zu sein. Der Verrückteste unter den anderen sei zwar nur ein Lehrerstudent, letztes Studienjahr, Kunsterziehung und noch ein zweites Fach, alles ein bisschen brotloses Zeug, doch der Bursche sei ein vorzüglicher Tänzer, Mitglied eines Tanzzirkels, mache sogar Turniertanz, und obendrein könne er die Worte so klangvoll setzen wie kaum ein anderer. Es werde also eine echte Herausforderung für mich, das müsse ich erkennen. Übrigens heiße die blonde Dame Irene Vonderlind, viertes Studienjahr, seit September hier bei uns an der Fakultät, früher woanders. Die ganze Betriebswirtschaft scheine von ihr begeistert zu sein, Kaufhold wohl am meisten.

„Danke", sagte ich. Mich wunderte, dass Bernd so gut informiert war und obendrein meine Absichten längst bemerkt hatte. Am liebsten hätte ich Bernd nach allem Möglichen ausgefragt, doch ich stellte nur die Frage: „Wo war sie früher, diese Irene Vonderlind?"

„Mensch Peter, was fragst du mich, frag sie doch selber", sagte er kopfschüttelnd und ließ mich stehen.

Als die Musiker nach ihren Instrumenten griffen, sprang ich von meinem Stuhl auf, ich sah dann zwar Brähmisch, der von links kam, vermutlich war er bei Kaufhold gewesen, doch es gelang mir, vor ihm am Tisch der vier Mädchen zu sein, jedenfalls reichte mein Vorsprung aus, um das Mädchen im weinroten Kleid zum Tanz bitten zu können. Ich fühlte mich auf einmal ungemein selbstsicher, während ich Irene Vonderlind zur Tanzfläche führte. Mir war, als wäre ich schon dabei, die Phase der Entdeckung zu verlassen und die Phase der Eroberung anzusteuern.

Ich hatte mich nie für einen gewandten Tänzer gehalten, aber nun war ich erstaunt über die sichere Harmonie in unseren Bewegungen, und ich glaubte, bisher mit noch keiner Partnerin so vollendet getanzt zu haben. Am liebsten hätte ich ihr das gesagt, doch mir fielen die dafür nötigen Worte nicht ein, und auch sie sagte nichts, also tanzten wir schweigend miteinander, blickten uns lediglich an, und scheinbar reichte es uns beiden für den Anfang auch aus.

Auf Irenes Stuhl saß der Oberassistent Brähmisch und redete eifrig mit Karin Burger. Als er uns bemerkte, bat er Irene, doch einstweilen seinen Platz einzunehmen, er müsse mit Fräulein Burger noch einige fachliche Probleme klären, denn auch die Luzerne, mit der sie sich in ihrer Arbeit herumschlage, habe sich grundlegenden betriebswirtschaftlichen Gesichtspunkten unterzuordnen. Er gehe davon aus, Fräulein Vonderlind akzeptiere seinen Vorschlag, zumindest für einige Zeit.

Irene antwortete ihm lächelnd, die Wissenschaft habe stets Vorrang, da sei es doch selbstverständlich, dass sie seiner Bitte entspreche.

Mich überraschte danach, dass uns Bernd und Helga bereits zu erwarten schienen. Bernd zog den Stuhl für Irene zurück, schob die von Brähmisch benutzten Gläser zur Seite und winkte den Kellner heran.

Ich fragte Irene, welchen Wein sie möchte. Sie entschied sich für Mavrud.

Der Kellner brachte die Flasche und vier neue Gläser, und während ich den Wein probierte, ich glaubte schließlich, mir stehe in diesem Falle die Rolle eines Gastgebers zu, erklärte er uns, es sei eine Originalabfüllung, ein absolut hervorragender Tropfen und im Handel deshalb auch kaum zu haben. Ich fand den Mavrud tatsächlich noch besser als den Wein, den wir zuvor getrunken hatten und von dem noch ein kleiner Rest in der Flasche war.

„Du kennst dich beim Wein aus?“, fragte ich Irene.

„Ein bisschen, ja, vielleicht ein bisschen“, antwortete sie und lächelte mich an.

„Untertreib hier nicht“, sagte Bernd und hob sein Glas. Und nachdem wir getrunken hatten, berichtete er, dass sie mit Kaufhold ziemlich intensiv über bulgarische Weine debattiert habe, als er seinerzeit zum Gespräch über seine Diplom-Arbeit beim Dekan eingetroffen sei. Sie habe Professor Kaufhold empfohlen, Mavrud in Originalabfüllung zu erwerben, sofern sich dazu die Gelegenheit bieten sollte.

Es sei reiner Zufall gewesen, dass der Wein damals bei ihrer Unterhaltung eine Rolle gespielt habe, sagte Irene. Eigentlich sei es hauptsächlich um das Land Bulgarien gegangen. Der Dekan habe ihr erzählt, dass ihm eine Reise dorthin in Aussicht stehe und dass er dabei hoffe, auch seine Frau mitnehmen zu können, was bei einer Studienreise nicht immer gestattet werde, noch dazu, wenn ein sehr straffes Programm vorgesehen sei, wie Besuche von mehreren wissenschaftlichen Instituten, von Landwirtschaftsbetrieben, Diskussionen mit Wissenschaftlern und hohen Verwaltungsleuten, allerdings auch mit ein paar Weinverkostungen in Genossenschaften, die in größerem Rahmen Weintrauben produzieren würden.

„Gib zu, dass du dem Dekan in Fragen von Bulgarien und Wein die Richtung gewiesen hast“, sagte Bernd schmunzelnd. Und dann deklamierte er: „Irene Vonderlind ist aus dem Gebirge aufgebrochen, um die Ackerebene zu erobern, und so ganz nebenbei erklärt sie ihrem Professor, einem der angesehensten Dekane unserer ehrwürdigen alma mater, worauf er beim Wein zu achten hat. Eure Spektabilität gestatten bitte, doziert sie, dass ich zunächst damit beginne, einige Grundkenntnisse über das schöne Land Bulgarien und den dort erzeugten hochwertigen Wein darzulegen. Irene, war das der Anfang deiner ersten Vorlesung?“

„Nein, keinesfalls! Das ist ja Verleumdung.“ Irene schüttelte den Kopf. „So war es nicht.“

„Wie war es dann?“, fragte Bernd angriffslustig.

In dem Augenblick setzte die Musik ein, und Irene stieß mich an und wies auf eine der Säulen, wo eine Gestalt im dunkelblauen Anzug und mit wallender Mähne im Begriff war, die günstige Warteposition aufzugeben und Kurs auf unseren Tisch zu nehmen.

Ich fasste nach Irenes Hand, und ich hielt sie fest bis zur Tanzfläche.

Der Lehrerstudent war wenige Schritte vor uns ausgewichen, als hoffte er, damit seine eigentliche Absicht verbergen zu können.

Wir tanzten dann schon den Langsamen Walzer, es war der zweite Titel der Tanzrunde, wir befanden uns kurz vor den Professorentischen, nicht weit von der Bühne entfernt, da sagte Irene fast ein wenig verlegen, als hätte sie erst bestimmte Bedenken beiseiteschieben oder einige Zeit ihre Formulierungen prüfen müssen: „Du hast mich in deine Nähe geholt, dich mit mir eingelassen, nun fällt dir auf einmal auch die Aufgabe zu, auf mich aufzupassen, mich zu beschützen, jedenfalls ein bestimmtes Maß an Aufmerksamkeit für mich aufzubringen."

Es konnte sein, dass die hartnäckigen Versuche des Lehrerstudenten sie veranlasst hatten, so zu reden, vielleicht aber gab es auch noch ganz andere Gründe für ihr Anliegen. Darüber wollte ich nicht nachdenken, ich fragte sogleich: „Ist das ein Auftrag, ein richtiger Auftrag?"

„Ja, wenn du es so siehst, dann ist es ein richtiger Auftrag." Sie nickte, und ich konnte nicht umhin, mir einzureden, dass ich mit der Realisierung meiner Wünsche spürbar vorankam. Sicherheitshalber sagte ich: „Gut, der Auftrag gefällt mir, ich nehme ihn an, mit allen Konsequenzen."

Es wäre möglich gewesen, noch eine Weile über diesen Auftrag zu debattieren, doch es hätten belanglose Sätze werden können, dabei hoffte ich darauf, mehr von meiner überaus anmutigen Entdeckung zu erfahren, ich dachte, ich muss sie also auf eine freundliche Art ausfragen, Bernd hat mich dazu ermuntert, und sie wird sich bestimmt nicht weigern, mir zu antworten.

Aber erst, als wir wieder am Tisch saßen, allein, weder Brähmisch noch Bernd und Helga konnten uns stören, wagte ich es, mein Auskunftsersuchen voranzutreiben.

Ich sagte zunächst: „Also Irene, auf Bulgarien und auch auf uns beide." Wir stießen mit unseren Gläsern an und tranken.

Danach fragte ich: „Und warst du schon oft im Ausland?"

„In diesem Sommer war ich mit meinen Eltern in Bulgarien", antwortete sie. „Es hat mir dort gut gefallen. Ja, es war sehr schön."

„Ich war noch nie im Ausland", gestand ich ihr. „Weißt du, wenn wir hier schon den bulgarischen Mavrud genießen, dann könntest du mir auch ein bisschen von dieser Reise erzählen."

Und Irene zögerte in der Tat keinen Moment, sie berichtete mir von dem Urlauberaustausch, den ihr Vater gemeinsam mit seinen bulgarischen Forstkollegen in Gang gebracht hatte. Vierzehn Tage seien sie im Rila-Gebirge gewesen, sagte sie, in Borovec. Sie haben Ausflüge nach Sofia und Plovdiv unternommen und dabei zahlreiche Sehenswürdigkeiten besucht. An einem Tag haben sie sogar einen Abstecher in die Rhodopen organisiert. Ein Ortskundiger habe sie begleitet und sie bei einer Seilbahnfahrt nicht nur auf die inmitten einer Bergwiese trainierende berühmte Sofioter Fußballmannschaft aufmerksam gemacht, sondern dann vom Gipfelplateau aus auch in Richtung Süden gewiesen, wo knapp dreißig Kilometer entfernt die Grenze zu Griechenland gewesen sei. Ihr Vater habe dort nachdenklich gemeint, es sei leider zu weit für einen Tagesausflug. In Assenowgrad, berichtete sie weiter, habe man für sie eine Weinverkostung arrangiert, dabei auch verschiedene Jahrgänge von der Rebsorte Mavrud angeboten, zum Schluss einen in Eichenholzfässern gealterten Wein mit einem besonders feinen Bouquet. Drei Flaschen habe man ihrem Vater dann davon geschenkt.

Irene nippte erst von ihrem Wein, bevor sie das Batschkowo-Kloster erwähnte, wo sie ein ausgezeichnet Deutsch sprechender Mönch geführt habe.

Das Rila-Kloster sei mir vom Namen und von Fotos her bekannt, nicht aber das Batschkowo-Kloster, sagte ich und ärgerte mich sofort darüber, dass ich sie unterbrochen hatte.

Im Ausland sei das Rila-Kloster wesentlich bekannter als das Batschkowo-Kloster, merkte sie lächelnd an. Natürlich seien auch sie dort gewesen. Doch im Batschkowo-Kloster habe sie zuerst der Deutsch sprechende Mönch überrascht, fuhr sie fort. Und anschließend habe es eine weitere Überraschung gegeben. Ihrem Vater habe man bei der Verabschiedung eine Ikone überreicht, die von einem jungen Mönch stammte, der in diesem Kloster lebte und sich dort auf höhere kirchliche Aufgaben vorbereiten sollte, sich zugleich aber auch der Ikonenmalerei widmete und dabei bereits für seine Werke beträchtliches Interesse nicht nur im Inland ausgelöst hatte. Man habe ihrem Vater ein Zertifikat und später noch ein offizielles Schreiben vom zuständigen Ministerium mitgegeben, um ihn für eine eventuelle Kontrolle ausreichend zu wappnen, da man Ikonen nicht ausführen dürfe. Doch niemand habe sie später kontrolliert, und die Ikone habe bei der Heimreise auch keinerlei Schaden genommen. Sie glaube, mit diesem Geschenk haben die Bulgaren ihrem Vater danken wollen, und sicher sei die Anregung dafür sogar aus höheren Kreisen gekommen, denn mehrfach haben auch Leute aus den oberen Verwaltungen den Urlauberaustausch nutzen können.

Während Irene abermals einen kleinen Schluck Wein trank, fragte ich sie, was sie mit der Ikone gemacht haben.

Sie musste lachen. „Das ist doch ein Bild, ein Kultbild, ein geweihtes Tafelbild der orthodoxen Kirche“, klärte sie mich auf. „Und was macht man mit einem Bild? Ein Bild hängt man an die Wand.“

„An die Wand also“, insistierte ich. „Und an welche Wand?“

Irene lachte wieder, und ich spürte ihre Hand auf meiner Schulter, als sie sagte: „Selbstverständlich kann man die Ikone nicht an die Wand des betrieblichen Arbeitszimmers eines Direktors hängen. Einige Leute würden da bestimmt Anstoß nehmen oder sogar verrücktspielen, nach der Devise, der Direktor dreht durch, hängt im Forstwirtschaftsbetrieb, den er auf sozialistische Art leiten soll, ein kirchliches Kultbild auf. Wo kommen wir denn da hin?“

„Also, wo ist die Ikone zu besichtigen?“, fragte ich.

„Im privaten Arbeitszimmer meines Vaters“, antwortete Irene. „Dort hängt die Ikone gut sichtbar, vom Sonnenlicht oder abends vom Lampenlicht schön ausgeleuchtet, sie ist wirklich eine Attraktion, finde ich. Es gibt natürlich immer Leute, die das keineswegs so sehen. Ein hoher Funktionär, der mal bei uns war, hat ganz erstaunt getan und hinterhältig nachgefragt, ob dieses Heiligenbild denn unbedingt an dieser Wand hängen müsse.“

„Und was hat dein Vater darauf geantwortet?“

Irene schaute mich einen Moment nachsichtig lächelnd an, bevor sie mir antwortete. Es sei ein Freundschaftsgeschenk, habe ihr Vater erklärt. Und ein Freundschaftsgeschenk verstecke man nicht und werfe es auch nicht weg, sondern man achte es. Denn wenn wir unsere Freundschaft mit bösartigen Vorzeichen belasten würden, käme sie uns unweigerlich bald abhanden. Eine Freundschaft müsse man jedoch festigen und ständig pflegen, und wenn es angebracht sei, dann eben auch mit einem Ikonenbild. Der Gast habe schließlich mit säuerlicher Miene einzulenken versucht und gesagt, so könne man es natürlich auch sehen.

Ich spürte noch immer Irenes Hand auf meiner Schulter, es war eine intime Geste, die mir irgendwie guttat. Folglich war ich auch nicht erfreut, als Bernd kam, um uns beide zu holen. Wir sollten ihm an die Bar folgen, hinunter ins Parterre, in den langgestreckten Raum zwischen dem vorderen und dem hinteren Saal, wo Helga, wie er sagte, für uns schon Plätze freihalten würde.

Wir saßen dann auf den hohen, unbequemen Barhockern und tranken Sekt mit Ananas, eine Spezialität, die Erwin, der Mensawirt, meist bei solchen Festen anbot. Und als wir sein Getränk lobten, schob er uns eilfertig vier weitere Gläser zu mit der Bemerkung, die Jahresendlieferung von Ananasbüchsen sei diesmal von erstklassiger Qualität, davon sollten wir Landwirte profitieren, für uns habe er schon immer die größte Sympathie empfunden.

Bernd nickte ihm anerkennend zu, und mir kam der Gedanke, dass Erwin das Gleiche bestimmt auch den anderen Studenten erzählte. Wundern würde es mich nicht, denn er war ein umtriebiger Wirt, aber ich hatte in keinem der Jahre den Ball einer anderen Fachrichtung besucht, ich musste mich also hüten, zu behaupten, er ginge auch den Medizinern, den Chemikern, den Physikern, den Biologen oder gar den Germanisten und den Theologen ebenso um den Bart.

Als ich das Sektglas von unserer zweiten Runde absetzte, verspürte ich einen Stoß gegen meinen rechten Arm. Brähmich drängte sich zwischen Irene und mich und verkündete, er müsse uns noch Wichtiges übermitteln.

Er solle es später tun, oben an unserem Tisch, schlug ihm Bernd vor. Hier an der Bar sei es viel zu laut, man könne ja sein eigenes Wort nicht mehr verstehen.

Und es war tatsächlich so, im hinteren Saal hatte die Combo eingesetzt, und ihre Verstärkeranlage dröhnte in unseren schlauchartigen Raum herein und verschlang nahezu jedes von uns gesprochene Wort.

Ich bat Erwin um ein Getränk für den Oberassistenten und bezahlte sogleich diese Runde. Danach stieg ich von meinem Hocker und bot Brähmisch diesen Platz an.

Vielleicht war das ein Fehler von mir, denn Brähmisch nahm wortlos den Hocker in Beschlag, breitete seine Arme aus und zog Irene und Helga an sich heran, als gehörten sie zu ihm. Mir missfiel, wie sich der Mund des Oberassistenten immer mehr Irenes Ohr näherte, ich konnte nicht verstehen, was er sagte, mich interessierte sein unablässiges Gerede auch nicht, aber mich störte seine Dreistigkeit.

Ich umfasste vorsichtig Irenes Oberarm, und als ich einschätzte, dass sich ihr Ohr dem Mund des Oberassistenten nicht mehr zu entziehen vermochte, wurde meine sachte Berührung zum festen Griff. Irene wandte sich nach mir um, doch keinesfalls erstaunt über die Art, wie meine Hand ihren Arm drückte. Sie stieg lässig von ihrem Hocker, beantwortete den fragenden Blick des Oberassistenten mit einem Schulterzucken und blieb lächelnd neben mir stehen. Ich nahm sie an der Hand und führte sie in den vorderen Saal, wo die Kapelle gerade einen Blues spielte.

Als wir zu tanzen anfingen, sagte ich zu ihr, wenn ich meinen Auftrag, sie zu beschützen, allzu ernst nähme, müsste sie mich rechtzeitig warnen.

„Nein“, erwiderte sie mir, mein Einsatz entspräche ganz und gar ihren Vorstellungen. Danach hatte ich den Eindruck, dass wir enger als zuvor tanzten und den Blues genossen.

Als wir wieder im oberen Saal anlangten, machte das Tanzorchester gerade eine längere Pause. Und es blieb uns auch erspart, auf die anderen Rücksicht nehmen zu müssen, wir saßen zu zweit an unserem Tisch, tranken Wein und plauderten. Nur der Kellner erschien auf einmal und brachte uns unaufgefordert zwei Flaschen Selters und dazu die Gläser. Beim Eingießen riet er uns, immer mal einen kräftigen Schluck zu nehmen, das Wasser mindere die Alkoholwirkung, was wichtig sei. Absolut wichtig, bekräftigte er, als wir ihm dankten und seine Fürsorge lobten.

Mich interessierten die Gründe, die Irene bewogen hatten, an die hiesige Fakultät zu wechseln, normalerweise war das nicht üblich, höchstens, man war auf eine Spezialrichtung aus, Pflanzenzüchtung, Melioration oder ähnliches.

„Neugierde und Bequemlichkeit“, antwortete sie mir auf meine diesbezügliche Frage und schaute mich vielsagend an.

Aus meiner Sicht passe das nicht so recht zusammen, entgegnete ich ihr. Und dann begann sie mir zu beweisen, wie gut Neugierde und Bequemlichkeit zusammenpassen würden.

Ich verspürte auf einmal ein unwahrscheinliches Verlangen, möglichst viel von ihr zu erfahren. Ich negierte auch, dass die Kapelle wieder zu spielen begann, ich fragte einfach weiter, und ihr schien es Spaß zu machen, mir auf meine Fragen ausführlich zu antworten.

Ich erfuhr zu meinem Erstaunen, dass Karin Burger Irenes Neugier auf unsere Fakultät geweckt hatte. Karin hatte mehrere Male ihren Vater begleitet, wenn dieser die Modalitäten für den Aufenthalt des Jungviehs seiner Genossenschaft auf den Waldwiesen des Forstwirtschaftsbetriebes ausgehandelt hatte. Die beiden Väter haben den Abschluss der Jahresvereinbarung über die sommerliche Pensionsweide in der Regel mit einem kleinen Umtrunk ausklingen lassen, berichtete mir Irene, währenddessen sie mit Karin zumeist ein wenig gewandert sei, und dabei haben sie über alles Mögliche geredet, vorrangig aber über die Studienbedingungen, über die guten Beziehungen zwischen den Studenten einerseits und dem Lehrkörper andererseits, zum Beispiel, dass die Professoren und Dozenten auf die Wünsche der Studenten eingehen würden und dass man als neues Vorhaben die Einbeziehung der Studenten in die wissenschaftliche Arbeit einführe, also Hilfsassistenten berufen wolle.

Drei Musiker, erinnere ich mich, standen mit ihren Saxophonen vorn an der Bühnenkannte, als beabsichtigten sie mit ihrem Spiel, aus dem Hintergrund unterstützt vom übrigen Orchester, ein weites Netz auszubreiten, das die Tanzenden einfing, um sie für einige Zeit in außergewöhnliche Traumwelten zu entführen. Ich glaubte wahrhaftig, ich würde träumen, doch es war etwas, was wirklich geschah und was mir geschah, ich hatte Irene im Arm und wir tanzten, als gäbe es nur uns beide auf diesem Parkett, und ich sah, Irene hatte ihre Augen geschlossen oder fast geschlossen, und vielleicht hatte diese unwahrscheinlich einschmeichelnde Melodie auch ihr das Gefühl gebracht, über dem Parkett zu schweben, ohne vom ausgebreiteten Netz daran gehindert zu werden.

Dann gab es Beifall, die Paare um uns herum klatschten heftig. Das Schweben war vorbei. Wir standen auf dem Parkett und hielten uns aneinander fest, wir wurden bedrängt, unsere Gesichter waren sich auf einmal sehr nahe. Ich dachte daran, Irene zu küssen, einfach zu küssen, niemand beachtete uns. Ich sah Irenes Lächeln, ihr Mund war noch immer dicht vor meinem Gesicht. Ich hätte mich nur ein paar Zentimeter nach vorn neigen müssen, um sie küssen zu können. Und ich bin mir nicht ganz sicher, ob ich mich nicht doch ein wenig nach vorn geneigt habe, dabei darauf hoffend, unsere Lippen würden sich treffen.

Sicher bin ich mir in meiner Erinnerung, dass in dem Augenblick das Orchester einsetzte, in den Beifall hinein. Wir tanzten wieder, unsere Körper berührten sich. Es hätte mir gefallen, noch stundenlang so mit

Irene tanzen zu können. Doch nach wenigen Takten überraschte sie mich mit dem Vorschlag, jetzt aufzubrechen, um an der Garderobe später nicht noch lange anstehen zu müssen.

Ich bezahlte bei unserem Kellner. Es war weiter niemand da, von dem wir uns hätten verabschieden können.

Irene nahm ihre kleine Tasche und hakte sich bei mir ein. An der Garderobe half ich ihr in den Mantel, meine Hände schienen den flauschigen Stoff gar nicht loslassen zu wollen.

Es musste die ganze Zeit über geschneit haben, die Freitreppe der Mensa war glatt, und ich stützte Irene, sie trug noch immer ihre Ballschuhe.

Sie kenne sich aus mit Eis und Schnee, sie komme schließlich aus dem Gebirge, sagte sie lachend, doch es gefiel ihr offensichtlich, dass ich mich so um sie bemühte.

Fünf, sechs Stunden zuvor, auf dem Weg zur Mensa, hatte ich die ersten Schneeflocken beobachtet, wie sie sacht aus dem dunklen Himmel in den Lichtschein der Straßenlampen gesegelt waren. Nun liefen wir über einen weißen Teppich, und der Himmel über uns war hoch und klar und mit Sternen übersät. Die Stadt war verstummt, nichts lärmte, unten im Flusstal fuhr ein Zug, wir sahen die sich bewegenden Lichtpunkte, als krieche dort in der Ferne eine mit Lampen bestückte Raupe völlig lautlos dahin.

Irene blieb stehen, und ich nahm an, sie wollte dieses Schauspiel genießen. Doch sie versuchte, den pelzbesetzten Mantelkragen aufzurichten. Ich unterstützte sie dabei, und während meine Hände sich mit dem weichen Pelz beschäftigten, wieder länger als nötig, kam mir erneut der Gedanke, sie zu küssen. Ich war unschlüssig. Ich befürchtete, etwas unangemessen zu beschleunigen, so dass unsere Beziehung bereits scheitern könnte, noch bevor sie überhaupt richtig begonnen hätte.

Vielleicht aber sorgte ich mich auch völlig umsonst.

Wir gingen weiter, es muss zwei oder drei Querstraßen vom Botanischen Garten entfernt gewesen sein, da sagte sie, nun müssten wir uns gleich voneinander verabschieden.

Das Haus befand sich mit seiner Vorderfront nicht in einer Reihe mit den anderen, es war um einige Meter zurückversetzt und besaß einen schmalen Vorgarten ohne Zaun. Die Treppe war von zwei Bäumen flankiert.

Irene betrat die unterste Treppenstufe, drehte sich zu mir um und blickte mich an. Dann neigte sie sich ein wenig herab, und unsere Lippen berührten sich, vielleicht vier, fünf Sekunden, womöglich auch acht, neun oder zehn, mehr bestimmt nicht. Es war ein kurzer Kuss, aber es war unser erster, und er ist mir unvergesslich geblieben.

„Wir hatten einen wunderschönen Abend, ich danke dir sehr“, sagte Irene, ihr Gesicht mir noch halb zugewandt, als sie die Haustür aufschloss.

Ich wollte etwas erwidern, doch da fiel bereits die schwere Tür zu, und ich hörte das Geräusch des sich drehenden Schlüssels.

Ich musste noch bis zum Studentenheim am Rande der Stadt laufen, aber der Weg schien in dieser Nacht kürzer zu sein.

Ich stellte mir vor, Irene im Arm zu halten und mit ihr zu schweben. Und ich spürte eine Beschwingtheit, wie ich sie bisher noch nicht kannte.

***

„Sie wollen den Vortrag tatsächlich übernehmen?“, fragt meine Sekretärin.

„Ja, Frau Walter“, antworte ich. „Wir haben es Professor Kasberg geschrieben, also bleibt es dabei. Noch dazu, wo Sie einen besonders schönen Kopfbogen für den Brief genommen haben. Es wäre doch schade, wenn wir den zerreißen würden.“

Sie lässt sich, wie ich merke, nicht von ihrer Linie abbringen, sie sagt in sachlichem Ton: „Noch haben wir den Brief nicht abgeschickt. Und überhaupt, ob das richtig war, statt „Werter Genosse Professor“ einfach „Sehr geehrter Herr Professor“ zu schreiben und statt „Mit sozialistischem Gruß“ auf einmal „Mit den besten Grüßen“, immerhin, es ist doch ein ganz offizielles Schreiben, bei dem man üblicherweise ...“

„Der Text ist in Ordnung“, sage ich in ihren Satz hinein. „Kasberg wird sich über die Zusage freuen, ganz bestimmt. Ein schöner Text auf besonders schönem Papier, darüber freut sich ein jeder, der solch einen Brief erhält.“

„Wie Sie meinen. Sie müssen es ja wissen und auch verantworten“, sagte sie. „Aber man macht sich eben so seine Gedanken.“

Als ich im vierten Studienjahr war oder genauer gesagt, im achten Semester, und zunehmend das bevorstehende Praktikum im Blick hatte, das sogenannte einjährige Betriebsleiterpraktikum, war Kasberg Oberassistent bei Professor Henningsen und arbeitete auf seine Habilitation hin. Wir sahen ihn meistens bei Henningsens Vorlesungen. Er unterstützte seinen Chef. Er schien sich für alles verantwortlich zu fühlen, obwohl es noch einen Vorlesungsassistenten gab, der sich eigentlich um den ordnungsgemäßen Ablauf der Lehrveranstaltung zu kümmern hatte.

Gewöhnlich kam Kasberg fünfzehn Minuten vor Beginn der Vorlesung mit zwei Aktentaschen, seiner eigenen und der seines Chefs, die er beide zunächst auf den langen Experimentiertisch stellte, der einer Kneipentheke glich, nur hier statt der Bierzapfanlage ein Pult trug.

Alles weitere vollzog sich dann in der Art einer Kulthandlung, mich erinnerte es immer ein bisschen an mein Jahr als Kirchenjunge, wo ich gemeinsam mit meinem Schulkameraden Georg dafür zu sorgen hatte, dass zu Beginn des Läutens die Altarkerzen brannten und etliche Gesangbücher als Reserve gut sichtbar an bestimmten Stellen lagen und dass auch später, kurz vor Ende des Gottesdienstes, die Büchsen für die Kollekte am Ausgang bereitstanden. Wir beide betrachteten es als Ehre, diesen wichtigen Beitrag leisten zu dürfen, vielleicht erging es Kasberg ebenso. Gewöhnlich führte Kassberg ein kurzes Gespräch mit dem Vorlesungsassistenten, prüfte danach den Stand der Vorbereitungen, überflog die Texte auf den Wandtafeln, schaltete Diaskop und Polyluxgerät ein und wieder aus, vergewisserte sich, ob die schriftlichen Materialien zum Austeilen vorhanden waren, und widmete sich schließlich den Aufgaben, die er, wie ich annahm, mit besonderem Vergnügen erledigte. Er öffnete die Aktentasche seines Chefs, entnahm ihr zuerst die Mappe, die das Vorlesungsmanuskript enthielt, und legte sie, nachdem er einen kurzen Blick hineingeworfen hatte, auf das Pult. Danach holte er das Trinkglas seines Chefs hervor, das immer in ein weißes Tuch eingewickelt war. Er spülte das Glas sorgfältig unter dem Wasserhahn aus, der sich über dem großen braunen Ausgussbecken befand, füllte es etwa zu Dreiviertel voll und stellte es neben das Pult.

Wenn Kasberg die vordere Hörsaaltür öffnete und sich neben ihr postierte, war das für uns stets das Zeichen, die Gespräche untereinander zu beenden und uns auf das Begrüßungsklopfen vorzubereiten.

An jenem Tag, der mir so nachhaltig im Gedächtnis geblieben ist, war Kasberg nicht nur mit den zwei Aktentaschen erschienen, sondern hatte dazu noch eine große Vase mit einem Strauß blühender Luzerne hereingetragen, die aus einem der Gewächshäuser stammen musste, da um diese Jahreszeit die Luzerne im Freiland in ihrer Entwicklung noch nicht so weit sein konnte.

Kasberg waren vermutlich ein paar weitere Sätze eingefallen, mit denen er den bereits auf den Tafeln vorhandenen Text zu ergänzen beabsichtigte. Er schrieb, den Rücken uns zugewandt und keinen kontrollierenden Blick zur Tür, während wir die Minuten vor der Vorlesung damit verbrachten, den Tafeltext abzuschreiben und nebenbei noch einige Neuigkeiten auszutauschen. Dass Henningsen zeitiger als sonst den Hörsaal betrat, wurde nur von wenigen bemerkt, und die waren sich, ebenso wie ich, nicht sicher, ob es angebracht sei, mit dem Klopfen zu beginnen, noch dazu, wo alles anders ablief als gewohnt. Denn Henningsen ging nicht zum Pult, sondern zum Luzernestrauß, gruppierte einige Stängel um, trat einen Schritt zurück, prüfte, was er verändert hatte, griff nochmals korrigierend in den Strauß und lächelte dann, als sei er mit dem erreichten Ergebnis zufrieden. In dem Moment fragte mich Karin Burger, die neben mir saß, nach einem Wort, das sie an der Tafel nicht entziffern konnte. Ich raunte ihr zu, dass der Professor längst da sei und uns den ganzen Text bestimmt gleich selber vorlesen werde. Karin erschrak und fing heftig zu klopfen an, und auf einmal beteiligten sich auch andere, als hätten sie nur auf ein Zeichen gewartet. Kasberg drehte sich um, schaute auf seine Uhr, zuckte mit den Schultern, hob wie entschuldigend die Hand, in der er noch die Kreide hielt, und wartete auf die Reaktion seines Chefs.

Henningsen blieb hinter dem Luzernestrauß stehen, blickte, noch immer lächelnd, von Reihe zu Reihe, als müsse er erst prüfen, ob alle anwesend wären.

Und dann begann er zu sprechen.

„Meine Damen und Herren, heute widmen wir uns einer der besten Futterpflanzen, einer Pflanze, die in ihrem Ertrag, ihrer Frohwüchsigkeit und ihrer positiven Wirkung auf den Boden allen anderen überlegen ist, allerdings, auch das sollten Sie beachten, in ihrer Standortforderung sich konzessionslos erweisen wird. Ich hoffe, Sie werden später dafür sorgen, dass ihr überall der Rang zukommt, der ihr gebührt. Sie müssen für die Luzerne etwas mehr Zeit aufbringen. Sie haben ja bemerkt, dass ich heute ein paar Minuten früher gekommen bin, um gemeinsam mit Ihnen den Anblick dieses wunderschönen Straußes zu genießen."

Und während wir zustimmend klopften, breitete Henningsen seine Arme aus, als habe er vor, die blühende Luzerne zu umfassen, um sie zu liebkosen, wie eine schöne Frau, die man seit langem kennt und von der man weiß, dass sie die Liebkosung nicht nur gestattet, sondern erwartet, ja, sogar herausfordert.

Die Mappe auf dem Pult bleibt an diesem Tag ungeöffnet. Henningsen spricht frei. Und wir folgen ihm aufmerksam, wie er die Luzerne aus ihrer Urheimat, aus den vorder- und mittelasiatischen Steppenlandschaften Persiens nach Norden wandern lässt. Die blaublühende Pflanze, von Wissenschaftlern Medicago sativa genannt, trifft bei ihrer Wanderung auf die gelbblühende Sichelluzerne, die man als Medicago falcata bezeichnet und die bei uns auf Ödflächen sowie an Wege- und Feldrändern zu finden ist, eine Wildform, zwar schwachwüchsig, aber äußerst anspruchslos. Und aus der vielseitigen Bastardierung beider Formen entsteht eine buntblühende Luzerne, die Medicago media oder Medicago varia, und sie passt sich den verschiedenen Standorten an und wartet mit hervorragenden Leistungseigenschaften auf. Nein, sie stört sich nicht an Grenzen, sie dringt voran, allmählich nur, doch sie dringt unaufhaltsam voran, und sie fasst schließlich auch in Deutschland Fuß, zuerst in der Pfalz, in Franken und in Thüringen, und sie breitet sich weiter aus, erobert, jetzt dank der Arbeit von klugen Ackerbauern und Züchtern, immer neue Anbaugebiete. Sie ist, wenn man sie nicht falsch behandelt, die beste, die zukunftsreichste Futterpflanze. Und sie dient nicht nur dem Vieh als wertvolle Nahrung, sondern auch dem Boden zur Erhöhung seiner Fruchtbarkeit.

Es war nicht ungewöhnlich, nach der Vorlesung zum Professor zu gehen und ihn nach etwas zu fragen, das sich auf das behandelte Thema bezog. Man konnte die Frage auch auf einen Zettel schreiben und diesen dem Assistenten übergeben. Zumeist erfolgte die Beantwortung dann in der nächsten Vorlesung.

Als ich nach vorn ging, redete Henningsen noch mit Kasberg. Ich wartete, bis sie ihr Gespräch beendet hatten.

Meine Frage betraf die Methoden der Saatguterzeugung. Wir hätten zu Hause schon einiges ausprobiert, berichtete ich Henningsen. Jetzt aber, in der Genossenschaft, wäre das Suchen wieder an der Tagesordnung, weil mehrmals das Ergebnis miserabel gewesen sei.

Das Suchen nach der besten Methode werde wohl immer unsere Aufgabe bleiben, antwortete Henningsen. Er werde in der nächsten Vorlesung noch ausführlich darüber sprechen.

Ich dachte, dass mit dieser Auskunft mein Anliegen erledigt sei, doch Henningsen fragte mich, ob ich noch Zeit hätte.

Henningsen nahm mich mit in sein Arbeitszimmer, das sich im Obergeschoß, an der Giebelseite des großen Gebäudes, befand und zwei breite Fenster besaß, die nach Süden gingen und einen weiten Blick über den Versuchsgarten mit den Gewächshäusern und über die Stadt hinweg bis zu den gegenüberliegenden Bergen boten. Unwillkürlich blieb ich an einem der Fenster stehen, und Henningsen sagte schmunzelnd, ich solle jetzt ruhig die Aussicht genießen, von der bisher alle seine Gäste fasziniert gewesen wären, heute hätten wir ja ausreichend Zeit, später, wenn ich hier zur Prüfung antreten müsse, gäbe es einen strengen Ablaufplan.

Henningsen ließ mich eine Weile allein. Als er wieder ins Zimmer kam, brachte er mehrere Broschüren mit, legte sie auf den Tisch und forderte mich auf, die auszuwählen, die mich interessieren würden.

„Alle“, sagte ich, „mich interessieren alle.“

„Gut, einverstanden.“ Henningsen nickte. „Dann können Sie alle mitnehmen. Und Sie dürfen alle behalten, allerdings nur, wenn Sie vorhaben, sich intensiver als Ihre Kommilitonen mit der Luzerne zu beschäftigen. Das ist meine Bedingung. Ist die zu erfüllen?“

„Ja, Herr Professor“, sagte ich, „das verspreche ich Ihnen.“

Die Sekretärin servierte Kaffee, es waren zierliche Tassen, wie ich sie von zu Hause kannte, die nun zwischen uns auf dem ovalen Tisch standen.

Wir diskutierten zuerst darüber, wie es gelänge, bei der Luzerne möglichst viel Saatgut selbst zu erzeugen, um nicht fortwährend ausländische Importe zu benötigen, die sich im Ertrag weit unsicherer erwiesen als unsere heimischen Sorten. Henningsen erläuterte mir seine Ansichten, aber er dozierte nicht, er plauderte mit mir. Und auf einmal gelangten wir zum Thema Leitungspraktikum, und von Henningsen kam die Frage, ob ich schon einen Betrieb in Aussicht hätte, wenn noch nicht, könne er mir etwas Besonderes anbieten. Es sei ein Saatzuchtgut, sagte er. Dort gäbe es kompetente Leute, die das Wirtschaften verstünden wie kaum andere. Und außerdem würde die Möglichkeit bestehen, während des einjährigen Praktikums Material für meine Diplom-Arbeit zu sammeln. Ich solle mir vorstellen, unter der Obhut seines Freundes, des Gutsdirektors, eigenverantwortlich bestimmte Aufgaben zu übernehmen und mich, fast wie nebenbei, zugleich mit den Vorarbeiten für das zu beschäftigen, was ich dann zum Abschluss des Studiums vorzulegen habe. Eine Zuchtstation mit erfahrenem Personal hätten sie im Gut auch, und ich könnte beobachten, wie langwierig und doch schön es wäre, eine neue Luzernesorte zu züchten oder eine alte, wertvolle Sorte zu erhalten. Ob das für mich etwas sei, wollte Henningsen schließlich wissen.

„Herr Professor, das gefällt mir, das gefällt mir sehr“, sagte ich.

Henningsen versprach mir, mit dem Gutsdirektor zu reden. In ein paar Tagen könne mir Dr. Kasberg den Termin für mein Vorstellungsgespräch im Saatzuchtgut mitteilen.

Henningsen begleitete mich bis ins Vorzimmer, wo der Luzernestrauß aus dem Hörsaal nun auf einem halbhohen Aktenschrank stand. Er schenkte mir fünf Stängel, die wir gemeinsam in Zeitungspapier einwickelten.

In der Stadt kaufte ich eine einfache Vase aus Glas.

Als ich in unserem Zimmer Bernd Scheufler die Vase mit den fünf blühenden Luzernestängeln präsentierte, sagte er nur, er merke schon, wer besonders wertvolle Beziehungen geknüpft habe. Es sei eben wie es sei, Beziehungen würden nur dem schaden, der keine besäße.

Das Schild am Hoftor mit der Aufschrift „Volkseigenes Saatzuchtgut“ war von weitem zu erkennen, und es glänzte, als ob das Polieren hier zu den täglichen Verrichtungen gehörte.

Zu Fuß hatte ich den letzten Abschnitt der Strecke, die zwischen meinem Heimatdorf und meinem künftigen Praktikumsort lag, marschieren müssen, etwas mehr als eine halbe Stunde im zügigen Tempo, nur weil der einstmalige Besitzer des Gutes vor nahezu hundert Jahren, als die Eisenbahnlinie gebaut werden sollte, die Auffassung vertreten hatte, für dieses unnütze Projekt seinen kostbaren Boden um keinen Preis zu opfern.

Ich durchschritt das Tor und sah auf der Treppe des Verwaltungsgebäudes einen Mann stehen, der Professor Henningsen ähnelte, man hätte fast annehmen können, er wäre sein Bruder, vielleicht um einige Jahre jünger, aber die gleiche Größe, der gleiche Haarschnitt, nur die Kleidung war anders, mehr der praktischen Tätigkeit angepasst, kein weißes Hemd, kein Schlips, kein grauer Anzug, dafür eine lockere grüne Jacke über einem beigefarbenen Hemd mit offenem Kragen, eine braune Hose und Stiefel, ganz so, wie man sich einen richtigen Gutsdirektor vorstellt.

Unser Gespräch verlief angenehm, eigentlich hätte ich es mir nicht besser wünschen können.

Ich erfuhr, dass Professor Henningsen den Direktor noch am gleichen Tag angerufen hatte, an dem ich in seinem Arbeitszimmer gewesen war, und dass sie dabei über meinen Praktikumseinsatz ausführlich gesprochen hatten.

„Sie werden sich bei uns wohlfühlen, ganz bestimmt", sagte der Direktor und hob ein wenig den Kopf, als wolle er mich zu einer freudigen Zustimmung ermuntern.

„Übrigens", sagte der Direktor nach einer kurzen Pause, „Sie haben heute noch die Gelegenheit, einen wichtigen Partner von uns kennenzulernen, einen Genossenschaftsvorsitzenden, der gegenwärtig mit dem Saatzuchtleiter verhandelt."

Danach lehnte er sich einen Augenblick zurück, als müsse er erst überlegen, ob er mich schon in die Geheimnisse von Partnerschaften einweihen könne. Schließlich sagte er, es sei zu hoffen, dass beide zu einem guten Einvernehmen kämen. Sicher sei dies nicht ganz einfach, da der Vorsitzende, was man ihm nicht verübeln könne, aufs Ganze gehe und die Forderung stelle, ab jetzt gewissermaßen als Generalvermehrer zu fungieren, obwohl es diesen Status überhaupt nicht gäbe. Aber Status hin oder her, der Vorsitzende verlange feste Verträge und Absprachen einschließlich der Zusicherung, nur Luzerne in der höchsten Anbaustufe, der sogenannten Zuchtgartenelite, zu vermehren.

Unser Rundgang hatte dann etwa eine Stunde gedauert, ich war vom Direktor über die Produktionsschwerpunkte informiert worden, und nach Maßgabe der Kriterien, die ihm für die Tätigkeit eines Praktikanten vorschwebten, hatte er festgelegt, in welchen Bereichen mein Einsatz erfolgen sollte. Ich selbst hatte keinerlei Grund gesehen, ihm in irgendeiner Weise zu widersprechen oder ihn um eine Änderung zu bitten, sondern das akzeptiert, was er für mich ausgewählt hatte.

Im Arbeitszimmer war ein großer runder Tisch eingedeckt, in der Mitte eine Platte mit belegten Brötchen und eine Teekanne, dazu Teller und Tassen für drei Personen.

Die Tür zum Vorzimmer war offen. Wir hatten uns kaum gesetzt, als ein Mann erschien. Er war nicht sehr groß, jedenfalls war das anfänglich mein Eindruck. Doch es hing wohl mit seiner rundlichen Statur zusammen, dass ich mich bei seiner Körpergröße verschätzt hatte. Er war keinesfalls kleiner als der Direktor. Und er lächelte mich freundlich an, als wir miteinander bekannt gemacht wurden.

„Kollege Hans Rabe, Vorsitzender der LPG Bertlingen", sagte der Direktor und fügte hinzu: „Auch er ist ebenso wie Sie zum ersten Mal hier bei uns im Gut."

Während wir Brötchen aßen und Tee tranken, berichtete Hans Rabe, er habe sich mit dem Saatzuchtleiter in allen Punkten einigen können, er sei vollauf zufrieden, seine Reise habe sich gelohnt. Und dann schien er sich für mich zu interessieren, er stellte Fragen, er wollte Einzelheiten über meinen Praktikumseinsatz wissen. Zuletzt ging es ihm um die finanzielle Seite, er fragte den Direktor unverblümt, wie viel das Gut dem Praktikanten zahlen werde, als zusätzliche Vergütung, da das Stipendium ja weiterhin von der Universität komme.

„Einhundertfünfzig Mark im Monat, wie festgelegt", sagte der Direktor. „Unterkunft frei, für die Verpflegung die üblichen Sätze."

Ich sah, der Vorsitzende machte sich Notizen, ich hätte gern gewusst, was er alles in sein Büchlein schrieb. Und immer, wenn sich unsere Blicke trafen, entdeckte ich ein Lächeln um seinen Mund, so dass es mir vorkam, wir würden uns schon eine Ewigkeit kennen.

„So ist das also, wirklich interessant für mich", sagte der Vorsitzende unvermittelt und steckte Notizbuch und Stift in seine Jackentasche. Er stand auf und bedankte sich beim Direktor für dessen Gastfreundschaft und für die vielen neuen Eindrücke, die er gewonnen habe.

„Können Sie den Kollegen Bornschein bis zum Bahnhof mitnehmen?", fragte der Direktor.

„Selbstverständlich", sagte der Vorsitzende. „Mir steht ein komfortabler Wagen zur Verfügung, der ausreichend Platz für Gäste bietet."

Der komfortable Wagen war ein F8, und der Vorsitzende fuhr mit ihm ohne Eile, und bis zum nächsten Dorf, wo ich hätte aussteigen müssen, hatte er mich nach allen möglichen Dingen ausgefragt, wobei es zumeist Fragen waren, die nur einer kurzen Antwort bedurften.

Wir waren fast am Ende des Dorfes angelangt, als ich sagte, dass wir jetzt nach rechts abbiegen müssten, um zum Bahnhof zu gelangen.

„Na hör mal, ich setze dich doch nicht hier am Bahnhof ab“, sagte der Vorsitzende erstaunt. „Wo denkst du hin, vielleicht fährt der nächste Zug erst in ein paar Stunden oder es fährt heute überhaupt keiner mehr. Ich bringe dich nach Hause. Einverstanden?“

„Von mir aus, ja“, sagte ich. „Aber für Sie ist das ein ziemlicher Umweg.“

„Manchmal mache ich gern einen Umweg“, erwiderte er.

Danach schwiegen wir eine ganze Weile. Der Vorsitzende fuhr jetzt etwas schneller, doch bevor wir den nächsten Ort, eine Kleinstadt, erreichten, verminderte er wieder die Geschwindigkeit. Er schaltete einen Gang tiefer und gab kaum Gas, so dass der Wagen zu ruckeln begann. Für einen Moment glaubte ich, er wollte anhalten, weil ihm eingefallen war, dass er hier noch etwas besorgen, vielleicht einen Einkauf für seine Frau tätigen müsse.

Aber er hielt nicht an, es konnte sein, dass er über etwas nachgedacht hatte, seine Augen waren zwar auf die Straße gerichtet, doch sie wirkten wie abwesend.

Sicher bemerkte er, dass ich ihn beobachtete. Er blickte kurz zu mir herüber, lächelte wieder und fragte dann, ob mein Einsatz vertraglich vereinbart und damit endgültig festgelegt sei.

„Unterschrieben habe ich nichts“, antwortete ich ihm. „Alles ist nur mündlich vereinbart.“

„Du hast noch nichts unterschrieben?“

„Nein“, sagte ich.

„Man muss doch etwas schriftlich festgehalten haben“, beharrte er.

„Mein Name steht in einer Liste“, antwortete ich ihm. „Und hinter meinem Namen, da steht als Praktikumsbetrieb jenes Gut, das wir beide heute besucht haben.“

„Weiter nichts?“

„Nein, weiter nichts“, sagte ich und fügte noch hinzu: „Vielleicht steht Ihre LPG auch schon in der Liste und davor der Name eines Studenten.“

„Meine LPG steht in keiner solchen Liste“, sagte er ziemlich abrupt und schaute wieder geradeaus nach vorn.

„Dann müssen Sie dafür sorgen, dass Ihre Genossenschaft aufgenommen wird, sagte ich. Ich könnte mir denken, dass Sie…“

Weiter kam ich nicht.

„Du musst nicht fortwährend Sie zu mir sagen“, unterbrach er mich. „Bei uns in der LPG sagt man ganz einfach Du zueinander, weil man sich kennt, meist sogar gut kennt, und weil man versucht, gemeinsam am Seil zu ziehen, um den Betrieb allmählich in Gang zu bringen. Das ist doch ein Unterschied zum Volksgut, da ist alles seit langem festgefügt, da ist auch Distanz, da gibt es genaue Anweisungen, da sagt man Kollege oder sogar Herr. Bei uns sagen die Genossenschaftsmitglieder einfach Hans, wenn sie mich meinen oder von mir was wollen. So ist das.“

Auf einmal schlug er mit der flachen Hand auf das Lenkrad und gab forsch Gas, als müsse er die Zeit, die er mit seinem langsamen Fahren verschenkt hatte, nun wieder aufholen.

Ob ich ihm die Anschriften der verantwortlichen Stellen notieren könne, fragte er mich, da hatten wir schon die Kreisstadt erreicht und bogen auf die Hauptstraße ein, von der nach wenigen Kilometern die kurze Straße zu meinem Heimatdorf abzweigt.

„Ich schreibe dir alles auf, damit du dann den direkten Kontakt aufnehmen kannst“, sagte ich. Auch ich duzte ihn jetzt, ohne einen Moment zu zögern.

„Lange kann ich nicht bleiben", sagte Hans Rabe, als wir bei uns vor dem Hoftor anhielten. Und dann genoss er die Überraschung, die unsere gemeinsame Ankunft auslöste.

Reiner Zufall sei unsere Begegnung gewesen, erklärte Hans Rabe bei der Begrüßung. Wie das im Leben manchmal eben so sei, es gebe solche und solche Zufälle, diesmal, so glaube er, sei es ein besonders guter gewesen.

Hans Rabe war, wie mir auffiel, in bester Laune, als er von meinem Vater in unserem Gehöft herumgeführt wurde. Zuerst wurde der Stall besichtigt, dann die Scheune und danach der Garten, wo der Vorsitzende den mächtigen Nussbaum bewunderte und schließlich vor dem Maulbeerbaum stehen blieb und auf die Frage meines Vaters, ob er diesen Baum kenne, lachend antwortete, er werde wiederkommen, wenn hier die Früchte reif wären, er könne sich nicht erinnern, wann er das letzte Mal Maulbeeren gegessen hätte. Er sei von Beruf Gärtner, sogar Gärtnermeister, und er fühle sich natürlich noch immer ein wenig als Gärtner, auch wenn er sich gegenwärtig mit anderen Aufgaben zu beschäftigen habe. Dann ging Hans Rabe zurück zum Nussbaum, und mein Vater berichtete ihm, dass er diesen Baum nach der Hochzeit gepflanzt habe.

Seine Hochzeit läge noch nicht so lange zurück, erwiderte der Vorsitzende, und seine rechte Hand glitt über die glänzende Rinde, während er seinen linken Arm, ein wenig angewinkelt, aber, wie ich bemerkte, auffallend kraftlos gegen den Stamm drückte. Einen Nussbaum habe er noch nicht gepflanzt, obwohl das allemal eine gute Idee sei, einen solchen Baum als Erinnerung an ein besonderes Ereignis zu pflanzen. Leider fehle ihm immer wieder die Zeit. Selbst um seine beiden Töchter, Zwillinge, drei Jahre alt, könne er sich nicht genug kümmern. Deshalb suche er jemanden, der sich für die LPG als Produktionsleiter eigne. Er besitze zwar einen Stellvertreter, bedauere aber, dass der, einstmals ein hervorragender Einzelbauer, sich weigere, eine höhere Leitungsfunktion zu übernehmen und stattdessen ganz normal auf dem Acker arbeite. Nun suche er einen Praktikanten, der bereit sei, sich in Bertlingen nach Herzenslust auszuprobieren.

Hans Rabe lachte, trat einen Schritt vom Baum zurück und sagte zu meinem Vater: „Verstehen Sie, was ich meine?“

„Ich denke schon.“ Mein Vater nickte.

Am Montag, kurz vor der Vorlesung, eröffnete ich Karin Burger, dass ich unbedingt mit ihr sprechen müsse.

„Dann fang damit an“, sagte sie.

„Nicht zwischen Tür und Angel. Wo denkst du hin, hier hören alle zu. Und dabei betrifft das nur uns, nur uns beide und sonst niemanden.“

„Heute Abend können wir reden. Verrate mir wenigstens, worum es geht.“

„Um eine große Chance“, sagte ich. „Als Information muss das vorerst genügen.“

„Also heute Abend?“

„Nein, morgen“, sagte ich. „Bitte, gedulde dich bis morgen.“

„Gut, morgen früh kannst du kommen. Die erste Vorlesung haben sie verlegt, uns stehen zwei Stunden zur Verfügung. Reicht die Zeit?“

„Die reicht bestimmt“, antwortete ich ihr.

„Dann komm morgen früh nicht zu spät“, sagte Karin und rückte dichter an mich heran, als wäre das, was sie mir noch mitteilen wollte, besonders vertraulich. „Wir können zusammen frühstücken“, schlug sie mir vor. „Ich habe von zu Hause Wurst mitgebracht, frisch geräuchert. Also, bis morgen früh.“

Dann redeten wir nicht mehr über diese Angelegenheit, obwohl wir in der Vorlesung nebeneinander saßen.

Ohne Voranmeldung ging ich am späten Nachmittag zu Gottfried Kasberg.

Er saß in seinem Zimmer und sortierte Dias in verschiedene Holzkästchen, offenbar bereitete er eine Vorlesung vor.

„Ist alles klar?“, fragte er mich.

„Ja und nein“, antwortete ich. „Der Direktor will mich haben, wir haben alles miteinander vereinbart. Aber ich will nicht zu ihm ins Gut.“

„Bist du verrückt?“, fragte Kasberg ungehalten.

„Ja, ich bin verrückt“, sagte ich. „Es ist wirklich so, ja, aber ich kann es nicht ändern, ich glaube, ich bin tatsächlich verrückt. Doch muss es nicht auch verrückte Leute geben?“

Kasberg blickte mich kopfschüttelnd an.

Ich weiß nicht, vielleicht hatte mein Eingeständnis, ich sei verrückt, oder die Frage, ob es nicht auch verrückte Leute geben müsse, ihn verblüfft, vielleicht aber regte sich auch etwas Mitleid bei ihm, zumindest erreichte ich, dass er die Geduld aufbrachte, mir zuzuhören, was sich bei meinem Gutsbesuch und vor allem bei der Rückfahrt im Auto des Vorsitzenden zugetragen hatte. Er unterbrach mich nicht, er hörte mir zu, und erst als ich schwieg, fragte er, ob ich seinen Chef verärgern wolle.

„Um Gottes willen, nein“, antwortete ich ihm.

„Und wie soll es dann weitergehen?“

„Ich bitte Sie, mit Professor Henningsen zu sprechen.“

„Lass das Sie, das bringt uns jetzt nicht weiter. Die Karre ist im Dreck.“

„Also bitte ich dich“, sagte ich vorsichtig. „Ich bitte dich, mit deinem Chef zu sprechen. Wenn einer etwas regeln kann, dann bist du es.“

„Kasberg kann alles regeln, das glaubst du wohl?“

„Alles sicher nicht, aber vieles. Und vielleicht schafft er es auch, dass ich nach Bertlingen gehen kann.“

Kasberg klappte sein Holzkästchen zu. Er schaute mich nicht an, er hielt den Blick starr auf den Deckel des Kästchens gerichtet, als sei er unschlüssig, wie er mit meiner Angelegenheit verfahren sollte.

Ich konnte nicht umhin, ich fragte ihn: „Wirst du mir helfen?“

„Dann soll ich wohl für dich eine Vertretung suchen?“, fragte Kasberg, und seine Stimme klang ziemlich barsch und laut.

„Nein, die suche ich selber. Morgen nenne ich dir meine Vertretung, mit Namen und Hausnummer.“

„Morgen also“, sagte Kasberg, jetzt wieder im normalen Ton. „Morgen, um die gleiche Zeit wie heute, bist du hier an Ort und Stelle.“

Mein Klingeln lockte gleich beide der alten Damen, Karins Wirtinnen, die Schwestern Meyer, an die Wohnungstür. Sie ließen mich eintreten, sie kannten mich, ich hatte schon öfter meine Mitschriften von Vorlesungen hier abgegeben, wenn ihre Untermieterin krank gewesen war oder wegen anderer Gründe die Vorlesung nicht hatte besuchen können.

Sie wisse nicht, ob Fräulein Burger schon aufgestanden sei, sagte eine der Damen und übernahm für mich das vorsichtige Klopfen an Karins Tür, und als die sich einen Spalt breit öffnete, fragte sie leise, ob der Gast eintreten dürfe.

„Er ist angemeldet, er darf eintreten“, hörte ich Karins Stimme.

Die beiden Damen gaben mir den Weg frei.

„Du kommst ziemlich früh“, begrüßte mich Karin.

„Komme ich zu früh?“, fragte ich, während ich ihr die Hand gab und zugleich versuchte, meine Überraschung zu verbergen, denn Karin empfing mich im Morgenmantel oder im Bademantel, so genau kannte ich mich in diesen Dingen nicht aus, jedenfalls war der weiße Mantel, den sie trug, ein Kleidungsstück, mit dem ich, obwohl es noch früher Morgen war, nicht gerechnet hatte. Jetzt fehlt es nur noch, dachte ich, dass sie, wenn ich meinen Vorschlag vorbringe, mir mit dem Satz: „Was bildest du dir eigentlich ein?“ den Wind aus den Segeln nimmt.

„Setz dich“, sagte Karin und schob mir einen Stuhl zurecht, und sie tat das völlig unbekümmert, fast so, als würde sich ein Ehepaar in der Situation begegnen, wo der eine Teil bereits für den Ausgang gekleidet ist und der andere noch nicht die Zeit gehabt hat, sich für den öffentlichen Auftritt zurecht zu machen.

Vielleicht aber, dachte ich, hatte Karin diesen Mantel bewusst gewählt, vielleicht gehörte das zu ihrem Plan, unser Gespräch in eine bestimmte Richtung zu lenken.

Doch ich dachte das nur einen Moment, ich sah, dass der Tisch gedeckt und dass alles für ein gemeinsames Frühstück vorbereitet war, folglich konnte es für den Umstand, Karin im Morgen- oder Bademantel vorzufinden, nur die Erklärung geben, dass ich zu früh eingetroffen war und meine Gastgeberin daran gehindert hatte, sich so anzukleiden, wie man es für schicklich hält, wenn man einen Gast erwartet, der zwar nicht ganz fremd, aber wiederum in der Beziehung nicht oder noch nicht als sehr intim anzusehen ist.

Karin goss mir Tee ein. Es sei ein Kräutertee nach einem Rezept ihrer Großmutter, bestehend aus fünf verschiedenen Pflanzen, wobei Erdbeerblätter den Hauptanteil ausmachen, erläuterte sie mir und forderte mich auf, ihn zu kosten.

Er sei noch zu heiß zum Trinken, sagte ich und überlegte, mit welchem Satz ich mein Anliegen beginnen könnte.

„Dann probiere die Wurst", befahl mir Karin. Und als ich zögerte, nahm sie eine Scheibe Brot und bestrich sie dick mit Leberwurst und sagte dabei, sie wundere sich, dass ich mich so ziere, wo wir doch vereinbart hätten, gemeinsam zu frühstücken. Sie griff nach meinem Teller und schob mit ihrem Messer das belegte Brot darauf. Dann neigte sie sich, wir saßen am Tisch über Eck, weit zu mir herüber, um meinen Teller wieder neben die Tasse zu stellen.

Ich bemerkte, dass sich ihr Mantel ein wenig öffnete.

„Nun iss doch endlich", sagte sie.

„Du bist wirklich fürsorglich", erwiderte ich, und ich sah, dass ihr Mantel noch weiter auseinander rutschte und den Ansatz ihrer Brüste freigab, und mir gefiel, was ich sah, und es war fraglich, ob ich es noch länger sehen würde, denn im nächsten Moment musste sie sich wieder zurücklehnen, sie konnte nicht ewig so sitzen bleiben, und ich musste mich auf das konzentrieren, was ich mir für diesen Besuch vorgenommen hatte.

Ich aß einige Bissen, bestätigte auf Karins Frage, dass die Wurst ausgezeichnet schmecke, ganz so, wie bei uns zu Hause, wenn sie aus der Räucherkammer komme. Darauf schnitt mir Karin ein Stück Mettwurst ab und forderte mich auf, sie ohne Brot zu probieren.

Ich versicherte ihr, dass ihre Wurst noch besser schmecke, als die unsrige, ihr Fleischer verstehe sein Handwerk.

Karin strahlte mich an.

Ohne Überleitung sagte ich: „Karin, stell` dir vor, vergangene Woche habe ich das Gut besucht, in dem ich mein Praktikum machen werde."

„Hat es dir gefallen?", fragte sie mit sichtlichem Interesse.

„Sehr", sagte ich. „Es ist ein renommiertes Saatzuchtgut." Ich nannte den Namen.

„Kenne ich, vom Namen her", sagte sie.

„Ein Musterbetrieb, wie er im Buche steht, alles klar geregelt, exakt organisiert", erklärte ich ihr. „Und dazu eine Saatzuchtstation von internationalem Ruf. Und ein sehr angesehener und sehr freundlicher Direktor", fügte ich hinzu.

Karin belegte erneut eine Scheibe Brot mit Wurst und balancierte sie auf meinen Teller, ohne sich wieder so weit zu mir herüber zu neigen wie zuvor.

„Dieses Gut, dieser Spitzenbetrieb bietet natürlich beste Voraussetzungen für ein Praktikum", ergänzte ich schnell.

Sie berichtete mir, dass ihr Vater vorgeschlagen habe, sie solle ihr Praktikum in einem der Nachbarbetriebe machen.

„In einem Nachbarbetrieb?", fragte ich.

„Ja", sagte sie. „Ich habe da ziemliche Bedenken."

„Die hätte ich auch", bestätigte ich ihr.

„Siehst du“, sagte Karin, „deshalb habe ich den Vorschlag meines Vaters abgelehnt. Stell dir nur mal vor, man macht irgend einen Fehler, in der Nachbarschaft, ein paar Kilometer von uns entfernt, da wird doch gleich orakelt, so eine taube Nuss, verbringt hier ein ganzes Jahr auf unsere Kosten, hätten wir die bloß nie gesehen! Und ein Fehler kann dir doch immer passieren, oder?“

„Ein Fehler kann einem immer passieren, der Meinung bin ich auch“, stimmte ich ihr zu.

„Deshalb gehe ich auch nicht dorthin“, sagte Karin. „Ich gehe woanders hin, ich weiß nur noch nicht wohin, aber das wird sich finden, wir haben noch ein bisschen Zeit.“

„Viel nicht“, warnte ich.

„Aber ein bisschen“, beharrte Karin.

„Ich habe einen Vorschlag für dich“, sagte ich.

„Für mich einen Vorschlag?“ Karin tat erstaunt.

„Bist du nicht gespannt?“

„Mehr oder weniger schon“, sagte Karin. „Ich hoffe nur, dass du dir das, was du mir vorschlägst, gut überlegt hast.“ Karin lehnte sich weit zurück.

„Ich habe es mir gut überlegt, ich habe sogar schon mit Dr. Kasberg darüber gesprochen. Und jetzt sitze ich hier bei dir, esse deine Wurst, trinke deinen Tee und rede mit dir. Was soll ich eigentlich noch tun?“

„Mir deinen Vorschlag unterbreiten“, sagte Karin.

„Mein Vorschlag lautet“, sagte ich, dann zögerte ich weiterzusprechen.

„Wie lautet dein Vorschlag?“

„Gehe du in dieses Saatzuchtgut und absolviere dort dein Praktikum“, sagte ich.

„Ich soll dort hingehen, obwohl du längst nominiert bist?“

„Ja, du sollst dort hingehen“, sagte ich und beobachtete, wie sie auf meinen Vorschlag reagierte, und ich fragte mich zugleich, ob ich es hätte anders formulieren müssen, ich war unsicher, wie es einem zuweilen in einer solchen Situation ergehen kann, wenn man etwas vorschlägt, mit dem der Gesprächspartner nicht rechnen konnte, das aber für beide Seiten von beträchtlichem Gewicht ist und noch nicht absehbare Konsequenzen bereithält.

„Ich soll als Ersatz für dich dorthin gehen?“ Karin sah mich misstrauisch an, aber nur vorübergehend, der Argwohn hielt nicht lange vor oder wurde von der Neugier besiegt, die Gründe zu erfahren, die mich zu diesem Vorschlag veranlasst hatten.

„Nicht als Ersatz“, sagte ich, auf Besänftigung bedacht. „An meiner Stelle wirst du erscheinen, statt Bornschein wird Burger in der Liste stehen. Und du wirst die Sache unter den gegebenen örtlichen Bedingungen besser machen als ich. Derzeit ist eine Praktikantin aus Berlin dort, und der Direktor, ein würdiger Herr so wie Henningsen, nur, ich schätze, vielleicht ein paar Jahre jünger, spricht mit Begeisterung von ihr. Du wirst also die Praktikantentätigkeit nahtlos fortführen, und der Direktor wird von dir mit ebensolcher Begeisterung sprechen, wie von der jetzigen Praktikantin. Davon bin ich überzeugt. Du passt dort weit besser hin als ich.“

„Und wo willst du hingehen?“, fragte Karin nach längerem Schweigen.

„Nach Bertlingen, in die dortige LPG“, antwortete ich.

„Wie bist du auf Bertlingen gekommen?“

„Ein Zufall“, sagte ich. „Meine Großmutter allerdings würde das als eine göttliche Fügung bezeichnen.“

„Also, wie war die göttliche Fügung?“

„Am gleichen Tag war auch der Vorsitzende von Bertlingen dort im Gut“, berichtete ich.

„Und er hat dich vor versammelter Mannschaft abgeworben?“ Jetzt schüttelte Karin den Kopf und lachte.

„Nein, er sollte mich zum Bahnhof mitnehmen“, sagte ich. „Aber nicht ich habe den Vorsitzenden darum gebeten, sondern der Gutsdirektor.“

Während ich aß, lehnte sie sich auf ihrem Stuhl weit zurück, ihre linke Hand ruhte auf dem Tisch, und mit dem Zeigefinger berührte sie von Zeit zu Zeit den Teelöffel, mir schien, immer heftiger, bis er auf den Boden fiel und sie ihn wieder aufheben musste.

Dann lehnte sie sich erneut zurück, strich mit beiden Händen durch ihre dunklen, leicht gelockten Haare, sah mich an, fragte: „Ich muss mich also sofort entscheiden?“

„Nein, nicht sofort“, antwortete ich. „Nur Kasberg erwartet noch heute meinen Bescheid, so oder so, das will er wissen, heute gegen Abend.“

„Sag mal, das Gut hat dir wirklich gefallen?“

„Ja, es hat mir wirklich gefallen. Und wenn es dir nicht gefallen sollte, musst du auch kein Wort wieder mit mir reden.“

Karin rückte mit ihrem Stuhl ein Stück zurück, als müsse sie von mir Abstand gewinnen. Dennoch neigte sie sich ein wenig nach vorn. Ich sah in der Öffnung ihres Mantels wieder den Ansatz ihrer Brüste und tiefer, in Frottee gehüllt dieselben Brüste oder zumindest dort deren Konturen, aber so deutlich, dass meine Augen wie magnetisch angezogen wurden, obgleich ich gerade das zu vermeiden suchte und mich nur auf ihr Gesicht konzentrieren wollte.

„Ich muss mich also sofort entscheiden?“ Karin saß nun da, wie eine Bäuerin nach getaner Arbeit, nach einer schweren Tagesleistung, von der sie sich erholen musste. Sie hatte sich wie erschöpft zurückgelehnt und ihre Beine ausgestreckt, so dass sich die Schöße ihres Mantels nicht mehr überlappten und Knie und einen Teil der Oberschenkel freigaben. Ich konnte nicht anders, als sie zu betrachten, eine kurze Zeit zumindest, und ich konnte auch nicht verhindern, dass sich die Frage in mein

Bewusstsein einschlich, was sie unter diesem Mantel trug, oder ob zwischen Stoff und Haut überhaupt nichts mehr war.

„Karin, dein Honig schmeckt ausgezeichnet", sagte ich schnell. „Wurst und Honig und die ganze Bewirtung, Karin, du bist nicht zu übertreffen."

„Übertreib nicht", sagte Karin.

Ich besuchte Kasberg, wie vereinbart, am späten Nachmittag. Er schien mit dem, was ich ihm mitteilte, zufrieden zu sein. Er informierte mich, dass der Bertlinger Vorsitzende bei ihm angerufen habe und dass er dessen Schreiben, wenn es bei ihm eintreffe, selbstverständlich positiv beantworten werde. Wir sprachen auch noch über die Diplom-Arbeiten. Kasberg sagte mir, dass sein Chef immer daran interessiert sei, ein Praxisthema zu wählen, und bei uns beiden, bei Karin und mir, seien die Voraussetzungen dafür aus seiner Sicht außerordentlich günstig.

Kasberg verabschiedete mich mit einer Mahnung. Er sagte: „Merke dir, wenn du nichts Sensationelles in Bertlingen vollbringst, rühre ich künftig keinen Finger wieder für dich. Schreib` dir das am besten hinter deinen Spiegel."

***

Merkwürdig, wenn ich an mein Praktikum in Bertlingen denke, fällt mir gewöhnlich zuerst jener Abend ein, der auf einen unerwartet warmen Tag folgte, wo man zu vorgerückter Stunde noch immer den Eindruck hatte, dass die Luft über dem Dorf flimmerte und die Konturen der Gebäude und Bäume sich nicht genau erkennen ließen, sondern ineinanderflossen.

Hans Rabe hatte seinen Stellvertreter Walter John und mich auf ein Bier in die Dorfgaststätte eingeladen. In der Bauernstube saßen wir in bequemen Sesseln um einen niedrigen Tisch herum, die Atmosphäre war hier angenehmer und vor allem für vertrauliche Gespräche weit geeigneter als vorn im großen Gastzimmer, wo man bisweilen sich anstrengen musste, um sein eigenes Wort zu verstehen.

Das betriebliche Problem, für das Hans Rabe unsere Meinungen zu hören wünschte, war nicht der Rede wert, wir hätten es nebenbei auf Zuruf klären können. Und vielleicht hatte Walter John den gleichen Gedanken wie ich, dass es dem Vorsitzenden nur danach gelüstet hatte, gemeinsam mit uns ein paar Bier zu trinken. Deshalb waren wir beide wohl auch so erstaunt, als er uns nach dem ersten getrunkenen Bier das Kommando zum Aufbruch erteilte, sich aber weigerte, uns das Ziel des bevorstehenden Marsches zu nennen. Aus dem freundlichen Vorsitzenden war auf einmal ein strenger Befehlshaber geworden, von einer Minute zur anderen, und wir beide wagten es nicht, ihm die Gefolgschaft zu verweigern oder zumindest über Regeln der genossenschaftlichen Demokratie mit ihm zu diskutieren, wir folgten einfach seinen Anweisungen, vielleicht auch, weil wir ein wenig gespannt waren, welche Überraschung er für uns geplant hatte.

Noch heute sehe ich uns Drei, wie wir die Straße entlang spazieren, die stetig ansteigt und schließlich in den Weg mündet, der parallel zum Hang verläuft und unmittelbar hinter dem letzten Haus, wo der schmale Pfad zum Schloss abzweigt, leicht nach rechts biegt. Genau an dieser Stelle erklimmt Hans Rabe die kleine Böschung, richtet sich, oben angekommen, den Rücken an einen Kirschbaum gelehnt, zu seiner vollen Größe auf.

Nachdem Walter John und ich, wie zum Befehlsempfang, neben dem Vorsitzenden Aufstellung genommen hatten, sagte Hans Rabe: „Wir befinden uns hier auf einem zukünftigen Bauplatz. Rund eintausendzweihundert Quadratmeter stehen uns zur Verfügung, die Fläche reicht aus für Wohnhaus, Nebengebäude und Garten. Voraussichtlicher Baubeginn ist im nächsten Jahr. Bis dahin müssen alle Formalitäten geklärt sein. Die Zusage des stellvertretenden Kreisratsvorsitzenden, uns nach Kräften zu unterstützen, besitze ich schon. Wir werden dafür sorgen, dass er als Gegenleistung bei einer der nächsten größeren Treibjagten im Kammerforst ein schönes Stück vor die Flinte bekommt. Nun könnt ihr beide reden. Auch eure Meinung ist gefragt."

Doch wir schwiegen.

„Fehlt euch die Fantasie?", fragte uns Hans Rabe nachsichtig. „Könnt ihr euch denn nicht vorstellen, wie es hier einmal aussehen wird?"

Und als wir noch immer schwiegen, erläuterte er uns, dass das neue Mitglied der Genossenschaft schon beim Frühstück auf der Terrasse, im Rücken durch die Höhen des Kammerforstes vor den Nordostwinden geschützt, weit über die zwei Dörfer und einen Großteil unserer Felder blicken könne und dabei das besondere Privileg besitze, die Sonne bereits zu genießen, während in der fernen Flussniederung noch dichter Nebel herrsche, der sich erst allmählich auflöse, so dass sich dann die Sicht auf zwölf Kilometer erweitere, bis hin zu den Wiesen des Walter John, eben bis in die tiefsten Niederungen.

Bis zu seinen Wiesen seien es lediglich elf Kilometer, präzisierte Walter John. Und er spreche niemals von Niederungen, sondern stets von der Flussaue, ja, von der Flussaue der Unstrut. Und bei klarem Wetter, also bei vernünftiger Sicht, könne man von dieser Anhöhe aus nicht nur über zwei Dörfer hinwegschauen, sondern über drei, und man könne nicht nur zwölf Kilometer weit alles kontrollieren, sondern nahezu zwanzig Kilometer, wie gesagt, immer bei klarer, guter Sicht.

„Nichts anderes meine ich“, sagte Hans Rabe. „Gute Sicht, die haben wir doch. Und wir haben eine klare Zukunft, die uns ohne Zweifel die Perspektive eröffnet, dass wir unseren Plan viel schneller und besser verwirklichen können, als viele es für möglich halten.“

„Hans“, unterbrach ihn Walter John, „du sprichst hier wie ein Erster-Mai-Redner, den uns der Kreis geschickt hat. Kannst du uns das nicht alles im Plauderton sagen? Versuch es doch wenigstens.“

„Wichtiges lässt sich eben nicht in einer Larifari-Art sagen“, entgegnete tadelnd der Vorsitzende. „Also hört zu: Bis zur endgültigen Fertigstellung des Hauses wird Peter noch auf dem Schloss wohnen, wo er sich ja mittlerweile eingelebt hat. Auch das ist geklärt. Die Zukunft gehört uns und unseren Ideen. Los Abmarsch!“

„Drei Bier“, rief Hans Rabe dem Wirt zu, als wir an seiner Theke vorbeigingen.

Wir saßen dann wieder auf unseren angestammten Plätzen in der Bauernstube und tranken Bier. Ich nahm an, Walter John hielt es für angemessen, dass sich der Vorsitzende in aller Offenheit zu seiner Absicht bekannte, mich für Bertlingen zu gewinnen, und dass er damit auch mir schon zur rechten Zeit dies mitteilte einschließlich dessen, was er von seiner Seite aus dazu bereits in die Wege geleitet hatte. Ich sollte also die gebotenen Garantien erkennen können, ich sollte mich sicher fühlen, was meinen beruflichen Einsatz nach dem Studium anbetraf.

Und irgendwie fühlte ich an jenem Abend eine unwahrscheinliche Sicherheit. Nun ist alles geklärt, dachte ich. Die nötigen Vorkehrungen sind getroffen. Nichts steht der Verheißung entgegen, hier in einem reichlichen Jahr anzufangen und solange zu bleiben, wie es mir behagt und wie ich gebraucht werde. Ich hätte nicht geglaubt, dass mein Vertrauen in die Verhältnisse und das Zugesagte anschließend noch eine besonders augenscheinliche Förderung erfuhr. Auch wenn das von Hans

Rabe Ausgedachte und Inszenierte zwar aus dem juristischen Blickwinkel nicht bindend sein konnte, so dokumentierte es doch unseren gemeinsamen Willen, und es brachte uns einander noch näher.

Hans Rabe war plötzlich aufgesprungen und nach vorn in die Gaststube geeilt. Er kam mit drei makellos sauberen Bierdeckeln und drei Kugelschreibern zurück. Er teilte jedem einen Bierdeckel und einen Kugelschreiber zu und bat darum, aufmerksam zuzuhören und mitzuschreiben, jeder den gleichen Text, und sollte es Einwände geben, diese sofort vorzubringen, so dass die Möglichkeit bestehe, noch vor der Niederschrift gemeinsam über andere Formulierungen zu beraten.

Wie auf Kommando hoben wir unsere Gläser und tranken hastig, als stünde uns im nächsten Augenblick eine große Anstrengung bevor.

„Vereinbarung", diktierte Hans Rabe.

Wir blickten ihn an.

„Na, schreibt schon! Aber schreibt nicht zu groß", ermahnte er uns sogleich. „Es ist ein umfänglicher Text, er muss auf die Deckelrückseite passen. Versteht ihr, auf die Deckelrückseite!"

„Vereinbarung – das Wort unterstreichen?", fragte Walter John.

„Ja, das wäre angebracht, es muss ins Auge fallen", sagte der Vorsitzende, während er aus der Innentasche seiner Jacke einen gefalteten Zettel hervorholte, von dem er den weiteren Text dann abzulesen begann.

„Die Unterzeichner vereinbaren, ihre Kraft und ihre Möglichkeiten dafür einzusetzen, dass Peter Bornschein in Bertlingen sesshaft und in die Genossenschaft integriert wird."

Uns traf ein prüfender Blick, und es folgte die Frage: „Einverstanden mit dem Wortlaut?"

„Wäre es nicht besser, statt integriert, zu schreiben: aufgenommen wird?", fragte Walter John.

„Nein. Integriert wird geschrieben", sagte Hans Rabe. „Aufgenommen reicht nicht aus. Integriert bedeutet, er wird einer von uns. Er muss selber etwas dafür tun. Es wird also auch von seinen eigenen Entscheidungen abhängen. Also integriert, nicht nur aufgenommen. Einverstanden?“

Wir nickten beide.

Der Vorsitzende wiederholte den Text, Wort für Wort, während auch er schrieb. „Datum nicht vergessen“, sagte er und nannte es. „Nun die Unterschrift“, befahl er. Dann tauschten wir die Deckel aus. Jeder Deckel musste die eigene Unterschrift und die der beiden anderen tragen. Der Erstunterzeichner blieb der Besitzer des jeweiligen Deckels.

„Alles klar?“, fragte Hans Rabe. Und als wir nickten, trank er genussvoll sein Glas leer, erhob sich, ging zur Tür und rief dem Wirt zu, er solle noch drei Bier bringen. Danach setzte er sich sichtlich zufrieden in seinen Sessel.

„Hans, hör mal zu“, sagte Walter John.

„Der Text ist abgeschlossen“, antwortete ihm der Vorsitzende. „Oder was hast du noch, ist es was Wichtiges?“

Es fehle bei der ganzen Angelegenheit noch ein sehr wichtiger Punkt, erklärte Walter John und blickte abwechselnd zum Vorsitzenden und zu mir.

Er solle weiterreden, forderte ihn der Vorsitzende auf.

Wenn ein Haus errichtet werde, begann Walter John zögernd, dann bedürfe es doch wohl auch der Suche nach einer Frau, die als Hausfrau und Ehefrau mit darin zu leben bereit wäre. Und genau dieser Punkt sei vergessen worden. Der stellvertretende Vorsitzende sprach nun etwas forscher. Natürlich lasse es sich auch ohne Frau leben, fuhr er fort. Doch ob ein solches Leben schön und erstrebenswert sei, das möchte er bezweifeln. Ja, das bezweifele er sogar sehr.

Eine Frau zu finden, schaltete sich der Vorsitzende ein, eine Frau also, die rundum geeignet sei, zu finden, stelle er sich nicht als leichte Aufgabe vor. Allerdings glaube er auch nicht, dass es sich als unlösbares Problem gestalten würde. Sein Optimismus in dieser Frage schöpfe er aus einem Gespräch, das er beim Tanz am Abend nach der Vollversammlung geführt habe. Und ohne auf beiderseits getätigte Formulierungen eingehen zu wollen, habe er damals den Eindruck gewonnen, dass die junge Dame, mit der sich zu unterhalten er das Vergnügen gehabt habe, nicht abgeneigt wäre, einen von unserer Seite gemachten Vorschlag, so man ihn ihr übermitteln würde, ernsthaft zu prüfen. Sollte von der jungen Dame die Zusage tatsächlich kommen, mit ins Haus ziehen zu wollen, werde es bestimmt nicht allzu schwierig sein, in der Genossenschaft für sie eine ihr zusagende Stelle zu finden. Im Übrigen, auch das wolle er der Vollständigkeit halber noch hinzufügen, sei ihm die junge Dame recht sympathisch erschienen, und sie sei auch eine gute Tänzerin gewesen. Selbstverständlich billige er in dieser Frage dem jetzigen Praktikanten und künftigen Genossenschaftsmitglied und Hausbesitzer die alleinige Entscheidungsgewalt zu. Da werde es garantiert kein Hineinreden oder Hineinorganisieren geben.

Das alles spielte sich gegen Ende meines sogenannten einjährigen Betriebsleiterpraktikums ab, genauer gesagt, drei Wochen vor Abschluss. Ich galt da schon als ein Zugehöriger, keineswegs als Zeit- oder Aushilfskraft.

Eigentlich hatte ich bereits bei meinem Informationsbesuch, wie Hans Rabe meinen Tagesaufenthalt, damals eine Woche vor dem offiziellen Beginn, nannte, das gute Gefühl, dass mich die Leute in Bertlingen als ihresgleichen ansahen, nicht als einen Fremden, den man verpflichtet hatte, bei ihnen sein neuntes und zehntes Semester irgendwie über die Runden zu bringen, weil es nun einmal für das Studium der Landwirtschaft oder, wie man es hochtrabend auch bezeichnete, der Landwirtschaftswissenschaften so vorgeschrieben war.

Ich hatte geglaubt, ich könne rasch in den Besitz eines Motorrades gelangen, mein Vater hatte mir dazu geraten, und mir war ohnehin klar, welche Vorteile es bot, ein eigenes Fahrzeug im Betrieb und für die An- und Abreise nutzen zu können. Doch es war dann nicht nur das lange Warten, vor allem zermürbte mich auch die Ungewissheit, ob sich überhaupt ein Erfolg bei den Versuchen einstellen würde, einen Kontakt zu einem der Verkäufer zu knüpfen. Ich besuchte das Geschäft, das wegen seiner Einmaligkeit in der Stadt einen besonderen Status genoss, meist jeden zweiten Tag, und ich achtete darauf, unbedingt mit dem Verkäufer ins Gespräch zu kommen, den ich als den zweiten Mann in der Geschäftshierarchie ausgemacht hatte, also den Stellvertreter des Chefs, der mir als der sympathischste erschien, weil er sich zumindest meine Argumente anhörte und mitfühlend nickte, wenn ich bei unseren Gesprächen abschließend beteuerte, dass die Zeit bei mir außerordentlich dränge und dass der Erfolg meines ganzen Praktikums von dieser Maschine abhänge.

An einem Mittwoch gelang es mir kurz vor Geschäftsschluss, länger als sonst mit ihm reden zu können. Ich erzählte ihm von Bertlingen, vor allem von dem, was diese Genossenschaft produziere, von frühen Kirschen bis hin zu den überaus wohlschmeckenden Kartoffeln, ich sagte, er solle mich dort gelegentlich mal besuchen, ansonsten könnte ich auch hier ein paar Kostproben vorbeibringen, worauf er abwehrend die Hände hob und mir bedauernd erklärte, sie dürften so etwas unter keinen Umständen annehmen. Wir lachten darauf gemeinsam, so dass sich andere Kunden, die nach Werkzeugen, Ersatzteilen, Öl oder Putzmaterialien suchten, schon nach uns umschauten. Ich neigte mich vertraulich zu ihm und sagte leise, ich würde die Kostproben einfach hinters Tor ihres weitläufigen Hofes stellen, ja, hinters Tor, wenn es mal nicht verschlossen sei.

Er antwortete mir ebenso leise, es könne sein, dass ein Transportfahrzeug aus Zschopau in der Nacht von Donnerstag auf Freitag mit einigen Maschinen bei ihnen eintreffen würde. Sollte die telefonische Zusage aus Zschopau erfolgen, stünde am Donnerstagabend das Schild

„Rauchen verboten" nicht, wie üblich, im rechten, sondern im linken Schaufenster, von der Straße aus gesehen im linken, und zwar unmittelbar hinter der Scheibe.

Nach Ladenschluss entdeckte ich am Donnerstag das Schild wahrhaftig im linken Schaufenster. Die folgende Nacht schlief ich so gut wie nicht. Ich postierte mich Freitagfrüh kurz nach fünf vor der Ladentür, und ich durfte fünf Minuten vor acht als erster eintreten und gleich nach hinten durchgehen in einen langgestreckten Raum, wo ich fünf Motorräder erblickte, von denen eine MZ ES 250 ein wenig abseits stand, den Scheinwerfer zur Tür gerichtet, die ich eben durchschritten hatte, und mir kam der Gedanke, vielleicht könne es diese Maschine kaum erwarten, dass ich sie in Empfang nehmen würde, um mit ihr durch ferne Landschaften zu rauschen.

„Für Sie", sagte der mir vertraute Verkäufer und zeigte auf diese ES. „Die wartet schon auf Sie."

„Danke", sagte ich. Eigentlich hätte ich noch mehr sagen müssen, aber mir fiel nichts ein. „Danke", wiederholte ich, und der Verkäufer strahlte mich an, als hätte ich ihm dieses Fahrzeug geschenkt.

Wir erledigten die notwendigen Formalitäten. Dann lief ich zur Post, hob die Kaufsumme von meinem Postsparbuch ab und eilte zurück, wo mir der Einlass zunächst verwehrt wurde, denn der Laden war überfüllt, und es wurde selbst draußen vor der Tür heftig gestritten. Ich nahm den Weg über den Hof, bezahlte, leistete mehrere Unterschriften, bekam alle erforderlichen Unterlagen und konnte es dennoch kaum fassen, dass ich plötzlich Besitzer eines Motorrades geworden war.

Meine Versprechen hielt ich ein. Bevor ich in Bertlingen losfuhr, bat ich am Telefon darum, das Tor nicht zu verschließen, denn ich hätte die Absicht, eine Ehrenrunde mit voller Ladung auf ihrem Hof zu drehen.

Es war, erinnere ich mich, ein fantastisches Gefühl, mit diesem Motorrad fahren zu können, es kam mir so vor, als hätte ich es geschafft, für mich ein Stück unerwarteter neuer Freiheit erworben zu haben.

Auf dem kleinen Platz, rechts neben dem Eingang zum LPG-Büro, standen bei Dienstbeginn gewöhnlich drei Fahrräder und drei Motorräder, bei den Motorrädern links die AWO, die von den Brigadieren genutzt wurde, daneben die ES 175 des Vorsitzenden und rechts meine ES 250, deren Hochglanz nicht nur an meinem ersten Tag bewundert wurde.

Hans Rabe hatte mich von Zimmer zu Zimmer geführt.

Im Parterre gab es drei Zimmer und dazu eine kleine Küche. Die vorderen, die zur Straße liegenden zwei Zimmer, waren durch eine Tür miteinander verbunden. Im ersten, dem kleineren, saß die Sekretärin, dort hatte man auch für mich einen Schreibtisch aufgestellt. Das zweite Zimmer beherrschte, links auf der Fensterseite, ein gewaltiger, altmodischer Schreibtisch, und rechts waren mehrere Tische zu einer Tafel zusammengefügt, an der zwölf Personen Platz nehmen konnten. An den Wandflächen, die nicht von Schränken verdeckt waren, hingen Flurkarten sowie gerahmte Urkunden und Fotos, so dass von der gealterten Tapete nur noch wenig sichtbar blieb. Das Hofzimmer gehörte den Brigadieren. Die zwei Zimmer im oberen Stockwerk waren ziemlich klein, in dem einen residierte der Hauptbuchhalter, das andere teilten sich die beiden Buchhalter, die für Lohn, Material und alles Übrige zuständig waren.

Als wir nach unserem Rundgang das Zimmer des Vorsitzenden wieder betraten, hatte die Sekretärin bereits die Tafel eingedeckt.

Der Willkommensschnaps gehöre nun mal dazu, klärte mich Hans Rabe auf. Und bevor die zu meiner Begrüßung Eingeladenen eintrafen, tranken wir beide schon einen ersten Schnaps, gewissermaßen auf Probe.

Wenn ich mit Hans Rabe durch die Flur fuhr – er saß gern hinter mir, ich hatte schnell das Fahren mit einer schweren Begleitperson lernen müssen –, dann schlossen wir die Fahrt nicht ab, ohne das große Luzernefeld zu besuchen, um den Stand der Samenreife einzuschätzen und dabei über den Erlös zu sprechen, der in Aussicht stand. Es waren Spekulationen oder bloße Annahmen, mit denen wir uns beschäftigten, wir wussten es beide, und dennoch, wir redeten und rechneten, wir planten die weiteren Schritte und verbargen voreinander nicht, wie unsicher wir uns fühlten.

„Wir brauchen dieses Geld“, sagte mir einmal Hans Rabe, „ein höchstmöglicher Erlös könnte uns in die vorderste Reihe der Betriebe bringen.“

Ich schlug vor, den erfahrenen Saatzuchtleiter des Gutes einzuladen und ihn zu bitten, uns zu beraten.

„Mach es, sprich mit ihm“, sagte Hans Rabe.

„In deinem Auftrag?“

„Auf keinen Fall. Du rufst in deiner Funktion an, als Produktionsleiter, nicht als Praktikant. Und dem Saatzuchtleiter berichtest du, man hat dich für die Luzernevermehrung verantwortlich gemacht. Du redest von dem außerordentlich guten Samenansatz und erklärst ihm, absolut sicher gehen zu wollen, den richtigen Zeitpunkt für die Ernte zu treffen. Dazu brauchst du die Beratung des anerkannten Spezialisten. Ich sage dir, der Kollege Kerner wird kommen, er wird dir und damit uns allen helfen.“

„Besser wäre es doch, wenn du als Vorsitzender mit ihm reden würdest“, sagte ich.

„Eben nicht, ich habe damals zu hart mit ihm verhandeln müssen“, erwiderte er.

„Einverstanden, ich rufe an“, sagte ich.

„Du setzt dich hinter meinen Schreibtisch, wenn du mit Kerner telefonierst“, sagte Hans Rabe.

„Ich kann vom Vorzimmer aus telefonieren“, schlug ich vor.

„Du telefonierst von meinem Schreibtisch aus“, wiederholte er. „Und wenn dir der Mut fehlt, dich auf meinen Stuhl zu setzen, dann trink vorher einen Schnaps. Du weißt, Flasche und Gläser stehen hinter dir im Schrank. Wenn du auf meinem Stuhl sitzt, brauchst du einfach nur nach hinten zu greifen. Und überhaupt, in meiner Abwesenheit wirst du ab sofort immer auf meinem Stuhl sitzen, nirgendwo sonst. Du brauchst jetzt auch nicht: Einverstanden, zu sagen, du machst es einfach, fertig, Punkt."

Zwei Tage später traf Saatzuchtleiter Kerner bei uns ein.

Auf dem Feld gingen wir beide zugleich auf die Knie und begannen, an einer der Pflanzen die Hülsen zu zählen, in denen sich die Samenkörner befanden. Danach riss Kerner eine Hülse ab und hielt sie vorsichtig mit Daumen und Zeigefinger in Augenhöhe. Er nannte die Hülse Samenröllchen und forderte mich auf, mir dieses Wunderwerk der Natur genau anzusehen und dabei auch auf die Windungen zu achten. Das Röllchen hatte drei volle Windungen. Kerner öffnete es behutsam vor meinen Augen, und ich zählte acht Körner.

Nun könne ich ausrechnen, welchen Ertrag wir erreichen würden, sagte Kerner, und wir lachten beide.

Die Sonne schien, es waren tags darauf Bedingungen, wie man sie sich nicht besser hätte wünschen können.

Ich hatte Mühe, meine Erregung zu unterdrücken, ich fragte mich, ob es den anderen ebenso erging wie mir. Sie scherzten jedenfalls miteinander, als das Gespann aus Traktor und Mähbinder die erste Runde zu absolvieren begann und sie sich auf die einzelnen Abschnitte verteilten, jeweils zu zweit, damit sie es leichter hatten, die Bunde zu Hocken aufzustellen. Drei Reihen Bunde sollten zu einer Hockenreihe gefügt werden, also hatten sie Zeit zum Reden und Lachen, bis das Gespann die dritte Runde in Angriff nahm. Es waren schnurgerade Reihen, in denen die Luzernebunde dicht hintereinander lagen, und ich staunte, wie es Walter John verstand, mit dem Traktor eine so exakte Linie einzuhalten.

„Alles planmäßig!", rief Hans Rabe.

Es war die sechste Runde, beim Aufrichten sah ich noch das Gespann auf der gegenüberliegenden Anhöhe, wie es im normalen Tempo fuhr. Aber ich hatte mich, das Luzernebund in den Händen, noch nicht umgedreht, als ich einen Knall hörte oder so etwas ähnliches, ein lautes kurzes Geräusch, kein Kreischen, mehr wie einen heftigen Schlag, der mich trotz der beträchtlichen Entfernung maßlos erschreckte, weil das, was ich hörte, hier nichts zu suchen hatte, nicht hierher passte, nicht mit den Tönen, die der Traktor übers Feld sandte, vereinbar war.

Auf einmal war es still, und die Stille, die jetzt über uns allen lag, war noch beängstigender als das hässliche Geräusch zuvor.

Alle hatten sich hochgereckt und blickten in Richtung des Gespanns, das sich nicht mehr bewegte. Zwei Gestalten standen reglos zwischen Traktor und Mähbinder, als seien auch sie von diesem Schlag getroffen worden und nun zu Säulen erstarrt.

„Ich hätte den Stein sehen müssen, diesen verdammten, stehengebliebenen Grenzstein“, sagte Walter John so leise, dass ich mich vorbeugen musste, um der Stimme etwas näher zu sein. Niemand von den Anderen, die sich auf dem Hof bei der Werkstatt aufhielten, hörte es, alle befassten sich auf ihre eigene Weise mit dem zerschundenen Mähbinder, einige versuchten einzuschätzen, wie viel Zeit die Reparatur in Anspruch nehmen könnte, zwei Tage, drei oder sogar vier.

Der Werkstattmeister hockte kopfschüttelnd vor dem zerborstenen Schneidwerk und beteiligte sich an keiner Voraussage, ihm reichte ein einziges Wort: Erledigt!

„Eigentlich hätte es diesen Stein gar nicht geben dürfen“, sagte ich und griff nach Walter Johns Jackenärmel, ich wollte verhindern, dass er glaubte, mein Verdruss würde sich gegen ihn richten. „Es hätte den Stein nicht geben dürfen“, wiederholte ich. „Denn als ihr die Flächen zusammengelegt habt, wurden doch die Grenzsteine entfernt, zumindest alle, die störten. So war es doch?“, fragte ich.

„Sicher ist er vergessen worden“, erwiderte Walter John. „Vergessen, was weiß ich, bewusst hat ihn keiner stehenlassen. Wer sollte schon darauf hoffen, es käme mal wieder anders, und er müsse seinen eingebrachten Acker schnell finden, um ihn aus dem großen Feld wieder herausschälen zu können. Ich weiß es nicht, ich weiß jetzt nur, dass ich nicht aufgepasst habe, es lief bis dahin alles so einwandfrei, vielleicht schon zu gut, so dass ich einen Moment unaufmerksam war und den Stein übersehen habe, der nun geköpft ist oder abgebrochen, abgeschnitten oder abrasiert."

„Walter, du konntest den Stein überhaupt nicht sehen", sagte ich. „Unsere Luzerne ist so üppig und so hoch, sie hat den Stein restlos verdeckt, du konntest ihn absolut nicht sehen. In zwei Tagen ist der Mähbinder repariert oder ein anderer so umgerüstet, dass wir ihn für die Mahd nutzen können."

Zu Hause erzählte ich nichts von unserem Debakel. Ich war am Sonnabendnachmittag, als sich der Himmel zuzog und der Regen begann, auf Anraten von Hans Rabe losgefahren, mir stand ein freies Wochenende zur Verfügung, auf das ich gern verzichtet hätte.

Die Technik sei erledigt, der Regen werde anhalten, er spüre es in seinem Arm, es reiche, wenn ich mich am Montagnachmittag wieder einfinden würde, hatte Hans Rabe gesagt und mir das Kommando erteilt: „Fahr nach Hause, deine Leute werden dich brauchen."

Am späten Montagnachmittag hatte Hans Rabe nicht den gesamten Vorstand zusammengerufen, sondern nur die engere Leitung, wie er die Truppe bezeichnete, zu der sein Stellvertreter, der Hauptbuchhalter, die drei Brigadiere und der Werkstattmeister gehörten und dazu die Sekretärin, die alles zu protokollieren hatte. Ich fühlte mich in diesem Kreis zunächst irgendwie überflüssig, wie ein stiller Beobachter, es wurde nutzlos palavert, und Hans Rabe ließ es zu und griff nicht ein, wir saßen um die Tafel herum, tranken Kaffee, während draußen der Regen gegen die Scheiben trommelte. Als die Sekretärin fragte, ob sie nochmals Kaffee aufbrühen solle, meinte der Vorsitzende, auch Kaffee werde uns nicht weiterhelfen, und Schnaps spendiere er erst wieder, wenn wir den Luzernesamen geerntet hätten. Er blickte zum Hauptbuchhalter, der zustimmend nickte, dann wartete er einen Moment, ob noch jemand vorhatte, seine Meinung zu äußern, und als das nicht der Fall zu sein schien, erklärte er, er übertrage alle weiteren Entscheidungen in Punkto Luzerne dem Praktikanten, jeder könne seine Vorschläge einbringen, das letzte Wort allerdings habe Peter Bornschein.

Schon während meiner ersten Wochen als Bewohner des Schlosses war mir bewusst geworden, welche privilegierte Position man mir dort zubilligte. Ich war ein Gast, der zwar alles, was auf diesem weitläufigen Hochsitz am Rande des Dorfes geschah, staunend betrachten und dessen Sinn prüfen durfte, dem jedoch nicht die Aufgabe zufiel, in irgendeine Veränderungsmaßnahme eingreifen oder sich auch nur mit einem Vorschlag einmischen zu müssen. Und außerdem, das war ein entscheidender Punkt für mich, ich musste nicht um meinen Verbleib hier auf der Höhe bangen, ich besaß die Zusicherung, sie war vertraglich geregelt, nicht nur ein geräumiges Zimmer mit einem weiten Ausblick nach Süden zu bewohnen, sondern darüber hinaus auch viele andere Annehmlichkeiten, die das Schloss bot, zum Beispiel die vorzügliche Küche, in Anspruch zu nehmen, ohne zu einer Gegenleistung verpflichtet zu sein. Selbst der Schlossherr, wie man den Direktor hier gern titulierte, musste die Unsicherheit lange ertragen, bevor ihm mitgeteilt wurde, dass man ihm, über die Umstrukturierung hinaus, seinen Posten beließ. Aus der Schule der Vereinigung der gegenseitigen Bauernhilfe sollte eine Fachschule werden, in der man Veterinärhelfer auszubilden gedachte, später eventuell sogar Veterinäringenieure. Für den Direktor und zwei Lehrer bestand also die Aussicht, auch die nächsten Jahre auf dem Schloss verbringen zu dürfen. Das Küchenpersonal, die zwei Hausmeister und die vier Pförtner brauchte man ohnehin, ganz gleich, welches Ausbildungsziel sich die verantwortlichen Leute in Berlin auch ausdenken würden, ohne solche eingespielten Fachkräfte wäre ein geordneter Ablauf in diesem Unternehmen kaum zu gewährleisten.

Richard Eichentopf war der Oberpförtner, aber er trug nicht nur die Verantwortung für seine drei Kollegen, denen er die Dienstpläne erstellte und deren Arbeit er zu kontrollieren hatte, er beherrschte wohl alles, was im weitesten Sinne mit Ordnung und Sicherheit auf dem Schlossgelände zu tun hatte. Ihm oblag als wichtigste Aufgabe die Sicherung von Ein- und Auslass, er beaufsichtigte aber auch die Handwerker, die von außerhalb kamen, und koordinierte deren Einsatz mit der Tätigkeit der beiden Hausmeister, er überwachte das Transportgeschehen und betrieb oder beaufsichtigte sogar die Getränkeausgabe, vermutlich fand sich kein Bereich, für den er nicht wenigstens teilweise zuständig war. Selbst in der Küche, wo seine Schwiegertochter Chefin war, vermutete ich seinen Einfluss, auch wenn er mir einmal beteuert hatte, er besäße dort kein Mitspracherecht, die Frauen wüssten allein, was Sache sei, bei ihnen müsse er nicht in die Töpfe gucken. Sein Ansehen übertraf, wie ich im Laufe meines Bertlinger Jahres feststellen konnte, beträchtlich das des Direktors, und er rangierte auch, was Einfluss und Macht innerhalb der Schlossmauern anbelangte, noch vor ihm, ja, er war so etwas wie der heimliche Oberinspektor des gesamten Unternehmens. Und dem Direktor schien es offensichtlich zu gefallen, dass ihn ein kluger Mann so zuverlässig und uneigennützig tagtäglich entlastete.

Scheinbar genoss ich von Anfang an Richards Vertrauen. Ich weiß es nicht, aber vielleicht betrachtete er mich wie seinen dritten, zufällig zugelaufenen Sohn, mit dem er offen reden konnte, möglicherweise vorbehaltloser als mit seinen beiden eigenen Söhnen.

„Wie soll es nun weitergehen?“, fragte mich Richard, als er an einem der Abende wieder vor seiner Pforte stand. Da war mir klar, er war über alles genauestens unterrichtet. Ich solle doch mal vorbeikommen, rief er mir noch hinterher, er habe auch frisches Bier.

Nach dem Abendbrot ging ich direkt vom kleinen Raum neben der Küche über den Hof zu ihm in die Pförtnerloge.

Es war so, er wusste Bescheid, er wusste auch, dass uns nun ein umgerüsteter Mähbinder zur Verfügung stand, der uns jedoch nichts nützte, weil es noch immer Tag für Tag regnete. Er riet mir, bei den zu Hocken aufgestellten Bunden auf der Wetterseite zu kontrollieren, ob der gefürchtete weiße Flaum schon sichtbar werde, diese dünnen Fäden, die rasch wachsen und den Körnern alle Kraft rauben. Vielleicht habe der liebe Gott dafür gesorgt, dass Walter John den Stein erwischt hat, meinte Richard, da hatte jeder von uns schon eine halbe Flasche Bier getrunken.

„Bist du verrückt", fuhr ich ihn an.

Richard nahm es mir nicht übel, er lächelte überlegen und erläuterte mir dann, wie gewaltig der Verlust sein könnte, wenn wir das ganze Feld geschafft hätten und dann drei oder vier Wochen Regen gekommen wäre. Wir hätten einen Großteil der Körner abschreiben können. Und eine Woche bleibe uns der Regen bestimmt noch erhalten, er habe das so im Gefühl, mindestens noch eine Woche, prophezeite er mir. Während er Bier nachgoss, sagte er: „Mein Lieber, so ist es. Ich habe das alles durch."

„Wie weiter, was soll also geschehen?", fragte ich.

„Warten, bei mir Bier trinken, was willst du denn sonst tun? Schmeckt dir das Bier nicht?"

„ Doch", sagte ich.

„Na also, dann tut doch das Arterner Bier seine Pflicht, es hilft übers Warten."

„Und wie dann weiter?"

„Volles Risiko. Du musst auf volles Risiko gehen."

„Wie soll ich das verstehen?"

„Lass dir was einfallen. Denk über eine neue Lösung nach. Du könntest als Initiator einer neuen Methode für die Luzerneernte in die Geschichte eingehen. Den umgerüsteten Mähbinder, den kannst du getrost in die hinterste Ecke stellen. Hast du das verstanden?"

Ich nickte, auch wenn ich mich mit seinem Vorschlag noch nicht anfreunden konnte.

„Also, was schlägst du vor?“, fragte ich ihn.

„Erteile Werner den Auftrag, er soll den Mähdrescher vorbereiten, und zwar so, wie es für den Drusch von Sämereien erforderlich ist. Du kannst dich derweil informieren, ob jemand schon Erfahrungen besitzt, Luzernesamen mit dem Mähdrescher zu ernten.“

Ich rief Kasberg und Kerner an, beide konnten mir nicht sagen, ob es jemand schon versucht habe, den Mähdrescher einzusetzen, und sie gaben auch gleich zu, keinerlei Erfahrung zu haben, es käme auf einen Versuch an, sagten beide, und sie machten mir damit Mut.

Dann war in einer Nacht Wind aufgekommen, und er trieb am Vormittag die Wolken vor sich her. Uns trafen noch ein paar Regentropfen, als wir hinaus zum Luzernefeld fuhren, doch zwischen den Wolken entdeckten wir blauen Himmel, nur kleine Flecken, aber es sah aus, als wollten sie sich vergrößern.

Wir gewannen den Eindruck, das vermehrte Licht helfe den Pflanzen, sich die einstmaligen Farben zurückzuerobern. Uns kam jetzt alles wie verändert vor.

Hans Rabe wies mit seiner Hand in die südliche Richtung, er lächelte, aber er sagte nichts, ihm genügte es, dass auch ich dorthin schaute, wo erstmals wieder das Flusstal auftauchte und wo sich für Momente ein ganz zartes Glitzern ausbreitete.

„Morgen beginnen wir“, sagte ich, „morgen Mittag.“

Am nächsten Tag kam zuerst Kasberg mit dem Motorrad, wenig später traf Max Kerner ein. Ulrich Wiedemann hatte er nicht mitgebracht.

Ich konnte mich kaum um unsere Gäste kümmern, aber Hans Rabe widmete sich ihnen. Erst am späten Nachmittag, als alles planmäßig lief, führte ich sie in die Mitte des Feldes, um ihnen nochmals eindringlich vorzuführen, wie die Hülsen schon bei geringem Druck aufsprangen und die Körner freigaben, und wie die Hülsen abbrachen und herabfielen, sofern man den Stängel etwas kräftiger bewegte. Wir knieten zu viert, als würden wir beten, doch wir redeten nicht viel, und was wir redeten, das gipfelte, wenn ich es im Nachhinein beschreiben soll, mehr oder weniger in der Feststellung, es sei besser, ein Risiko einzugehen und dabei auch ein mögliches Scheitern in Kauf zu nehmen, als unendlich lange zu warten, ob von selbst etwas geschehe, oder als abermals etwas Althergebrachtes zu versuchen, obwohl man eigentlich wisse, dass dessen Zeit längst vorüber sei.

Wir mussten Neues riskieren, sagte Hans Rabe, als müsse er sich bei den Gästen noch entschuldigen. Die bisher praktizierte Methode hätte uns unter den gegenwärtigen Bedingungen erhebliche Verluste gebracht. Es ging also gar nicht anders.

Dann, Ende Januar, als die Vollversammlung der Genossenschaft im großen Saal der Dorfgaststätte stattfand, lobte der Saatzuchtleiter Kerner unser mutiges Handeln. Es solle keine abschließende Wertung sein, was er sage, aber wir hätten Schrittmacherdienste geleistet und würden damit Vorbild für viele Andere werden. Er überreichte Hans Rabe eine eingerahmte Urkunde und einen ansehnlichen Scheck. Als schon geklatscht wurde, sagte er noch schnell, die uns tatsächlich zustehende Summe, die für jedes einzelne Mitglied sicher von großem Interesse sei, müsste ja, wie er annehme, unser Betriebskonto bereits erreicht haben.

Es lag an jenem Tag kein Schnee, aber es herrschte leichter Frost, vier, fünf Grad, mehr nicht.

Ich musste die Versammlungsleitung übernehmen, Hans Rabe zwang mich dazu. So etwas gehöre nun mal zu einem ordentlichen Praktikum, und ein Praktikant müsse das lernen, hatte er zwei Tage zuvor gesagt, und der Vorstand hatte ihm zugestimmt.

Ich solle mein Glück versuchen, ermunterte mich Walter John. Er selbst sei immer sehr aufgeregt, wenn er öffentlich reden müsse, warum solle es mir anders ergehen.

Ich hatte befürchtet, dass ich mich öfter versprechen würde, ich war wirklich sehr aufgeregt, aber es passierte dann nicht. Ich konnte sogar unserem stellvertretenden Vorsitzenden helfen, dass er die Abstimmung über die Tagesordnung und einige weitere Beschlüsse einigermaßen sicher zu Ende brachte. Er war zweifellos noch aufgeregter als ich. Vielleicht dachte er da schon an den Diskussionsbeitrag, der ihm am Nachmittag bevorstand.

Hans Rabe hatte zu Beginn der Versammlung eine kurze Eröffnungsrede gehalten und die zahlreich erschienen Ehrengäste begrüßt, darunter den Landwirtschaftschef des Kreises, den Kreistierarzt, den Direktor der Maschinen-Traktoren-Station und den Bertlinger Bürgermeister. Ich bewunderte die überlegene Ruhe, die er ausstrahlte. Und dann brachte er es fertig, sein großes Referat, den Bericht des Vorstandes, in einer weit kürzeren Zeit vorzutragen, als wir es ursprünglich eingeschätzt hatten. Dabei sah er sich veranlasst, zwischendurch noch mehrmals seinen eigentlichen Text zu unterbrechen, um einige weitere Gäste zu begrüßen, die sich verspätet hatten, darunter war auch die von Max Kerner angeführte Abordnung des Saatzuchtgutes mit Ulrich Wiedemann und, was mich besonders überraschte, mit meiner Kommilitonin Karin Burger.

Max Kerner hatte sofort eingewilligt, als von Hans Rabe der Vorschlag kam, nach dem Abendessen noch zum festlichen Ball dazubleiben, wenigstens zwei, drei Stündchen oder auch bis Mitternacht, ganz wie sie Lust hätten, es gäbe ja nicht jeden Tag die Gelegenheit, ungezwungen miteinander reden zu können und dabei ein paar Gläschen auf das Erreichte zu trinken und auf die neuen Vorhaben, das müsse schließlich schon mal sein. Ich hatte das Gefühl, beide, Kerner und Rabe, waren daran interessiert, die vertrauliche Atmosphäre zu festigen und weiter auszubauen.

Karin Burger war, so stellte ich dann fest, eine gefragte Tanzpartnerin. Hans Rabe tanzte als erster mit ihr. Danach sah ich sie mit Rabe, Kerner und Wiedemann an der Theke stehen, zu Dritt tranken sie Sekt, Wiedemann hatte ein Glas Mineralwasser in der Hand, vielleicht hatte er sich verpflichtet, die Rückfahrt zu übernehmen.

Ich war zwar in einer Hochstimmung, aber ich fühlte mich zugleich wie ausgelaugt, die Versammlungsleitung hatte mich wohl mehr angestrengt, als ich es für möglich gehalten hatte. Ich hatte auch zum Tanzen keine Lust. Und in Anbetracht der zahlreichen Wünsche, mit mir anzustoßen, hielt ich mich im Hintergrund, ich saß an einer Ecke des Gästetisches und betrachtete das ganze Geschehen, als wäre es eine Theatervorstellung. Auf einmal war Karin Burger an meiner Seite. Es sei unwahrscheinlich gewesen, sagte sie, so viel Lob in aller Öffentlichkeit, darauf könne ich stolz sein.

Im Grunde genommen sei es doch nur meine Pflicht gewesen, wehrte ich ab, das zu tun, was ich gerade für erforderlich gehalten hätte.

Sie seufzte, schwieg einen Moment, sagte dann, auch sie hätte es wirklich gut getroffen, und sie sei froh, meinen Vorschlag akzeptiert zu haben, sie sei mir dankbar, dass ich ihr das Gut vermittelt hätte. Aber hier in Bertlingen, da würde es ihr auch gefallen, noch dazu, wo ihr der Vorsitzende so viel berichtet habe. Sie lachte, und ihre Augen glänzten.

„Weißt du“, sagte ich, „dann müssen wir wohl doch noch tauschen, vielleicht ab März oder April.“

Sie konnte mir darauf nicht mehr antworten, Wiedemann bat sie zum Tanz.

Einige Zeit danach, als ich mit Karin tanzte, fragte sie mich, wann ich sie denn mal besuchen würde.

Im März oder April würden wir kommen, Hans Rabe und ich. Das sei schon geplant, antwortete ich.

„Du kannst auch mal allein kommen“, sagte Karin. „Für die Saatzuchtleute bist du doch jetzt jemand, den sie schätzen, ein Fachmann.“

Ich weiß nicht, ob Karin angestoßen worden war, es konnte sein, denn die Tanzfläche war nicht sehr groß, oder ob sie sich bewusst so nah an mich herangedrängt hatte, sie berührte mit ihren Lippen meine Wange und wie im Vorbeigleiten auch meinen Mund, alles nur kurz und wie unbeabsichtigt. Sie sprach nicht weiter, vielleicht erwartete sie, dass ich etwas darauf sagen würde. Und als ich weiterhin schwieg, sagte sie, ihre beiden Herren würden noch mit meinem Chef reden, mit ihm lasse es sich wirklich gut reden, bestimmt würden sie noch Wichtiges mit ihm vereinbaren.

Als die Kapelle kurz darauf zu spielen aufhörte, blieb Karin stehen, an mich gelehnt, und sie erklärte mir lächelnd, sie müsse ihre beiden Herren im Auge behalten, doch sie schaute sich nicht nach ihnen um, sie blickte mich an. Und ich fragte sie darauf, ob ihr Direktor sie beauftragt habe, die beiden Herren zu kontrollieren. Sie hob den Arm und machte eine Geste, als wolle sie meine Frage hinwegwischen.

„Musst du sie kontrollieren oder was?“, wiederholte ich.

„Ach wo, ich muss aufpassen, dass sie mich nicht einfach hier lassen. Man weiß ja nicht, was die sich so denken.“ Dann schwieg Karin eine ganze Weile, als wäre sie in einen Traum verstrickt oder hätte einen Gedanken noch nicht zu Ende gedacht.

Aber ich hütete mich, sie zu fragen, ich sagte nur: „Es war doch schön, dass sie dich mitgebracht haben.“

„Ja, du hast recht“, bestätigte sie, und dann klang ihre Stimme leise und zaghaft, als sie hinzufügte: „Es war schön hier bei dir in Bertlingen, ja, es war wirklich schön.“

***

Bei Kasberg tranken wir seinerzeit Weißwein aus Wassergläsern, in seinem Institutszimmer besaß er keine richtigen Weingläser.

Zwei Wochen zuvor hatte er mich angerufen und mir mitgeteilt, Professor Henningsen lade mich ein.

Es ging fast feierlich zu, als mir Henningsen eine Mappc überreichte und mich aufforderte, sie zu öffnen und das Thema vorzulesen. Auf einem weißen Blatt Papier stand, säuberlich mit Maschine geschrieben: Luzerneanbau unter den Bedingungen der landwirtschaftlichen Großproduktion, dargestellt am Beispiel der LPG „Einheit“ Bertlingen, und darunter mein Name.

„Und was sagen Sie dazu?“ Henningsen schaute mich erwartungsvoll an.

„Es gefällt mir“, antwortete ich. „Herr Professor, das Thema gefällt mir sehr.“

Eigentlich war es nicht üblich, die Themen für die Diplom-Arbeiten so frühzeitig zu vergeben. Doch offensichtlich hatte sich Kasberg dafür eingesetzt, und sicher hatte er auch seinen Chef über die Verhältnisse in Bertlingen genauestens unterrichtet. Für mich war das ein großer Vorteil, ich konnte in aller Ruhe damit beginnen, mich mit der Gliederung zu befassen und danach eine ausführliche Disposition und weitergehende gedankliche Schwerpunkte zu formulieren. Alles was ich aufgeschrieben hatte, schickte ich Kasberg mit dem Vermerk: Erster Versuch. Als ich Anfang April mit ihm telefonierte, überraschte er mich mit der Information, dass sein Chef auch mit Professor Günzerodt über mein Thema gesprochen habe. Und nun sei Günzerodt der Ansicht, meine Arbeit solle eine gewisse Erweiterung erfahren, nämlich im Hinblick auf die Fragen der Bodenfruchtbarkeit. Selbstverständlich könne das Thema so bleiben wie bisher, nur die Verbindung Luzerne und Bodenfruchtbarkeit, die müsse unbedingt eine Rolle spielen.

„Und was soll ich nun machen?“, fragte ich überrascht.

„Du fügst einfach ein weiteres Kapitel hinzu“, sagte Kasberg gelassen.

Günzerodt besuchte ich im Mai. Mich überraschte, dass er gleich zur Sache kam, ohne lange Vorrede.

Luzerne und Bodenfruchtbarkeit, also, wie ist deine Antwort? fragte er mich, kaum dass wir uns am Tisch gegenübersaßen, und er duzte mich, was mir gefiel, es schien den Abstand zwischen uns zu verringern.

„Ich übernehme den Auftrag“, antwortete ich, um eine sichere Stimme bemüht. „Herr Professor, das ist doch wohl eine Chance für mich“, fügte ich hinzu und merkte, wie die Anspannung in Lachen umschlug.

Und dann fragte er mich trotzdem noch einmal: „Schaffst du das? Oder misstraust du etwa deinen Möglichkeiten?“

„Ich schaffe es“, sagte ich mit Bestimmtheit. Mir war jetzt bewusst geworden, was für ein Interesse bei Günzerodt bestand. Ich begriff, dass er mich an ein Thema heranführen wollte, dem ich mich nicht nur in der Praxis, sondern eventuell später einmal, sofern sich die Möglichkeiten dafür bieten würden, auch in der Wissenschaft widmen könnte. Ich erzählte ihm, dass ich vorhabe, nach dem Diplomabschluss wieder nach Bertlingen zurückzugehen und dann, wenn der Vorsitzende das für ihn vorgesehene Studium absolvieren würde, dessen Aufgaben zu übernehmen, vorausgesetzt, die Mitglieder würden mich wählen.

Günzerodt hatte mir aufmerksam zugehört. Das sei eine klare Perspektive, Vorsitzender einer gut funktionierenden LPG zu werden, bestärkte er mich.

Als er mich dann zur Tür brachte, reichte er mir ein Kärtchen mit seiner Telefonnummer. Falls ich Fragen hätte oder Hilfe benötigen würde, könne ich ihn anrufen, sagte er, gleich direkt, ich müsse nicht den Umweg über Dr. Kasberg wählen, mit Professor Henningsen wäre alles abgesprochen, in dieser Hinsicht könne ich unbesorgt sein.

Ich entsinne mich, Professor Günzerodt hatte am Anfang der ersten Vorlesung, die wir bei ihm hörten, den prophetischen Satz vom alten Justus von Liebig zitiert, dass immer und zu allen Zeiten der Boden mit seiner Fruchtbarkeit es gewesen sei, der über das Wohl und Wehe eines Volkes entschieden habe. Das gelte heute, hatte Günzerodt uns danach fast beschwörend versichert, noch genauso wie damals zu Liebigs Zeiten oder noch weit mehr, angesichts der gegenwärtigen Zustände in der Welt. Folglich sei die Erhaltung und Mehrung der Bodenfruchtbarkeit die größte, aber auch die schwierigste Aufgabe des Ackerbaus. Eine ordentliche Stalldungwirtschaft, der verstärkte Anbau tiefwurzelnder Leguminosen, wie zum Beispiel Luzerne, viel organische Substanz und richtige, also schonende Behandlung des Bodens, all das garantiere uns, dass die Fruchtbarkeit steige und dadurch höhere Erträge erreicht werden könnten.

Unser Jahrgang war der erste, der an unserer Fakultät im dritten Studienjahr Günzerodts Vorlesungen hörte.

Im Jahr zuvor war Günzerodt aus einem Akademie-Institut, das im Brandenburgischen lag, als Abteilungsdirektor an das hiesige Institut für Landwirtschaftliches Versuchs- und Untersuchungswesen, das ebenfalls zur Akademie gehörte, gewechselt. Zugleich war er als Professor mit vollem Lehrauftrag für das Fachgebiet Grundlagen des Ackerbaus an unsere Fakultät berufen worden. Zwischen seinen beiden Arbeitsstellen konnte er mit der Straßenbahn pendeln, vom nördlichen Stadtrand bis fast ins Zentrum und wieder zurück. Im Nordflügel des Gebäudes, das neben dem Institut für Acker- und Pflanzenbau noch ein weiteres Institut und einen Hörsaal beherbergte, hatte man ihm vier Zimmer eingerichtet. Zu seinem Bereich gehörten anfänglich drei wissenschaftliche Mitarbeiter und eine Sekretärin.

Günzerodts Vorlesungen wurden allgemein geschätzt. Auch landwirtschaftliche Fakultäten anderer Universitäten luden ihn zu Vorlesungen ein. Man berichtete, er halte oft Vorträge vor Bauern und es gelänge ihm dabei, dass seine Zuhörer beim Atmen den gleichen Rhythmus wählen würden wie er, der Vortragende. Vielleicht war diese Aussage leicht übertrieben, ich hörte sie auch einmal von Kasberg, aber sie erhellte Wesentliches in Bezug auf die Art seines Vortrages, und man wollte es gern glauben, dass es sich so verhalten würde, wenn man ihn kannte.

Auch Kasberg hat mir einmal bestätigt, Professor Günzerodt habe immer ein Paar Gummistiefel im Auto oder ziehe von vornherein gleich Lederstiefel an, wenn er Landwirtschaftsbetriebe besuche, denn er lege Wert darauf, die Felder zu besichtigen, er bleibe dort nicht im Büro sitzen, um endlos mit dem Vorsitzenden zu diskutieren und dabei Kaffee zu trinken oder einen Schnaps, er wolle sich stets an Ort und Stelle überzeugen, wie die Saat stehe oder wie man mit dem Boden umgehe, und er scheue auch nicht davor zurück, den Traktoristen zu zeigen, wie der Pflug eingestellt werden müsse, und dann selbst den Traktor zu besteigen und mit ihm ein Stück zu fahren und hernach die Furche zu prüfen, ob sie den Erfordernissen entspreche. Er diskutiere gern bei abendlichen Zusammenkünften mit Mitgliedern von Feldbaubrigaden, wusste ich von Kasberg. Und er verweigere dabei zumeist auch den Platz im Präsidium, er ziehe es vor, inmitten der Leute zu sitzen, als gehöre er zu ihnen, und er befrage sie nach ihrer Meinung, lasse sie ausreden bevor er ihnen antworte. Den Streit scheue er nicht, aber in der Regel sei er es, der am Ende Recht behalte, weil seine Argumente schließlich den hartgesottensten Widersacher überzeugen würden. Und wenn ihm Zustimmung signalisiert und ihm obendrein noch bekundet werde, ja, genauso sehe man es auch, genauso wie unser Gast, der Professor, dann scheine er sich erleichtert zu fühlen und vollauf zufrieden zu sein mit seiner Mission.

Ich war tatsächlich mit meiner Arbeit gut vorangekommen. Allerdings hatte ich auch nahezu gänzlich auf die Semesterferien verzichtet, ich war weder an die Ostsee noch ins Gebirge gereist, ich hatte auch kaum bei meinen Eltern geholfen, ich hatte mich in Bertlingen aufgehalten, fast die ganze Zeit über. Und wenn ich von Verwandten und Nachbarn gefragt worden war, was ich denn dort noch zu tun hätte, hatte ich ihnen geantwortet, ich müsse Material sammeln.

Versprechen muss man einhalten. Diese Mahnung hörtc ich bisweilen von meiner Großmutter. Sie sagte es gewöhnlich, wenn sie zu glauben schien, bei mir etwas in Erinnerung rufen zu müssen.

Seit dem Fakultätsball, auf dem ich Karin Burger das Versprechen gegeben hatte, ihr ein Zitat zu bringen, waren nahezu zwei Wochen vergangen.

Karin servierte Kaffee und Stollen noch bevor ich ihr die Mappe mit der Broschüre, in der sich das Zitat befand, überreichen konnte.

Wir redeten über die Weihnachtsvorbereitungen, über das Stollenbacken und über andere Nebensächlichkeiten. Und ich vergaß auch nicht, den Stollen, den ihre Mutter gebacken hatte, zu loben, er schmeckte wirklich gut, er hätte auch von meiner Mutter sein können.

Dann aber sagte ich doch mitten hinein in unsere Plauderei: „Das Zitat überlasse ich dir."

„Deine Großzügigkeit kennt keine Grenzen", antwortete sie.

„Lies es erst einmal", sagte ich.

Sie schlug die Mappe auf, blätterte bedächtig in der Broschüre, dort, wo sich das Zitat befand, hatte ich einen Zettel hineingelegt.

„Nun lies schon", wiederholte ich.

Ich sah, dass auf ihrem Gesicht ein vorsichtiges Lächeln erschien, aber nur für einen Moment, und dass danach sich ihr Gesichtsausdruck veränderte, wie es bei Händlern geschieht, die sich über den Preis einig werden wollen, aber möglichst ohne dabei lange feilschen zu müssen.

Sie fragte: „Und welche Gegenleistung erwartest du?"

„Keine", sagte ich. „Meinetwegen nimm es als kleines Weihnachtsgeschenk. Oder willst du es etwa nicht? Ich will dir nichts aufdrängen."

„Natürlich will ich das Zitat. Es wird schon in meinen Text passen. Sag´ mal, warum bringst du es nicht in deiner Arbeit?"

„Weil sie dann zu umfangreich wird. Du weißt doch, das neue Kapitel, das füllt etliche Seiten."

„Das Kapitel für Günzerodt?", fragte sie.

„Ja, das für Günzerodt. Für das Zitat müsste ich ja noch einen neuen Aufhänger haben, verstehst du, so etwas wie einen Anlauf." Ich lachte.

„Wieviel Seiten werden es bei dir?", fragte sie.

„Über hundert", sagte ich.

„Ziemlich viel", schätzte sie ein. „Mein Thema gibt nicht so viel her."

„Dafür klingt es aber hochwissenschaftlich", sagte ich und zitierte: „Züchtung und Anbau der Luzerne – Empfehlungen für den Großbetrieb." Und ich fügte hinzu: „Das ist ein dankbares Thema. Und dazu passt das Zitat. Du musst nur die geeignete Stelle dafür finden. Nun lies es endlich", forderte ich sie auf.

Karin fixierte mich mit gerunzelter Stirn, anscheinend rangen bei ihr noch immer Interesse, Zweifel und Misstrauen miteinander.

Wir saßen am Tisch wieder über Eck, wie damals beim Frühstück, als ich ihr das Praktikum im Saatzuchtgut schmackhaft zu machen versuchte. Ich musste unwillkürlich an den weißen Mantel denken, diesen Frotteemantel, der sich oben allmählich geöffnet und den Ansatz ihrer Brüste freigegeben hatte. Jetzt aber trug sie einen grauen Rollkragenpullover mit braunen Ornamenten und dazu eine schwarze Hose. Aber sie sah sehr attraktiv aus.

„Soll ich es vorlesen?", fragte sie.

„Ja, ich würde es gern von dir hören."

Karin strich sich das Haar aus der Stirn, lehnte sich weit zurück, nahm die aufgeschlagene Mappe in beide Hände und las mir den Text vor, den ich ohne Mühe zu jeder Zeit aus dem Gedächtnis hätte aufsagen können. Sie deklamierte nun wie eine Schauspielerin: „Aber aus all` den Futterpflanzen, die wohl gefallen, ist das medische Kraut, die Luzerne, das allerfürnehmste, das alle zehn Jahre gesät wird und danach in allen Jahren vier Mal, zuweilen auch sechs Mal abgeschnitten wird, das den Acker düngt und abgemagertes Vieh fett macht, das krankem Vieh als Arznei dient und wo ein Joch drei Pferden das ganze Jahr genügend Futter liefert."

„Klingt das nicht gut? In einem Satz wird zum Ausdruck gebracht, wie wertvoll die Luzerne ist. Karin, ich finde, du hast es richtig eindrucksvoll vorgetragen. Meinst du nicht, dass das Zitat zu einem Glanzpunkt in deiner Arbeit werden kann?", fragte ich.

„Du hast mir den Autor des Zitats verschwiegen", sagte Karin.

„Du findest doch alles in der Broschüre, antwortete ich ihr. Autor ist der römische Schriftsteller Columella. Geschrieben hat er es im Jahre 60 nach der Zeitrechnung in seinem Buch „De re rustica", und in die deutsche Sprache übertragen wurde es 1491 von Heinrich, Abt von Schussenried."

„Sag` mal, wieviel ist ein Joch?"

„Etwa ein halber Hektar", antwortete ich ihr.

„Ein halber Hektar also. Und wo hast du die Broschüre her?"

Ich hatte den Eindruck, bei Karin hatte jetzt das Interesse über Zweifel und Misstrauen gesiegt.

Ich fragte sie: „Hat dein Saatzuchtleiter Kerner es tatsächlich versäumt, dich auf die Broschüre aufmerksam zu machen?" Und da sie den Kopf schüttelte, redete ich weiter: „Das Zitat stammt aus seinem Vortrag, den er vor einigen Jahren auf einer Tagung in Weimar gehalten hat. Ich habe zwei Broschüren, eine von Professor Henningsen, die andere von Hans Rabe, den du ja kennst, mit dem du sogar getanzt und geplaudert hast. Du siehst, es reicht nicht aus, schöne Worte miteinander zu reden. Kritisiere deinen Kerner. Meinetwegen stoße ihn auch gegen das Schienbein, wenn du ihm begegnest. Und den anderen, den Wiedemann gleich mit. Einer von den beiden hätte dich doch auf die Broschüre aufmerksam machen müssen. Ich muss erst kommen und dir die besonders wichtige Literatur überbringen. Und dabei behandelst du mich, als würde ich versuchen, dir eine Ware aufzudrängen, die du nicht brauchst, die du nicht magst und für überflüssig hältst. Jedenfalls empfinde ich es so."

Karin brach in Lachen aus, mir schien, sie hatte auch ihre gute Laune wiedergefunden.

Ob sie mir die Broschüre zurückgeben müsse, fragte sie.

Sie könne sie behalten, sagte ich, es sei das Exemplar vom Bertlinger Vorsitzenden.

„Stell` dir vor, von dem habe ich unlängst geträumt", sagte Karin. Es war ein merkwürdiger Traum.

„Davon muss ich ihm erzählen", sagte ich. „Er wird sich geschmeichelt fühlen. Eine junge, attraktive Dame habe von ihm geträumt. „Unwahrscheinlich", höre ich ihn schon verkünden."

„Lass uns erst mal trinken", sagte sie.

„Den Traum möchte ich hören", sagte ich, nachdem wir den Wein probiert hatten.

„Gleich", sagte sie. „Du sollst doch meine Arbeit lesen."

Sie brachte die beiden Schnellhefter und legte sie mir in den Schoß. „Und wenn du mir schon mal ein Zeichen machen würdest, wo ich das Zitat einfügen soll, wäre ich dir sehr dankbar. Du siehst, ich habe meine Wünsche." Sie lachte und goss mir Ebereschenwein nach.

„Erzähle mir den Traum", sagte ich. „Dann lese ich die ganze Arbeit und mache auch ein Zeichen."

„Trink erst mal, damit du den Traum auch verkraftest."

Als ich ihrer Aufforderung nachkam, sagte sie: „Also der Traum, so schlimm war er gar nicht." Und dann berichtete sie, der Vorsitzende habe sie eingeladen, mit ihm ein schönes Fleckchen Erde zu besichtigen, um das er sich bemühe, denn dort solle ein Haus entstehen.

„Hat er dir das beim Tanzen erzählt?", unterbrach ich sie.

„Er hat mir beim Tanzen von seinem Vorhaben erzählt, ein Haus zu bauen für seinen Nachfolger. Ja, das stimmt“, sagte sie. „Willst du nun den Traum hören oder nicht?“

„Den Traum, natürlich.“

Der Vorsitzende sei mit ihr einen Weg entlang gegangen, der sacht anstieg, Bäume rechts und links, fuhr sie fort. Sie haben eine Anhöhe erreicht mit einem wunderschönen Ausblick. Herr Rabe habe einen Spaten genommen und Markierungen gegraben. Danach haben sie gewartet und Ausschau gehalten, ziemlich lange.

„Und ist der, nach dem ihr gemeinsam Ausschau gehalten habt, dann noch gekommen?“, wollte ich wissen.

„Nein“, sagte sie, „wir waren beide sehr enttäuscht.“

„Und wie ging es weiter?“

„Der Traum war aus, ich bin aufgewacht“, sagte sie.

„Den Traum muss ich Hans Rabe anders erzählen. Er muss doch einen guten Abschluss haben.“

„Erzähle ihm alles, wie du es für richtig hältst“, sagte sie. „Jetzt lies bitte meine Arbeit und vergiss das Zeichen nicht.“

Ich vertiefte mich in den Text, und ich verlor dann wohl jedes Zeitgefühl. Mich störte auch nicht, wenn Karin um mich herumwirtschaftete, wie eine eifrige Hausfrau. Gelegentlich trank ich einen Schluck Wein und nahm mehr im Unterbewusstsein wahr, dass sie mir sogleich nachgoss. Karins Schrift ließ sich gut lesen. Irgendwann nahm ich den Kugelschreiber, den sie vorsorglich auf den Tisch gelegt hatte, und machte ein großes Zeichen.

„Hier muss das Zitat hin, genau an diese Stelle“, sagte ich, und Karin lehnte sich über meine Schulter und blickte auf ihr Manuskript.

Sie werde meinen Vorschlag akzeptieren, sagte sie, als wir mit den Gläsern anstießen. „Und wie findest du die Arbeit?“

„Es wird eine glatte Eins, davon bin ich überzeugt“, antwortete ich ihr.

„Ist das dein Ernst?“

„Ja.“

„Du sagst das nur, um mich zu beruhigen.“

„Ich bin davon überzeugt“, sagte ich und fügte hinzu: „Henningsen wird dich loben. Und er wird deinem Direktor mitteilen, dass du dank der bei ihm genossenen Förderung eine hervorragende Arbeit abgeliefert hast, die dem Gut zur Ehre gereicht und folglich für alle Zeiten einen vorderen Platz in der betriebseigenen Bibliothek einnehmen muss.“

„Hör` auf“, sagte Karin und stieß mich an. „Und weißt du, meinen Traum“, empfahl sie mir dann, „den musst du deinem Vorsitzenden nicht erzählen. Nein, erzähle ihn lieber nicht.“

„Warum nicht?“, fragte ich.

„Weil das alles nicht zusammenpasst.“

„Wieso?“

„Weil wir uns zuvor einig waren, wir beide, du und ich, bevor der Vorsitzende mit mir da hinaufgegangen ist, du wolltest nachkommen, so begann nämlich mein Traum, sagte Karin. Und beim Tanzen, also in der Wirklichkeit, schien dein Vorsitzender auch schon konkrete Vorstellungen zu haben, so habe ich es jedenfalls gedeutet, was er gesagt hat. Sie zögerte einen Moment weiterzusprechen, dann aber sagte sie sehr leise, sie habe damals das Gefühl gehabt, ich hätte nicht gewollt, dass sie an diesem Abend dableiben würde.“

„Du hast mich doch gar nicht danach gefragt“, entgegnete ich ihr.

„Hätte ich dich etwa fragen sollen, ob ich im Schloss bei dir schlafen darf?“

„Na ja“, sagte ich, weil ich nicht recht wusste, was ich darauf antworten sollte.

„Hätte ich dich so direkt fragen sollen“, wiederholte sie, „so ganz direkt, damit du begreifst, was Sache ist, oder?“

Ich trank mein Glas leer, dann sagte ich: „Direkt zu fragen, Karin, das erachte ich nicht als verkehrt, weißt du…“

„Ich weiß es jetzt“, unterbrach mich Karin. „Von jetzt an werde ich dich direkt fragen, anstatt Drumherum zu reden.“

„Gut, einverstanden“, sagte ich.

„Und wenn ich dich damals direkt gefragt hätte?“ Karin sah mich mit überlegener Miene an, allem Anschein nach glaubte sie, mich nunmehr in die Enge getrieben zu haben.

„Selbst wenn ich dir vorgeschlagen hätte, in Bertlingen zu bleiben, wenn also von mir eine positive Antwort gekommen wäre“, sagte ich und versuchte wieder die Oberhand zu gewinnen, „deine Begleiter hätten dem nie zugestimmt. Sie hätten dir nicht gestattet, dazubleiben. Denn sie fühlten sich für dich verantwortlich, für dich und deine Sicherheit.“

„Glaubst du tatsächlich, sie hätten befürchtet, mir würde etwas passieren können, wenn ich bei dir geblieben wäre?“ Karin schaute mich mit einem prüfenden Blick an.

„Sie haben dich mit nach Bertlingen gebracht, dich als attraktive Begleitperson, und sie sahen es als ihre Pflicht an, dich wieder mitzunehmen, unter allen Umständen, denn sie waren sich ihrer Verantwortung bewusst“, sagte ich. Und plötzlich, als ich Karins Kopfschütteln bemerkte, fiel mir noch etwas ein, was ich ins Feld führen konnte, ich fügte hinzu: „Übrigens, auch das will ich dir nicht verschweigen, ich habe damals festgestellt, dass dich Ulrich Wiedemann nicht eine Minute aus den Augen gelassen hat. War es nicht so?“

„Du übertreibst.“ Karins Antwort war sehr schnell gekommen, danach schwieg sie.

„Möglich“, räumte ich ein, „dass ich ein wenig übertreibe. Doch ich hatte damals den Eindruck, Wiedemann hat auf dich aufgepasst, oder er war zumindest darauf bedacht, dich unter Kontrolle zu haben, gewissermaßen er als Aufsichtsperson oder als Verantwortungsträger oder als, was weiß ich, vielleicht an deinem Wohlergehen Interessierter. Er mag dich sehr, so schien es mir jedenfalls.“

„Ulrich Wiedemann ist verheiratet“, sagte Karin gelassen. „Seine Frau hat eine hohe Position in Berlin. Er pendelt von Berlin zur Saatzuchtzentrale, und von dort aus besucht er die einzelnen Saatzuchtgüter. Und außerdem promoviert er und steht wohl kurz vor dem Abschluss. Ob er mich mag, das weiß ich nicht. Eines kann ich dir aber mit Sicherheit sagen, zwischen ihm und mir gibt es nichts, überhaupt nichts. Was denkst denn du nur?“

„Was möglich oder nicht möglich sein kann, weiß ich nicht, und jetzt lese ich den Rest deiner Arbeit, es sind noch etliche Seiten“, sagte ich.

Als ich ihr die beiden Schnellhefter zurückgab, fragte sie: „Und bist du bei deiner Meinung geblieben?“

„Eine glatte Eins, wie ich es vorhin schon gesagt habe.“

Sie nickte, aber sie schien ihre Zweifel nicht abschütteln zu können.

Deshalb bekräftigte ich: „Du kannst es mir glauben, es wird eine Eins.“

Wir stießen auf den Erfolg unserer Arbeiten an, lachten dabei, redeten noch ein paar belanglose Sätze, und auf einmal fragte mich Karin wie beiläufig, ob Irene meine Arbeit schon gelesen habe.

Ich bestätigte es ihr.

„War sie zufrieden?“

„Ich denke schon. Kritisiert hat sie nichts.“

„Hat sie dich nicht gelobt?“

„So genau kann ich mich nicht erinnern.“

„Ich kann mich ja auch irren“, sagte sie, den Blick auf ihr Glas gerichtet, das sie mit beiden Händen hielt und langsam drehte. Irene habe sich immer, wenn sie miteinander geredet hätten, für alles Mögliche interessiert, für jedes winzige Detail. Und dann erzählte mir Karin von den Besuchen mit ihrem Vater bei den Vonderlinds, wo es um die Sommerweide für das Jungvieh gegangen war, oben im Gebirge. Da habe sie Irene auch von ihrem Praktikum berichtet, ja, sogar von der Bertlinger Vollversammlung und von dem, was ihr der Vorsitzende anvertraut hat. Und sie habe ihr auch gesagt, dass wir beide unsere Arbeiten über die Luzerne schreiben würden.

„Du hast das alles Irene erzählt?“, unterbrach ich sie.

„Warum hätte ich es ihr nicht erzählen sollen, sie wollte es doch wissen. Ich habe ihr alle Fragen beantwortet, auch die über dich.“ Karin brach ab, trank ihr Glas leer und stellte es wieder auf den Tisch. Sie nahm die Flasche und verteilte den Rest Ebereschenwein auf unsere beiden Gläser. Sie forderte mich auf, mit ihr anzustoßen.

„Karin“, sagte ich mit leicht tadelndem Ton, nachdem wir getrunken hatten, „dir kann man keine Geheimnisse mehr anvertrauen, du verrätst die sofort.“

Sie ging nicht darauf ein, sie fragte mich, ob ich Irene erst seit dem Ball kenne.

„Seit dem Ball, ja.“

Komisch, dass ich ihr in den Monaten zuvor nicht schon begegnet sei, stellte sie fest.

„Da hätte es doch kaum eine Gelegenheit dazu gegeben“, erwiderte ich. Die meiste Zeit hätte ich an der Diplom-Arbeit gesessen und an nichts anderes gedacht.

„Trotzdem“, beharrte Karin.

„Sie ist mir vorher nicht aufgefallen, erst auf dem Ball, wo du sie mir präsentiert hast“, sagte ich und lachte.

„Wir sind beide zum Ball gegangen, Irene wollte es so“, sagte Karin. „Du hast mich ja nicht eingeladen.“

„Nun listest du mir wieder meine Versäumnisse auf.“

„Nein“, sagte Karin. „Aber fest steht doch, Irene ist es gelungen, dich einzuwickeln.“

„Was heißt hier einwickeln“, entgegnete ich ihr, sicher eine Spur zu heftig, ich sah, dass Karin ein wenig zusammenzuckte.

„Entschuldige bitte Peter, das war dumm von mir, so etwas zu sagen. Noch dazu, wo ich Irene zu meinen Freundinnen zähle, entschuldige bitte, nimm es mir nicht übel."

„Schon gut, man sagt manchmal so was daher, das passiert. Außerdem haben wir viel von deinem vorzüglichen Ebereschenwein getrunken, da darf man nicht jedes Wort auf die Goldwaage legen."

Ob sie mich noch etwas fragen dürfe, wollte sie wissen.

„Von mir aus, frag` was du willst", sagte ich.

„Zwischen dir und Irene, ist das eine ernste Angelegenheit?"

Die Frage überraschte mich nun doch.

„Ich denke schon", antwortete ich ihr.

„Denkst du es nur, oder weißt du es?"

„Ich denke, dass ich es weiß", sagte ich und lachte.

Karin lachte nicht, sie schwieg einen Moment und erklärte dann: „Deine Formulierung verrät, dass du dir nicht ganz sicher bist."

„Weißt du, ganz sicher kann man sich wohl nie sein. Doch ich habe das Gefühl, es ist..."

Weiter kam ich nicht, Karin unterbrach mich: „Du bist dir nicht sicher, aber du möchtest es nur nicht zugeben. Ist es so?"

„Ich bin davon überzeugt", erwiderte ich, „dass es nicht nur ein Strohfeuer, ein leichtes Geplänkel ist, sondern dass sich unsere Verbindung ganz allmählich, Schritt für Schritt, entwickeln wird."

„So denkst du?"

„Ja, so denke ich."

„Also ist es vielleicht doch so etwas wie eine ernste Angelegenheit", resümierte Karin. „Peter, entschuldige, dass ich so aufdringlich gefragt habe."

„Du musst dich für nichts entschuldigen", sagte ich. „Es ist spät, ich muss gehen, du weißt, ich habe einen weiten Weg. Ich danke dir für deine Gastfreundschaft."

„Ich habe dir zu danken, dass du gekommen bist, dass du mir das Zitat gebracht hast, und überhaupt, es war schön, dass wir miteinander reden konnten.“ Sie umfasste mich, zog mich an sich, küsste mich wieder auf die Wange, wie damals, als sie sich bereiterklärt hatte, für mich ins Saatzuchtgut zu gehen. Vielleicht hielt sie mich jetzt etwas länger umfasst, es schien mir so. „Weißt du“, sagte sie, „auf dich ist wirklich Verlass.“

„Das höre ich gern“, sagte ich.

Dann wünschten wir uns für die Feiertage und das neue Jahr noch alles Gute.

Wir verabschiedeten uns an der Haustür voneinander. Draußen war es nasskalt und dunkel.

***

Ich erinnere mich an den Tag vor Silvester, als der Brief bei uns zu Hause eintraf.

Es war ein Umschlag, der auffiel, aufgrund seiner Farbe, ein angenehmes Cremeweiß, das man gewöhnlich bei Briefumschlägen selten sah, und er fiel auch auf durch die schöne Schrift und die exakt aufgeklebte Sondermarke.

Man konnte annehmen, die Absenderin habe verhindern wollen, dass der Umschlag samt Inhalt untertauchte in der Flut von Postsendungen, die um die Zeit von Weihnachten und Neujahr auf der Reise waren und täglich gemeinsam mit den Zeitungen in den Briefkästen der Adressaten landeten, oder dass er ohne Beachtung zur Seite gelegt wurde auf einen Haufen, der sich Tag für Tag weiter ansammelte, weil Arbeiten zur Festtagsvorbereitung jetzt vorrangig waren und das Lesen von Briefen und Zeitungen auf später, auf die gemütliche Zeit im neuen Jahr verschoben werden konnte.

Ich weiß nicht, welche Gedanken der Absenderin durch den Kopf gegangen waren, ich weiß nur, dass der Umschlag Aufsehen erregte, vom ersten Moment an, als er entdeckt worden war zwischen der Zeitung und allem anderen, was im Briefkasten gesteckt hatte. Mein Bruder hatte ihn in der Hand gehalten wie eine Trophäe und erklärt, dass Straßenbezeichnung und Hausnummer zwar fehlen, was seiner Auffassung nach jedoch nicht weiter problematisch sei, unsere Postbotin kenne sich aus, es reiche der Name, damit die Sendung dort ankomme, wo sie ankommen müsse.

Mein Bruder hatte, als wolle er die Spannung noch erhöhen, eine Pause gemacht und danach hinzugefügt: In diesem Fall bei dir, mein lieber Peter!

Das war kurz vor Mittag.

Noch am Vormittag hatte mein Vater mich gefragt, ob ich zum Silvesterball gehen werde. Und als ich ihm antwortete, dass ich dazu keine Lust verspüre, versuchte er, mich zu überzeugen oder zu überreden, er meinte, dass es von Vorteil wäre, hier im Dorf wieder einmal unter die Leute zu gehen, alte Bekannte zu treffen, mit ihnen ein paar Worte zu wechseln, er glaube, bestimmt würden sich viele freuen, mich wiederzusehen.

„Und mit mir zu tanzen", entgegnete ich ihm. „Von den Schulfreundinnen sind noch nicht alle unter der Haube, vielleicht wären die froh, wenn ich auftauche."

„Überleg es dir", sagte mein Vater darauf. „Oft gefällt es einem, obwohl man zuvor keine Lust gehabt hat, dann, wenn man erst dort ist, besonders gut, glaub mir, das gibt es."

„Darf ich den Absender vorlesen?" Mein Bruder hielt den Brief nun mit beiden Händen, alles andere aus dem Briefkasten hatte er meiner Mutter übergeben.

„Ist der Brief an mich oder an dich?"

„Natürlich an dich, wer sollte mir einen solchen Brief schicken, mich erwähnt man höchstens nebenbei in den anderen Briefen. Also bitte, wenn du gestattest, lese ich den Namen vor, für meine Begriffe klingt er außerordentlich interessant, ich würde was darum geben, die Dame mal kennenzulernen. Vorerst also nur der Name." Mein Bruder hielt den Brief noch immer mit Daumen und Zeigefinger beider Hände, während er den Namen mit besonderer Betonung vorlas.

Danach übergab er mir den Brief und verbeugte sich, als hätte ich ihn zu meinem Diener degradiert.

Meine Großmutter reichte mir zum Öffnen das Messer, mit dem sie sonst Kartoffeln schälte.

Vor mir hatte sich ein lockerer Halbkreis gebildet, bestehend aus vier Personen, die anscheinend darauf warteten, dass ich ihnen den Brief vorlesen würde.

Obwohl mein Vater erklärte, die anderen sollten nicht so neugierig sein, der Brief sei schließlich an mich gerichtet, blieb auch er stehen und wartete.

„Lies‘ wenigstens die erste Zeile vor“, bat mein Bruder.

„Mein lieber Peter“, las ich.

„Das war die erste Zeile, und was schreibt die Dame weiter?“ Mein Bruder beugte sich ein wenig zu mir herüber.

„Ich werde eingeladen“, sagte ich. „Im Brief heißt es: Meine Eltern und ich würden sich über deinen Besuch sehr freuen.“

„Dann musst du fahren“, sagte mein Bruder. „Schade, dass sie mich nicht mit eingeladen haben, ich würde mitkommen, ohne zu zögern. Sag‘ mal, kannst du mich nicht mitnehmen, meinetwegen als Kofferträger. Ich würde mich wirklich anstrengen, dir zu Diensten zu sein.“

„Du bist nicht eingeladen“, sagte mein Vater.

„Vielleicht enthält der Brief noch so einen Nachsatz“, versuchte es mein Bruder von neuem.

Ich hielt ihm den Brief hin. „Findest du einen Nachsatz?“

„Nein. Schade“, sagte mein Bruder. „Es steht nur: Herzliche Grüße Deine Irene. Damit endet der Brief.“

An dem Tag wurden mir viele Fragen gestellt, auch solche, die ich nicht beantworten konnte oder wollte.

Als wir uns am letzten Tag vor den Semesterferien getroffen hatten, einen Tag nach meinem Besuch bei Karin, war von einem Treffen bei Irene im Gebirge keine Rede gewesen.

Wir hatten über Weihnachten und Silvester und über die Art des Feierns gesprochen, mehr nicht. Bei der Verabschiedung hatten wir uns umarmt und geküsst, und wir hatten uns schöne Feiertage und alles Gute für das neue Jahr gewünscht.

In der Woche nach dem Ball war es uns gelungen, uns fast täglich in der Mensa zu treffen.

Schon am Ende der Woche war ich zum ersten Mal bei Irene.

Sie hatte mich eingeladen.

Für mich war es kein Problem, das Haus zu finden. Die Nussbäume, deren Äste ineinander gewachsen waren, gab es nur vor diesem einen Haus.

Irene trieb anfänglich ihren Spaß mit mir, als ich sie fragte, wie sie zu dieser Wohnung gekommen sei.

Sie sagte: „Mit Beziehungen, wie sonst."

Und dann erfuhr ich von ihr, dass das Haus Forstmeister Dr. Weber gehöre.

Dr. Weber war Leiter der Außenstelle des Instituts für forstliche Standorterkundung und zugleich Dozent an unserer Fakultät. Ich hatte bei ihm die fakultative Vorlesung „Einführung in die Forstwirtschaft" gehört, eine bei Landwirten sehr beliebte Vorlesung, weil sie den Blick auf den Nachbarzweig förderte und weil der Vortragende es unwahrscheinlich gut verstand, sein Fachgebiet darzustellen. Ich hatte im Rahmen der fünf zu belegenden fakultativen Fächer auch die Prüfung bei Dr. Weber absolviert, und mir war eine Eins gelungen. Und nun hörte ich von Irene, dass Dr. Weber und ihr Vater Studienkollegen waren und dass nach wie vor eine enge Freundschaft zwischen ihnen bestehen würde.

„So zahlen sich eben gute Beziehungen aus", sagte Irene. „Mein Vater ist nach dem Studium in die Praxis gegangen, Dr. Weber nach kurzem Praxisaufenthalt in die Wissenschaft."

Es war ein großes Zimmer, mit Esstisch, Schreibtisch, Schrank, Bücherregal, mit einem Sofa und einem Bett, einem Schreibtischstuhl und drei lederbezogenen Stühlen sowie einem großen Kachelofen. Es gab einen kleinen Korridor mit einer Kochnische und einem geräumigen Bad. Der Korridor war zur Treppe hin mit einer Tür abgeschlossen, so dass man den Eindruck gewann, in einer zwar kleinen, aber richtigen Wohnung zu sein.

Irene lachte, als ich ihr sagte, sie wohne fürstlich, ja geradezu mondän.

Ich wusste nicht, ob sie eine Vorstellung davon hatte, wie spartanisch die Zimmer im Studentenwohnheim eingerichtet waren. In dem Zimmer, das ich mir mit Bernd Scheufler teilte, hatten wir neben dem Doppelstockbett, einen Tisch, drei Stühle, zwei Schränke und zwei kleine Bücherregale sowie einen Ofen.

Am liebsten hätte ich zu Irene gesagt, ich ziehe, wenn du es erlaubst, bei dir mit ein, ich führe mich auch gesittet auf, du musst keinerlei Befürchtungen haben, ich verhalte mich ruhig, ich ordne mich deinen Anweisungen unter, und ich gehe dir auch nicht auf die Nerven.

Natürlich sagte ich nichts dergleichen. Es war für mich ein Ereignis, erstmals von ihr eingeladen worden zu sein.

Irene hatte mich gebeten, das Manuskript meiner Arbeit mitzubringen, sie würde es gern lesen, sie fände, auch das gehöre zum gegenseitigen Kennenlernen.

Zunächst wagte ich nicht, eigenmächtig ihre Einrichtung zu inspizieren. Das tat ich erst später, während Irene meine Arbeit las. Mein Interesse galt ihrem Bücherregal. Neben der Fachliteratur, die ich auch besaß, fand ich etliche Bände von Hermann Hesse, den Steppenwolf, Knulp und Unterm Rad hatte ich gelesen, nicht aber das Glasperlenspiel.

„Darf ich?“, fragte ich und zeigte auf das Buch.

„Du darfst alles“, sagte Irene und schaute kurz auf.

Ich hätte sie natürlich warnen können, mir so leichtfertig alles zu erlauben, aber ich hütete mich, etwas zu sagen, ich nahm das Buch und begann zu lesen.

Irene schien mich wieder vergessen zu haben, sie las mit einer Konzentration, als gäbe es nichts weiter als diese von mir beschriebenen Seiten, deren Inhalt sie erfassen müsse in den wenigen Stunden, die ihr dafür zur Verfügung standen.

Wir diskutierten an diesem Tag noch lange über meine Arbeit. Ich war überrascht von Irenes Interesse, ich hatte das so nicht erwartet.

Den Antwortbrief schickte ich noch am Tag vor Silvester an Irene, ich schrieb ihr, dass ich mich sehr freue und mit ihren Vorschlägen rundum einverstanden sei.

Irene erwartete mich, wie vereinbart, in ihrer Wohnung. Sie hatte einen reichlichen Imbiss vorbereitet, doch ich war so aufgeregt, dass sie mich immer wieder zum Essen auffordern musste.

Ich ging noch ins Schreibbüro. Die Chefin, die ich von meinem vorherigen Besuch schon kannte, wollte das Manuskript gleich dabehalten, sie hatte es überflogen, einige Stellen auch gelesen, sie sagte mir, sie werde es selber schreiben, ich solle ihr diktieren. Es fiel uns nicht schwer, dafür die Termine zu finden.

Als der Zug abfuhr, begann es zu schneien, kleine Flocken, die sacht gegen die Scheiben segelten.

Wie am Tag des Fakultätsballs, dachte ich, und ich sagte es auch zu Irene, und sie erwiderte darauf, dass der Besuch dann sicher ebenso schön werden würde, wie es der Ball gewesen sei.

Ich stimmte ihr zu, aber insgeheim war ich doch unsicher, wie mich ihre Eltern aufnehmen würden. Es war für mich eine Premiere, ich fuhr zum ersten Mal mit einer Freundin zu deren Eltern.

Ob sie sich tatsächlich darüber freuen oder ob sie sich mir gegenüber gleichgültig oder sogar abweisend verhalten würden? Dieser Gedanke beschlich mich immer wieder, zumindest am Beginn unserer Reise.

Zumeist redete Irene, was mir recht war. Ich begnügte mich damit, ihr zuzuhören, ich antwortete ihr nur, wenn sie mich nach etwas fragte.

Als wir nur noch drei oder vier Stationen bis zu unserem Ziel hatten, rückte Irene dicht an mich heran, ich spürte ihren Mund an meinem Ohr. Aber es war wohl nicht der durch die Kurvenfahrt des Zuges entstandene Druck, der sie aus dem Gleichgewicht gebracht haben konnte, nein, sie schien sich ganz bewusst gegen meinen Körper zu lehnen, um mir sehr nahe zu sein und um mir etwas sagen zu können, das nur für uns beide bestimmt war.

Es könne eine Frage kommen zum Zeitpunkt unseres Kennenlernens, flüsterte mir Irene ins Ohr. Nicht erst seit fünf Wochen, sondern seit nahezu fünf Monaten würden wir uns kennen. So lange schon. Fünf Monate, das solle ich mir unbedingt merken.

Ich drehte meinen Kopf zu ihr, meine Lippen berührten ihre Wange, als ich leise fragte: „Du kennst mich also seit September, seit Anfang September, ja?“

Sie nickte.

„Seit September“, wiederholte ich. „Dann müssen wir uns auch dementsprechend verhalten.“

„Schön, dass wir uns so rasch einig geworden sind“, flüsterte sie, und ihre Hand drückte meinen Arm.

Als der Zug in den Bahnhof rollte, war es schon dunkel. Der Schnee fiel nun in dichten Flocken, und es sah so aus, als hätte man die Laternen mit Schleiern verhängt.

„Seid ihr gut gefahren?“ Das war die erste Frage von Irenes Vater, der uns einige Schritte entgegengekommen war.

Er umarmte Irene, und danach gab er mir die Hand und sagte: „Herzlich willkommen.“

Im Wartburg musste ich mich vorn neben ihn setzen.

Wir hätten es nicht sehr weit, sagte er. Aber vielleicht könne ich doch schon ein wenig vom Ort sehen.

Sehen konnte ich allerdings nicht viel, denn die Scheinwerfer vermochten es nicht, die vor uns wartende dichte Schneefallwand zu durchdringen, sie verschoben sie nur, als sei sie nachgiebig und erlaube uns, sie Stück für Stück nach vorn zu drücken.

Beim Einbiegen auf die Hauptstraße blieb der Wagen in der Schneekannte stecken, die ein Räumfahrzeug hinterlassen hatte. Ich bot an, auszusteigen und zu schieben, aber Irenes Vater wehrte lächelnd ab, das schaffe er schon, mit solchen Situationen müsse man im Winter hier fast täglich klarkommen, wir wären schließlich im Gebirge.

Irenes Vater schaffte es tatsächlich ohne Mühe, er legte den Rückwärtsgang ein, die Vorderräder griffen, der Wagen setzte zwei, drei Meter zurück, und dann fuhr er im zweiten Gang an, es gab einen leichten Schlag beim Überfahren der Schneekannte, der Wagen schlingerte, aber nur kurz, einen Moment später waren wir in der Spur, die sich auf der Fahrbahn gebildet hatte.

Irgendwann bogen wir nach links in eine Seitenstraße ein, die ein wenig anstieg und eine kleine Kurve machte, und danach folgte eine kurze gerade Strecke.

Irenes Vater nahm das Gas weg und ließ den Wagen ausrollen. Wir hatten eine Art Rondell erreicht oder einen kleinen Platz, in den die Straße mündete, so genau konnte ich es zunächst nicht erkennen.

Dann aber sah ich, wir standen vor einem schmiedeeisernen, halbhohen Tor, und als wir ausstiegen, ging vorn an der Hausecke eine Lampe an.

„Wir werden erwartet", sagte Irenes Vater. „Anders hätte es ja auch nicht sein können, da ist jemand neugierig, welchen Gast unsere Tochter mitbringt."

Ich blieb einige Schritte hinter Irene zurück. Auf einmal spürte ich eine Hand auf meinem Rücken, und in aufmunterndem Ton kam von Irenes Vater der Hinweis, ich solle nicht zögerlich sein, auch er könne sich noch gut an das Gefühl erinnern, als er der Mutter seiner Angebeteten zum ersten Mal entgegengeschritten sei.

Irene wurde umarmt und geküsst, und einen Augenblick befiel mich so etwas wie Ratlosigkeit, weil ich nicht wusste, welche Art von Begrüßung mir bevorstand und wie ich mich dabei verhalten sollte.

Dann aber verlief auch meine Begrüßung mit einer beruhigenden Selbstverständlichkeit. Meine Hand wurde lange von zwei Händen festgehalten, jedenfalls weit länger als ich es je bei uns zu Hause erlebt hatte. Ich dachte mir, vielleicht ist es so, dass ein Schwiegersohn völlig anders begrüßt werden muss, als ein Sohn, den man schon immer kennt.

Kurze Zeit standen wir im Hof, während Irenes Vater den Wagen in die Garage fuhr.

Es war, soweit ich es erkennen konnte, ein verhältnismäßig großes Grundstück mit einem zweistöckigen Haus, schieferverkleidet, wie es im Thüringer Wald üblich ist.

Mir wurde das Haus gezeigt, Irene führte mich. Ihren Vater hörten wir in seinem Arbeitszimmer telefonieren, er hatte die Tür nur angelehnt, man konnte verstehen, was er sagte. Es waren Anweisungen, die aber mehr wie Empfehlungen klangen. Man solle unbedingt aufpassen, dort würden sich gerade jetzt oft Urlauber aufhalten. Also immer erst kontrollieren, ob das Waldstück frei sei, erklärte er, erst kontrollieren, bevor man loslege.

Er sei Tag und Nacht im Dienst, sicher rede er mit einem seiner Oberförster, meinte lachend Irene, als sie mich zur Treppe führte.

„Du wirst auf dem Heuboden schlafen, über dem Ziegenstall", sagte Irene, als sie mir oben die Tür zu einem der Gästezimmer öffnete. Sie erzählte mir, dass es früher tatsächlich das Stallgebäude mit einem großen Heuboden gewesen sei. Vor Jahren, nach dem Kauf des Hauses, sei alles umgebaut worden, mehr als sechs Monate habe es gedauert, aber kurz vor Weihnachten haben sie noch einziehen können.

Irene blieb mitten im Zimmer stehen und beobachtete, wie ich meinen Koffer auszupacken begann. Dann aber half sie mir, meine Sachen fachgerecht im Schrank unterzubringen.

„Ein schöner Heuboden, hier schlafe ich gern", sagte ich, als wir mit dem Einräumen fertig waren.

Dann durfte ich noch Irenes Zimmer besichtigen, das sich schräg gegenüber befand. Es war nicht nur geräumig, auch die Einrichtung war gediegen, vermutlich hatte sie ein Tischler speziell für diesen Raum angefertigt.

Ein großer Schrank, in einem weichen Braunton, vielleicht Buche, ich hätte sie fragen müssen, der eine Teil des Schrankes mit zwei Türen. Sie öffnete zuerst die linke Tür, und ich entdeckte das Kleid, das sie zum Ball getragen hatte und musste lachen, als ihre Frage kam, ob ich mich noch daran erinnere, und ich sagte schließlich, dass ich es bis an mein Lebensende nicht vergessen werde, dieses weinrote Kleid, das mir so überaus gefalle. Der andere Teil des Schrankes hatte unten Schubfächer, darüber Regale, die mit Büchern gefüllt waren. Es gab noch Bett und Sofa, einen Schreibtisch mit Stuhl und einen kleinen Tisch mit zwei Sesseln. Das Zimmer hatte zwei Fenster, das eine nach Süden, das andere nach Westen.

„Gefällt es dir?"

„Und ob. Mein Zimmer ist nicht halb so groß."

„Wir müssen zum Abendessen", sagte Irene und schob mich aus der Tür.

Irenes Mutter hatte den Tisch im Esszimmer gedeckt, alles kam mir festlich vor.

Mir wurde der Platz neben Irene zugewiesen.

Links von mir ging es ins Wohnzimmer, Ess- und Wohnzimmer trennte eine zweiteilige Schiebetür, die jetzt geschlossen war.

Ich wurde aufgefordert, alles zu kosten, ich solle mich nicht zieren, ich solle mich ganz wie zu Hause fühlen.

„Eigentlich hätten wir mit Sekt beginnen müssen, Sekt zur Begrüßung. Aber es geht auch Bier", meinte Irenes Vater, und er stand auf, um Bier zu holen.

Dabei hatte uns Irenes Mutter längst Tee eingegossen, und bei jedem der Gedecke stand außerdem ein Glas mit Mineralwasser.

Irenes Vater brachte das Bier, er stellte die Flaschen auf einen Beistelltisch und füllte für jeden ein Tulpenglas.

Er blieb stehen, hob sein Glas und prostete uns zu.

„Bleibt sitzen, wir stehen nicht auf", sagte Irenes Mutter. „Wir sind hier doch nicht bei der Jagd oder der großen Feier danach."

„Trotzdem Prost", sagte Irenes Vater und stieß mit jedem von uns an.

Ich fand, es war ein unwahrscheinlich wohlschmeckendes Bier, und ich sagte das auch, was den Hausherrn sichtlich erfreute, denn er goss mir sofort nach.

Ich merkte, dass Irenes Mutter bestrebt war, das Gespräch auf ein anderes Thema zu lenken. Sie fragte mich, wo ich zur Oberschule gegangen sei. Und danach wollte sie wissen, warum ich mir gerade das Fach Landwirtschaft ausgesucht hätte.

„Du stellst Fragen", antwortete Irene für mich. „Erstens stammt er aus der Landwirtschaft, seine Eltern sind Bauern."

„Und zweitens?", fragte Irenes Mutter.

„Zweitens, ja kannst du dir das nicht denken?", sagte Irene. „Zweitens wollte er mich treffen. Denn hätte er nicht das Fach Landwirtschaft gewählt, wären wir uns nie begegnet."

„Und ihr kennt euch erst seit September?", fragte danach Irenes Mutter.

„Ja", sagte Irene. „Vorher hatten wir doch keine Möglichkeit, uns zu begegnen."

„Schade eigentlich", bekräftigte ich, „dass wir uns nicht schon früher getroffen haben."

Währenddessen legte mir Irene einige Wurstspezialitäten auf den Teller, die ich noch nicht probiert hatte. Meine Erklärung, dass ich so viel nicht schaffen könne, nützte nichts. Ich solle, riet sie mir, etwas mehr Bier trinken, das vergrößere den Appetit und erleichtere die Verdauung.

Wir redeten und lachten, und ich fühlte mich sehr wohl dabei.

Später, als der Tisch abgeräumt war und Irenes Vater uns schon einen Schoppen Wein serviert hatte, sagte Irenes Mutter, fast wie entschuldigend, sie hätten erst kurz vor Weihnachten erfahren, dass Irene mit mir eng befreundet sei. Hätten sie es früher gewusst, wäre die Einladung bereits im Spätherbst erfolgt, gerade in diesem Jahr hätte es noch etliche schöne Tage gegeben, Tage mit viel Sonne und klarer Luft.

Ich sagte, vermutlich habe Irene sich nicht getraut, mich zu erwähnen.

Ja, so sei es gewesen, pflichtete mir Irene bei und stieß mich sacht in die Seite. Man müsse der Verbindung Gelegenheit geben, sich ruhig zu entwickeln, und dabei selbstverständlich prüfen, ob alles....

Doch weiter kam sie nicht, ihr Vater forderte uns auf, nun endlich zur Feier des Tages noch ein Glas Wein zu trinken. „Auf euer Wohl", sagte er, und wir prosteten uns zu und tranken.

Ich hätte gut reagiert, lobte mich Irene, als wir oben vor unseren Zimmern standen. Im Grunde genommen sei unser Kennenlernen ja auch schon eine Ewigkeit her.

Das Bad befand sich am Anfang des Ganges, gleich neben der Treppe. Irene übergab mir die Handtücher und weihte mich ein in die Handhabung sämtlicher Hähne und Hebel.

Wir umarmten uns und wünschten uns eine gute Nacht.

Später, als ich im weichen Bett lag, hatte ich das Gefühl, als sei ich losgelöst von allen Verpflichtungen, und dennoch war mir, als befände ich mich in einem Film, in dem Irene und ich die Hauptrollen spielten.

Wir räumten Schnee.

Es schneite den ganzen Vormittag über, nicht allzu viel, aber unablässig, und wir mussten mehrmals mit Schneeschieber und Besen ausrücken, um wieder freie Bahn zu schaffen.

„Ihr habt gut gearbeitet", sagte Irenes Mutter, als sie kurz vor Mittag eintraf. Sie kam lachend auf uns zu, umfasste uns beide und hielt uns eine ganze Zeit fest. Und während wir dann gemeinsam ins Haus gingen, erklärte sie uns, ein Lob zur rechten Zeit sei wichtig, es erhöhe die

Bereitschaft für weitere ehrliche Leistungen. Wir lachten darüber, aber sie hatte es wohl ernst gemeint.

Am Nachmittag gelang es der Sonne, die Wolken zu durchbrechen.

Irene führte mich durch den Ort, und sie tat es in einer Art, als wäre es ihre tägliche Aufgabe, Gruppen von Urlaubern mit den hiesigen Sehenswürdigkeiten bekannt zu machen, nur dass sie jetzt ihre ganze Aufmerksamkeit mir allein schenkte.

Zuerst musste ich mir die Kirche anschauen, eine Holzkirche, von unten bis oben schieferverkleidet. Wir hatten die Gelegenheit, sie auch von innen zu besichtigen, ein paar Leute diskutierten in der Nähe des Altars, aber sie beachteten uns nicht.

Von Irene erfuhr ich danach, dass man in der Vergangenheit mehrere Orte zusammengefügt hatte, um daraus eine richtige Stadt entstehen zu lassen, sie nannte mir auch die Namen der ursprünglichen Dörfer. Aber sie beruhigte mich sogleich, ich müsse mir das nicht merken, sie würde es heute Abend nicht abfragen, und auch ihre Mutter werde mich, obwohl sie eine ziemlich gestrenge Lehrerin sei, keinesfalls prüfen. Es würde sich bei mir ohnehin alles von selbst einprägen, wenn ich erst ein paar Mal hier gewesen wäre. Außerdem besitze sie einiges an Literatur über den Ort und seine Umgebung, in der ich das alles nachlesen könne. Ich würde die Bücher, Broschüren und Hefte in ihrem Regal finden, ohne lange suchen zu müssen.

Ich blieb stehen, ich fragte: „Die Literatur bewahrst du also in deinem Zimmer auf?“

„Ja, in meinem Zimmer.“

„Bis jetzt besitze ich jedoch noch keine Erlaubnis, dass ich dein Zimmer betreten darf.“

Einen Moment blickte sie mich überrascht an, dann umarmte sie mich lachend, und wir küssten uns, ohne uns daran zu stören, dass wir nicht allein auf der Straße waren.

„Was werden die Leute jetzt sagen?“, flüsterte ich.

„Lass‘ sie sagen, was sie wollen“, erwiderte mir Irene. „Sicher werden sie über uns reden. Man kann es ihnen nicht verbieten. Vielleicht sagen die, die mich kennen, die Tochter vom Forstchef hat endlich einen Freund gefunden, mit dem sie machen kann, was sie will. Sie küsst ihn in aller Öffentlichkeit, es muss also was Ernstes sein, sonst würde das so nicht passieren, die Vonderlinds sind kein leichtfertiges Völkchen. So könnte es sein. Aber man weiß natürlich nie, was die Leute tatsächlich denken oder reden. Bisher habe ich ihnen jedenfalls keinen Anlass gegeben, abfällig über mich zu urteilen. Also lassen wir ihnen die Freude, über mich oder über uns beide zu denken oder zu reden, was sie wollen.“

Wir waren ein ganzes Stück gegangen, als sie nach meiner Hand fasste, sie war in heiterer, fast ausgelassener Stimmung, ich sah es.

„Stell‘ dir vor, sie sagen, der alte Vonderlind hat endlich einen Schwiegersohn gefunden. Das wäre eine Neuigkeit für viele hier. Und du“, erklärte sie mir lachend, „du könntest in die hiesige Geschichte eintreten, von einem Tag auf den anderen.“

„Aber leider nicht als Förster“, sagte ich. „Kein Förster, der irgendwann den Posten vom Forstchef Vonderlind übernehmen darf.“

„Stimmt“, sagte Irene. „Es fehlt eben die grüne Uniform, das werden manche bedauern.“

„Du hättest dir ja auch einen Förster suchen können“, provozierte ich sie.

„Wer weiß, vielleicht hätte ich sogar einen ordentlichen Förster gefunden.“

„Dann wäre alles in planmäßigen Bahnen verlaufen“, ergänzte ich.

Sie wisse nicht, ob es ihr gefallen würde, im Wald zu leben oder ständig mit dem Wald zu tun zu haben, erklärte sie mir darauf. Von ihrem Vater habe sie sehr viel über die Forstwirtschaft erfahren, dabei natürlich auch über das Negative, was sonst nicht an die Öffentlichkeit komme. Deshalb müsse es auch kein Förster sein, für den sie sich interessiere. Und auch sie müsse sich nicht für die Forstwirtschaft entscheiden. Das sei das eine. Und andererseits könne sie sich aus den Berichten ihrer Mutter ein Bild über die Schulverhältnisse machen, somit habe auch die Pädagogik für sie keinen Reiz. Das Fach Biologie habe sie immer gemocht, sich dann aber doch dagegen entschieden. Interessiert habe sie sich auch für Pharmazie, allerdings das ganze Leben in einer Apotheke zubringen zu müssen, sei für sie alles andere als erstrebenswert gewesen. Damit sei für sie tatsächlich nur die Landwirtschaft übriggeblieben. Die Landwirtschaft, die habe sie von Anfang an wirklich gereizt, gerade auch wegen dieser Unwägbarkeiten, hervorgerufen durch das Wetter, den Boden und die vielen anderen Faktoren, jeden Tag neue Herausforderungen, das sei etwas für sie. Und wenn sie sich nun schon endgültig entschieden habe, in die Landwirtschaft einzusteigen, dann brauche sie schließlich auch einen Landwirt als Partner. Das sei doch wohl logisch.

Wir befanden uns, erinnere ich mich, da schon auf dem Waldweg, der zu einem Berg führte, den zu erreichen wir uns eigentlich vorgenommen hatten. Über uns war jetzt ein faszinierendes Blau, wir mussten die Augen nicht zusammenkneifen, wir liefen im Schatten hoher Fichten, so dass wir uns anschauen konnten, und wir konnten genießen, was wir sahen.

Unser Ziel, den Berg, haben wir nicht erreicht. Wir küssten uns viel zu lange, ich glaube, wir waren unersättlich.

Nach dem Abendessen saßen wir im Arbeitszimmer von Irenes Vater.

Vier wuchtige Ledersessel waren um einen runden Tisch gruppiert. Wenn ich aufblickte, sah ich die Ikone, die rechts vom Schreibtisch hing, daneben ein gerahmtes Hundefoto.

Irene hatte ihren Vater ermuntert, die Geschichte von der Ikone noch einmal aus seiner Sicht zu erzählen, was er, wie mir schien, auch mit Vergnügen tat, nachdem er unsere Gläser mit Rotwein gefüllt hatte.

Zuvor hatte er Irene und mir berichtet, dass sie im Betrieb zur Zeit mit dem Jahresabschlussbericht und dem Plan für das neue Jahr beschäftigt seien, und dass er bisweilen von dem ganzen bürokratischen Kram derart die Nase voll habe, dass er schon manchmal an seinen Abschied als Direktor denke und an das Rentnerdasein danach oder an eine gänzlich andere Tätigkeit, sofern es noch kein Abschied, sondern eine Abberufung werden sollte. Er sei erst einmal froh darüber, hatte er zu uns gesagt, dass ihm jetzt ein freies Wochenende bevorstehe.

Als Irenes Vater vom Batschkowo-Kloster und von der Ikone zu erzählen begann, hörte ich Irenes Mutter im Flur telefonieren, wo sich, wie ich wusste, auf einem zierlichen Tisch ein zweiter Apparat befand.

Ich verstand zunächst nicht, um was es in dem Gespräch ging, es klang nur so, als handele es sich um ein freundliches Thema, bei dem man sich ohne langes Hin und Her einig werden konnte. Einen kurzen Satz von Irenes Mutter hörte ich allerdings deutlich, er lautete: Einverstanden, sehr gut, dann machen wir es so. Gleich danach erschien sie in der Tür und sagte: „Ich soll euch alle grüßen. Auch unseren Gast."

Irenes Vater unterbrach seinen Bulgarienbericht und fragte: „Von wem nun schon wieder?"

„Von Wolfram und seiner ganzen Familie", wurde uns von Irenes Mutter verkündet. „Und wir beide", sie blickte ihren Mann an, „wir sollen morgen unbedingt zu Besuch kommen."

„Das war nicht abgemacht", antwortete Irenes Vater.

„Doch, vor einiger Zeit haben wir darüber gesprochen, der Termin steht auch, glaube ich, in meinem Kalender", sagte Irenes Mutter. „Und außerdem, Hermann, wir haben doch ausreichend Personal, das das Haus für die paar Stunden hüten kann."

„Hast du zugesagt?", fragte Irenes Vater

„Selbstverständlich habe ich zugesagt. Soll ich mich etwa von unserem Sohn kritisieren lassen, weil ich vergessen habe, in meinem Kalender nachzuschauen?“

„Seht ihr, so geht es einem alten Forstmann.“ Irenes Vater nahm sein Glas und trank es leer. Dann sagte er fast resignierend, im Dienst mache seine Sekretärin für ihn die Termine, zu Hause nun die Gemahlin. Und jeglicher Gedanke an Selbstbestimmung erweise sich, wenn man es genau nehme, als pure Makulatur. Er habe endlich einmal bis um acht oder neun schlafen wollen, es werde ihm nicht gestattet, er müsse wieder früh aufstehen. Und als ihn Frau und Tochter zu bedauern begannen, es waren Sätze von nachsichtiger Ironie, wandte er sich an mich mit dem Rat, mich nicht gänzlich unter ein Diktat zwingen zu lassen, sondern gelegentlich auch nach eigenen Vorstellungen zu handeln, selbst wenn das zumeist sehr schwer durchzusetzen sei.

Im Bett versuchte ich, das Erlebte zu überdenken.

Wir sind uns näher gekommen, sagte ich mir, sehr viel näher als wir es noch bei unserer Verabschiedung vor den Feiertagen waren.

Und während ich darauf wartete, dass ich einschlafen würde, formte sich, ohne dass ich es wollte, der Gedanke: Wie verhält man sich bei einer Geliebten, die man schon fünf Monate kennen soll, aber tatsächlich erst fünf Wochen kennt? Wie verhält man sich, steht man auf und schleicht sich in ihr Zimmer oder bleibt man an dem Platz, der einem zugewiesen worden ist, gespannt darauf, ob sich etwas ereignen wird? Wie verhält man sich nun? Diese Frage traktierte mich, sie ließ mich nicht los, und ich begann über die Varianten nachzudenken.

Wenn man beide Varianten hätte auf den sich einstellenden Erfolg hin praktisch ausprobieren können, dann wüsste man, ob der riskierte oder ob der unterlassene Schritt das Ergebnis bringen würde, das nicht nur für den Moment, sondern vor allem für die Zukunft taugte.

Schade, dachte ich, dass das Ausprobieren der Varianten nicht möglich ist, dass man es nur in Gedanken durchzuspielen vermag, also eine höchst unsichere, wenn nicht unbrauchbare Methode, deren Aussage, ganz gleich, wie sie lauten würde, man schlichtweg vergessen könne.

Ich hatte kein Geräusch gehört oder nicht darauf geachtet, weil ich noch immer beim Nachdenken war, denn seinen Reiz hatte es schon, über das eigene Verhalten nachzugrübeln, ob man den bewussten Schritt unternimmt und mit ihm viel riskiert oder ob man ihn unterlässt und auf die Zukunft vertraut, auf die Zukunft, die mit Sicherheit über alle Zweifel hinweg zeigen wird, was für uns das Beste ist.

Ich hatte nicht bemerkt, dass eine Tür bewegt wurde, dass es einen Lufthauch gab, dass Schritte sich zu meinem Bett vortasteten, ich war gänzlich mit meinen theoretischen Überlegungen beschäftigt, anstatt auf die unmittelbare Praxis zu achten.

Das praktische Geschehen registrierte ich erst, als die Decke angehoben wurde, sehr sacht, als solle ich nicht gestört oder erweckt werden. Dann schmiegte sich ein Körper an mich, und als sich meine Hände wie von selbst voran bewegten, wurden sie in ihrem Fortkommen gebremst, und ich hörte ein „Pscht!"

Und dieses „Pscht!" wiederholte sich, jetzt allerdings energischer, als meine Arme versuchten, zu Irenes Schultern zu gelangen.

Ich zog meine Arme zurück. Ich ließ meine linke Hand dabei über die weichen Erhebungen gleiten und auch solange dort verweilen, bis sie auf meinen Körper zurückgeschoben wurde, wo sie der sanfte Druck einer anderen Hand zur Ruhe zwang.

„Ich wollte mich nur überzeugen, ob du in deinem Bett gut liegst", flüsterte Irene an meinem Ohr. „Lediglich mich überzeugen, weiter nichts."

„Und wie ist dein Urteil?", flüsterte ich zurück.

„Es scheint ganz angenehm zu sein, hier zu liegen", hörte ich Irenes Stimme erneut an meinem Ohr. „Ganz angenehm, auch wenn man zu zweit ist. Allerdings verlangt das äußerste Ruhe, keinerlei Bewegung, eben diszipliniertes Verhalten."

Eine Weile lagen wir noch nebeneinander, schweigend, meine rechte Hand gegen Irenes Oberschenkel gedrückt, aber auch hier wurde jeglicher Versuch, sich allmählich voranzutasten, mit sicherem Griff unterbunden.

Die ganze Nacht hätte ich so neben Irene liegen können. Sicher hätte ich keinen Schlaf gebraucht, mir hätte es gereicht, neben ihr zu liegen, ohne mich zu bewegen.

„Schlaf gut", sagte Irene. Ich spürte ihre Lippen an meiner Wange. Dann stand sie auf und verließ mein Zimmer.

Irenes Eltern fuhren am zeitigen Vormittag.

Als wir sie verabschiedeten, begann der graue Himmel langsam aufzureißen und der Sonne einen schmalen Durchblick freizumachen.

„Mit dem Wetter scheinen wir Glück zu haben", hatte Irenes Mutter gesagt, nachdem sie ihrer Tochter noch Instruktionen für das Mittagessen und für die Pflichten als Gastgeberin erteilt hatte.

Im Laufe des Vormittags erzählte mir Irene von ihrem Bruder und dessen Familie. Ihr Bruder war fünf Jahre älter als sie, er hatte in Dresden studiert, jetzt war er Abteilungsleiter in einem Betrieb in Meiningen und sollte in absehbarer Zeit weiter aufsteigen, vermutlich wollten sie ihn sogar zum Stellvertreter des Direktors befördern. Seine Frau hatte Medizin studiert und stand vor dem Facharztabschluss als Internistin. Sie hatten bereits gegen Ende ihres Studiums geheiratet, es hatte sich Nachwuchs angekündigt. Dem ersten Sohn folgte eineinhalb Jahre später ein zweiter, die Mutter der Schwägerin musste bei der Betreuung helfen, anders hätte es sicher gar nicht funktioniert.

Es seien zwei muntere Kerlchen geworden, allerdings kaum zu zügeln, höchstens vom Opa, erwähnte Irene, aber da müsse ihr Vater seine kräftige Stimme so einsetzen, als gebe er im Wald seine Anweisungen.

Damit beendete Irene ihre Auskünfte, und ich war ein bisschen mehr eingeweiht in die Verhältnisse der Vonderlinds.

Längere Zeit beschäftigten wir uns dann mit der Grundstückspflege, wir fegten den Hof und die weiträumige Vorfläche.

Anschließend kümmerte sich Irene um das Mittagessen, und ich bemühte mich, ihr dabei zu assistieren. Es gelang alles, denn Irenes Mutter schien die Vorarbeiten mit einer solchen Umsicht getätigt zu haben, als sei ihre Abwesenheit seit längerem geplant gewesen. Doch darüber sprachen wir nicht.

„Was möchtest du trinken?“, fragte Irene.

„Ich richte mich nach dir“, sagte ich.

„Du bist hier der Gast, mein Gast, also bitte, äußere deine Wünsche. Möchtest du Wein? Was hältst du davon, einen Weißwein von der Elbe, aus dem Meißner Gebiet, einen Riesling, wäre das was für dich?“

Beim Mittagessen ließen wir uns viel Zeit. Nichts trieb uns, mit der Rückkehr der Eltern rechnete Irene erst am späten Nachmittag, vor dem Dunkelwerden.

Wir hatten die Flasche Riesling bereits weit über die Hälfte geleert, als das Telefon klingelte.

Irene ging hinaus in den Korridor. Ich hörte, wie sie sagte, dass es hier noch nicht schneien würde. Und danach sagte sie, sie wisse doch, wo alles zu finden sei, sie werde ihren Hausfrauenpflichten nachkommen, selbstverständlich strenge sie sich an, unser Gast werde weder Hunger noch Durst leiden müssen. Irene lachte laut, aber ich konnte mir nicht denken, worüber sie so lachte. Zum Schluss sagte sie: „Viele Grüße an Wolfram und seine ganze Familie. Und für euch morgen eine gute Rückfahrt.“

„Es schneit bei ihnen“, informierte mich Irene.

„Bei ihnen schneit es?“, fragte ich zweifelnd.

„Als würde man den Schnee mit Eimern vom Himmel schütten“, antwortete sie. „Das sagt meine Mutter. Und mein Vater ist der

Auffassung, es sei besser, erst morgen zurückzufahren, dann hätte es der Räumdienst geschafft, die Straßen wieder freizumachen."

„Also werden deine Eltern erst morgen zurückkommen", sagte ich.

Bei uns fing es am Abend zu schneien an. Eine Wolkenwand war von Westen herangezogen. Doch sie blieb nicht lange über uns, sie zog weiter.

Ich weiß nicht, ob man es hätte wagen können, mit dem Auto unter diesen Bedingungen eine längere Strecke zu fahren. Aber ich traute Irenes Vater selbstverständlich zu, seine Entscheidung in jeder Hinsicht bedacht zu haben. Ich jedenfalls fand sein Handeln, ganz gleich, was dafür den Ausschlag gegeben haben mochte, als sehr vernünftig.

Für Irene war es wohl der Anstoß, nach dem Abendessen etliche Fotoalben zu holen, um mich beim gemeinsamen Betrachten der Aufnahmen allmählich in weitere Details der Familiengeschichte einzuweihen.

Es war noch vor zehn, als wir das letzte Album, es muss das vierte oder fünfte gewesen sein, durchgeblättert hatten und Irene alles zurück ins Arbeitszimmer ihres Vaters trug. Vor dem Hinausgehen hatte sie sich kurz nach mir umgewandt und gesagt, dass es dem Gast zustehe, zuerst das Bad aufzusuchen, er jedoch wählen dürfe und in diesem Hause niemals zu etwas gezwungen werde, was er nicht möge.

Ich befolgte ihren Vorschlag, ich ging als Erster ins Bad und danach gleich in mein Zimmer. Irene wirtschaftete zu dieser Zeit noch in der Küche, ich hörte es und nahm an, dass sie schon das Frühstücksgeschirr bereitstellte. Ich legte mich ins Bett, ohne die Absicht, zu schlafen. Ich war nicht müde, ich war hellwach und achtete auf die Geräusche. Ich hatte die Lampe auf dem Nachttisch eingeschaltet, ich hätte nur auf meine Armbanduhr, die dort lag, schauen brauchen, um zu wissen, wie viel Zeit vergangen war, seit ich Irenes Tür gehört hatte.

Mir fiel auf, dass sie lange im Bad blieb.

Ich achtete auch weiterhin auf die Geräusche. Und unwillkürlich dachte ich dabei, es könnte sein, dass sie mich vergessen hat, dass ich ihr Zurückkommen überhört habe, dass sie sich längst in ihrem Bett bis über beide Ohren zugedeckt hat, vielleicht, weil sie sehr müde ist, immerhin hat sie alle Haushaltspflichten übernehmen müssen, und ich, um den sie sich sorgen muss, bin nun eine Last für sie geworden.

Dann kam mir der Gedanke, mich zu erheben, meine Tür zu öffnen und so zu tun, als ob ich draußen nach dem Rechten schauen wollte. Ich hätte ein eigenartiges Geräusch gehört, könnte ich sagen, wenn mich Irene fragen sollte, warum ich mein Zimmer verlassen hätte.

Ich stand nicht auf, ich legte mich nur vorsichtig auf die Seite, damit ich erkennen würde, wenn sich die Tür bewegte.

Und dann stellte ich mir abermals vor, wie ich mein Zimmer verlasse und wie Irene aus ihrem Zimmer herausschaut und mich fragt, warum ich nicht in meinem Bett schlafe, und ich ihr darauf antworte, ich könne nicht einschlafen, weil ich es versäumt habe, ihr eine gute Nacht zu wünschen.

Ich musste über meine unsinnigen Gedanken lächeln. Das Beobachten meiner Tür vernachlässigte ich zwar nicht, aber wohl das Lauschen auf die Geräusche. Es konnte sein, dass meine Aufmerksamkeit mit der Zeit etwas nachgelassen hatte, weil sich nichts tat von dem, was ich erhoffte.

Auf einmal sah ich, wie sich die Tür ganz langsam öffnete.

Irene kam herein, sie setzte sich auf die Bettkante und sagte, sie wolle sehen, ob ich schon schlafe.

Ich könne nicht einschlafen, erwiderte ich, wie ich es mir zuvor schon ausgedacht hatte, nur fügte ich jetzt hinzu, wir beide hätten uns doch noch keine gute Nacht gewünscht, also wäre an Schlafen keinesfalls zu denken.

Sie sah mich an, sie lächelte mitfühlend oder auch ein wenig spöttisch, und ich fragte vorsichtig, ob sie sich nicht mit in mein Bett legen wolle, wenigstens für einen Augenblick, ich würde zur Wand rücken und ihr Platz machen und mich ganz ruhig verhalten, sie müsse mich nicht wieder mit einem „Pscht“ verwarnen, wir könnten unsere Nähe genießen.

„Mein Zimmer ist viel geräumiger“, sagte Irene, und auch mein Bett ist breiter.

„Es fehlt die offizielle Einladung“, sagte ich. „Du weißt, ohne Einladung wage ich es nicht, dein Zimmer zu betreten.“

„Ich lade dich ein, jetzt, ganz offiziell. Oder brauchst du es schriftlich?“

Ich erhob mich, ich löschte die Nachtischlampe und folgte ihr.

Ich wartete, bis Irene in ihrem Bett lag, sich auf die Seite drehte und die Decke anhob.

„Komm‘“, sagte sie.

Ich schlüpfte unter die Decke und versuchte, meine Hand unter Irenes Schulter zu schieben, was mir nicht so recht gelang.

„Liegst du gut?“, fragte Irene, während sie sich etwas aufrichtete, als beabsichtige sie, vorsorglich meine Lage zu prüfen.

Ich hatte das Bedürfnis, ihr irgendetwas Besonderes zu sagen, aber mir fiel nichts ein, ich versicherte ihr lediglich, dass ich gut liege und mich auch sehr wohlfühle.

Mein Arm hatte nun eine günstigere Position gefunden, ich hatte ihn unter ihren Hals geschoben, und als ich ihn ein wenig anwinkelte, verringerte sich auch der Abstand zwischen unseren Gesichtern.

Wir küssten uns, anfangs so, wie wir es schon immer getan hatten, dann aber heftiger, und wir hielten uns aneinander fest, ich spürte, dass ihre Hände auf meine Schultern drückten. Auf einmal lösten wir uns voneinander, und es war, als ob wir nun alles gleichzeitig tun müssten. Aber trotz Streicheln, Tasten und Erkunden waren unsere Bewegungen nicht hektisch, eher ruhig, zärtlich und wohl auch zielstrebig. Und dennoch kam mir der Gedanke, dass ich mich ziemlich ungeschickt anstellte.

Irgendwann hatten es unsere Hände geschafft, dass sich Haut auf Haut zu schieben begann, ohne trennenden Stoff dazwischen. Ich schlang meinen Arm um ihre Taille, aber mein Knie stieß gegen ihr Bein.

Ich hatte mir das viel einfacher vorgestellt, und jetzt erwies sich alles weit schwieriger, als es bisher in meiner Fantasie abgelaufen war.

Ich fühlte, wie mich Irenes Hände mit sanftem Druck dirigierten und wie sich Schenkel öffneten. Und allmählich gelang es uns, einen Rhythmus zu finden, in dem wir uns wiegen konnten.

Doch ich erinnere mich, ich konnte diesen Rhythmus nur kurze Zeit auskosten, weil in mir eine Erregung wuchs und sich schließlich nichts mehr zurückhalten ließ, und alles entlud sich in einem Reflex aus Lust und Spannung, bis ich das Gefühl hatte, in Irenes Körper hinein zu sinken.

Eine ganze Weile blieben wir so liegen.

Als ich mich zur Seite drehte, beugte sich Irene über mich, berührte mein Gesicht mit ihren Lippen und fragte flüsternd, ob ich glücklich sei.

Ich bestätigte es ihr, ich wiederholte es auch, und, obwohl ich es eigentlich nicht wollte, fügte ich hinzu, dass ich den Eindruck hätte, noch ein wenig üben zu müssen, zumindest gelte das für mich.

Irene musste lachen, und sie lachte noch, während sie sich auf mich legte und mein Gesicht mit beiden Händen festhielt.

„Ohne intensives Üben gelangt man zu keiner Meisterschaft, das weißt du doch“, sagte sie.

„Das heißt, wir müssen gemeinsam noch viel üben?“, fragte ich.

„Genau das heißt es“, gab sie zurück. „Üben, gemeinsam üben, was sonst.“

Einige Zeit blieb Irene noch über mir, und ich weiß noch, dass ich staunte, wie schwer sie war und wie warm, und wie reizvoll es war, so mit ihr zu liegen.

Ich ging wieder als Erster ins Bad, und als ich zurückkam, bemerkte ich, dass Irene das grüne Badetuch aus dem Bett genommen hatte.

Es hätte den Anschein gehabt, wir wären auf einer grünen Wiese gewesen, sagte ich, und mir wurde entgegnet, dass die Wiese ihre Aufgabe erfüllt habe, und wir kämen nun ohne sie aus.

Die Bettdecke war zurückgeschlagen, doch ich wusste nicht, ob es mir gestattet war, hierzubleiben.

„Muss ich ins Gästezimmer?“, fragte ich sicherheitshalber.

„Nur wenn du unbedingt willst, ansonsten musst du nicht ins Gästezimmer.“

„Also, wenn ich darf, bleibe ich lieber hier.“

„Du darfst“, sagte Irene. „Als Ehrengast darfst du sehr viel. Du darfst sogar mit der Tochter des Hauses schlafen. Ist das nicht ein großes Entgegenkommen?“

„Ich werde den Vonderlinds ewig dankbar bleiben“, sagte ich.

„Das hoffe ich auch.“

Als Irene aus dem Bad zurückkam, hielt ich ihr die Decke hoch.

Doch sie beanspruchte die Wandseite. Sie stieg ins Bett und fast über mich hinweg, verharrte dann aber und senkte sich, ihre Knie links und rechts gegen meinen Körper drückend, langsam zu mir herunter, um mich zu küssen.

Ich hielt sie umfasst, bis sie mir erklärte, es sei Schlafenszeit.

Im Einschlafen wähnte ich mich auf einer Wiese, einer grünen Waldwiese, von hohen Fichten umstanden, und Arme umschlangen mich, hielten mich fest. .

Es war noch nicht spät, als wir aufwachten. Wir lagen einander zugewandt, Gesicht zu Gesicht, und ich spürte ihre Hände auf meinen Schläfen. Wir küssten uns.

Und auf einmal war ich über ihr, und wir bewegten uns langsam, als wollten wir ineinander kriechen oder eins werden. Wir redeten nicht, wir waren ganz mit uns beschäftigt, und alles, was am Abend zuvor nicht oder nicht vollkommen gelungen war, vollzog sich nun fast wie von selbst oder nur mit unserem geringen Zutun, als hätten wir über Nacht unsere Lektionen gelernt und müssten jetzt lediglich die Praxiserprobung nachvollziehen.

Am Vormittag fegten wir Hof und Zufahrt. Danach begutachteten wir das Ergebnis unseres Wirkens und schätzten es gemeinsam als mustergültig ein.

Irene servierte ein Mittagessen, das sie nach Vorschrift zubereitet hatte. Zum Essen tranken wir den Rest vom Riesling, der vom Vortag noch übrig geblieben war.

Am frühen Nachmittag trafen Irenes Eltern ein, planmäßig zum Kaffeetrinken, wie sie es mit ihrem Telefonanruf angekündigt hatten.

Es war strahlender Sonnenschein, und Irenes Vater erklärte, es hätte sich erstaunlich gut fahren lassen. Dass der Winterdienst zu einer solch erstklassigen Arbeit fähig wäre, hätte er nicht für möglich gehalten.

Irenes Mutter wollte von mir wissen, ob ich während ihrer Abwesenheit gut versorgt worden sei.

„Ganz vorzüglich", versicherte ich ihr.

Und ob ich mich wohlgefühlt habe, fragte sie weiter.

„Ich habe mich so wohlgefühlt", antwortete ich, „dass ich, wenn ich darf, gern wiederkommen würde."

„Ich hoffe sehr, dass du wiederkommst, möglichst bald", sagte Irenes Mutter und fragte darauf schmunzelnd: „Unsere Tochter hat als Gastgeberin und Hausfrau während unserer Abwesenheit ihre Aufgaben erfüllt, nicht wahr, du warst doch mit ihr zufrieden?"

„Lob' mich nicht über den grünen Klee", warnte Irene mit einem Zwischenruf.

„Und ob", sagte ich, ohne mich vom Zwischenruf beeinflussen zu lassen. „Ich bin begeistert von ihr als Gastgeberin und als Hausfrau."

Wir lachten noch viel an diesem Sonntagabend.

Und während wir miteinander redeten und lachten, ging mir ein paarmal die Frage durch den Kopf, ob der Schneefall tatsächlich ein Fahren unmöglich gemacht hatte, oder ob man uns eine Nacht zu zweit hatte schenken wollen. Oder, das dachte ich auch, ob die ganze Reise spontan inszeniert worden war, um uns, nachdem sie mich kennengelernt und geprüft hatten, einen ungestörten Freiraum zu gewähren.

Mit Irene habe ich darüber nie gesprochen.

Aber es könnte so gewesen sein, auch wenn ich darauf niemals eine gültige Antwort erfahren habe.

Doch zuweilen will man überhaupt nicht, dass bestimmte Fragen sogleich beantwortet werden, denn zumeist erledigt das irgendwann ohnehin die Zeit.

***

Das Telefon klingelt, während ich die Fenster schließe und noch einen Blick auf die sich türmenden Wolken werfe und dabei überlege, wie wir das Programm umstellen können, wenn es in der Nacht regnen sollte.

Ich gehe zurück zu meinem Schreibtisch. Ich lasse das Telefon noch einen Moment klingeln, dann hebe ich den Hörer ab.

„Haben sie dir nicht ausreichend Futter für deine Kühe gebracht?“, frage ich, nachdem mir Friedrich Albrecht, der Vorsitzende unserer Tierproduktionsgenossenschaft, gesagt hat, dass er unbedingt noch mit mir reden müsse.

„Ich habe genügend Futter bekommen“, sagt er. „Bist du allein im Zimmer?“

„Ja, ich bin allein im Zimmer. Ich stehe hinter meinem Schreibtisch und habe vor, gleich nach Hause zu gehen“, sage ich. „Es sei denn, du hast mir noch etwas sehr Wichtiges mitzuteilen, dann höre ich dir zu. Ich warte auch auf dich, wenn du mich noch besuchen möchtest.“

„Mir wäre es lieber, wenn ich zu dir nach Hause kommen könnte“, sagt er.

Es vergehen über dreißig Minuten, bevor er bei mir eintrifft, so dass ich noch Gelegenheit habe, etwas zu essen.

Ich biete ihm Bier an, aber er lehnt ab.

„Ein Korn vielleicht“, empfehle ich.

„Ein Korn, das wäre nicht schlecht“, willigt er ein.

„Meinetwegen auch zwei“, sage ich.

„Einer reicht“, sagt er.

Wir trinken den Nordhäuser Doppelkorn, der im Küchenschrank gestanden hat und alles andere als wohltemperiert ist.

Und dann holt mein Gast zwei volle Einweckgläser aus seiner Aktentasche und stellt sie auf den Tisch.

„Blutwurst und Leberwurst, aus eigener Produktion, ein Gruß von meiner Frau“, sagt er.

Ich bedanke mich, ich weiß, dass es seine Frau gut mit mir meint.

Dann gieße ich uns beiden noch einen Korn ein und frage: „Fiete, was bedrückt dich?"

Er sei beim Arzt gewesen, berichtet mir Fiete. Der Arzt habe ihm eröffnet, eine Operation sei bei ihm unumgänglich, eine Halswirbelsäulenoperation. Anders sei das Problem nicht mehr aus der Welt zu schaffen. Nur mit einer Operation sei es möglich, die Schmerzen auszuschalten. Allerdings müsse er dabei voraussichtlich ein halbes Jahr pausieren.

„Ein halbes Jahr also", wiederhole ich, weil ich nicht weiß, was ich darauf sagen soll.

„Mindestens ein halbes Jahr", bestätigt Fiete.

„Du hast einen Stellvertreter", sage ich. „Der muss während deiner Abwesenheit amtieren."

„Der hebt die Hände, der will nicht antreten", unterrichtet mich Fiete.

„Er wird doch das halbe Jahr amtieren können", versuche ich es von neuem.

„Er will aber nicht. Ich sage es dir so, wie es ist. Er sträubt sich mit Händen und Füßen."

„Und ich soll dir nun einen Vertreter besorgen, gewissermaßen einen backen?", frage ich.

„Nein, keinen Vertreter, einen Nachfolger brauche ich", erklärt mir Fiete. „Im Zusammenhang mit meiner Erkrankung will ich gänzlich als Vorsitzender aufhören. Weißt du, für immer."

Ich gieße uns nun doch noch einen Korn ein, und Fiete trinkt sein Glas auf einen Zug leer, vor mir.

„Verstehst du jetzt, weshalb ich unbedingt noch heute mit dir reden musste?" Fiete schaut mich hilflos an.

„Ich verstehe dich schon", sage ich. „Nur, wie soll ich von heute auf morgen eine Lösung finden?"

„Nicht von heute auf morgen", sagt er.

„Sondern?"

„Auf übermorgen." Er versucht zu lächeln, aber ich sehe, es gelingt ihm nicht recht.

„Was ist mit deinem Sohn, kann der nicht bei uns einsteigen?", frage ich.

„Der ist noch nicht so weit, das weißt du doch", sagt Fiete bedauernd. „Und außerdem fühlt er sich dort, wo er jetzt ist, ziemlich wohl, als Brigadier hat er nicht viel auszustehen. Und seine Frau will auch nicht weg, sie hat da ihre Eltern."

Wir schweigen eine Weile und schauen uns an.

Dann sagt Fiete vorsichtig, ich sei schließlich der Kooperationsratsvorsitzende, somit der oberste General in unserem Reich, deshalb habe er es als seine Pflicht angesehen, mich zu informieren und mich zugleich zu bitten, nach einer Lösung zu suchen.

Ich merke, wie schwer es ihm fällt, weiterzusprechen, als er mir berichtet, dass die Schmerzen, die er bisher nur in der Schulter verspürt hat, nun auch im Arm und sogar in der Hand auftreten und dass sich obendrein noch ein Taubheitsgefühl breitmacht. Und die Tabletten, die er einnehmen soll, zeigen auch nur eine schwache Wirkung. Ein Nachbar habe ihm im Vertrauen geraten, erzählt er mir dann, einen Kaffee mit einem Schnaps zu trinken, das soll die Schmerzen verringern.

Ob er es versucht habe, will ich wissen.

Er nickt. „Ein bisschen haben die Schmerzen nachgelassen", sagt er. „Ja, ein bisschen, für kurze Zeit."

Ich stehe auf, um uns Kaffee zu brühen. Ich lasse mich auch nicht von Fiete davon abhalten. Ich gebiete ihm, sitzenzubleiben und sich zu fügen.

Er habe nicht vor, mir die Zeit zu stehlen, beteuert er.

Ich nehme ein Blatt Papier.

Inge Krüger, schreibe ich, und ich unterstreiche den Namen.

„Ich werde Inge Krüger anrufen, um sie zu einem Gespräch zu bitten."

„Sie wird sagen, dass es ihr gleich nach dem Mittag am besten passt, in der Zeit vor dem Nachmittagsmelken."

„Gut, werde ich sagen, es wird auch Kaffee serviert. Und wenn du möchtest, zusätzlich noch Kuchen. Ich werde Frau Walter bitten, dass sie Kuchen besorgt, sie wird das gerne tun. Also, Kaffee und Kuchen. Ist das ein Angebot?"

„Um was soll es bei dem Gespräch gehen? wird Inge Krüger fragen, und ich werde da vermutlich schon einen misstrauischen Ton heraushören."

„Es ist ein Kadergespräch, werde ich ihr antworten. Ein Kadergespräch, jedoch freundlich, vertraulich, zukunftsweisend. Du weißt doch, ich kann und darf dir nichts befehlen, selbst wenn ich dir etwas vorschlage oder dich um etwas bitte, liegt es immer in deinem Ermessen, wie du dich entscheiden wirst. Es wird zwischen uns ein vernünftiges Gespräch werden, ich muss dir das nicht garantieren, das weißt du von vornherein. Und außerdem musst du dich dann sowieso, solltest du meinem Vorschlag zustimmen, noch der Wahl stellen, die Mitglieder müssen dich wählen, aber das werden sie ganz bestimmt tun."

Damals, als ich den Aushang vor dem Hörsaal im Institutsgebäude entdeckte, war die Sache völlig anders.

Kein vernünftiges oder freundliches Gespräch sollte stattfinden, eine Informationsveranstaltung mit Pflichtteilnahme wurde angekündigt.

Ein Glück, dass sich das erst in der fünften Woche meines letzten Semesters ereignete und dass die Einladung dazu, in Wahrheit ein verkappter Befehl, kurzfristig, acht Tage vor dem Termin, ausgehängt worden war. Und auch die Seminargruppensekretäre hatten keinerlei frühere Informationen erhalten, sie wussten ebenso wenig wie alle anderen, die Vorbereitung war, wie wir später erfuhren, auf höchster Ebene erfolgt.

Da wir nichts wussten und nichts ahnten, war es uns und vor allem mir vergönnt, die ersten Semesterwochen völlig normal zu verleben und nicht daran denken zu müssen, dass unsere Pläne und Hoffnungen gestört oder einfach hinweggefegt werden könnten, von einem Tag auf den anderen, dass die eigenen Wünsche nicht mehr statthaft wären, sondern nur noch die Festlegungen eines oberen Gremiums.

Noch heute sehe ich mich in den Tagen nach dem Besuch im Gebirge unbefangener und glücklicher als je zuvor.

In Gedanken gehe ich mit Irene Arm in Arm dahin. Unsere Vertraulichkeiten waren schon weit gediehen, sie entzückten mich. Es hatte nicht nur den Anschein, dass zwischen uns eine enge Verbindung bestand, wir waren ein Paar. Wir glaubten zu wissen, wie es mit uns vorangehen würde, ohne dass wir noch weiter darüber nachdenken müssten.

Als ich aus dem Gebirge nach Hause kam, wollte mein Bruder als erstes wissen, ob sie schön sei, und ich erklärte ihm, sie sei sehr schön.

Und ob sie blaue Augen habe, fragte er, und ich sagte, mehr grau oder graublau. Er fragte, blau oder grau, und ich beendete das Frage-und Antwort-Spiel, indem ich sagte, wir sollten uns auf grau-blau einigen.

Ich hatte den Eindruck, dass ihm meine Auskünfte zu ungenau waren, ich fügte deshalb schnell hinzu, dass sie blonde Haare habe, einen blonden Pferdeschwanz, wie gebündelte Flachsfasern, wenn er wisse, wie Flachs aussehe. Darauf nickte er, und es hatte den Anschein, dass er beeindruckt war.

Dann aber fragte er: „Und die Formen?“ Er schaute mich interessiert an, während seine Hände einen Körper modellierten, so wie er sich die Formen vorstellte.

Doch da fuhr ihn unsere Großmutter an, dass es nun genug sei, wahrhaftig genug.

„Ich bringe sie mal mit“, sagte ich, und ich stellte fest, dass damit alle zufrieden waren.

Eigentlich hätte mich schon die Art der Ankündigung hellhörig machen müssen: Informationsveranstaltung, darunter etwas kleiner gedruckt, mit Pflichtteilnahme und Eintragung in eine Anwesenheitsliste, großer Hörsaal der Landwirtschaftlichen Fakultät, 18 Uhr s.t. und nicht c.t., da hätten sich doch die Alarmglocken in Bewegung setzen müssen. Aber weder ich, noch die anderen, mit denen ich sprach, vermuteten etwas Außergewöhnliches oder Beängstigendes, vielleicht etwas Wichtiges, aber mehr nicht.

Mich trug noch immer eine alles überdeckende Woge des Glücks, die Beziehung zu Irene, die fertiggestellte Diplom-Arbeit, die Absprache mit Hans Rabe über meine zukünftige Tätigkeit in Bertlingen, alles schien klar geregelt zu sein, meine Wünsche waren erfüllbar, ich musste dafür nur etwas tun, was ich selbstverständlich wollte, es gab weder Zweifel noch Zögern. Was also konnte passieren?

Im großen Hörsaal setzte ich mich zu Bernd Scheufler, der die vergangene Woche nicht in unserem gemeinsamen Zimmer aufgetaucht war. Er hatte mir gesagt, er fahre zu seiner Freundin, dort hätte er die besten Bedingungen, seine Arbeit abzuschließen. Im Übrigen würde er von seinen künftigen Schwiegereltern sehr verwöhnt, so dass er sich schon der Familie fest zugehörig fühle.

Ich erinnere mich noch genau daran, dass die Eröffnungsrede von Dekan Kaufhold ziemlich kurz war, und dass er zweimal den Ausdruck effektiver Absolventeneinsatz gebrauchte. Nach seinen wenigen Sätzen, die so gut wie nichts über das Ziel der Veranstaltung erkennen ließen, erteilte er dem Gast vom Ministerium das Wort.

Er habe die Aufgabe, begann der Mann vom Ministerium ohne Umschweife, hier an der Fakultät über einen Ministerratsbeschluss zu informieren, der den Einsatz aller Absolventen von landwirtschaftlichen Fakultäten der Universitäten sowie von landwirtschaftlichen Hoch- und Fachschulen regele. Der Beschluss lege fest, alle Absolventen in diesem Jahr und, je nach Bedarf, auch in den nächsten Jahren im Norden der

Republik einzusetzen. Der Norden der Republik brauche junge, gut ausgebildete Fachkräfte. Als Norden gelte, er wolle eventuellen Unklarheiten gleich vorbeugen, das gesamte Gebiet nördlich der Hauptstadt der DDR. Schriftlich könne er uns den Beschluss nicht aushändigen, da es sich um einen internen Beschluss handele. Doch er gehe davon aus, dass er als Abteilungsleiter des zuständigen Ministeriums von uns, den zukünftigen Absolventen dieser renommierten alma mater, nicht nur als glaubwürdige Person akzeptiert werde, sondern auch als Ansprechpartner für Fragen und Probleme im Hinblick auf das künftige Wirken im Norden unserer Republik.

Er redete weiter, er redete von der Weitsicht der Partei und der zielstrebigen Umsetzung der großen Vorhaben in der Landwirtschaft und der Notwendigkeit, den Norden zu stärken, er redete, aber es rauschte an mir vorüber, ich hörte nicht mehr zu, ich dachte nur noch daran, dass alles, was ich geplant hatte, für mich nun nicht mehr realisierbar sein würde.

Der Dekan sagte etwas, ich registrierte nur das Wort Fragen, aber der Gedanke, hier alle Hoffnungen aufgeben und in dem mir völlig unbekannten Gebiet irgendwo im Norden eine Stelle antreten zu müssen, dieser Gedanke wirkte wie ein schwarzer Vorhang, der vor meinen Augen abgesenkt worden war und der mich nun blind gemacht hatte.

Ob sich ein Ausweg finden lässt, diesem Beschluss zu entgehen? An diese Frage habe ich gedacht, während der Dekan uns erneut aufforderte, Fragen zu stellen. Aber diese Frage laut zu äußern, verbot sich selbstverständlich, das hätte, wie mir klar war, nur ein mitleidiges Lächeln bewirkt oder eine heftige Attacke ausgelöst.

Sicher ging es den anderen ebenso wie mir, es war, als hätte jemand eine Überdosis Schweigemittel versprüht, gegen das es keine Abwehrkräfte gab.

Auch der Dekan schien ratlos zu sein, ich sah, dass er mit Brähmisch, der neben ihm saß, redete.

Wieder vergingen etliche Minuten, aber niemand meldete sich, um nach irgendetwas zu fragen oder seine Meinung zu äußern.

Da erhob sich Brähmisch und sagte, dass er die Reaktion von uns künftigen Absolventen verstehen könne, weil jeder Einzelne noch Zeit brauche, um die Tragweite des Beschlusses für sich persönlich ermessen zu können. Doch die Parteileitung der Fakultät sei sich darin sicher, dass jeder Absolvent bereit sei, den Beschluss zu erfüllen. Denn damit leiste er einen wichtigen Beitrag, die Landwirtschaft im Norden unserer Republik voranzubringen.

Danach erhob sich der Dekan abermals und bat darum, Fragen zu stellen.

Es vergingen wiederum einige Minuten, bevor sich einer aus der ersten Reihe meldete. Er wollte wissen, was mit den Absprachen und Vereinbarungen, die man mit den hiesigen Einsatzbetrieben getroffen habe, nun werden solle, und ob es für eine Tätigkeit in den Nordbezirken zusätzliche finanzielle Förderungen gäbe, ähnlich wie es mit den sogenannten Nordlandfahrern gehandhabt werde.

Der Mann vom Ministerium antwortete sogleich, dass alle Absprachen und Vereinbarungen mit hiesigen Betrieben null und nichtig seien und dass man keinerlei zusätzliche Vergütungen für den Einsatz im Norden eingeplant habe. Wir sollten doch immer daran denken, dass wir unser Studium auf Kosten des Arbeiter-und-Bauern-Staates absolviert hätten. Daraus erwachse für jeden Absolventen die Pflicht, dorthin zu gehen, wo er gebraucht werde. Das gebiete ganz einfach die sozialistische Moral.

Ich lehnte mich weit zurück, so dass Bernd Scheufler vermutlich annahm, ich wolle mich melden. Er stieß mich heftig in die Seite und sagte, ein Beschluss sei eben ein Beschluss, ich solle ja nicht riskieren, in eine offene Feldschlacht zu rennen, ich wäre von vornherein auf der Verliererstrecke.

Auch wenn ich nicht vorhatte, eine Frage zu stellen oder meine Meinung zu äußern, nickte ich Bernd trotzdem zu, damit er sah, dass ich seine Fürsorge zu schätzen wusste.

In mir stieg so etwas auf wie das Vorgefühl einer Katastrophe.

Noch vor kurzem hatte ich geglaubt, auf einer Woge des Glücks zu treiben, und nun drohte ein riesiger, grässlicher Brecher, eine gewaltige Sturzsee alle schönen Planungen für die Zukunft unter sich zu begraben und damit für alle Zeit auszulöschen.

Man bot uns an diesem Abend die Möglichkeit, bereits mit Vertretern jener Bezirke, die für unseren Einsatz vorgesehen waren, erste Kontakte aufzunehmen.

Ich ging zur Vertreterin des nordwestlichen Bezirkes. Warum ich mich gerade ihr zuwandte, hätte ich nicht angeben können, vielleicht, weil ich sie sympathisch fand, es war eine ältere Frau, die eine gewisse Ähnlichkeit mit einer meiner Großtanten hatte.

Sie hätte viele Stellen in ihrem Bezirk, sagte sie in einem Ton, wie ich ihn von meiner Großtante kannte, wenn sie mir etwas wohlwollend vorschlug. Ich solle mich nicht scheuen, meine Wünsche zu äußern, sagte die Vertreterin des nordwestlichen Bezirkes und fuhr dann fort, sie könne sich vorstellen, ich würde mir eine landschaftlich schöne Gegend wünschen, eine Gegend mit Wald und mit Seen zum Baden und auch ein wenig abgelegen vom üblichen Getriebe, aber mit großen, weiten Flächen, auf denen man mit modernen Maschinen meisterlich Ackerbau betreiben könne.

Große, weite Flächen für den Ackerbau, das könnte mir gefallen, und rund herum auch etwas Wald und vielleicht einen See, so müsste die Landschaft schon sein, die mir vorschwebe. Ich sagte das unverhohlen zu ihr und erschrak zugleich über das, was ich gesagt hatte, denn es konnte für meine Gesprächspartnerin so klingen, als hätte ich Interesse an einem der Orte, über die sie in ihrem Angebot verfügte.

Ihr Blick ruhte auf mir, als sie sagte: „Sie sind anspruchsvoll, aber das ist ihr gutes Recht. Wer zuerst kommt, der hat die Möglichkeit, sich das Beste auszusuchen. Schauen Sie sich die Adressen in aller Ruhe an, ich denke, Sie finden was Passendes."

Ich überflog das erste Blatt, das sie mir gereicht hatte. Von keinem einzigen der Betriebe, die aufgelistet waren, hatte ich jemals etwas gehört oder gelesen.

Ich bemerkte, dass sie mich beobachtete. Sie tippte mit ihrem Zeigefinger auf eine Zeile in der Mitte des ersten Blattes. Dann schob sie mir ein zweites Blatt zu, auf dem ich nur eine einzige Anschrift sah und dazu noch ein paar Angaben.

„Auf den Betrieb möchte ich Sie aufmerksam machen." Sie lächelte mich an, und mir fiel wieder die Ähnlichkeit auf, die sie mit meiner Großtante hatte. „Dieser Betrieb, ein volkseigenes Gut, wird bestimmt ihren Wünschen entsprechen", sagte sie. „Sie schreiben an den Direktor, und vom Bezirk aus werden wir mit ihm sprechen. Dann wird alles klargehen, und in vier Wochen sehen wir uns hier an gleicher Stelle wieder." Damit sind wir uns einig. „Ich freue mich sehr über ihren Entschluss", fügte sie hinzu, notierte sich meinen Namen und meine Anschrift und reichte mir das Blatt mit den Angaben zum Betrieb.

Ich dankte ihr, während sie meine Hand drückte. Doch als ich zu meinem Platz zurückging, spürte ich, dass meine Wut und mein Unbehagen sich noch keineswegs verflüchtigt hatten, im Gegenteil, am liebsten hätte ich den Bogen mit der Betriebsanschrift zerknüllt und auf den Fußboden geschmissen.

Und was jetzt? Diese erschreckende Frage stellte ich mir, und auch Irene formulierte sie am nächsten Tag.

An jenem Abend war ich nicht zu ihr gegangen. Ich war gleich mit der Straßenbahn bis zur Endstation gefahren. Bernd Scheufler hatte sich schon im Hörsaal von mir mit den Worten verabschiedet, er müsse sich auf seinen Landsitz zurückziehen, um mit seiner neuen Familie über diese Tragödie zu beraten.

Irene traf ich tags darauf nicht in der Mensa, ich ging am späten Nachmittag zu ihr.

Die Frage stand nun zwischen uns: Und was jetzt? Eine ganze Weile saßen wir uns schweigend gegenüber. Vielleicht dachte Irene dasselbe wie ich: Ganz gleich, was wir uns antworten würden, es wäre wohl immer eine unzureichende Antwort.

„Ich weiß nicht, was man jetzt machen kann", sagte ich schließlich.

Irene zuckte mit den Schultern, verschränkte dann ihre Arme und sagte mit leiser Stimme: „Du wirst gar nichts machen können. Mit äußerster Konsequenz werden sie darauf dringen, dass der Beschluss realisiert wird. Ich glaube nicht, dass sie Ausnahmen gestatten werden. Einiges kenne ich in dieser Hinsicht von meinem Vater, er hat sich schon oft über blödsinnige Beschlüsse aufregen müssen und hofft dennoch immer wieder darauf, es möge Vernunft und Klugheit in den oberen Ebenen einkehren."

Wir aßen zusammen Abendbrot und tranken dazu Kräutertee.

„Wein müssten wir jetzt trinken", schlug mir Irene plötzlich vor.

„Dazu haben wir keinen Grund", sagte ich.

Aber Irene ließ sich nicht beirren. Gerade jetzt müssten wir Wein trinken, beharrte sie, ja, gerade jetzt, um wieder in Stimmung zu kommen. Und beim Aufstehen schickte sie noch die Auskunft hinterher, sie habe vorgesorgt, sie habe mehrere Flaschen Wein, und für mich sogar eine Flasche Bier aus Sonneberg.

Zuerst musste ich Bier trinken, und auch Irene trank ein paar Schlucke aus meinem Glas. Danach tranken wir Wein, und ich merkte, dass meine Stimmung sich tatsächlich langsam besserte.

Später sagte ich zu ihr, es könne sein, dass ich die Straßenbahnhaltestelle nicht mehr finden würde. So etwas könne doch passieren.

„Dann ist es besser, du bleibst hier", sagte sie.

„Und wenn du dann bei Familie Weber Ärger bekommst?“

„Weißt du“, sagte sie nachsichtig, „wer bei Dr. Weber in der Prüfung eine Eins geschafft hat, dem wird er auch gestatten, unter seinem Dach zu nächtigen. Dr. Weber ist Förster und ein guter Mensch und ein Freund meines Vaters. Einen Studenten, der orientierungslos geworden oder gemacht worden ist, scheucht er keinesfalls hinaus ins Verderben. Er wird dir die Erlaubnis erteilen, hier zu bleiben, wenigstens für ein paar Stunden, abgeschirmt vor den Unbilden des rauen Lebens, betreut und gestreichelt von sanften Händen in angenehmer Umgebung. Er wird dich in der Obhut der Tochter eines Försters belassen und wird, wie ich ihn kenne, zufrieden sein, wenn sie dich beschützt, beköstigt und auch wärmt. Aber da wir Dr. Weber zu dieser Stunde und in diesem unserem Zustand nicht um seine Erlaubnis bitten können, erteile ich sie dir in seiner Vertretung. So einfach ist das, mein lieber Peter.“

Im Bett drückten wir uns aneinander und hielten uns gegenseitig fest, als könnten wir damit verhindern, dass etwas Trennendes sich zwischen uns schieben würde.

Am Dienstag, während unserer Rückfahrt vom Osterbesuch bei meinen Eltern, informierte ich Irene über den Antwortbrief des Gutsdirektors. Ich sagte, als ich den Brief aus meiner Tasche zog, damit wir endlich wieder in der harten Realität anlangen würden. Und da auf unserer Seite des Abteils niemand saß, las ich ihr den Text leise vor, obwohl ich ihn auch aus dem Gedächtnis hätte aufsagen können.

In seinem Volksgut, hatte mir der Direktor geschrieben, werde kein Hochschulabsolvent gebraucht. Dringend benötige man jedoch nach wie vor Traktoristen. Im Übrigen sei ihm auch nicht bekannt, dass in einem der Nachbarbetriebe der Einsatz eines Absolventen gewünscht werde. Meine Anfrage betrachte er somit als erledigt. Ein Gruß fehlte, es gab lediglich die Unterschrift: Mendes, Direktor.

„Weißt du“, sagte ich zu Irene, „es sieht gerade so aus, als ob alles unsinnig ist, was sie uns mit ihren Beschlüssen befehlen. Sie belügen uns, weil ihnen irgendwelche Ziele vorschweben. Als ob man das nicht ganz anders regeln könnte.“

Irene riet mir, ich solle der Bezirksverantwortlichen das mitteilen, was mir der Gutsdirektor geschrieben habe.

Danach rückte Irene noch näher an mich heran und sagte dicht an meinem Ohr: „Weißt du, mein Vater ist seit vielen Jahren Direktor eines ziemlich großen Betriebes. Aber so blöd, wie dein Gutsdirektor, hat er sich ganz gewiss noch kein einziges Mal verhalten. Allerdings hat er mir schon manchmal erzählt, was hinter den Kulissen abläuft. Da kannst du dich nur wundern. Doch ändern lässt sich von einem Einzelnen oder von einer kleinen Gruppe so gut wie nichts, höchstens ein wenig beeinflussen, mehr nicht. Wenn eine Sache von ganz oben beschlossen worden ist, dann wird sie auch durchgesetzt, auf Biegen und Brechen.“

Damit schien für Irene die Angelegenheit abgeschlossen zu sein, und ich wunderte mich, dass sie trotz allem ihren Optimismus behielt.

***

Es ist oft mühselig, Gespräche über Veränderungen in den Leitungspositionen zu führen, wenn beide Seiten im Grunde glauben, dass es weit günstiger sei, alles beim alten zu belassen.

Inge Krüger, meine auf einem Blatt Papier vermerkte Kandidatin für den in absehbarer Zeit zu besetzenden Posten, attackiert mich, als ich ihr meinen Vorschlag zu unterbreiten versuche, sofort mit der Frage, ob sie ihre Aufgaben als Leiterin der Milchviehanlage nicht zur Zufriedenheit erfülle.

„Doch, doch“, antworte ich ihr, sie erfülle nicht nur ihre Aufgaben, sie sei auch die beste Chefin, die man sich für das Kollektiv der Anlage nur denken könne. Allerdings gehe es jetzt darum, … weiter komme ich nicht.

Inge Krüger sagt, wenn die Einschätzung so laute, dann könne alles so bleiben wie es ist. Es lasse sich bestimmt jemand finden für die Funktion, um die ich mich sorge, sie jedenfalls komme dafür nicht in Betracht.

Mir ist klar, dass ich keinen weiteren Satz über diese Angelegenheit verlieren muss. Die Entscheidung ist getroffen: es bleibt alles beim Alten.

Ich habe ihr etwas vorgeschlagen, und sie kann später nicht sagen, ich hätte auch an sie denken müssen.

Wir trinken Kaffee und essen den Kuchen, den Frau Walter besorgt hat. Und wir lassen damit unser Kadergespräch in freundlicher Stimmung ausklingen.

Aber zum Schluss, bevor sich Inge Krüger von mir verabschiedet, höre ich doch noch einen Satz, der mir gefällt: „Wenn du damit einverstanden bist, rede ich mal mit Fiete und mit seinem Stellvertreter, und ich rede auch mit ihren Frauen. Vielleicht kapieren sie, was auf dem Spiel steht.“

„Mach` das, auch wenn es mühselig sein wird, sie zu überzeugen.“

„Lass` das mal meine Sorge sein", sagt sie, während sie mir die Hand reicht.

Ich möchte ihr Erfolg wünschen, doch das Wort „mühselig" hat sich in meinem Kopf festgehakt. Und ich muss mich zwingen, es nicht zu wiederholen.

Auch Professor Kaufhold, unser Dekan, erinnere ich mich, gebrauchte das Wort „mühselig".

Er sprach davon, dass die Arbeit, den Beschluss umzusetzen, sehr mühselig sein werde, mühselig und wohl auch kompliziert. Allein mit großen Reden, sagte er, werde man die Sache nicht bewerkstelligen können.

Im großen Hörsaal war die angespannte Atmosphäre zu spüren, als die zweite Veranstaltung zum Absolventeneinsatz stattfand.

Nicht nur bei uns, den Studenten, herrschte Unruhe, auch die Gäste, die im Präsidium und zum Teil in der ersten Reihe saßen, konnten ihre Erregung kaum verbergen, sie sortierten zum wiederholten Male ihre Unterlagen, schrieben etwas auf oder strichen etwas durch.

Ich saß in der zweiten Reihe und beobachtete die Abgesandten der Verwaltungen und vor allem die ältere Dame aus dem nordwestlichen Bezirk.

Der Mann vom Ministerium durfte als zweiter reden. Doch es war ihm nur kurze Zeit vergönnt, seine kraftvollen Sätze vom Manuskript abzulesen.

Plötzlich sprang Kaufhold auf und unterbrach den hohen Gast.

Was mich und scheinbar auch die anderen überraschte, war weniger die Tatsache, dass der Dekan erklärte, wir hätten das ja alles schon einmal von ihm gehört, unser Gedächtnis sei noch einigermaßen intakt, sondern es war vielmehr die Art, wie er das sagte, der Ton, der nicht direkt drohend klang, jedoch befehlend und damit unmissverständlich klarmachend, wer hier an der Fakultät und somit auch in diesem Hörsaal das Kommando hat.

Es war das Vorrecht des Dekans, zu entscheiden, wie das Programm abzulaufen hatte. Und Kaufhold entschied, dass jetzt die Betroffenen, die künftigen Absolventen, das Recht hatten, sich zu äußern.

„Also bitte, meine Damen und Herren, wer fängt an?"

Ich höre noch heute Kaufholds Aufforderung, nun in einem viel weicheren, einem besorgten und aufmunternden Ton vorgetragen, hier zu reden, zu sagen, was uns bedrückt, und ich sehe, wie in meiner Reihe die ersten Hände zaghaft aufsteigen.

Er wolle hier wirklich kein Spielverderber sein, sagte einer meiner Kommilitonen, dem Kaufhold als ersten das Wort erteilte. Aber er müsse die Erlebnisse so schildern, wie sie sich zugetragen hätten. In der Genossenschaft, die ihm als Einsatzbetrieb im Norden vermittelt worden sei und die er sogleich aufgesucht habe, wurde ihm angeboten, zunächst als Melker im Stall anzufangen und nach ein bis zwei Jahren Tätigkeit bei entsprechender Eignung zum Viehzuchtbrigadier aufzusteigen, sofern der bisherige altersbedingt aufhören werde.

Niemand werde von ihm als Spielverderber angesehen, erklärte darauf der Dekan. Er bitte darum, dass jeder das berichtet, was ihm widerfahren sei.

Als nächste schilderte eine Kommilitonin, dass man ihr gleich gesagt habe, für Frauen sei eine Leitungsfunktion in der Genossenschaft, für die man sie vorgesehen habe, viel zu anstrengend, da kämen nur Männer infrage, die sich durchsetzen könnten.

Ich war anfänglich unschlüssig, ob ich mich melden sollte, denn irgendwie tat mir die Abgesandte leid, mit der ich während der ersten Veranstaltung recht vernünftig gesprochen hatte. Doch ich hob ein wenig meine Hand, wie von einem Reflex gesteuert, und Kaufhold reagierte ohne Zögern.

Am liebsten hätte ich einen freundlichen Satz vorangestellt, aber den fand ich nicht.

Auch meine Situation sei alles andere als normal, obwohl ich mich an das gehalten habe, was abgesprochen, also verbindlich vereinbart worden sei, sagte ich. Es sei auch nicht meine Absicht, irgendeinen Kommentar abzugeben, fuhr ich fort, sondern ich wolle nur zwei Briefe vorlesen, meinen Brief an den Direktor und dessen Antwortbrief, der mich überraschend schnell erreicht habe. Ich blickte kurz auf und bemerkte, wie mich die Bezirksvertreterin ansah, sehr aufmerksam, aber wohl auch mit einem Anflug ängstlicher Erwartung.

Als ich schließlich den Text des Antwortbriefes vorgelesen und noch die Bemerkung, das sei meine gegenwärtige Situation, hinterhergeschickt hatte, sah ich, wie sich der Kopf der alten Dame immer weiter senkte, wie ihr Kinn fast an die Akten stieß, die sie vor sich aufgeschichtet hatte, und wie ihr Gesicht so ausdruckslos wirkte, als hätte sie die Unvermeidlichkeit einer Niederlage längst akzeptiert. Ich sagte, dass ich keinesfalls befürchte, ohne Stelle, ohne ordentliche Arbeit bleiben zu müssen. Ganz im Gegenteil, ich hätte ein sehr attraktives Angebot in Bertlingen. Doch der Beschluss fordere ja leider etwas anderes von mir. Ich jedenfalls hätte versucht, meinen Teil zu dessen Verwirklichung zu erbringen, allerdings, wie sichtbar geworden sei, gänzlich ohne Erfolg.

Der Dekan dankte mir für meinen Bericht. Dann fragte er, ob es weitere Informationen mit solchen Sachverhalten gäbe.

Vermutlich war die Zahl derer, die sich nun aus den Reihen hinter mir noch meldeten, sehr groß, denn Kaufhold hob beide Hände und beteuerte, dass er nicht geglaubt hätte, in dieser Zusammenkunft ein solch niederschmetterndes Ergebnis erfahren zu müssen.

Ob so die Umsetzung des Beschlusses von Seiten der Verwaltungen aussähe, fragte er. Er erwarte, dass dazu sofort Stellung genommen werde.

Der Abteilungsleiter aus Berlin erhob sich widerwillig, blickte einen Moment zu den Vertretern der Bezirke und strafte sie dann mit einer vernichtenden Kritik, die darin gipfelte, dass er sie bezichtigte, mit ihrer Nachlässigkeit den Ministerratsbeschluss regelrecht zu torpedieren.

„So kommen wir nicht weiter", unterbrach ihn barsch der Dekan. „Treffen sie unverzüglich die erforderlichen Absprachen, dafür stehen ihnen zwanzig Minuten zur Verfügung."

„Meine Damen und Herren", sagte er, an uns gewandt, „für sie ist jetzt Pause."

Unsere Gespräche im weitläufigen Vorraum des Hörsaales verliefen leise und erstaunlich emotionslos, als ob allen bewusst war, dass trotz der aufgetretenen unsäglichen Pannen, des Durcheinanders und des Unvermögens in den Verwaltungen sich für uns nichts ändern würde, man würde den Beschluss realisieren, ohne die Einsatzbedingungen und die zu erwartenden Ergebnisse in jedem konkreten Fall geprüft zu haben.

„Ich kann ihre Verärgerung verstehen", sagte die Verantwortliche aus dem nordwestlichen Bezirk später zu mir. „Aber glauben sie mir, wir werden dafür sorgen, dass für sie alles in die richtige Bahn gebracht wird. Darauf können sie sich verlassen."

Mir war es egal, wie sie es auffassen würde. Ich sagte zu ihr, dann müsse ich mich wohl nicht als Traktorist im Volksgut bewerben, um meinerseits der Verwirklichung des Beschlusses Genüge zu tun. In Berlingen stehe für mich die Funktion des Vorsitzenden in Aussicht, bei ihr im Norden wisse ich nicht, was mich erwarten werde.

Ihr Bezirk brauche junge Leitungskräfte, beteuerte sie mir. Es müsse vieles kaderpolitisch noch in Ordnung gebracht werden. Und sie sei sich ganz sicher, dass ich mich in der neuen Umgebung einmal wohlfühlen werde.

Ich schaute sie skeptisch an.

Sie fasste nach meiner Hand, sah mich an und sagte in der Art, wie meine Großtante in einem solchen Fall mit mir geredet hätte, die

Landwirtschaft ihres Bezirkes brauche Leute wie mich, und dieses Gebiet werde in nicht ferner Zeit meine Heimat werden, so sei es auch ihr ergangen.

Bevor wir unsere Unterhaltung beendeten, schrieb sich meine Gesprächspartnerin noch den Text des Antwortbriefes ab.

Irenes Vorschlag, mich sofort an die Bezirksverwaltung zu wenden, hatte ich nicht befolgt. Ich hatte das Ganze ruhen lassen, um den Sachverhalt an die Öffentlichkeit bringen zu können.

„Wir klären alles in ihrem Sinne", versicherte mir die alte Dame. Dann sagte sie: „Wir werden uns wiedersehen. Ich freue mich darauf."

In den Wochen danach befand ich mich in einer merkwürdigen Verfassung. Obwohl ich noch immer den Beschluss zum Teufel wünschte, dachte ich jetzt doch hin und wieder an die Zusicherung der freundlichen alten Dame von der nordwestlichen Bezirksverwaltung, und ich war gespannt auf die Nachricht, die ich von ihr erhalten sollte. Dies alles umso mehr, da für mich allmählich feststand, die oberen Gremien würden es so einrichten, dass dem gehorsamen Befolgen des Beschlusses kaum zu entrinnen war.

Das Wechselspiel der Gefühle hielt an. Zeitweise war ich ausgesprochen unzufrieden, dann aber empfand ich wieder Freude, wenn ich bei der Vorbereitung auf die mündlichen Prüfungen gut vorankam.

An einem Nachmittag traf ich Gottfried Kasberg. Es schien zufällig zu sein, aber vielleicht hatte er mich auch aus seinem Zimmer durchs Fenster beobachtet, wie ich im Pflanzengarten des Instituts von einem Beet zum nächsten ging, mich hinhockte, um meine Kenntnisse der Gräser zu festigen.

Auf einmal hörte ich hinter mir Kasbergs Stimme. Ja, es sei richtig, sagte er, mir die Festuca-Arten einzuprägen. Ganz bestimmt befänden sich bei der Prüfung im Strauß der Gräser Festuca pratensis und Festuca rubra, aber wie er glaube, hätte ich keine Schwierigkeiten, den

Wiesenschwingel, das hochwertige und vielseitig verwendbare Futtergras, oder den Rotschwingel zu erkennen. Doch was mich in naher Zukunft möglicherweise beschäftigen könne, fügte er hinzu, das sei Festuca ovina, der Schafschwingel, und ich könnte einmal froh sein, dieses harte, ertragsarme Futtergras, das auch vom Schaf nur mangels besserer Weide gefressen wird, zumindest im hiesigen Garten schon gesehen zu haben, um mich später in der Praxis nicht zu blamieren, wenn man es mir im Norden vorführe. Ich solle auch mal mit der Hand drüber streichen, um ein für alle Mal zu wissen, wie rau es sich anfühle.

Wie er darauf komme, dass mich Schafschwingel erwarte, wollte ich wissen.

Nicht wenige Betriebe in der Gegend, wo man mich hinbefehle, würden auf den leichten, sandigen Böden Schafschwingelvermehrung betreiben, der Saatgutexport sei ein lukratives Geschäft für unser Land, dafür gebe es harte Währung. Man könne nie vorausahnen, welche Überraschungen die Landwirtschaft für einen bereithalte. Und ihm sei daran gelegen, dass ich für diese Überraschungen gut gewappnet sei.

Darauf lachte er, vielleicht um mich aufzuheitern. Er legte seinen Arm auf meine Schulter und verriet mir, dass sein Chef meine Arbeit hoch einschätze. Und wenn Professor Henningsen für eine Eins plädiere, erklärte er, dann werde Professor Günzerodt gewiss keine andere Auffassung vertreten.

Er machte eine Pause, nahm seinen Arm von meiner Schulter, sagte, ich solle noch einmal über den Schafschwingel streichen, um ein Gefühl für den Norden zu bekommen.

Er schien zufrieden zu sein, als ich ihm bestätigte, dass sich das Gras wirklich sehr rau anfühle und dass ich es künftig ohne Probleme erkennen werde.

„Du kannst es so oft und solange du magst streicheln, es wird immer so rau bleiben“, sagte Kasberg, „so rau wie der Norden.“

„Deshalb würde ich mich viel lieber mit etwas anderem befassen, als mit Schafschwingel", erwiderte ich. „Viel lieber mit Luzerne."

„Ach", sagte Kasberg, „manchmal erweist sich das alles sogar als Vorteil, auf alle Fälle wird das deinen Horizont erweitern. Mal sehen, wie du es später einschätzen wirst, als nützlich oder als weniger nützlich. Im Übrigen, für dich gilt: zuerst bestmögliche Prüfungsergebnisse, dann zwei oder drei Jahre Praxis im Norden, das könnte eine sichere Basis für die Rückkehr an unsere Fakultät sein. So sehe ich das."

Eine reichliche Woche nach diesem Gespräch fand die Hochzeit von Bernd und Helga statt.

Schmunzelnd hatte mich Bernd gefragt, ob er uns zumuten könne, in einem Doppelzimmer zu übernachten oder ob wir auf getrennten Zimmern bestünden. Aus organisatorischer Sicht wäre es günstiger, ein Doppelzimmer im Dorfgasthaus in Anspruch zu nehmen.

Und als ich lachte, sagte er, sie hätten nur zwei Einzelzimmer. Aber wenn ich die Entscheidung Irene überlassen wolle, werde er auch sie fragen.

Als Gastgeber entscheide nur er allein, sagte ich. Irene und ich, wir würden uns seiner Entscheidung ohne Murren fügen, das wisse er doch.

Wir staunten, wie schön man den Saal des Dorfgasthauses geschmückt hatte, es herrschte eine festliche Atmosphäre.

Es gab sogar Tischkarten, unsere Plätze waren nicht weit vom Hochzeitspaar entfernt, zwar nicht mit an der Stirnseite des Saales, sondern an der Längsseite, an der sich die Fenster befanden, und wir saßen damit im Kreis der Verwandten, während an der anderen, der uns gegenüber befindlichen Tischreihe, die Bekannten aus dem Dorf und aus der Umgebung ihre Plätze hatten.

Irene gefiel das Brautkleid, sie bewunderte den eleganten Schnitt, aber ich musste mehrmals nachfragen, was sie meinte, denn ihre Worte wurden von der Musik der Fünf-Mann-Kapelle übertönt, während wir im großen Kreis standen und klatschten, als das Brautpaar den Tanz eröffnete. Dann, als auch wir tanzten, war die Verständigung zwischen uns einigermaßen möglich, so dass Irene mir erklären konnte, wie vorteilhaft das Kleid gefertigt sei, niemand, der nicht schon von vornherein Bescheid wisse, könne erkennen, dass Helga schwanger sei.

Man müsste sich um die Adresse der Schneiderin bemühen, flüsterte ich dicht an Irenes Ohr, wir könnten ja auch mal in diese Situation kommen.

Bei uns werde geplant, Hochzeit und Geburt, gab Irene zurück. Das solle ich mir merken.

Irene trug ein blaues Kleid, dessen Oberteil vorn mit Perlen besetzt war, ich fand es ebenso schön wie das weinrote, das sie zum Fakultätsball angehabt hatte.

Wir tanzten oft, und wenn wir vom Tanzen zurück zu unseren Plätzen kamen, waren unsere Sektgläser immer wieder gefüllt, und unsere Nachbarn forderten uns auf, mit ihnen anzustoßen und auf das Wohl des Hochzeitspaares zu trinken.

Es ging schon auf Mitternacht zu, und die meisten Männer hatten sich ihrer Jacketts entledigt, da spürte ich plötzlich eine Hand auf meiner Schulter, und als ich mich umwandte, sah ich nur ein weißes Hemd und einen rotgestreiften Schlips, der auf mich zu schwang, und von ganz oben hörte ich eine Stimme, die zaghaft die Frage an mich richtete, ob ich es erlauben würde, einmal mit meiner Frau tanzen zu dürfen.

Die Frage überraschte mich, so dass ich einen kurzen Augenblick zögerte, bevor ich antwortete: „Ja, selbstverständlich erlaube ich es Ihnen, einmal mit meiner Frau zu tanzen."

Sicher hatte Irene beobachtet, wie sich der Mann auf uns zu bewegt hatte, denn sie erhob sich sogleich und schien es sichtlich zu genießen, wie er sich vor ihr verbeugte und sie zum Tanz bat.

Und bevor sie mit ihm zur Tanzfläche ging, sagte sie lachend: „Mein Mann ruht sich auch sehr gern mal aus."

Wir lachten noch darüber, als wir die schmale Treppe zu unserem Zimmer emporstiegen und Irene stehenblieb, sich an mich lehnte und mir erklärte: „Weißt du, deine Frau glaubt, sie hat einen Schwips, einen gehörigen, wirklich, einen ganz gehörigen Schwips."

Ob ich meine Frau etwa das letzte Treppenstück noch tragen müsse, fragte ich.

Darauf antwortete sie, dass sie es allein schaffe. Doch über die Türschwelle, da müsse ich sie tragen, weil sich das so gehöre, wenn man frisch vermählt sei.

Ich trug sie tatsächlich ins Zimmer, und ich machte sie darauf aufmerksam, dass wir zum ersten Mal in Ehebetten schlafen würden, worauf sie erwiderte, dass sie das gut fände, denn in ihrer heutigen Verfassung brauche sie sehr viel Platz, damit sie sich lang ausstrecken könne. Es sei ein Glück, dass Bernd alles so gut für uns organisiert hätte.

Sie kam einen Schritt auf mich zu und umarmte mich. Es habe für sie den Anschein, als hätten wir heute geheiratet und nicht die anderen.

„Da müsste ich dir doch erst einen Heiratsantrag machen", sagte ich. „Ohne richtigen Antrag geht überhaupt nichts."

„Dann mach doch einen richtigen Heiratsantrag", erwiderte sie.

„Darf ich dabei stehen bleiben oder muss ich vor dir niederknien?", fragte ich.

„Natürlich stehen bleiben", antwortete sie. „Vor mir niederknien, das wäre altmodisch und unterwürfig, schließlich sind wir doch gleichberechtigte Partner, da kniet sich keiner vor dem anderen hin, höchstens, wenn er ihm die Schnürsenkel zubinden will, aber das wird erst im höheren Alter an der Tagesordnung sein."

„Irene, ich möchte dich heiraten", sagte ich.

„Ja, sag mal, sind wir denn nicht schon verheiratet? Findest du nicht, dass wir uns schon wie Verheiratete benehmen? Wir haben bereits mehrfach in einem Zimmer geschlafen, und wir wollen es wieder tun, heute sogar in Ehebetten. Und fremde Männer fragen dich, ob du es gestattest, dass sie mit deiner Frau tanzen dürfen. Sind wir denn nicht ein richtiges Ehepaar? Ich glaub schon. Aber trotzdem: ich werde deinen Antrag prüfen, selbstverständlich wohlwollend. Von meiner Seite aus ist dir das garantiert. Allerdings hoffe ich, dass du den Antrag nicht leichtfertig ausgesprochen hast."

„Wo denkst du hin, den Antrag habe ich mir gut überlegt, er ist mir eine richtige Herzensangelegenheit."

Irene lachte. Sie sagte, es werde eine baldige Prüfung erfolgen. Doch jetzt müsse sie erst einmal zur Toilette, der viele Sekt. Ich solle mir derweil schon die Zähne putzen.

Die Toilette befand sich am Ende des Ganges, in unserem Zimmer war nur ein Waschbecken.

Ich war noch mit dem Zähneputzen beschäftigt, als Irene zurückkam und vor dem Schrank stehen blieb. Ich bemerkte, wie sie vergeblich versuchte, den Reißverschluss ihres Kleides zu öffnen und wie sie es schließlich aufgab und darauf wartete, dass ich fertig wurde.

„Ich denke, du bist mein Mann", sagte sie, „also, bitte hilf mir."

Mir gelang es, den Reißverschluss zu öffnen, und ich half ihr auch, das Kleid über den Kopf zu streifen. Sie verharrte einen Moment, als müsste sie überlegen, wie sie weiter verfahren sollte. Schließlich holte sie einen Kleiderbügel aus dem Schrank und hängte ihr Kleid auf.

Als wir dann im Bett lagen, zwischen uns, wie bei älteren Ehepaaren, ein angemessener Abstand, berichtete mir Irene, dass der Mann, der mich um die Tanzerlaubnis gebeten habe, der Cousin der Braut sei. Er habe ihr erzählt, er sei Maler von Beruf und wohne im Nachbarort, er sei noch unverheiratet, weil ihm die Richtige noch nicht begegnet sei. Sollten wir mal einen Maler für unsere Wohnung benötigen, es genüge eine Mitteilung an Helga, und er würde kommen. Die Übernachtungsliste, die Bernd geschrieben habe, sei von ihm zum Gastwirt gebracht worden, und da hätte er auch die Namen gelesen: Ehepaar Peter und Irene Bornschein.

Vielleicht vermisste Irene einen Kommentar von mir, jedenfalls fragte sie: „Hast du mir überhaupt zugehört?“

„Ich höre dir immer zu“, sagte ich. „Ehepaar Peter und Irene Bornschein. Schade nur, dass es erst eine Zukunftsversion ist. Hast du schon über meinen Antrag nachgedacht?“

Ich drehte mich zu ihr, sie hatte, wie ich erkennen konnte, die Decke bis zum Kinn hochgezogen.

„Schläfst du schon?“, fragte ich.

„Fast.“ Ihre Stimme klang sehr leise.

„Denk an meinen Antrag. Wann wollen wir heiraten?“

„Es gibt eine Reihenfolge, erst verloben, dann heiraten. Das ist bei uns zu Hause so üblich. Verstehst du, erst verloben.“

„Und wann wollen wir uns verloben? Also, wann?“ Ich bekam keine Antwort mehr, ich hörte ihr ruhiges Atmen, sie schlief schon.

Am Dienstag darauf überraschte mich ein Brief aus dem Norden. Es war eine Einladung von der Bezirksverwaltung. Man hatte für mich in der Bezirksstadt ein Hotelzimmer für zwei Nächte reserviert. Ich wurde gebeten, mich am Mittwoch der folgenden Woche, früh um acht Uhr, beim Leiter der Unterabteilung Volkseigener Güter einzufinden. Für eine Zusage wäre man mir sehr dankbar.

Als ich am Dienstagabend meinen Antwortbrief schrieb, musste ich an die alte Dame denken, die meiner Großtante so sehr ähnelte. Ich sah vor mir ihr freundliches, zerfurchtes Gesicht mit dem nachsichtigen Blick aus den müden Augen. Sie hatte Wort gehalten.

Ob man mich tatsächlich brauchen würde, da oben, in dem nordwestlichen Bezirk? Das dachte ich an jenem Abend.

***

Jetzt fahre ich des Öfteren diese Strecke, wenn ich zu Sitzungen und Tagungen gerufen werde oder wenn ich an Gesprächen und Verhandlungen teilnehmen muss.

Damals beeindruckte mich diese Straße, die von der Stadt aus zunächst am Wasser entlang führt und auf einmal den weitflächigen See zu zerteilen scheint. Ich sah den beängstigend schmalen Damm, keineswegs gerade, sondern mit Kurven, der ein unebenes Pflaster trug, so dass man befürchtete, jeden Moment nach links oder rechts abzugleiten und an den wenigen Büschen und Bäumen, die den Rand säumten, keinen Halt zu finden. Später ist diese Straße verbreitert worden, und sie hat einen anderen Belag erhalten. Ich habe keinerlei Bedenken mehr, sie auch nachts oder bei verminderter Sicht zu befahren, bisweilen gibt es Anlässe, die das von mir verlangen, aufmerksam und vorsichtig allerdings bin ich noch immer.

Vielleicht war es damals nicht allein die Straße, die in mir dieses Gefühl von Beklommenheit hervorrief. Früh, als ich vom agilen Leiter der Unterabteilung Güter der Bezirksverwaltung und von der Verantwortlichen für Kaderfragen, die mir schon wie eine alte Bekannte vorkam, in einem großen, ziemlich dunklen Zimmer mit wuchtigem Mobiliar empfangen worden war, hatte ich noch über meine Gelassenheit gestaunt. Ich ließ die freundlichen Sätze, die mir scheinbar zeigen sollten, wie vertrauenswürdig die staatliche Leitung in ihrem Bemühen um den Absolventeneinsatz sei, geduldig über mich ergehen, ich nickte, es sollte nicht der Eindruck entstehen, dass ich das, was sie mir sagten, als unbedeutend einstufte. Was mich aber etwas erstaunte, war die Mitteilung, dass für den Vormittag eine Fahrt zu einem Gut im westlichen Teil des Bezirkes geplant sei, und erst nachmittags der Besuch im achtzig Kilometer entfernten Groß Bodelin. Vermutlich bemerkte man mein Erstaunen. Mir wurde erklärt, man habe sich dafür entschieden, um mir die Möglichkeit einer Wahl zu bieten.

Wir brauchten etwa eine dreiviertel Stunde bis zum westlichen Gut. Dort waren mit dem Direktor wohl auch alle anderen Angehörigen der Betriebsleitung zur Stelle, um meinen Begleiter, den Tierzuchtverantwortlichen, und mich zu empfangen und anschließend durch den Betrieb zu führen. Je länger wir dort verweilten, umso klarer wurde mir, dass sie im Grunde genommen niemanden brauchten, höchstens einen, der als Mitläufer, als Ausputzer, als Urlaubsvertreter sich einsetzen ließ oder am Sonnabend, wenn kein anderer zur Verfügung stand, den Hof kehren konnte, um wenigstens damit sein Hierbleiben zu rechtfertigen.

Es hat keinen Sinn, dachte ich. Sie schicken mich hierher, um ihr Gesicht zu wahren, um zu zeigen, wie sie bereit sind, alles für die Realisierung des Ministerratsbeschlusses zu tun.

Ach könnte ich doch nach Bertlingen gehen, da würden sie mich wirklich brauchen. Ich dachte das, während sie sich bemühten, mich über den Betrieb zu informieren. Ich schenkte ihnen zwar Gehör, aber es interessierte mich nicht mehr, was sie sagten.

Am Nachmittag begleitete mich der Verantwortliche für die Feldwirtschaft, wir fuhren wieder mit dem komfortablen EMW, mit einem versierten, älteren Fahrer. Ich saß hinten, betrachtete die Landschaft, hörte mir die Erklärungen zum Endmoränengebiet an und stimmte auch zu, als mir gesagt wurde, die Landschaft ähnele ein wenig der von Thüringen, kleine Anhöhen, danach Senken und manchmal Wald, alles schön im Wechsel, wie es sich gehöre, und obendrein hin und wieder noch ein See, abwechslungsreich, nicht langweilig.

Von einer kurvenreichen Straße bogen wir nach links auf eine schmale Betonstraße ab, die von einem Sommerweg flankiert wurde. Hinter einem Wäldchen tauchten ein paar Häuser auf, mein Begleiter sagte, es sei das Vorwerk Bietlitz, hier wohne auch der Direktor. Danach folgten links und rechts Felder, alles ebenes Land, weite Sicht, und trotzdem entdeckte ich das kleine Dorf erst spät, weil es rechts der Straße einen langgestreckten Erdwall gab, dessen Krone mit Bäumen und

Sträuchern bepflanzt war. Auf der linken Seite sah ich dann auch Stallanlagen und einige weitere Gebäude, ziemlich grau, deshalb erst spät zu erkennen, Mauern oder Zäune waren nicht vorhanden.

Der Fahrer lenkte den Wagen unter die drei Linden, die das Gutshaus abschirmten, es lag etwas tiefer als die übrigen Gebäude.

Ich hatte nicht erwartet, dass ein Begrüßungskomitee zum Empfang erscheinen würde. Ich gebe auch zu, ich wäre am liebsten noch ein Weilchen im Auto sitzen geblieben, um vor mich hinzudösen, ich war müde geworden, aber ich stieg mit meinem Begleiter aus, ich folgte ihm in einen dunklen Vorraum, wo sich rechts eine Tür öffnete und eine hagere Frau erschien, die uns begrüßte und versicherte, unverzüglich unser Eintreffen zu melden.

Sie lief bis zur Treppe, die im Hintergrund kaum zu erkennen war, und rief sehr laut: „Gotthilf, Gotthilf, der hohe Besuch ist da!“ Und danach, nicht mehr ganz so laut: „Heiner, du kannst auch gleich mitkommen. Habt ihr es gehört, unser Besuch ist schon da.“

Sie schob uns durch das Vorzimmer in das angrenzende Büro des Direktors, wo bereits ein Tisch eingedeckt war, eine Platte mit Wurstbroten, Gläser, mehrere Flaschen Selterswasser und eine Flasche Weinbrand.

„Nehmt Platz“, sagte die Sekretärin.

Wir blieben stehen, bis zwei Männer den Raum betraten, voran ein älterer und danach ein jüngerer.

„Ist Albert Mendes nicht da?“, fragte mein Beglciter.

„Reichen wir dir nicht?“, fragte der ältere Mann, der zuerst mir die Hand gab und danach meinem Begleiter.

„Wiesemühl“, stellte er sich mir vor. „Gotthilf Wiesemühl, verantwortlich für die Arbeitsnormung und Arbeitsabrechnung, also kurz: TAN, und nebenbei, aber nicht nur nebenbei, auch noch Parteisekretär. Heute vertrete ich den Direktor. Und das ist Heiner Kranert, unser Feldbaubrigadier.“ Er wies mit der Hand auf den jüngeren Mann, der sich zurückgehalten hatte. „Jetzt weißt du, mit wem du es hier zu tun hast. Nun setzt euch endlich und greift zu. Den Schnaps gibt es erst nach dem Rundgang. Wieviel Zeit habt ihr mitgebracht?“

„Zwei Stunden“, sagte mein Begleiter. „Und wo ist Albert Mendes?“

Gotthilf Wiesemühl zog die Augenbrauen hoch, als er erwiderte, das müsse ihm doch bekannt sein, Mendes habe bestimmt seinem Chef den Urlaubswunsch mitgeteilt, ohne Genehmigung reise der doch nicht gen Süden, um sich mit irgendwelchen Familienangelegenheiten zu beschäftigen. Und er werde auch darüber informiert haben, dass er noch drei, vier Tage dranhängen müsse, um einige Maschinen und Geräte zu ergattern, er kenne ja diesen und jenen, der Einfluss in den Werken da unten habe.

Ob er wieder Masthähnchen mitgenommen habe, wollte mein Begleiter wissen.

Da müsse er Mendes selber fragen, der kehre ja bald wieder zurück, sagte Wiesemühl. Mendes werde schon wissen, was das Beste für seine Verhandlungen sei. Und wenn die Bezirksverwaltung imstande wäre, die Maschinen bereitzustellen, die der Betrieb dringend benötige, müsste der Direktor nicht im Süden in den Herstellerbetrieben feilschen, jetzt gehe es ihm, soweit er informiert sei, um eine neue moderne Drillmaschine, und wenn man da mit ein paar Hähnchen nachhelfen könne, sei doch wohl nichts dagegen einzuwenden.

Dann werde er die Masthähnchen wohl auch wieder als hervorragende Bodeliner Zuchthähne präsentieren, mutmaßte mein Begleiter.

„Und wenn schon.“ Wiesemühl winkte ab. „Verstecken müssen wir uns nicht mit den Tieren. Und unsere Belegschaftsmitglieder kaufen immer einen Hahn vom Betrieb, wenn ihre Hennen einen ordentlichen Kerl brauchen. Und wenn das bei dir auch der Fall sein sollte, wir haben noch stattliche Tiere, und der Preis ist akzeptabel. Sagt mal, soll es hier nur um das verdammte Federvieh gehen? Oder wäre es nicht besser, die Einbürgerung eines neuen Kollegen vorzubereiten?“ Wiesemühl stand auf, und mich traf sein listiger Blick, als er hinzufügte, er bedauere es sehr, dass ich nicht gleich hierbleiben würde.

„Erst muss ich die Prüfungen absolvieren“, sagte ich.

„Nebenbei lässt sich`s nicht machen?“

Ich schüttelte den Kopf.

Darauf fragte er, wann ich fertig werden würde und kommen könne.

„Der August ist für den Arbeitsbeginn vorgesehen“, sagte ich. „Das sind die offiziellen Empfehlungen, die wir haben.“

Kranert schwieg die meiste Zeit, er ließ Wiesemühl reden. Auch später, als wir durch das Betriebsgelände geführt wurden, ergänzte er nur gelegentlich das, was uns der Parteisekretär berichtete, oder er erläuterte uns bestimmte Details zur Feldwirtschaft, wenn er dazu aufgefordert wurde.

„Große Illusionen wirst du sicher nicht haben“, sagte Wiesemühl zu mir. „Aber Zweifel müssen bei dir auch nicht aufkommen, Arbeit haben wir mehr als genug. Meinen Vornamen wirst du dir auch merken können, und ich habe nichts dagegen, wenn du ihn von Anfang an verwendest. Denn wir werden viel miteinander zu bereden haben, da macht es sich besser, wenn du einfach Gotthilf sagst.“

Bevor Irene dazu kam, mich über das im Norden Erlebte auszufragen, wollte ich von ihr wissen, ob sie sich vorstellen könne, wie der Vorname des Parteisekretärs lauten würde.

„Wie soll ich das wissen?“, fragte sie.

„Nicht wissen, erraten sollst du es.“

„Das kann ich nicht.“

„Versuch`s wenigstens. Du hast doch die nötige Fantasie.“

„Gut“, sagte sie. „Ich rate mal: Walter.“

„Falsch.“

„Dann Erich.“

„Wieder falsch.“ Ich lachte.

„Ich gebe es auf. Endgültig. Also, wie heißt er?“

„Gotthilf“, sagte ich.

„Der Parteisekretär heißt Gotthilf? Komisch, das kann man gar nicht glauben. Der Parteisekretär vom Forstwirtschaftsbetrieb heißt Ernst, Ernst Wagner.“

„Der Bodeliner heißt Gotthilf Wiesemühl. So ist es. Und er scheint ein ganz passabler Mann zu sein.“

„Also hast du dich entschieden?“ Irene schaute mich aufmerksam an.

„Wenn der Beschluss nicht zu umgehen ist, werde ich mich so entscheiden müssen.“

„Für Gotthilf Wiesemühl also“, stellte sie fest.

„Für Bodelin“, sagte ich.

„Meinetwegen für Bodelin, ja. Wo denkst du hin, diesem Beschluss kannst du nicht ausweichen.“

„Ich denke weiter darüber nach“, sagte ich.

„Wie du deinen eigenen Weg gehen kannst?“

„Darüber, ja. Und was zweckmäßig ist, weißt du, ich muss noch über vieles nachdenken.“

So schlecht seien meine Karten keinesfalls, meinte Irene, nachdem sie meinen ganzen Bericht gehört und dabei den Tisch gedeckt hatte. Die Verwaltung werde bestimmt ein Auge auf das Geschehen in Bodelin und vor allem auf das Verhalten des Direktors werfen. Ich hätte die Chance, recht schnell Boden unter die Füße zu bekommen. Und sicher werde mir auch Gotthilf Wiesemühl beistehen, nicht nur weil er Parteisekretär sei, sondern mehr noch, weil er mich vermutlich möge, denn er hoffe ja offensichtlich auf mein baldiges Kommen, wie sie meiner Schilderung habe entnehmen können.

Zwei Tage später erhielten wir die Information, dass jedem Absolventen das Diplom-Zeugnis voraussichtlich erst im Oktober zugeschickt werde.

Die Information erfolgte nicht offiziell, sondern im Verfahren des Weitersagens, in dem die Seminargruppensekretäre, wie im Vertrauen, mehrere Angehörige ihrer Gruppe über diese Neuigkeit unterrichteten und darum baten, die anderen davon in Kenntnis zu setzen. Dies aber dürfe nur im persönlichen Gespräch geschehen, nicht im öffentlichen Disput und schon gar nicht mit den Fragen: Wieso? und Weshalb? Man rede darüber leise, ohne viel Geräusch, möglichst unter vier Augen, und danach schweige man, fertig.

Genauso war es gewesen, als seinerzeit die Bereitschaftserklärungen unterschrieben werden mussten, die Republik, wenn erforderlich, mit der Waffe in der Hand zu verteidigen. Da lautete die Anweisung, auf dieser Liste sei zu unterschreiben, keine unnützen Diskussionen, das halte nur auf. Unser Seminargruppensekretär hatte sich noch einen Helfer organisiert, einen Assistenten, der gleich darauf hinwies, dass im Ernstfall sowieso jeder mit der Waffe in der Hand zur Verteidigung antreten müsse und dass diejenigen, die nicht bereit wären, ihre Unterschrift zu leisten, logischerweise auf ihre Diplomprüfungen warten müssten, solange, bis sie begriffen hätten, dass eine Arbeiter-und-Bauern-Macht, die sie studieren lasse und ihr Auskommen sichere, selbstverständlich einfordern dürfe, von ihnen beschützt zu werden. Das sei ganz normal.

Und so würde es auch jetzt sein, das Diplom-Zeugnis dann, wenn die Kontrolle ergeben hatte, dass der Absolvent dort angekommen war, wo er hingehörte, wo ihn die Arbeiter-und-Bauern-Macht brauchte. Zuvor reichte die Bestätigung, die Diplom-Prüfungen seien bestanden worden.

Wer sich auftragsgemäß verhielt, hatte nichts zu befürchten, das wusste jeder. Eigentlich hatten wir uns längst daran gewöhnt, wie es gehandhabt wurde, und für jeden bestand die Chance, sich mit seinem Verhalten darauf einzustellen.

Ich musste zwei Briefe schreiben.

Ich schrieb an die Verantwortliche des Bezirkes, ich gab die Zusage für meinen Einsatz in Bodelin, und ich stellte mir dabei vor, wie die alte Dame sich freuen würde, wie ihre müden Augen aufblicken und sicher auch ein wenig leuchten würden.

Dann verfasste ich den Brief an Hans Rabe.

Immer wieder strich ich meine Anfangssätze durch, formulierte sie neu, suchte nach Worten, mit denen ich ihm mein Befinden, meine Gedanken deutlich zu machen hoffte. Es war schon nach Mitternacht, als ich den endgültigen Text gefunden zu haben glaubte.

Meine Eltern waren bestürzt, als sie hörten, dass mein Einsatz im Norden so gut wie feststand. Bisher hatten sie angenommen, es würde sich noch eine Möglichkeit finden lassen, dass ich mich der Forderung des Beschlusses entziehen könnte.

Die ganze Zeit über wachte Irene mit nicht nachlassendem Eifer, dass ich mich auf jede Prüfung gewissenhaft vorbereitete. Jetzt komme es darauf an, zu zeigen, was man könne, beschwor sie mich.

Aber schon am darauffolgenden Tag fragte ich mich erschrocken, ob mein Vorhaben, mich ausschließlich der Prüfungsvorbereitung zu widmen, zunichte gemacht werden sollte. Der Pförtner des Studentenwohnheims händigte mir mit dem Zimmerschlüssel auch einen Brief vom VEG Groß Bodelin aus. Noch auf dem Weg zu unserem zweistöckigen Barackenbau las ich das Schreiben des Direktors. Er lud mich für einen Tag ein, die Kosten für die Bahnfahrt würden selbstverständlich übernommen, für die Hotelübernachtung ebenfalls. Er möchte mich persönlich kennenlernen und alles Notwendige für meinen Einsatz mit mir absprechen.

Ich musste seinen Terminvorschlag akzeptieren, obwohl meine Zeit bis zu den nächsten Prüfungen knapp war.

„Er will dich also kennenlernen, das wohl vor allem“, sagte Irene, als sie mich zum Bahnhof begleitete. „Aber er will dir sicher auch imponieren, er lädt dich großzügig in sein Reich ein und wird dir das zeigen, was dir die Anderen nicht zeigen durften, und er wird dir vermutlich auch das sagen, wozu die Anderen nicht berechtigt waren. Er will dafür sorgen, dass du den richtigen Eindruck von deinem künftigen Chef bekommst. Und vielleicht wird er auch versuchen, dich auszuhorchen, wer weiß, wie bei ihm alles gelaufen ist. Du wirst es in Kauf nehmen müssen."

Ich fuhr die Nacht durch, es war eine unangenehme Bahnfahrt, ich musste mehrere Male umsteigen, und es gelang mir nicht, im Zug ein wenig zu schlafen.

Ich schaute, wie im Brief empfohlen, nach dem blauen Wartburg.

Auf dem Bahnhofsvorplatz stand nur ein einziges Auto, es war nicht zu übersehen, auch nicht der Mann, der an dessen Tür lehnte und von dem ich im ersten Moment annahm, es sei ein Fahrer, der beauftragt worden war, mich abzuholen. Der Mann trat, als er mich erblickte, ein paar Schritte vor und reckte sich zu voller Größe auf. Nun bestand für mich kein Zweifel mehr, es war mein künftiger Chef. Seine Erscheinung entsprach nicht dem Bild, das ich mir von einem Gutsdirektor gemacht hatte, aber ich hatte bisher noch nicht viele kennengelernt und obendrein mochten sie hier im Norden auch ein wenig anders aussehen. Ich glaube, so dachte ich damals, als ich auf ihn zuschritt. Er sah eher aus wie ein Viehhändler, nicht übermäßig groß, mit beachtlicher Muskulatur, einem runden, massigen Kopf mit schütterem Haar und einem kurzen gedrungenen Hals.

Er begrüßte mich mit der Frage, ob ich eine gute Fahrt gehabt hätte. Sie diente ihm vermutlich nur als Floskel, er erwartete von mir keine Antwort, sondern lediglich Aufmerksamkeit für das, was er mir für den Tagesablauf mitteilen wollte.

Noch während er sprach, dirigierte er mich schon um den Wagen herum, nahm mir meine Reisetasche aus der Hand und verstaute sie im Kofferraum. Ich wurde auf den Beifahrersitz geschoben, und bevor ich auch nur einen vollständigen Satz hatte sagen können, rollten wir bereits über das Kopfsteinpflaster des Bahnhofsvorplatzes zur Straße, wo er den Wagen übermäßig beschleunigte.

Auf den gut zwölf Kilometern bis zum Vorwerk Bictlitz erfuhr ich von Albert Mendes, dass er hier seit knapp drei Jahren Direktor war und dass sein Vorgänger in dieser Zeit noch als Agronom im Betrieb gewirkt habe, allerdings mit zunehmend größer werdenden Schwierigkeiten. In diesem Frühjahr habe sich die Gelegenheit ergeben, ihn woanders hin zu vermitteln. In einem Dorf im Norden des Kreises sei eine Bürgermeisterstelle frei geworden. Als Direktor habe er sich für das Wohlergehen seines Vorgängers verantwortlich gefühlt, er habe dafür gesorgt, dass sein Vorgänger die letzten Jahre des Berufslebens in ruhigen Verhältnissen verbringen könne. Man müsse eben etwas tun für seine Mitarbeiter. Immerhin sei sein Vorgänger Meisterbauer gewesen, fuhr Mendes fort. Man wisse jedoch nicht, wer ihm Titel und Urkunde zugeschanzt hätte. Vielleicht sei er imstande gewesen, ein paar Hektar Ackerland zu bewirtschaften, nicht aber ein Gut von solch einer Dimension wie Groß Bodelin. Den Stallmist hätte er zu riesigen Haufen an den Rändern der Äcker, auf den Vorgewenden aufgetürmt, anstatt ihn ordnungsgemäß auszustreuen, und das nun schon seit Jahren. Und wenn man ihn auf diesen Missstand angesprochen habe, sei von ihm stets die Antwort gekommen, dass es arbeitswirtschaftliche Probleme gegeben habe, er jedoch in absehbarer Zeit eine Großaktion starten wolle. Solche Großaktionen würden nun in meinen Verantwortungsbereich fallen, jedoch nicht nur in der Planung, sondern auch in der Ausführung, sagte Mendes, und ich wertete das schon als ersten Arbeitsauftrag.

Ich erwiderte ihm, dass ich den Stallmist als ein beträchtliches Kapital ansehe, aber er müsse auf den Acker gebracht werden und nicht im Haufen am Feldrand verkommen.

Sicher hatte er das überhört, er bremste den Wagen scharf ab und fragte mich: „Was sagen Sie nun?“

Wir standen vor einem Gebäude, das zwar als Stall zu erkennen war, für meinen künftigen Chef aber weit mehr zu sein schien, als eine Heimstatt für Nutztiere, sondern, wie ich annahm, längst in den Rang eines Heiligtums aufgerückt war.

„Großartig", sagte ich beim Aussteigen.

„Nicht wahr, es ist großartig", bekräftigte Mendes. „Großartig, anders kann man es tatsächlich nicht bezeichnen. Sie haben das gut gesagt."

Eine Weile standen wir schweigend vor dem Gebäude. Dann erklärte mir Mendes, diese Stallanlage beherberge die beste Sattelschweinzucht des Nordens. Tiere in einer solchen Qualität und ein solches Stallgebäude, das hätte ich bestimmt noch nirgendwo gesehen, das dürfe er doch wohl so annehmen.

Ich nickte, aber das schien ihm nicht zu reichen.

„Ist es so, wie ich es sage?", fragte er.

„Es ist so", antwortete ich ihm. „Ich möchte aber unbedingt auch die Tiere sehen."

Bevor wir das Gebäude betraten, machte mich Mendes auf die Blumenrabatten aufmerksam, die die Seiten des geräumigen Vorbaus säumten. Eine Idee seiner Frau, verriet er mir. Dieses Jahr, wie zu sehen sei, erst einmal Dahlien. Doch im nächsten Jahr, ob ich es erraten könne?

Ich konnte es nicht erraten, und ich schaute ihn nur an.

„Rosen", sagte er triumphierend. „Ja, Rosen, da staunen Sie. Meine Frau hat schon alles mit einem Gärtner vereinbart." Er schaute mich an. Seine Frau werde Rosen pflanzen, Strauchrosen, versicherte er mir. Eine Frau habe dem Mann eben einiges voraus, wenn es um eine besondere Gestaltung gehe.

Mendes öffnete die Tür und ließ mir den Vortritt.

Die Einrichtung des Vorraums, so wie sie jetzt zu sehen sei, habe er ganz allein ausgesucht, sagte Mendes. Jeder, der hier eintreten dürfe, solle den Eindruck gewinnen, er befinde sich in einem Foyer und nicht nur im Vorraum eines Stalles. Und der Eintretende müsse unwillkürlich gespannt sein, was nun noch folgen werde.

Meinen Einwand, dass dies alles andere als ein Typenstall sei, so wie man ihn für Neubauten vorschreibe, wischte Mendes mit einer Handbewegung hinweg.

Es sei ein Typenstall, auch wenn ich das sicher nicht für möglich halte, erklärte er mir. Ein Typenstall, mit ein paar Veränderungen, die er den entscheidenden Stellen, bei denen er etliche Leute gut kenne, vorgeschlagen habe. Daraufhin habe man ihm die Genehmigung erteilt, seine Vorschläge gewissermaßen probehalber umzusetzen. Man habe ihm sogar noch so etwas wie eine Prämie oder, exakter ausgedrückt, ein Anerkennungshonorar gezahlt und darüber hinaus von seinen Veränderungsvorschlägen einige wenige in einer Zeitschrift publiziert. Er habe sich, was ich sicher verstehen könne, das Recht genommen, über das Genehmigte hinaus, noch einiges weitere zu verändern, das den Verantwortlichen aber nach ein paar Gläsern Sekt beim Richtfest gar nicht aufgefallen sei. Im Gegenteil, sie seien begeistert gewesen über das, was er ihnen zur Begutachtung vorgeführt habe. Dabei hätten beim Richtfest seine Zuchtschweine überhaupt noch nicht den Stall bevölkert. Die Schweine hätten noch im alten Stall kampieren müssen. Bei den Gästen habe er höchste Zufriedenheit feststellen können, obwohl sie seine Schweine noch gar nicht gesehen hätten, wobei er ohnehin nicht glaube, dass Architekten und andere Bauleute sowie die Strategen aus den Ämtern etwas von Zuchtschweinen verstünden.

Ich spürte die kräftige Hand des Direktors, ich spürte, wie sie sich um meinen Unterarm schloss und mich zu dirigieren oder zu lenken versuchte.

„Ein Stall ohne Tiere“, sagte er, „das ist doch wie eine Vase ohne Blumen. Finden Sie das nicht auch so? Doch jetzt dürfen Sie meine Tiere sehen, ich zeige ihnen Sattelschweine, um die mich renommierte Züchter beneiden. Kennen Sie sich etwas aus mit dieser Rasse?“

„Etwas schon“, sagte ich vorsichtig.

„Wirklich? Na ja, während des Studiums lernt man ja einiges, und sicher auch etwas über die Tierrassen.“

„Nicht nur während des Studiums“, sagte ich wie beiläufig und gewahrte auf einmal den erstaunten Blick des Direktors. Ich spürte, wie sich sein Griff an meinem Unterarm zu lockern begann. Aber ich wartete, bis er seine Hand gänzlich zurücknahm. Dann erzählte ich ihm, dass wir zu Hause neben den anderen beiden Rassen, dem Deutschen veredelten Landschwein und dem Deutschen Edelschwein, immer auch Sattelschweine gehalten haben, meist sogar auch ein oder zwei Sauen, um den eigenen Schweinenachwuchs zu sichern. Mein Vater habe sehr viel von der Rasse Deutsches Sattelschwein gehalten, sagte ich. Ihm habe stets das starke Wachstum im ersten Lebensjahr und die Frühreife gefallen. Ich sei gewissermaßen mit Sattelschweinen aufgewachsen.

Mendes nickte.

Mir schien, ich hatte ihn mit meiner Schilderung etwas aus seinem Konzept gebracht

Die zwei Ställe für die Legehennen, die Mendes mir anschließend zeigte, nannte er: „Meine Eierfabrik.“

Zu jedem der Ställe gehörte ein ziemlich großer Auslauf.

Auch das sei ein Besichtigungsobjekt, berichtete er mir. Alles sehr vorbildlich, was man ihm immer wieder bestätige.

Als wir im Auto saßen, sagte Mendes, jetzt gehe es hinauf nach Groß Bodelin.

Ich hatte nicht das Gefühl, dass es hinaufgehen würde. Unmittelbar hinter Bietlitz gab es lediglich einen kurzen, kleinen Anstieg, und zwischen den beiden Orten durchfuhren wir eine leichte Senke, in der, wie mich Mendes vertraulich wissen ließ, als verrate er mir ein Staatsgeheimnis, irgendwann einmal eine Autobahn gebaut werden solle, voraussichtlich auch mit einer Auffahrt, da sich einige Kilometer entfernt größere, zusammenhängende Waldgebiete befänden, in denen die obersten Genossen ihre Jagdreviere hätten.

Wie ich Wochen später auf den Flurkarten feststellen konnte, lag Bodelin knapp zwei Meter höher als Bietlitz. Das reichte also aus, um von einem Hinauf zum Gut zu sprechen.

Das Bodeliner Verwaltungsgebäude kam mir wieder so vor, als müsse es sich hinter den drei großen Linden verstecken.

Ich wurde in das Arbeitszimmer geleitet, wo die Sekretärin dabei war, den Tisch zu decken. Sie gab mir die Hand und fragte danach den Direktor, ob sie Gotthilf rufen solle.

Sie könne ihn rufen, antwortete er ihr. Aber Gotthilf brauche nur ein paar Minuten hier unten zu bleiben, dann könne er wieder oben seiner eigenen Arbeit nachgehen, sie solle ihm das gleich sagen.

Es war offensichtlich, Gotthilf Wiesemühl freute sich, mich wiederzusehen. Doch Mendes erklärte ihm ohne Umschweife, es seien noch einige Details zu klären, und dafür trage er als Direktor die Verantwortung.

Damals kannte ich mich in den Machtverhältnissen noch nicht so genau aus. Aber später begriff ich schon, dass es Mendes nicht leicht hatte, seinen dienstlich unter ihm stehenden Mitarbeiter im Zaum zu halten, vielleicht nicht nur, weil der in Parteifragen sich über ihn erheben und damit ihm auch die Strategie des Handelns aufdrängen durfte, sondern mehr noch in der Hinsicht, dass Wiesemühl sich eine eigene Meinung zu bilden erlaubte und keinerlei Scheu davor hatte, diese auch zu äußern, selbst wenn sie den Vorstellungen des Direktors widersprach.

„Dann macht alles klar, damit Peter bald bei uns anfangen kann“, sagte Wiesemühl beim Verlassen des Zimmers, wie ich mich erinnere.

Als ich am Nachmittag wieder in den blauen Wartburg stieg, begann es zu regnen.

Mendes war der Ansicht, es genüge, die Dorfstraße hinunter und wieder herauf zu fahren, damit ich mich im Dorf einigermaßen auskennen würde.

Er wies auf den zweistöckigen Plattenbau mit den beiden Eingängen, der von der Dorfstraße ein ganzes Stück entfernt stand und auch etwas tiefer gesetzt worden war und dennoch alles dominierte, und er sagte mir, der gefalle ihm nicht, weil er nicht ins hiesige Gesamtbild passe, aber der sei nun mal dringend erforderlich gewesen, um die jungen Familien unterzubringen, solche Kompromisse seien eben vielfach an der Tagesordnung, ich würde das sicher noch einsehen müssen, wenn ich dann in der Praxis tätig sei. Auf der rechten Seite schlossen sich Konsum und Kindergarten an, danach folgten beidseitig jeweils acht Doppelhäuser, ausgestattet mit Hof, Garten, kleinem Stall und Hühnerauslauf.

Mendes fuhr jetzt in Schrittgeschwindigkeit, und er nannte mir die Namen der hier Wohnenden, aber ich war nicht imstande, sie mir einzuprägen, da sie für mich noch nichts bedeuteten. Nur wer das vierte Doppelhaus auf der rechten Straßenseite bewohnte, das merkte ich mir, die erste Hälfte, vom Betrieb aus gesehen, gehörte dem Feldbaubrigadier mit seiner Familie, die zweite dem Parteisekretär und seiner Frau.

Keine zweihundert Meter hinter den letzten beiden Doppelhäusern befand sich ein Bauerngehöft, und etwa hundertfünfzig Meter weiter standen fünf Häuser, die sich an den Wald schmiegten, als wollten sie sich vor den Blicken verbergen.

„Klein Bodelin“, sagte Mendes, während er mit dem Auto wendete. Der Bauernhof gehöre Fritz Krüger, einstmals ein angesehener Herdbuchzüchter, der in Ermangelung einer Genossenschaft in seiner Nähe sich als Einzelbauer dem Gut angeschlossen habe und nun Fachmann für Spezialarbeiten sei, einsetzbar für alles, was mit besonderer Präzision verrichtet werden müsse.

Wo früher die Leute des Gutes gewohnt hätten, wollte ich von Mendes wissen.

Zwei Wohngebäude befänden sich unten am See, antwortete mir Mendes. Ansonsten habe es noch ein Mehrfamilienhaus und eine Schnitterkaserne gegeben, aber beide Gebäude seien wegen Baufälligkeit abgerissen worden, noch weit vor seiner Zeit. Das Gut sei aufgrund des leichten Bodens früher sehr extensiv bewirtschaftet worden, und es sei auch von einer Hand in die andere gewechselt, kein Besitzer sei hier reich geworden. Die meisten Belegschaftsangehörigen seien Umsiedler, und ein Glück für Bodelin sei es, dass sich darunter so viele junge Leute befänden. Deshalb auch der große Kindergarten, den man auf Zuwachs gebaut habe.

Mendes lachte, sagte dann zu mir gewandt: „Vielleicht auch für ihren Nachwuchs, doch da müssen Sie sich erst eine Frau suchen, am besten eine mitbringen, denn so viele Ledige, die heiratswürdig sind, haben wir hier nicht.“

Ich überging seine Anspielung, sagte stattdessen, ich hätte zuvor vergessen, zu fragen, wo ich wohnen werde.

Im Gutshaus, in der oberen Etage des Anbaus, mit Blick zum See, gute Ost- bis Südlage, war die rasche Antwort. Und nach kurzem Besinnen, fuhr Mendes fort, er hätte es mir zeigen müssen, ein großes Zimmer, eine Kochnische, Toilette, Badeofen mit Dusche. Alles müsse noch ein wenig hergerichtet, also wohnlich gestaltet werden. Was ich selbst an Mobiliar mitbringen wolle, solle ich gelegentlich brieflich mitteilen, damit man den richtigen LKW schicken könne. Er hätte nämlich vor, mich abholen zu lasen. Seiner Ansicht nach sei es immer von Vorteil, wenn man gemeinsam mit seinen Sachen gefahren werde, ohne sich selber um den Transport kümmern zu müssen.

Das Hotel lag im Zentrum der Kreisstadt. Mendes prüfte das Schriftstück, das ihm an der Rezeption ein älterer Mann vorlegte.

„Abendessen, Übernachtung, Frühstück für Herrn Bornschein, Rechnung an das VEG Groß Bodelin“, las Mendes laut vor.

Dann schaute er mich an und sagte: „Ich bin zufrieden, sind Sie es auch? Alles in Ordnung?“

Ich bedankte mich für seine Mühen, worauf er gönnerhaft erklärte, das sei doch selbstverständlich, immerhin habe ich mich für Bodelin entschieden, für seinen Betrieb.

Ich verspürte keine Lust, nach dem Abendessen noch durch die Straßen zu schlendern und mir die Häuser anzuschauen. Ich legte mich ins Bett, weil ich mich todmüde fühlte, aber ich konnte nicht einschlafen, vieles, was ich gehört hatte, ging mir durch den Kopf, ich vermochte es nicht einzuordnen. Mehrmals dachte ich, wie einfach, wie überschaubar es gewesen wäre, hätte ich nach Bertlingen gehen können. Und ich dachte auch: Weder Mendes noch Wiesemühl haben eine Ahnung davon, sie glauben wahrhaftig, ich sei ihnen dankbar, weil sie mir in ihrem Gut eine Tätigkeit angeboten haben. Aber es ist sinnlos, ihnen das alles erklären zu wollen, sie würden es ohnehin nicht verstehen können.

Ach was, ihr versteht mich sowieso nicht. Mit diesem Satz muss ich eingeschlafen sein.

Als sich der Zug in Bewegung setzte, mehr als zehn Minuten nach der angegebenen Abfahrtszeit, fiel mir auf, dass das mir gegenübersitzende ältere Ehepaar aufgeregt zu tuscheln begann, wobei der Mann mehrmals prüfend in die Höhe blickte, wo zwei große Koffer verstaut waren.

Dann schwiegen beide, wie auf Kommando schlossen sie ihre Augen, doch ich bemerkte, dass sie nicht schliefen, sie taten wohl nur so, denn ihre Lider zuckten, und manchmal öffneten sie sich ein wenig, als sei es nötig, sich zu vergewissern, dass es im Abteil keine Veränderungen gab.

Draußen war nichts Ermutigendes zu sehen.

Kurz hinter der Kreisstadt, wo der Kiefernwald anfing, hatte auch der Regen eingesetzt, zuerst liefen nur einige Tropfen fast waagerecht über die Scheibe, wenige Minuten später bildeten sich schon Rinnsale, die über das Fenster des Zugabteiles trieben. Und das blieb so eine Stunde lang, bis wir die Bezirksstadt erreichten, wo ich umsteigen musste.

Der Regen hörte eigentlich erst südlich von Magdeburg auf, und ein paar Stationen weiter kam die Sonne zum Vorschein.

Der verregnete Norden, unwirtlich, grau und feucht, dachte ich.

Und dann musste ich doch eingeschlafen sein, und ich schlief, bis der Schaffner die Fahrkarten kontrollieren wollte und Unruhe ins Abteil brachte.

Ich hatte noch daran gedacht, vom Bahnhof aus gleich zu Irene zu gehen, aber dann hatte ich es mir anders überlegt. Denn es hätte sein können, dass sie noch gar nicht da war. Es war später Nachmittag, und die Stadt war übergossen von milchigem Sonnenlicht.

Ich fuhr mit der Straßenbahn bis zum Stadtrand und ging die paar Schritte zum Studentenwohnheim.

Auf dem Tisch fand ich eine herausgerissene Heftseite, auf der in krakeliger Schrift stand: „Bin krank. Bernd."

Ich war also allein.

In Bodelin werde ich oft allein sein, dachte ich. Die Abende auf jeden Fall. Und auch die Sonntage, an denen ich keinen Dienst haben werde. Alles wird völlig anders sein.

Und während ich meine Reisetasche auspackte, kam ich mir jetzt schon verlassen vor. Ich konnte mir auch nicht denken, woran Bernd erkrankt war.

Meine Verpflegungsvorräte im Schrank waren knapp, ein Stück Rührkuchen, mit dem meine Großmutter mich jedes Mal versorgte, wenn ich zu Hause war, geräucherte Wurst, etwas hartes Brot und eine Packung Knäckebrot. Es hätte gereicht für eine Mahlzeit, und es wäre auch für früh noch einiges übrig geblieben, doch ich verspürte keinen Hunger, ich holte mir nur ein Glas Wasser und trank es in kleinen Schlucken.

Ich dachte an die Prüfung bei Henningsen. In einer knappen Woche hatte ich bei ihm anzutreten. Es konnte sein, dass auch Günzerodt anwesend sein würde, als Beisitzer, statt eines Assistenten, vielleicht aber auch Kasberg, ich würde es ja sehen. Ich nahm den Hefter mit den Vorlesungsmitschriften, blätterte die ersten Seiten um und stellte fest, dass ich das, was ich aufgeschrieben hatte, beherrschte. Ich musste nicht weiterlesen.

Die beiden Lehrbücher, die mein letztes Prüfungsfach betrafen und mit den anderen im Regal standen, hatte ich nicht nur durchgelesen, ich hatte sie studiert, ich hatte Sätze, die mir besonders wichtig erschienen, unterstrichen und manche Stellen mit Randnotizen und Ausrufezeichen versehen. Und dennoch griff ich nach dem Lehrbuch mit dem glänzenden braunen Schutzumschlag, hielt es einen Moment in beiden Händen, bevor ich diese ausbreitete und das Buch so zum selbständigen Aufschlagen brachte. Es war nicht die Mitte, was nun vor mir geöffnet dalag, sondern eine beträchtliche Seitenzahl weiter, nämlich dort, wo sich als Buchzeichen lange Zeit eine ganze Heftseite befunden hatte und jetzt noch ein kleiner Rest davon die Seiten 374 und 375 trennte. Und ich las die mit Kugelschreiber markierten Zeilen, ich las, dass der Humusbedarf bestimmt wird durch die Dynamik der Böden, ihre Humuswürdigkeit und nicht zuletzt durch die Anforderungen, die der Betriebsleiter an seinen Boden stellt. Ich schloss die Augen und versetzte mich in die Rolle des Betriebsleiters, der die für sein Handeln entscheidende Erkenntnis zu formulieren versucht, die nur lauten kann: Je intensiver ein Boden bewirtschaftet wird und je höhere und sichere Roherträge verlangt werden, umso höher steigt der Humusbedarf. Und an meinem künftigen Arbeitsort würde ich den Humusbedarf der Böden mit den großen Stallmistmengen, die mein Vorgänger an den Rändern der

Felder angehäuft hatte, nicht nur abdecken, sondern noch erheblich überbieten können. Das dachte ich. Und vielleicht ergäbe sich auch die Möglichkeit, dachte ich weiter, dies in der Prüfung anzubringen.

Ich schlug das Buch zu, ich war nicht in der Stimmung, mich noch länger mit der Prüfungsthematik zu befassen.

Als ich den Schutzumschlag wieder über die Buchdeckel streifte und dabei die Namen der beiden Autoren zum wer-weiß-wie-vielten Male las, die Namen der in der Fachwelt bekannten Professoren an der Universität Göttingen, fiel mir plötzlich das ältere Ehepaar ein, das mir im Zugabteil gegenüber gesessen hatte, und ich erinnerte mich an den Mann und die Frau, wie sie aufgeregt tuschelten, dann schwiegen und die Augen schlossen, wie ihre Lider zuckten und sich manchmal ein wenig öffneten, und oben, über ihren Köpfen die beiden großen Koffer, und anfangs der Blick des Mannes in die Höhe zu den Koffern, als ob sie Wertvolles oder Geheimnisvolles enthielten und der Kontrolle oder Absicherung bedurften. Und ich glaubte, nun auf einmal das Ziel ihrer Reise zu kennen, und meine Vermutung wuchs zur Gewissheit, je länger ich das Bild des mir gegenübersitzenden Ehepaares in Gedanken wieder hervorholte, irgendwo jenseits der Grenze lag sicherlich der Ort, den sie erreichen wollten, weil dort vielleicht Schwester, Bruder oder sogar Kinder lebten, sie reisten das erste Mal dorthin, sie waren unsicher, ob alles reibungslos an der Grenze verlaufen würde. Und vielleicht fragten sie sich auch, wie sie dort drüben von den Verwandten aufgenommen werden würden.

Ich stellte mir vor, wie ich mich fühlen würde, wenn mein Reiseziel zum Beispiel Göttingen wäre oder Bonn, wo der Verfasser des anderen Lehrbuches, das mit im Regal stand, als Professor wirkte oder gewirkt hatte.

Sicher würde es mir kaum anders ergehen als dem Ehepaar im Zugabteil. Das dachte ich, und zugleich malte ich mir aus, wie ich durch die Straßen dieser beiden Städte spazierte und wie ich in den Hörsälen saß und Vorlesungen bei den mir vom Namen her sehr bekannten Professoren anhörte, wenigstens für ein paar Tage oder auch für ein, zwei Wochen. Danach würde ich zurückkehren und berichten, wie es dort gewesen sei, wie es dort wirklich gewesen sei. Vielleicht könnte ich auch prüfen, ob das stimmte, was man uns hier sagte oder in den Zeitungen aufschrieb.

Ich brach ab, es war müßig, darüber nachzudenken, es führte zu nichts.

Die beiden Lehrbücher, das eine mit dem braunen, das andere mit dem dunkelgrünen Schutzumschlag, standen nun wieder nebeneinander im Regal, und es reizte mich, mit zwei Fingern über die Buchrücken zu streichen, die sich angenehm glatt anfühlten, gewiss nicht anders als die Jahre zuvor, doch auf einmal genoss ich diesen Kontakt, und ich wunderte mich, dass ich bisher noch nie daran gedacht hatte, es könnte mir auch dort gefallen, wo die Verfasser der beiden Bücher lebten und wirkten.

Plötzlich störten mich das Alleinsein und die Enge und Ärmlichkeit dieses Zimmers.

Es schien mir unerträglich, den Abend hier verbringen zu müssen.

Ich schloss das Zimmer ab, reichte den Schlüssel durch das Schiebefenster in der Pförtnerloge, die sich im ersten Gebäude, gleich hinter dem Scherengitterzaun, befand.

In der Straßenbahn schaute ich auf meine Armbanduhr, sie zeigte 18 Uhr 12, ich erinnerte mich an meine Mitreisenden auf dem ersten Streckenabschnitt, ich hätte gern gewusst, ob sie ihr Ziel erreicht hatten und ob sie von ihren Verwandten mit Freude aufgenommen worden waren, ich hoffte es für sie. Und obwohl wir kein einziges Wort miteinander gewechselt hatten, fühlte ich mich dennoch mit ihnen verbunden.

Jetzt hoffte auch ich darauf, freundlich aufgenommen zu werden.

***

So viele wirklich schöne Sonnentage gibt es im Laufe eines Jahres gar nicht, als dass man auch nur einen einzigen davon in einem tristen, dämmrigen Saal verbringen sollte, um sich langweilige Reden anzuhören, deren Ziel es ist, Anweisungen zu erteilen, wie der große Staatsfeiertag vorbereitet werden muss.

Ich verlasse die Tagung noch vor dem Mittagessen. Während die anderen zum Speisesaal drängen, gehe ich zum Ausgang.

Mir reicht es, was ich gehört habe. Neue Initiativen können wir ohnehin nicht starten, wir müssen zufrieden sein, wenn wir das ausbügeln, was uns vom Wetter und von vielem anderen an zusätzlichen Problemen aufgebürdet worden ist.

Ich setze mich ins Auto, um nach Hause zu fahren.

An unserer Flurgrenze gibt es eine Stelle, an der ich gern anhalte, weil dort, auf einem kleinen Hügel, wo Wald und Feld einander berühren, sich ein Ausblick bietet, der mich an den Garten der Familie Vonderlind erinnert.

Ein wenig fehlt hier die erhabene Weite, dafür wäre ein geräumigeres Tal nötig, über das man schauen könnte. Doch eine gewisse Ähnlichkeit ist unverkennbar.

Und wenn ich mich auf dem riesigen Findling, den man in Ermangelung eines würdigen Präsentationsortes zunächst auf diese freie Stelle gebracht hat, niedergelassen habe, fällt es mir nicht schwer, mir den vertrauten Garten und den Blick von dort auf die anmutige Landschaft vorzustellen.

Auf einmal habe ich alles um mich, nach dem ich mich sehne, die Landschaft und auch die Personen, die zum Garten gehören, einfach alles ist um mich.

Heinz Wendler war es, der mich vor Jahren, bei meinem ersten Besuch in der Genossenschaft, in der er seit langem als Vorsitzender tätig war, hierher geführt hatte. Er wollte mir zeigen, dass es auch in seiner Landschaft Stellen gibt, die denjenigen, der sich ein bisschen auskennt und etwas Fantasie mitbringt, an Thüringen erinnert, jedenfalls war das seine Meinung, die er zurückführte auf einen Urlaub, den er mit seiner Frau im Thüringer Wald verlebt hatte.

Ein paar Mal ist er mit mir hier gewesen, um das, was ihm vorschwebte, ungestört mit mir bereden zu können. Als wir uns einig geworden waren, als ich ihm nicht nur versichert hatte, dass auch ich eine gewisse Ähnlichkeit mit der von mir so geschätzten Landschaft empfände, sondern dass ich darüber hinaus, was ihm viel wichtiger war, seinen Vorschlag akzeptieren würde, besuchten wir nur noch zwei oder drei Mal gemeinsam diesen Platz. Danach fuhr ich immer allein hierher, allerdings manchmal von Heinz Wendler dazu aufgefordert, wenn er annahm, dass ich Sorgen oder Probleme hatte.

„Fahr in deinen Thüringer Garten“, hatte er dann gewöhnlich gesagt. „Fahr dorthin, bleib eine Stunde oder länger, bleib so lange, wie du es für richtig hältst, das wird dir guttun.“

Heinz Wendler wusste, was mir der Garten der Familie Vonderlind bedeutete, ich hatte ihm vieles erzählt.

Auch von jenem Tag Anfang Juli hatte ich ihm erzählt.

Jetzt sitze ich auf dem von Sträuchern eingerahmten Findling, auf dem von Eiszeitgletschern verschleppten und von Menschenhand weitertransportierten Felsbrocken, und ich schließe meine Augen und versuche, mich in jene vergangene Zeit zurückzudenken.

Ein sonniger Julitag mit eincr Temperatur, wie man sie sich zum Wohlfühlen wünscht, und ich sehe Irene, sie steht mitten im Garten, den linken Arm nah am Körper, in der rechten Hand das leere Sektglas, den Kopf hält sie leicht gesenkt, ich kann ihr Gesicht nicht erkennen, aber ich nehme an, dass ihr Mund lächelt und dass sie ihre Augen ein wenig zusammenkneift, weil die Sonne sie blendet. Sie trägt ein cremefarbenes Kleid, am Saum eine Kante mit roten Rosen, ihre Schultern sind frei, ein schmaler Träger um den Hals hält das Vorderteil, rote Schuhe, die zur Farbe der Rosenkante passen.

So habe ich sie noch nie gesehen.

Ich stehe auf der Terrasse, doch am liebsten würde ich zu ihr gehen, sie auf ein Podest heben, damit alle sie bewundern können. Aber ich bleibe auf der Terrasse, schaue nur auf sie, sie sieht unglaublich schön aus.

Irene war es gelungen, den Begriff des Dreifachfestes bei allen, die für die Teilnahme infrage kamen, als zutreffend zu etablieren.

„Unsere Verlobung, der Geburtstag meines Vaters und der Abschluss deines Studiums – das muss doch wohl allen einleuchten, das ist ein Dreifachfest. Siehst du das etwa anders?", hatte sie mich gefragt.

„Natürlich nicht", hatte ich geantwortet.

„Na also. Dann beginnen wir mit der Vorbereitung. Eine Liste habe ich bereits angefertigt."

Überhaupt, Irene war mit mir zufrieden gewesen, bei der letzten mündlichen Prüfung hatte ich die gleiche Zensur wie bei der Diplom-Arbeit erreicht, eine Eins.

Henningsen und Günzerodt hatten mir gratuliert.

Und Günzerodt, daran erinnere ich mich noch ganz genau, gab mir mit auf den Weg, die Möglichkeiten für Feldversuche zu nutzen. Ich hatte gegen Ende der Prüfung in einer meiner Antworten die Mengen an Stallmist erwähnt, die in Groß Bodelin an den Feldrändern lagerten und darauf warteten, dass man sie einsetzte.

Dies zielgerichtet zu tun, sei für mich eine lohnende Aufgabe. Und ich solle dabei die Effektivität hoher Stallmistgaben versuchsmäßig auswerten, riet mir Günzerodt. Das sei auch ein Baustein für meine Zukunft.

Als ich Irene davon berichtete, schlussfolgerte sie, dass für mich die Tür bei Günzerodt offenstehe. Sie könne sich denken, dass ich, nachdem ich die mir vom Beschluss auferlegten Pflichten erfüllt hätte, zu ihm ginge, um wissenschaftlich zu arbeiten.

Für Irene schien meine Zukunft überschaubar zu sein.

Sie selbst weilte für zwei Tage in der Genossenschaft, in der sie das fünfte Studienjahr mit dem sogenannten Betriebsleiterpraktikum zu verbringen beabsichtigte.

Die Thüringer Ackerebene sei zwar landschaftlich ziemlich langweilig, jedoch für ihre Begriffe hochinteressant in Bezug auf die Verhältnisse in der Landwirtschaft, erklärte sie mir. Sie freue sich auf das kommende Jahr. Und sie hoffe, dass sie Gelegenheit haben werde, viel zu lernen und zugleich auch verantwortlich eingreifen zu dürfen. Der Vorsitzende gefalle ihr sehr, er habe ihr schon Schwerpunkte für ihre Tätigkeit genannt, zum Beispiel die ökonomische Durchdringung des gesamten Produktionsprozesses und die Vorbereitung für den Anschluss von zwei weiteren Genossenschaften, deren Leistungen noch verhältnismäßig niedrig seien und die man in der Kategorie LPG mit niedrigem Produktionsniveau einordne.

Den darauffolgenden Tag ging sie zu Brähmisch, um mit ihm über ihre Vorstellungen zu sprechen, schon während des Praktikums Material für die Diplom-Arbeit zu sammeln und, soweit das Institut daran interessiert sei, auch Zahlen und Fakten für Betriebsvergleiche zu liefern. Brähmisch versprach ihr, das Anliegen mit Professor Kaufhold zu erörtern, wenn der von seiner Westreise zurückgekehrt sei.

Einige Tage später verkündete mir Irene, Brähmisch habe mit Kaufhold gesprochen, so dass sie nun für alles freie Hand bekomme. Und außerdem habe ihr Brähmisch das Du angeboten.

„Da sagst du jetzt also Alfred zu ihm?“, fragte ich, bemühte mich jedoch, meine Worte nicht ironisch klingen zu lassen.

Irene nickte nur und meinte dann, für sie sei es erst einmal ungewohnt, ihn Alfred zu nennen, doch mit der Zeit werde sich das schon geben, immerhin sei ihre Tätigkeit als Hilfsassistentin für einen vernünftigen Umgang mit ihm recht nützlich gewesen.

Nachdem Irene sämtliche, zum Abschluss des vierten Studienjahres angesetzten Prüfungen erfolgreich absolviert hatte, schlug sie mir vor, nicht, wie von mir geplant, nach Hause zu fahren, sondern mich gemeinsam mit ihr dem uns zustehenden Teil der Festvorbereitung zu widmen.

„Es muss ein schönes Fest werden", sagte Irene. „Und wenn es allen sehr gefällt, dann ist der Tag auch ein Erfolg gewesen, ein Erfolg für uns."

Vor uns auf dem Tisch lag der DIN A4-Bogen, den sie beidseitig dicht beschrieben hatte. Mir war klar, dass die von uns für das Dreifachfest zu realisierenden Aufgaben sie voll und ganz in Anspruch nahmen. Mich brauchte sie eigentlich nur, damit ich ihr zustimmte, ihr das Gefühl gab, alles gut bedacht zu haben, und ihr, wenn es hoch kam, vielleicht noch eine kleine Ergänzung vorzuschlagen, während wir Position für Position durchgingen.

Es genügte tatsächlich, dass ich ja sagte oder zustimmend nickte, mir fiel nichts ein, was ich hätte ergänzen können oder was hätte geändert werden müssen, sie hatte alles bedacht, und sie hatte auch aufgeschrieben, was ihre Eltern bewerkstelligen würden.

Den Transport meiner Eltern würde ihr Vater absichern, darum müssten wir uns nicht kümmern. Meine Aufgabe sei es lediglich, erläuterte sie mir, die Uhrzeit für das Abholen zu übermitteln. Ich solle mir das genau aufschreiben.

„Hast du schon mal geprüft, wie die Chancen für die erste Position sind?", fragte ich vorsichtig.

„Habe ich", sagte sie.

„Und?"

„Ich will dich nicht von vornherein beeinflussen, du kannst dir dann selber ein Bild machen und entscheiden. Jedenfalls bin ich der Auffassung, gleich richtige Eheringe zu kaufen und nicht erst irgendein billiges Zeug. Verstehst du, keine Proberinge oder so etwas Ähnliches. Richtige, schöne Ringe brauchen wir!“

Im Geschäft Uhren & Schmuck präsentierte uns ein älterer Herr Ringe auf einer blausamtenen Unterlage mit dem Hinweis, es sei zur Zeit sehr schwer, das Gewünschte zu erhalten, deshalb sei er froh, uns überhaupt einiges zeigen zu können.

Irene überblickte das Angebot, schüttelte den Kopf und sagte, was sie sehe, begeistere sie nicht, immerhin, wir möchten die Ringe ja lange, also unser ganzes Leben lang, tragen. Vielleicht habe er in seinen Beständen doch noch etwas, das für uns nicht nur schlechthin geeignet sei, sondern uns auch gefalle, das ganze Leben lang gefalle, wenn er verstehe, was sie meine.

Der ältere Herr im grauen Anzug musterte uns einen Augenblick, nahm dann ganz gemächlich das Tablett mit den Ringen und verstaute es in einer Glasvitrine.

Darauf sagte er, wie zu sich selbst, er höre so etwas gern, „Ringe fürs ganze Leben.“

„So ist es“, pflichtete ihm Irene bei, als er uns wieder gegenüberstand und sich mit beiden Händen auf seinen Verkaufstisch stützte.

„Und Sie meinen, so etwas gibt es heutzutage noch: fürs ganze Leben?“, fragte er.

„Wir wollen es versuchen. Und wir glauben, dass wir es schaffen können. Und vielleicht finden Sie auch noch die richtigen Ringe dafür“, sagte Irene, und ich bemerkte, wie ein kaum wahrnehmbares Lächeln auf ihrem Gesicht erschien, jedenfalls deutete ich es aus meinem seitlichen Blickwinkel so und hoffte dabei, dass unser Gegenüber diesem zarten Lächeln Beachtung schenken würde.

Und tatsächlich, kaum hatte Irene ihre Worte noch einmal wiederholt und aus dem zarten ein gewinnendes Lächeln werden lassen, drehte sich der ältere Herr um, ging nach hinten in einen angrenzenden Raum und kam kurze Zeit später mit einem neuen, kleineren Tablett zurück.

„Was meinen Sie zu diesen Ringen?“ fragte er und blickte Irene wohlwollend an.

Mir war nicht ganz klar, ob er uns beide oder nur Irene meinte, doch das störte mich nicht.

Irene betrachtete das neue Angebot, fragte: „Darf ich?“

„Selbstverständlich, Sie wollen ja die Ringe tragen, Sie wollen sie ein ganzes Leben lang tragen“, sagte der ältere Herr und reichte ihr, noch ehe sie sich selbst bedienen konnte, vorsichtig einen Ring.

„Probieren Sie diesen einmal“, sagte er. „Und danach probieren Sie den hier“, fügte er hinzu, und sein linker Zeigefinger wies auf einen anderen Ring. Ich konnte keinen Unterschied zwischen den beiden feststellen.

Als Irene anerkennend nickte, wurde auch ich ins Probieren einbezogen.

„Wichtig ist, dass die Damen die Entscheidung treffen, ansonsten nämlich…“ Der ältere Herr lächelte mich an.

„Was ist ansonsten?“, fragte ich ihn.

„Ansonsten hören Sie ein Leben lang, dass es besser gewesen wäre, das andere Paar Ringe zu nehmen. Und es ist doch viel schöner, wenn Sie von ihrer Gattin das ganze Leben lang hören werden: Ich habe die schönsten Ringe ausgesucht. Sehen Sie es auch so?“

Ich stimmte ihm zu, und auf dem Gesicht des älteren Herrn erschien nun ein verschmitztes Lächeln.

Wir entschieden uns schließlich für die Ringe, die wir als erste probiert hatten.

Es war ein ungewohntes Gefühl, einen Ring auf den Finger gesteckt zu bekommen. Dabei wurde meine Hand leicht angehoben und der Sitz des Ringes genau begutachtet.

Eine Idee müssten die Ringe enger werden, aber nur eine Idee, nicht mehr, sagte der ältere Herr und machte sich ein paar Notizen. Das sei in drei Tagen zu schaffen. Dann erwarte er uns beide, er werde den Sitz der Ringe nochmals prüfen, wir sollten gegen Abend kommen, so kurz vor Geschäftsschluss.

Als wir uns drei Tage später bei ihm verabschiedeten, sagte er: „Und denken Sie immer daran, die Ringe sind für ein ganzes Leben bestimmt, für ein ganzes Leben lang."

Wir hatten für mich einen Anzug gekauft, einen grauen, dazu ein weißes Hemd und einen Schlips.

Irene war der Auffassung gewesen, der schwarze Anzug, den ich zu den mündlichen Prüfungen getragen hatte, entspräche nicht so recht der Art Festlichkeit, die eine Verlobung nun einmal darstelle, noch dazu, wenn sie gekoppelt sei mit zwei weiteren besonderen Anlässen.

Der graue Anzug würde mir gut stehen, er wirke unwahrscheinlich elegant, meinte Irene.

Und ich hatte mich von ihr überzeugen lassen, obwohl ich an meine Finanzen und an deren stetige Verringerung denken musste.

Doch ich vermied es, auch nur einen Satz über die schwindenden Finanzen zu verlieren, im Gegenteil, ich sträubte mich hartnäckig gegen Irenes Vorschlag, die Summe für die Ringe zu teilen.

Im Geschäft bezahlte ich, und während ich die Scheine auf die Glasplatte legte, schaute sie mich an, als wäre sie mir sehr dankbar, doch am Abend, bevor wir die Ringe erneut anprobierten, übergab sie mir die Hälfte der Summe in einem Umschlag mit der Bemerkung, dass wir es so, wie von ihr vorgeschlagen, auch praktizieren sollten, weil dann jeder seinen Anteil geleistet habe, was für unsere gemeinsame Zukunft nicht unwichtig sei. Für ein gutes und sicheres Vorankommen habe schließlich jeder, soweit es ihm möglich sei, seinen Anteil beizutragen.

An einem der Nachmittage traf ich Bernd Scheufler in unserem Zimmer im Studentenwohnheim. Er war damit beschäftigt, seinen Schrank auszuräumen.

Ob ich seinen Zettel gefunden habe, wollte er wissen.

Ich bestätigte es ihm, und ich fragte, wie es ihm gehe.

„Das siehst du doch, was mit mir los ist, es ist die blanke Katastrophe." Bernd sprach sehr langsam, und er sprach so, als mache es ihm unendliche Mühe, die Worte zu formen und über seine Lippen zu bringen. Sein rundes Gesicht kam mir seltsam unförmig vor, die linke Wange war wie geschwollen und schien sich gegen jede Bewegung zu sperren. Auch der Mund war verzogen.

„Guck mich genau an, so sieht eine Nervenlähmung aus", sagte Bernd nach einer Pause. „Jeden Tag eine Spritze. In der Uniklinik glauben sie, dass sie es wieder hinkriegen, irgendwann, verstehst du. Für mich heißt das: äußerste Schonung, die letzte Prüfung ist verschoben worden, kein Stress mehr, der Norden ist vorerst abgeschrieben, dafür, zur weiteren Behandlung, in eine Spezialklinik. So ist es mir gesagt worden. Aber du kannst dich ja auf nichts verlassen. Mal sehen, wie es weitergeht."

Ich wusste nicht, was ich darauf sagen sollte. Ich dachte daran, dass in solchen Situationen meist der Satz kam: „Es wird schon werden." So etwas lässt sich leicht von dem sagen, der nicht betroffen ist. Aber der Anblick, der sich mir bot, ließ mich schweigen und warten, ob Bernd mir noch etwas mitteilen wollte.

Doch Bernd setzte sich und starrte mich an, so dass ich ihn schließlich fragte, ob die Behandlung mit Spritzen schmerzhaft sei.

Es sei erträglich, antwortete er.

Ich nickte. Dann fragte ich ihn: „Wie geht es Helga?"

Bernd versuchte, tief Atem zu holen und dann ein Lächeln hervorzubringen, und wenn es auch nur ein verunglücktes Lächeln wurde, so war das Wort „Gut" und dessen kräftige Wiederholung doch mehr als eine versöhnliche Auskunft.

Ich erzählte Irene von meiner Begegnung mit Bernd.

Er tue ihr leid, sagte sie. Bestimmt brauche er ein Jahr, um wieder richtig in Tritt zu kommen. Sie habe von einem solchen Fall schon gehört. Vor Jahren habe sich in ihrer Verwandtschaft so etwas zugetragen. Aber heute müssten sie in der Medizin schon weiter sein, so dass eine Heilung erreicht werden könne. Sie werde jedenfalls Helga besuchen, sobald der Nachwuchs eingetroffen sei. Und sie werde mir dann berichten, wie es Helga, Bernd und dem Kind gehe.

Danach schwieg Irene einen Moment, als müsste sie über etwas nachdenken.

„Wir werden künftig weit voneinander getrennt leben“, sagte sie dann. „Ob es mit dem Telefonieren immer klappen wird, wissen wir nicht. Also werden wir Briefe schreiben müssen. Mindestens einen Brief je Woche. Einverstanden?“

„Einverstanden“, antwortete ich ihr.

„Das gehört mit in die Verlobungsvereinbarung“, sagte Irene.

Erstaunlich war, dass zum Dreifachfest niemand das Gespräch auf meinen bevorstehenden Einsatz irgendwo oben im unbekannten Norden brachte.

Auch Irene und ich redeten nicht davon.

Vielleicht hatten wir es schon geschafft, in unserem Denken an die Zukunft zu einer realistischen und gelassenen Einschätzung der Lage zu gelangen. Vielleicht spielte dabei eine Rolle, dass wir die Verpflichtung, im Norden tätig zu werden, lediglich als einen vorübergehenden, als einen von uns zeitlich zu begrenzenden Berufsabschnitt anzusehen vermochten, gewissermaßen als eine Übergangsperiode, bei der wir so viel Macht besaßen, dass wir deren Ende bestimmen konnten, dass uns nach zwei oder drei Jahren das Recht zustand, zu erklären: So, das war`s, jetzt beginnen wir etwas Neues, und jetzt begeben wir uns an einen Ort, den wir uns selber ausgesucht haben, schließlich haben wir unseren Dienst für den Staat, der uns das Studium ermöglicht hat, mehr oder weniger in Ehren erfüllt, wir haben die für uns getätigten Aufwendungen ausgeglichen, wir sind gegenseitig im Reinen, unsere Schuld ist abgetragen oder getilgt, wir können ab diesem Zeitpunkt den Ort und die Stelle frei wählen, wo wir unsere Berufstätigkeit ausüben wollen, es wird uns möglich sein, die Chancen, die sich uns bieten werden, zu nutzen, ohne dass uns jemand davon abhalten oder in irgendeiner Weise reglementieren kann, wir können ab sofort frei entscheiden.

Also mussten uns an jenem schönen Tag Anfang Juli keine schwerwiegenden Gedanken an die bevorstehende Trennungszeit in den Sinn kommen, und wir konnten uns jede Bemerkung ersparen, die die Stimmung getrübt hätte. Im Gegenteil, wir genossen unsere Nähe, und wir genossen wohl auch den Trubel, der uns umgab und der uns vorantrieb.

Wir waren zeitig aufgestanden, dank des Hinweises von Irenes Mutter, dass mit einem Ständchen, wie üblich, schon vor acht zu rechnen sei.

Und es war auch so, wenige Minuten vor acht marschierte die Bläsergruppe in Vonderlinds Garten ein.

„Hermann, du musst jetzt raus!", rief Irenes Mutter.

In dem Moment, als Irenes Vater die Terrasse betrat, begannen die Fanfaren oder genauer, die Trompeten zu schmettern.

„Wie üblich, aber sehr schön", sagte Irenes Mutter. „Sie künden den Einzug der Gäste auf der Wartburg an, Tannhäuser, zweiter Akt, das liebt Hermann, seine Leute wissen es."

Irenes Mutter bereitete zwei Tabletts mit Getränken vor, Sekt und Weinbrand.

Als Irene und ich die Tabletts hinaus in den Garten trugen, mussten wir sie zunächst erst einmal absetzen, um die Hände frei zu bekommen, denn nicht nur dem Chef, auch uns wollten die Mitglieder der Bläsergruppe gratulieren.

Kurz nach zehn trafen meine Eltern und mein Bruder ein. Der Cheffahrer hatte sie mit Vonderlinds privatem Wartburg abgeholt, und sie wurden nun begrüßt, als wären sie einerseits hohe Ehrengäste und andererseits schon gute alte Bekannte.

„Herzlich willkommen!“, rief Irenes Vater und schickte gleich hinterher: „Kommt rein, wir warten schon auf euch!“

Später, während meine Mutter neben Irenes Mutter auf der Terrassenbank saß und zuhörte, was ihr erzählt wurde, führte der Oberforstmeister meinen Vater durch den Garten und schien ihm dabei auch einiges über die Umgebung zu berichten. Denn ich hörte Irenes Vater auf einmal laut ausrufen: „Du kennst dich ja hier aus, das hätte ich nicht vermutet! Wirklich, du weißt hier Bescheid, du überraschst mich!“

Ich sah, wie sie mit ihren Bierflaschen anstießen und dann tranken, und danach redete mein Vater, und der Oberforstmeister hörte aufmerksam zu.

Sicher erzählte jetzt mein Vater, wie er in jungen Jahren, als gelernter Schlosser, Bahnstrecken gebaut oder erneuert hatte, in der Gegend südlich des Gebirgskammes, in der Zeit der großen Arbeitslosigkeit, wo er, durch Vermittlung seines Vaters, der in Suhl einige Jahre als Rangiermeister gewirkt hatte, zu einer Anstellung als Gleisbauer gekommen war, zu einer zwar schweren, aber einigermaßen gut entlohnten Arbeit. Und sicher flocht mein Vater ein, dass er als sogenannter einfacher Stopfer angefangen und sich schließlich zum Vorarbeiter hochgeschunden hatte. Und nebenbei, das verschwieg er bestimmt nicht, hatte er noch einige einträgliche Geschäfte im Gemüsehandel betrieben, bei denen er von den Bauern seines Geburtsortes, die die günstigen Bedingungen der Goldenen Aue zu nutzen wussten, Gemüse aufkaufte, zumeist Gurken, Möhren, Zwiebeln und Kohl, in einen Waggon verlud, der abends an einen Zug gekoppelt wurde und frühmorgens in Suhl ankam. Das alles bewerkstelligte er in eigener Regie, er verschloss und verplombte den Waggon am Abgangsbahnhof, schwang sich aufs Motorrad, fuhr die Strecke in drei Stunden, hatte noch drei Stunden zum Schlafen, und er war zur rechten Zeit zur Stelle, um noch vor Öffnung des Waggons erste Absprachen mit den Händlern führen zu können.

Sie wären gewiss in der neuen Heimat geblieben, hätte es nicht den schweren Unfall seines Vaters, meines Großvaters, gegeben, seinen Sturz von einer Rangierlok, die Knochenbrüche, die zu einer Behinderung führten, so dass nur noch der Dienst auf einem Stellwerk in seinem Heimatort möglich war.

Bestimmt erzählte mein Vater auch, wie es mit seiner Entwicklung weitergegangen sei, dass er fortan als Schlosser in einer Fabrik der benachbarten Kleinstadt arbeitete und nebenbei Landwirtschaft betrieb, und dass er dann nach dem Krieg aus dem Nebenerwerb den Haupterwerb machte, dass er etliche Jahre ein richtiger Bauer gewesen sei, ohne das Schlosserhandwerk ganz aufzugeben, so dass er nun für die Genossenschaft Maschinen und Geräte in der eigenen, ordentlich ausgerüsteten Werkstatt reparieren könne, so lange jedenfalls noch, bis neue Räumlichkeiten gebaut werden würden, was aber gegenwärtig nicht auf der Tagesordnung stehe, weil die Baukapazitäten, als Vorstandsmitglied habe er das zu akzeptieren, zu Gunsten der Tierproduktion verplant seien.

Ich sah, wie Hermann Vonderlind meinem Vater auf die Schulter klopfte, und wie sie danach wieder Bier tranken, und wie sie dann lachten, als der Koch kam, um über irgendetwas zu informieren. Sie standen zu dritt eine ganze Weile da und debattierten. Ich wusste vom Koch, der eigentlich der Küchenchef des Forstbetriebes war, dass er bei besonderen privaten Anlässen, wenn es gewünscht wurde, auch bei Betriebsangehörigen zu Hause kochte, und er zauberte dann gemeinsam mit seiner Frau Menüs, die sehr geschätzt wurden.

Kurz bevor das Mittagessen serviert wurde, wir saßen schon an der Tafel auf der Terrasse, trafen Irenes Bruder Wolfram, seine Frau und die beiden Söhne ein.

Sie kämen gerade richtig, sagte der Hausherr, der im Begriff war, mit seiner Rede zu beginnen.

Wolfram entschuldigte sich für das Zuspätkommen. Seine Frau hätte, wie so oft, im Krankenhaus Nachtdienst gehabt. Dann gratulierte er seinem Vater zum Geburtstag, umarmte seine Mutter und seine Schwester, blieb einen Augenblick bei Irene und mir stehen und wünschte uns viel Glück. Und wenn wir mal gute Ratschläge brauchen sollten, sagte er lachend, könnten wir uns bei ihm melden, er habe einige Erfahrungen gesammelt, und seine Ratschläge, die er uns geben könne, würden garantiert mehr Rat und weniger Schläge sein.

Die Rede des Hausherrn war kurz, und mir gefiel, was er sagte und wie er es sagte. Und ich hatte auch den Eindruck, dass er über unsere Verlobung glücklich war. Es wurde gelacht, als er versicherte, dass in naher Zukunft in diesem Hause zwei Rentner leben würden, die zweifellos ausreichend Zeit und Kraft für Enkel, für weitere Enkel aufbringen und einsetzen könnten. Er gehe jetzt schon nicht mehr zur Jagd, und wenn er später nicht mehr diesen großen Betrieb am Halse hätte, wäre dann an seinem Hals Platz für viele Enkel.

Irene schaute mich verstohlen an, aber wir schwiegen.

Am Nachmittag kamen weitere Gäste, auch die Nachbarn von schräg gegenüber, die Zimmer für Urlauber anboten und bei denen meine Eltern und mein Bruder übernachten sollten.

Mein Bruder hielt sich sehr zurück, er wirkte in der für ihn noch fremden Umgebung ziemlich schüchtern. Auch Irene war das aufgefallen, sie redete des Öfteren mit ihm. Und als sie ihn bat, sich etwas um die beiden Söhne ihres Bruders zu kümmern, zeigte er sich sehr erfreut, dass ihm eine Aufgabe übertragen wurde, die ihm lag und die er gern erfüllte.

Am Nachmittag gruppierten wir die Tische um und stellten noch einige Sonnenschirme auf. Ich hatte meine Jacke ausgezogen, den Schlips abgebunden und die Ärmel meines Hemdes hochgekrempelt.

Wolfram und ich probierten die Klappstühle aus, die als Reserve gedacht waren.

Irenes Vater setzte sich zu uns beiden, er legte seine Hand auf meinen Arm und fragte mich, wie ich mich fühle.

„Gut“, sagte ich. „Sehr gut und sehr glücklich. Weißt du, am liebsten würde ich morgen noch einmal feiern.“

Als Irene und ich spätabends nebeneinander im Bett lagen, gestand sie mir, dass unser Verlobungstag für sie richtig anstrengend gewesen sei.

„Ein Hochzeitstag wird sicher noch anstrengender“, sagte ich. „Übrigens habe ich mit deinem Vater schon alles besprochen. Er hat sich angeboten, die Hochzeit für uns zu organisieren. Er wartet auf unseren Terminvorschlag.“

„Führt ihr etwa schon Geheimverhandlungen?“

„Wieso, es war sein Vorschlag, schließlich weiß er doch, dass nach der Verlobung die Hochzeit folgt, es muss alles seine Ordnung haben bei Familie Vonderlind, das hast du mehrfach betont.“

„Ein Glück“, sagte Irene, „dass wir die Hochzeitsnacht schon hinter uns haben. Weißt du, soviel auf einmal kann man überhaupt nicht verkraften.“

***

Es ist ärgerlich, wenn man einen Termin vereinbart, und wenn dieser Termin dann einige Zeit später von dem, mit dem man die Vereinbarung getroffen hat, nicht eingehalten wird, ohne dass dafür Gründe genannt werden, geschweige denn, dass vorher angefragt wird, ob eine Verlegung, in diesem Fall eine Vorverlegung, möglich sei. Eine solche Anfrage, verbunden mit der Nennung von Gründen, gehört sich nicht nur, sondern ist eigentlich eine Voraussetzung für alles, was die beiden Partner in der Zukunft gemeinsam unternehmen wollen und wie sie dabei miteinander umzugehen gedenken.

Ganz gleich, wie ich den mir in einem kurzen Brief mitgeteilten Termin, der nicht dem Tag entsprach, den wir für meine Anreise vereinbart hatten, betrachtete, es gelang mir anfangs nicht, ein erneutes Unbehagen zu unterdrücken, weil ich diese Art des Handelns sogleich in Verbindung brachte mit dem bisherigen Verhalten des Mannes, der künftig mein Chef sein würde.

Der LKW aus Groß Bodelin fuhr an dem Tag, der mir im Brief genannt worden war, bereits frühmorgens bei uns zu Hause vor.

„Wo stehen die Klaviere?“, fragte Willi Friedländer laut, noch bevor wir uns begrüßt hatten. „Ich bin heute zuständig fürs Transportieren.“

Nein, er sagte nicht, wie es sonst meist geschieht, er wolle die Noten tragen.

Ich merkte gleich, er war an schwere Arbeit gewöhnt. In einer knappen Stunde hatten wir meine Habseligkeiten verstaut.

Der kleine Bücherschrank mit den Goldschliffscheiben, der Schreibtisch, das Motorrad, das mit Seilen festgezurrt werden musste, eine Liege und ein Schreibtischsessel, das waren die sperrigsten Stücke, dazwischen verstauten wir die Koffer und Kartons mit Kleidung, Bettzeug, Büchern, Geschirr und Kleinkram. Mit Decken und leeren Säcken stopften wir die Hohlräume aus. Auch dabei zeigte sich Friedländer als Fachmann.

Schließlich erklärte er lachend, nun könnten wir, ohne dass die Ladung Schaden nehmen würde, bis ans Ende der Welt fahren, und ein bisschen am Ende der Welt liege Bodelin in der Tat, das lasse sich nicht bestreiten.

„Am Ende der Welt?“ Meine Großmutter schreckte auf, sie war gerade dabei, Friedländer belegte Brote und Apfelsaft zu servieren.

„Ein bisschen schon“, erklärte er ihr. Es gebe keine Bahn, die befestigte Straße ende dort, und zum Nachbarort, der im anderen Bezirk liege, führe nur ein Sandweg. Es sei eben wie es sei: tiefstes Mecklenburg. Ob sie sich das vorstellen könne, wollte er wissen.

„Nein, so richtig kann ich mir das nicht vorstellen“, antwortete meine Großmutter. Vielleicht war sie selbst erschrocken über ihre abrupte Antwort, denn sie fügte vermittelnd hinzu: „Sie leben ja auch dort, und sicher gefällt es ihnen, und den anderen, die dort wohnen gefällt es bestimmt auch. Wenn man sein Auskommen hat, da lässt es sich sogar an einsamen Orten gut leben.“

„Sie müssen sich Bodelin mal ansehen“, schlug ihr Friedländer vor.

„Ach“, sagte sie, „in meinem Alter reist man nicht mehr so weit.“

Ob ich mit der Ausgestaltung zufrieden sei, wurde ich gefragt, als wir dann in dem Zimmer standen, das ich von nun an bewohnen sollte.

Ich ließ ein paar Sekunden verstreichen, sagte schließlich, ja, so könne man es auch machen.

Sicher merkte Friedländer, dass ich mir etwas anderes vorgestellt hatte, jedenfalls begann er mir zu erklären, dass sie ursprünglich das Zimmer hätten tapezieren wollen, aber es sei keine Tapete zu bekommen gewesen. Deshalb hätten sie auf Vorschlag des Direktors Farbe verwendet, oben Beige und für den Sockel Goldbraun und mit gleicher Farbe als Abschluss unter der Decke einen Strich, damit man sich nicht wie in einem Kellerraum vorkomme.

„Aha“, sagte ich.

Als wir mit dem Abladen und dem Einräumen begannen, erschien das Ehepaar Kaschiller.

Walter Kaschiller schlug sogleich vor, den Bücherschrank an die linke Wand zu stellen und den Schreibtisch rechts daneben, unmittelbar unter das Fenster. Seine Frau sagte, sie werde Gotthilf Wiesemühl holen, so hätten sie es vereinbart. Sie sei, fügte sie hinzu, vom Chef auch beauftragt worden, sich um mich zu kümmern, sie solle hier saubermachen und dafür sorgen, dass alles so ablaufe, wie ich es wünsche, also den Ofen heizen, wenn es kalt sei, Fenster putzen und so weiter.

„Mensch Junge, ich hatte schon befürchtet, du kommst nicht“, sagte Gotthilf Wiesemühl, verharrte einen Moment auf der Türschwelle und stellte dann die zwei großen Beutel ab, die er mitgebracht hatte.

„Wenn ich verspreche, dass ich komme, dann komme ich auch“, erwiderte ich, „so halte ich es immer.“

Mehr konnte ich nicht sagen, Wiesemühl schloss mich in die Arme und drückte mich, dass ich kaum noch Luft bekam.

Danach packte er die Beutel aus, Bierflaschen, Butterbrote und gekochte Eier. Und während Willi Friedländer seinen LKW in die Fahrzeughalle fuhr, prosteten wir uns schon zum ersten Mal zu, und ich hatte den Eindruck, dass sich Wiesemühl und Kaschiller über meine Ankunft ehrlich freuten.

Wir redeten gerade über den Aushang des Direktors am schwarzen Brett unten im Flur, dass der Agronomassistent Bornschein seine Tätigkeit im VEG aufnehmen werde, als Kaschillers Frau auch noch mit einem großen Tablett voller Teller erschien und uns Spiegeleier und Brot servierte.

„Zur Begrüßung, wie es sich gehört“, sagte sie.

Ich bat sie, zu bleiben, doch sie wehrte ab, zu gegebener Zeit könnten wir noch alles Notwendige besprechen.

„Wenn sich der Chef jetzt einstellen würde, hätten wir auch für ihn noch genug zu essen“, sagte Walter Kaschiller.

Den Chef sah ich erst am nächsten Morgen. Die Nacht hatte ich schlecht geschlafen, es war mehr ein Halbschlaf, in den ich immer wieder eintauchte, mit kurzen, aufregenden Träumen. Es bereitete mir anfangs auch Mühe, meine innere Unruhe einigermaßen zu beherrschen, als ich vor der Tür des Gutshauses vom Direktor der Belegschaft vorgestellt wurde. Mendes schilderte zunächst meine Entwicklung, dann aber schien er weniger zu den vor uns im Halbkreis Stehenden zu sprechen, sondern mehr zu mir, er sagte, hier würde ich völlig andere Verhältnisse vorfinden, nicht mehr die eingespielten, die wohlgeordneten, wie in Thüringen, hier in Mecklenburg sei es anders, hier wehe ein rauer Wind, der oft zum Sturm werde, auf den man sich einstellen müsse, um nicht hinweggetrieben zu werden wie ein Strohhalm. Ja, wenn man nicht aufpasse, werde man tatsächlich hinweggetrieben, denn es gebe kaum Haltegriffe oder Geländer, wo man sich festklammern könne. Das sei hier nun mal so. Nach einer kleinen Verschnaufpause, in der sich sein Blick wieder nach vorn richtete, erklärte er, dass er von allen Belegschaftsangehörigen erwarte, mir Vertrauen und Respekt entgegenzubringen. Jeder Einzelne wisse, schloss er seine Ansprache, welche Regeln hier im Gut gelten. Und die seien auch künftig zu befolgen.

Im Chefzimmer sagte er zu mir, er wünsche, dass ich möglichst bald aktiv ins Betriebsgeschehen eingreifen werde. Er schlage mir deshalb vor, meinen Dienst mit einer Flurrundfahrt zu beginnen.

Wenn der Chef von einem Wunsch spreche, verriet mir der Feldbaubrigadier, während wir die Treppe emporstiegen, dann sei das als Befehl oder als Dienstanweisung zu verstehen. Nur dem Parteisekretär und der Hauptbuchhalterin sei Widerspruch gestattet. Er selbst halte sich daran und sei bisher gut damit gefahren, immerhin müsse ja einer den Hut aufhaben und auch die Verantwortung übernehmen.

Unsere Fahrtroute planten wir vor der Flurkarte. Ich versuchte, mir markante Punkte einzuprägen. Aber ich brauchte hernach doch mehrmals die Unterstützung von Kranert, der hinter mir auf der AWO saß und dem es offensichtlich gefiel, durch die Flur kutschiert zu werden, anstatt sich mit seinem Moped selbst über die sandigen Feldwege quälen zu müssen.

„Echtes mecklenburgisches Sommergetreidegemenge, kennen Sie das?“ Das war die erste markante Frage, die er mir vor einem großen Feld, weit ab vom Hofgelände stellte.

„Nein“, sagte ich. „Bisher war ich noch nicht in Mecklenburg, und bei uns zu Hause hat man solche Mischungen von Körnerfrüchten, die zum Reifwerden bestimmt sind, nicht nötig.“

„Dann wird ihnen hier doch noch etwas Neues geboten“, stellte er fest.

„Ich bin gespannt, ob es gelingt, dieses Sommerungsgemenge aus Gerste, Hafer, Roggen und Weizen dazu zu bringen, dass die einzelnen Arten zur gleichen Zeit erntereif werden, zumindest annähernd.“

„Wir hoffen es, Kollege Bornschein“, sagte Kranert. „Ernte mit dem Mähbinder, die Garben zu Hocken aufstellen, nach einer bestimmten Zeit, je nach Witterungslage, das Erntegut vom Feld holen und zu hohen Rundmieten aufschichten, und irgendwann im Winter, wenn dafür Zeit ist, wird gedroschen. So ist die Reihenfolge. Hoffentlich wird es ein guter Ertrag, wir brauchen viel Futtergetreide. Übrigens, kennen Sie Rundmieten?“

Ich schüttelte verneinend den Kopf.

Kranerts Hände formten in der Luft riesige, turmartige Gebilde, er sagte dabei, die Türme würden bald auf dem Mietenplatz entstehen und die Silhouette von Bodelin eindrucksvoll bereichern.

Sicher wollte der Brigadier mich kurz darauf wieder mit etwas Neuem überraschen. Wir standen vor einem Feld, das ich auf dreißig bis vierzig Hektar schätzte.

„Kennen Sie dieses Gras?“, wollte Kranert wissen.

„Festuca ovina“, sagte ich lachend.

„Wie nennen Sie das Gras?“

Ich wiederholte es.

„Die lateinische Bezeichnung?“ Kranert blickte mich etwas unsicher an, bevor er mir verriet, dass er und auch die anderen bei der Ausbildung zum Feldbaumeister immer über die lateinischen Namen hinweggelesen hätten.

„Ab sofort werde auch ich nur noch Schafschwingel sagen“, versicherte ich ihm. Dann wollte ich von ihm wissen, ob sich der Schafschwingel lohne.

„Devisen für die DDR“, sagte Kranert und richtete sich auf.

„Und für den Betrieb?“

„Auch ein paar Einnahmen.“ Kranert hob den Zeigefinger der rechten Hand und sagte: „Zusätzliche Freigaben für Dünger, alles vertragsgemäß. Festuca ovina stärkt den Staat und auch den Betrieb.“

Wir lachten beide.

Mendes wollte gerade zu seinem Wartburg, als wir zurückkamen. Ob mich Kollege Kranert mit unserer weiten Flur vertraut gemacht habe.

„Einigermaßen schon“, sagte ich.

„Ja, unsere Flur hat gewaltige Ausmaße“, stellte Mendes fest. „Es wird noch ein Weilchen dauern, bis Sie sich da auskennen werden.“

„Festuca ovina kennt er bereits“, sagte Kranert schmunzelnd. „Ab sofort geht es bei uns nähmlich wissenschaftlich zu.“

„Was sagen Sie da?“, fragte Mendes irritiert.

„Schafschwingel“, sagte Kranert, „der heißt jetzt bei uns Festuca ovina.“

Mendes schüttelte den Kopf, schaute mich einen Moment prüfend an, bevor er mir in einem dienstlichen Ton mitteilte, dass er auf meinen Schreibtisch einige wichtige Unterlagen vom Bezirk gelegt habe, die ich für die Erstellung eines Maßnahmeplanes zur Erhöhung von Ertrag und Effektivität in der Feldwirtschaft mit dem Schwerpunkt der Bodenfruchtbarkeit brauchen werde. Leider habe mein Vorgänger sehr wenig Material hinterlassen, fügte er hinzu. Folglich müsse ich zusehen, wie ich das ausgleichen könne, doch ich hätte ja die Kollegen Kranert und Wiesemühl, die mir aus ihrer Kenntnis heraus einiges beisteuern könnten.

Mendes machte eine Pause, als erwarte er eine bestimmte Reaktion von mir. Und als ich nur nickte, sagte er eindringlich: „Kollege Bornschein, das ist ihre erste große Arbeit bei uns. Ich hoffe, sie gelingt ihnen. Es wäre schlimm, wenn wir uns blamieren würden. Also, ans Werk."

Abends saß ich meist bis weit nach zehn hinter meinem dienstlichen Schreibtisch, füllte Seite um Seite, verwarf manch Geschriebenes oder änderte es um, und am Tage schaltete ich mich immer mehr ins praktische Geschehen ein.

Jeden zweiten Tag besuchten Kranert und ich das Feld mit dem Sommergetreidegemenge, um zu prüfen, ob mit der Mahd begonnen werden konnte.

Wenn wir zurückkamen, fragte Wiesemühl stets: „Und was ist?"

Beim ersten Mal, als er fragte, hatte ich ihm voreilig geantwortet, dass das altehrwürdige Gemenge noch einige Zeit brauche, um erntereif zu werden.

„Mecklenburgisches Gemenge", korrigierte mich Wiesemühl.

Darauf sagte ich: „Altmecklenburgisches Gemenge. Oder noch präziser: Uraltgemenge auf Mecklenburger Art."

Wiesemühl schaute mich missbilligend an. Ich wolle damit doch nicht behaupten, rügte er mich, dass das alles so etwas wie rückständiges Zeug sei, Zeug, das als längst überholt gelte und nur hier in Mecklenburg, in Ermangelung neuer Erkenntnisse, noch vorgefunden werde.

Als ich nicht darauf antwortete, schlug Kranert vor, am kommenden Tag den Platz für die Mieten herzurichten. Er rechne mit acht Mieten, aber es sei nicht verkehrt, als Reserve eine neunte einzuplanen. Danach redeten wir über die Maße für die Rundmieten, über die notwendigen Abstände zwischen ihnen, und ich gebrauchte wieder, wie es bei uns zu

Hause üblich war, den Ausdruck Diemen. Dort, wo ich herkam, bezeichnete man nur Gruben oder Stellen im Freien, die man mit Stroh oder Erde abdeckte, um Kartoffeln, Rüben oder dergleichen frostsicher zu überwintern, als Mieten, nicht aber errichtete Lager für Stroh oder ungedroschenes Getreide.

„Merk dir endlich", fuhr mich Wiesemühl an, „Diemen gibt es hier nicht, hier gibt es nur Mieten, und du wirst dich wundern, welch beeindruckenden Anblick die acht oder neun runden Türme jedem Ankommenden bieten werden, er wird denken, er fährt nicht auf das Dörfchen Bodelin zu, sondern er nähert sich einer Großstadt der Zukunft. Und wenn wir uns alle anstrengen, werden wir zwar keine Großstadt, aber ein prächtiges Dorf mit einem vorbildlichen Landwirtschaftsbetrieb, der in Größe und Leistung im Bezirk seinesgleichen suchen wird."

Kranert lachte. Aber Wiesemühl schaute nur mich an, und er hob dabei seine dichten Brauen, die grau und struppig waren, als er fragte, ob ich mich endlich an die hiesigen Begriffe gewöhnen könne, wenn es Miete heiße, dann heiße es eben Miete, niemand hier wisse, was ein Diemen sei. Danach erhob er sich ächzend und fragte: „Hast du das nun endlich kapiert?"

„Ja, ich versuche es, lass mir noch etwas Zeit", antwortete ich.

„Dann schreib weiter an deinem Maßnahmeplan", sagte er und verabschiedete sich mit Handschlag.

An jenem Abend befasste ich mich nicht mit dem Maßnahmeplan, ich schrieb einen Brief an Irene. Bisher hatten wir uns an die Vereinbarung gehalten, jede Woche einen Brief zu schreiben. Nun berichtete ich ihr, dass der Maßnahmeplan im Entwurf fertig sei. Jetzt sei ich gespannt, ob er die Zustimmung der obersten Leitung finden werde.

Ihr Antwortbrief enthielt die Bemerkung, dass diese Zustimmung die eine Seite sei, die andere, die viel wichtigere, sei die Frage, ob die Leute auch mitspielen oder mitziehen werden.

Als ich das las, dachte ich, vielleicht hat sie die Erfahrung machen müssen, dass sich die, auf die es eigentlich ankam, in irgendeiner Weise reserviert oder sogar ablehnend verhalten hatten. Ich wusste es nicht. Irene hatte nichts weiter davon erwähnt. Doch was sie mir geschrieben hatte, brachte mich auf den Gedanken, dem Maßnahmeplan noch ein weiteres Kapitel hinzuzufügen: die Rolle der Menschen bei der Realisierung der Aufgaben zur Erhöhung der Bodenfruchtbarkeit.

Als mich mein Chef wenige Tage später fragte, wieweit ich mit dem Maßnahmeplan sei, sagte ich, er sei fertig.

„Fertig?“ Mendes schien überrascht zu sein.

„Es ist der erste Entwurf“, sagte ich.

„Lassen Sie ihn mit Maschine schreiben“, empfahl er mir.

Solange sie hier arbeite, sei so etwas noch nicht verfasst worden, schätzte die Sekretärin ein.

Unsere Zusammenkunft am darauffolgenden Tag dauerte eine gute halbe Stunde. Es gab nur wenige Vorschläge für geringfügige Korrekturen. Von Mendes kam die Frage, ob das letzte Kapitel über die Rolle der Menschen überhaupt notwendig sei. Immerhin könne man ohne dieses Kapitel zwei ganze Seiten einsparen.

Ich wollte darauf antworten, doch Wiesemühl kam mir zuvor, und er argumentierte, wie ich mir eingestehen musste, weit geschickter, als es mir in dieser Situation gelungen wäre. Zum Schluss fragte er Mendes, ob er sich vorstellen könne, dass wir vier allein imstande wären, die vorgesehenen Maßnahmen mit Erfolg zu realisieren, wenn wir die anderen, die an der Basis die Arbeiten erledigen müssten, von deren Notwendigkeit nicht wirklich überzeugt hätten. Nicht das Befehlen oder Anordnen stehe im Vordergrund, sondern die Aufgabe, unseren Mitarbeitern begreiflich zu machen, was erforderlich sei. Nur wer von einer Arbeit überzeugt sei, werde sie auch gewissenhaft ausführen.

Mendes hob beide Hände, er fügte sich den Argumenten. Seinetwegen solle das Kapitel bleiben, er habe nichts dagegen, vielleicht sehe der Maßnahmeplan dann tatsächlich sogar ein wenig vollständiger aus.

Etwa eine Woche später, als wir den letzten Rest des Sommergetreidegemenges mähten, erwartete mich Mendes ziemlich aufgeregt mittags draußen vor dem Verwaltungsgebäude, und ich glaubte, dass er von mir wissen wollte, wie weit wir mit dem Aufstellen der Garben zu Hocken gekommen seien, da größte Eile geboten war, weil, wie in den Tagen zuvor, Regenschauer drohten. Doch Mendes schien das, was ich ihm zu berichten versuchte, nicht sonderlich zu interessieren, er tat meine Auskünfte ab mit der Bemerkung, dieses komische Gemenge mache jedes Jahr den gleichen Ärger, er könne dieses lange, nutzlose Gerede darüber nicht mehr hören. Er habe einen neuen Auftrag für mich, sagte er, fasste mich am Arm und zog mich zur Seite, als handle es sich um eine komplizierte Angelegenheit, die nur uns beide etwas anging. Vom Bezirk habe man angerufen und mitgeteilt, dass der zuständige Mitarbeiter für Agrarpropaganda am nächsten Tag gegen zwei kommen wolle, um mit mir am Maßnahmeplan noch einige Kleinigkeiten zu ändern. Ich solle das alles eigenverantwortlich regeln, dafür sei nicht das gesamte Leitungskollektiv nötig. Was ihn anbelange, er werde rechtzeitig das Feld räumen, so dass ich den Mitarbeiter vom Bezirk unten im Direktorenzimmer empfangen könne. Die Sekretärin sei informiert, sie werde Kaffee servieren und, auf ein Zeichen von mir, auch Weinbrand, und zwar den von der besseren Sorte, den er gern den Leuten von der Körkommission und auch anderen wichtigen Personen einschenke. Der Mann von der Agrarpropaganda, das wisse er, trinke gern ein Gläschen oder auch ein paar mehr, ich solle ihm ruhig immer wieder nachgießen, mich selber allerdings zurückhalten und aufpassen, dass alles seinen geregelten Gang gehe. Unser Maßnahmeplan solle nämlich gedruckt werden, gedruckt für den ganzen Bezirk und möglicherweise darüber hinaus. Bei den Unterschriften wisse ich ja Bescheid: Direktor,

Parteisekretär, BGL-Vorsitzender. Vielleicht aber solle unter dem Maßnahmeplan auch nur stehen: Leitungskollektiv und Belegschaft des VEG Groß Bodelin. Es könne sein, dass irgendwo für die Richtigkeit oder als Einverständnis eine Unterschrift verlangt werde, ich solle ohne Zögern unterschreiben, ich sitze ja im Direktorenzimmer.

Mendes lachte, als er zum Wagen ging. Plötzlich drehte er sich um und kam zurück. „Kollege Bornschein", sagte er fast feierlich, „man rechnet jetzt mit uns, wir werden in der Öffentlichkeit stehen, wir, das VEG Groß Bodelin, der Stützpunkt der Arbeiterklasse auf dem Lande, wir zeigen den LPG, wo es langgeht. Ich betrachte das als eine besondere Auszeichnung. Denken Sie daran, morgen um zwei vertreten Sie den Direktor."

Drei Einleitungssätze, die sich mit Parteibeschlüssen befassten und die der Gast schon gut formuliert mitgebracht hatte, mussten dem Plan noch vorangestellt werden. Das letzte Kapitel, das die Rolle der Menschen zum Inhalt hatte, und das ich ohne Irenes Bemerkung überhaupt nicht geschrieben hätte, wurde auf Vorschlag des Agrarpropagandaspezialisten an die erste Stelle gerückt. Ich stimmte seinen Argumenten vorbehaltlos zu und gab gleichzeitig der Sekretärin, die Kaffee nachschenkte, das vereinbarte Zeichen. Als das bedeutungsvolle Kapitel ganz vorn an der richtigen Stelle ruhte, tranken wir den ersten Weinbrand.

Mein Gast sagte, man müsse es sich merken, die Menschen würden immer die entscheidende Rolle spielen. Und während er noch hinzufügte, ich hätte das sehr überzeugend formuliert, füllte ich ihm unauffällig erneut sein Glas.

„Auf unsere fleißigen Menschen", sagte ich darauf und prostete ihm zu.

Ich sah, er trank sein Glas in einem Zug leer.

Und als ich ihm abermals einschenkte, meinte er, aber wirklich nur noch dieses eine Glas. Ein Glück, dass er mit einem Fahrer da sei.

Allerdings sei es schon angebracht, ein Werk von dieser Güte entsprechend zu begießen.

Auf einer vorgefertigten Anlage musste ich mein Einverständnis zur Veröffentlichung geben. Über meine Unterschrift schrieb der Gast den Zusatz: Im Auftrag der Betriebs-, Partei- und Gewerkschaftsleitung.

Ein wenig wunderte ich mich danach schon, wie schnell ich auf solche Höhen gelangt war.

Am Abend, ich saß noch hinter meinem dienstlichen Schreibtisch, erkundigte sich Mendes telefonisch, wie alles gelaufen sei. Ich erstattete ihm einen ausführlichen Bericht und erwähnte dabei auch, dass in der Weinbrandflasche noch ein Rest verblieben sei.

„Das haben Sie hervorragend gemacht", sagte der Direktor. „Mal sehen, wie unser Maßnahmeplan in der Öffentlichkeit wirken wird."

Wenn ich mich später daran erinnerte, dann erstaunte mich stets, wie rasch sich die Rahmenbedingungen, in denen ich glaubte handeln zu dürfen, zwei Wochen danach auf einmal schlagartig geändert hatten. Die Angelegenheit Maßnahmeplan war für Mendes abgeschlossen. Und bei Absprachen über das Betriebsgeschehen war es ihm, was mir auffiel, die genehmste Rolle, den Wortkargen zu spielen. Er sagte einfach: „Machen Sie es. Da brauchen Sie nicht lange darüber zu reden."

Ich fuhr Tag für Tag die reichlich fünf Kilometer bis an die Peripherie unserer Flur, um das Sommergetreidegemenge, das in Hocken stand, zu kontrollieren. Einige Male begleitete mich auch Kranert, und wir hatten uns angewöhnt, von diesem verdammten Zeug zu reden, dem die häufigen Regenschauer die Chance nahmen, endlich soweit abzutrocknen, dass wir es vom Acker holen und in Mieten bis zum späteren Drusch lagern konnten. An dem Abend, als unsere Arbeitsberatung etwas kürzer ausgefallen war, wir hatten entschieden, mit dem Abtransport des Gemenges noch zu warten, schrieb ich in einem Brief an Irene, dass ich nun überzeugt davon sei, in Bodelin allmählich festen

Fuß zu fassen. Ich erwähnte dabei auch, dass ich die nächsten Tage allein das Sagen haben werde. Der Direktor lasse mir freie Hand. Der Feldbaubrigadier müsse zum Zahnarzt, eine schwierige Behandlung werde ihn voraussichtlich für zwei, drei Tage außer Gefecht setzen, und der Parteisekretär sei für drei Tage zur Bezirksleitung abkommandiert worden.

Erstaunt war ich, dass Albert Mendes am nächsten Tag wesentlich früher als sonst erschien und mir erklärte, das Gemenge müsse vom Feld geholt werden, wozu alles, was Hände und Füße habe, einzusetzen sei. Er habe am gestrigen Abend die Getreidebunde geprüft und dabei den Eindruck gewonnen, mit dem Abfahren könne begonnen werden.

„Es hat in der Nacht wieder geregnet“, gab ich zu bedenken,

„Die drei Tropfen stören uns nicht“, entgegnete er mir.

„Kollege Mendes, es waren nicht nur drei Tropfen, es war ein kräftiger Regenguss“, sagte ich.

„Vielleicht hier bei ihnen, auf dem Gemengeacker jedenfalls nicht. Dort in Seenähe regnet es meist weniger als hier.“

„Wollen wir nochmal hinfahren und den Zustand prüfen?“, fragte ich.

„Dazu ist keine Zeit mehr.“ Mendes ging nun zum Befehlston über, er sagte: „Mein Auftrag an Sie: Abfahren! Abfahren unter Einsatz aller verfügbaren Kräfte. Das Zeug kann in der Miete trocknen. Ich habe es satt, dauernd darüber zu diskutieren.“

Es sah dann aus, als wollten mehrere Heere gemeinsam in eine große Schlacht ziehen.

Fritz Krüger, der einstige Einzelbauer, der sich, wie ich wusste, dem Gut angeschlossen hatte, weil es in seinem Umfeld keine Genossenschaft gab, war es, der mich dann fragte, ob ich es verantworten könne, dieses feuchte Zeug abzutransportieren. Auch wenn das Gemenge auf Rundmieten gebracht werden solle, sei das Risiko dennoch sehr groß, er jedenfalls bezweifle, dass so etwas gutgehe.

Mir leuchtete ein, was er sagte, und wir setzten danach die ganze Streitmacht um.

Wir zogen auf ein benachbartes Feld, um von dort gepresstes Stroh abzufahren. Selbst das war, wie ich glaubte, gewagt, denn auch diese Strohballen sollten in einer großen Miete gelagert werden.

Mehrere Fuder waren bereits in Richtung Mietenplatz unterwegs, als ich den blauen Wartburg erblickte.

Albert Mendes stürmte aufs Feld. Er blieb einige Meter vor mir stehen, starrte mich fassungslos an und brüllte: „Sofort umsetzen!"

„Das Gemenge ist zu nass, wir fahren erst das Stroh ab", sagte ich. „Vielleicht haben wir am Nachmittag Wind und Sonne, dann..."

Weiter kam ich nicht.

„Vielleicht, vielleicht, ich kann das nicht hören. Wollen Sie das Zeug bis zum Sankt-Nimmerleinstag stehenlassen? Jetzt muss es vom Acker, jetzt sofort!" Albert Mendes wandte sich an die anderen, mich brauchte er nicht mehr.

Er brüllte: „Wir setzen um, sofort zum Gemenge!"

Er musste sein Kommando mehrmals wiederholen, denn die meisten taten so, als hätten sie nicht verstanden, was er von ihnen verlangte. Schließlich rief er: „Los, los, Abmarsch, Gemenge einfahren!" Und um seinem Befehl Nachdruck zu verleihen, wedelte er mit den Händen, als sei er dabei, eine Herde Gänse vor sich herzutreiben.

Es war ein Fehler von mir, erneut zu versuchen, den Direktor noch umstimmen zu wollen. Meine Bemerkung, das Gemenge sei wirklich zu nass, schien seine Wut ins Unermessliche zu steigern.

„Wir haben schon Getreidebunde eingefahren, da lief beim Aufstaken das Wasser den Forkenstiel runter", schrie er mich an. „Wenn Sie keine Ahnung von praktischer Landwirtschaft haben, dann verlassen Sie das Feld und setzen sich hinter ihren Schreibtisch, da kennen Sie sich ja wohl aus, da kann ihnen nichts passieren. Hier auf dem Feld werden Sie ab sofort nicht mehr gebraucht."

Es entstanden acht wohlgeformte Rundmieten von beträchtlicher Höhe, so hoch, wie die Höhenförderer die Garben zu transportieren in der Lage waren. Von weitem waren die Mieten ein imposanter Anblick.

Die folgenden Wochen überhäuften uns mit Arbeit, Herbstbestellung und Kartoffelernte verlangten unsere ganze Aufmerksamkeit. Mendes mischte sich kaum ein, er betrat nur für wenige Minuten unser Zimmer, wenn wir den Einsatz für den nächsten Tag planten, er blieb zumeist gleich in der geöffneten Tür stehen, stellte zwei, drei Fragen, um sein eigenes Wissen auf den neuesten Stand zu bringen, gab auch gelegentlich einen Hinweis, und er schien mich dabei als eine in sein Ensemble eingegliederte Figur zu betrachten, die mit der Zeit schon lernen würde, wie man sich in einem Gutsbetrieb zu verhalten habe. Er tat nichts mehr, was meine Arbeit herabgewürdigt hätte. Vielleicht ahnte er sogar den Groll, der noch in mir festsaß, und vielleicht wollte er mich tatsächlich ein wenig besänftigen, denn er erwähnte ein paarmal den Maßnahmeplan, der beim Bezirk einen erstaunlichen Anklang gefunden hatte.

Manchmal genügen einige freundliche Sätze, um den Boden für ein Mitwirken, für ein Sichbeteiligen, für ein Eingreifen vorzubereiten.

Doch diese Sätze kamen nicht von Mendes, sie kamen von Wiesemühl. Und Wiesemühl erreichte sein Ziel, indem er sein Vorhaben mit Fragen nach meiner Verlobten einleitete. Ob regelmäßige, gute Briefkontakte bestünden, wann ich sie besuchen oder ob sie hierher kommen würde, wollte er von mir wissen. Und als ich ihm darauf geantwortet hatte, sagte er, man müsse darauf achten, dass eine Verbindung immer weiter wachse, gerade wenn die Partner weit voneinander leben müssten. Es sei gewiss nicht einfach, aber man müsse intensiv daran arbeiten.

Ich stimmte ihm zu, und er fing an, mich vorsichtig an meine Pflichten zu erinnern. Er sagte dann, die makabre Sache mit Mendes rechtfertige keinesfalls meine Weigerung, mich um die Getreidemieten, um unsere acht hohen Türme zu kümmern und nur bei den Strohmieten die Temperaturen zu messen.

„Komm einfach mal mit“, bat er, und ich entschloss mich, ihm zu folgen.

„Riechst du das?“ Er schaute mich besorgt an, als wir vor der zuerst errichteten Miete standen.

„Es riecht irgendwie unangenehm“, sagte ich.

„Nicht nur unangenehm, es riecht so, als ob sich eine Katastrophe anbahnen wird“, erwiderte er. „Wenn hier die erste Miete hochgeht, dann brennt bei diesem Wind, wie er jetzt weht, eine nach der anderen ab, sogar die große Strohmiete, da nützen die Sicherheitsabstände gar nichts, da brennt alles wie Zunder. Großbrand in Bodelin – kannst du dir das vorstellen? Ich möchte das nicht erleben.“

Wir liefen hinüber in das große Kartoffellagerhaus, wo sich im Vorraum die Thermometer und eine Leiter befanden. Dann trieben wir die langen Speere in die Miete.

„Zweiundsechzig Grad“, las Wiesemühl vom Thermometer ab, es war der erste Wert. An der obersten Stelle, die ich mit der Leiter erreichen konnte, waren es vierundachtzig Grad. Die Werte der anderen Mieten lagen darunter, aber bei vier von ihnen immer noch gefährlich hoch, nur die letzten Mieten, die zwei Tage nach den ersten gesetzt worden waren, zeigten nahezu normale Werte.

Die Tür stand halb offen, ich betrat das Chefzimmer, ohne vorher angeklopft zu haben. Ich legte das Buch vor Mendes auf den Schreibtisch und bat ihn, es sich anzuschauen, worauf er mir lächelnd entgegnete, er fände es gut, dass ich daran gedacht hätte, ein solches Buch zu führen, der Bürokratie müsse nun mal Rechnung getragen werden. Er werde sich morgen früh mit meinem neuen Werk befassen.

„Jetzt müssen Sie sich mit meinem neuen Werk befassen“, sagte ich.

„Jetzt?“, fragte er mich, und ich bemerkte, wie Ärger in ihm aufstieg.

„Ja, jetzt sofort“, sagte ich. „Nicht erst morgen früh, da kann es womöglich schon zu spät sein.“

Mendes sprang auf. Offensichtlich war es ungewohnt für ihn, dass ihn ein Untergebener mit Forderungen konfrontierte.

„Jetzt habe ich keine Zeit“, fuhr er mich an, jedes einzelne Wort betonend.

„Setzen Sie sich, und lesen Sie ganz langsam, aber sehr genau, was da im Buch steht!“, riet ich ihm, und im gleichen Moment erschrak ich über meine Dreistigkeit.

Doch zu meiner Überraschung setzte sich Mendes wieder hinter seinen Schreibtisch, den er schon abgeräumt hatte, schlug das vor ihm liegende Mietenbuch auf, suchte nach seiner Brille, aber fand sie nicht.

„Sicher haben Sie ihre Brille im Schreibtischfach eingeschlossen, sie wollten doch gerade aufbrechen“, sagte ich.

„Das stimmt, sie sind noch zur rechten Zeit gekommen, um mich zu erreichen“, erwiderte Mendes. „Ach was, wenn ich die Zahlen nicht entziffern kann, lesen Sie sie mir einfach vor.“

Mein Zeigefinger bahnte sich den Weg zur ersten Zahl. Ob er imstande sei, die Zahl lesen zu können, wollte ich wissen.

„Vierundachtzig“, sagte er. „Vierundachtzig Grad? Sie wollen mir wohl einen Schreck einjagen?“ Er sprang auf.

„Das war die höchste Temperatur, gemessen und eingetragen unter Zeugen“, sagte ich. „Aber machen Sie, was Sie wollen. Ich habe Sie informiert, mehr kann ich nicht tun. Ich wandte mich um und ging zur Tür.“

„Warten Sie!“, rief Mendes.

Ich drehte mich um, fragte: „Auf was soll ich warten?“

„Sie können mich doch hier nicht sitzen lassen“, sagte er.

„Warum nicht? Sie haben mich damals vom Acker gejagt. Wieso soll ich jetzt für ihre Fehlentscheidung einstehen?“

„Das, was jetzt eingetreten ist, war nicht vorhersehbar", sagte Mendes.

„Dann hören Sie sich mal in der Belegschaft um", sagte ich.

„Holen Sie bitte Kranert, der hat das Merkblatt, in dem aufgeführt ist, wie in einer solchen Situation vorgegangen werden muss. Wir müssen nämlich auch eine Meldung machen, die Meldung an die Kreisverwaltung ist sehr wichtig."

Zu dritt standen wir schließlich vor dem Schreibtisch und verlangten von Mendes, beim Kreisrat anzurufen, um, wie es für einem solchen Fall vorgeschrieben war, den Brandschutzbeauftragten zu informieren.

Am nächsten Tag rollte alles stabsmäßig ab. Kurz nach sechs legten Feuerwehrleute die Schläuche aus. Der Brandschutzbeauftragte vom Kreis traf gegen sieben ein, und der für uns zuständige Abschnittsbevollmächtigte der Volkspolizei kam mit seinem Moped einige Minuten später. Er fragte mich nach dem gemessenen Höchstwert, trug ihn in sein Dienstbuch ein, nahm mich dann beiseite und sagte, er sei überzeugt, das werde noch ein gehöriges Nachspiel geben.

Ob er mir drohen wolle, fragte ich ihn.

„Nein", sagte er vertraulich, „ich weiß doch schon, wer die Sache veranlasst hat. So was spricht sich schnell rum, das landet auch beim ABV, von einem Tag auf den anderen. Ich kenne jede Einzelheit. Mendes war der oberste Befehlshaber."

Zwei Dreschmaschinen wurden aufgestellt, und nachdem die von der Feuerwehr ausgelegten Schläuche unter Druck gesetzt worden waren, ertönte das Kommando: „Legt los!"

Die Frauen oben auf der Miete lachten über diese sonderbaren Vorkehrungen, und sie lachten noch, als sie die obersten drei oder vier Schichten schon abgeräumt hatten.

Es rieche zwar ein wenig seltsam, riefen sie herunter, aber ansonsten sei alles halb so schlimm. Warum bloß diese Aufregung?

Die Frauen fütterten die zwei Dreschmaschinen derart emsig, dass Willi Friedländer wiederholt Handzeichen geben musste, um sie in ihrem Arbeitstempo zu bremsen.

Nach einer halben Stunde änderte sich alles.

Auf den beiden Mieten wurde es heiß. Die Frauen wetteiferten nicht mehr miteinander, sondern begannen zu klagen, nicht nur wegen der aufkommenden Hitze, sondern auch wegen des unangenehmen Geruchs. Selbst die kaffeebraune Farbe der Körner und des Strohs ließ keine der Frauen auf die Idee kommen, ironisch zu fragen, ob man das Zeug nicht gleich zu Malzkaffee verarbeiten könne. Stattdessen schien sich Angst bei ihnen einzuschleichen, es könne ein Feuer ausbrechen.

Es brach kein Feuer aus. Das Dreschen des Getreides sämtlicher Mieten verlief ohne nennenswerten Zwischenfall. Doch das Ergebnis war katastrophal, nur die am letzten Einsatztag errichteten Mieten erbrachten Körner, die zu brauchbarem Schrot vermahlen werden konnten. Keine Kuh war bereit, auch nur von einer der Schrotproben des gebräunten Getreides zu kosten. Schon der Geruch schien sie abzuschrecken, sie traten so weit von der Krippe zurück, wie es ihre Halsketten erlaubten.

Fritz Krüger sagte laut, was sicher alle Beteiligten dachten, nur zwei Tage hätten wir noch warten brauchen, zwei Tage nur, und alles wäre gut gegangen.

Es hatte zunächst den Anschein, als würde die ganze Sache kein Nachspiel haben.

Zu der Zeit fehlten mir noch die Erfahrungen, wie sich bestimmte Abläufe hinter den Kulissen vollzogen, und ich glaubte Kranert, der mir versicherte, es werde alles im Sande verlaufen nach der Devise, beim Aufbau des Sozialismus wären Verluste eingeplant und dieser eine Verlust würde uns nicht aus der Bahn werfen. Doch wir beide ahnten nicht, dass das Nachspiel längst begonnen hatte, nicht auf der offenen Bühne, sondern hinter den Kulissen. Ob Wiesemühl als Mitglied des höchsten bezirklichen Parteigremiums informiert war, was von den kontrollierenden und strafenden Organen betrieben wurde, war uns nicht bekannt. Wiesemühl selbst schwieg und zuckte mit den Schultern, wenn wir ihn gelegentlich danach fragten.

„Bleib jetzt hier“, sagte Wiesemühl an einem Nachmittag, etwa drei Wochen nach dem Drusch der Mieten.

Es waren drei auffallend gut gekleidete Männer, die eine viertel Stunde später unser Zimmer betraten.

Wiesemühl musste sie kennen, er wies ihnen die Plätze zu und fragte sie wie nebenbei, ob sie besseres Wetter mitbrächten. Der Gast, der mir am nächsten saß, bat mich, sie mit Genossen Wiesemühl allein zu lassen.

„Der bleibt hier“, sagte Wiesemühl überraschend barsch. „Meines Wissens ist er derjenige, der euch die genauesten Auskünfte erteilen kann.“

Ich hatte mit meinem Bericht kaum begonnen, da unterbrach mich einer der Gäste und fragte, ob er rauchen dürfe.

Ich schob ihm den Aschenbecher zu, den Wiesemühl sonst benutzte.

Nach zwei, drei Zügen an seiner Zigarette sagte der Gast, er müsse sich einiges notieren. Was er von mir hier höre, sei eine gänzlich andere Version. Vom Direktor sei ihm berichtet worden, dass der Agronomassistent mangels Erfahrung den Abtransport der Garben in Gang gesetzt habe, und beim späteren Eintreffen habe er nichts mehr ändern wollen, noch dazu, wo bis dahin bereits beträchtliche Mengen an Garben zu Mieten aufgeschichtet gewesen seien und die hervorbrechende Sonne und ein leichter Wind eine weitere Trocknung versprochen haben. Der unglückliche Umstand sei gewesen, dass man allein dem Assistenten die Organisation anvertraut habe, das mache er, Mendes, sich nun zum Vorwurf.

„Und das hast du wirklich geglaubt?“ Wiesemühl schüttelte missbilligend den Kopf. „Du bist doch schon lange genug in dieser Funktion, da dürftest du eigentlich nicht mehr auf solche Märchen hereinfallen. Möchtet ihr weitere Zeugen anhören?“

Nein, das sei nicht nötig, sagte einer der Gäste.

Von Gotthilf erfuhr ich dann, die Parteikontrollkommission habe entschieden, Mendes eine strenge Rüge auszusprechen. In der Kreisleitung sei dies im Beisein des Ersten Sekretärs und weiterer leitender Genossen erfolgt, erzählte er mir. Die strenge Rüge komme in die Akten des Direktors, solle aber aus verständlichen Gründen nicht in der Parteiorganisation breit diskutiert und auch keinesfalls vor der Belegschaft verkündet werden. In der Grundorganisation genüge ein einziger Satz als Mitteilung. Man habe nicht die Absicht, die Autorität des Direktors zu untergraben.

Die Woche darauf lud mich Mendes zu einem Gespräch in sein Zimmer ein. Er ließ von der Sekretärin schwarzen Tee servieren, dazu reichte er Plätzchen, die seine Frau gebacken hatte.

Als Überraschung präsentierte er mir einige Exemplare unseres gedruckten Maßnahmeplanes. Sie seien, wie er mir sagte, tags zuvor eingetroffen.

Während ich schweigend in einem der Exemplare blätterte, beobachtete er mich.

„Kollege Bornschein, wie finden Sie das, ist das nicht großartig?“, fragte er nach einiger Zeit, und ich hatte den Eindruck, seine Freude schien ehrlich zu sein.

„Doch, doch“, antwortete ich. „Es sieht gut aus.“

„Und der Inhalt!“ Mendes schlug mit der flachen Hand mehrmals auf das vor ihm liegende Exemplar. „Der Inhalt hat doch Hand und Fuß. Und er ist wegweisend für die anderen Landwirtschaftsbetriebe.“

Jetzt musste ich lachen.

„Schauen Sie sich die Aufmachung an", forderte er mich auf. „Ein wunderschönes Farbfoto vorne auf dem Umschlag. Nun müssen wir uns nur einig sein, das Foto zeigt unser Kartoffelfeld, ja, es ist unser Feld, wir haben einen solch prächtigen Bestand gehabt. Ich habe vorhin mit dem Agrarpropagandamenschen gesprochen, er hat sofort zugestimmt, das Foto zeigt ein Kartoffelfeld des VEG Groß Bodelin. Was ich ihnen noch sagen muss, die Zeitung wird sich melden, sie wünschen ein Interview mit mir. Da müssten Sie mit dazu kommen, möglicherweise gibt es diese oder jene besondere Frage zum Maßnahmeplan, und dann geben Sie die präzisen Antworten, etwa in dem Sinne: wir haben den Plan gemeinsam verfasst, es sind selbstverständlich unsere Vorhaben, doch wir haben nichts dagegen, wenn die anderen unsere Erkenntnisse nutzen, weil sie uns folgen wollen. Wir können doch mal Beispielsbetrieb sein."

Es war offensichtlich, Mendes genoss den Erfolg. Er schob mir noch einige weitere Exemplare zu mit dem Vorschlag, ich könne unseren Plan auch nach Hause schicken oder an Verwandte und Bekannte, ja, und unbedingt an meine Verlobte, für alle sei es doch interessant zu wissen, was wir hier leisten.

„Eine gute Idee, Kollege Mendes", sagte ich, darum bemüht, keine Spur von Ironie mitklingen zu lassen.

Dann überraschte mich Mendes mit einem Schreiben, das er für den Landwirtschaftschef des Kreises verfasst hatte. Zuerst gab es die vom Kreis angeforderte Einschätzung über meine bisherige Tätigkeit in Bodelin. Danach folgte, zu meinem Erstaunen, der Vorschlag des Direktors, meine Assistentenzeit abzukürzen und im Sinne der weiteren Betriebsentwicklung meinen Einsatz als Produktionsleiter zu gestatten.

Mendes legte den Bogen Papier neben seine Tasse und schaute mich an.

„Sind Sie damit einverstanden?", fragte er und fügte hinzu: „Ich entscheide nur, wenn sie zustimmen."

„Gut, ich bin damit einverstanden“, sagte ich.

„Dann können wir formulieren“, stellte Mendes befriedigt fest: „Kollege Bornschein hat sein Einverständnis dazu erteilt.“

***

Das Foto steht noch immer auf meinem Schreibtisch, und noch immer ist es im gleichen Rahmen, einem hellen Holzrahmen, und es ist der gleiche Schreibtisch, an dem ich sitze, wie damals, als Frau Kaschiller fragte, ob es auf dem Foto meine Freundin sei oder eine Filmschauspielerin, und ich ihr lachend erklärte, es sei meine Freundin und Verlobte.

Ihre Freundin und Verlobte, wiederholte Frau Kaschiller, nickte und schien nachzudenken. Dann wollte sie von mir wissen, wo sich meine Freundin und Verlobte jetzt aufhalten würde.

Sie studiere noch, sagte ich.

Und wenn sie ihr Studium abgeschlossen hätte, ob sie dann auch mit hierher käme, wollte sie danach wissen.

Nein, sie käme nicht hierher, antwortete ich ihr.

Dann studiere sie wohl ein anderes Fach, so dass man sie hier nicht einsetzen könne, schlussfolgerte Frau Kaschiller nachdenklich.

Nein, sie studiere auch Landwirtschaft, sagte ich.

Aber da könne sie doch mit nach Bodelin kommen. Frau Kaschiller tat verwundert. Hier lasse sich bestimmt ein Arbeitsplatz für sie finden. Der Viehzuchtbrigadier wolle, obwohl er mittlerweile gesund sei, nicht wieder zurückkommen, sie wisse das von der Sekretärin des Chefs.

Ich sagte, sie werde woanders eine Arbeit aufnehmen oder zu einer Arbeit verpflichtet werden. Es bahne sich zurzeit schon so etwas wie ein künftiges Betätigungsfeld an.

Frau Kaschiller nickte, dann näherte sie sich dem Schreibtisch. Sie stand jetzt links von meinem Stuhl, und sie hatte ihre rechte Hand in die Hüfte gestemmt, so dass mich ihr Ellenbogen leicht berührte. Aber sie schaute nicht zu mir, sondern zum Foto.

„Schade, dass sie nicht nach Bodelin kommt“, sagte Frau Kaschiller.

„Wieso schade?“, fragte ich.

„Weil mir diese Frau gefällt“, sagte sie. „Von Anfang an, seit dem das Foto auf ihrem Schreibtisch steht, bewundere ich es, jeden Tag, wenn ich in ihrem Zimmer zu tun habe. Eine Zeitlang betrachte ich ihre

Freundin und Verlobte, und ich staune dabei, dass sie mich so…" Jetzt suchte Frau Kaschiller nach dem richtigen Wort. „Verstehen Sie, was ich meine?"

„Fasziniert", sagte ich. „Mich hat sie vom ersten Moment an, als ich sie entdeckt habe, fasziniert. Ja, fasziniert", wiederholte ich.

„Ja", meinte Frau Kaschiller, „vielleicht ist es das richtige Wort: fasziniert. Obwohl, ich denke da, dass es noch mehr sein muss, als nur fasziniert. Ich weiß nicht, aber ich glaube, es muss bei dieser Frau noch mehr sein."

Ich lachte, sagte: „Natürlich Liebe."

Ihre Hand verließ die Hüfte, berührte erneut meinen linken Arm und wanderte dann zu ihrem Kinn, als müsse sie überlegen.

„Selbstverständlich muss da auch Liebe sein, sonst wäre sie ja nicht ihre Freundin und Verlobte geworden, das geht doch wohl nicht ohne Liebe", sagte sie. „Das weiß ich schon, schließlich bin ich ja auch einmal verlobt gewesen und danach, als sich das erste Kind angemeldet hat, Ehefrau geworden, und ich bin meinem Mann nach Bodelin gefolgt, habe meine gut bezahlte Arbeit im Krankenhaus aufgegeben und hier die Hauspflege im Verwaltungsgebäude übernommen. Dann kam das zweite Kind, unsere Tochter. Nun denke ich nicht mehr daran, von Bodelin wegzuziehen. Es kann sein, dass wir einmal ein Haus bekommen, es sollen ja noch weitere gebaut werden." Plötzlich brach sie ab, sagte: „Ich will Sie nicht mit meiner Geschichte langweilen."

„Sie langweilen mich überhaupt nicht", versicherte ich ihr.

„Um das Telefon geht es mir", sagte Frau Kaschiller, nun wieder im dienstlichen Ton. „Morgen kommen die Handwerker, um die Leitung zu legen und den Apparat aufzustellen. Sie müssen den Patz für das Telefon bestimmen."

„Auf den Schreibtisch, hier auf die Ecke", sagte ich und wies mit der Hand auf die Stelle, wo das Telefon stehen sollte.

„Das geht nicht“, sagte sie mit Bestimmtheit. „Das geht wirklich nicht, Herr Bornschein.“

„Wieso nicht?“

„Auf keinen Fall auf den Schreibtisch. Wenn ich ihnen etwas vorschlagen darf, dann den Bücherschrank.“

„Auf den Bücherschrank?“, fragte ich erstaunt.

„Ja, genau da“, sagte Frau Kaschiller und zeigte die Stelle, wo nach ihrer Meinung das Telefon stehen müsste.

Irgendwie irritierte mich ihr Vorschlag, und ich fragte, wieso sie auf den Bücherschrank komme, es wäre doch weit bequemer, hier am Schreibtisch zu telefonieren.

Ja, das sei es eben, es dürfe keinesfalls bequem sein, beharrte sie.

Ich muss sie wohl ziemlich verständnislos angeschaut haben, denn sie sagte nachsichtig, sie werde es mir zu erklären versuchen.

Bei mir befinde sich künftig in den Stunden außerhalb der Arbeitszeit das einzig verfügbare Telefon, begann sie mit ihrer Erklärung. Nur dieser Apparat sei dann für die Leute des ganzen Dorfes erreichbar. Ich sei, das glaubten mittlerweile hier alle, ein sehr freundlicher Mensch, folglich, und da sei sie sich sicher, würden sie mich regelrecht heimsuchen. Sie würden kommen, es sich auf dem Stuhl hinter meinen Schreibtisch gemütlich machen und ewig lange telefonieren, und sie würden beim Telefonieren nach allem, was gerade oben auf dem Schreibtisch in Reichweite sei, greifen, unbeabsichtigt oder absichtlich, und wenn ein Stift in der Nähe läge, würden sie sich bestimmt, sofern ihnen etwas Wichtiges mitgeteilt werde, auch noch Notizen machen, ganz gleich, was sie vorfänden, ob Briefe, Urkunden oder andere wichtige Papiere, sie würden jedes Blatt für geeignet halten, um sich etwas aufzuschreiben, und sie würden auch, sollte beim Telefongespräch ein wenig Langeweile aufkommen, was ja nicht selten geschehe, das Foto nehmen, es zu sich heranziehen und betrachten, gewissermaßen als willkommene Ablenkung oder als Ausgleich für das wenig attraktive

Gesicht der Partnerin am anderen Ende der Leitung, an das sie sich gerade erinnern. Und was würde ich, als Gastgeber, als Besitzer von Zimmer, Schreibtisch, Telefon und Foto, was würde ich, der daneben stünde, dann tun, etwa dem Vandalen das Foto aus der ungewaschenen, klebrigen Hand nehmen, ihn am Kragen packen und aus dem Zimmer transportieren, das doch wohl eher nicht, ich würde zähneknirschend diese Handlungen erdulden oder tolerieren, ich würde versuchen, über diese Ungeschicklichkeiten hinweg zu sehen, ich würde ein Machtwort oder die in mir aufkommende Wut unterdrücken und so tun, als ob ich das alles gar nicht wahrnehme. Vielleicht würde ich sogar aus dem Zimmer gehen, weil ich dieses Ungemach nicht mehr ertragen könne, diesen Akt falsch verstandener Gastfreundschaft, diese Unverschämtheiten. Womöglich müsse ich auch noch verkraften, wenn beim Telefonieren geraucht werde und in Ermangelung eines Aschenbechers oder beim Verfehlen desselben die Asche auf meine Papiere oder in den Blumentopf oder in die Vase gelange und eine große Sauerei entstehe. Das müsse man sich doch wohl nicht antun.

Und nachdem Frau Kaschiller das gesagt hatte, demonstrierte sie mir, wie sich das umsetzen ließ, was sie mir vorgeschlagen hatte. Sie setzte sich, lehnte sich weit zurück, so dass der Rock über ihre runden Knie rutschte, dann sagte sie, so könne man hier unendlich lange sitzen und reden und reden.

Sie lachte, aber plötzlich sprang sie auf und erklärte, dieses lange Reden müsse verhindert werden, und die Lösung dazu, die hätten wir gefunden. Doch ihr sei noch etwas eingefallen, sie komme gleich zurück.

Und wenig später brachte sie ein rundes, dunkelbraunes Deckchen, legte es auf meinen Schreibtisch, stellte das Foto darauf, ging zurück bis an die Tür, prüfte eine Weile, fragte, ob es mir gefalle, was ich ihr bestätigte.

Darauf kam sie wieder in meine Nähe und schob das Foto samt Deckchen weiter zurück. Sie tat es, wie ich bemerkte, sehr behutsam, als befürchtete sie, etwas beschädigen zu können. Danach entfernte sie sich, rückwärtsgehend, ein zwei Schritte von meinem Schreibtisch, beugte sich hin und her, sagte: „Wunderbar. Finden Sie es auch?"

Ich wusste nicht, ob sie ihr Deckchen meinte oder alles zusarnmen. Ich nickte nur.

„Ihre Freundin und Verlobte", sagte Frau Kaschiller, „schaut einen immer an, ganz gleich, ob man sich links oder rechts aufhält, sie hat einen immer im Blick. Und doch hat man dabei das Gefühl, sie schaut auch ein wenig über einen hinweg, als wolle sie den hintersten Winkel des Zimmers prüfen, also alles, was vor ihr ist, mit ihrem Blick erfassen. So etwas habe ich bisher noch nicht erlebt."

„Das Telefon kommt auf den Bücherschrank, wie Sie es vorgeschlagen haben", sagte ich, und ich merkte, Frau Kaschiller war damit sehr zufrieden.

Natürlich war das Telefon alles andere als eine Auszeichnung, auch wenn der Direktor so tat, als ob er damit meine Leistungen zu würdigen gedachte, es hatte ganz banale Gründe für seine Entscheidung gegeben.

In der Öffentlichkeit allerdings und mir gegenüber verkündete er, dass es nur recht und billig sei, wenn ich auch außerhalb meiner regulären Dienstzeit, ohne dass ich mein Zimmer verlassen müsse, Zugriff zu einem Telefonapparat hätte. Angesichts der neuen, weitreichenden Aufgaben, die ich in Kürze übernehmen müsse, wäre das unumgänglich, so jedenfalls sehe er das, er als Direktor, der nun einmal beauftragt sei, dafür zu sorgen, dass es im Betrieb auf allen Ebenen vorangehe. Und er sei derjenige, der die breiter gefächerte Sicht aufs Betriebsgeschehen habe, also stehe ihm zu, diese notwendige Anordnung zu treffen.

Vom Kreis war, was Mendes sehr gefiel, die Antwort eingetroffen, dass man seinen Vorschlag, mich mit zusätzlichen Aufgaben zu betrauen, in Anbetracht meiner bisher gezeigten Ergebnisse, gutheiße. Als Mendes darauf telefonisch über die finanzielle Seite der Angelegenheit verhandelte, erfuhr er vom Landwirtschaftschef, dass die Unterabteilung des Bezirkes demnächst aufgelöst werde und die Kreisverwaltung sich um uns zu kümmern habe. Der Kreis werde, wie bisher, den vorgeschriebenen Absolventenlohn zahlen, der Betrieb solle noch einiges hinzu legen, nicht zu wenig, da mancherorts, besonders von Genossenschaften, schon Interesse an Absolventen geäußert werde, aber auch nicht zu viel. Man war sich, wie mir die Sekretärin unter vier Augen berichtete, schnell einig geworden.

Mir oblag es nun, mich auch mit der Viehwirtschaft zu befassen.

Ich begann mit dem Kuhstall, und ich besuchte ihn ohne Begleitung, ich wollte mir in aller Ruhe einen Überblick verschaffen und mir dabei nicht irgendwelche Kommentare anhören müssen.

Die Kuh, die ihren Platz gleich rechts am Eingang hatte, drehte ihren Kopf zu mir, als erwartete sie, dass ich ihr ein wenig Aufmerksamkeit schenkte. Von zu Hause kannte ich das, vor allem von unserer Kuh Dora, die wir immer Dorchen nannten. Bei ihr konnte man nicht vorbeigehen, ohne ihr lange und kräftig den Hals gekrault zu haben. Dieser Kuh hier im großen Stall strich ich nur mit der Hand übers Fell, aber auch das schien sie zu genießen, vielleicht erlebte sie so etwas sehr selten.

Ich weiß nicht, welcher verstörende Gedanke mich in diesem Moment befiel, ich zog meine Hand vom Fell zurück, ich bückte mich, meine Hand glitt zum Euter und erfasste eine Zitze, die Finger drückten fast von allein, wie früher beim Melken, einen Strahl Milch in meine, als Schale geformte linke Hand. Ich sah sofort diese ekligen Flocken, nein, ich erschrak dabei nicht einmal, damals in Bertlingen war mir das passiert, weil ich es nicht erwartet hatte, dass zwei oder drei Kühe betroffen waren, bei uns zu Hause waren die Euter der Kühe immer gesund gewesen.

Ich gab mich nun nicht zufrieden, ich probierte es bei der nächsten Kuh, ich fand nichts und atmete schon auf, doch bei der übernächsten und dann gleich bei drei weiteren Kühen tauchten diese widerwärtigen Flocken auf.

Ich probierte nicht weiter. Mir reichte es.

Ich ging zum Wasserhahn und wusch mir lange die Hände.

Er hätte schon immer so einen Verdacht gehabt, sagte Mendes, als ich ihn über meine Entdeckung unterrichtete. Der Viehzuchtbrigadier sei eine Niete gewesen, und unser Melkermeister sei alles andere als ein richtiger Meister, kein Wunder, dass sich die Euterkrankheiten ausgebreitet hätten. Der gelbe Galt also, unsere Kühe seien zu bedauern.

Mendes setzte seine Brille auf, schaute mich an und erklärte, jetzt sei ich gefordert, eine Lösung für das Problem zu finden. Natürlich bekäme ich mit der Übernahme der Verantwortlichkeiten auch freie Hand für eigene Entscheidungen. Da könne ich mich voll auf ihn verlassen. Ich schlug ihm vor, mit dem Tierarzt zu reden. Darauf bekam ich die Antwort, dass dessen Kraft nicht ausreichen werde, sich bei den Melkern durchzusetzen.

Dann müssten wir uns einen neuen Chef für die Melker suchen, schlug ich vor.

Die Frage wäre, ob ich jemanden finden würde, Melker wären überall knapp und erfahrene Meister noch viel mehr.

„Soll ich es versuchen?“, fragte ich nach kurzem Überlegen.

„Unbedingt“, sagte Mendes, nahm seine Brille ab und legte sie vor sich auf den kleinen runden Tisch.

Gleich an einem der folgenden Abende ging ich zu Fritz Krüger nach Klein Bodelin. Ich musste zum Abendessen dableiben. Wir redeten über die Tochter, die in Rostock Landwirtschaft studierte. Erst kurz vor dem Verabschieden kam ich zum eigentlichen Anliegen meines Besuches. Fritz Krüger lehnte ab, sagte aber, er werde noch mit seiner Tochter reden. Als ich ihn in der Woche darauf wie beiläufig fragte, erklärte er mir, er nehme das Angebot an, allerdings probeweise, und wenn es ihm gelänge, Kühe und Truppe unter seine Kontrolle zu bringen, bleibe er auch dabei. Ansonsten kehre er zurück in den Feldbau, das müssten wir ihm garantieren.

Der bisher amtierende Melkermeister drohte, nachdem ihm seine Ablösung mitgeteilt worden war, er werde kündigen. Mendes hatte ihm nicht einmal einen Stuhl angeboten, nun stand er vor uns, als überlege er, auf welche Art er gegen diese Entscheidung aufbegehren könnte. Fast väterlich sagte Mendes zu ihm, viele Betriebe würden dringend Melker suchen, er werde gewiss schnell wieder eine Stelle finden. Doch zunächst würden ihm drei Tage Bedenkzeit angeboten, drei volle Tage, an denen er nicht arbeiten müsse, sondern nur nachdenken, er wisse ja, er könne so handeln, wie es ihm beliebe.

Fritz Krüger wurde am Tag darauf im Kuhstall als neuer Chef vorgestellt. Am übernächsten Tag erschien der bisherige Meister bei Mendes und teilte ihm mit, er habe es sich überlegt, er würde, wenn man es ihm erlaube, gern in Bodelin bleiben, auch als ganz einfacher Melker.

Die Woche danach informierte ich Mendes über die geplante Großaktion Stallmiststreuen. Er sei dafür, nötigenfalls werde er auch eine Sonderprämie gewähren. Die Misthaufen müssten aus unserer Landschaft verschwinden, restlos, das werde wirklich höchste Zeit, sagte er, denn was sollten wir sonst den Leuten erzählen, wenn sie im Frühjahr zu Feldbesichtigungen bei uns eintreffen würden und unsere schöne Flur wäre derart verschandelt. Der veröffentlichte Maßnahmeplan werde uns viel Besuch bescheren, davon sei er überzeugt.

Bei Wiesemühl brauchte ich nicht lange, um ihm klarzumachen, die Traktoristen beim Miststreuen nicht nach der bestreuten Fläche, sondern nach der ausgebrachten Menge zu vergüten. Die Schaffung einer mustergültigen Flur war fortan die große Losung, der sich alles unterzuordnen hatte.

Zuweilen passiert es mir, dass ich mich in den Sequenzen bestimmter Episoden oder Vorfälle verirre, wenn ich mich daran zu erinnern versuche.

Zum Beispiel denke ich stets, mein erstes Telefongespräch mit Irene hätte erst Wochen später stattgefunden, dabei habe ich es am Tag der Installation des Telefons bereits geführt, zwangsläufig, denn ich war in gewissem Sinne dazu verpflichtet, es auszuprobieren. Und eine derartige Veränderung in meinen Möglichkeiten konnte ich nur Irene gegenüber demonstrieren, auch wenn den stärksten Einfluss auf diese Veränderung wohl ein Vorfall ausgeübt hatte, über den offiziell von Mendes nicht gesprochen wurde, den er der Hauptbuchhalterin aber hatte eingestehen müssen. Nachts waren zwei Waggons mit Dünger eingetroffen, doch der am Bahnhof Diensthabende hatte um diese Zeit niemanden vom Gut erreichen können, weder Mendes noch mich. Die Waggons wurden zu spät entladen, folglich wurde dem Gut Standgeld berechnet. Das muss bei Mendes den letzten Ausschlag gegeben haben, mir einen Telefonanschluss zuzubilligen.

Als ich am Tag, für den die Installation des Telefons geplant war, nach dem Mittagessen von unserer Betriebsküche im Park in das Verwaltungsgebäude zurückkehrte, sah ich, dass Frau Kaschiller auf mich wartete. Sie hatte sich auf der obersten Treppenstufe postiert, um zu verhindern, dass ich direkt ins Büro ging, anstatt zunächst die Veränderungen in meiner Behausung zu bewundern.

Die Handwerker hätten ihren Auftrag ordentlich ausgeführt, teilte sie mir mit. Das Telefon befinde sich, wie abgesprochen, auf dem Bücherschrank.

Und als wir beide nebeneinander auf der Türschwelle standen, sagte sie, ihrer Meinung nach mache sich das Telefon dort, wo es jetzt sei, vom Anblick her, wirklich gut, einen besseren Platz hätten wir nicht finden können.

Mir war klar, sie hoffte nun, dass ich ihrer Feststellung zustimmen würde, und ich tat es auch, und ich sparte dabei nicht mit Lob für sie.

Frau Kaschiller wies mit ihrer Hand aufs Telefon und sagte: „Erst ausprobieren, ob es funktioniert, noch sind die Handwerker im Hause."

Sie lachte, und ihr Bick wanderte vom Telefon zum Schreibtisch, dorthin, wo das Foto stand.

„Soll ich es versuchen?", fragte ich und zeigte auf das Foto.

„Unbedingt", kam ihre Antwort.

Frau Kaschiller war dann bis zur Tür zurückgegangen und wartete, am Türrahmen lehnend, auf das erste, aus meinem Zimmer geführte Telefongespräch, das sie, wie ich annahm, als besonderes Ereignis einstufte.

Und ein Ereignis musste ein Ereignis bleiben, und man musste ihm, noch dazu, wenn es von solch erfreulichem Charakter war, die entsprechende Bedeutung beimessen, ganz gleich, was irgendwann als Anstoß gediehnt hatte.

Frau Kaschiller genoss es sichtlich, ruhig dazustehen und dabei zu beobachten, wie ich wählte, wie die Scheibe sich surrend drehte, Zahl für Zahl, und darauf zu warten, dass sich eine Stimme meldete.

Die Frau vom Fernamt war freundlich und sagte, sie werde mich verbinden.

Doch es meldete sich niemand.

„Es ist noch Mittagszeit, da wird niemand im Büro sein", sagte Frau Kaschiller.

Ich wartete.

Und obgleich beim Warten meine Gedanken in diese, weit im Süden gelegene, fruchtbare Gegend wanderten, in das Thüringer Becken oder, wie Landwirte sagten, die Thüringer Ackerebene, wo ich Irene in Gummistiefeln draußen auf einem der Felder vermutete, fiel mir ein, dass ich gerade im Begriff war, gegen hiesige Festlegungen zu verstoßen. Ich war dabei, eine Ordnung zu übertreten, eine Vorschrift zu missachten, die beinhaltete, dass Privatgespräche im Laufe des Tages nur über den Apparat im Vorzimmer des Direktors zu führen erlaubt sind und im Nachweisbuch, das die Sekretärin verwaltet, eingetragen werden müssen. Zu anderen Zeiten war das Telefonieren lediglich bei dringenden Angelegenheiten oder in Notfällen gestattet, allerdings in Absprache und im Beisein der Sekretärin und dabei auch nur mit dem Apparat im Vorzimmer.

Bisher hatte ich mich an diese Festlegungen gehalten, das heißt, ich hatte überhaupt kein Privatgespräch geführt, ich hatte stattdessen Briefe geschrieben, Briefe an Irene und an meine Eltern.

Jetzt aber begann ich damit, mich gegen althergebrachte Bestimmungen nicht nur aufzulehnen, sondern diese sogar gänzlich zu ignorieren.

Frau Kaschiller dachte gewiss nicht im Entferntesten an diese Relikte aus vergangener Gutsherrenzeit, sie hoffte, wie ich glaubte, dass bald ein Gespräch zustande käme, damit ihre Oberaufsicht bei den Handwerkern nicht umsonst gewesen wäre, sondern endlich den hörbaren Erfolg bringen würde.

„Versuchen Sie es doch noch einmal", sagte Frau Kaschiller. „Jetzt könnte auch dort im Süden die Mittagspause vorbei sein."

Und wieder versprach die Dame vom Fernamt, sich sogleich um eine Verbindung zu bemühen.

Die Mittagszeit schien nun tatsächlich auch in dieser weit entfernten Gegend zu Ende zu sein, jedenfalls hörte ich eine angenehme Frauenstimme im heimatlichen Dialekt sagen, dass Fräulein Vonderlind zur Zeit nicht im Hause sei, sie befinde sich auf einer Beratung beim Bezirk. Vor neunzehn Uhr werde sie keinesfalls zurück sein. Es wäre wohl am günstigsten, wenn ich gegen zwanzig Uhr anrufen würde, schließlich müsse sie nach ihrer Rückkehr erst etwas essen. Gegen zwanzig Uhr würde ich sie ganz gewiss erreichen, selbstverständlich werde man sie benachrichtigen, so dass sie Bescheid wisse.

Den ganzen Nachmittag über dachte ich daran, wie Irene sich fühlen würde auf dieser Beratung, wo die Frauen meist selten vertreten waren, wo die Männer dominierten und mit ihrer Fachkompetenz sich zu übertreffen suchten, jetzt aber auf einmal von einer Studentin mit völlig ungewohnten, neuen Vorstellungen konfrontiert wurden und nicht mehr einfach argumentieren konnten, dass das nicht möglich sei, was da die junge Dame vorbringe, weil ihre Erfahrungen etwas anderes bewiesen.

Ich sei heute ganz anders als sonst, stellte Wiesemühl am späten Nachmittag fest. Dafür müsse es doch einen Grund geben.

„Ich wüsste nicht welchen", log ich.

Doch dann mischte sich Kranert ein, er sagte nachsichtig: „Gotthilf, wenn einer ein eigenes Telefon bekommen hat, wird er zwangsläufig ganz anders. Gib dem Menschen einen Schreibtisch, ein Telefon dazu und ein bisschen Macht, und du wirst ihn nicht wiedererkennen."

Als wir uns nach der Arbeitsbesprechung voneinander verabschiedeten, sagte Wiesemühl: „Grüße sie von mir, denke daran, ein Telefongespräch ist gut, aber ein Besuch wäre noch weit besser."

Ich wartete nicht bis zwanzig Uhr, ich rief fünfzehn Minuten früher an.

„Vonderlind", hörte ich Irene aus weiter Ferne sagen.

Bis zu diesem abendlichen Telefonversuch hatte ich mir etliche Sätze zurechtgelegt, die ich im Gespräch verwenden wollte.

Aber die im Gedächtnis gespeicherten Sätze brauchte ich nicht, neue Sätze sprudelten durcheinander, wir redeten, was uns gerade einfiel. Unser Mitteilungsbedarf schien unerschöpflich zu sein. Und ich sagte, jeden Abend könnten wir nun telefonieren, immer, wenn uns danach sei.

Vor einer Antwort auf meine Fragen kam zumeist Irenes Lachen, und ich hatte auf einmal den Eindruck, als sei die Verbindung besser geworden, als sei Irene nicht mehr so weit entfernt von mir, sondern näher herangerückt, ich glaubte, ihr Atmen zu hören, als sie mich fragte, ob ich jetzt in meinem Zimmer säße.

„Ja, ganz bequem in meinem Schreibtischsessel, und völlig entspannt", sagte ich. Und gleich darauf korrigierte ich mich und gab zu, dass ich, wie sie sich vielleicht denken könne, alles andere als völlig entspannt sei.

„Sondern?", fragte Irene, und ich hörte sie wieder lachen.

„Aufgeregt", sagte ich. „Richtig aufgeregt, denn mit dir zu telefonieren ist eine aufregende Sache."

Sie sei jetzt nur noch ein bisschen aufgeregt, versicherte sie mir. Die größere Aufregung habe sie schon hinter sich gebracht. Dabei hätte es auf der Beratung dafür eigentlich gar keine Veranlassung gegeben.

„Erzähle, was war bei dir", forderte ich sie auf.

Sie hätte dort sprechen müssen, einen kurzen Beitrag liefern, zehn Minuten, sie sollte das Vorhaben der Genossenschaft vorstellen oder, wie es der Vorsitzende bezeichne, ihr Projekt, wobei es keineswegs ihr alleiniges Projekt sei, allerdings müsse sie die Hauptarbeit dafür liefern.

Und dieses Projekt habe sie den Fachleuten erläutern müssen, fragte ich.

Es seien hauptsächlich Genossenschaftsvorsitzende anwesend gewesen, natürlich auch ihr Vorsitzender, der gleich hätte einschreiten können, wenn irgendetwas schiefgegangen wäre.

„Ist was schiefgegangen?", fragte ich.

„Nein", antwortete sie. „Im Gegenteil, was glaubst du, was einer der Vorsitzenden zu mir gesagt hat, nachdem ich zuvor einige Fragen zum Projekt habe beantworten müssen? Er hat gesagt, Mädchen, bring die Sache erfolgreich über die Bühne, und wenn es bei euch geklappt hat, dann machen wir es genauso, du musst uns dann aber auch deine Unterlagen dafür geben."

„Und was ist das für ein Projekt?", fragte ich.

„Erzähle ich dir später“, antwortete sie. „Das erzähle ich dir, wenn du hier bist, bis dahin ist es ein Geheimnis, mein Geheimnis. Glaub nicht, dass du für alle Zeit bequem und behäbig hinter deinem Schreibtisch sitzen kannst, du musst…“

„Aber jetzt sitze ich gut“, unterbrach ich sie. „Ich sitze hier mit dem Blick auf dein Foto, das auf meinem Schreibtisch steht. Allerdings würde ich dich viel lieber in die Arme nehmen.“

„Besser wäre es doch, wenn du einen Plan machen und diesen dann realisieren würdest“, sagte sie. „Das heißt: Du trittst die Reise an.“

„Erst muss ich den Urlaub beantragen“, sagte ich.

„Dann beantrage ihn doch und lass dich hier sehen.“

Es war schon Ende November, als ich meine große Reise antrat.

Willi Friedländer brachte mich mit dem F8, den er wieder fahrbereit gemacht hatte, frühmorgens in die Kreisstadt zum Bahnhof.

Eigentlich hätte er mich gleich an meinen Zielort bringen können, wir hätten bestimmt nicht mehr Zeit benötigt, als die Bahn, sagte er, nachdem wir bis zum Landstädtchen am See geschwiegen hatten.

„Willi“, sagte ich betont vorwurfsvoll, „dafür fehlt uns der Fahrauftrag.“

„Du hättest ihn beim Chef beantragen können“, erwiderte er.

Mir kam der Gedanke, er hatte das Bedürfnis, mit mir zu reden, ich sollte ihm wahrscheinlich nur zuhören. Erst sprach er von der Reparatur des F8, dann erzählte er mir, dass selbst die Traktoristen, denen ich mit Lohnabzügen gedroht hätte, weil sie anfänglich nicht meinen Anweisungen bezüglich der Tiefe beim Pflügen nachgekommen wären, ausnahmslos auf meiner Seite stünden und sich lieber von mir als von jedem anderen etwas sagen lassen würden.

Ich war mir nicht sicher, ob das stimmte oder ob er es mir nur erzählte, weil er sich noch dankbar zeigen wollte.

„Ich hole dich ab, wie vereinbart“, sagte er dann, als ich mich von ihm verabschiedete. Danach fragte er noch: „Bringst du deine Verlobte mit?“

„Sicher nicht“, antwortete ich.

„Schade“, sagte er.

Der D-Zug kam von Rostock und fuhr durch bis Leipzig, wo ich umsteigen musste. Ab Magdeburg begann es mit den Schwierigkeiten. Der D-Zug hielt wiederholt an Stationen, die er eigentlich hätte durchfahren müssen, und die Vorgaben des Fahrplanes wurden immer mehr zur Makulatur. Kurz vor Halle erklärte uns der Schaffner, dass wir aller Voraussicht nach bis zum Zielbahnhof mit einer Verspätung von einer Stunde rechnen müssten.

Und so war es dann auch. Doch ich erreichte meinen Anschlusszug, man hatte ihn einfach warten lassen, so dass ich fast pünktlich in Erfurt eintraf.

Es war feuchtkalt, als ich ausstieg.

Ich kannte das von früher her, wenn ich hier umsteigen musste. In dieser Jahreszeit, nicht mehr Herbst und noch kein Winter, war es hier fast immer feuchtkalt, sicher auch anderswo, nur hier spürte man es ganz besonders.

Es dämmerte bereits, oder es war an diesem Tag gar nicht richtig hell geworden, was ich aus dem Zug heraus wegen der verschmutzten Scheiben nicht so genau hatte beurteilen können.

Ich hatte zu lesen versucht, aber das Lesen immer wieder unterbrochen, weil es mich drängte, über vieles nachzudenken.

Wie könnten wir es organisieren, näher zueinander zu kommen? hatte ich mich gefragt. Wie lange würden wir es durchhalten, stets eine Art kleiner Weltreise zu unternehmen, um uns zu treffen, uns zu sehen, wie es für ein Paar unerlässlich ist?

Ich hatte keine vernünftigen Antworten gefunden oder das, was ich anfänglich als Antwort angesehen hatte, gleich darauf wieder verworfen, weil mir deren Realisierung als zu kompliziert und obendrein zu unsicher erschienen war. Meine Freude auf das Kommende war allmählich geschwunden, ich schob es auf die lange strapaziöse Fahrt.

Und dann dieser dunkle Bahnhof, dieser Bahnsteig mit den vielen Menschen, die sich in verschiedene Richtungen bewegten, die drängelten, einander anstießen, rücksichtslos ihre Koffer einsetzten, um sich Platz oder Durchgang zu verschaffen.

Nachdem ich meinen Koffer neben eine der Säulen gestellt hatte, die das Dach stützten, blieb ich einfach stehen und sah mich um, aber ich konnte Irene nicht entdecken.

Vielleicht war es ihr nicht gelungen, rechtzeitig den Bahnhof zu erreichen, dachte ich enttäuscht.

Doch im gleichen Augenblick spürte ich, wie mich von hinten Arme umschlangen.

Sie hätte schon befürchtet, dass ich diesen Zug verfehlen würde, sagte Irene atemlos. Es habe immerzu sich widersprechende Auskünfte gegeben, niemand habe sagen können, ob die Anschlüsse klappen würden.

„Du siehst, ich bin da“, sagte ich. „Trotz Novembernebel, trotz überfüllter Züge, trotz Verspätungen, ich bin rechtzeitig eingetroffen. Ist auf mich Verlass?“

„Komm`“, sagte sie und zog mich zur Treppe, die zur Bahnhofshalle führte.

Wir waren so aufgeregt, dass wir gar nicht dazu kamen, uns zu küssen, wie es normalerweise in einer solchen Situation üblich gewesen wäre. Aber daran dachte ich erst, als wir schon dem Ausgang zustrebten, und ich überrascht war, dass mir auf einmal alles in diesem Gebäude viel heller, freundlicher, anheimelnder erschien, als ich es von früher

her kannte. Ich verharrte einen Moment, schaute mich um und fragte Irene, ob man das hier renoviert habe.

Sie zuckte mit den Schultern, blickte mich erstaunt an, sagte schließlich, sie wisse es nicht, sie glaube, es sei immer so gewesen.

Dann standen wir auf dem Parkplatz vor einem Wartburg, einem grauen 311er.

Irene öffnete den Kofferraum, und ich verstaute mein Reisegepäck.

„Mein Herr, steigen Sie bitte ein“, sagte sie und hielt mir die Tür auf.

„Ist das dein Wartburg?“, fragte ich.

„Leider nein, aber ich darf mit ihm fahren, bei dienstlichen Anlässen.“

„Und heute, ist das ein dienstlicher Anlass?“

„Fast dienstlich“, sagte sie. „Der Besuch eines hohen Gastes wird meinen Arbeitseifer beflügeln, was ja schließlich dann der Genossenschaft zugutekommt. Also kann diese Fahrt als dienstliche Angelegenheit gewertet werden, zumindest im weiteren Sinne. Man soll nicht alles so eng sehen, nicht päpstlicher sein als der Papst.“

Ich schwieg, während Irene schon den Motor startete und langsam vom Parkplatz rollte.

Ich staunte, wie sicher sie fuhr, nicht zögerlich, eher bedächtig, sie schien sich hier gut auszukennen, es war nicht allzu viel Verkehr. Und auch, als die Stadt hinter uns lag, als wir durch die flache Landschaft fuhren, hatte ich den Eindruck, dass sie nach wie vor sehr aufmerksam auf die Straße achtete und sich von nichts ablenken ließ. Wir schwiegen die ganze Strecke, nur einmal, wenige Kilometer vor unserem Ziel, unterbrach sie das Schweigen mit dem Hinweis, dass man hier besonders vorsichtig fahren müsse, der Zuckerrübendreck wirke auf der Fahrbahn wie Schmierseife, es lande öfter mal ein Fahrzeug im Graben.

Irene parkte den Wagen vor einem zweistöckigen, langgestreckten Gebäude.

Drei Stufen führten zu einer Doppeltür, dahinter befand sich eine Art Vorraum, links war eine Pförtnerloge, die nicht besetzt war, dann gab es zwei Türen, die rechte war etwas schmaler als die linke.

Einen Moment verharrte Irene vor der rechten Tür, ehe sie sie aufschloss und mir den Vortritt ließ.

Unten die Gästezimmer, oben eine Wohnung, alles raffiniert dem Lehrlingswohnheim angefügt, aber separat, abgeschirmt von unten bis oben, das vorgegebene Typenprojekt ein wenig erweitert, erfuhr ich von ihr, während wir die Treppe zur Wohnung emporstiegen.

Dann, als Irene das Licht eingeschaltet hatte, sah ich den Korridor mit fünf Türen auf der rechten Seite und am Ende einen niedrigen Schrank, auf dem ein Gummibaum stand, der fast die ganze, jetzt dunkle Fensterfläche ausfüllte.

Irene schob mich ein Stück voran, um die erste der Türen öffnen zu können, und als ich nichts sagte, öffnete sie auch die zweite.

Ich war erstaunt, wie großzügig man hier gebaut hatte. In Bodelin gab es diese Großzügigkeit nur beim Stall für die Sattelschweine, damit Mendes sich brüsten konnte, wenn er Leute dort hinführte. Bei den Menschen dagegen hatte man versäumt, an Großzügigkeit zu denken, die Häuser und Wohnungen waren klein und eng, und lediglich beim Kindergarten hatte man auf Zuwachs gebaut.

Ich spürte, dass Irene auf eine Reaktion von mir wartete, aber ich zog erst den Mantel aus und die Schuhe.

Und als ich danach noch immer nichts sagte, fragte Irene: „Na und, gefällt dir meine Wohnung?“

Sie hatte jetzt alle Türen weit geöffnet, vorn, als erstes das Bad, als nächstes die Küche, dann das Wohnzimmer, das Schlafzimmer und ganz hinten eine kleine Abstellkammer.

In Strümpfen folgte ich ihr von Tür zu Tür, sagte immer wieder, das sei unwahrscheinlich, ich sagte es, weil mir nichts besseres einfiel, und als wir wieder bei der Küche angelangt waren, fügte ich hinzu, dass ich am liebsten mit einziehen würde.

„Du kannst von heute auf morgen hier im Betrieb anfangen und in meine Wohnung mit einziehen", sagte Irene lachend. „Du musst dir nur überlegen, wie du dich in deinem Gut ohne größeren Ärger abseilen kannst, vielleicht mit der Begründung, dass dir das raue mecklenburgische Klima nicht zuträglich wäre und du an einer beängstigenden Unverträglichkeitsreaktion leiden würdest."

„Ich werde es mir überlegen", antwortete ich ihr.

Irene brachte Bier und zwei Gläser, dann tranken wir. Ich hatte großen Durst, und ich musste mich bremsen, um nicht das Glas in einem Zug zu leeren.

Irene wies mir dann die Schrankfächer zu, in die ich meine Sachen legen sollte. Und als ich meinen Koffer auszupacken begann, wurde mir bewusst, dass ich gar kein Geschenk für sie hatte. Gehörte es sich nicht für einen Gast, ein Geschenk mitzubringen, dachte ich, unterbrach mein Auspacken und ging zu ihr in die Küche.

„Es ist mir sehr peinlich", sagte ich, „aber ich habe kein Geschenk für dich."

„Und was hättest du mir aus Bodelin mitbringen wollen, etwa ein paar Kartoffeln?", fragte sie. „Wir haben hier nicht nur Zuckerrüben, wir haben auch Kartoffeln. Und als Geschenk reicht es vollkommen aus, dass du gekommen bist."

Ich trank das Bier, das sie mir nachgegossen hatte, und sagte: „Danke, du bist großartig."

Auf dem Wannenrand im Bad fand ich zwei Handtücher, sie hatte an alles gedacht.

Es war angenehm, in das warme Wasser zu gleiten, und ich genoss diesen Luxus, bis Irene nach mir rief.

Als ich das Wohnzimmer betrat, war der Tisch bereits gedeckt. Mir wurde der Platz auf der Couch zugewiesen, Irene saß rechts von mir im Sessel.

Wir aßen und tranken, und wir verhielten uns dabei so, als würde uns das Abendessen jeden Tag zusammenführen, nachdem wir unser Arbeitspensum geschafft hatten.

Irene hatte Tee gekocht, und sie erklärte mir, es sei die Mischung, die ihre Mutter vor Gästen gern ein bisschen geheimnisvoll als Gebirgskräutertee bezeichne. Dabei bestehe das Geheimnis lediglich darin, dass die Zitronenmelisse, die Pfefferminze, der Salbei und die Erdbeerblätter aus dem eigenen Garten stammten. Und da der eigene Garten sich in einer Höhenlage befinde, sei die Bezeichnung Gebirgskräutertee zweifellos auch gerechtfertigt, ergänzte sie lachend.

Da ich abwechselnd Tee und Bier trank, meinte Irene, sie werde ihrer Mutter vorschlagen, dem Tee künftig noch ein bestimmtes Quantum an Hopfen beizumischen, dann erübrige sich vielleicht das Biertrinken. Vorerst solle ich aber beim Bier bleiben, riet sie mir darauf, weil sie glaube, es verhelfe mir zu innerer Ruhe und Gelassenheit und vertreibe auch etwaige schwermütige Gedanken. Und sollte mich das Bier schläfrig machen, könnte ich mich auf der Couch umfallen lassen und in optimistische Träume eintauchen, was nicht bedeuten würde, dass ich hier auf diesem Platz die Nacht verbringen müsse. Schließlich sei ich Ehrengast, bei dem man auch besondere Wünsche akzeptieren werde.

Während wir dann in der Küche standen, Irene wusch das Geschirr ab, und ich betätigte mich als Abtrockner, fragte ich nach dem hochwichtigen Projekt, das sie seinerzeit beim Telefongespräch erwähnt hatte.

Von der theoretischen Seite her sei das Projekt ziemlich einfach. In der praktischen Umsetzung habe es allerdings seine Tücken. Die Schwierigkeiten lägen, wie üblich, im Detail, sagte sie. Immerhin sei es ein Projekt, das nicht ganz mit der offiziellen Linie konform gehe, das sich allerdings in der Praxis als vielversprechend anböte, um die Zahl der wirtschaftsschwachen Genossenschaften schnell zu verringern und möglicherweise auf Null zu bringen und letztendlich jeden Verantwortlichen auf Kreis- und Bezirksebene in die Lage zu versetzen, triumphierend der Obrigkeit kundzutun, es sei im eigenen Territorium gelungen, alle Genossenschaften mit dem sogenannten langen Namen, was bedeute, mit noch niedrigem Produktionsniveau, nunmehr zu wirtschaftsstarken Betrieben entwickelt zu haben. In ihrem konkreten Fall, erläuterte sie mir weiter, müssten zwei Genossenschaften aus der Nachbarschaft, die kaum eine Chance hätten, aus eigener Kraft das erforderliche wirtschaftliche Niveau zu erreichen, und die ohne hohe staatliche Stützung folglich ihren Untergang nicht verhindern könnten, im Januar des kommenden Jahres von ihrer Genossenschaft, die als mustergültig wirtschaftend und damit als finanziell sehr stark gelte, aufgenommen werden. Dafür habe sie ein betriebswirtschaftliches Konzept erarbeitet, das vom Vorstand ihrer Genossenschaft gebilligt und auch von den Vorständen der anderen beiden Genossenschaften begrüßt worden sei. Den Mitgliedern habe sie mittlerweile alles ausführlich erklärt, so dass nun alle Beteiligten Bescheid wüssten und sich dafür entscheiden könnten. Selbstverständlich sei dabei sicherzustellen, dass am Ende ein Erfolg erzielt werden würde. Eine Garantie des Gelingens müsse gegeben werden, und dafür sei sie verantwortlich, zwar nicht allein, aber in erster Linie. Sie habe das Vorhaben mit Professor Kaufhold besprochen, und der habe Alfred Brähmisch beauftragt, sie zu unterstützen und baldmöglichst die Einrichtung einer Forschungsstelle in Angriff zu nehmen, was der Vorsitzende ihrer Genossenschaft begrüße, die Bezirksverwaltung allerdings recht skeptisch betrachte, weil man dabei sei, ein Bezirksinstitut für Landwirtschaft zu schaffen und dessen betriebswirtschaftliche Abteilung hier am Ort etablieren möchte. Vielleicht aber lasse sich beides unter einen Hut bringen. Ihr sei es im Grunde genommen egal, welche Seite die Oberhand gewinne. Wichtig sei ihr, Erfolg zu haben,

nicht so sehr, um den Nachweis anzutreten, wie richtig die von Partei und Regierung propagierte Agrarpolitik sei, sondern um Fakten für ihre Diplom-Arbeit zu bekommen, denn das Thema habe ihr Professor Kaufhold bereits übergeben und ihr darüber hinaus zugesichert, dass mit einer glänzend geschriebenen Arbeit zugleich der Vorhang für ein sich anschließendes Promotionsspiel aufgezogen wäre.
Also müsse ihr Vorhaben gelingen, sagte ich und legte das Geschirrhandtuch zur Seite.

Sie sei sehr zuversichtlich, erwiderte sie und hängte das von mir zur Seite gelegte Geschirrtuch an den dafür bestimmten Haken. Sie lächelte ein wenig, als sie zu bedenken gab, dass es mit der genossenschaftlichen Demokratie nicht so einfach sei, denn die Mitglieder aus den anderen beiden Genossenschaften müssten begreifen, dass es keine Übernahme, sondern eine Aufnahme sei und dass die Aussicht, mehr zu erwirtschaften, auch zugleich Konsequenzen habe, nämlich disziplinierter, oder mit anderen Worten, besser als bisher zu arbeiten. Und da habe mancher Einzelne so seine Probleme.

„Irene, du wirst das schaffen", sagte ich, als wir wieder im Wohnzimmer saßen und Wein tranken.

Ich spürte auf einmal eine Leichtigkeit, die mir unwahrscheinlich gefiel, weil alles, was mich bisher bedrückt hatte, wie hinweggeweht war. Ich musste weder an Bodelin und an die weite Reise denken und auch nicht an irgendwelche anderen Probleme.

Und dazu passte auch Irenes Mitteilung, dass es Bernd Scheufler wieder besser gehe und dass die Lähmung in seinem Gesicht kaum noch festzustellen sei.

Irene hatte ihn zwei Wochen zuvor bei Professor Kaufhold getroffen, und er hatte ihr berichtet, dass er seinen Prüfungstermin habe und dass er nach bestandener Prüfung in der LPG seiner Schwiegereltern mit der Arbeit beginnen werde. Die noch erforderlichen medizinischen Behandlungen würden ihn von der Nordlandpflicht befreien.

Und dann folgte die Neuigkeit, dass bei Scheuflers eine Tochter angekommen sei. Irene sagte, sie werde bei nächster Gelegenheit hinfahren.

Wie die Tochter heiße, wollte ich wissen.

Irene schaute mich verblüfft an. Sie wusste den Namen der Tochter nicht.

Der Name müsse ihr doch einfallen, beharrte ich.

Der könne ihr nicht einfallen, erwiderte sie mir. Bernd sei gar nicht dazu gekommen, ihn zu nennen, weil Brähmisch ihr Gespräch unterbrochen habe.

Brähmisch würde sich in jedes Gespräch einmischen, ob es ihn etwas angehe oder nicht, behauptete ich. Schon damals beim Ball sei es so gewesen.

Irene lachte, goss mir Wein nach und fragte, ob ich etwa eifersüchtig sei. Doch bevor ich ihn restlos verdamme, solle ich in Betracht ziehen, dass er sie unwahrscheinlich fördere, und dass er auch Bernd helfe, zu seinem Abschluss zu gelangen. Und er würde, davon sei sie überzeugt, auch mich unterstützen, wenn ich in seiner Nähe oder in seinem Einflussbereich wäre. Und außerdem, er sei gut verheiratet, seine Frau sei Lehrerin, und sie hätten zwei hübsche Kinder. Es gebe für mich wirklich keinen Grund, eifersüchtig zu sein.

Ich sei nicht eifersüchtig auf Brähmisch, entgegnete ich ihr. Aber mich interessiere nun mal der Name der kleinen Scheuflerin wirklich. Immerhin müssten auch wir allmählich über Namen nachdenken, denn es könne ja sein, dass auch bei uns in absehbarer Zeit so etwas spruchreif werde.

Irene ließ sich lachend auf meinem Schoß nieder und schlang die Arme um meinen Hals.

Ich wisse doch, sagte sie, wir würden langfristig planen.

Ich hatte nicht vor, mit ihr zu streiten, noch dazu, wo ich merkte, dass meine Wahrnehmungsfähigkeit allmählich nachließ und sich Erschöpfung und Müdigkeit einstellten.

Aber ich sagte noch: „Gut, wir werden vorausplanen, langfristig, so wie du es wünschst und wie es sicher auch richtig ist.“

Im Brief hatte ich meinen Eltern mitgeteilt, ich würde am Samstagabend bei ihnen eintreffen, und sicher nahmen sie an, ich käme aus der anderen Richtung, von Norden her und nicht von Süden. Doch während wir am Vormittag unser Besichtigungsprogramm absolvierten, das Büro besuchten und dabei auch den Vorsitzenden trafen, der ein paar Akten für irgendeine Beratung suchte und mich schmunzelnd als neuen Mitarbeiter begrüßte, und während ich gerade Irenes Schreibtischsessel ausprobierte, schlug sie mir vor, gemeinsam zu fahren, nicht mit dem Zug, sondern mit dem Auto, das ihr zur Verfügung stehe, in diesem Fall nicht mehr dienstlich, sondern einfach abzugelten sei, indem der verbrauchte Treibstoff beglichen werde. Sie glaube nicht, dass meine Eltern etwas dagegen hätten, wenn wir plötzlich beide aufkreuzen würden. Sie würden den Sohn erwarten und gleich die Schwiegertochter gratis dazu bekommen. Und eine Schlafgelegenheit ließe sich gewiss finden.

Als wir die Thüringer Pforte erreichten, war es der Sonne gelungen, eine Lücke zwischen den Wolken zu finden, so dass uns das Wasser der Unstrut wie ein silbrig glitzerndes Band erschien.

Kurze Zeit später, wir waren bereits von der Hauptstraße abgebogen, hatte die Sonne vor ihrem Verschwinden noch einmal ihre ganze verbliebene Kraft aufgeboten und alles in ein warmes, helles Licht getaucht. Die Landschaft um uns wirkte farbiger, ansehnlicher und auch anheimelnder. Selbst das kleine Gebirge, weit hinter der breiten Aue, hatte sein blasses Grau in ein freundliches, anziehendes Dunkelgrün verwandelt.

„Was sagst du nun?“ Die Frage musste ich stellen.

„Prächtig", sagte Irene. „Du siehst, Gäste werden so begrüßt, wie es sich gehört."

Irene bremste und schaute mich an. Wir hatten das Dorf erreicht.

Zuerst nach rechts und dann nach links, half ich ihr.

Als Irene vor dem Hoftor hielt, prophezeite ich, dass gleich das Begrüßungskommando erscheinen würde.

Doch das Begrüßungskommando kam nicht, denn niemand konnte zu dieser Zeit mit unserem Eintreffen rechnen.

Einen Moment lehnten wir uns in den Sitzen zurück, beide zugleich, dann stieg ich aus, um das Tor zu öffnen.

Im Hof hörte ich meinen Vater rufen.

Noch während er mir half, das Tor zu öffnen, war ihm die Überraschung anzusehen. Erst als er Irene zeigte, wo sie den Wagen abstellen sollte, schien er sich wieder gefasst zu haben.

Inzwischen hatte sich die übrige Familie zur Begrüßung eingefunden, an erster Stelle meine Mutter, die zwei Schritte auf Irene zuging, um sie zu umarmen, was mich etwas erstaunte, weil ich das sonst nicht von ihr gewöhnt war. Meine Großmutter streckte Irene beide Hände entgegen, und mein Bruder reichte ihr zunächst wie ein wohlerzogener Schüler die Hand. Danach sagte er etwas zu ihr, was ich nicht verstehen konnte, und als er sie schließlich umarmte, war mir klar, was er sie zuvor gefragt hatte.

Dann endlich wandten sie sich mir zu, fast überrascht, als sei ihnen soeben aufgefallen, dass auch ich mit angereist sei, und sie bedrängten mich regelrecht, weil sie alle zugleich meine Hand ergreifen wollten.

Ich bemerkte später den Wink, den mein Bruder von der Mutter erhielt, und ich bot auch meine Hilfe an, weil ich glaubte, dass noch eine wichtige Angelegenheit zu regeln sei. Doch unsere Mutter wehrte ab, sie würden es bequem zu zweit schaffen. Ich war noch im Hausflur und hörte, wie meinem Bruder erste Instruktionen erteilt wurden und wie daraufhin seine Frage kam, ob denn Verlobte schon zusammen schlafen dürften. Bisher habe er angenommen, das sei nur Verheirateten gestattet. In Hotels jedenfalls, das wisse er ganz genau, würden nur Verheiratete ein gemeinsames Zimmer erhalten.

Die Antwort unserer Mutter klang erstaunlich barsch. Er müsse sich darüber keine Gedanken machen, hier handele es sich nicht um ein Hotelzimmer, sondern um das Zimmer seines Bruders, in das sie ein zweites Bett stellen wollten, in dem die Verlobte seines Bruders gut schlafen könne, und es sei auch keine Rede vom Zusammenschlafen gewesen, sondern nur davon, dass jeder sein eigenes Bett haben müsse, so dass auch er selbst dort schlafen könne, wo er immer schlafe.

Meine Eltern hatten nicht gefragt, wie lange wir bleiben würden, vermutlich hofften sie insgeheim, wir hätten ein paar Tage für sie eingeplant. Wir hatten aber nur noch einen Tag, den Sonntag.

Am Montagmorgen brachte mich Irene mit dem Auto zum Bahnhof. Sie wollte es so, sie ließ sich nicht davon abbringen, obwohl ich es zu Fuß über einen schmalen, abkürzenden Weg in der gleichen Zeit geschafft hätte, wie mit dem Auto durch das ganze Dorf und dann die holprige Bahnhofsstraße entlang, die parallel zur Bahnstrecke bis zum Bahnhofsgebäude verlief.

Sie parkte den Wartburg auf dem Bahnhofsvorplatz.

Als wir ausstiegen, sagte ich zu ihr, dass wir nun das neue und sicher interessante Thema für das Dorfgespräch der ganzen Woche liefern würden.

Zu dieser frühen Stunde waren schon viele Leute unterwegs, die in die nahe Kreisstadt oder noch weiter zur Arbeit fahren wollten. Sie grüßten oder erwiderten unseren Gruß, hoben dabei meist die Hand, als wären sie erfreut, alte Bekannte zu sehen.

Irene begleitete mich zum Bahnsteig, wir küssten uns lange, und dann winkten wir beide, bis wir uns nicht mehr sehen konnten.

***

„Vierzehn Minuten“, sagt Robert Hohler. „Du brauchst knapp vierzehn Minuten. Du liegst, von der Zeit her, gut im Rennen.“

„Von der Zeit her“, wiederhole ich. „Und ansonsten, ich meine vom Inhalt her?“

„Auch gut, keine Frage“, sagt Robert. „Du musst weder kürzen noch ändern. Von uns bekommst du erst einmal Beifall. Oder siehst du das anders, Irma?“

Während Robert klatscht, schaut er über seine Schulter zu Irma, die das Polyluxgerät bedient hat und jetzt meine fünf Folien in die Mappe zurücklegt.

„Mir gefällt der Vortrag“, sagt Irma. Und das klingt eindeutig, genauso eindeutig, wie zuvor ihre Aussage zum Programmablauf für diesen Abend.

Robert und ich hatten vorgeschlagen, mit dem Probevortrag zu beginnen. „Zuerst die Arbeit und dann das Vergnügen“, hatte Robert unseren Vorschlag zu begründen versucht.

Doch Irma war ihm in die Parade gefahren, mit einer Heftigkeit, die ich von ihr nur früher bei dienstlichen Auseinandersetzungen und auch da höchst selten erlebt hatte.

Robert hatte sofort eingewilligt, dass alles so ablaufen solle, wie sie es für richtig halte.

Es gehe nicht darum, was sie für richtig halte, hatte Irma geantwortet, sondern einzig und allein darum, was machbar sei. Das müsse doch wohl zu begreifen sein, auch von Männern, die sich nicht in die Vorstellungen und die Aufgaben von Hausfrauen hineindenken können. Es sei wohl kaum möglich, die Zutaten für ein Abendmenü auf dem Ofen sich selbst zu überlassen, vielleicht mit dem freundlichen Hinweis: seht zu, ihr lieben Zutaten, dass ihr euch allein anrichtet. Und außerdem, die Arbeit, die heute mit einem ordentlichen Abendessen vergolten werden solle, liege etliche Wochen zurück. Der Abtransport eines gewissen Herrn Hohler aus dem Krankenhaus gerate allmählich in Vergessenheit, noch dazu, wo sich der damals Transportierte mittlerweile in einer Verfassung zu befinden glaube, dass er eine kleine Weltreise unternehmen könne.

Mit einer unmissverständlichen Handbewegung hatte Irma uns angedeutet, am festlich gedeckten Tisch Platz zu nehmen, während sie in die Küche ging und nach kurzer Zeit mit dem Servieren begann. Es gab Rinderrouladen mit Thüringer Klößen und gedünsteten Bohnen, als Nachspeise Obstsalat, dazu Radeberger Bier, der Rotwein war für später vorgesehen, nach meinem Probevortrag.

„Dein Professor wird mit dir zufrieden sein“, sagt Irma, als sie nach der Rotweinflasche greift, um unsere Gläser zu füllen.

„Schade, dass ich keinen solchen Schüler habe“, sagt Robert in einer Art, als befände er sich noch immer in der Rolle des Tagungsleiters, die er, auf meine Bitte hin, gern übernommen hatte, auch wenn Irma der Auffassung war, dass er kaum dem Typ eines richtigen Professors entspreche, jedenfalls nicht dem von mir beschriebenen Sektionsdirektor Kasberg. Da fehle Robert, wie sie annehme, das würdevolle, überlegene Auftreten und die Übersicht, die nötig sei, damit alles in den geplanten Bahnen ablaufe.

Wir stoßen mit den Gläsern an.

Der Rotwein lässt sich trinken, denke ich, als ich sehe, wie Robert sein Glas absetzt und mich anblickt.

„Ich hätte auch gern einen solchen Schüler gehabt, wie dich“, sagt Robert, vermutlich bestrebt, seinen bereits geäußerten Gedanken wieder aufzugreifen. „Ja“, sagt er, „einen Schüler, der nach Jahren seinem Lehrer bestätigt, recht gehabt zu haben mit seiner Anschauung, jedenfalls in den entscheidenden Punkten. Etwas Besseres kann einem als Lehrer doch gar nicht widerfahren. Der Schüler erklärt einem nach Jahren, du hast mir das Richtige beigebracht.“

„Wenn du dir so etwas wünschst oder schon immer gewünscht hast“, sagt Irma, „dann hättest du dich nicht, nachdem sie dich zum Lehrer ausgebildet hatten, vom Lehramt verabschieden dürfen, um in ganz anderen Gefilden herumzustöbern, dann hättest du darauf verzichten müssen, dich unter die Schreiber und Berichterstatter zu mischen, dich Leuten anzuschließen, die anderen die Welt erklären wollen und dabei so tun, als seien sie allein im Besitz der absoluten Wahrheit oder zumindest auf dem Weg dahin. Doch in Wirklichkeit bringen diese Leute zumeist nur das unter die Massen, was ihnen gerade einfällt oder was ihnen von anderen eingeflüstert worden ist. Und wenn auf einmal keiner mehr bereit ist, ihnen zuzuhören oder das zu lesen, was sie zu Papier gebracht haben, dann sind sie eingeschnappt, fühlen sich missverstanden, werden griesgrämig oder gehen anderen fürchterlich auf die Nerven."

„Irma", unterbreche ich sie, „so schlimm wird es nicht sein mit Robert, du übertreibst jetzt maßlos."

„Danke", sagt Robert lachend.

„Er soll", begehrt Irma erneut auf, „nicht immer solche Wünsche loslassen, wo er doch alles getan hat, dass eine Realisierung von vornherein verhindert worden ist, weil er dafür selbst die Basis hinweggeräumt oder sogar zertrümmert hat."

Irma macht eine Pause, um einen Schluck Wein zu trinken.

Selbstverständlich weiß ich, dass sie das alles überhaupt nicht so ernst meint, wie es sich anhört. Und Robert weiß das auch. Und ihm ist vermutlich völlig klar, dass Irma froh ist, wie sich alles zwischen ihnen entwickelt hat, und dass sie ihn nie kennengelernt hätte, wenn er Lehrer geblieben wäre, ein Lehrer wäre doch kaum aus der Schweiz in ihr Ländchen gezogen.

„Du hast es wirklich schwer", sage ich.

„Meinst du mich oder Robert?", fragt Irma.

„Dich meine ich", versichere ich ihr.

„Gut", sagt sie, „dann rede ich weiter." Sie holt tief Luft, sagt: „Peter, stell` dir einmal vor, jetzt ist die Situation eingetreten, dass mein lieber Robert ein paar kapitalistische Fränkli kassieren kann, und was glaubst du, was nun geschieht? Du wirst es dir nicht vorstellen können, mein Robert spielt sich auf wie der erhabene Bürger eines großen, souveränen, sozialistischen Staates, der nicht des schnöden ausländischen Geldes bedarf, um glücklich zu sein, da seine Taschen ja bereits angefüllt sind mit der führenden Ideologie, die er auch weiterhin stolz herumtragen möchte. Dabei hat er hier lediglich den Status eines Gastes, er ist ja noch immer Schweizer, hier ein geduldeter Gast, dort eine Art Abtrünniger, kein Wunder, dass sie ihm hier misstrauen und dort nicht allzu großen Wert auf seine Einreise legen. Aber er könnte, wenigstens mir zuliebe, hinfahren, um das Geld abzuholen, das man ihm zu vererben beabsichtigt. Und vielleicht…" Irma zögert.

„Was vielleicht?", frage ich.

„Ja", sagt Irma, „vielleicht erbt er zu den Franken gratis gleich noch eine Tochter hinzu. Stell` dir das vor, er bringt mir die Franken und eine Tochter, das wäre nicht nur ein besonderes Ereignis, sondern für mich zugleich die Erfüllung eines Traumes. In jungen Jahren ist mir keine Tochter gelungen, jetzt, in unserem fortgeschrittenen Alter ist es gänzlich aussichtslos, auf dem normalen, dem üblichen Wege noch zu einer Tochter zu kommen. Und da eröffnet sich plötzlich die einzigartige Gelegenheit, gewissermaßen ohne Anstrengung, ohne eigenes Zutun meinerseits, das heißt, Robert soll damals ja wohl mitgeholfen haben, nun in den Besitz einer Tochter zu gelangen. Doch der, von dem man nichts weiter verlangt, als eine Einverständniserklärung oder so etwas ähnliches abzugeben, also ein paar Unterschriften zu leisten, der führt sich auf, wie ein Löli."

„Wie was?", frage ich.

„Wie ein Löli", wiederholt Irma und betont dabei jeden Buchstaben.

„Ein Löli, was ist das?", will ich wissen.

„Eine einfältige Person", klärt mich Robert auf.

„Also wie ein Löli", sage ich und lache vorsichtig.

„So führe ich mich natürlich nicht auf“, sagt Robert. „Meine Absicht ist, nicht nur das Geld in Empfang zu nehmen, sondern, wenn möglich, auch die Tochter, die, wie Irma glaubt, gratis hinzugereicht werden soll, was leider keineswegs als sicher erscheint, denn die Tochter ist bereits in einem Alter, in dem sie ihre Entscheidungen selbst, also eigenverantwortlich, zu treffen pflegt. Und sie hat bestimmt ihren eigenen Kopf und wird nicht zu allem Ja und Amen sagen.“

Ich will fragen, wie man eine Tochter erben kann, merke jedoch im gleichen Moment, dass die Frage gewagt wäre, weil ich die ganze Angelegenheit nicht einzuordnen vermag.

Ich bin froh, dass Robert dieses Thema rigoros beendet, in dem er wissen will, wie ich zu Günzerodt gekommen sei, ob ich bei ihm angefragt habe.

„Nein, ich musste nicht bei ihm anfragen, ob er eine Assistentenstelle für mich hat“, sage ich.

„Sondern?“ Robert blickt mich neugierig an.

„Irene ist zu ihm gegangen und hat alles geregelt“, antworte ich ihm.

„In deinem Auftrag?“

„Nein, von sich aus. Es soll ein kurzes, freundliches Vier-Augen-Gespräch gewesen sein. So jedenfalls hat sie es mir erzählt.“

„Aber sie hatte das vorher mit dir abgesprochen?“, fragt Robert.

„Nein, sie hat mich, nachdem alles klar war, davon in Kenntnis gesetzt“, antworte ich ihm.

Robert schüttelt den Kopf.

„Ja, so war es wirklich“, sage ich. Abends, als wir beide in der Gaststätte des Hotels saßen, berichtete mir Irene zunächst, wie lange sie am Telefon habe reden müssen, bis ihr endlich ein Zweibettzimmer zugesichert worden sei, da uns als Unverheiratete das nicht zustand, zwei Einbettzimmer jedoch nicht verfügbar waren, und als wir gerade spöttisch zu der Frage kamen, in welchem Zimmer wir geschlafen hätten, wenn uns zwei Einbettzimmer zugewiesen worden wären, fasste mich Irene am Arm und erklärte mir, unser Thema abrupt wechselnd, in geradezu amtlichem Ton, dass ich von Kurt Günzerodt in seinem Wissenschaftsbereich erwartet werde. Dann fügte sie ergänzend hinzu, dass der Schreibtisch für mich längst aufgestellt worden sei in einem kleinen Zimmer in der zweiten Etage eines Gebäudes, das in früheren Jahren als Kuhstall gedient habe und nach dem Umbau recht ordentlich aussehe. In der mittleren Schublade des altehrwürdigen Schreibtisches liege, auf weißem Papier säuberlich geschrieben, das Promotionsthema für mich. Die Schublade sei abgeschlossen, der Schlüssel sei ihr von Günzerodt vertrauensvoll zur Aufbewahrung gegeben worden. Damit habe man für mich alles, was nötig sei, vorbereitet. Zu leisten habe ich nur noch ein paar Unterschriften. Die Formulare habe sie schon ausgefüllt, sagte sie abschließend. Ich müsse sie nur noch unterschreiben. Sie würde sie zu den zuständigen Stellen bringen, zur Sektionsleitung, zum Prorektorat, zum Wohnungsamt und zu weiteren Institutionen, alles werde noch in der vorgegebenen Zeit geschehen.

„Und was hast du dazu gesagt?“, fragt Robert.

„Was sollte ich dazu sagen? Sie hatte alles für mich organisiert, folglich sagte ich: Gut, dann machen wir es so. Obwohl das von mir nicht korrekt ausgedrückt war, sie hatte die Arbeit geleistet und würde sie weiter leisten bis zum ersten Dezember. Doch ich glaubte, mit diesem: Gut, dann machen wir es so, auf eine vernünftige Art und Weise mein Einverständnis gegeben zu haben. Was hätte ich in meiner Situation anders machen sollen? Und außerdem, unter den Bedingungen, unter denen ich zu der Zeit meine Tage verbrachte, erschien mir der in Aussicht stehende Wechsel zu Günzerodt wie ein unwahrscheinliches Glück, ein Glück, das mir Irene verschafft hatte.“

„Du bist also an deine alte Universität zurückgekehrt“, mischt sich Irma ein.

„Nein“, sage ich.

„Wohin dann?“, fragen Irma und Robert gleichzeitig.

„An meiner alten Universität gab es keine Fakultät für Landwirtschaft mehr."

„Etwa liquidiert?", fragt Robert.

„Ja, diese Fakultät wurde aufgelöst, einfach aufgelöst", sage ich. „Auch, was damals als neue Linie von oben vorgegeben worden war, die rasche Gründung von zwei Sektionen auf landwirtschaftlichem Gebiet hatte es nicht vermocht, die Klippen der dritten Hochschulreform unbeschadet umschiffen zu können; beide Boote kenterten schmählich. Der gesamte Lehrbetrieb musste am alten Standort beendet werden, im Bereich der Forschung beließ man einen kleinen Teil und nannte das dort verbliebene dann Außenstellen, die anderen Universitäten oder Akademieinstituten zugeordnet wurden. Das wissenschaftliche Personal, die Professoren, Dozenten, Assistenten, delegierte man an andere Universitäten oder an Institute der Akademie. Einige wenige Leute konnten am alten Standort bleiben, wie zum Beispiel Henningsen und Kaufhold, die beide nur noch wenige Jahre bis zur Emeritierung hatten. Sie übernahmen im Rahmen ihrer Fachgebiete Vorlesungen an anderen Universitäten, reisten also jeweils zu den Vorlesungen an die entsprechenden Orte, und sie behielten auch sogenannte Forschungsgruppen, die vom Personal her Jahr für Jahr zusammenschmolzen, bis sie nicht mehr existierten. Günzerodt hatte Glück, er bekam durch intensive Fürsprache von einigen einflussreichen Leuten, zu denen wohl auch Kasberg gehörte, der zu dieser Zeit in einem Akademieinstitut tätig war, den neugeschaffenen Lehrstuhl für „Ackerbauliche Grundlagen" an der ebenfalls neu formierten Sektion Pflanzenproduktion."

„Irene hat dich also dort untergebracht?", vergewissert sich Robert.

„Sie war ja selbst an dieser Sektion angestellt, zumindest offiziell", antworte ich. „Ihr könnt euch denken, mir gefiel der Gedanke, dorthin zu gehen, um in Irenes unmittelbarer Nähe zu sein, nicht nur um gemeinsam mit ihr wissenschaftlich zu arbeiten, sondern auch, um sie zu heiraten und mit ihr zu leben. Diese Stadt, die nun für uns Heimat werden sollte, liegt am gleichen Fluss, wie die andere Stadt, die wir kannten, und die Fakultät, die jetzt, nach dem sie völlig umstrukturiert worden war, Sektion hieß, hatte einen ähnlich guten Ruf wie die Fakultät, an der wir studiert hatten. Allerdings fielen einem bald Unterschiede auf, es war nicht nur so, dass die Stadt, die etliche Kilometer flussabwärts liegt, größer und lauter war, dass die Berge fehlten und dass die Umgebung sich in flacher Eintönigkeit erstreckte, sondern auch der Fluss war dreckiger und stinkender und die Luft an vielen Tagen voller Staub und ätzend, und an dem Gebilde, das offiziell Sektion genannt wurde, vermisste man das freundschaftliche Miteinander, das uns am alten Universitätsort so sehr behagt hatte. Vielleicht, so glaube ich, dichtet man Verlorenem zu viel Gutes an. Vielleicht jedoch haben die vergangenen Jahre mit ihren immer härter werdenden Beschlüssen und Forderungen, mit dem wachsenden äußeren Druck und den aufbrechenden inneren Problemen bewirkt, dass sich das Verhältnis zwischen den Menschen verändert hat."

„Doch du hattest eine neue Anstellung, die dir gefiel", sagt Robert.

„Sie gefiel mir nicht nur, sie war wie für mich geschaffen, ein Aufgabengebiet, wie ich es mir nicht hätte besser wünschen können. Das Promotionsthema war wie maßgeschneidert für mich, und über Günzerodt konnte ich mich nicht beklagen. Und Irene sah das ebenso."

Mir war damals bewusst, dass Irene aus der Ferne meine Tätigkeit in Bodelin aufmerksam beobachtet hat.

In einem ihrer Briefe schrieb sie mir, es freue sie, dass ich einen immer besseren Überblick über das Gut gewinnen und dadurch zunehmend mehr Einfluss auf das betriebliche Geschehen nehmen könne. Am Telefon fragte sie zuweilen, wie mir diese oder jene neue Maßnahme, von der ich ihr zuvor berichtet hatte, gelungen sei.

Und es war tatsächlich so, ich hatte eine klare Vorstellung davon, wie die Prozesse organisiert werden mussten, um das Gut mit seinen

Leistungen weiter voranzubringen. Zugleich spürte ich, dass die Belegschaft mich ernst nahm. Scheinbar war man überzeugt davon, dass wir gemeinsam das Leben in diesem kleinen Dorf weiter verbessern könnten.

Manchmal bringt eine lapidare Frage, die mehr gestellt wird, um etwas schlechtzumachen, eine Sache in Gang, die schließlich zu einem unerwarteten Erfolg führt.

Im Winter schickte mich Mendes als seinen Vertreter zu einer Konferenz, die sich mit der Pflanzkartoffelproduktion beschäftigte. Friedländer bekam von ihm den Auftrag, mich hinzubringen und wieder abzuholen, mich dabei aber nicht auf irgendeinem Parkplatz abzusetzen, sondern mit dem Wartburg direkt vor das Eingangsportal der Tagungsstätte zu fahren. Während der Konferenz fiel mehrere Male auch der Name Bodelin, immer positiv, obwohl man allgemein einschätzte, dass die Vermehrungsbetriebe noch nicht in ausreichendem Maße ihrer Verantwortung gerecht geworden wären.

Nach dem Ende der Konferenz, als sich die Teilnehmer voneinander verabschiedeten und dabei meist noch ein paar freundliche Sätze miteinander wechselten, fragte mich der Direktor jenes Gutes im westlichen Teil des Bezirkes, für das ich mich seinerzeit nicht entschieden hatte, ob es sein könne, dass der Frost an den in Mieten lagernden Kartoffeln Schäden verursacht habe, in Bodelin sei das in früheren Jahren mehrfach vorgekommen, er mache sich so seine Sorgen, da sie beträchtliche Mengen von uns erwarten würden.

Die Frage überraschte mich, vor allem, weil sie ziemlich laut und, wie mir auffiel, auch provozierend gestellt worden war.

Ich sagte, dass man Frostschäden, wie er ja zweifellos wisse, nie ausschließen könne, auch nicht bei uns. Wir hätten vor, die Betriebe mit der Lieferung zu bevorzugen, die bereit wären, die ihnen zustehenden Pflanzkartoffeln bei uns an Ort und Stelle selbst zu sortieren, also für den Abtransport aufzubereiten, natürlich gegen einen Preisnachlass. Darüber hatten wir bisher noch kein einziges Wort gesprochen, es war mir spontan eingefallen, sicher weil ich mich über seine anmaßende Art geärgert hatte.

An das Bild, das im zeitigen Frühjahr unser Mietenplatz bot, als viele Betriebe, die das Gerücht erreicht hatte, in Bodelin wären Kartoffeln erfroren, nach einem vorgegeben Zeitplan anrückten, um die ihnen zustehenden Pflanzkartoffeln mit eigenen Arbeitskräften aufzubereiten, und der Kartoffelmeister Jelling wie ein Heerführer oder wie ein mit allen Rechten ausgestatteter Befehlshaber das Tun seiner Untergebenen überwachte, ihnen mit fester Stimme Anweisungen erteilte und mit großer Umsicht für einen reibungslosen Ablauf sorgte, an dieses Bild habe ich mich oft erinnert, auch wenn ich später zuweilen die Jahre durcheinander brachte, in denen sich das Geschehen abgespielt hatte. Denn auch im darauffolgenden Frühjahr war es auf dem Mietenplatz nicht viel anders zugegangen, obwohl niemand in die Welt gesetzt hatte, in Bodelin wären große Mengen Kartoffeln erfroren und man müsse befürchten, das vertraglich zugesichertes Pflanzgut nicht zu bekommen. Vielleicht lief alles noch geregelter, noch exakter ab als im Jahr zuvor, auf alle Fälle mit weniger Unterbrechungen, weil wir neue Sortiermaschinen einsetzen konnten, darunter zwei holländische, zwei hochgelobte, die den Namen einer Weltmeisterin im Eiskunstlauf trugen, einen Namen, den Jelling auf eine etwas eigentümliche Art auszusprechen pflegte, jedenfalls anders, als es die Sportreporter in ihren Reportagen getan hatten.

Nicht mit den Jahren in Zweifel komme ich, wenn ich das Gespräch aus meiner Erinnerung hervorhole, das Wiesemühl an jenem Wintertag mit mir geführt hat.

Es war tatsächlich in meinem zweiten Bodeliner Winter, wir gingen vom Mietenplatz aus schräg über die Straße und dann querfeldein, wir hatten in dieser ruhigen, arbeitsarmen Zeit, wo viele, die in der Feldwirtschaft tätig waren, ihren Urlaub nahmen, um für sich im Wald Holz zu schlagen oder sich auszuruhen und nur die Hühner zu füttern und die Ziegen zu melken, ebenfalls das Bedürfnis, uns eine Atempause zu gönnen, den Anblick der Flur zu genießen, nach den grünen Spitzen des Wintergetreides Ausschau zu halten, die wie ein Wunder aus der fast handhohen Schneedecke hervorstießen.

Die Sonne, erinnere ich mich, überflutete die Landschaft mit einem gleißenden Licht, und dazu der funkelnde Schnee, wir waren gezwungen, die Hände über die Augen zu halten, um nicht geblendet zu werden.

Eine Weile waren wir schon schweigend über die Felder gelaufen, da sagte Wiesemühl auf einmal, er habe den Eindruck, ich sei jetzt endgültig hier in Bodelin angekommen. Mehr sagte er dazu nicht, und offensichtlich erwartete er auch keine Antwort.

Ich hatte ihm nie von meinen Zweifeln, von meinen Bedenken erzählt, die mir bisweilen kamen und die mich dann um so mehr bedrückten, wenn ich darüber nachgrübelte, wie ich ein gemeinsames Leben mit Irene führen sollte, bei dieser Konstellation, ich war hier auf dem Lande und sie Hunderte von Kilometern entfernt von mir, nicht nur in einem anderen Gebiet, sondern auch in gänzlich anderen Verhältnissen lebend.

Ich hatte mit niemanden darüber gesprochen, so dass auch Wiesemühl allem Anschein nach mich in der Rolle sah, in der er mich nur zu gern sehen wollte.

Ich war nicht nur Produktionsleiter im Gut, sie hatten mich mittlerweile auch zum stellvertretenden Direktor befördert, ganz offiziell, auf Veranlassung des übergeordneten Organs und mit dem Segen der Partei.

Es häufte sich, dass ich Mendes vertreten musste. Nicht nur während seines Urlaubs amtierte ich als Direktor, sondern sogar über Weihnachten und Neujahr, weil Mendes mit seiner Frau von einer Familienfeier nicht zurückkehrte und von ihm stattdessen ein Telegramm aus jenem südlichen Ort eintraf mit der Mitteilung, dass er erkrankt sei und mit schwerer Grippe und hohem Fieber im Bett liege.

Auch wenn die Sekretärin die Nachricht ironisch kommentierte, ich hatte nicht das Gefühl, dass er mich täuschen wollte. Und sein Erscheinen, am Ende der ersten Januarwoche, gab mir recht, er war kaum imstande, sich auf den Beinen zu halten, und seine Stimme klang beängstigend, als er mir für meinen Einsatz dankte und mich bat, die beiden Ringe mit den vielen Schlüsseln und damit das Kommando im Betrieb für ein paar weitere Tage zu behalten.

Alles, was ich Irene und meinen Eltern angekündigt hatte, war in die Brüche gegangen, ich hatte nichts davon realisieren können, ich hatte sie mit meinem Besuch auf Mitte Januar vertrösten müssen.

Heiligabend hatte ich mehr als eine Stunde mit Irene, die zu Hause bei ihren Eltern war, telefoniert, und auch am ersten und am zweiten Feiertag hatte ich sie angerufen, und wir waren uns darin einig geworden, dass wir das nächste Weihnachten gemeinsam feiern würden, unter allen Umständen und ganz gleich an welchem Ort, und wir würden uns von nichts und niemandem davon abhalten lassen.

Mit den Verpflichtungen, die ich wahrzunehmen hatte, war es mir gelungen, wenigstens zeitweise die Enttäuschung über meinen verhinderten Weihnachtsurlaub zu verdrängen. Auch Wiesemühl hatte sich um mich gekümmert. Seine Frau hatte mich zum Essen eingeladen, zu Entenbraten mit Rotkohl.

Wir hatten noch eine Flasche Bier und einen Schnaps getrunken, und danach waren wir aufgebrochen zu einer großen Runde durch den Betrieb, wobei wir den Beschäftigten in den Ställen Bier spendiert und sie gebeten hatten, es erst nach der Arbeit zu trinken.

Als wir dann für eine gute Stunde im Büro saßen, redeten wir über vieles, was uns gerade so einfiel, und wenn ich Gotthilf irgendeinen erklärenden Satz als Antwort gab, sagte er lächelnd: „Jawohl, Kollege Direktor."

Ich bat ihn, er solle das unterlassen. Doch er dachte nicht daran, er wiederholte es noch ein paarmal, vielleicht glaubte er, mich damit aufheitern zu können.

Kurz bevor wir uns trennten, ich hatte ihm gesagt, dass ich Irene anrufen wolle, kam er auf einmal auf die Parteiarbeit zu sprechen, und ich hatte schon vor, ihm zu entgegnen, dass das wirklich kein Thema für Weihnachten sei, aber er ließ mich nicht zu Wort kommen, er wollte vermutlich unbedingt eine Information loswerden. Dabei interessierte es mich überhaupt nicht, dass sie in der zweiten Januarhälfte eine wichtige Sitzung der Bezirksleitung hätten, bei der Fragen der Kooperation zwischen den Betrieben behandelt werden sollten. Ich sah zwar ein, dass dieses Thema auch für uns von Belang werden könnte und dass sich die Grundorganisation damit befassen müsste, aber das hatte doch alles noch Zeit. Auf einmal glaubte ich zu ahnen, worauf er hinauswollte, und ich stellte ihm eine Frage, vielleicht ziemlich leichtfertig, da wir, während wir im Büro saßen, noch Bier getrunken hatten, jeder eine Flasche, ich fragte ihn: „Gotthilf, sag mal, warst du schon immer Kommunist?"

Ich merkte, ich hatte ihn aus seinem Konzept gebracht. Er hob den Blick, beugte sich ein wenig zu mir, zögerte einen Moment, bevor er das Wort Kommunist wiederholte, und dann sagte er freimütig, eigentlich sei er kein Kommunist gewesen, ab und zu habe er wie ein Kommunist gedacht, das müsse er so einschätzen, ansonsten sei er den Sozialdemokraten zugehörig gewesen.

Dann sei er also durch den Zusammenschluss von KPD und SPD zur Einheitspartei gekommen, stellte ich fest.

Ja, so könne man es sagen, bestätigte er mir. Er habe es seinerzeit als richtig erachtet, dass diese Vereinigung erfolgt sei, fügte er hinzu.

Er trank den letzten Rest Bier aus seiner Flasche, danach schaute er mich so an, als hätte er noch etwas Wichtiges zu verkünden.

„Weißt du“, sagte er, „ich habe immer fest daran geglaubt, dass eine solche Vereinigung von Vorteil ist, weil daraus eine große Kraft und eine immense Vielfalt der Ideen erwachsen kann.“

Gotthilf erhob sich, legte mir seine Hand auf die Schulter und sagte: „So ist es, Kollege Direktor. Ruf jetzt deine Irene an. Ruf sie an, und grüße sie von mir!“

Gotthilf weiß fast alles von mir, und was er nicht weiß, kann er sich zusammenreimen, dachte ich, als er gegangen war. Was weiß ich von ihm? Wenig, sehr wenig.

Einmal hatte er mir erzählt, dass er gern Lehrer geworden wäre, doch sein Vater habe das Geld nicht aufbringen können. So war er bei einem Landhandel Kaufmann geworden und hatte sich mit Getreide und Dünger beschäftigt und später auch mit Landmaschinen. Erst seinem Sohn war es gelungen, den Berufswunsch des Vaters zu verwirklichen. Sein Sohn hatte studiert und war irgendwo auf der Insel Rügen als Lehrer tätig. Er war nach der Heirat mit in den Geburtsort seiner Frau gezogen. Sie war mit ihm im gleichen Studienjahr gewesen, jetzt hatten sie zwei Kinder, zwei und vier Jahre alt, so dass sie es nicht wagten, zu Weihnachten die Reise nach Bodelin anzutreten, sondern gemeinsam mit den anderen Großeltern feierten. Im Sommer würden sie beide auf die Insel Rügen reisen, hatte mir Gotthilfs Frau beim Mittagessen erzählt.

Von Gotthilf wusste ich noch, dass ihn eine Krankheit, über die er nicht weiter sprach, davor bewahrt hatte, zum Militär zu müssen. Aber man hatte ihn zu anderen Aufgaben zwangsweise verpflichtet. Es seien für ihn sehr unangenehme Aufträge gewesen, hatte er gesagt. Er hätte das eintreiben müssen, was die Bauernhöfe dem Staat schuldig geblieben wären, und er hätte Wohnraum erfassen müssen für Menschen, die in den Städten obdachlos geworden wären, und dann hätten sie selbst flüchten müssen mit allen anderen, weil von Osten her die Front unaufhaltsam heranrückte.

An jenem Wintertag, der sich fest in mein Gedächtnis eingeprägt hat, als die Sonne die Landschaft mit diesem prächtigen Licht überflutete und den Schnee zum Funkeln brachte, wie wir es lange nicht erlebt hatten, als wir gezwungen waren, die Hände über die Augen zu halten, um nicht geblendet zu werden, blieb Wiesemühl dort stehen, wo der Querweg, etwa in der Mitte zwischen Bodelin und dem Vorwerk Bietlitz, die Betonstraße kreuzt, und er beugte sich zu mir, als beabsichtige er, mir etwas Geheimes mitzuteilen, und dann sagte er tatsächlich etwas, dass nach einem Geheimnis klang oder zumindest nach einer Erkenntnis, die er im Laufe seines Lebens gewonnen hatte. Ich hatte ihm gerade vorgeschlagen, von der einen Flurseite auf die andere zu wechseln, über die Betonstraße, die beide Seiten trennte, hinweg. Doch er war vermutlich dabei, den Gedankengang wieder aufzunehmen, den ich mit meiner unpassenden Frage am Weihnachtstag bei ihm unterbrochen hatte.

„Weißt du", sagte Gotthilf, dicht an meinem Ohr, „wenn in der Partei solche vernünftigen Leute sind wie du und ich und noch andere, meinetwegen Kranert und auch dieser Hauptagronom Wendler, es gibt wahrhaftig viele, die ich kenne, aber nicht alle nennen kann, wenn solche vernünftigen Leute in der Partei die Oberhand gewinnen, dann muss uns nicht bange sein, dann werden die besten Wege für die künftige Entwicklung gefunden und gemeinsam begangen. Und die meisten Leute werden zufrieden sein, weil es ihnen gut geht, weil sie sich in diesem Land wohlfühlen, und sie werden tatkräftig mitarbeiten und sich über ihre Erfolge freuen können. Ich will dir hier keinen Vortrag halten, du weißt vieles besser als ich, du hast studiert, folglich kennst du dich aus, gewiss auch bei Marx, der geraten hat, alle Verhältnisse umzuwerfen, in denen der Mensch ein erniedrigtes, ein geknechtetes, ein verlassenes Wesen ist, ich glaube, so hat er es geschrieben, jedenfalls ist es so in meinem Kopf geblieben. Doch das Errichten dieser neuen Verhältnisse funktioniert eben nur, wenn die Richtigen, die Klugen, die Ehrlichen, die Vernünftigen das Kommando übernehmen."

Wiesemühl schwieg einen Moment, blickte mich an, wartete allem Anschein nach, dass ich etwas sagte.

Im Grunde genommen glaubte ich die Antwort, die er mir geben würde, bereits zu kennen, und dennoch fragte ich ihn, ob er der Meinung sei, dass die vernünftigen Leute tatsächlich in der Partei die Oberhand erlangen würden.

„Davon bin ich überzeugt“, sagte Wiesemühl. „Wenn die Vernünftigen, ja, nennen wir sie so, die Vernünftigen, wenn die die Oberhand gewinnen, zahlenmäßig und kräftemäßig, dann lassen die sich doch nicht das Heft des Handelns vorenthalten. Du hast dich doch hier im Betrieb auch durchgesetzt. Da haben wir das beste Beispiel für die Richtigkeit meiner Vorhersage. Also, zögere nicht länger deinen Eintritt hinaus.“

Wir hatten die Sonne im Rücken, als wir zurückliefen. Wir merkten anfangs nicht, dass sich der Himmel zu beziehen begann.

Die Wolken zogen von Westen auf, und obwohl wir kein intensives Gespräch mehr führten, sondern uns gegenseitig nur gelegentlich auf manches Auffällige in der Landschaft, auf Rehe, auf Hasen oder auf Erdhügel, hinwiesen, fiel es uns nicht auf, dass uns keine Schatten mehr vorauseilten.

Mitten auf einem der Felder, als ich die Veränderung der Lichtverhältnisse endlich bewusst wahrnahm, wandte ich mich um. Ich sah unsere Fußabdrücke, mehr gab es nicht von uns, ein paar Fußabdrücke, die noch wenige Meter hinter uns wie eine Art Spur zu erkennen waren, eine kurze schmale Spur, für die sich, wie ich glaubte, niemand interessieren würde.

Als wir uns dem Dorf näherten, sagte Wiesemühl, er staune immer, wie schnell in dieser Jahreszeit der Abend hereinbreche, wie schnell es Nacht werde. Und obwohl man wisse, dass die Tage allmählich länger werden, es falle einem nicht auf, jedenfalls jetzt noch nicht.

Der finanzielle Aufschwung unseres Gutes schreckte die Prüfungsorgane auf.

Ich hatte immer angenommen, dass ein positives Ergebnis Anerkennung verdienen müsse. Doch es zog stattdessen vier dienstbeflissene Prüfer an, die sich zwei Wochen bei uns aufhielten und in der Buchhaltung nahezu jede Zahl daraufhin untersuchten, ob sie nicht eventuell falsch eingesetzt worden wäre.

Die Hauptbuchhalterin schien in diesen zwei Wochen um Jahre gealtert zu sein, ihr Gesicht war grau und faltig geworden, und selbst ihr Hund, ihr treuer Begleiter, hatte sich einen trübsinnigen Blick zugelegt.

In der vergangenen Zeit, als das Gut Jahr für Jahr ein beträchtliches Minus im Betriebsergebnis hatte ausweisen müssen, war das zwar registriert und gelegentlich mit einem kritischen Satz bedacht worden, niemals aber hatte man Spezialisten geschickt, die darauf geschult waren, Verfehlungen zu suchen und dabei auch fündig zu werden. Und nun, wo ihnen dies nicht gelang, wo die aufgeschriebenen Zahlen, so sehr sie diese auch hin und her bewegten, so fleißig sie auch addierten und subtrahierten, starrsinnig blieben und sich nicht verändern wollten, da wurden die sich Tag für Tag plagenden Spezialisten auf einmal unruhig und zwangen die Hauptbuchhalterin, spitzfindige Fragen, die sie, leicht variiert, mehrfach wiederholten, zu beantworten.

Eines Nachmittags rief mich die Hauptbuchhalterin zu Hilfe, und sie stellte mir eine Frage, die ihr in ähnlicher Form schon ein paarmal gestellt worden war. Und ich gab offenbar die gleiche Antwort, die die Prüfer bereits gehört hatten, worauf der Agilste unter ihnen abwinkte und erklärte, jetzt genüge es, jetzt wüssten sie ausreichend Bescheid. Doch ich war in Fahrt gekommen, ich sagte ihnen, sie sollten davon ausgehen, dass ich die beträchtlichen Einnahmesummen, die ihnen in den vergangenen Tagen aufgefallen wären, mitgebracht hätte, aus dem reichen Süden, wo ich herstamme und von wo ich ständig mit Kapital versorgt werde, das ich dem Gut übereigne, damit ein solch schillernder Aufschwung sichtbar werde.

Sie lachten nach meiner, für sie seltsam klingenden Mitteilung, sie lachten lange, aber sie beschwerten sich nicht, dass ich mich lustig machte über die ernste Angelegenheit, mit der sie ihre Zeit verbracht hatten. Vielleicht schrieben sie die Aussage, die ich getroffen hatte, meiner jugendlichen Unbekümmertheit zu.

Auch unsere Hauptbuchhalterin begann zu lachen, ein wenig zögerlich, da sie nicht recht zu wissen schien, wie es weitergehe. Schließlich, ich staunte über ihren Mut, fragte sie: „War`s das, Kollegen, oder ist noch was?“

Der Abschlussbericht müsse noch geschrieben werden, wurde ihr geantwortet, doch sie werde, wie man annehme, zufrieden sein, ja, höchst zufrieden, so viel könne jetzt schon verraten werden.

Ein paar Monate danach wurde ich vom Landwirtschaftschef des Kreises eingeladen. Er fragte mich, ob es mir in Bodelin noch gefalle, was ich bejahte.

Darauf eröffnete er mir, dass erneut ein Wechsel im Hinblick auf die Unterstellung unseres Gutes bevorstehe, mittlerweile der zweite innerhalb eines relativ kurzen Zeitabschnittes, zuerst von der Unterabteilung zur Bezirksdirektion, mit der Möglichkeit der Einflussnahme durch die Kreisverwaltung, was ihm immer gefallen habe, doch nun zeichne es sich ab, dass Bodelin der Vereinigung Volkseigener Saat- und Pflanzgutbetriebe, der sogenannten VVB, unterstellt werde. Er könne sich denken, das Gut erfahre dadurch womöglich eine wirksamere Förderung, zugleich werde es aber ohne Zweifel eine strengere Anleitung und Kontrolle von oben geben, man werde sozusagen ein festes Gängelband anlegen. Demgegenüber werde es in den Genossenschaften, für die er hier im Kreis die Verantwortung trage, viel freier, viel demokratischer zugehen, Schritt für Schritt werde man kooperative Beziehungen zwischen den einzelnen Betrieben organisieren, es sei eine vielversprechende Entwicklung zu erwarten. Allerdings brauche man dafür Leute, die das erforderliche Format für die bevorstehenden Prozesse besäßen. Der Landwirtschaftschef lachte nach dieser Auskunft, er saß mir gegenüber, auf der anderen Seite des Konferenztisches, und blickte mich an, und mir fiel auf, er sah ziemlich erschöpft aus.

Als ich nichts sagte, fragte er mich unumwunden: „Sag` mal, hättest du nicht Lust, eine Genossenschaft als Vorsitzender zu übernehmen, würde dich das nicht reizen?“

„Schon“, sagte ich.

„Aber?“

„Lass` mich noch einige Zeit in Bodelin wirtschaften.“

Der Landwirtschaftschef nickte, schwieg eine Weile, bevor er sagte, er könne mich verstehen, dass ich die Ergebnisse meiner Arbeit erst mal eine Zeit lang genießen möchte, ich hätte ein Recht darauf.

Mir gehe es nicht so sehr ums Genießen, antwortete ich ihm. Ich wolle erst noch einige Vorhaben auf den Weg bringen.

„Gut“, sagte er und startete sofort einen erneuten Versuch, mich für seine Pläne zu gewinnen. Er hätte noch mehrere Genossenschaften, verriet er, von denen ich mir eine aussuchen könne. Auch Heinz Wendler, der ehemalige Hauptagronom, den ich ja bereits kennengelernt hätte, habe sich schon eine Genossenschaft ausgesucht, und der habe vor, Lübenow zu einem Spitzenbetrieb zu entwickeln. Dann sagte er, meine Entscheidung akzeptiere er selbstverständlich, und er werde mich, soweit es ihm möglich sei, auch künftig unterstützen. Wenn ich Hilfe brauche, solle ich mich bei ihm melden.

Unser Telefonieren war schwieriger geworden, seitdem Irene ihren Praktikumsbetrieb verlassen hatte. Um an ein Telefon zu gelangen, musste sie die Wohnung ihrer Wirtsleute aufsuchen. Sie sei nicht sicher, ob diese sich nicht gestört fühlten, wenn sie allzu oft bei ihnen anklopfe, hatte sie mir erklärt.

Einmal in der Woche telefonierten wir trotzdem miteinander, nun nicht mehr so lange wie zuvor, dafür schrieben wir uns wieder längere und ausführlichere Briefe.

Doch wenn abends in meinem Zimmer das Telefon klingelte, konnte ich mich noch so sehr darum bemühen, gleichgültig und unbekümmert nach dem Hörer zu greifen, ich schaffte es nie, die Aufregung war immer da, und sie legte sich erst, nachdem wir eine Weile miteinander geplaudert hatten.

Wir hatten lange beratschlagt, wie wir es am besten handhaben könnten. Zum Beispiel hätte ich bei Familie Weber anrufen können, doch dann hätte man Irene stets holen müssen, und das wäre vielleicht schnell als belastend empfunden worden. Deshalb rief Irene an und bezahlte die Gespräche bei ihren Wirtsleuten.

Es kam vor, dass mein Telefon klingelte, und statt Irene, wie ich gehofft hatte, meldete sich der Bahnhof, um über am Abend für uns eingetroffene Waggons zu informieren, oder Mendes wollte irgendetwas wissen, zumeist belanglose Dinge, die er auch tags darauf hätte erfragen können, oder er glaubte, mich in Kenntnis setzen zu müssen, dass ein Verwaltungsmensch Positives oder Negatives über uns berichtet hatte oder dass er am nächsten Tag einige Stunden später eintreffen würde, weil er mit seiner Frau zum Arzt fahren müsse.

Verärgert war ich, wenn jemand unangemeldet an jenen Abenden kam, an denen ich einen Anruf von Irene erwartete, meist so gegen zwanzig Uhr, und wenn der ungebetene Gast, obwohl vor dem Telefon stehend und kein Stuhl in Reichweite, wie es mir Frau Kaschiller empfohlen hatte, trotzdem nicht ans Ende seines Gesprächs gelangte. Ich musste mich dann einer nicht ganz höflichen Methode bedienen, ich stieß ihn in die Seite und flüsterte ihm zu, es sei noch mit einem außerordentlich wichtigen Anruf zu rechnen, und wenn der verzögert werde, seien die Folgen nicht abzusehen. Das zeigte in der Regel Wirkung, löste allerdings meist auch die Frage aus, ob etwa der Bahnhof uns noch mit Waggons überraschen könnte. Dann nickte ich zustimmend, und manchmal sagte ich auch, dass ich vielleicht noch an seine Tür klopfen müsste, um ihn zur Mithilfe einzuladen, doch keinesfalls später als einundzwanzig Uhr, um diese Zeit dürfe er unbesorgt seine Bierflasche öffnen, danach gebe es keinen Auftrag mehr.

Gelegentlich kam auch Wiesemühl zum Telefonieren, doch der fragte vorher an, ob mir sein Kommen recht sei. Ihm schob ich nicht nur einen Stuhl hin, damit er es bequemer hatte, ihm schenkte ich auch ein Glas Bier ein und stellte es neben das Telefon.

An dem Abend, als er von seinem Sohn erfuhr, dass der wenige Tage zuvor Schuldirektor geworden war, tranken wir beide etliche Gläser Bier, und wir waren uns darin einig, dass allmählich die vernünftigen Leute die Stellen eroberten, an denen die Entscheidungen zu treffen waren, und dass die Entwicklung sich wohl doch anschickte, den richtigen Verlauf zu nehmen.

Ich freute mich jedesmal, wenn sich Fritz Krüger, den wir zum Kuhstallchef gemacht hatten, ankündigte, um mit seiner Tochter Inge zu sprechen, die im Pförtnerzimmer des Studentenwohnheimes auf seinen Anruf wartete. Auch ihm schob ich einen Stuhl hin, doch er blieb stets stehen, er setzte sich gewöhnlich erst, nachdem er sein Telefongespräch beendet hatte. Wir tranken dann noch eine Flasche Bier und diskutierten über Belange seines Arbeitsbereiches.

Bisher war er immer mit dem zufrieden gewesen, was ihm seine Tochter über ihr Studentenleben geschildert hatte. Nur an dem einen Abend ließ er sich während seines Telefongesprächs auf den bereitgestellten Stuhl fallen und sagte später zu mir, sie sei schwanger. Er bitte mich, mit niemandem darüber zu reden. Er müsse es seiner Frau nun schonend beibringen. Dass die Tochter einen Freund habe, wüssten sie längst, sie sei im dritten Studienjahr, also eine ganz normale Sache. Nur mit dem Freund gebe es Probleme. Der stehe zwar kurz vor seinem Abschluss als Diplomingenieur, doch dessen Vater habe schon mehrmals einen Ausreiseantrag gestellt.

Fritz Krüger wollte diesmal kein Bier trinken. Als er sich von mir verabschiedete, sagte er mit stockender Stimme: „Kannst du dir vorstellen, was da auf uns noch zukommen wird? Bitte sprich darüber nicht in der Öffentlichkeit."

Eine Woche später konnte mir Irene berichten, dass sie bei Kaufhold eine Eins geschafft habe. Und noch bevor es mir gelang, ihr zu gratulieren, schickte sie der freudigen Mitteilung die Bemerkung hinterher, dass Brähmisch, was mich bestimmt interessiere, nicht dabei gewesen sei.

Dass es zuvor in der Tierzuchtprüfung lediglich eine Zwei geworden war, wusste ich schon. Bei den Haflingern sei sie ein wenig gestrauchelt, hatte sie mir eingestanden, wirklich nur gestrauchelt, nicht abgestürzt, Pferde seien nun mal nicht so ihre Sache, noch nicht.

Als letzte mündliche Prüfung stand Irene das Fach Acker- und Pflanzenbau bevor. Ich fragte sie lachend, ob ich bei Henningsen und Günzerodt anrufen und darum bitten solle, ihr nicht allzu knifflige Fragen zu stellen.

Sie habe vor drei Tagen Günzerodt getroffen, sagte sie. Er habe sich nach mir erkundigt und ihr Grüße für mich aufgetragen. Und dann habe er angedeutet, dass einschneidende Veränderungen bevorstünden, doch mehr habe sie von ihm nicht erfahren können.

Die Woche darauf meldete mir Irene, dass sie alles überstanden habe. Eine glatte Eins habe sie bekommen, und sie habe sogar alle von Henningsen aus der berühmten Vase gezogenen Gräser ohne langes Überlegen bestimmen können, sie sei auch imstande, deren Reihenfolge mir noch aufzusagen. Ich wehrte ab, aber sie ließ sich nicht davon abbringen, sie zählte mir die Gräser auf, die sie bestimmt hatte, Wolliges Honiggras, Deutsches Weidelgras, Ackerfuchsschwanz und Rotschwingel.

„Und Dactylis glomerata?“, fragte ich.

„Nein“, antwortete sie, „das Diplom-Landwirts-Gras ist nicht dabei gewesen. Vielleicht hätte Henningsen das Knaulgras erst präsentiert, wenn ich beim Erkennen der anderen Gräser Schwierigkeiten gehabt hätte. Es ist aber alles völlig problemlos über die Bühne gegangen.“

Der Tag, an dem ich mit meinem Motorrad weiter nach Norden oder genauer gesagt, in nordöstliche Richtung reiste, war sonnig, und ich kam schnell voran.

Es fuhr sich gut, auch dann noch, als ich die schattigen Alleen mit ihrem teilweise sehr holprigen Pflaster erreicht hatte. Ich musste nur in einem mäßigen Tempo fahren, dann gelang es der ES, mühelos die Stöße zu schlucken.

Irene hatte mir den Ort genannt, bei dem ich von der Hauptstraße abbiegen sollte. Doch wenn ich die schmale Straße übersehen würde, hatte sie geschrieben, dann hätte ich nicht weit davon erneut die Möglichkeit, nach rechts abbiegen zu können, ich würde bald bemerken, dass die Halbinsel Mönchgut nicht sehr groß, aber dafür sehr reizvoll sei.

Als das kleine Ostseebad hinter mir lag, entdeckte ich eine weite, hügelige Landschaft mit Wald, Wiesen und Weiden und dann den Bodden, der sich bis zum Horizont erstreckte.

In dem Dörfchen, das nur aus einer Straße mit ein paar verstreuten Häusern zu bestehen schien, kam mir ein hellblauer Trabant entgegen, dessen Fahrer mich mit erhobener Hand freundlich grüßte.

Ich musste wieder nach rechts abbiegen, geradeaus führte die Straße zum Wasser, wo einige Leute an einer Anlegestelle warteten.

Wenige hundert Meter weiter war ich schon im nächsten Dorf, dem letzten in dieser Richtung.

Das Gehöft erkannte ich sofort.

Irene hatte mir beschrieben, es läge links der Straße, etwas zurückgesetzt, und zum Gehöft würde folgendes gehören, ein Haus mit ein paar

Nebengebäuden, ein Garten, eine eingezäunte Weidefläche für Schafe und ein direkter Zugang zum Bodden.

Ich fuhr durch das geöffnete Tor auf den Hof, blieb vor einem Gebäude stehen, das nach einem ehemaligen Stall aussah, der zu Ferienwohnungen umgebaut worden war, ich stieg ab, bockte die ES auf und löste meinen Helm. Und als ich dabei war, meinen Koffer vom Gepäckträger abzuschnallen, öffnete sich eine der Türen, und Irene stürzte kauend und lachend auf mich zu.

Sie habe um diese Zeit noch nicht mit mir gerechnet, gestand sie mir. Und während ich im Vorraum die Motorradkleidung auszog und gemeinsam mit dem Helm an einen Haken hängte, erzählte sie mir, dass sie sehr zeitig mit ihrem Vater gefrühstückt habe. Ihr Vater sei danach losgefahren, um mit einem Amtskollegen Grundstücke zu besichtigen, die sich für den Bau von Ferienbungalows eignen würden. Es sei geplant, einen Urlauberaustausch zwischen See und Gebirge zu organisieren. Bei seiner Rückfahrt wolle ihr Vater noch einen Forstwirtschaftsbetrieb besuchen, der sich in meiner weiteren Umgebung befinden müsste, um dort zu prüfen, ob der bereit sei, über den Plan hinaus produzierte Bungalows zu liefern. Sie habe sich, was in den Ferien ja gestattet sei, wieder ins Bett gelegt, allerdings, ohne den Wecker zu stellen. Und sie sei gerade noch rechtzeitig aufgewacht.

„Weißt du was, wir machen Frühstück und Mittagessen in einem“, schlug sie mir vor.

Ich war einverstanden.

„Möchtest du Bier?“, fragte sie, während sie eine Pfanne auf den Elektroherd stellte.

„Kein Bier, zu dieser Zeit noch nicht.“

„Also, was wünscht der Herr, Kaffee, Selterswasser?“

„Beides, Wasser und Kaffee.“

Und dann tranken wir nicht nur Kaffee und Wasser, sondern auch noch Bier, aber zusammen nur eine Flasche, und ich davon den größeren Teil.

Wir aßen Eier mit Schinken, dazu Brot und eine große Schüssel grünen Salat, den ihr, wie sie berichtete, der Hausherr, frisch geerntet, am Morgen in den Vorraum gestellt hatte.

„Hier gibt es wohl nur freundliche Leute?“, fragte ich und erzählte, dass mich ein Trabantfahrer gegrüßt hatte und dies auch sehr freundlich.

Das sei unser Wirt und Hausherr gewesen. Irene lachte. Sie habe ihn gestern Abend informiert, dass ich heute um die Mittagszeit mit dem Motorrad hier eintreffen würde. Und da tagsüber kaum jemand mit einem Motorrad ins Dorf komme, werde er vermutet haben, es sei mein Verlobter.

Früh wurde ich zeitig wach.

Ich stand leise auf und ging in den Wohnraum, ich blickte aus einem der Fenster. Es regnete, und vom Bodden war nichts zu erkennen, eine graue Wand schien bis ans Haus herangerückt zu sein.

„Schlaf weiter“, sagte ich zu Irene, die bemerkt hatte, dass ich aufgestanden war. „Es regnet, und draußen ist alles Grau in Grau.“

„Sonne und Wärme folgen dem Regen“, sagte sie, „unser Wirt kennt sich da aus, er weiß, wie es sich hier mit dem Wetter verhält.“

Sie ging zur Toilette, dann kam sie zu mir ins Bett.

Erst am Nachmittag, als es zu regnen aufgehört hatte, unternahmen wir einen Spaziergang.

Wir liefen durchs Dorf und dann den Weg entlang, der über die schmale Landzunge führt. Wir kehrten erst um, als wir eine Wolkenwand heranziehen sahen.

Unser Wirt hatte Recht behalten.

Ein durchsichtiges Licht erfrischte tags darauf alles bereits am frühen Morgen. Dann kam die sanfte Sonne, die sich um die Mittagszeit von den letzten Schleiern frei machte und uns die erhoffte Wärme schickte.

„Zum Strand“, sagte Irene, „aber zum richtigen, nicht zum Bodden.“

Ich probierte ihr den Sturzhelm auf. Mir war es gelungen, einen Helm in der gleichen Art, wie ich ihn trug, zu erwerben, silbergrau mit einem schmalen, dunklen Rand, und ich stellte mit Genugtuung fest, dass er passte.

Wir fuhren los, wir zweigten nicht nach links ab, sondern blieben auf der holprigen Straße, die geradeaus zur Hauptstraße führte, dort bogen wir nach rechts ab in Richtung Südostzipfel der Insel.

Wir wussten nicht, wie weit wir in diesem dunklen, romantisch anmutenden Buchenwald fahren mussten, wir folgten schließlich einem Schild, das einen Parkplatz anzeigte. Bis hinüber zum Strand war es nur ein kurzer Weg.

Irene präsentierte sich in einem roten Bikini, bisher hatte ich sie noch nie in einem Bikini gesehen, beim Baden im Bodden hatte sie einen blauen einteiligen Badeanzug getragen.

Wir hatten unsere Decke nahe am Dünenrand ausgebreitet, so dass unsere Strecke zum Wasser etwas weiter war, als die der meisten anderen. Ich ließ Irene vorangehen und registrierte die Blicke, die ihr folgten.

Das Wasser war wieder kalt. Ich hatte angenommen, die Sonne hätte es schon merklich aufgewärmt, doch es war nicht so.

Am nächsten Tag starteten wir erneut nach dem Mittagessen, die Luft war wärmer, es war deutlich zu spüren.

Was ich von FKK halte, hatte Irene von mir wissen wollen.

Ich sei noch nie an einem FKK-Strand gewesen, wir könnten es ja mal versuchen, hatte ich ihr geantwortet. Mich würde sowieso keiner beachten, die Blicke würden ganz woanders hingehen, wenn sie dabei wäre.

Irene hatte lachen müssen, als sie sich hinter mich aufs Motorrad setzte.

Diesmal mussten wir einige Kilometer weiter fahren. Wir sahen schließlich die Schilder und bogen nach rechts ab zum Parkplatz.

Der Parkwächter empfahl uns, einen Windschutz mitzunehmen. Er leihe uns gern einen aus, sagte er. Die Sonne meine es zwar heute gut mit uns, doch manchmal wehe es steif von Südost, da müsse man vorbeugen und sich schützen. Wir nahmen sein Angebot an.

Es waren gut hundert Meter bis zum Strand, nicht viel mehr, der Pfad führte durch Kiefernwald, und dann, als er endete, blieben wir einen Moment stehen, weil wir überrascht waren, dass es hier ziemlich eng zuging.

Doch wir fanden einen Platz, wieder weit hinten, direkt am Dünengehölz. Dort errichteten wir unser Windschutzrondell, und Irene breitete die Decken aus.

Mit dem Ausziehen ließen wir uns Zeit.

Dann legte sich Irene auf den Bauch, reichte mir die Sonnencreme und erteilte mir Anweisungen. Offensichtlich hatte sie ihren Spaß daran, wie ich mich abmühte, auch hier fehlte mir die Erfahrung.

„Bitte umdrehen“, sagte ich.

Irene nahm mir die Tube aus der Hand und meinte, ihre Vorderseite, die schaffe sie allein.

Doch ich setzte mich so, dass ich jede Bewegung ihrer Hände beobachten konnte. Und als sie zu lachen begann, erklärte ich ihr, ich müsse genau studieren, wie sie es mache, ich könne ja doch einmal in die Situation kommen, den lukrativen Auftrag für die Vorderseite zu erhalten.

Irene brauchte für meinen Rücken annähernd die doppelte Zeit. Dann reichte sie mir die Tube und schaute zu, wie ich mir Hals und Brust mit Creme bestrich. Kopfschüttelnd nahm sie mir die Tube aus der Hand und führte mir vor, wie exaktes Eincremen zu erfolgen habe. Als sie bis zum Bauchnabel gelangt war, gab sie mir die Tube zurück.

Irene blieb, wo sie war, ein wenig zurückgelehnt, und sie wartete bis ich mit dem Eincremen fertig war und meine Hände trockengerieben hatte, danach sagte sie, sie habe ihren Fotoapparat mit.

Ich legte eine der beiden Decken auf den Sand außerhalb des Windschutzes, um Schattenwirkungen zu vermeiden.

Es wurde eine sehr schöne Aufnahme, wie ich später feststellen konnte, vielleicht war diese erste Aufnahme die schönste, jedenfalls die reizvollste, die ich je von Irene gemacht habe: Irene liegend, den Kopf aufgerichtet und mit der rechten Hand gestützt, der linke Unterarm mit ausgestreckter Hand fest auf dem Sand, dabei ihre Brüste nicht verdeckend, ihr Blick ein wenig zur Seite gerichtet, auf ihren Lippen ein angedeutetes Lächeln und weit im Hintergrund das Meer.

Ich machte ein zweites und ein drittes Foto, um vor allem dieses Lächeln, dieses angedeutete Lächeln, für alle Zeiten festzuhalten, und ich machte ein viertes Foto, Irene aufrecht stehend, den Blick mir zugewandt, doch das erste Foto ist wohl das schönste.

Die Fotos übergab mir Irene in einem Umschlag bei meinem Kurzbesuch, der im Zusammenhang stand mit der Reise, die ich antreten musste, weil es meiner Großmutter gesundheitlich immer schlechter ging, so dass man sie ins Krankenhaus einwies, wo mir einer der Ärzte erklärte, diesmal würde sie es sicher schaffen, doch wie lange ihr noch Zeit bleibe, sei nicht vorhersagbar, ihr Herz sei sehr schwach, und Wasser stelle sich in einem solchen Fall schnell wieder ein.

Von meinem Heimatort aus fuhr ich mit der Bahn in unsere altehrwürdige Universitätsstadt zu Irene.

Eine Woche nach unserem Ostseeurlaub hatte sie, wie sie mir berichtete, bereits die Assistentenstelle bei Professor Kaufhold angetreten. Er hatte zur Eile gemahnt, er hatte ihr erklärt, es dürfe kein Zeitverzug eintreten, sie hätten noch viel vor. Offensichtlich wusste auch er über die weitere Entwicklung wesentlich mehr, als man allgemein verlauten ließ.

Irene war in der kurzen Zeit mehrfach zu Verwaltungen und Instituten gereist, nicht nur in den Bezirk, in dem ihr Praktikumsbetrieb lag, sondern auch in den angrenzenden Bezirk, zu dem mein Heimatkreis gehörte. Dort hatte sie, wie sie mir berichtete, einen hochrangigen Vertreter der zentralen Ebene getroffen, und sie hatte ihm in einer größeren Diskussionsrunde widersprochen.

Es hätte sich so ergeben, rein zufällig, erklärte sie mir. Sie hätte sich mit seinen Argumenten nicht anfreunden können und ihm daraufhin ganz einfach widersprochen, ohne auf seine Ranghöhe geachtet zu haben. Und dann hätte sie den Eindruck gewonnen, dass es den Verwaltungsmann aus Berlin gereizt habe, mit ihr zu streiten, längere Zeit sogar, und niemand hätte sich einzumischen gewagt. Sie hätten so lange gestritten, bis, zum Erstaunen der anderen, der hohe Genosse zugegeben habe, dass er, wenn er noch länger darüber nachdenken würde, sich ganz gewiss mit ihrer Ansicht anfreunden könne. Und nach der Diskussion, die durch ihren Einspruch zu einem Streitgespräch ausgeartet sei, habe der hohe Genosse noch eine gute Stunde mit ihr geredet, unter vier Augen, ohne Zuhörer, und danach habe er sie um ihren Namen und ihre Anschrift gebeten. Den Wunsch habe sie ihm erfüllt, sagte Irene lächelnd. Weshalb hätte sie es ihm verweigern sollen, sie hätte doch nichts zu verbergen.

Wochen später, als ich mit Irene telefonierte, fiel mir auf, dass sie anders sprach, schwermütiger, zurückhaltender, kaum mehr optimistisch, vielleicht so, als befände sie sich in einer anstrengenden Berichterstattung, die Schwierigkeiten zum Inhalt hatte.

Schließlich fragte ich, ob es ihr nicht gutgehe oder ob sie etwas bedrücke.

Sie verneinte es, sie habe vermutlich nur zu viel gearbeitet, sich, wie man gewöhnlich sage, ein wenig übernommen, sie habe auch schon mit ihrer Schwägerin telefoniert und von ihr einen Termin erhalten für eine Routineuntersuchung im Krankenhaus, für mich sei kein Grund zur Sorge, sie werde mir schreiben, aber sicher erst in vierzehn Tagen, wenn sie alles hinter sich habe.

Eine Routineuntersuchung, nicht mehr, schrieb sie mir dann. Nun sei wieder alles in Ordnung, so dass sie sich ab sofort ihrer Arbeit widmen könne. Und sie freue sich schon auf Weihnachten.

Als wir uns dann sahen und ich mich erneut nach dem Ergebnis der Untersuchung erkundigte, schaute sie mich verwundert an, überlegte einen Augenblick, bevor sie antwortete, es sei nicht der Rede wert, sie hätten nichts Besorgniserregendes feststellen können, wie es zum Glück meistens der Fall sei.

Nach dem Fest musste meine Großmutter erneut ins Krankenhaus. Tags darauf besuchten wir sie schon, da wir vorhatten, wieder ins Gebirge zu reisen.

Sie fühlte sich schwach, wahrscheinlich trugen die vielen Tabletten dazu bei, die sie einnehmen musste. Doch sie schien glücklich über unseren Besuch zu sein. Sie bat darum, uns so zu setzen, dass sie uns ständig anblicken konnte, ohne ihren Kopf hin und her wenden zu müssen, sie lächelte sogar, vielleicht erfüllte sie eine innere Zufriedenheit, weil wir ihr so viel Aufmerksamkeit schenkten.

Meine Großmutter starb im März.

Viele Leute unseres Dorfes hörten am Grab die Worte des Pastors, dass das Leben der nun Verstorbenen gleichsam Mühsal und Hoffnung gewesen sei. Diese beiden Pole, sagte er, hätten ihren ganzen Lebensweg bestimmt, angefangen von den harten Jahren der Kindheit, über wenige glückliche Monate hinweg, die mit der Einberufung ihres Mannes und seiner Todesnachricht jäh abbrachen, den Ängsten und

Entbehrungen eines erneuten Krieges, den Mühen um einen entstehenden Bauernhof und dessen schwer zu verkraftender Abgabe in eine neue Gemeinschaft, die immer belastender werdende Krankheit, die schließlich zum Tode geführt habe. Doch Gott, der Herr, habe trotz allem dafür gesorgt, dass unsere teure Verstorbene auch Freude empfinden konnte, über eine liebe Tochter, einen guten Schwiegersohn, zwei Enkel und schließlich noch des einen Enkels Verlobte, die sie wie eine neue Enkelin warmherzig aufgenommen habe.

Ich spürte, dass mir die Augen feucht wurden, obwohl ich dagegen ankämpfte, und als ich zu Irene blickte, sah ich, dass sie weinte.

Irene und meine Großmutter hatten sich gemocht, von der ersten Begegnung an, ich wusste es.

In Bodelin entdeckte ich bei meiner Rückkehr neben den Zeitungen, die Frau Kaschiller, wie immer, auf der rechten Seite meines Schreibtisches gestapelt hatte, einen Brief, mitten auf der Schreibunterlage platziert, dessen Umschlag eine schmutzig-graugrüne Farbe besaß, die mich einen Moment zögern ließ, zuzugreifen. Es handelte sich um ein höchstamtliches Schreiben.

Mendes und Wiesemühl winkten ab, als ich sie darüber informierte. Eine Routinemaßnahme, meinten beide. Schließlich werde jeder junge Mann gemustert, in der Armee müsse man ja über die vorhandenen Reserven Bescheid wissen. Niemand könne sich jedoch leisten, einen Leitungskader für längere Zeit einzuberufen. Ein Leitungskader werde an der Produktionsfront gebraucht, und das sogar sehr dringend. Folglich wäre diese Anordnung für mich kein Grund zur Beunruhigung.

Irene dagegen schien sehr beunruhigt zu sein, als ich sie über meine bevorstehende Musterung informierte.

Im Hinblick auf meine Tauglichkeit gab es dann keinerlei Zweifel, und ich wurde gleich darüber in Kenntnis gesetzt, dass man mich für das Nachrichtenwesen vorsehen werde.

Es blieb aber alles ruhig, und Wiesemühl wiederholte, dass es sich lediglich um eine Routinemaßnahme handele, ich solle mir weiter keine Gedanken darüber machen.

Und dennoch beschäftigte mich von Zeit zu Zeit die Frage, wieso führten sie eine Musterung durch, ohne dass sie eine Einberufung ins Auge gefasst haben sollten. Natürlich würden sie eine Einberufung planen, dachte ich, und möglicherweise liege der Tag dafür schon fest, nur ich kannte ihn noch nicht, jetzt noch nicht.

Wenn ich dies dachte, ergriff mich immer eine Lustlosigkeit, und sie nahm zu, je öfter ich mir klar machte, dass das Kommando zum Einrücken von heute auf morgen kommen konnte, völlig ohne Vorwarnung. Jedes Mal musste ich mich nach solchen Überlegungen zwingen, wieder zu den betrieblichen Aufgaben zurückzukehren. Und so sehr ich mich auch auf das, für das ich die Verantwortung trug, zu konzentrieren versuchte, auf die Frühjahrsbestellung, die Pflege der Kulturen, den Weideaustrieb, die Futterversorgung der Kühe, den Mähdrusch, die Kartoffelernte und -einlagerung sowie die Herbstbestellung, der lähmende Gedanke, ein Abruf stehe mir unmittelbar bevor und alles sei nur noch ein begrenztes Wirken bis dahin, dieser Gedanke blieb und schlich sich mit einer unglaublichen Hartnäckigkeit in jede meiner Überlegungen.

So verging das Jahr, und als ich mich kurz vor Weihnachten von Gotthilf Wiesemühl verabschiedete, meinte er lachend, ich solle Irene sagen, dass die Armee mich verschonen werde, sofern ich mich bereiterklären würde, in Bodelin zu bleiben.

Ich rechnete bei meiner Rückkehr am Tag vor Silvester fest damit, auf meinem Schreibtisch das Einberufungsschreiben vorzufinden.

Doch Frau Kaschiller hatte nur die Zeitungen auf der rechten Schreibtischseite deponiert, ein Schreiben lag nicht daneben.

Ende März, als ich schon glaubte, diesen hartnäckigen, üblen, lähmenden Gedanken endgültig abgeschüttelt zu haben, brachte ein

Postbote, der zuvor noch nie bei uns gewesen war, das amtliche Schreiben und händigte es mir mit der Bemerkung aus, es sei von großer Wichtigkeit. Ich musste ihm den Empfang bestätigen.

Mich verblüffte, wie gelassen Mendes die Nachricht aufnahm, vor allem, wie er sich danach bemühte, mir zu erklären, dass ich im Grunde genommen Glück habe, nur ein halbes Jahr dienen zu müssen, anstatt anderthalb Jahre, wie es normalerweise gehandhabt werde.

Wiesemühl schien zunächst über meine Mitteilung irritiert zu sein. Dann aber legte er wütend los, diese Militärmenschen müssten doch ganz und gar verrückt sein, er werde einen Termin mit dem Ersten Sekretär der Bezirksleitung vereinbaren, die Einberufung müsse gestoppt werden.

Den Landwirtschaftschef des Kreises konnte ich nicht erreichen, er lag im Krankenhaus, nach einem Herzinfarkt stand es sehr ernst um ihn. Sein Stellvertreter sicherte mir zu, er wolle beim Wehrkreiskommando vorstellig werden, doch er meinte, seine Hoffnung auf einen positiven Bescheid sei äußerst gering.

Bei der Bezirksleitung hatte Wiesemühl lediglich mit einem der Mitarbeiter ohne Entscheidungsbefugnis sprechen können, der ihm etwas von der Notwendigkeit der Landesverteidigung zu erläutern versucht hatte, so dass der Parteisekretär nach wenigen Minuten wortlos aus dessen Zimmer gestürmt war. Als Wiesemühl mir darüber berichtete, glaubte ich in seinem Gesicht eine Mischung aus Zweifel und Enttäuschung wahrzunehmen.

Es hätte ein schöner Mai werden können.

Nun aber wurden es graue Tage, selbst dann, wenn sich die Sonne zeigte.

Die Grundausbildung sei kein Zuckerlecken, verkündete uns der Kompaniechef. Er hatte sich zwölf der Neueinberufenen, dazu gehörte auch ich, für die Verstärkung seiner Truppe ausgewählt, die nun gemeinsam mit den eineinhalb Jahre dienenden Jüngeren die Sollstärke von zweiunddreißig Mann ergaben.

Seine achte Kompanie, die man Kurier- und Feldpostzentrale nenne, dozierte der Kompaniechef weiter, sei von überragender Bedeutung für das ganze Regiment und weit darüber hinaus. Äußerste Disziplin, höchste Einsatzbereitschaft, unverbrüchliche Treue, absolute Verschwiegenheit, das seien die Grundpfeiler unseres Auftrags. Es käme selbstverständlich noch einiges hinzu, doch er habe nicht vor, uns gleich am ersten Tag mit allzu viel theoretischem Kram zu überfordern. Er sei Hauptmann, er hoffe jedoch, wir hätten das schon längst bemerkt, fügte er hinzu, während seine Hände wie automatisch hinauf zu den Schulterstücken schnellten.

Einen Augenblick herrschte absolute Stille auf dem breiten Kasernenflur. Plötzlich brüllte der Kompaniechef: „Genosse Hauptmann lautet folglich die Anrede, Genosse Hauptmann, nichts anderes!"

Einer von uns Neuen rief gut hörbar zurück: „Jawohl, Genosse Hauptmann!"

„So ist es, und was der Chef befiehlt, ist maßgebend, ist zu befolgen, ohne Diskussion", hörten wir in normaler Lautstärke, und gleich darauf erneutes Brüllen: „Alles klar, wegtreten!"

Den Neuen, der ihm zuvor mit Jawohl geantwortet hatte, hielt der Hauptmann vor der Tür zur Zwölf-Mann-Unterkunft am Koppel fest, so dass auch wir anderen auf dem Flur warten mussten.

Ob das eine erste Provokation gewesen sein sollte, wollte er von ihm wissen.

„Mitnichten, Genosse Hauptmann", war die Antwort.

„Was heißt: Mitnichten?"

„Mitnichten heißt mitnichten."

„Hier gelten klare Antworten!" Die Stimme des Kompaniechefs klang drohend. „Also, was ist, ja oder nein?"

„Natürlich nein, keine Provokation, Genosse Hauptmann."

„Das hört sich schon anders an. Aber jetzt: Wegtreten, marsch, marsch!"

Als wir unsere Tür geschlossen hatten, wurde dem Neuen, einem Architekten aus dem Anhaltinischen, der an der Weimarer Hochschule studiert hatte, von einem anderen Neuen, einem Abteilungsleiter einer kreisstädtischen Bank, den ich kannte, geraten, den Hauptmann nicht zu verärgern. Wir müssten versuchen, ungeschoren, also ohne Beschädigungen hier wieder rauszukommen, oder habe er etwa vor, sich den Befehlen zu widersetzen.

„Mitnichten, Genosse Soldat", kam die Antwort vom Architekten. Und wir anderen lachten, es war das erste gemeinsame Lachen in dieser trostlosen Umgebung.

Die Grundausbildung absolvierten wir zwölf Neuen mit den Neuen der Nachbarkompanie, der zahlenmäßig weit stärkeren siebenten Kompanie.

Meist führte ein Leutnant das Kommando, der uns seine Befehle immer dann zubrüllte, wenn sich andere Ausbildungskompanien in der Nähe befanden, ansonsten sich aber eines gemäßigten Tones bediente. Einer der Unteroffiziere, der das Exerzieren mit uns übte, sagte einmal während einer Pause, als wir im kleinen Kreis zusammenstanden und er sich hinzugesellt hatte, wir sollten uns bloß nicht verrückt machen lassen, und wir sollten nicht so viel nachdenken, sondern das ausführen, was man uns befehle, sonst wären wir abgekämpft, bevor die Sache überhaupt richtig begonnen hätte. Mit dem Leutnant könne man auskommen, der lasse alles ruhig angehen, und auch sein gelegentliches Brüllen sollen wir nicht überbewerten, der müsse das tun, das Brüllen gehöre hier einfach dazu, würde er es nicht tun, wäre er bald weg vom Fenster.

An jenem Tag, als wir das An- und Ablegen der Schutzausrüstung übten, hatten wir vormittags erlebt, wie in einer anderen Kompanie ein Vorgesetzter einen Soldaten anschrie, er sei für ihn ein Nichts, nur ein

Nichts, er solle sich hinwegscheren. Später, in der ersten Parteiversammlung, fragten wir den Politchef des Regiments, ob es möglich sei, mit Nichtsen einen Krieg zu gewinnen.

Mit dieser Frage konnte der Politchef des Regiments zunächst nichts anfangen, der Vorfall musste ihm erst näher erläutert werden, worauf er den Namen des Kommandierenden wissen wollte.

„Panzer-Meier", sagte ein Soldat.

„Major Meier", korrigierte der Politchef. Aber dann rang er sich die eindeutige Antwort ab, dass man mit einem Nichts auch nichts gewinnen könne. Und darauf folgte seine Zusicherung, dass der Fall ausgewertet und sich garantiert nicht wiederholen werde.

Sehr oft hörten wir das Wort „Gas", das immer gebrüllt wurde. Und wenn die Bewegungen der Arme nicht das vorgeschriebene Tempo erreichten, wurde es wiederholt, nun aber mit dem Zusatz: „Bei dieser Schlafmützigkeit würdet ihr längst am Boden liegen und euer Leben ausröcheln. Bewegt euch, ihr lahmen Ärsche!" Die Finger schmerzten nach dem Anlegen der widerspenstigen Schutzkleidung, doch man vergas, an die Schmerzen zu denken, wenn beim anschließenden Marschieren die Gesichtshaut unter der Maske nass wurde und einem das Atmen immer schwerer fiel.

Erst wenn das Wasser die Arschkerbe hinabrinne, könne man einen solchen Marsch als erfolgreich bewerten, erfuhren wir vom Kompaniechef, nachdem er sich einen Überblick über die erzielten Zeiten verschafft hatte.

Eines Tages sagte er vertrauensvoll zu mir, ich könne froh sein, dass ich in seiner Kompanie sei.

„Muss ich jetzt Danke sagen, Genosse Hauptmann?", fragte ich.

„Nicht nötig", sagte er aufgeräumt zu mir. „Sie sehen ein bisschen abgekämpft aus, das wird sich ändern. Ich habe sie zur Ausbildung als Kurier angemeldet. Als Kurier trägt man zwar eine sehr hohe

Verantwortung, allerdings kann man auch öfter mal eine Pause einlegen. Sie merken schon, Sie sind bei mir für höhere Aufgaben vorgesehen."

Am Tag darauf wurde ich gemeinsam mit einem Stubengenossen ins Zimmer des Kompaniechefs befohlen. Wir wurden davon in Kenntnis gesetzt, dass wir, in Anbetracht des Fehlens eines Politoffiziers in unserer Kompanie, einen Teil von dessen Aufgaben zu übernehmen haben, wozu unter anderem gehöre, aller vierzehn Tage, jeweils dienstags, sechzehn Uhr, zur Politkonferenz zu gehen, selbstverständlich in Ausgangsuniform. Die Politschulung mit den Soldaten unserer Kompanie müssten dann wir durchführen, selbstverständlich mit seiner Unterstützung.

Danach schaute er uns einen Augenblick prüfend an und fragte: „Alles klar?"

„Zu Befehl, Genosse Hauptmann", antwortete mein Stubengenosse, der im zivilen Leben Bereichsleiter eines Reichsbahnbaubetriebes war.

„Bei einem solchen internen Gespräch in meinem Zimmer reicht ein einfaches Ja vollkommen aus", sagte der Hauptmann gönnerhaft.

Ende Juni, in der Zeit, wo man gewöhnlich in Markkleeberg die Landwirtschaftsausstellung besuchte, wurde ich an einem späten Nachmittag zum Oberfeldwebel gerufen, der mir mitteilte, dass draußen hoher Besuch auf mich warte.

Er drückte mir den Ausgangsschein in die Hand, befahl mir, die entsprechende Uniform anzulegen und danach das Objekt zu verlassen. Zurückzumelden habe ich mich bis spätestens einundzwanzig Uhr.

Mein hoher Besuch wartete auf dem Parkplatz.

Wiesemühl vermied jede Anspielung auf mein Erscheinungsbild in Uniform. Neben ihm stand ein Gutsdirektor, den ich von früheren Tagungen her kannte und den ich schätzte.

Ich wunderte mich, dass gerade er, gemeinsam mit Gotthilf Wiesemühl von der Landwirtschaftsausstellung kommend, diesen Umweg zu mir in Kauf genommen hatte, bis ich erfuhr, dass er kein Direktor mehr war, sondern mich in Bodelin vertrat.

Weshalb man ihn als Direktor abgelöst hatte, erfuhr ich erst viel später. Er hatte es gewagt, einen Landarbeiter zu tadeln, weil der seine Gänse wochenlang im Weizenfeld des Gutes hatte fressen lassen. Daran wäre wohl nichts auszusetzen gewesen, hätte der Direktor seine rügenden Worte nicht auf dem Pferde sitzend, also von oben herab, in ziemlicher Schärfe auf seinen Mitarbeiter entsandt. Schon am Tag darauf hatte sich der Genosse Landarbeiter bei der Kreisleitung der Partei beschwert, was der Kollege Direktor sich nach Gutsherrenart geleistet habe. Im Protokoll wurde vermerkt, er habe sich wie ein armseliger Knecht gefühlt, zurückversetzt in unselige frühere Zeiten.

Ein solcher Vorfall konnte nur mit einer unverzüglichen Ablösung geahndet werden, da gab es keinen Widerspruch, und auch die Bauernpartei fühlte sich nicht genötigt, ihr Mitglied in Schutz zu nehmen.

Mendes hatte von der Sache erfahren und seinem abgelösten Kollegen vorgeschlagen, auf Zeit in Bodelin als Produktionsleiter einzusteigen, wogegen die übergeordnete Leitung nach Rücksprache mit dem bezirklichen Parteiorgan nichts einzuwenden hatte.

An jenem Junitag versicherte mir der ehemalige Direktor, dass er das Feld selbstverständlich räumen werde, wenn ich zurückkomme. Bis dahin hätte er bestimmt eine neue Stelle gefunden. Ihm schwebe vor, in einer Genossenschaft anzufangen, sagte er zu mir. Wenn nicht als Vorsitzender, dann als Produktions- oder Abteilungsleiter und, wenn ihm auch das nicht gelänge, dann eben als Traktorist.

Ich erinnere mich, zwischen uns herrschte ein gutes Einvernehmen, während wir in einer Gaststätte Abendbrot aßen und Wiesemühl und ich Bier und Weinbrand tranken und sich der amtierende Produktionsleiter, als Kraftfahrer, mit Wasser zufrieden geben musste.

Im Juli beratschlagte ich brieflich mit Irene darüber, wo wir uns bei meiner ersten Urlaubsbewilligung treffen könnten. Sie schlug mir vor, mich abzuholen, wenn sie von der Insel Rügen zurückfahren werde. Daran dachte ich dann oft in meinem tristen Armeealltag. Selbst beim häufig ausgerufenen nächtlichen Alarm, wenn wir, zitternd vor Müdigkeit, darauf warteten, den Test auf Gas zu absolvieren und uns in dieses abstoßende Gebäude zu begeben, dachte ich an die bevorstehende Zeit mit Irene, und ich plante, was wir gemeinsam uns vornehmen könnten, redete in Gedanken mit ihr, schlug ihr vor, zum Kyffhäuser zu fahren, weil man von dort den schönen Blick über die ganze Umgebung hatte und, wenn wir noch Zeit hätten, das Rosarium zu besuchen. Und als ich einmal gerade daran dachte, dass die Rosen dort jetzt prächtig blühen müssten, verspürte ich einen Stoß in meinem Rücken und hörte die Worte: „Los, vorwärts!“ Und nach wenigen Schritten folgte das Kommando: „Gas!“ Kurz vor der Tür wurde der Sitz der Schutzmasken geprüft. Aber beim Betreten des gefährlichen Raumes stellte sich trotzdem das beängstigende Gefühl ein, es könnte die Maske eventuell doch an einer Stelle undicht sein, und das berauschende Bild üppig blühender Rosen existierte auf einmal nicht mehr.

Bei meinen Einsatzfahrten als Kurier malte ich mir aus, wie ich mich von Irene im Wartburg kutschieren lassen würde. Sie hatte mir geschrieben, dass sie den Wartburg ihres Vaters benutzen dürfe. Dort würde ich viel angenehmer sitzen, als im wenig komfortablen GAS 69.

Stundenlang konnten sich meine Gedanken mit den Annehmlichkeiten beschäftigen, die ich gemeinsam mit Irene genießen wollte, und wenn der mir zugeteilte Fahrer mit unpassenden Bemerkungen mich zu stören anfing, machte ich ihn darauf aufmerksam, dass er mit seinem Gerede gegen die Kurierdienstvorschriften verstieß. Ich sagte, hier konzentriere man sich auf die Erfüllung des Dienstauftrages, im Fahrzeug sei folglich zu schweigen. Ich war der Kurier, ich saß vorn rechts und hatte die Kommandogewalt, auch dann, wenn als Fahrer ein Unteroffizier, also ein mir gegenüber höher Gestellter, am Steuer saß.

Ich hatte die sogenannte Typenschulung absolviert, durfte GAS 69 fahren, und ich hatte danach die Kurierausbildung bestanden, mit sehr guten Ergebnissen, was nicht schwer gewesen war.

Schon Tage zuvor war ich aufgeregt.

Ich wollte pünktlich auf dem Parkplatz sein. Doch unser Chef zog mich noch in ein längeres Gespräch, er hatte erfahren, im Stab sei entschieden worden, unsere Kompanie unter der Truppenfahne zu fotografieren. Es sei eine der höchsten und feierlichsten Auszeichnungen, sagte er.

Am liebsten hätte ich ihm geantwortet, meine allerhöchste Auszeichnung warte vermutlich schon längst am Tor.

Ich konnte es nicht verhindern, der Kompaniechef begleitete mich bis zur Wache, wo er mich verabschiedete und mein reibungsloses Durchkommen sicherte. Danach blieb er stehen, um scheinbar zu beobachten, was sich draußen abspielen würde.

Irene hatte den Wagen ganz vorn geparkt. Wir umarmten und küssten uns, es störten uns nicht die Blicke der anderen.

Wir fuhren in südlicher Richtung. Es war die gleiche Strecke, die ich von meinem Kurierdienst her kannte, zumindest die ersten zwanzig Kilometer. Auch der kleine Parkplatz war mir bekannt, auf den Irene, für mich überraschend, einbog.

Sie hielt an, lehnte sich zurück und sagte im Befehlston: „Zieh dich aus!“

Ich zögerte.

„Du sollst dich ausziehen. Ist das so schwer zu begreifen?“

„Bei der Armee verlernt man das selbstständige Denken“, wandte ich ein.

„Deshalb befehle ich dir ja: Ausziehen, und das sofort!“

Sie stieg kopfschüttelnd aus, lief hinter den Wagen, kam mit einer großen Tasche zurück und stellte sie auf den Fahrersitz. Danach fragte sie nachsichtig, ob ich nun kapiere, was zu geschehen habe.

Sie entnahm der Tasche die Sachen, die ich brauchte, um wieder ins zivile Leben zurückkehren zu können.

„Mit deiner unmöglichen Uniform können wir uns kaum in die Öffentlichkeit wagen", sagte sie. „Außerdem würdest du dich mit diesem dicken Zeug zu Tode schwitzen. Meine Verpflichtung ist aber, dich gesund und munter nach Hause zu bringen, also vertrau mir und zieh dich um. Alles, was ich dir mitgebracht habe, ist frisch gewaschen und gebügelt."

Die Urlaubstage nutzten wir, um unsere Zukunftspläne zu erörtern.

Wir fuhren zum Kyffhäuser und ins Rosarium, wir waren glücklich, und es schien uns, als hätten wir unendlich viel Zeit.

Als der Termin meiner Abreise heranrückte, als ich mich am Bahnhof nach der günstigsten Zugverbindung für die weite Strecke erkundigen wollte, war es Irene, die eine überraschend einfache Lösung vorschlug. Wir mussten nur zum Telefonieren ins LPG-Büro gehen, was nicht weit war, und innerhalb kurzer Zeit hatte Irene alles geregelt, und ihre Auskunft danach hörte ich mit Erleichterung.

Ein Transportfahrzeug aus dem Betrieb ihres Vaters, das Holzteile an die Ostsee zu bringen hatte, sollte mich mitnehmen, es war nur ein kleiner Umweg für den Transporter, nicht der Rede wert, für mich jedoch von beträchtlichem Vorteil.

Am späten Abend wurde ich, bereits ab meinem Heimatsort nach Armeeart gekleidet, auf dem Parkplatz abgesetzt, wo ich vor Tagen in den Wartburg gestiegen war, jetzt nur etwas weiter hinten, weil es dort einfacher war, mit dem Fahrzeug zu wenden.

Ich versuchte, daran zu denken, dass die Zeit, die ich hier noch zu überstehen hatte, immer weniger wurde, spürbar abnahm, auch wenn ich kein Bandmaß benutzte, wie einige von denen, die eineinhalb Jahre zu dienen hatten und die Tag für Tag einen Zentimeter nach dem anderen abschnitten. Doch das, was man hier sehen, hören und riechen musste, flößte einem noch immer unweigerlich dieses schwer zu ertragende Gefühl des Ausgeliefertseins, des Fremdbestimmtwerdens ein.

Als hätte er schon Wochen auf mein Eintreffen warten müssen, befahl mich der Kompaniechef tags darauf in sein Zimmer.

Er ließ mich eine Weile stehen, blickte mich aufmerksam an, wie um zu prüfen, ob bei mir alles in Ordnung sei. Dann eröffnete er mir mit aufgeregter Stimme, dass mich ein neuer Auftrag erwarten würde, und dies schon die kommende Woche, ein geheimer Auftrag, den man mir im Stab kurzfristig vor der Ausführung als Befehl verkünden werde, über den, was sonst eigentlich nicht üblich sei, er mich aber vorzuinformieren für angebracht halte.

Eine außerordentlich wichtige Botschaft sei an eine der höchsten Stellen zu transportieren, an einen Ort, südwestlich von Berlin, sagte er. Das Schloss Sanssouci befinde sich in der Nähe, und ein Unteroffizier, der dort herstamme und sich folglich gut auskenne, werde als Fahrer für mich eingeteilt, ich aber sei der Kurier, der im Fahrzeug Befehlende, bewaffnet, zwei Magazine am Mann, sechzig Schuss, scharf, eine neue Herausforderung, die von mir mit herausragendem Erfolg zu bewältigen sei.

Plötzlich klang seine Stimme wieder normal, als spräche er mit einem Nachbarn über den Gartenzaun. Ich solle mich doch setzen, sagte er rücksichtsvoll. Ich müsse nicht vor ihm stehen.

Und als ich saß, sagte er neugierig, er habe gesehen, dass mich eine junge Frau abgeholt habe, ein tolles Mädchen, wohl meine Freundin.

„Meine Verlobte“, sagte ich.

„Mit Wartburg, ganz erstaunlich“, stellte er fest.

„Ja, ganz erstaunlich“, bestätigte ich ihm.

„Im Wartburg, wie unser Regimentskommandeur“, meinte er anerkennend.

„Genosse Major, ich habe mich auch so gefühlt“, gestand ich ihm lachend. „Ja, gefühlt wie unser Regimentskommandeur, wenn der vorn rechts im Wartburg sitzt und sich durch die Gegend fahren lässt.“

Der Kompaniechef begann schallend zu lachen. „Kann ich mir denken“, sagte er. „Soldat Bornschein fühlt sich, im Wartburg vorn rechts sitzend, wie unser Regimentskommandeur.“

„Genauso ist es“, gab ich zu. „Mir hat es jedenfalls unwahrscheinlich gut gefallen.“

Der Kompaniechef lachte noch immer, und ich ließ ihm Zeit, er sollte sich ruhig seine Gedanken darüber machen. Das Gefahrenwerden vorn rechts im Wartburg galt, wie ich wusste, als Statussymbol hier im Regiment, das nur dem Kommandeur zustand, alle anderen wurden im GAS 69 oder im GAS 66 befördert.

Welche Tätigkeit meine Verlobte ausübe, ob ich darüber reden dürfe, fragte er dann vorsichtig und rückte näher zu mir heran.

Wissenschaftlerin, antwortete ich ihm. Zurzeit arbeite sie an einem großen Projekt, bei dem es um Millionen gehe.

Er nickte, er schien beeindruckt zu sein. „Um Millionen“, wiederholte er.

„Um Millionen im Hinblick auf die Versorgung“, erläuterte ich ihm. Dabei betreffe es nicht allein die Versorgung der Bevölkerung, also des zivilen Sektors in unserem Staate, sondern auch die Versorgung der Armee, die verbessert werden solle, was ein besonderes Anliegen des Forschungsprojektes sei.

„Zur Kampfkraftsteigerung“, schlussfolgerte er.

„Ja, auch zur Kampfkraftsteigerung“, pflichtete ich ihm bei. Danach sagte ich vertraulich zu ihm, die meisten Details seien natürlich geheim, wie es stets der Fall sei, wenn die Aufträge von ganz oben, von ZK und Ministerrat kämen. Im Grunde genommen dürfe ich darüber gar nicht reden, aber hier, unter uns, wo niemand mithöre, sei das schon vertretbar.

Er habe verstanden, absolute Schweigepflicht, versprach er.

Ich nickte bedeutungsvoll.

An dem Tag, als dieses Gespräch stattfand, traf auch ein Brief von Gotthilf Wiesemühl ein, in dem er mir unter anderem mitteilte, dass er nicht wieder für die Bezirksleitung kandidieren werde, ein jüngerer Genosse solle seinen Platz einnehmen, habe man ihm gesagt.

Ich antwortete ihm, dass ich sein Ausscheiden aus diesem Gremium bedauere. Ja, ich befürchte, schrieb ich ihm, dass die Ansicht, die er an jenem Wintertag geäußert habe und die wir schließlich beide als zutreffend und wohltuend empfunden hätten, in der rauen Wirklichkeit von bestimmten Kräften hinweggeschoben werde. Es werde wohl eine Illusion bleiben, dass die Vernünftigen die Oberhand gewännen, eine Illusion, die zwar die Aussicht böte, das Leben erträglicher zu machen, aber im großen Geschehen nicht oder nur ausnahmsweise umzusetzen sei. Ich würde mich freuen, wenn er mit meinem Nachfolger, ich hatte bewusst Nachfolger formuliert, zu einem Besuch käme, am besten an einem Wochenende, für das ich Ausgang beantragen könne, möglichst Mitte bis Ende September, wir müssten den Termin rechtzeitig vereinbaren.

Mitte September besuchte mich Irene, und wir übernachteten gemeinsam im Hotel, es waren zwei Tage und eine Nacht, tagsüber etwas eingeschränkt durch die unbequeme Uniform.

Irene hatte nicht nur das Zimmer besorgt, sie hatte auch schon meine neue Stelle organisiert, über die sie mich am Abend informierte, als wir im Hotelrestaurant Wein tranken. Nun war sie dabei, den Abtransport meiner Habseligkeiten aus Bodelin vorzubereiten, was mit einem Fahrzeug des Forstwirtschaftsbetriebes erfolgen sollte. Ich fragte sie, wo sie mein Zeug abzustellen gedenke. Und sie antwortete mir darauf, dass es ihr gelungen sei, über die Sektion aus dem Kontingent der Uni eine Wohnung für mich zu ergattern, zwar nur eine Einraumwohnung und eine Etage tiefer als die ihrige, doch für den Anfang eine recht brauchbare Lösung.

Als ich sie fragte, wie sie das alles bewerkstelligt habe, lachte sie, so etwas erledige sie nebenbei, gewissermaßen hobbymäßig, das müsste ich doch mittlerweile wissen.

Dann allerdings gestand sie mir, ihr Vater habe sie bei allem tatkräftig unterstützt, er denke nicht allein an seine Tochter, sondern auch an seinen Schwiegersohn und das mit großem Wohlwollen.

Ich sagte, mir käme es so vor, als würde ich träumen, worauf sie mir antwortete, wenn ich die Formulare, die sie mir noch vorlegen werde, unterschrieben hätte, werde ich begreifen können, dass es sich nicht um Träume, sondern um die bevorstehende Wirklichkeit handele.

Gotthilf Wiesemühl teilte mir in seinem Antwortbrief mit, sie kämen am letzten Samstag im September und aller Voraussicht nach auch mit Albert Mendes.

Wiesemühl und mein Vertreter, den ich schon als Nachfolger bezeichnet hatte, trafen pünktlich ein, Albert Mendes war nicht dabei, doch sie reisten im blauen Wartburg an, den der Direktor ansonsten nur Friedländer oder dem Elektriker anvertraute.

Gotthilf Wiesemühl hatte sich, wie er zugab, über das Wort Nachfolger in meinem Brief gewundert, daraus jedoch nicht geschlussfolgert, dass ich es ernst meinte und dass ich tatsächlich vorhatte, Bodelin zu verlassen.

Er erwarte mich Anfang November zurück, sagte er, und er wiederholte es mehrere Male ganz eindringlich, als könnte es ihm damit gelingen, mich doch noch umzustimmen.

„Nein“, sagte ich. „In Bodelin werde ich die Arbeit nicht wieder aufnehmen. Mein Entschluss steht fest, endgültig, jede Diskussion darüber ist überflüssig. Wenn ich nach Bodelin komme, dann zu Besuch, sofern ich eingeladen werde.“

Zwischen uns herrschte eine Weile Schweigen.

Er habe sich ins gemachte Nest gesetzt, sagte mein Nachfolger ziemlich leise.

Ich hatte den Eindruck, dass ihm die ganze Angelegenheit peinlich war.

„Ja, ins gemachte Nest“, wiederholte er, nun etwas lauter als zuvor.

„Nenne es, wie du willst“, sagte ich zu ihm. „Doch behalte die Funktion, die du jetzt ausübst. Mach einfach weiter und sorge dafür, dass es den Leuten in Bodelin gutgeht. Das ist mein einziger Wunsch.“

Sie brachten mich aus der Stadt, wo wir in einer Gaststätte gesessen hatten, mit dem Auto die fünf Kilometer zurück zum Armeeobjekt.

Wir verabschiedeten uns voneinander, es regnete, und ich hob nur leicht die Hand, als sie abfuhren.

***

Ein Gebäude mit dicken, festen Mauern vermittelt gewöhnlich dem, der sich in einer solchen soliden Behausung aufhalten darf, ein Gefühl der Sicherheit, der Geborgenheit und des Abstands zu allem Trubel, der sich draußen abspielt.

Nicht jedem wird es so ergehen, nehme ich an. Mir aber erging es so, ich fühlte mich sicher und geborgen, und ich genoss auch die Abgeschiedenheit, wenn ich mich in jenem Gebäude aufhielt, in dem sich mein Zimmer befand, mit dem alten, für den kleinen Raum viel zu wuchtigen Schreibtisch neben dem Fenster, aus dem man auf eine Feldsteinmauer blicken konnte, hinter der drei Kirschbäume aufragten.

Einmal, es muss an einem der ersten Tage gewesen sein, kam mir das Kirchenlied „Ein feste Burg ist unser Gott" wieder in den Sinn, das mir, als ich noch ein kleiner Schuljunge war, beim Singen in der Kirche recht gut gefallen hatte, weil es mir Sicherheit versprach. Doch als ich Tage später darüber mit meiner Großmutter redete und sie meine Ansicht dahingehend korrigierte, dass Gott die feste Burg darstelle, schmälerte das mein Gefallen an dem Lied ganz erheblich. Wie eine Burg aussah, wusste ich, und was sie abzuhalten vermochte, glaubte ich zu wissen, wie Gott aussah, war mir nicht bekannt, und ob der immer dann zur Stelle sein konnte, wenn ich Hilfe brauchte, war ungewiss, das musste sich erst zeigen, also blieb bei mir die Unsicherheit, die auch die klugen, tröstlichen Worte der Großmutter, man müsse nur fest daran glauben, nicht zu vertreiben vermochten.

Günzerodt hatte, als er mich in dieses Zimmer führte, gesagt: „Hier sitzt du gut."

Ich musste hinter dem mir zugewiesenen Schreibtisch Platz nehmen, und er lächelte zufrieden bei seiner Feststellung, den ersten Akt hätten wir geschafft und alle weiteren würden wir auch noch schaffen.

Er setzte sich auf den Stuhl, der, rechts der Tür, in der Ecke stand, und er verschränkte die Arme vor der Brust, als müsse er sich nach schwerer Arbeit erst einmal ausruhen.

Dann sagte er: „Deine Irene hat für dich geschuftet. Ich fand es rührend, wie sie sich eingesetzt hat, dir waren ja die Hände gebunden. Nun kannst du wieder mit vernünftiger Arbeit anfangen."

Er riet mir, zuerst alles durchzuarbeiten, was er mir ins Regal gelegt habe, um mich wieder ins Fachgebiet hineinzufinden. Im Frühjahrssemester möchte er mich dann als Vorlesungsassistenten sehen, das übe ungemein, um die erforderliche fachliche Sicherheit zu erlangen. Des Weiteren erwarte er, dass ich mich um die Betriebe kümmere, die für uns Großversuche durchführen, dort müssten die Ergebnisse erfasst werden. Langeweile werde bei mir bestimmt nicht aufkommen. Doch bevor ich richtig einsteigen würde, sagte er, wäre erst einmal der Einstand an der Reihe, aber nur im vertretbaren Rahmen, ein, zwei Gläschen Sekt, ein paar belegte Schnittchen, mehr nicht. Und wenn möglich, solle ich meine Irene mitbringen, sie könnte dem Abend zu besonderem Glanz verhelfen.

Als ich Irene erzählte, dass sie meinen Einstand zum Glänzen bringen solle, fragte sie mich, ob ich sie nur noch als mein Ausstellungsstück brauche.

„Ich brauche dich für alles", sagte ich. „Was wäre ich denn ohne dich?"

„Schmeichler", sagte sie.

Wir saßen uns am Tisch gegenüber und tranken Tee, wieder die Gebirgskräutermischung ihrer Mutter, an die ich mich inzwischen gewöhnt hatte, auch wenn der Hopfen, der das Bier ersetzen sollte, in der Mischung noch immer fehlte.

Irene sagte, dass sie in der kommenden Woche für zwei oder drei Tage verreisen müsse. Kaufhold erwarte sie, er werde im Frühjahrssemester hier die vereinbarten Vorlesungen halten, und auch das bezirkliche Institut für Landwirtschaft müsse sie besuchen, doch zuvor fahre sie in ihre LPG, der Vorsitzende werde sie vom Bahnhof abholen.

Sie schlug mir vor, während ihrer Abwesenheit ihre Wohnung zu nutzen, selbstverständlich mit Aufträgen, wie Blumen gießen, lüften, für Ordnung sorgen, mich wohlfühlen.

„Und die Bricfe deiner Liebhaber lesen", fügte ich hinzu.

Das dürfe ich. Sie habe alle Briefe gesammelt, in einem Karton, und wo der stehe, werde sie mir noch zeigen, damit ich nicht die gesamte Wohnung durchwühlen müsse. Allerdings befürchte sie, dass ich enttäuscht sein werde, weil sie nur einen einzigen Liebhaber vorweisen könne. Doch der laste sie völlig aus. Im Übrigen lese auch sie gelegentlich in den Briefen, um zu überprüfen, was ihr Liebhaber vom Versprochenen mittlerweile tatsächlich realisiert habe.

Ob mir eine Probeübernachtung in ihrer Wohnung zugestanden werde, fragte ich, um unser Gespräch in eine andere Richtung zu lenken.

„Über den Termin können wir noch reden", sagte sie nach kurzem Nachdenken.

„Vielleicht heute?"

„Darüber reden?"

„Nein, die Übernachtung proben."

„Erpresser", sagte sie.

„Schmeichler, Erpresser, geht man so mit seinem Liebhaber um?"

„Warts nur ab, was alles noch folgen wird", sagte sie lachend. „Und wenn du nicht spurst, mein Lieber, schicke ich dich in die Verbannung, eine Etage tiefer."

Irene bewohnte eine Eineinhalb-Zimmer-Wohnung, wie die offizielle Bezeichnung lautete, in der fünften Etage eines Hochhauses, von der Lage her günstig im Hinblick auf die Verkehrsanbindung und die Nähe zu den Versorgungseinrichtungen. Sie war aufgrund der Südlage hell, jedenfalls viel heller als die meinige, eine Ein-Zimmer-Wohnung, mit dem Blick auf die Neustadt, deren gewaltige Häuserfassaden in mir ein Gefühl des Bedrängtseins aufkommen ließen, was sich, wie ich annahm, sicher geben würde, wenn ich nur lange genug hier wäre.

Es erschien mir überhaupt wie ein Wunder, dass Irene diese Wohnung für mich bekommen hatte, ich brauchte nur eine Treppe empor zu steigen, die wenigen Meter den Gang entlang zu gehen, um ihre Tür zu erreichen. Wir hatten uns gegenseitig einen Schlüssel übergeben, so dass wir beide jederzeit die Wohnung des Anderen betreten konnten.

Ich fühlte mich in ihrer Wohnung wohler, nicht nur wegen deren Größe, sie war schöner eingerichtet, gemütlicher, sie wirkte durch das helle Licht freundlicher.

Dabei hatte sich Irene große Mühe gegeben, nach der Zuweisung und dem Hertransport meiner Habseligkeiten die Wohnung für mich halbwegs gemütlich zu machen. Sie hatte noch Einrichtungsgegenstände gekauft, die sie für nötig hielt, um den spartanischen Stil, in dem ich bisher gelebt hatte, etwas aufzubessern.

Zweifellos wäre es viel einfacher gewesen, eine gemeinsame Wohnung einzurichten, doch die stand uns als Unverheiratete nicht zu.

Niemand aber verwehrte uns die jetzt praktizierte Variante, mit zwei Wohnungen, die dicht beieinander lagen, um in einer Art Vorbereitungszeit auf die Ehe unser Zusammenleben zu erproben. Andererseits hatte das auch seine Vorteile. Sollten wir uns einmal gegenseitig auf die Nerven gehen, hatte jeder seine eigenen Räume, in denen er nach seinen Vorstellungen leben konnte.

Für mich erforderte unsere Variante des Zusammenlebens lediglich, dass ich meine Toilettenartikel, Handtücher und Schlafsachen in doppelter Ausführung benötigte, was weiter kein Problem war. Irene dagegen hatte von sich in meiner Wohnung nur ein Handtuch, eine Zahnbürste und einen Becher deponiert, mehr nicht, sie kam höchstens zu mir, um mich abzuholen, zum Abendessen oder wenn wir ausgehen wollten.

Vergessen hatten wir bei unserem Gespräch seinerzeit im Hotel, über den Verbleib meines Motorrades zu entscheiden.

Als Willi Friedländer Irene die ES aushändigte, war es zu spät, mich zu fragen, wohin die Maschine gebracht werden sollte. Sie auf dem kleinen Parkplatz am Haus stehen zu lassen, kam für sie nicht in Frage, das erschien ihr viel zu unsicher, folglich musste sie nach einer anderen Lösung suchen.

Und noch vor der kleinen Brücke, die über die Verbindung vom Obersee zum Untersee führt, keine zehn Kilometer von Bodelin entfernt, sei es ihr klar gewesen, wie sie es machen müsse, um auch in meinem Sinne richtig zu handeln, hatte sie mir berichtet, als sie mich mit dem Wartburg ihres Vaters am Ende meiner Dienstzeit vom Armeeobjekt abgeholt hatte.

Sie habe die beiden Fahrer des Transporters, nachdem sie meine Sachen abgeladen und in die Wohnung getragen hatten, was alles schon bei künstlicher Beleuchtung geschehen sei, kurzerhand gebeten, mit ihr noch zu meinen Eltern zu fahren und das Motorrad vors Haus zu stellen.

Gegen die Tür und die Fensterläden geklopft und laut gerufen habe sie erst, als sie ihr Fahrpersonal mit dem Transporter schon verabschiedet hatte. Ihr Erscheinen mit der ES, immerhin war es fast Mitternacht, habe dann eine solche Überraschung ausgelöst, dass einige Zeit nötig gewesen sei, um den genauen Sachverhalt begreiflich zu machen. Mein Bruder habe es als Erster erfasst, wem die ES samt Sturzhelm und Motorradkleidung zugedacht worden war. Er habe ohne zu zögern die Überbringerin des teuren Geschenks umarmt und gedrückt, wie es normalerweise nur mir zustehe. Und offensichtlich hätten auch ihm die Worte gefehlt. Bedankt habe er sich am nächsten Tag, einem Sonnabend, als sie ihm die Zulassung für das Motorrad ausgehändigt und ihn dabei ermahnt habe, vernünftig zu fahren, sie wolle sich nicht selbst bezichtigen müssen, falsch gehandelt zu haben.

Irene fuhr am Sonnabendnachmittag mit dem Zug zurück und begann dann am Sonntag, meine Wohnung einzurichten.

Noch während der Fahrt in die neue Heimat hatte sie mir erklärt, ich solle das Motorrad meinem Bruder überlassen, ich brauche es nicht mehr. Es müsse nicht irgendwo sinnlos herumstehen, während mein Bruder es fast täglich für seine Fahrten zur Arbeit nutzen könne.

So war ich mein Motorrad losgeworden, und ich diskutierte auch nicht, ich hätte mich Irenes Argumenten ohnehin nicht verschließen können.

Mein Bruder hatte seine Lehre als Maurer abgeschlossen. Er schien sehr talentiert zu sein, jedenfalls behauptete das Irene, wenn sie darüber sprach, was er im Gehöft schon verändert hatte.

Irene fehlte mir die drei Tage, die sie unterwegs war.

Mir fehlten vor allem die gemeinsamen Gespräche am Abend, und ich vermisste ihre Heiterkeit, wenn wir miteinander redeten.

Niemandem konnte ich berichten, was ich den Tag über bezweckt hatte.

Ich las die Zeitung, die sie abonniert hatte. Ich musste mich allmählich mit den Verhältnissen in diesem Bezirk vertraut machen, mir die Namen von denen merken, die hier eine besondere Rolle spielten.

Am dritten Tag entnahm ich Irenes Briefkasten die Zeitung und dazu zwei Briefe. Und weil mir in der Zeitung „Freiheit" ein Bericht über die Universität, über ihre sich erweiternde Sektion Pflanzenproduktion, gleich ins Auge fiel, und es mich drängte, diesen Bericht zu lesen, legte ich beide Briefe auf den dafür vorgesehenen Platz, ohne nach deren Absender zu schauen.

Irene kam spät abends, ich holte sie vom Bahnhof ab.

Besondere Neuigkeiten hatte sie nicht zu berichten, außer, dass Kaufhold sie dränge, ihre Dissertation baldmöglichst abzuschließen, weil er die öffentliche Verteidigung bereits für das Frühjahr plane, so dass bis dahin auch die vorgeschriebenen Prüfungen absolviert sein müssten, und dass Brähmisch höchstwahrscheinlich zum Professor berufen werde, allerdings nicht hier von der Uni, sondern von einer Hochschule.

Überraschende Neuigkeiten enthielten die Briefe, auf die ich Irene noch vor dem Abendessen aufmerksam machte.

Irene öffnete den ersten Brief, und dann fragte sie mich, ob mir ein Ulrich Wiedemann bekannt sei.

„Wiedemann, den kenne ich", sagte ich. „Wiedemann war Saatzuchtagronom bei der VVB Saat- und Pflanzgut."

„Und wo hast du ihn kennengelernt?", fragte Irene weiter.

„Er hat an der Vollversammlung in Bertlingen teilgenommen", sagte ich. „Sie waren damals zu Dritt in Bertlingen, er, Wiedemann, der Saatzuchtleiter Kerner und Karin Burger."

„Und Karin Burger ist dann dageblieben, zum Tanz, und sie hat auch in Bertlingen übernachtet, weil ihr am Tag darauf noch etwas besichtigen wolltet?"

„Sag` mal, wer hat dir solchen Unsinn erzählt?"

Irene schaute mich lächelnd an, aber sie beantwortete meine Frage nicht.

„Die drei Gäste sind nach dem offiziellen Teil noch dageblieben, ja, zum Festessen und zum Tanz, zumindest noch eine ganze Weile, und dann sind sie zusammen abgefahren, alle drei", sagte ich.

„Alle drei?"

„Ja, alle drei, zusammen in einem Auto", antwortete ich. „Und was mir damals aufgefallen ist, ich erinnere mich daran, dieser Wiedemann hat nicht nur mehrere Male mit Karin getanzt, was eigentlich nicht weiter erwähnenswert wäre, aber er hat sie auch keinen Moment aus den Augen gelassen. Wer hat dir den Unsinn erzählt, Karin habe in Bertlingen übernachtet, weil am folgenden Tag noch etwas besichtigt werden sollte?"

Irene überging erneut meine Frage, stattdessen sagte sie: „Deine Freundin Karin hat Wiedemann geheiratet. Ihre Vermählung geben bekannt, so steht es hier, überzeuge dich davon."

Irene reichte mir die Karte.

„Der war doch verheiratet“, sagte ich.

„Kein Grund, nicht ein zweites Mal zu heiraten, oder auch ein drittes Mal“, erwiderte Irene.

Auf die Rückseite der gedruckten Karte hatte Karin, ich kannte ihre Schrift, geschrieben: „Liebe Irene, herzliche Grüße von Karin. Bitte übermittle auch Grüße an Peter, seine Adresse besitze ich nicht.“

„Schreibst du ihr?“, fragte ich.

„Wir müssen ihr doch gratulieren“, sagte Irene.

„Du gratulierst und übermittelst auch von mir gute Wünsche“, schlug ich ihr vor.

„Nein, wir machen es anders“, sagte Irene. „Ich schreibe die Glückwunschkarte, aber wir unterschreiben beide. Schließlich sind wir doch ein Paar, oder etwa nicht? Einverstanden?“

„Meinetwegen, dann machen wir es eben so.“ Ich nickte.

Die zweite Neuigkeit hielt der andere Brief bereit.

Irene wurde zu einem Vorgespräch nach Berlin eingeladen, noch im Dezember, eine Arbeitsgruppe sollte gebildet werden, der die Aufgabe zukomme, Vorschläge für die weitere Entwicklung der Landwirtschaft zu formulieren mit dem Schwerpunkt: wissenschaftlich-technischer Fortschritt beim Übergang zu industriemäßigen Produktionsmethoden auf kooperativer Grundlage. Ziel sei es, die erarbeiteten Vorschläge dem zentralen Rat für dessen Beschlussfassungen zuzuleiten.

Irene hatte mir den Text der Einladung vorgelesen.

Ich fragte, wer unterschrieben habe.

Sie nannte den Namen und sagte dann, dass es der sei, mit dem sie gestritten und der danach von ihr Namen und Anschrift notiert habe.

„Eigentlich muss ich dir jetzt gratulieren“, sagte ich.

„Weshalb?“

„Du bist in die Gilde der wissenschaftlichen Vorlauf Schaffenden aufgenommen worden“, sagte ich.

„Geht es nicht eine Nummer kleiner?“ Irene winkte ab.

„Nein“, beharrte ich. „Es müsste noch eine Nummer größer sein. Nicht nur der Schaffenden, sondern auch der Umsetzenden, zumindest derjenigen, die die Umsetzung empfehlen. Und die sie auch beeinflussen werden. Man hat dich eingeladen, einen Platz an den Hebeln der Macht einzunehmen.“

„Hör auf“, sagte Irene.

Einige Tage später feierten wir meinen Einstand.

Gemeinsam mit Günzerodts Sekretärin hatten Irene und ich alles vorbereitet, ganz so, wie es der Chef empfohlen hatte, nur Bier und Selterswasser hatten wir noch hinzugestellt.

Günzerodt hielt eine kleine Rede, schilderte kurz meinen Werdegang und berichtete dabei auch von unserer ersten Begegnung. Und dann hob er sein Sektglas und wünschte mir ein gutes Eingewöhnen und ein erfolgreiches Arbeiten in seinem Kollektiv.

Wir waren nur eine kleine Gruppe, der Chef, ein Oberassistent, drei Assistenten, mit mir nun vier, dazu die Sekretärin und als Gast Irene, insgesamt acht Personen, die sich anfangs ein wenig verloren im Tagungsraum ausnahmen.

Diesmal waren wir Heiligabend bei meinen Eltern.

Irenes Eltern hatten sich entschlossen, Heiligabend bei Wolframs Familie zu verleben, und am ersten Feiertag zurückzufahren.

Mein Vater fragte mich, wie lange es mit meiner Promotion dauern würde, und nach meiner Antwort meinte er, drei Jahre wären doch eine ziemlich lange Zeit.

Irene antwortete darauf, sie nehme an, dass ich es in kürzerer Zeit schaffen werde, ich sei schon immer ein fleißiger Mensch gewesen, deshalb schätze sie, etwa zwei Jahre.

Ich war verblüfft, dass sie diese Antwort gab, ich wollte schon widersprechen, dann aber sagte ich, Irene sei mir Vorbild, sie habe alles in

Rekordzeit erledigt, im Frühjahr müsse sie mit Doktor angeredet werden.

Im Bett berichtete mir Irene, dass sie meinen Bruder die bewusste Frage gestellt habe, und er habe nicht gezögert, ihr anzuvertrauen, dass es eine Freundin gebe, nur wisse er noch nicht, wie er es den Eltern beibringen solle und wann er sie mitbringen könne.

Am zweiten Feiertag fuhren wir zu Irenes Eltern und am Tag vor Silvester zurück, um den Jahreswechsel erstmals gemeinsam in unseren eigenen Wohnungen zu verbringen, das heißt, wir waren in Irenes Wohnung, als das Feuerwerk begann, und wir tranken den Sekt, der an meinem Einstandsabend übrig geblieben war.

Wir überboten uns mit guten Wünschen.

Und als ich, auf die Absage anspielend, die der Berliner Einladung ein paar Tage später gefolgt war mit dem Hinweis, eine Tagung des Zentralkomitees abwarten zu müssen, zu Irene sagte, sie hätte immer noch Zeit, an die Hebel der Macht zu gelangen, winkte sie lachend ab und versicherte, dass sie erst einmal froh sei, nun endlich mit mir gemeinsam ganz normal hier leben zu können.

Als sie mir das erklärte, hatten wir schon eine Flasche Sekt geleert, und ich war dabei, die zweite Flasche zu öffnen.

Schon im Dezember war es sehr kalt, jedenfalls empfanden wir es so, und es blieb auch im Januar und Februar kalt, doch eine Schneedecke schützte die Pflanzen und ließ die Felder in einem freundlichen Weiß erscheinen, nur hier in der Stadt sah der Schnee grau aus und war mit schwarzen Flocken übersät.

Auch an jenem Tag Anfang März war es feuchtkalt und regnerisch, als wir auf dem Friedhof standen und meinen Vater beerdigten.

Es war unbegreiflich, eine Embolie nach einer Blasenstein-OP hatte zu seinem Tod geführt.

Die Tage danach waren wir wie benommen, wir stürzten uns in die Arbeit, als helfe das über alles hinwegzukommen.

Irene hatte eine erneute Einladung nach Berlin erhalten.

Ich unterließ es, die Vermutung zu äußern, dass womöglich bald die Absage eintreffe, weil man wieder die grundlegenden Beschlüsse einer zentralen Tagung abzuwarten gedenke. Wir waren einfach nicht in der Stimmung für derartiges Geplänkel.

Mir fiel auf, dass sich Irene intensiv mit zentralen Verlautbarungen und mit Artikeln aus der führenden Zeitung befasste. Und sie begann, mir Beschlüsse zu erläutern und mich in Gedankengänge hineinzuziehen, die sie im Hinblick auf die weitere Entwicklung in der Landwirtschaft als zwingend notwendig ansah.

„Wieso traktierst du mich mit diesem Zeug?“, fragte ich sie eines Abends. „Damit lassen sich kaum Bodenfruchtbarkeit oder Getreideertrag erhöhen.“

„Das denkst du doch nicht im Ernst“, sagte sie. Und sie fügte sichtlich aufgebracht hinzu: „Was glaubst du, wie schnell sich die gesellschaftliche Entwicklung künftig vollziehen wird. Und wer da nicht aufpasst und mitzieht, bleibt auf der Strecke.“

Ich winkte ab.

Darauf folgte ihr Nachhilfeunterricht. Sie informierte mich über eine erweiterte Tagung des zentralen Rates, auf der man unter anderem Maßnahmen festgelegt hatte, um das Zurückbleiben eines Teils der Genossenschaften zu überwinden.

Hätte man ihr Konzept überall angewendet, natürlich mit den entsprechenden Anpassungen an die örtlichen Verhältnisse, erklärte sie, dann wären solche neuen Maßnahmen gar nicht nötig gewesen.

„Du hättest dort auftreten müssen“, sagte ich.

Irene schaute mich erstaunt an, dann sagte sie: „Nach Bernburg, zu dieser Tagung, hat mich niemand eingeladen. Wie sollte man auch? Wer bin ich schon für diese Leute, die für die Einladungen verantwortlich sind? Eine kleine, unbekannte Assistentin aus einem Universitätsinstitut."

„Oberassistentin", widersprach ich ihr.

„Und wenn schon, für die bin ich eine unbedeutende Figur", sagte sie. „Mal sehen, wie es mit der Arbeitsgruppe wird oder mit der Kommission, was weiß ich, wie sie die Truppe nennen werden. Wenn nichts herausspringt, verzichte ich auf meine Teilnahme."

Ich staunte über Irenes Besorgnis, als ich im Mai Fieber bekam. Sie beorderte mich sofort in ihre Wohnung, bereitete mir mein Bett auf der Liege, und all mein Reden, ich könne sie anstecken, wo doch ihre öffentliche Verteidigung bevorstehe, akzeptierte sie nicht.

Was mache das schon, sagte sie, wenn auch sie erkranke, werde die Sache eben verschoben, das einzig Wichtige sei jetzt meine Genesung.

Ich musste zum Arzt, und Irene achtete dann darauf, dass ich die Medikamente, wie vorgeschrieben, einnahm. Dazu gab es Tee und viel Wasser. Wenn man übermäßig schwitze, müsse die Flüssigkeit ersetzt werden, wurde ich belehrt. Sie kochte mir Hühnerbrühe und versorgte mich mit Essen, obwohl ich kaum Appetit verspürte.

Als sich nach einer Woche Schmerzen im Rücken, in der Nierengegend, einstellten, glaubte ich zunächst, sie kämen vom langen Liegen, doch sie blieben auch, wenn ich aufstand und mich bewegte, und sie wurden stärker, und auch das Fieber stieg wieder an.

Nierenbeckenentzündung, lautete die Diagnose des Arztes, den Irene gerufen hatte, vierzehn Tage Krankschreibung, absolute Bettruhe, Medikamente, viel trinken, feuchtwarme Umschläge.

Und bevor sich der junge Arzt verabschiedete, gab er lächelnd eine Empfehlung, die offensichtlich weniger für mich, sondern mehr für Irene bestimmt war. Sie solle ihrem Patienten, sofern der nicht ausreichend Tee und Wasser trinken könne, weil ihm der Appetit dazu fehle, ruhig etwas Bier reichen, aber gut angewärmtes Bier, nicht zu viel und nicht zu wenig, es wirke sich günstig aus, weil es die Nieren durchspüle und allen Unrat hinwegschwämme, und außerdem hebe es die Stimmung, was für die Heilung sehr positiv sei.

Mit einer Entzündung der Nieren sei nicht zu spaßen, hatte Günzerodt gesagt, als Irene ihm die Krankschreibung übergeben hatte.

Zwei Tage später brachte sie Günzerodt mit und sagte, der Chef wolle kontrollieren, ob es mit der Krankheit stimme und kein Fehlverhalten vorliege, worauf Günzerodt lachend entgegnete, er beabsichtige tatsächlich, hier zu kontrollieren, allerdings im Hinblick auf die fachgerechte Pflege, denn er wünsche, dass sein Mitarbeiter möglichst bald an seinen Arbeitsplatz zurückkehren könne. Er überreichte mir eine Flasche Holundersaft und übermittelte dazu die Grüße und guten Wünsche von seiner Frau. Den Dienst, sagte er, solle ich erst wieder antreten, wenn ich völlig auskuriert sei, und sollte ich Entzugserscheinungen verspüren, könne ich einstweilen ja schon mal in den Fachzeitschriften lesen, die er meiner Verlobten gegeben habe.

Meine Teilnahme an ihrer Promotionsverteidigung hatte Irene endgültig gestrichen. Jede Diskussion, bei der ich versicherte, ich würde mich schon wieder viel besser fühlen und könne wenigstens ein, zwei Stunden anwesend sein, war von ihr sofort mit der Bemerkung unterbunden worden, dass die getroffene Entscheidung, die aus ihrer Sicht vernünftig sei, keinesfalls ausgehebelt werden dürfe, sie jedenfalls werde das nicht gestatten.

Ich hatte nicht damit gerechnet, dass sie bereits abends kurz nach acht wieder die Wohnung betrat.

„Ist alles gut gelaufen?“, fragte ich.

„Blendend“, antwortete sie. „Es hätte nicht besser sein können. Gut einhundertzwanzig Leute, das ist jedenfalls die Zahl, die mir Kaufhold genannt hat. Ich schätze, mehr als die Hälfte Studenten, stell dir vor, vier Abgesandte aus Berlin, dabei war nur eine Einladung dorthin gegangen, der Rest der Teilnehmer Leute aus Wissenschaft und Verwaltung, außerdem Praktiker, etliche Professoren waren auch dabei."

„War Brähmisch da?", fragte ich.

„Na klar, der lässt sich das doch nicht entgehen, der hat sogar eine Frage gestellt, und jemand soll gesagt haben, die ziemlich komplizierte Frage hätte er vorher mit mir abgesprochen, was natürlich Quatsch ist, ich habe ihn zuvor überhaupt nicht getroffen. Zum Abschluss habe ich für das Präsidium und die hohen Gäste ein Glas Sekt spendiert. Und dann habe ich mir einen geräuschlosen Abgang verschafft. Es reichte mein Hinweis, ich hätte zu Hause einen Schwerkranken zu versorgen."

An einem Sonnabend im Juni, Irene hatte mir mehrere Stunden geholfen, Ergebnisse von Großversuchen, die bereits über etliche Jahre liefen, zu sichten, zusammenzufassen und auszuwerten, entschlossen wir uns, abends noch ein wenig Luft zu schnappen. Es war ein trockener, ziemlich warmer Tag gewesen, die Hitze hatte sich kaum abgemildert, wir spazierten auf einem Fußweg in Richtung der umgestalteten Parkanlage.

Nach einer Weile nahm Irene meinen Arm und sagte, ihr sei ein Vorschlag unterbreitet worden, man würde sie gern mit Aufgaben an zentraler Stelle betrauen, und zwar mit Aufgaben, die ihrem bisherigen Forschungsgebiet entsprächen. Heute und morgen werde das noch nicht spruchreif sein, man müsse erst den Parteitag abwarten, doch niemand zweifle daran, dass die Weichen schon in die richtige Richtung gestellt worden seien. In einige Arbeiten solle sie bereits in der nächsten Zeit mit einbezogen werden, gewissermaßen zur Eingewöhnung.

Ich wusste nicht, was ich darauf sagen sollte. Ich hatte oft an unsere gemeinsame Zukunft gedacht und daran, wie wir sie gestalten könnten. Nun waren wir zu einem Anfang gelangt, dank Irenes Einsatz lebten wir miteinander, auf einmal sollte sich das schon wieder ändern, weil man irgendwo an höherer Stelle Pläne geschmiedet hatte, sie häppchenweise offenbarte, geformt wie Lockköder, und so raffiniert dargeboten, dass sie ihre Wirkung nicht verfehlten. Und Irene schien schon angebissen zu haben.

Ich spürte, wie sich Schweißperlen auf meiner Stirn bildeten und langsam abwärts glitten.

„Was meinst du dazu?“, fragte Irene.

„Nichts“, antwortete ich ihr.

„Das ist alles perspektivisch, nicht heute und nicht morgen“, sagte sie wie zur Beruhigung.

„Ich weiß, das hast du mir schon einmal gesagt, nicht heute, nicht morgen, aber verschwiegen hast du einen Zusatz, der lautet: aber bestimmt übermorgen.“

Sie lachte kopfschüttelnd, aber ich merkte, es war kein heiteres Lachen.

Ob sie nicht mit der Habilitation oder, wie man es jetzt bezeichne, mit der Promotion B beginnen wolle, fragte ich.

Sie wisse nicht, was richtig sei.

Wenn sie jetzt beginne, werde sie umso eher eine Dozentur bekommen, sagte ich.

Sie stimmte mir zwar zu, gab aber sogleich zu bedenken, dass die Thematik, die ihr Kaufhold vorgeschlagen habe, mit beträchtlichen, noch nicht abschätzbaren Problemen behaftet sei, und sie wolle nicht Gefahr laufen, die Arbeit auf den Müll werfen zu müssen, weil sich die Entwicklung völlig anders vollziehe. Auf der obersten Ebene würde es schon Vorstellungen geben, aber es sei noch unklar, inwieweit man diese umsetzen werde. Abzusehen sei, dass mit der Kooperation zwischen den Betrieben sich zugleich neue Formen der Spezialisierung entwickeln würden. Sie frage sich, wie weit das alles gehen würde, momentan ließe sich das noch keinesfalls abschätzen.

Irene blieb stehen und fragte mich, ob ich das einsehe.

„Ich versuche es zumindest“, antwortete ich.

„Gut", sagte Irene. „Das ist schon was, wenn sich ein Acker- und Pflanzenbauer auf ein derartig rutschiges Parkett begibt."

Wir setzten unseren Spaziergang eine Weile schweigend fort. Doch ich ahnte, dass sie dieses Thema nicht loslassen würde, und ich wunderte mich nicht, als sie von neuem zu dozieren anfing.

Zuerst werde man im Rahmen der Kooperationen gemeinsame Arbeiten in der Feldwirtschaft durchführen, man werde vermutlich kooperative Abteilungen Pflanzenproduktion bilden, die eigenverantwortlich die Äcker der kooperierenden Betriebe bewirtschaften würden. Es könne sein, dass daraus selbstständige Betriebe entstünden und dass somit eine Trennung von Pflanzen- und Tierproduktion erfolgen würde. Damit hätte man aus bisher abgerundeten nun auf einmal spezialisierte Betriebe gemacht.

Eine solche Trennung von Feld- und Viehwirtschaft könne schwerwiegende Folgen haben, gab ich zu bedenken. Sie solle nur zurückdenken, als die Bildung von LPG ihren Höhepunkt erreichte, habe es ernsthafte Versorgungsschwierigkeiten auf Grund des Rückgangs der Produktion gegeben. Das könne jetzt wieder passieren. Solche gravierenden Eingriffe in den Kreislauf Boden-Pflanze-Tier-Boden würden sich meines Erachtens rächen.

Irene blieb wieder stehen.

Wo die agrarpolitischen Zielstellungen in ihrer Endkonsequenz hinführen würden, wisse sie nicht, erklärte sie mir. Eines allerdings könne sie sich denken, wenn man erst einmal die Ziele beschlossen hätte, dann würden sie zügig und flächendeckend im ganzen Land durchgesetzt.

Und wenn viele Praktiker und Wissenschaftler dagegen halten würden, ob man dann trotzdem die Durchsetzung riskiere, fragte ich sie.

Wenn die Sache offiziell beschlossen sei, werde sie durchgesetzt, darauf könne ich mich verlassen. Und deshalb wolle sie abwarten und sehen, wohin der Zug fahren werde. Ich hätte es auf meinem Fachgebiet viel einfacher, ich hätte meine Ergebnisse, die klar zeigen würden, wohin der Hase laufen wolle. Doch wir beide, wir müssten den ganzen Kram beiseiteschieben und in Urlaub fahren.

Irene schwebte vor, eine Woche an der Ostsee zu verbringen.

Sie ging davon aus, dass wir einen der Bungalows, die ihr Vater hatte bauen lassen, mieten könnten, weil von dort aus viele Ziele ohne zeitaufwändige Fahrerei zu erreichen wären. Doch die Bungalows hatte die zuständige Kommission des Forstbetriebes, entsprechend den gestellten Anträgen und der nachgewiesenen Bedürftigkeit, längst vergeben, und außerdem waren Reservenominierungen vorgesehen für den Fall einer Verhinderung der Urlauber, die man für den jeweiligen Zeitraum eingetragen hatte, so dass es für uns aussichtslos erschien, auf freiwerdende Plätze zu hoffen.

Nicht gelöst war auch unser Problem der An- und Abreise, denn mit Zug und Bus würde dies überaus umständlich und zeitraubend werden.

In Gedanken kritisierte ich Irenes voreilige Entscheidung, das Motorrad meinem Bruder zu überlassen, aber ich äußerte nur ein einziges Mal den Satz, dass wir jetzt die ES gut gebrauchen könnten, worauf ich von ihr die Antwort erhielt, sie hoffe, es gelänge mir, von Günzerodt Urlaub zu erhalten, um alles andere würde sie sich kümmern, da benötige sie keine Hilfe von mir.

Jenes Jahr war, ähnlich wie das Jahr zuvor, gekennzeichnet durch starke Witterungsanomalien mit ungünstigen Auswirkungen auf die Feldkulturen, vor allem in den Gebieten östlich der Elbe. Das natürliche Wasserangebot war in beiden Jahren den Ansprüchen der Pflanzen zeitlich praktisch entgegengesetzt. Am günstigsten ist es, wenn die Pflanzen in ihrer Jugendentwicklung eine mäßige und mit zunehmender Masse eine entsprechend ansteigende Wassermenge vorfinden. Bei einer hohen Feuchtigkeit, wie es im Frühjahr beider Jahre gewesen war, bilden die Pflanzen nur ein flaches Wurzelnetz aus und stellen sich auf eine reichliche Wasserversorgung ein, so dass sich Trockenperioden umso stärker auswirken. Und besonders empfindlich auf Wassermangel reagieren neben den Hackfrüchten auch die Futterpflanzen, auf die ich mein Hauptaugenmerk zu richten hatte.

Doch in diesem Jahr zeigten sich die Auswirkungen bei allen Kulturen, weil die Trockenheit schon früher begonnen hatte.

Aus meiner vorherigen Tätigkeit wusste ich, dass derartige Auswirkungen nicht nur auf den Äckern festzustellen sind, sondern sich auch im Verhalten, in den Reaktionen derjenigen widerspiegeln, die die Verantwortung für die betrieblichen Abläufe tragen. Und wenn man in günstigen, in normalen Jahren recht wenig Zeit benötigt, um mit seinen Verhandlungen zum Ziel zu gelangen, so schafft man dies in Jahren mit miserablen Bedingungen kaum in der doppelten Zeit, und wenn man glaubt, dass es gelungen sei, kommt man bisweilen nicht umhin, den Verdacht zu hegen, es sei bloßes Gerede gewesen, ohne Garantie für eine Umsetzung des Vereinbarten, und man ist gezwungen, nicht allein, um den Verdacht auszuschalten, sondern um den Erfolg zu sichern, vor Ort zu bleiben und mit Hand anzulegen und die Waage nicht eher zu verlassen, bevor nicht das letzte Gramm oder Kilogramm gewogen und in das Protokoll eingetragen ist.

Wir hatten die Großversuche in mehreren Landwirtschaftsbetrieben, und wir waren auf das Wohlwollen der verantwortlichen Leiter angewiesen und auch auf das exakte Handeln aller Beteiligten, und wir hatten die Parzellenversuche in unserer Anlage, und alles musste geschafft werden in einer ganz bestimmten Zeitspanne, nichts ließ sich vertagen auf später, leider gibt es ein Vertagen auf spätere Zeiten in der Landwirtschaft nicht. Es ist unumstößlich: Geschieht etwas nicht, wenn es geschehen muss, so hat man verloren, im Nachhinein ist kaum etwas zu reparieren.

Ich kannte unsere Situation, ich brauchte keinerlei weitere Erklärungen. Deshalb zögerte ich meine Anfrage Tag um Tag hinaus, und dann auf einmal bot sich überraschend die Gelegenheit, nicht ich musste

Günzerodt fragen, nein, er fragte mich, er fragte, ob ich Sommerurlaub geplant habe. Seine Frage war so unerwartet gekommen, dass ich ihm antwortete, Irene habe eine Woche Urlaub an der Ostsce vorgesehen, und sie habe auch eine Unterkunft in Aussicht.

„Du kannst sie doch nicht allein fahren lassen“, sagte Günzerodt und blickte mich einen Moment verständnislos an. „Eine so schöne Frau wie Irene lässt man nicht allein in Urlaub fahren, das wäre ja unverantwortlich. Die eine Woche, die können wir hier überbrücken. Auch zwei Wochen sind machbar.“

Als ich Irene informierte, dass ich bei Günzerodt zwei Wochen Urlaub beantragt und von ihm auch erhalten habe, ich erzählte ihr nicht, dass er mich angesprochen hatte, verkündete sie mir, auch Urlaubsquartier und Fahrzeug seien gesichert.

Ihr war es gelungen, die Ferienwohnung am Bodden, die wir schon kannten, zu bekommen, weil unser freundlicher Vermieter kurzerhand die angemeldete Familie an seinen Nachbarn weitervermittelt hatte. Und sie hatte die Zusage ihres Vaters, seinen Wartburg für die Urlaubsreise nehmen zu dürfen.

So reisten wir komfortabel zur Insel, und wir waren imstande, die Orte und Strände aufzusuchen, die uns am meisten reizten.

Wir fuhren sogar zur Schaabe, zu der bewaldeten Düne, die die inneren Gewässer und das Meer voneinander trennt. Unser Vermieter hatte uns dieses weitläufige Nacktbaderevier empfohlen, er hatte gesagt, wir müssten unbedingt dorthin fahren, schon wegen der günstigen klimatischen Lage, der noch vorhandenen Ursprünglichkeit mit dem buhnenfreien Strand, der steinfrei und feinsandig sei, wie kaum ein anderer.

Beim Fahren hatten wir uns bisher abgewechselt, bei der Rückfahrt fuhr ich die ganze Strecke, erst kurz vor dem Ziel, an der Ortseinfahrt, wechselten wir die Plätze.

Ob sie die ganze Strecke gefahren sei, fragte Irenes Mutter.

„Ja“, bestätigte Irene, „die ganze Strecke, vom Ortseingangsschild unseres Städtchens bis hierher vors Tor.“

Zwei oder drei Wochen nach diesem Tag überraschte mich Irene eines Abends mit der Nachricht, dass ihr die Parteileitung den Besuch einer Parteischule nahegelegt habe. Man räume ihr ein, selbst zu entscheiden, wohin sie gehen wolle.

Nun denke sie darüber nach, sagte sie. Es böten sich drei Möglichkeiten, die Parteihochschule, die Bezirksparteischule oder ein spezielles, nördlich von Berlin gelegenes ZK-Institut, das einen Lehrgang über zweiundzwanzig Wochen im Programm habe. Sie glaube, dass dieser Lehrgang, den man erst vor kurzem eingerichtet habe, für sie günstig sei. Außerdem spreche man sehr lobend über den dortigen Ablauf, sie habe sich umgehört, man empfehle ihn sehr. Und jedes Wochenende könne sie bei mir sein.

Irene entschied sich für diesen Lehrgang.

Was sie die Woche über dort erlebt hatte, erfuhr ich meist schon während der Straßenbahnfahrt am Freitagabend, wenn ich sie vom Bahnhof abholte.

Schade, dass ich nicht habe dabei sein können, sagte sie meist, bevor sie von irgendeiner Begebenheit zu berichten begann. Vorlesungen, Seminare und viel Zeit zum Selbststudium, so gründlich habe sie sich bisher noch nicht mit Marx und Engels befassen können, erklärte sie mir. Und auch über die neueren Beschlüsse werde zwar intensiv, aber auch recht locker diskutiert, und es sei nicht unerwünscht, wenn eine skeptische Meinung geäußert werde, sie müsse nur die Option offen lassen für eine positive Antwort, wenn ich mir vorstellen könne, was sie meine.

Warum bei der planmäßigen Entwicklung der sozialistischen Gesellschaft die führende Rolle der Partei weiter wachsen müsse, lernte ich in kurzer Zeit ebenso sicher herzubeten, wie es Irene dank ihres Studiums vermochte.

Was ihr besonders gefiel, war das Angebot, die Berliner Theater zu besuchen. Normalerweise konnte, auf Grund der Anrechte, die das Institut besaß, jeder Teilnehmer aller vierzehn Tage für einen sehr geringen Preis eine Theaterkarte erwerben. Da jedoch bei weitem nicht alle an einem Theaterbesuch interessiert waren, war es möglich, sich nahezu jede Woche eine solche Abwechslung zu gönnen. Mit dem Bus des Instituts fuhr man bequem bis zum Theater und wurde von dort auch wieder abgeholt. Die Staatsoper, die Komische Oper, der Friedrichstadt-Palast und sogar die Diestel, alles wurde geboten, ohne dass man sich langfristig um Karten bemühen musste.

Die Komische Oper hatte es Irene besonders angetan. Diese Inszenierungen, meist von Walter Felsenstein, seien hervorragend, ja, überhaupt, das ganze Fluidum dort sei einzigartig, berichtete sie mir. Schade, dass ich das nicht miterleben könne. Wir hätten diesen Lehrgang zusammen besuchen müssen. Und wenn sich die Gelegenheit einmal bieten würde, von der Komischen Oper würde ich bestimmt begeistert sein, davon sei sie überzeugt.

Gleich nach Abschluss des Lehrgangs fuhr Irene mehrere Male nach Berlin, und nach ihrer Rückkehr berichtete sie mir immer ausführlich, womit sie dort ihre Zeit verbracht hatte. Es gehe noch immer um ein Konzept für diese zu bildende Kommission Wissenschaft und Technik oder auch wissenschaftlich-technischer Fortschritt, erläuterte sie mir. Sie hätten die Entwürfe für das Konzept mehrmals mit Hinweisen aus der zuständigen Abteilung des ZK zurückbekommen, so dass sie schon geäußert habe, sie könne sich des Eindrucks nicht erwehren, als wüssten die hochgestellten Genossen selbst noch nicht genau, was Sache sei. Darüber hätte man gelacht, aber es sei ein ziemlich gequältes Lachen gewesen. Einer der Teilnehmer habe schließlich gesagt, die inhaltliche Vorbereitung eines Parteitages sei nun mal eine komplizierte

Angelegenheit, immerhin solle der im Juni stattfindende VIII. Parteitag der SED grundlegende Beschlüsse zur weiteren gesellschaftlichen Entwicklung fassen.

Für die zweite Märzhälfte war vorgesehen, die Konzeption fertigzustellen. Irene reiste für drei Tage nach Berlin.

Zu dieser Zeit weilte mein Chef in Moskau bei seinem Freund Professor Panov, mit dem er gemeinsame Forschungsvorhaben vereinbaren wollte und von dem er sich auch Informationen über einen internationalen Kongress erhoffte, der im westlichen Ausland stattfinden sollte.

Ich erinnere mich, dass ich am 23.3.1971 ein Exemplar der führenden Zeitung auf meinem Schreibtisch vorfand.

Die Sekretärin hatte das ND, wie sich später herausstellte, für mich zum Lesen dorthin gelegt, ich sollte die Zeitung nicht übersehen, und doch schob ich sie zunächst beiseite, weil ich den Platz für meine Unterlagen brauchte.

Dann aber nahm ich die Zeitung und schlug sie auf, und der Artikel stach mir regelrecht in die Augen, schon wegen des roten Balkens, der vermutlich eine besondere Wichtigkeit signalisieren sollte. Der rote Balken befand sich direkt über der Überschrift mit den schwarzen, ungewöhnlich ausdrucksstarken Buchstaben.

„Sozialistische Intensivierung und Mineraldüngung sind Zwillinge", las ich, und darunter etwas kleiner gedruckt: „Gedanken zu einer Theorie, die nicht mehr haltbar ist."

Verfasser des Artikels war ein Institutsdirektor, der angab, dass er mit Interesse die Leseraussprache zur Vorbereitung des Parteitages verfolge und dass ihn die Fragen beschäftigen, die an die Wissenschaftler gerichtet werden, für deren Beantwortung, um, wie er formulierte, ganz ehrlich zu sein, aber nicht immer der nötige wissenschaftliche Vorlauf vorhanden sei.

Dagegen war nichts einzuwenden. Auch nicht, dass für unser kleines Land kein anderer Weg zur Produktionssteigerung bleibe, als die sozialistische Intensivierung, was vor allem Chemisierung bedeute, insbesondere in der Pflanzenproduktion wesentlich mehr Stickstoffdünger je Hektar landwirtschaftlicher Nutzfläche anzuwenden, weil das eine der billigsten Investitionen zur Ertragssteigerung sei.

Ich dachte noch, dass die Praktiker, die Vorsitzenden und Direktoren jetzt jubeln werden, wenn sie das lesen, vielleicht auch ein wenig zweifeln, aber sicher zuallererst hoffen, dass der Chemieindustrie nicht die Luft knapp wird oder ganz und gar ausgeht, wenn so viel Stickstoffdünger produziert werden soll, wie sie es sich für ihre Betriebe wünschten.

Ich dachte noch daran, wie wir in Bodelin gejubelt hatten, wenn es uns gelungen war, zusätzliche Düngermengen zu ergattern, und wie wir dann genau überlegten, wenn es um deren effizienten Einsatz ging.

Die nächsten Sätze aber las ich langsam, häppchenweise, Wort für Wort.

Nein, man konnte die nächsten Sätze nicht durchweg in einem Zuge lesen. Denn jetzt folgte die Abrechnung, jetzt wurden Aussagen wiedergegeben aus einem Lehrbuch, dessen Mitverfasser mein Chef war, und von dem auch das stammte, was im Artikel, fett gedruckt, damit niemand es übersehen konnte, zitiert wurde, um es anschließend nicht nur zu zerpflücken, sondern es darüber hinaus als völlig falsch, als überholt und schädlich zu brandmarken, weil diese Lehrmeinung, wie es hieß, im Widerspruch stehe zur industriemäßigen Produktion in der Landwirtschaft, zu der überzugehen wir uns als unumstößliches Ziel vorgenommen hätten.

Wie könne man heutzutage noch einen solchen Satz akzeptieren: Die Wirtschaftsdünger, also Stallmist, Gülle und Jauche, bilden das Fundament, auf dem alle anderen Düngungsmaßnahmen aufbauen? Oder den Satz: Die Ertragsfähigkeit der Böden wird nicht so sehr von der Anwendung hoher Mineraldüngergaben, als viel mehr von dem Ausmaß der organischen Düngung bestimmt? Nicht mehr zeitgemäß sei auch die These, dass die Mineraldünger lediglich eine wirksame Ergänzung der organischen Dünger seien.

Genügend Versuche lägen mittlerweile vor, hieß es weiter, die beweisen würden, dass die Ertragssteigerung auf die zunehmende Anwendung von Mineraldüngern zurückzuführen sei, dass im Mittel jedes zusätzliche Kilogramm Stickstoff einen weiteren Ertragszuwachs von acht bis elf Kilogramm Getreide oder dreißig bis vierzig Kilogramm Kartoffeln bringe. Wer sich das vor Augen führe, könne sich nicht mehr mit den überholten Thesen zufrieden geben.

In der dritten Spalte des Artikels las ich, dass der Autor nicht falsch verstanden werden wolle, auch er sei dafür, den Stalldung so rationell wie möglich zu nutzen und Leguminosen anzubauen, aber er wende sich prinzipiell dagegen, dies zum Fetisch für die Ertragssteigerung zu erheben.

Diese überholten Lehrmeinungen seien nicht mehr aufrecht zu erhalten, stellte der Artikelschreiber fest, um dann zum nächsten Schlag auszuholen. Die extremen Verfechter dieser alten Theorien, schrieb er weiter, hätten kein Recht, ihre angestaubten Thesen in einer Zeit zu verkünden, wo in der Volksaussprache zum Parteitag neue Ideen hervorgebracht werden müssten, Ideen, die den Kampf um wissenschaftlichen Vorlauf freie Bahn verschaffen würden.

Ich las den Artikel ein zweites Mal, nun entspannter, nicht mehr bestimmte Sätze wiederholend, und mir fiel die Bemerkung auf, dass das Lehrbuch, aus dem zitiert worden war, für alle Hoch- und Fachschulen als verbindlich bezeichnet wurde.

Ich brach auf, um mit der Straßenahn noch rechtzeitig zum Hauptbahnhof zu gelangen.

Bei der Begrüßung hielten wir uns länger umfasst, als es sonst zwischen uns üblich war.

Und dann fragte Irene, ob ich den Artikel gelesen habe.

Ich wollte zuerst so tun, als würde ich diesem Artikel nur geringe Bedeutung beimessen, ihn als nebensächlich abtun, wie das Kläffen eines Hundes, das aus einem weit entfernten Gehöft zu hören war, aber mir wurde sofort bewusst, das mir das nicht gelingen würde.

Den Artikel im ND meine sie, wiederholte Irene, und ihre Hand hielt noch immer meinen rechten Arm fest.

„Ich habe ihn gelesen, ja“, sagte ich.

„Hast du dich darüber aufgeregt?“

„Ja, schon, darüber muss man sich aufregen. Ein wissenschaftlicher Meinungsstreit sollte anders ausgetragen werden, nicht auf diese Art und Weise.“

„Weißt du, ich habe darüber nachgedacht, im Zug, nach dem Lesen des Artikels, du musst keinerlei Befürchtungen haben. Dein Thema steht außerhalb jeder Debatte. Du hängst weder einer alten Theorie nach, noch verhinderst du die neuen Parteitagsinitiativen. Deine Untersuchungen zum Einfluss des humusmehrenden Ackerfutters auf die kontinuierliche Erhöhung der Erträge befinden sich im Grunde genommen auf der vorgegebenen Linie, das Thema deiner Arbeit kann nicht nur als neue Initiative, sondern später sogar als Erfüllung der Beschlüsse gewertet werden. Und außerdem, mein Lieber: Sind deine Leguminosen nicht wunderschöne Pflanzen? Denk dir nur, deine Luzerne und dein Rotklee, in voller Blüte, auf einer großen Fläche, einem solchen Anblick kann sich doch wohl niemand entziehen. Das ist und bleibt etwas Schönes, etwas, das auch dem Sozialismus gut zu Gesicht steht.“

Dann folgte das Warten.

Wir vermieden in unserem Kollektiv, über den Artikel zu sprechen. Und auch Günzerodt tat zunächst so, als hätte es diesen Artikel überhaupt nicht gegeben. Dabei war anzunehmen, dass er ihn schon in Moskau gelesen hatte, bestimmt war auch dort das ND jeden Tag verfügbar, vielleicht die jeweilige Ausgabe erst am Folgetag, aber gelesen hatte er ihn, daran war nicht zu zweifeln.

Und auf einmal druckte die führende Zeitung erste Lesermeinungen, und auch die Bauernzeitung, die wöchentlich erschien, begann mit der Veröffentlichung von Zuschriften.

Die führende Zeitung brachte einen Beitrag, den ihr ein renommierter Professor für Pflanzenernährung während seines Kuraufenthaltes geschrieben hatte. Wenn sozialistische Intensivierung und Mineraldüngung Zwillinge seien, was er nicht bestreiten wolle, dann müssten beide aber auch richtig laufen lernen, schrieb er. Und er erläuterte, was das Laufenlernen im konkreten Fall heiße, nämlich entsprechende Mengen qualitativ hochwertigen Düngers zu produzieren und ihn effektiv einzusetzen. Dieser Zuschrift folgte die Meinungsäußerung eines Genossenschaftsvorsitzenden. Er wolle dem Artikel nicht widersprechen, man widerspreche ohnehin nicht gern einem Wissenschaftler, da die am besten wüssten, was gut und richtig sei. Doch er bekenne sich zu dem, was im Lehrbuch stehe, ja, die Wirtschaftsdünger betrachte er auch weiterhin als Fundament, auf dem alle anderen Düngungsmaßnahmen aufzubauen hätten. Gerade auf den leichten Böden würden die Kulturen dort am besten wachsen, wo viel Stalldung hingekommen sei und wo man Leguminosen angebaut habe. Denn da habe sich ein üppiges Bakterienleben im Boden entwickelt, und auf solchem fruchtbaren Acker lohne auch der Einsatz von mineralischen Düngemitteln, von denen man natürlich gar nicht genug bekommen könne. Er warte darauf, dass die Industrie es nicht nur verspreche, sondern tatsächlich auch mehr davon liefere.

Offensichtlich hatten die Redakteure diese Zuschrift gekürzt, doch der Name des Verfassers blieb mir all die Jahre im Gedächtnis: Friedrich Albrecht, Vorsitzender der LPG Büdewin.

Man druckte in den Wochen danach zahlreiche weitere Beiträge in beiden Zeitungen, bei etlichen hatte man den Eindruck, dass der Text bezüglich seiner Aussage bestellt worden war, erst spät gesellte sich eine dritte Zeitung mit der Veröffentlichung von Briefen hinzu, doch da waren im führenden Blatt schon ganz andere Themen an der Tagesordnung.

„Wie weiter?“, fragte mich der Oberassistent, als wir an einem Tag nach dem Mittagessen noch kurze Zeit zusammensaßen.

„Sprich mit dem Chef“, sagte ich. „Dir steht das zu, nicht mir, ich bin noch nicht lange bei euch.“

„Aber du bist Praktiker, hast Erfahrungen sammeln können.“

„Nicht ich habe hier das Sagen“, entgegnete ich ihm. „Auch wenn ich meine Meinung dazu habe, mit dem Chef reden musst du.“

Was in diesen Tagen alles hinter den Kulissen geschah, blieb für uns unsichtbar, wir konnten nur etwas vermuten, aber auch darüber wurde kaum gesprochen.

Von Günzerodt erfuhr ich, dass er zwei Tage nicht da sei, weil er zum Parteivorstand nach Berlin müsse, ich wisse ja, er sei Vorstandsmitglied in der Bauern-Partei.

Am Montag darauf wurde ich in der Parteigruppe unseres Wissenschaftsbereiches gefragt, welche Meinung ich denn hätte, bisher hätte ich mich überhaupt noch nicht in der Diskussion geäußert. Ich glaubte einen kritischen oder schon vorwurfsvollen Klang in der Stimme des Parteigruppenorganisators zu erkennen.

Am liebsten hätte ich barsch geantwortet, aber ich zwang mich, ruhig und besonnen zu bleiben. Ich sagte, nach Marx besitze der Boden als Produktionsmittel die Eigenschaft, bei richtiger Behandlung seine Fruchtbarkeit, also seinen Gebrauchswert, zu erhalten und ständig zu erhöhen. Wir hätten davon auszugehen, dass der Boden unser wichtigstes Produktionsmittel sei. Folglich würden die Anforderungen an die Erhaltung und Mehrung seiner Fruchtbarkeit, an seine Nutzung und an seinen Schutz beträchtlich weiter steigen, wofür genaue Kenntnisse nötig seien, um wirklich alle Möglichkeiten dazu ausschöpfen zu können. Dabei wissenschaftlich mitzuwirken, sei mein besonderes Anliegen, wenn man so wolle, mein selbstgestellter Parteiauftrag. Bisher sei ich als Praktiker in verantwortlicher Position tätig gewesen, ich hätte das Glück gehabt, von meinem Vorgänger riesige Stalldungmengen zu erben, die ich eingesetzt hätte bei Kartoffeln und Mais mit einer unwahrscheinlichen Wirkung, einem Erfolg bei den Erträgen, den ich jedem Praktiker nur wünschen könne. Wer daran zweifele, möge nach Bodelin fahren, das liege im Mecklenburgischen und besitze Sandboden, keinen solch fetten Boden wie in der Börde. Ich hätte gern noch mehr Mineraldünger gestreut, doch niemand sei bereit gewesen, ihn zu liefern. Aber ich sei nach wie vor davon überzeugt, den Boden, ganz im Sinne der Marx`schen Definition, entsprechend unseren Möglichkeiten, richtig behandelt zu haben. Inwiefern der Genosse Institutsdirektor, der Verfasser des Artikels, sich vertrauensvoll mit dem Boden befasst habe, entziehe sich meiner Kenntnis, ich wisse auch nicht, welche Erfahrungen er im Ackerbau besitze, ob ihm jemals das Glück begegnet sei, unserem wichtigsten Produktionsmittel hohe Erträge entlockt zu haben, und ich wisse auch nicht, ob er eigene Versuche durchgeführt oder sich nur auf die Zuarbeit seiner Mitarbeiter verlassen habe, die ihm die Daten zusammengestellt hätten, damit ihm der Artikel in der gewünschten Form gelungen wäre. Und ob ihn auch noch jemand beim Schreiben unterstützt habe, wisse ich ebenfalls nicht. Ich vermöge aus meiner gegenwärtigen Position heraus vieles nicht tiefgründig genug einschätzen zu können. Auf alle Fälle, so fände ich, hätte es seinen Reiz, über diese schwerwiegenden Probleme heftig zu streiten, nur solle man von vornherein nicht so tun, als hätte man die Antwort längst in der Tasche. Noch sei die Chemieindustrie kaum in der Lage, den geplanten Stickstoff zu liefern, doch werde man sie mit den künftigen Beschlüssen dazu verpflichten, das werde der Parteitag tun, was ich keinesfalls bezweifeln würde.

Es erstaunte mich, dass mich niemand unterbrochen hatte und dass stattdessen die Einschätzung kam, das sei doch wenigstens eine vernünftige Meinung, die man gleich als Schlusswort betrachten könne, sofern keiner etwas dagegen einzuwenden habe.

Niemand hatte einen Einwand, man bat mich nur, meinen Beitrag zu Papier zu bringen, da sich in der nächsten Zeit bestimmt die Gelegenheit biete, ihn, aber im größeren Rahmen, zu Gehör zu bringen.

Abends erzählte ich Irene davon.

Ich hätte bewusst schärfere Formulierungen vermieden, sagte ich, worauf sie wissen wollte, wie die gelautet hätten.

Zum Beispiel, dass ich nicht wisse, wer ihm die Hand geführt habe beim Verfassen des Artikels, antwortete ich. Mir scheine, dass man ihn beauftragt oder sogar gezwungen habe, genau das zu schreiben, weil es gerade jetzt in die Linie passe.

Ich solle mich nicht zu unbedachten Vermutungen hinreißen lassen, warnte mich Irene. Doch ich hatte den Verdacht, dass sie mehr wusste, als was sie sagte. Vielleicht war in Berlin darüber gesprochen worden, und sie war informiert, welche Rolle man diesem Institutsdirektor zugedacht hatte.

Für mich war es keine Überraschung, dass man Irene zur Bezirkskonferenz der Partei delegierte, und dass man sie beauftragte, einen Diskussionsbeitrag vorzubereiten, an dem dann tagelang gefeilt wurde und den sie schließlich nicht halten musste, weil in diesem Bezirk die Industrie ein wesentlich größeres Gewicht besaß und die Landwirtschaft schon von einem Praktiker in der Diskussion repräsentiert worden war.

Was mich außerordentlich überraschte, war die Tatsache, dass man sie zum Parteitag delegierte.

Als ich ihr das sagte, erklärte sie mir lächelnd, ich wisse doch, dass sie gut in den vorgegebenen Rahmen passe.

Von Gotthilf Wiesemühl erhielt ich in dieser Zeit einen langen Brief.

Er habe, schrieb er anknüpfend an seine Mitteilung im vorherigen Brief, zum letzten Mal an einer Bezirksdelegiertenkonferenz teilgenommen, ab jetzt werde er nicht mehr gebraucht, und es könne sein, dass man ihn früher oder später auch als Parteisekretär ablösen werde. Darüber werde er hinwegkommen, doch schmerzlich sei es schon, wenn man einfach in die Ecke gestellt werde, ohne ein Wort der Anerkennung oder des Dankes zu hören. Auf der Bezirksdelegiertenkonferenz habe der Minister in seinem Diskussionsbeitrag festgestellt, dass im Bezirk das Tempo der Produktionssteigerung nicht ausreiche und künftig größere Anstrengungen unternommen werden müssten, und dass die Parteiorganisationen eine hohe Verantwortung dafür trügen, schneller zu industriemäßigen Produktionsmethoden auf kooperativer Grundlage überzugehen. Es könne ja sein, schrieb Gotthilf, man halte ihn für zu alt und für zu ungebildet, um diesen Aufgaben gerecht zu werden, er hatte das Wort ungebildet durchgestrichen und durch das Wort dumm ersetzt. Vieles wisse er nicht, doch er wisse nun, dass seine Zeit zu Ende gehe, und zwar endgültig. Im Übrigen, das wolle er mir nicht verschweigen, das Verhältnis zwischen Mendes und meinem Nachfolger habe sich seit kurzem dermaßen verschlechtert, dass er sich ernstliche Sorgen mache. Da müsse zwischen den Beiden ein Bruch sein, der sich nicht mehr reparieren lasse. Schade, dass ich nicht in Bodelin geblieben sei. Wenn ich wenigstens einmal kommen könnte, wir müssten so vieles miteinander besprechen.

Den Brief gab ich Irene zum Lesen.

„Antworte ihm“, sagte sie. „Man muss ihn trösten.“

„Und wie?“

„Ich weiß es nicht.“ Irene schien einen Moment zu überlegen, dann fügte sie hinzu: „Vielleicht wäre es schon ein Trost für ihn, wenn du ihm einen ausführlichen Brief schreiben würdest. Ja, wenn wenigstens du ihm sagen würdest, wie dankbar du ihm für all das bist, was er für dich getan hat. Erinnere ihn an die gemeinsamen Erfolge, die ihr hattet. Erwähne dabei ein paar schöne Episoden. Das wird ihm guttun."

Ich schrieb Gotthilf Wiesemühl, es muss Anfang Juni gewesen sein, Irene hatte wenig Zeit, sie musste zwei Tage nach Berlin, und dann fuhr sie noch einen Tag in unsere alte Universitätsstadt, um mit Professor Kaufhold darüber zu sprechen, wie er sich das Zusammenwirken im Herbstsemester vorstellte.

Ich schickte den Brief ab, ohne dass Irene ihn gelesen hatte.

Eines Abends fragte ich sie, wie es mit uns in den nächsten Jahren weitergehen würde, ob sie schon wüsste, welchen Weg sie gehen wolle.

„Zuerst der Parteitag", war ihre Antwort, worauf ich fragte, ob man ihr dort auch die Linie für unser künftiges Zusammenleben vorgeben werde.

Das könne schon sein, so abwegig sei das nicht, sagte sie.

Vielleicht werde sie den Auftrag erhalten, zu heiraten, sagte ich. Unser lockeres, nicht gesetzkonformes Paarverhalten könne ohnehin, sofern man es streng betrachte, als mit den Grundsätzen der sozialistischen Moral kollidierend, eingestuft werden.

„Warten wir es ab", sagte Irene.

Ich erfuhr von ihr, dass es üblich sei, in verschiedenen Kollektiven über den Parteitag zu berichten und dessen Beschlüsse zu erläutern. Dann müsste der Urlaub folgen und danach beginne sie mit der Promotion B. Hier vor Ort unterstütze sie Kaufhold, der im Herbst- und Frühjahrssemester seine Vorlesungen halten werde, die letzte Serie vor seiner Emeritierung. Das Thema für sie habe er verfasst und alle dazu erforderlichen Formalitäten geregelt. Sie werde den Status einer Oberassistentin behalten. Und sollte sich bezüglich Berlin in ferner Zukunft etwas ergeben, dann werde auch dort eine Bindung zur Uni geknüpft, so dass sie mit ihrer Arbeit keinesfalls in der Luft hängen werde.

„Du wirst also hier bleiben?", fragte ich.

„Vorerst ja. Und sollte ich tatsächlich einmal von hier fortgehen, dann hole ich dich nach, wenn du deine Promotion bei Günzerodt abgeschlossen hast. Auf eines kannst du dich verlassen, ich bin nur zu haben mit dir, niemals allein, sondern immer im Doppelpack, mein Lieber, so ist es und so wird es bleiben.“

Es war kurz vor Beginn des Kolloquiums oder des wissenschaftlichen Meinungsstreites, meine Uhr zeigte drei Minuten vor vier, und ich entschloss mich, nach meinem Kollegen Ausschau zu halten, ich hatte einen Platz auf der rechten Seite ganz außen gewählt, in einer der hinteren Reihen, um jede Störung zu vermeiden, wie sie oft eintritt, wenn Teilnehmer verspätet kommen und sich durch die Reihen drängeln.

Ich konnte meinen Kollegen nicht entdecken, ich hatte mich ein wenig aufgerichtet, um eine bessere Sicht nach hinten zu haben, ich war mir noch nicht schlüssig, ob ich den Platz rechts neben mir, den ersten Platz in der Reihe, freigeben sollte, da der Hörsaal nahezu gefüllt war. Ich schaute mich nochmals um, und in dem Moment kam die Frage von einem der im Seitengang abwärts Drängenden und nach einem Sitzplatz Suchenden, ob hier noch frei sei.

Ein freundliches Gesicht neigte sich mir zu, so dass ich mich gezwungen sah, zu nicken, meine Tasche vom Klappsitz zu nehmen und zu sagen: „Bitte, setzen Sie sich, mein Kollege kommt offensichtlich nun doch nicht mehr.“

„Troganeck“, sagte der Fremde. Und als er sich gesetzt hatte, gab er mir die Hand und wiederholte: „Alfons Troganeck. Es scheint heute voll zu werden“, fügte er hinzu. „Ich habe schon befürchtet, auf der Treppe sitzen zu müssen.“

„Bornschein“, sagte ich. „Peter Bornschein.“

„Zugehörig zu welcher Fraktion?“

Die Frage überraschte mich, für einen Moment wusste ich nichts mit ihr anzufangen. Dann aber wurde mir klar, was er gemeint hatte, ich sagte, dass ich der Fraktion des Angeklagten angehöre.

Troganeck lachte, klopfte mir auf den Arm und meinte, dann sei es gut, dass er neben mir sitze, es könne ja sein, dass ich tatsächlich Hilfe brauche.

Der Sektionsdirektor war dabei, seine Eröffnungsansprache zu halten und das Anliegen des Kolloquiums darzustellen, als Troganeck sagte, die würden sich immer so lange bei der Vorrede aufhalten, dass der Parteitag anstehe, wäre mittlerweile doch allen bekannt, zumindest denen, die hier im Saal säßen.

Ob die Wirtschaftsdünger das Fundament aller Düngungsmaßnahmen bilden oder ob vor allem der verstärkte Einsatz von Mineraldünger für die Ertragssteigerung entscheidend sei, hörte ich den Sektionsdirektor sagen, dies sei eine grundsätzliche Frage, da die Antwort von größtem Gewicht sei für die Forschungseinrichtungen und damit auch für die Vergabe der Mittel an unserer Sektion.

„Wenn ihr heute verliert, kürzen sie euch das Geld“, sagte mein Nachbar. „Da musst du noch aufpassen, dass sie dir dein Gehalt in voller Höhe auszahlen.“

Günzerodt sprach als erster, ich hielt das für ungünstig, denn dadurch hatten es die anderen viel leichter, ihn zu attackieren.

Der nächste Redner konterte schon, indem er erklärte, er könne viele Betriebe nennen, die weit weniger organische Dünger einsetzen würden, als es von seinem Vorredner gefordert werde, und dennoch hätten sie beträchtliche Erträge erreicht.

Dem Stallmist würden Wirkungen zugeschrieben, die man auf anderen Wegen auch und dabei wesentlich einfacher erzielen könne, erklärte der Nächste und versuchte, seine Aussage mit ein paar Zahlen, die er von einem Blatt ablas, zu begründen.

„Hat der einen Garten?“, fragte mich Troganeck.

„Das weiß ich nicht“, gab ich zurück.

„Wenn einer eine solche Auffassung vertritt, musst du ihn fragen, ob er statt der Fuhre Stallmist, um die er sich bei dir bemüht, nicht lieber ein Fass Gülle oder zwei Fässer Jauche nehmen will. Was denkst du, wie schnell der dir antwortet? Der geht vor dir auf die Knie, küsst dir die Hand und bittet, nein, Stallmist, und wenn es auch nur ein Führchen ist. Glaub mir das.“ Troganeck lachte, so dass sich schon einige nach uns umwandten.

Es widerspreche den neuern Bedingungen, noch immer an alten Theorien festzuhalten, begann der nächste Redner. Er sei prinzipiell dagegen, den Stallmist zum Fetisch für die Ertragssteigerung zu machen.

„Dem musst du zwei Fässer Jauche in den Garten kippen, dann ist der kuriert, der ändert auf der Stelle seine Meinung“, sagte Troganeck.

Unwilliges Zischen kam aus der Reihe vor uns.

Er hätte sich was anderes von dieser Veranstaltung versprochen, flüsterte mir mein Nachbar zu. Eigentlich könnten wir jetzt schon gehen. Oder ob ich noch länger hierbleiben wolle.

„Den nächsten hören wir uns noch an“, sagte ich.

Es war Gottfried Kasberg, der sich erhob. Ich hatte ihn bei Beginn des Kolloquiums entdeckt, er saß in der ersten Reihe, nicht im Präsidium. Seine Berufung zum Professor, so lautete die interne Information, stehe unmittelbar bevor, sie solle noch vor dem Herbstsemester erfolgen.

Ständig steigende Erträge seien nur bei verstärkter Zuführung von Mineraldünger zu erreichen. Einig müssten wir uns allerdings darin sein, die organischen Dünger, die uns zur Verfügung stünden, so effektiv wie möglich zu nutzen, sagte Kasberg. Und auch an die Leguminosen sei in der Fruchtfolge zu denken, er wolle hier besonders Luzerne und Klee hervorheben.

Gottfried Kassberg redete noch weiter, doch mein Nachbar sagte, im Grunde genommen sei das schon das Schlusswort gewesen, und auch die Antworten auf eventuelle Fragen, die der eine oder andere zu stellen wage, könnten die Problematik nicht weiter erhellen. Was Klugscheißer zusammenreden würden, brächte uns ohnehin nicht weiter. Es sei noch vieles dran an dem alten Sprichwort: Zeige mir deinen Mist, und ich sage dir, wer du bist. Man könne stattdessen auch sagen: Was du für ein Bauer bist. Eigentlich solle damit nichts anderes ausgedrückt werden, als dass derjenige ein guter und erfolgreicher Acker- und Pflanzenbauer sei, der der organischen Düngung die erforderliche Aufmerksamkeit widme. Ob ich ihm da zustimme, wollte mein Nachbar wissen.

Ich bestätigte es ihm.

Darauf stieß er mich heftig an und sagte: „Komm´, lass uns noch ein Bier trinken gehen. Was willst du hier sitzen, die Zeit vertrödeln und dich ärgern. Ein Bier bringt uns vielleicht in bessere Stimmung.“

Es ist mir immer ein Rätsel geblieben, warum ich ohne zu zögern aufgestanden und ihm gefolgt bin.

Sicher, er war mir nicht unsympathisch, schon aufgrund seiner Ansichten, die er sich, vor mir, einem Fremden, nicht zu äußern scheute, obwohl sie nicht in die neue Linie passten. Vielleicht war es auch die Tatsache, dass er für unsere Fraktion, wie er sich ausgedrückt hatte, Position bezog, vielleicht war es auch alles zusammen.

Er wohne im Interhotel, sagte er.

Das war nicht weit vom Hörsaal entfernt, und für mich war es kein Umweg, ich musste ohnehin vom großen Platz aus mit der Straßenbahn fahren.

Wir aßen etwas und tranken Bier und Weinbrand.

Es war eine ruhige Atmosphäre, wir hatten einen kleinen Tisch am Rande des Raumes, in einer Nische, wo uns niemand störte, wenn wir miteinander redeten.

Das heißt, meist redete Troganeck.

Er erzählte mir, dass er seinen hiesigen Amtsbruder besucht habe. Er korrigierte darauf lächelnd seine Aussage, indem er mir verriet, er wolle erst der Amtsbruder des hiesigen Landwirtschaftschefs werden, noch habe er diese Funktion auf Kreisebene inne, doch ab August werde er sie auf Bezirksebene ausüben. Er sei dabei, sich gewissenhaft darauf vorzubereiten, und auch das heutige Gespräch habe dieser Vorbereitung gedient. Sie würden sich seit dem Studium kennen, so dass eine Vertrauensbasis für eine solche Unterhaltung vorhanden gewesen sei. Und sie hätten gemeinsam zum Kolloquium gehen wollen, und danach hätte ein kleiner Umtrunk den Tag beschließen sollen, hier an diesem Tisch.

Troganeck nahm einen Schluck Bier und wies danach mit der Hand auf den Weinbrand.

Weshalb sein Amtskollege nicht statt meiner hier sitze, fragte ich.

Der liege im Krankenhaus, sagte Troganeck. Es wäre gut, wenn wir einen Schnaps auf seine Gesundheit trinken würden. Ihn hätten am frühen Nachmittag starke Schmerzen außer Gefecht gesetzt, ganz plötzlich, wie aus heiterem Himmel. Er habe sich selbst die Diagnose stellen können. Troganecks Gesicht hatte, während er erzählte, den Ausdruck eines Mitfühlenden angenommen, es hellte sich wieder auf, als er sagte, er hoffe, dass sein Amtskollege den Nierenstein mittlerweile los sei, wir könnten ruhig noch etwas trinken, vielleicht helfe dem das auch.

Der Kellner brachte uns Bier und Weinbrand. Wir tranken, und danach musste ich Fragen beantworten.

Dass ich schon einige Jahre in verantwortlicher Position in dem Bezirk zugebracht hatte, für dessen Landwirtschaft er künftig die Verantwortung tragen würde, gefiel ihm. Und als ich den Ort nannte, sagte er, dort würde bald die Autobahn die Flur durchschneiden, und aus den Tiefen meines aufgepäppelten Ackers würden sie Baukies für die Autobahn fördern, da sei es vorbei mit Getreide und Kartoffeln.

Im Laufe unseres Gesprächs erwähnte ich auch den Namen des Hauptagronomen, ich sagte, Heinz Wendler habe mich in Bodelin sehr unterstützt.

Wendler habe seine Genossenschaft mächtig im Schuss, sagte Troganeck. Wendler werde in diesem Jahr erstmalig die Getreideernte gemeinsam mit seinen Nachbarn im Rahmen der Kooperation einbringen.

Vermutlich führten Bier und Weinbrand, wir hatten etliche Gläser davon getrunken, zu dieser besonderen Stimmung, die unser Gespräch lockerer und freimütiger werden ließ.

Er brauche noch fähige Leute für seinen Apparat, der sich Produktionsleitung nenne, sagte Troganeck über sein Bierglas hinweg.

Und während er trank, stimmte ich ihm zu, ich sagte, fähige Leute, die brauche er unbedingt, die gewaltigen Aufgaben, die auf ihn zukämen, könne er doch nicht allein bewältigen, ohne ordentliche Leute würde er scheitern, was er keinesfalls dürfe, denn Scheitern wäre immer ein Unglück.

Troganeck nickte, trank erneut, und ich wagte es, respektlos hinzuzufügen: „Nein, scheitern darfst du nicht, sonst nimmt kein Hund mehr ein Stück Brot von dir."

„Und wann kann ich mit dir rechnen?", fragte Troganeck plötzlich.

Ich erschrak. Auf einmal fühlte ich mich nüchtern, ich begriff, auf was ich mich bei diesem Gespräch eingelassen hatte, ich bereute meine voreiligen, überklugen Sätze, ich hätte vorsichtiger sein müssen, dachte ich.

„Ich will wissen, wann du kommst?", sagte Troganeck.

„Ich kann hier nicht weg, ich bin mitten in meiner Promotion", entgegnete ich ihm.

„Und wie lange brauchst du noch?", fragte er.

„Mindestens zwei Jahre."

„Zwei Jahre?", fragte er erneut.

„Mindestens", sagte ich.

Er stieß mich an und zeigte auf den Weinbrand.

Wir tranken. Troganeck gab dem Kellner ein Zeichen.

„Sag` mal, kannst du nicht so nebenher promovieren?“ Troganeck schaute mich an.

„Das geht nicht. Ich habe hier meine Versuche.“

Troganeck wartete bis der Kellner die Gläser abgestellt hatte, dann sagte er: „Ich richte mich also darauf ein, dass du in zwei oder zweieinhalb Jahren kommst.“

Gleichzeitig griffen wir nach unseren Biergläsern, stießen miteinander an und tranken.

„In zwei Jahren, ich verlasse mich darauf“, sagte Troganeck und entnahm seiner Jackentasche eine Karte. „Hier steht alles drauf, auch meine private Telefonnummer, ruf mich an. Vielleicht kommst du zwischendurch schon mal zu einem Besuch. Hast du auch eine Karte? Wenn nicht, dann schreib mir deine Adresse hier auf die Rückseite.“ Er gab mir einen Kugelschreiber und eine zweite Karte.

Wir tranken den Weinbrand.

„Abgesprochen ist abgesprochen, das gilt für uns beide“, sagte Troganeck.

Er bezahlte die Rechnung, und meinen Versuch, mich zu beteiligen, wehrte er mit dem Hinweis ab, er hätte mich zu diesem Kadergespräch eingeladen, und als Gastgeber bezahle er auch.

Die frische Luft draußen tat mir gut.

Worauf hast du dich da eingelassen? dachte ich während der Straßenbahnfahrt.

Ich ging in meine Wohnung und nicht zu Irene. Und ich war froh, dass sie nicht herunterkam, um nachzuschauen, ob ich endlich eingetroffen sei. Als ich mich ins Bett legte, drehte sich alles um mich.

***

Irene war vom VIII. Parteitag in einer Hochstimmung zurückgekehrt, die ich nur schwer begreifen konnte. Doch ich hörte ihr mit Interesse zu, wenn sie mir von den Reden, Diskussionsbeiträgen und den Gesprächen mit anderen Delegierten berichtete. Es gab sogar mehrere Interviews mit ihr, in denen sie sich begeistert über die bevorstehenden Entwicklungen in der Landwirtschaft geäußert hatte. Jedenfalls brachten das die Sätze zum Ausdruck, die ihr zugeschrieben worden waren und die man in den Zeitungen lesen konnte. Und wenn ich mich über manche Passage missbilligend äußerte, versuchte Irene, mir glaubhaft zu machen, dass sie es völlig oder zumindest etwas anders gesagt hätte.

Man werde das Geschriebene trotz allem immer mit ihrem Namen verbinden, behauptete ich eines Abends, als wir wieder über bestimmte Sätze aus einem ihrer Interviews diskutierten. Und ich sagte wohl in einem leicht vorwurfsvollem Ton: „Wenn sich die Vorhersage als falsch oder sogar verheerend erweist, dann wird man auch dich in die Verantwortung nehmen."

Vielleicht hatte sie auch nur das Wort verheerend verärgert, denn sie entgegnete mir, man könne doch wohl nicht im Hintergrund sitzen und über diejenigen abfällig orakeln, die sich mit der künftigen Entwicklung abmühten.

Vielleicht wäre daraus sogar ein heftiger Disput entstanden, oder Irene wäre einfach in die Küche oder in das Bad gegangen, um nicht länger meine Behauptungen ertragen zu müssen, doch mir gelang es, sie augenblicklich mit einer Broschüre zu überraschen, die sie noch nicht kannte und die ihr erst Wochen später zugeschickt wurde. Ich hatte diese Broschüre am Mittag von Günzerodts Sekretärin bekommen mit der Bemerkung, ich solle mal langsam bis zur Seite 49 blättern, bis zu der dort abgebildeten Parteitagsdelegierten, die ihr ausnehmend gut gefalle. Die Broschüre, die unser Chef mit der heutigen Post von seinem Parteivorstand erhalten habe, könne ich behalten, der Professor sei mit gänzlich anderen Problemen ausgelastet, so dass er weder Erfreuliches über die sozialistische Landwirtschaft lesen, noch sich an einer außerordentlich hübschen Parteitagsdelegierten erfreuen könne.

Irene betrachtete lange das Foto, ohne etwas zu sagen.

„In diese Delegierte hätte ich mich auf Anhieb verliebt“, versicherte ich ihr. „Ja, auf der Stelle, auch wenn die Pferdeschwanzfrisur, wie es dem Anlass entspricht, auf eine raffinierte Art und Weise mit einem Band in eine parteitagsgemäße Hochposition gebracht worden ist. Schade nur, dass der Blick ein wenig zu streng auf den Schreibblock gerichtet ist“, fügte ich noch hinzu, „aber vielleicht musste jedes Wort, das der wertvolle Kugelschreiber aufs Papier gebracht hat, genau geprüft werden, immerhin ist jedes Parteitagswort für die Ewigkeit bestimmt.“

„Hör auf“, sagte Irene, ohne die Broschüre aus der Hand zu legen.

Ich hatte vor, ihr zu empfehlen, das cremefarbene Kostüm, in dem sie abgebildet war, während der Veranstaltungen zu tragen, auf denen sie über den Parteitag zu berichten hatte, doch ich unterließ es, ich fragte nur, wer ihr Sitznachbar gewesen sei, von dem auf dem Foto der linke Ärmel seiner graugrünen Jacke, ein Teil seines weißen Hemdkragens und sein linkes Ohr zu sehen war.

Es sei ein LPG-Vorsitzender gewesen, teilte sie mir mit.

„Wie hieß er?“, bohrte ich weiter.

„Karl“, sagte sie lachend, aber sie habe ihn anfänglich mit Genosse angeredet, worauf er ihr entgegnet habe, dass es einfacher sei, den Vornamen zu verwenden, und so hätten sie es dann auch gehalten.

Ob er sich in sie verliebt habe, wollte ich wissen.

Schätzungsweise sei er mehr als zwanzig Jahre älter als sie gewesen, wurde mir geantwortet. An dem einen Abend hätten sie mehrmals miteinander getanzt, aber weiter sei nichts gewesen.

Es kann sein, dass wir Günzerodt mit dem Entzug der Broschüre zugleich um die Idee gebracht hatten, Irene für die Zusammenkunft an jenem Freitagnachmittag einzuladen, für die das Ziel formuliert worden war, aus den Festlegungen des Parteitages Schlussfolgerungen für unsere wissenschaftliche Arbeit abzuleiten.

Jede Erkenntnis besitze eine mehr oder weniger große Unsicherheit, absolute Wahrheiten gebe es nicht, folglich sollten wir uns stets der Grenzen unseres Wissens bewusst sein. Mit dieser Einführung überraschte uns Günzerodt.

War das eine aus den Parteitagsbeschlüssen gewonnene Einsicht oder eine Lebenserfahrung, fragte ich mich.

Man sei nie fertig, fuhr Günzerodt fort, es würden sich immer neue Aufgabenstellungen ergeben. Und auf eine Frage, die der Oberassistent gleich danach stellte, während die Sekretärin Kaffee servierte, kam die Antwort unseres Chefs, dass seriöse Wissenschaftler sich stets der Grenzen ihres Wissens bewusst seien. Das gelte für uns ebenso wie für die anderen.

Wir tranken Kaffee, doch es wollte keine lebhafte Diskussion in Gang kommen.

Später las der Oberassistent das vor, was er in Abstimmung mit dem Chef als unseren Beitrag zur Erfüllung der Beschlüsse zu Papier gebracht hatte. Anschließend wollte er unsere Meinung dazu hören.

„Trinkt erstmal einen Schluck Bier“, sagte Günzerodt und stellte für jeden eine Flasche auf den Tisch.

Als wir erneut aufgefordert wurden, unsere Meinung zu äußern, sagte ich, dass ich dem Text zustimme, vorbehaltlos. Und auch die anderen wussten nicht, was man noch ändern müsste.

Wir verabschiedeten unsere Stellungnahme einstimmig und übergaben sie unserem Chef, der uns dankte und uns zugleich darauf aufmerksam machte, dass noch einige Flaschen Bier bereitstünden, die wir unbedingt trinken sollten, damit die leeren Flaschen abtransportiert werden könnten.

Bevor Günzerodt ging, informierte er uns, dass er die folgende Woche zur Vorstandssitzung seiner Partei fahren werde. Dort werde er auch unseren heute beschlossenen Beitrag in würdiger Form übergeben.

Ich hatte keine genaue Vorstellung vom Ablauf einer solchen zentralen Tagung, aber ich vermutete, dass man auch Günzerodt, dem langjährigen Parteivorstandsmitglied, die Richtung aufweisen und ihm dabei unmissverständlich diktieren würde, was aufgrund der Bündnispflicht von ihm erwartet werde.

Als ich dann in der Zeitung, die seine Partei, die DBD herausgab, den Bericht las, überraschte mich allerdings die dort vorgenommene Abrechnung, weil sie in ihrer Schärfe den Inhalt des Artikels in der führenden Zeitung bei weitem übertraf.

Einigen Kollegen Agrarwissenschaftlern wurde aufgezeigt, dass sie sich in der Forschung noch nicht konsequent auf die neuen Entwicklungsprobleme konzentriert hätten, demzufolge zu überholten, wissenschaftlich nicht haltbaren Empfehlungen und in der Praxis nicht verwertbaren Ergebnissen gelangt wären. Es fehlte auch nicht die Feststellung, dass sich das Sekretariat des Parteivorstandes in vielen Aussprachen bemüht habe, dem Kollegen Prof. Dr. Günzerodt mit kritischen Hinweisen zu helfen, die notwendigen Schlussfolgerungen zu ziehen. Man habe ihm nicht nur die Unhaltbarkeit seiner falschen Auffassungen nachgewiesen, sondern ihm auch die Gründe dafür genannt, wozu nicht zuletzt die Selbstüberschätzung der eigenen Leistungen gehöre. Es werde erwartet, dass er darlege, welche Schlussfolgerungen er für seine Forschungs- und Lehrtätigkeit und seine Mitarbeit in der Partei gezogen habe.

Das ist eine Warnung, die nicht drohender hätte öffentlich formuliert werden können, dachte ich damals beim Lesen des Berichtes.

Günzerodts Diskussionsbeitrag, jedenfalls der abgedruckte Ausschnitt, begann mit der Feststellung, dass der VIII. Parteitag der SED bei ihm und seinem Mitarbeiterkollektiv ein lebhaftes Echo ausgelöst und eine breite Zustimmung gefunden hätte.

Mir gefiel die Formulierung: „lebhaftes Echo“, und ich war kurz davor, meinem Chef dafür Anerkennung zu zollen, nur erinnerte ich mich im gleichen Moment daran, dass wir in den Gesprächen während unserer Zusammenkunft erst dann lebhaft wurden und lebhaft redeten, allerdings nicht vorrangig über die Parteitagsbeschlüsse und deren Umsetzung, nachdem wir die von Günzerodt spendierte erste Flasche Bier getrunken und bereits die zweite Flasche geöffnet hatten.

Unsere breite Zustimmung dokumentierte anscheinend das Papier, dessen Text der Oberassistent verlesen hatte und von uns allen als gut befunden worden war.

Unser Chef hatte sich so verhalten, als habe er seine Antwort, als habe er jetzt seine Erklärung gefunden, nach der er lange vergeblich gesucht hatte, zu der er jedoch nicht allein gekommen war, sondern es der besonderen Hilfe seiner führenden Parteikollegen bedurft hatte, so dass er nun befreiend dem Vorstand zu versichern imstande war, sich mit all seinen Kräften auf die bevorstehenden Aufgaben zu konzentrieren.

Irenes Mutter musste Anfang August operiert werden, und wir gaben den Urlaubsplatz zurück.

Irene kümmerte sich um ihre Mutter, und ich konnte es so einrichten, dass ich mehrmals ein verlängertes Wochenende im Gebirge verbrachte, da Günzerodt es mir gestattete, jeweils den Freitag und den Montag als Urlaubstag abzurechnen.

An einem Wochenende reiste ich schon am Sonntag ab und blieb bis zum Montag bei uns zu Hause, worüber meine Mutter sich ungemein freute.

In einem Gespräch unter vier Augen eröffnete mir mein Bruder, dass wir uns Anfang Dezember auf eine Hochzeit einzustellen hätten, Christel und er, sie müssten heiraten, aber sie wollten dem Rat der Mutter folgen und nicht zu einem früheren Zeitpunkt heiraten, sondern erst, nachdem in der kälteren Jahreszeit ein Schwein geschlachtet werden könne, da man die Gäste ja gut versorgen müsse. Denn es solle eine ordentliche Hochzeitsfeier geben, ganz so, wie es sich in einem Dorf gehöre.

Am Wochenende darauf unternahm ich den Versuch, Irene davon zu überzeugen, eine Doppelhochzeit für den Dezember zu planen.

Sie sah mich lange schweigend an, so dass ich schließlich fragte, was sie denn von einem solchen Fest hielte.

„Nichts", erwiderte sie. „Unsere Hochzeit muss im Sommer stattfinden."

„Im nächsten?", fragte ich.

„In einem Sommer", präzisierte sie. „So wie unsere Verlobung, genau zu einer solchen Zeit. Und hier im Gebirge, mit einer Feier im Garten. Oder wie fandst du unsere Verlobung?"

„Unsagbar schön", sagte ich.

„Und ebenso schön soll auch unsere Hochzeit werden."

An einem dieser Wochenendabende, als wir, Irenes Vater und ich, im Arbeitszimmer saßen, miteinander redeten und Bier tranken und mein Blick des Öfteren auf die Ikone aus Bulgarien fiel, erfuhr ich von ihm, dass er sich mit dem Gedanken trug, seinen Direktorenposten demnächst abzugeben, weil er glaubte, sich lange genug in diesem riesigen, weitverzweigten Forstwirtschaftsbetrieb abgeschunden zu haben und es Zeit sei, dass ein neuer, ein jüngerer Mann das Kommando übernehme. Ihm schwebe vor, sagte er, sich einen interessanten, jedoch weniger hektischen Tätigkeitsbereich zu suchen. Geplant sei von der übergeordneten Leitung, eine Stelle zu schaffen, die sich Fragen der Standorterkundung widmen solle. Dafür wolle man Räume in der hiesigen Oberförsterei einrichten. Für ihn böte sich, sofern er diese Stelle übernehme, außer der wesentlich geringeren Arbeitsbelastung noch ein weiterer, nicht zu unterschätzender Vorteil, er müsste nicht täglich die zwölf

Kilometer bis zum Verwaltungssitz fahren, sondern könne bequem zu Fuß in zehn Minuten seinen Arbeitsplatz erreichen. Er rechne mit wesentlich mehr Freizeit und wäre somit in der Lage, sich mit vielen anderen Dingen zu beschäftigen. Er könne sich zum Beispiel, und daran denke er vor allem, weit mehr als bisher um die Enkel kümmern, mit ihnen im Wald wandern und ihnen die Schönheiten der Natur zeigen.

Eine erstrebenswerte Aussicht, auf die hinzuarbeiten es sich bestimmt lohne, bestätigte ich ihm, und ich hatte den Eindruck, er freute sich über meine Einschätzung.

Er sagte, er wolle die beiden Enkel dann jeweils in den Ferien hierher holen und sich intensiv mit ihnen beschäftigen, und er glaube, dass alle ihren Spaß dabei hätten.

Während ich lachend nickte, bemerkte ich auf einmal, wie er mich einen Moment lang nachdenklich anschaute. Und danach äußerte er etwas, von dem ich bisher nichts gewusst hatte und sicher auch nie etwas erfahren hätte, hätten wir nicht dieses Gespräch geführt.

Er bedaure, sagte er, dass es bei uns mit einem Kind nicht geklappt habe.

Und als ich ihm antwortete, es sei noch nicht geplant gewesen, erfuhr ich von ihm, dass Irene schon an ein Kind gedacht habe, und zwar möglichst in der Zeit, in der sie mit ihrer Promotion beschäftigt gewesen sei, Kind und Promotion, sie habe das schaffen wollen.

Er machte eine Pause, griff nach seinem Glas, stellte es, ohne getrunken zu haben, wieder zurück und sagte, es wäre ihr bestimmt auch gelungen, er glaube es, ja, es wäre ihr gelungen, hätte es nicht diese vorzeitige Abstoßung gegeben, was sie unheimlich belastet habe, physisch und psychisch, sie habe sehr gelitten, und sie habe ihm sehr leid getan.

Er hatte zuletzt seine Augen gesenkt gehalten, jetzt schaute er zu mir auf und begriff wohl in diesem Moment, dass mir das, was er berichtet hatte, nicht bekannt war. Und vielleicht dachte er auch, dass es besser gewesen wäre, wenn ich es nicht erfahren hätte, zumindest nicht von ihm.

Ob mir Irene nichts davon erzählt habe, fragte er leise. Und bevor ich ihm antworten konnte, fügte er hinzu, es sei tatsächlich so gewesen, mit dieser Abstoßung, mit dieser plötzlichen, vorzeitigen Beendigung der Schwangerschaft, wenn ich Genaueres wissen wolle, könne ich mich ja bei Irene danach erkundigen. Er blickte mich wie hilflos an, aber nur kurz, dann sagte er, dass es besser wäre, sie nicht zu fragen, sondern so zu tun, als wüsste ich nichts davon. Irgendwann, wenn sie den Zeitpunkt für gekommen halte, werde sie mir gewiss alles erzählen. Nur solle ich dann nicht sagen, ihrem Vater wäre es nicht gelungen, darüber zu schweigen. Er bitte mich darum.

Nachdem ich es ihm versprochen hatte, sagte er, er hoffe sehr, dass es bei uns mit Kindern noch klappen werde, weil sie einfach dazu gehörten, zu einer richtigen Familie, und er male sich, ich könne es ihm glauben, zuweilen jetzt schon die schönsten Bilder aus.

Seinerzeit, nach unserem ersten Ostseeurlaub, als sie bei Kaufhold die Assistentenstelle angetreten und mit ihrer Promotionsarbeit begonnen und einige Zeit später den Disput mit dem hochrangigen Vertreter geführt hatte, war mir, wenn wir telefonierten, ihre Hochstimmung aufgefallen, und ich hatte mir ihr fröhliches, fast sorglos erscheinendes Verhalten nicht erklären können. Und dann, später, wunderte ich mich, dass sie auf einmal anders sprach, schwermütiger, zurückhaltender, kaum mehr optimistisch, es sei im Krankenhaus nur eine Routineuntersuchung gewesen, hatte sie mir geschrieben, und ich hatte mich zufrieden gegeben mit der Mitteilung, dass nun alles wieder in Ordnung sei.

Nichts war wieder in Ordnung gewesen, nun wusste ich es. Und ich konnte mir denken, dass Irenes Vater, als unser Gespräch stattfand, möglicherweise sich nicht der Vorstellung hatte entziehen können, mit einem Enkel oder einer Enkelin die Straße entlang zu schlendern. Es hätte so sein können, wäre da nicht dieses nicht vorhersehbare Geschehen gewesen, von dem auch ich nun, Jahre später, erfahren hatte.

Der Herbst war belastend.

Jedenfalls ist er mir so in Erinnerung geblieben.

Nicht nur, dass es oft regnete, dass Wind einem den Regen heftig entgegentrieb, noch widerwärtiger als das Wetter war das Gefühl, dass man versuchte, unseren Bereich zu isolieren, uns ins Abseits zu drängen, einerseits so zu tun, als gehörten wir zum großen Gefüge nicht mehr ganz hinzu, andererseits uns aber, wenn sich die Gelegenheit bot, Nadelstiche zu versetzen, unsere Widerstandskraft zu testen, auszuloten, inwieweit man uns provozieren konnte, bevor wir mit einer unüberlegten Wortwahl explodieren würden. Vielleicht warteten einige geradezu darauf, dass wir uns mit einem Befreiungsschlag Luft zu verschaffen suchten, um dann öffentlichkeitswirksam verkünden zu können, dass wir noch immer nicht auf dem vom Parteitag gewiesenen Weg einträchtig mit den anderen marschierten, dass es allmählich Zeit würde, uns die Mittel zu streichen und, was für Abweichler und Querulanten noch immer die günstigste Lösung darstellte, unseren ganzen Bereich zu liquidieren.

Mut dazu konnten die, die gegen uns opponierten, aus einem erneuten Artikel schöpfen, den der bewusste Autor für die September-Ausgabe der führenden und wegweisenden Parteizeitschrift verfasst hatte. Er bezeichnete die umfassende Chemisierung als das zweifellos effektivste Mittel für die Intensivierung der Landwirtschaft, und er brachte dazu etliche Beispiele, unter anderem schrieb er den Satz, dass die ehemaligen Hackfrüchte immer mehr zu Chemiefrüchten werden würden, weil die Hackarbeit durch Herbizide ersetzt werde, selbstverständlich anders als in den kapitalistischen Ländern, wo durch die Macht der Monopole notwendige gesundheitsschützende Festlegungen im Interesse der Profiterhöhung der Chemiekonzerne unterwandert oder sogar aufgehoben würden, während bei uns stets das Wohl des Menschen an vorderster Stelle alles Strebens stehe.

Ja, bei uns stand der Mensch mit seinem Wohlergehen im Mittelpunkt, nur darauf waren die Beschlüsse ausgerichtet, doch wir, die Gefolgsleute eines Kurt Günzerodt, widersetzten uns den edlen Zielen, so jedenfalls wurde es dargestellt von denen, die den Artikel auswerteten und ihn als willkommene Munition gegen uns verwendeten.

Unser Chef erhielt, obwohl ihm eine offizielle Einladung von den Organisatoren zugegangen war, keine Erlaubnis, in den Westen zu fahren, um an einer internationalen Tagung zur Bodenfruchtbarkeit teilzunehmen.

Er werde höchstwahrscheinlich wieder nach Moskau reisen und sich bei seinem Freund, Professor Panow, über die Ergebnisse der internationalen Tagung informieren, erzählte mir die Sekretärin.

In der Stimmung, in der ich zu dieser Zeit war, wurde ich immer empfänglicher für Irenes Ansicht, keinesfalls eine Doppelhochzeit zu organisieren. Nein, wir würden uns eine andere Zeit aussuchen, nicht im Dezember, wo sich alles grau und trüb und windig gegen uns stellte.

Und dann waren wir beide, Irene und ich, an jenem Sonnabend Anfang Dezember doch davon überrascht, wie wohl wir uns auf der Hochzeitsfeier meines Bruders fühlten. Alle Widrigkeiten waren hinweggeweht, uns umgaben nur noch Menschen, die uns freundlich gesonnen waren.

Es muss am späten Nachmittag gewesen sein, als mir meine Mutter zuflüsterte, sie hätte mir vorschlagen wollen, eine Doppelhochzeit zu feiern, Irene im weißen Kleid, ich im dunklen Anzug, das alles hätte vortrefflich gepasst, zwei Paare, es wäre ein Abwasch gewesen, hätten die Dorfleute gesagt, vielleicht hätte sie es uns vorschlagen sollen, doch sie habe es sich nicht gewagt.

Wenn sie wieder einen Vorschlag habe, ganz gleich um was es sich handle, solle sie diesen Vorschlag unbedingt äußern, antwortete ich ihr. Und sie könne so etwas auch Irene sagen, denn in einem solchen Fall seien es ja immer zwei, die mitspielen müssten.

Professor Günzerodt reiste tatsächlich für eine Woche nach Moskau, allerdings erst im späten Frühjahr, als sich mittlerweile kaum noch jemand um unsere Truppe kümmerte, und es den Anschein hatte, als wären wir gänzlich abgemeldet worden.

An einem der Tage, während Günzerodts Abwesenheit, traf ich Gottfried Kasberg. Wir tranken zusammen Kaffee, den uns seine Sekretärin servierte, und wir redeten über eine Stunde miteinander und sparten auch die heiklen Themen nicht aus.

Ich solle mich von nichts ablenken lassen, sagte er. Im Gegenteil, ich solle weiter eisern meine Linie verfolgen, mich intensiv mit Luzerne und Klee beschäftigen, Er glaube, es käme die Zeit, wo man begreife, dass man dabei sei, das Kind mit dem Bade auszuschütten. Man werde noch händeringend nach Möglichkeiten suchen, um den Humusgehalt der Böden nicht weiter absinken zu lassen.

„Meinst du das wirklich?“, fragte ich.

„Wir sprechen uns wieder, warte es ab“, sagte Kasberg. „Natürlich brauchen wir mehr Stickstoff, daran ist nicht zu zweifeln. Aber das andere, das brauchen wir auch, ebenso dringend oder noch dringender. Irgendwann wird man es begreifen.“

Ich erfuhr von ihm, dass man ihn für die Funktion des Sektionsdirektors vorgesehen habe. Aber er bat mich darum, darüber zu schweigen, da die ganze Sache noch nicht spruchreif wäre.

Mitte Mai erreichte uns telefonisch die Mitteilung, dass bei meinen Bruder und meiner Schwägerin ein Sohn angekommen sei. Irene konnte nicht anders, sie musste erst den Neuankömmling gesehen haben. Sie setzte sich am Tag darauf mittags in den Zug, und obwohl sie bei der Hin- und Rückfahrt jeweils zweimal umsteigen musste, schaffte sie es, kurz nach zwanzig Uhr wieder zurück zu sein, um mir dann alles ausführlich berichten zu können.

Der kleine Kerl heiße Martin, erfuhr ich, mit der Namensgebung hätte sich Christel gegen meinen Bruder durchgesetzt. Es wäre ja auch noch schöner, wenn die Väter alles bestimmen wollten. Bei Kindern habe die Mutter das entscheidende Wort zu führen, jedenfalls habe Werner den Namen akzeptieren müssen. Nun sei es Martin, der Erste, fügte Irene lachend hinzu.

Ob denn noch weitere Kinder geplant wären, wollte ich wissen.

So etwas könne auch nur ich fragen, kritisierte Irene. Sie habe Christel für eine Stunde im Krankenhaus besucht und den Säugling besichtigt, da sei doch nicht die Gelegenheit, eine solche Frage zu erörtern. Sie hätten vereinbart, dass wir beide in vier oder fünf Wochen für einen Tag zu Besuch kämen, dann hätte sich bei ihnen im Haushalt vieles einigermaßen wieder eingespielt.

Es muss, wenn ich mich recht erinnere, der 30. Mai gewesen sein, als Irene ihre große Reise antrat, bei der sie nicht nur als gewöhnliche Reiseleiterin fungierte, sondern im Programm für die gewagte Sechzehn-Tage-Unternehmung als Delegations- und Reiseleiterin bezeichnet worden war und damit die Kommandogewalt über siebenundzwanzig Mitreisende auszuüben hatte, alles Fachleute der Landwirtschaft, die leitende Positionen in Praxis, Verwaltung und Wissenschaft einnahmen, darunter auch fünf Ehepaare, insgesamt also einundzwanzig Männer und, Irene eingerechnet, sieben Frauen, was hinsichtlich der vorausschauenden Übernachtungsplanung von Belang war.

Im Winter hatte Irene abends viel Zeit mit der Vorbereitung dieser Reise verbracht. Wenn ich meine Fachliteratur studierte, saß sie am Tisch und blätterte Heft um Heft der Presse der Sowjetunion durch oder vertiefte sich in andere Veröffentlichungen, um Institute, Landwirtschaftsbetriebe und interessante Objekte zu suchen, die für eine Besichtigung in Betracht kommen konnten.

Sie war in den Bezirksvorstand der Agrarwissenschaftlichen Gesellschaft kooptiert worden, und sie hatte als erste nennenswerte Aufgabe die Mithilfe am Reiseprojekt übernommen, ein Projekt, das für diese Organisation, die sich mit der Weiterbildung der landwirtschaftlichen Hoch- und Fachschulkader sowie der Meister und Spezialisten zu befassen hatte, zu der Zeit als geradezu spektakulär anzusehen war. Doch die Bezirksleitung der Partei und die staatliche Leitung hatten ohne Zögern auf die Anfrage geantwortet, diesem Vorhaben könne zugestimmt werden.

Irene schrieb mir Karten aus Kiew, Rostow am Don, Krasnodar, Baku, Jerewan, Tbilissi, Batumi, Suchumi und Moskau. Die letzten drei Karten trafen gemeinsam eine Woche nach Irenes Rückkehr bei mir ein.

Irene hielt in den Wochen danach mehrere Lichtbildervorträge, die sich eines großen Zuspruchs erfreuten, und sie verfasste einen Bericht, der unter dem Titel „Bei Freunden zu Gast“ veröffentlicht wurde und der, nicht nur bei den Teilnehmern, eine erstaunliche Resonanz fand.

Kaufholds Emeritierung erfolgte am Semesterende.

Es gab eine kleine Feier. Irene hatte sehr viel dafür vorbereitet, aber es lief alles erstaunlich lieblos ab.

Die Reden, die Kaufholds Leistung in Lehre und Forschung würdigen sollten, waren nicht nur kurz, sie waren auch so, dass man sie mit geringfügigen Änderungen bei allen möglichen anderen Leuten zu deren Verabschiedung hätte halten können.

Mir tat Kaufhold auf einmal leid. Soll das alles gewesen sein? dachte ich.

Ich war davon überzeugt, es wäre alles würdevoller abgelaufen, wenn unsere alte Fakultät noch bestanden hätte. Unser großer Hörsaal wäre voll besetzt gewesen mit Leuten, die ihn kannten und schätzten, die sich an seine Zeit als Dekan erinnerten und dabei auch an sein Auftreten, als es um die Durchsetzung des internen Ministerratsbeschlusses ging. Damals hatte er sich vor seine Studenten gestellt, energisch bestrebt, für sie das Bestmögliche noch zu erreichen. Niemand schien das hier zu wissen, es interessierte keinen mehr. Alles war vergessen.

Ja, es tat mir leid, dass er eine solche Verabschiedung hatte über sich ergehen lassen müssen.

„Also, dann auf Wiedersehen", sagte er zu Irene und mir.

Aber er blieb stehen, blickte Irene fürsorglich an und fragte sie: „Wann sehen wir uns wieder, erst im Herbst oder schon früher? Es wäre nicht verkehrt, wenn Sie schon früher mal kämen, um mit mir den Fortgang ihrer Arbeit zu besprechen, Sie wissen, ich stehe Ihnen immer zur Verfügung. Auch meine Frau würde sich über Ihren Besuch freuen. Kommen Sie doch beide mal zu uns nach Hause. Sie wissen doch, wo wir wohnen."

Wir verabschiedeten uns mit Handschlag, und mir fiel auf, dass er Irenes Hand lange festhielt. Mir kam der Gedanke, dass er sie wohl am liebsten umarmt hätte, es aber nicht wagte.

Zwei Tage vor dem Republikgeburtstag wurde Irenes Vater zum Landforstmeister ernannt.

Man habe sich lange um ihren Vater bemüht, man habe mit ihm immer wieder diskutiert, bis er endlich zugesagt habe, hatte mir Irene erzählt. Sie hätten keinen Nachfolger gehabt, der ihnen die Sicherheit geboten hätte, dass der große Betrieb auch weiterhin einen Spitzenplatz einnehmen würde. Besonders von Seiten der Bezirksverwaltung habe man darauf gedrängt, ihren Vater unbedingt in seiner Funktion zu halten, da für die nächsten Jahre eine Umstrukturierung der übergeordneten Leitung vorgesehen sei, und der Betrieb wieder zum Bezirk zurückkommen solle.

Wir wussten nicht, ob allein die Zusage eine Rolle für die Beförderung gespielt hatte oder ob die langjährige erfolgreiche Tätigkeit oder beides zusammen ausschlaggebend gewesen waren, entscheidend war für uns, dass aus dem Oberforstmeister nun der Landforstmeister geworden war.

Die Veranstaltung fand nicht am Hauptsitz des Forstwirtschaftsbetriebes statt, sondern im großen, festlich geschmückten Saal des Stadtkulturhauses.

Wie gewohnt, gab es die Eröffnung durch die Jagdhorngruppe und den Betriebschor, danach folgten die üblichen Reden.

Sehr still war es, als der Auszeichnungsakt angekündigt wurde. Man spürte, wie sich Spannung ausbreitete, bis die ersten Namen verlesen wurden und die Aufgerufenen nach vorn gingen und sich in einer Linie aufstellten, ihren Blick in den Saal gerichtet. Es war ihnen anzusehen, dass sie Freude und Stolz empfanden und dass vielleicht auch ein Quäntchen Begehren mitschwang, denn die Urkunden und Abzeichen waren mit finanziellen Zuwendungen verbunden. Und sie genossen auch den Beifall, der sie begleitete, wenn sie ihre angestammten Plätze wieder einnahmen.

Die Ernennung des Direktors zum Landforstmeister war der Höhepunkt, und schon bei der Ansage für diese Ehrung wurde heftig geklatscht. Die Szene war beeindruckend, sie hätte für jeden Film gepasst, dessen Aufgabe es war, erfolgreiches Wirken in der neuen Gesellschaftsordnung darzustellen.

Die Belegschaft mochte den Chef, sie mochte ihn und seine Ehrung. Sicher war das so, dachte ich, weil die Belegschaft sich damit selbst geehrt fühlte. Wenn der Chef ehrungswürdig war, traf das unbestreitbar auch für seine Mitarbeiter zu, die Anerkennung schloss alle ein, vom obersten Mann bis hin zum Kraftfahrer und Pförtner, sie sparte weder denjenigen aus, der die Bäume fällte, noch diejenige, die die Zahlen zusammenrechnete oder die Briefe tippte, die man ihr diktierte.

Als wir von der Festveranstaltung zu Fuß nach Hause gingen, fragte Irenes Mutter, wie lange er noch vorhabe, als Direktor zu amtieren.

„Eine Weile noch, Liesbeth, eine Weile“, kam die ausweichende Antwort.

„Wie lange ist eine Weile?“

„Ein, zwei, drei oder vier Jahre, so genau lässt sich das nicht sagen, schon gar nicht am heutigen Tage.“ Irenes Vater lachte, und er schaute sich nach uns um.

„Hast du Angst, dass wir euch verloren gehen?“, fragte Irene.

„Ihr seid so schweigsam“, sagte ihr Vater.

„Wir freuen uns, ja, wir freuen uns über deine Auszeichnung. Landforstmeister, daran muss man sich erst gewöhnen. Oberforstmeister war schon gut, aber nun erst…“ Irene sprach nicht weiter, weil ihr Vater stehenblieb und abwinkte und darauf seinen Lieblingssatz sagte, dass auch künftig die Kirche im Dorf bleiben müsse. Ob Ober- oder Landforstmeister, die Kirche müsse auch weiterhin im Dorf bleiben, wiederholte er, aber nun schon wieder mit dem Blick nach vorn und so ausschreitend, als befände er sich in einem Forstgebiet und führe seine Gefolgschaft zu einer Schonung, deren Zustand es einzuschätzen gälte.

Für uns bedurfte es keinerlei weiterer Erklärungen. Die hob er sich für andere auf, wir wussten davon, für solche, die ihn bei ihren Besuchen zu nerven begannen, vor allem, wenn sie ihn mit Parteibeschlüssen über Gebühr traktierten, dann lenkte er ihre Aufmerksamkeit auf die Tatsache, dass neben seinem Dienstsitz die Kirche stehe, auf der rechten Seite und, darauf müsse man besonders achten, etwas oberhalb des Verwaltungsgebäudes. Damit habe der liebe Gott ihn also stets unter Kontrolle, alle seine Entscheidungen beaufsichtige er von oben.

Mir hatte Irenes Vater erzählt, wie schnell es mit einem solchen Hinweis möglich sei, die lästig werdenden Besucher von ihrer Linie abzubringen. Und wenn man bemerke, dass sie, anstatt zu lachen die Gesichter missbilligend verzichen, müsse man unbedingt noch etwas nachlegen, in dem man frage, ob sie denn nicht wüssten, dass der liebe Gott einen guten Genossen nicht im Stich lasse, allerdings stets mit dem Hinweis: wohlgemerkt, einen guten Genossen. Und danach könne ohne weiteres Weinbrand oder Korn gereicht werden. Es sei nicht zu befürchten, dass man hinterher irgendwelche Schwierigkeiten zu erwarten hätte. Er jedenfalls hätte bisher noch nicht erlebt, dass sich jemand beschwert hätte.

Ich musste daran denken, als uns Irenes Vater die Tür aufschloss und uns den Vortritt ließ und dabei lachend sagte: „Ja, Liesbeth, ein Weilchen muss ich mich um den Krempel hier oben schon noch kümmern, es würde dir auch nicht gefallen, wenn alles zum Teufel ginge."

Es war ein schöner Tag, sonnig, nur ein paar weiße Wölkchen am Himmel, die Temperatur der Jahreszeit entsprechend mild, wir saßen im Garten, tranken Kaffee und aßen Kuchen, redeten miteinander, kamen erneut auf die Weile zu sprechen, die der Landforstmeister noch an der Spitze des Forstunternehmens bleiben wollte, hörten von Irenes Mutter, dass sie gehofft habe, es werde sich um das Weilchen handeln, das dem Augenblick vergleichbar sei, dass sie nun aber glauben müsse, es werde wahrhaftig die Weile sein, eine längere Zeit, ohne Begrenzung, möglicherweise etliche Jahre, wobei dieses etliche Jahre leider ebenso ein unendlich dehnbarer Zeitbegriff sei.

Wir merkten allmählich, dass der Landforstmeister trotz allem Gerede nicht daran dachte, sich mit einer präzisen Auskunft einzumischen, sondern sich stattdessen schmunzelnd zurücklehnte und so tat, als ob ihn das alles nichts anginge und er nur darauf warte, dass man das Thema wechseln würde.

Und als sich das nicht abzeichnete, fragte er mich, ob ich Lust hätte, einen Kognak zu trinken, einen richtigen guten Kognak, worauf ich zurückfragte, ob ich ihm, wie mancher unangenehme Besucher, nun auch schon auf die Nerven ginge.

„Nein“, sagte er, „im Gegenteil, ich bin froh, dass du da bist. Jetzt trinken wir einen!“

Als Irenes Mutter ihm mit dem Tablett, auf dass sie das Kaffeegeschirr geräumt hatte, ins Haus gefolgt war, fragte ich Irene: „Wie lange wirst du in Berlin bleiben, eine Weile oder für immer?“

„Wie lange ich bleiben werde?“, wiederholte sie, als hätte ich sie aufgeschreckt, als hätte ich sie aus den Gedanken, in die sie versunken gewesen war, wieder in die Gegenwart zurückgeholt und dabei daran erinnert, dass uns eine Veränderung bevorstand.

„Nicht für immer“, sagte sie schließlich. „Vielleicht für eine Weile, je nachdem, wie es mir dort gefallen wird.“

Ich merkte, wie sich ihre Hand auf meinen Arm schob, aber ich sah, ihre Augen nahmen wieder einen abwesenden Ausdruck an.

„Also nicht für immer?“, fragte ich.

„Ich weiß es nicht“, sagte sie. „Ich richte mich nach dir. Ja, ich werde mich nach dir richten.“

***

„Wann kommt Robert zurück?“, frage ich Irma Birke, die im Begriff ist, meine Haustür abzuschließen und nun, als ich vor ihr stehe, den Schlüssel loslässt.

„Voraussichtlich in vierzehn Tagen“, antwortet sie mir.

„Du bist dir sicher, dass er wiederkommt?“, sage ich und merke im gleichen Moment, dass sie das in Anbetracht der Meldungen, die uns fast täglich im Fernsehen erreichen, missverstehen könnte.

„Ich weiß, er ist an Brot gewöhnt, er kommt zurück“, schicke ich schnell hinterher und versuche, das zuvor Gesagte lächelnd abzumildern.

„Er muss noch viel klären, die Bürokratie der Schweizer scheint der unsrigen in nichts nachzustehen“, sagt Irma und fragt dann übergangslos: „Hast du schon mit Heinz Wendler gesprochen?“

„Nein“, sage ich. „Aber er wird sich bestimmt melden, wenn er was von mir will. Oder weißt du etwas? Komm wieder mit rein, dann können wir ungestört reden.“

Sie wehrt mit einer resoluten Handbewegung ab, nimmt den Wäschekorb wieder hoch, dann sagt sie: „Robert wird sicher heute anrufen, ich muss rüber.“

„Wenn er anruft, grüße ihn von mir.“

Irma zieht den Schlüssel aus meinem Türschloss und informiert mich, dass sie noch nicht ganz fertig sei mit ihrer Arbeit.

„Ich muss dir wohl bis an mein Lebensende dankbar sein für das, was du für mich tust“, sage ich.

„Hör` auf“, erwidert sie. „Einer muss doch für dich sorgen. Im Übrigen, ich brauche Bewegung, da kommt mir dein Haushalt gerade recht.“

„Danke“, sage ich. „Ich glaube, dich hat mir der Himmel geschickt und nicht die Partei.“

Ich sehe, Irma hat Staub gewischt und vergessen, Irenes Foto wieder aufzustellen. Eine Weile betrachte ich das Foto, schließlich schiebe ich es behutsam zurück an seinen angestammten Platz auf meinem Schreibtisch.

Wie schon oft in all den Jahren frage ich mich auch jetzt, ob ich mich anders hätte verhalten sollen. Doch ich vermute, dass ich auch diesmal zu keiner befriedigenden Antwort gelangen werde.

Irene hatte das für sie verlockende Angebot angenommen, sie war im Ministerium angestellt worden als leitende Mitarbeiterin im Bereich des für ökonomische Fragen zuständigen stellvertretenden Ministers, sie besaß die vertragliche Zusicherung, ihre Promotion B fortführen zu können bei Professor Brähmisch, der, was nicht nur mich überrascht hatte, nach Berlin berufen worden war und nicht mehr an der Hochschule in der Provinz sein Wissenschaftsleben fristen musste.

Wir beide waren an unsere Tätigkeiten gebunden, aber wir schafften es, zumindest am Anfang, uns am Wochenende zu treffen und öfter daraus auch ein langes Wochenende werden zu lassen, indem wir den Freitag oder den Montag, meist den halben Tag, mit einbezogen. Und es schien, dass sich dies, wenn wir unseren Zeitplan nur vorausschauend einrichten würden, auch auf Dauer organisieren ließ.

Günzerodt zeigte großes Entgegenkommen.

„Deine Arbeit musst du in der vorgeschriebenen Zeit schaffen“, hatte er mir einmal gesagt. „Plane sie also so, dass du alles unter einen Hut bringst. Denke aber daran, dass es auch noch ein Privatleben gibt.“

Ich hatte das Gefühl, dass er mich während seiner Vorlesungen noch immer gern in seiner Nähe sah. Auch Henningsen, der nach wie vor eine bestimmte Anzahl Stunden zum speziellen Futterbau las, wünschte mich als Vorlesungsassistenten. Er hatte meinen Einsatz mit Günzerodt abgesprochen, schließlich würde er auch der zweite Gutachter sein für meine Promotion. Nur für die Vorlesungen, die Henningsen für die Studenten der Tierproduktion und der Veterinärmedizin an der Universität der Nachbarstadt hielt, hatte ich mich nicht überreden lassen. Das hatte auch

Günzerodt eingesehen. Ansonsten unternahm ich alles, was meinem Verhältnis zu beiden Professoren gut tat, auch wenn Irene gelegentlich spottete, ich sei ein Diener zweier Herren.

Ich ließ sie spotten und lächelte nur.

Ihr Spotten hörte ohnehin auf, als sie ihren Dienst in Berlin angetreten hatte, wo sie ebenso Dienerin von mindestens zwei Herren war, beim Stellvertreter des Ministers und, sofern es um ihre Habilitation ging, bei Professor Brähmisch. Und außerdem hatte sie darüber hinaus auch noch auf die Meinungen weiterer Herren zu achten, nämlich der Genossen aus der zuständigen Abteilung des ZK, ohne deren Zustimmung im Ministerium kaum etwas zu bewegen war.

Doch anfänglich kannte ich mich noch nicht so genau aus in diesen Gepflogenheiten, weil ich die Machtverhältnisse der einzelnen Leute nicht zu durchschauen vermochte, ich gewann erst allmählich ein Bild von den Abläufen in dem Maße, wie Irene mir bestimmte Begebenheiten schilderte und mir auch meine Fragen mit erstaunlicher Geduld beantwortete.

Irene war es gelungen, vor ihrem Wechsel noch den Wohnungstausch zu organisieren.

Ich hatte meine Zweifel gehabt, weil die Begründung, die sie sich zurechtgelegt und dann auch vorgetragen hatte, mir viel zu durchsichtig erschien. Wer sollte schon glauben, dass ihr, da sie die nächste Zeit viel unterwegs sein würde, die kleinere Wohnung ausreiche, ich dagegen die größere Wohnung beanspruche, da ich die meiste Zeit zu Hause an meiner Dissertation arbeite und dabei in Büchern und Zeitschriften sehr viel Quellenstudium zu betreiben habe und demzufolge Ruhe benötige, die gerade diese Wohnung biete und nicht die andere, eine Etage tiefer, die unerklärlicherweise wesentlich lauter sei, wer sollte das wohl glauben?

Man glaubte es ihr, jedenfalls war die verantwortliche Mitarbeiterin einverstanden, dass wir die Wohnungen tauschten. Wir erhielten die schriftlichen Unterlagen, und ich zog nach oben in die fünfte Etage, wo es aufgrund der Südlage heller war, und Irene nach unten, zumindest theoretisch, und dem Anschein nach insofern auch offiziell, da wir die Namensschilder an den Wohnungstüren und an den Klingelknöpfen im Eingangsbereich des Hauses auswechselten.

Und manchmal machte ich mich bei Meinungsverschiedenheiten auch stark, in dem ich aufmüpfig erklärte, sie solle nicht vergessen, dass ich nunmehr in dieser Wohnung das Sagen habe und dass ich meinem Gast freistelle, das Verlies eine Etage tiefer aufzusuchen und das weitere Leben dort zu verbringen, ohne die Annehmlichkeiten dieser Komfortwohnung, ohne Radio und Fernseher.

Ich hätte noch eine ganze Weile in diesem Zustand leben können, Besitzer der oberen Wohnung zu sein und Irene großzügig meine Gastfreundschaft zu gewähren. Ich hätte es ohne weiteres auch ausgehalten, wenn uns die untere Wohnung sofort entzogen worden wäre, und wir nur die obere hätten behalten dürfen, allerdings die obere für uns beide, mit amtlicher Bestätigung, wir hätten uns eben einschränken müssen, es wäre uns bestimmt gelungen.

Und dann war ich auf einmal alleiniger Bewohner, wartete auf das Wochenende, hoffte, dass mein Gast anreiste und kein Telefonanruf mich aufschreckte, es werde nichts mit dem Kommen, da eine mehrseitige Vorlage der Prüfung oder der Überarbeitung bedürfe. Glücklicherweise kam dies anfangs selten vor. Meist machte ich mich am Freitag, am späten Nachmittag oder Abend, je nachdem, welchen Zug sie mir am Telefon genannt hatte, von unserem Bereich aus zu Fuß auf den Weg zum Bahnhof, in mir, schon seit dem Vormittag, ein Gefühl heiterer Unruhe, kaum noch imstande, hinter dem Schreibtisch zu sitzen und mich mit Fachliteratur zu beschäftigen, höchstens noch fähig, auf dem Versuchsfeld zu arbeiten oder mit dem Auto zu fahren. Dieses Empfinden, diese Spannung begann sich zu lösen und in eine allmählich spürbare Gelassenheit zu verwandeln, wenn der Zug einfuhr, die Türen sich öffneten und ich Irene erblickte. Die Befürchtung, sie könnte nicht in diesem Zug sein, hatte ich nie. Wenn sie mir telefonisch mitgeteilt hatte, sie treffe mit diesem bestimmten Zug ein, dann war darauf Verlass, es sei denn, der Zug hatte Verspätung, was manchmal vorkam, dann wartete ich, denn ich wusste, sie kommt mit diesem Zug und mit keinem anderen.

Ich nahm an, dass es Irene ähnlich erging. Ich erinnere mich, dass ich sie einmal danach gefragt habe, es war nicht das erste Mal, als ich bei ihr zu Besuch war, es war später, im Winter oder schon im Frühling, in der Zeit, wo das gegenseitige Besuchen unter den nun veränderten Bedingungen, der eine hier, die andere dort, bereits zur Normalität geworden war.

Auf meine Frage hatte sie geantwortet, ob ich denn nicht merke, wie sie sich freue, wenn ich komme, das müsse ich doch merken, das müsse ich spüren, sie hoffe es.

Und als ich es ihr versicherte, sagte sie: „Weißt du, ob unsere Behausungen eine Etage voneinander entfernt sind oder zweihundert oder dreihundert Kilometer, oder ob der eine an diesem und der andere am anderen Ende der Welt lebt, das spielt keine Rolle, wir werden immer das gleiche Gefühl haben, das Gefühl, dass wir einander brauchen, dass nichts unsere Liebe zerstören kann. Oder siehst du das anders?“

„Nein“, sagte ich. „Doch viel lieber wäre mir, wenn nicht der eine an diesem Ende der Welt und der andere am anderen Ende leben müsste. Immerhin sind wir in einem Alter, wo es Zeit wird…“

„Es ist doch nur die kleine DDR, und selbst bei der sind wir fast mittendrin“, unterbrach sie mich.

„Ich war noch nicht fertig“, sagte ich, „weißt du, was ich mir vorstelle?“

„Was?“

„Gemeinsam an einem Ort zu leben, genau das schwebt mir vor.“

„Wenn du mit der Promotion fertig bist, folgst du mir hierher“, sagte sie. „Bis dahin habe ich eine Stelle für dich, eine Stelle, die dir behagen wird. Glaub` mir, das krieg` ich hin, das gelingt mir.“

Es war schon November, als ich sie zum ersten Mal besuchte, ein trüber Tag, der Wind wehte stark und kalt, er zerrte an unseren Mänteln.

Irene hatte mir zwar den Weg genau beschrieben, falls irgendetwas schiefgehen sollte, aber sie war zur Stelle, sie holte mich ab. Ganz wie es sich gehöre, sagte sie, wenn ein Ehrengast anreise.

Sie hatte meinen Vorschlag, ihr beim Umzug zu helfen, rigoros abgelehnt. Ihre Erklärung war, ich solle mich später überraschen lassen. Das Umzugskommando des Forstbetriebes, wie sie es nannte, werde sämtliche anfallenden Arbeiten allein realisieren können.

Wir nahmen den Weg, der etwas weiter war. Sie sagte, ich solle gleich ihre neue Arbeitsstelle kennenlernen, zumindest von außen.

Es war ein großer Gebäudekomplex, der in einem eingezäunten, parkähnlichen Garten lag.

„Da hinten befindet sich mein Zimmer“, sagte Irene, als wir am Zaun stehengeblieben waren. „Mit Blick in die Natur, Büsche und Bäume, sehr schön für hiesige Verhältnisse, die beiden Fenster in südöstlicher Richtung, die machen das Zimmer hell.“

Bevor wir weiter gingen, schlug sie vor, mir tags darauf ihr Zimmer zu zeigen. Wenn wir jetzt zum Pförtner kämen, würde er mich mit meiner großen Reisetasche misstrauisch beäugen und gegebenenfalls einen Eintrag vornehmen. Sie lachte. Sicherheit eben, das müsse schon sein, es sei ein Ministerium, da würden bestimmte Vorschriften gelten.

Am Tag darauf saß ein freundlicher Mann vorn im Pförtnerhaus, er schien die Wochenendruhe zu genießen. Irene zeigte ihren Dienstausweis, und für mich wurde ein Besucherschein ausgefertigt, auf dem Irene die Zeit meiner Anwesenheit bestätigen musste.

Über ihr Zimmer war ich genauso überrascht wie über ihre Wohnung.

Das Zimmer gefiel mir, und als ich hinter ihrem Schreibtisch saß, sagte ich: „Bitte nehmen Sie Platz."

Ich wies auf einen der Stühle am runden Tisch, wartete bis Irene Platz genommen hatte und fragte dann: „Frau Dr. Vonderlind, welches Anliegen führt Sie zu mir?"

„Für den Anfang schon ganz gut", sagte Irene lachend.

Ich bestaunte die Einrichtung des Zimmers. Das Mobiliar war aus neuerer Produktion, keineswegs so zusammengestoppelt, wie in unserem Bereich.

Vom Ministerium bis zu ihrer Wohnung liefen wir zwölf Minuten.

Ich musste Irene bestätigen, dass sie unter idealen Bedingungen arbeiten könne, auf alle Fälle, was Dienstzimmer, Weg und Wohnung anbelange.

Auch das Arbeitsklima sei sehr gut, erklärte sie mir.

Irenes Wohnung befand sich in einem dreistöckigen Haus, das aussah wie eine Villa, sogar mit Ornamenten verziert, und an das sich ein anderes, verblüffend ähnliches Haus anfügte, so dass man an ein Zwillingspaar denken musste, und links und rechts gab es schmale Einfahrten und Gärten, wo früher möglicherweise ebenfalls Häuser gestanden hatten, die weggebombt oder weggeschossen worden waren. Die Einfahrten führten auf kleine Höfe, die Garagen und Nebengebäude beherbergten.

Es sei eine angenehme Gegend, erläuterte mir Irene, ohne triste Hinterhäuser mit schmutzigen Höfen, wo ständiger Schatten herrsche und die Ratten ihr Unwesen treiben.

Irenes Wohnung, ganz oben, bestand aus zwei Zimmern, dazu Küche, Bad und ein Nebengelass, und sie hatte auf ihrer Etage keine Nachbarn, nur einen geräumigen Trockenboden.

Sie habe die Wohnung mit Hilfe des Ministeriums erhalten unter dem Gesichtspunkt, dass ich in absehbarer Zeit nachfolgen werde, erfuhr ich von ihr.

„Meinst du nicht“, fügte sie hinzu, „dass wir es hier gemeinsam aushalten könnten?“

„Nicht schlecht, wenn ich eingeladen werde, ziehe ich hier mit ein“, antwortete ich.

„Die Einladung gilt“, sagte Irene.

Es war nicht bei diesem ersten Besuch, sondern beim zweiten oder dritten, ich hatte mich schon am Donnerstagnachmittag freimachen können, und Irene musste am Freitag früh nur für zwei Stunden ins Ministerium, um mit ihrem Chef das Programm für eine Beratung abzusprechen, deren Vorbereitung sie eigenverantwortlich übernehmen sollte, als ich regelrecht gezwungen wurde, eine Art Einkleidungsaktion für das gehobene Niveau der Hauptstadt der DDR über mich ergehen zu lassen, wobei ich im Grunde genommen ja alles einsah, was mir diktiert wurde, so dass es mir auch nicht so schwerfiel, mich bedingungslos zu fügen, noch dazu, wo meine Begleiterin eine bewundernswerte Vorarbeit geleistet hatte. Sie wusste, wohin wir gehen mussten, um das gewünschte Kleidungsstück erwerben zu können, ich wäre, allein auf mich gestellt, zu einem blamablen Ergebnis gelangt.

Im großen Kaufhaus am Alexanderplatz bekamen wir einen dunklen Anzug, ein weißes Hemd und einen Mantel. Wir nahmen auch den Schlips, den uns die Verkäuferin anbot, doch mir war klar, dass Irene nur deshalb zustimmte, weil sie die Verkäuferin kannte, mit ihr einiges vereinbart zu haben schien und sie nun nicht enttäuschen wollte. Den Schlips, den Irene ins Auge gefasst hatte, kauften wir ganz woanders. Und als Irene meinte, den ersten Schlips hätten wir uns eigentlich ersparen können, entgegnete ich ihr, dass es kein großes Problem sei, ich könne den zuerst gekauften Schlips eventuell zum Schlafanzug tragen, wenn sie mich zum Bettbesuch einlade.

Irene schüttelte entrüstet den Kopf.

Darauf erklärte ich ihr, dass mich das strapaziöse Aus- und Anziehen unheimlich hungrig gemacht habe und ich kaum noch die Kraft besitze, Schuhe anzuprobieren.

Es sollte wenig Zeit beanspruchen, also aßen wir im Selbstbedienungsrestaurant am Alex. Wir hatten unsere großen Pakete im Kaufhaus zwischenlagern dürfen, wir hatten befürchtet, dass wir sie bei dem Andrang im Restaurant überhaupt nicht hätten sichern können.

Die Schuhe, für die wir uns nach langem Probieren entschieden, waren nicht nur schön, sondern auch bequem.

In der Wohnung musste ich nochmals alles anziehen, alles passte ausgezeichnet, ich hatte meinen Spaß an den Neuerwerbungen. Und auch Irene hatte ihren Spaß, aber sie anscheinend sehr viel mehr als ich, weil sie das, was sie sah, als ihr Werk betrachtete, sie hatte alles ausgedacht und vorbereitet und jetzt verwirklicht. Und vielleicht dachte sie, dass sie mit mir das von ihr geplante Programm hatte umsetzen können, ganz so, wie es ihr vorgeschwebt hatte, und das dachte ich nicht mit Unbehagen, sondern auch im Gedanken an das, was es für mich an Vorteilen bot.

Als ich mich in voller Festbekleidung präsentierte, sagte Irene, so könnten wir miteinander ins Theater und zu anderen besonderen Veranstaltungen gehen. Sie jedenfalls sei höchst zufrieden mit den Ergebnissen unserer Einkaufstour. Alles werde ordnungsgemäß in ihrem Schrank aufbewahrt und von ihr fürsorglich gepflegt.

Im Dezember feierten wir Günzerodts Geburtstag.

Wir tranken erst Bier, das er von einer kleinen Brauerei besorgt hatte, und danach Wein aus dem Saale-Unstrut-Gebiet.

Günzerodt erzählte uns, dass sein Moskauer Freund Nikolei Panow nächstes Jahr zu Besuch käme und eine Reihe bemerkenswerter Untersuchungsergebnisse mitbrächte. Auch in seinem Land stehe die Chemisierung als Aufgabe ganz oben, und dennoch schenke man der Humusproblematik höchste Priorität.

An jenem Abend fand ich eine Karte von Gotthilf Wiesemühl in meinem Briefkasten. Er wünschte mir alles Gute zum Weihnachtsfest und für das neue Jahr. Dann teilte er mir mit, er sei als Parteisekretär abgelöst worden und habe jetzt den Eindruck, dass man ihn in Bodelin nicht mehr brauche. Er und seine Frau trügen sich mit dem Gedanken, in den Ort auf der Insel Rügen zu ziehen, wo ihr Sohn lebe, der dort, wie ich ja wisse, als Schuldirektor tätig sei.

Noch am gleichen Abend schrieb ich ihm einen ausführlichen Brief, auf den ich auch im neuen Jahr keine Antwort erhielt.

Ich hatte ursprünglich nicht geplant, kurz vor Weihnachten noch einmal nach Berlin zu fahren, eigentlich war Irene an der Reihe, mich zu besuchen, doch sie redete am Telefon so lange, bis ich einwilligte und ihr auch noch versprach, zwei Tage früher zu kommen, sofern Günzerodt mir das gestatten würde.

Ich solle ihm Grüße von ihr übermitteln und danach meine Bitte um freie Tage, die er ja als Urlaubstage werten könne, vortragen, schlug sie mir vor. Ich solle ihm unbedingt mitteilen, dass vermutlich etwas Besonderes in Berlin zu erwarten sei, eine Überraschung, die meine Verlobte für mich vorbereitet habe, doch nicht bereit sei, mir mehr davon zu verraten. Sie sei sich sicher, Günzerodt gewähre mir nicht nur zwei Tage Sonderurlaub, sondern auch noch den halben Tag zuvor für die Anreise, ich müsse es ihm nur richtig beibringen.

Irenes Vermutung erwies sich keineswegs als falsch.

Mein Chef hörte sich an, was ich ihm vortrug und empfahl mir, unbedingt einen Tag früher zu fahren, weil man immer einkalkulieren müsse, dass es Verspätungen geben könne, noch dazu jetzt im Winter, und dass dann die Enttäuschung auf beiden Seiten groß sei, wenn eine Verabredung, möglicherweise der Besuch einer attraktiven Veranstaltung, am Ende platze, weil man zu spät am Ort des Geschehens eintreffe.

Ich war neugierig, was mich bei Irene erwarten würde.

Auf meine Frage, die ich ihr bald nach der Ankunft stellte, antwortete sie, ich solle mich doch mal überraschen lassen, ich müsse nicht die Befürchtung haben, dass sie mich ins Verderben führe.

Ob mir etwa ein besonderes Ereignis bevorstehe, versuchte ich es erneut.

Ob es ein Ereignis werde, liege auch ein bisschen an mir, sagte Irene. Doch vielleicht, setzte sie lachend hinzu, werde es eine ganz normale Sache, und ich müsse dann feststellen, dass es die hochtrabende Ankündigung nur gegeben habe, um mich zu ihr nach Berlin zu locken.

Ich schaute sie zweifelnd an.

„Traust du mir das zu?“

„Nein“, antwortete ich.

„Gut, ich verrate dir nichts, aber eins garantiere ich dir, es wird ganz bestimmt mehr, als nur ein Probeauftritt in deiner neuen Garderobe.“

Ich befolgte am nächsten Tag ihre Anweisungen, ich gab mir große Mühe, den neuen Schlips exakt zu binden. Ich war so mit mir beschäftigt, dass ich kaum darauf achtete, was sie anzog, ich registrierte lediglich, dass es sich um ein dunkelblaues Kleid handelte.

Dass das Kleid aus weichem Samt bestand und mit Perlen besetzt war, bemerkte ich erst eine reichliche Stunde später, als ich ihr aus dem Mantel half.

Ich ließ mich führen, und mir gefiel, wie sie es tat, aufmerksam, liebenswürdig, sie dirigierte mich unauffällig, ich fügte mich gern ihren Anweisungen, sie kannte sich hier ja aus, sie wusste Bescheid, ein Stück zu Fuß, dann die U-Bahn, ich musste nicht die Stationen zählen, ich las nur deren Namen, wir stiegen um, fuhren noch zwei oder drei Stationen mit der anderen Linie.

Wir gingen nebeneinander, meistens auf gleicher Höhe, aber sie bestimmte die Richtung.

Und dann standen wir vor dem festlich erleuchteten Gebäude, die Flügeltür war geöffnet und breit genug, damit wir gleichzeitig eintreten konnten.

Nun wusste ich, was mich erwarten würde, oder ich glaubte es zu wissen.

Es war ein außergewöhnliches Fluidum, das uns in diesem Hause empfing.

Schon nach wenigen Schritten, die wir auf dem weichen Belag gegangen waren, fühlte ich mich in eine unglaublich wohltuende Stimmung versetzt, auf einmal waren die Probleme, die sich oft selbst in harmlose Überlegungen zu drängen suchten, hinweggeweht, nichts Quälendes war mehr zu befürchten, es gab nur noch diese alleinige Vorfreude auf das Kommende.

Und dann, ein wenig später, als wir im ersten Rang saßen, in der ersten Reihe, auf der linken Seite, mit freiem Blick zur Bühne, deren Vorhang noch geschlossen war, las ich im Programm, das wir erworben hatten, vom Fiedler Stempenju, ich las, dass es bei ihm kein einfaches Spielen sei, kein leeres Hervorbringen von Tönen und weichklingenden Stimmen. Nein, seine Fiedel spreche, singe, weine, und alles ringsum lausche.

Und die Töne fließen und ergießen sich ins Herz, las ich, nun Irene zugewandt, mit gedämpfter Stimme.

Die Helligkeit im Saal entschwand allmählich, als ich die letzten Zeilen las.

Es sei kein Spiel, las ich, kein Musizieren, es sei das Jauchzen einer ewigen Liebe und das Wehklagen einer ungestillten Sehnsucht.

Ich wollte das einst von Scholem Alejchem Geschriebene für Irene wiederholen, aber der Fiedler hatte schon begonnen, seine Töne flossen uns zu, es war sehr still im großen Saal, kaum noch vereinzeltes Hüsteln, alle schienen dem Fiedler andächtig zu lauschen.

Ich schaute zu Irene, es interessierte mich, was sie jetzt, in diesem Moment, dachte, aber ich wagte sie nicht zu fragen, es hätte gestört, nicht nur den Fiedler.

Und während ich noch überlegte, wie ich sie später, bei ihr zu Hause, fragen würde, setzte das Orchester ein, der Vorhang hatte sich geöffnet, ohne dass es mir bewusst geworden war.

Die Handlung nahm ihren Lauf, ich hatte das Gefühl, wir waren sogleich einbezogen in das Geschehen auf der Bühne, wir freuten uns mit den Leuten von Anatevka, und wir litten mit ihnen, wir hofften für sie, und wir mussten mit ihren Enttäuschungen fertig werden, und wir gönnten auch Tewje von ganzem Herzen den erwünschten Reichtum, und wir fühlten mit ihm, wenn er um seine Familie bangte und um alle anderen, die zu ihm gehörten.

Später, nur wenige Schritte vom Opernhaus entfernt, während wir stehenblieben, um noch einmal zurückzuschauen, als erste Regentropfen, mit Schneeflocken vermischt, unsere Gesichter trafen, entschloss ich mich, es völlig unbefangen dem Milchmann Tewje gleichzutun, ich sang, obwohl ich wusste, dass es mir nicht annähernd so trefflich gelingen würde wie Rudolf Asmus auf der Bühne, weder beim Gesang noch bei der Darstellung, aber ich riskierte es trotzdem, nur tauschte ich bei meinem nächtlichen Versuch die Namen aus, statt Golde verwendete ich Irene, ich stellte singend die Frage: „Irene liebst du mich?“

Ihre Antwort, erinnere ich mich, war kürzer, als es bei Tewjes Frau Golde der Fall gewesen war, sie antwortete ganz einfach mit „Ja." Und sie wiederholte lachend dieses Ja, und in ihrem Lachen lag, wie ich glaubte, wirkliche Heiterkeit.

„Danke", sagte ich. Mehr musste ich nicht sagen.

Daraufhin küsste sie mich, sie küsste mich inmitten der Leute, die aus dem Opernhaus geströmt waren und die sich nun anschickten, den Heimweg anzutreten, zum Parkplatz oder zur U-Bahn zu gehen, oder die auf Bekannte warteten, um mit ihnen noch eine Gaststätte aufzusuchen und so den Tag ausklingen zu lassen.

Niemand schien sich an unserer Umarmung auf dem Platz vor dem Theater zu stören, die Leute gewährten uns den Raum, den wir brauchten.

Vielleicht beobachteten uns manche wohlwollend, vielleicht betrachteten sie das, was wir taten, auch als Fortsetzung des Vorangegangenen, als kleines Nachspiel der Bühnenhandlung, glaubten, dass Chawe ihren Fjedka, den gescheiten Burschen aus dem Dorf, den sie aus Liebe auf der Bühne geheiratet hatte, hier draußen wiederbegegnet war, und dass sie beide zu dieser Stunde ins wirkliche Leben zurückzukehren gedachten, um das ihnen zustehende oder von ihnen beanspruchte Terrain einzunehmen.

Vielleicht dachten die, die uns sahen, auch etwas ganz anderes.

Es störte mich nicht, ich hatte längst die Antwort bekommen, die ich mir erhofft hatte.

***

Jetzt, nach Jahren, erinnere ich mich noch immer mit einem unguten Gefühl an die Frage, die mir Irene stellte, nachdem ich ihr gesagt hatte, dass mein Entschluss feststehe.

„Glaubst du, dass du dort besser aufgehoben bist, glaubst du das wirklich?“ Sie hatte, als sie mich so fragte, versucht, sich ihre Enttäuschung nicht anmerken zu lassen. Doch sie war enttäuscht, sie war unsäglich enttäuscht. Und sie war verärgert, ja, verärgert, das vor allem. Über nichts anderes hatte ich sie bisher so verärgert erlebt, wie über meine Entscheidung, alle von ihr vermittelten Angebote auszuschlagen.

Vom ersten Angebot, eine Mitarbeiterstelle im Fachbereich Feldwirtschaft der Produktionsleitung des Zentralen Rates, was einem Ministerium entsprach, erfuhr ich am Tag meiner Promotionsverteidigung. Irene hatte damit gewartet, vermutlich zwei, drei Wochen, als wäre es ihr darauf angekommen, mir zu meinem Erfolg noch ein überraschendes Geschenk zu bereiten, eben dieses Angebot, in der gleichen hohen Verwaltung zu arbeiten wie sie, nur von ihr getrennt durch ein paar Korridore, jedoch in einem Gebäudeteil, das keineswegs eine schlechtere Aussicht bot, irgendwann die Hebel der Macht zu sehen und, sofern man sich diszipliniert verhielt, diese hin und wieder auch einmal anfassen zu dürfen.

Bei meiner öffentlichen Verteidigung hatte es eine geringfügige Zeitverzögerung gegeben, von der niemand so recht den Grund oder die Gründe zu wissen glaubte. Und selbst als ich Gottfried Kasberg fragte, ob er eine Vermutung hätte, verneinte er es und meinte nur, womöglich sei alles eine Frage der Organisation, denn die, die gegenwärtig an dieser Stelle den Hut auf hätten, wären alles andere als kompetente Leute. Für mich jedenfalls bestehe kein Anlass, nervös zu werden. Die Gutachten lägen längst vor, die Einschätzungen könnten nicht besser sein, bei mir sei alles mehr oder weniger eine Formsache, brächte ich meinen Vortrag halbwegs gut über die Bühne, woran er nicht zweifele, hätte ich nichts zu befürchten, er wüsste tatsächlich nicht, wer mich mit einem Angriff in Gefahr bringen könnte, immerhin stünden drei Professoren, dabei zählte er sich mit hinzu, zur Verfügung, erpicht darauf, entsprechende Antworten zu geben, sollte es einer wagen, hinterhältig anzugreifen, ja, er sei ohnehin gespannt, ob ich überhaupt in den Genuss käme, selbst ein paar Fragen beantworten zu dürfen, es sei denn, ich würde einige freundliche Fragen in Auftrag geben und dem Auftragnehmer einschärfen, sie mit dem Hinweis vorzutragen, er bitte ausdrücklich darum, dass der Kandidat die Güte habe, höchstpersönlich die klärenden Sätze zu sagen, ihm reiche es, wenn die Herren Professoren anschließend ihre Zustimmung mit einem Kopfnicken bekunden würden.

„Hör auf!", sagte ich energisch.

Darauf sagte Kasberg, er sei überzeugt, dass alles sehr gesittet ablaufen werde. Es werde sich doch niemand erdreisten, einem Professor Henningsen in die Parade zu fahren. Und die Günzerodt etwas am Zeug flicken möchten, würden an diesem Tag schweigen, weil sie viel zu feige wären, sich in eine offene Feldschlacht zu begeben.

Und so, wie es Kasberg vorausgesagt hatte, verlief dann auch die Veranstaltung.

Die drei Professoren fingen die Fragen ab, obwohl keine der Fragen als vergifteter Pfeil abgeschossen zu sein schien, alles blieb im üblichen Rahmen, selbst die zwei Mitarbeiter aus dem Institut des Artikelschreibers formulierten ihre Fragen ziemlich am Ende der Diskussion dermaßen vorsichtig und langatmig, dass meine Beschützer mir den Vortritt für die Beantwortung ließen.

Später, als wir im kleinen Kreis zusammensaßen und Sekt tranken, äußerte sich Günzerodt zufrieden über das Vorangegangene, er sagte schließlich sogar, dass ihm die ganze Atmosphäre wohlgetan habe, er habe bei den Zuhörern nicht nur viel Interesse, sondern geradezu

Begeisterung feststellen können. Er wüsste tatsächlich nicht, was ich hätte besser machen können, fügte er hinzu und griff nach seinem Sektglas. Und bevor er uns alle aufforderte, auf diesen Erfolg zu trinken, ließ er noch den Satz folgen, er jedenfalls sei froh, dass meine Arbeit so prächtig gediehen sei, er freue sich auf mein weiteres Wirken in seinem Wissenschaftsbereich.

Als er sein Glas absetzte, schaute er zu Irene und fragte: „Nicht wahr, so ist die Sache doch?"

Irene nickte, und sie lächelte dabei, aber sie erwiderte nichts.

„Ich fürchte, Günzerodt wird sehr enttäuscht sein, wenn wir ihm erklären, dass es mit meiner weiteren Mitarbeit nichts werden wird", sagte ich, nachdem Irene mich über das Angebot unterrichtet hatte, während wir uns in meiner Wohnung gegenübersaßen und noch Sekt tranken.

„Es ist dein Chef, also musst du es ihm sagen", antwortete sie mir.

„Du hättest heute wenigstens eine Andeutung machen müssen", sagte ich. „Stattdessen hast du ihm zugenickt, so dass er glauben muss, ich werde bei ihm bleiben. Zumindest eine vorsichtige Andeutung hättest du ihm machen können."

„Das konnte ich nicht", antwortete sie. „Ich hätte damit ihn und uns in eine unmögliche Situation gebracht. Die ganze Hochstimmung hätte ich auf einen Schlag zerstört. Du wirst ihm zu gegebener Zeit reinen Wein einschenken. Für Günzerodt empfinde ich große Sympathie. Doch Günzerodt ist dein Chef, also wirst du es ihm sagen müssen."

Die beiden folgenden Wochenenden trafen wir uns nicht. Irene hatte mir am Telefon erklärt, dass sie zu Dritt eine Vorlage erarbeiten müssten, die außerordentlich wichtig und dabei auch kompliziert und termingebunden sei.

Ich fuhr über Sonnabend und Sonntag nach Hause.

Mein Bruder hatte seit einiger Zeit einen Telefonanschluss, und ich hatte mich telefonisch angemeldet, weil es mir unangenehm gewesen wäre, wenn ich ihr Wochenendprogramm durcheinander gebracht hätte. Aber mir schien, sie hatten ohnehin mit mir gerechnet, und sie hatten für mich eine Feier organisiert und dazu auch die Verwandten und die Nachbarn eingeladen. Ein bisschen enttäuscht waren sie, dass ich Irene nicht mitgebracht hatte. Ich erzählte ihnen, dass sie in Berlin unabkömmlich sei, weil irgendein wichtiges Schriftstück ausgearbeitet werden müsse.

Wohl wieder so eine Direktive, über die man sich die Haare raufen könne, meinte mein Bruder. Doch vielleicht werde es zur Abwechslung mal etwas Vernünftiges.

Ich wisse es nicht, sagte ich.

Auf alle Fälle hätte ich jetzt mit Irene gleichgezogen, mischte sich meine Mutter in unser Gespräch. Und das sei doch wohl schon etwas. Sie schaute in die Runde und genoss die Zustimmung.

Als ich Irene wieder besuchte, am dritten Wochenende nach der Promotionsverteidigung, gestand sie mir, dass es sich mit der angekündigten Stelle zerschlagen habe.

Ich hatte den Eindruck, sie scheute sich, mich über weitere Einzelheiten zu unterrichten. Trotzdem fragte ich sie, ob wir eventuell zu viel Zeit bis zu einer verbindlichen Zusage hätten verstreichen lassen, was sie verneinte und stattdessen zögernd erklärte, sie vermute, dass höchstwahrscheinlich die Stelle gänzlich gestrichen worden sei, da das hohe Haus gewarnt habe, die Verwaltungen nicht übermäßig groß werden zu lassen.

Irene war jedoch nicht untätig gewesen, sie hatte schon eine neue Stelle für mich in Aussicht, und es war ihr bereits gelungen, ein Gespräch zu führen, das eine Art verbindlichen Charakter angenommen hatte.

„Du kannst ab Januar eine interessante Tätigkeit bei der Akademie beginnen“, sagte sie. „Das ist doch was, oder findest du nicht?“

Am Sonntag schlug sie mir vor, den Weg von ihrer Wohnung, die dann auch mit die meinige sein würde, bis zum Akademiegebäude auszuprobieren, ich sollte sehen, wie günstig mein künftiger Arbeitsplatz zu erreichen sei.

In Berlin sei das alles kein großes Problem, erläuterte sie mir, man müsse nicht unbedingt ein eigenes Auto besitzen, die öffentlichen Verkehrsmittel böten meist viel günstigere Möglichkeiten.

Wir fuhren mit der U-Bahn bis zur Station Spittelmarkt und liefen dann ein kurzes Stück zu Fuß. Der klobige Gebäudekomplex, den ich bereits kannte, befand sich in der Krausenstraße, nicht weit dahinter verlief die Mauer. Irene versäumte es nicht, mich auf das Springerhochhaus aufmerksam zu machen, sie sagte dabei, dieser Kolos erwecke bei ihr den Eindruck, als wolle er alles andere erniedrigen.

In der Woche darauf rief mich Günzerodt an einem späten Nachmittag in sein Zimmer. Er lud mich zum Kaffeetrinken ein und übergab mir einiges an Fachliteratur, darunter auch mehrere neue Veröffentlichungen aus dem Westen, es waren Artikel, die sich mit dem Stickstoffumsatz in den Ackerböden und mit der ökologischen und ökonomischen Problematik im Hinblick auf die zunehmende Mineraldüngeranwendung befassten.

„Die drüben im Westen, die sind schon weiter als wir“, sagte er, „allerdings nicht nur, was die positiven Ergebnisse betrifft, sondern auch in Bezug auf die negativen Auswirkungen, die sich zwangsläufig einstellen, wenn man seine Arbeit nicht vernünftig macht, das heißt vor allem, wenn man maßlos übertreibt.“

Wir müssten es uns mal anschauen, was da drüben gemacht wird, schlug ich ihm vor.

Günzerodt lachte, dann erwiderte er mir, ich solle vorerst das Gedruckte lesen, mich zunächst damit begnügen, alles andere lasse sich möglicherweise zu gegebener Zeit einmal nachholen. Danach vermied er es, weiter über das Hüben und Drüben zu sprechen, stattdessen redete er über den Messwert für die Bodenfruchtbarkeit und erinnerte mich daran, dass er schon vor über zehn Jahren in Übereinstimmung mit sowjetischen Wissenschaftlern den Gesamtstickstoffvorrat des Bodens für ein solches bedingtes quantitatives Kennzeichen gehalten habe und dass dazu von ihm in der Fachliteratur mehrere Publikationen erschienen seien, die auch heute noch Beachtung fänden. Bis jetzt sei nichts Besseres, nichts Brauchbareres gefunden worden, schloss Günzerodt seine Betrachtung ab. Er schaute mich eine Weile nachdenklich an, dann fügte er hinzu, vielleicht gelänge es mir, diesen ganzen Sachverhalt noch weiter zu erkunden und einen Messwert zu finden, der präziser, also besser sei, er könne sich vorstellen, dass ich auf diesem Gebiet…

„Nein", unterbrach ich ihn. „Ich selbst werde nicht danach suchen, ich werde mich auch nicht an einer Suche beteiligen. Wenn ich ein neues Thema in Angriff nehmen soll, dann nur eins, das unmittelbar praxiswirksam ist, meinetwegen erneute Untersuchungen zum Einfluss der Ackerfutterpflanzen, insbesondere der Leguminosen, auf die Bodenfruchtbarkeit."

Günzerodt hob lachend beide Hände, bevor er sagte, er verstehe mich schon, Luzerne und Rotklee müssten dabei sein, mehr noch, sie müssten die herausragende Rolle spielen. Er werde mir ein Thema formulieren, das dem Forschungsauftrag unseres Wissenschaftsbereiches entspreche und das mir auch gefallen werde. Alles andere müsste ich dann leisten. Er hoffe, dass es wieder eine schöne Zeit werde, und vielleicht schaffe ich es auch, Irene wieder hierher zu locken, seiner Ansicht nach könnten wir doch beide hier unser Auskommen haben.

Die Woche darauf wurde ich zur Parteileitung eingeladen.

Die drei oder vier würdigenden Sätze zu meiner Promotion stellten, das wusste ich, nur die Einleitung dar, und ich wusste auch, dass diese Sätze, im Grunde genommen, nichts zu besagen hatten, denn es würde sehr bald um etwas ganz anderes gehen, sonst hätten sie nicht ihre Zeit geopfert, um mit mir zu reden.

In Anbetracht meiner Herkunft und meines Werdeganges sei es angezeigt, mich für die künftige Übernahme höherer Funktionen vorzubereiten. Das war der erste bedeutungsvolle Satz, den ich aus dem Munde des Gastes hörte, der neben dem Parteisekretär saß.

Ich fragte, an welche Funktionen dabei gedacht sei.

Man brauche vielerorts fähige Genossen. Kaderpolitische Veränderungen würden zunehmend nötig werden.

Die Antwort war zu unbestimmt, ich wartete, ob noch etwas Genaueres folgen würde, doch es kam nichts. Deshalb fragte ich: „Wo zum Beispiel?"

„Vielerorts, ich sagte es bereits", antwortete der Funktionär.

„Jetzt mal konkret, wo? Ich muss mir doch was vorstellen können", sagte ich.

„Zum Beispiel Landwirtschaftssekretär in einer Kreisleitung unserer Partei", sagte der Gast und fügte sogleich hinzu, dass dies natürlich nur eine unter den vielen Möglichkeiten sei, wo ich eingesetzt werden könnte. Es gäbe noch viele andere Funktionen, die mit fähigen jungen Genossen besetzt werden müssten. Doch darauf, das leuchte mir sicher ein, müsste ich vorbereitet werden. Folglich hätten sie sich verständigt, mich zur Parteischule zu delegieren und dies möglichst schon ab September, ein Platz für den Ein-Jahres-Lehrgang an der Bezirksparteischule sei für mich reserviert worden. Selbstverständlich lasse man mir Zeit, darüber nachzudenken, doch ich solle es nicht auf die lange Bank schieben, da diese Studienplätze wirklich sehr gefragt seien.

Indessen hatte es Irene doch geschafft, sich eine knappe Woche frei zu nehmen, und wir fuhren gemeinsam an die Ostsee.

Schon während der Fahrt erzählte sie mir von zwei weiteren Stellen, die sie für mich erkundet hatte, es handele sich um Tätigkeiten in Einrichtungen, die dem Haus, in dem sie arbeite, nachgeordnet, also unterstellt seien. Sie war davon überzeugt, dass ich dort günstige Bedingungen vorfinden würde, und sie redete solange auf mich ein, bis ich ihr bekundete, dass ich mir vorstellen könnte, auch dort anzufangen, sofern es mit der Akademie nicht klappen würde.

Danach sprachen wir nicht mehr über diese Angelegenheit. Ich informierte sie auch nicht über das Gespräch in der Parteileitung, sondern versuchte, unsere Unterhaltung auf das Thema Urlaub zu bringen. Doch ich merkte sehr bald, dass es Irene unwahrscheinlich schwerfiel, sich gedanklich von ihrer Arbeit loszureißen, immer wieder kam sie auf die Aufgaben zu sprechen, die sie sich für die nächsten Wochen vorgenommen hatte. Am dritten Tag erklärte sie mir, es gelinge ihr einfach nicht, abzuschalten, wie es für einen normalen, für einen wirklich erholsamen Urlaub nötig sei, und sie glaube auch, dass sie mir schrecklich auf die Nerven gehe, deshalb werde es Zeit, diesen Aufenthalt hier abzubrechen, sie könne das ruhige Leben nicht genießen, sie stelle sich ständig vor, was sie alles noch zu bewältigen habe.

Von Berlin aus fuhr ich sofort mit dem Zug zurück.

An dem Abend klingelte mein Telefon, noch bevor ich Irene von meiner Ankunft hatte Bescheid geben können.

„Troganeck", hörte ich. Und danach kam gleich die Frage, ob ich denn überhaupt nicht mehr ans Telefon ginge, mehrere Tage schon habe er mich zu erreichen versucht, immer abends um diese Zeit und immer erfolglos.

„Ich hatte Urlaub", antwortete ich ihm.

„Warst du im Gebirge?"

„Nein, an der Ostsee", sagte ich.

„An der Ostsee?“, fragte er vorwurfsvoll. „Unglaublich, wirklich unglaublich, du bist an der Ostsee und kommst auf dem Rückweg nicht bei mir vorbei.“

„Es ließ sich nicht machen, meine Verlobte musste dringend nach Berlin zurück“, erklärte ich ihm.

„Ich warte auf dich“, sagte er. „Hast du etwa vergessen, dass wir eine Abmachung getroffen haben?“

„Nein“, versuchte ich ihn zu beruhigen, „ich habe nichts vergessen.“

„Na also, dann ist doch alles klar“, sagte Troganeck erleichtert. Und dann erzählte er mir, dass er vorgehabt habe, selbst zu meiner Promotionsverteidigung zu kommen, davon aber durch eine wichtige Verpflichtung abgehalten worden sei, was er sehr bedauere, weil wir dann gleich meinen sofortigen Wechsel hätten vereinbaren können. Sein Mitarbeiter für Düngung und Pflanzenschutz habe den Auftrag gehabt, mit mir zu sprechen, nur habe der sich gescheut, in den prominenten Kreis, den Professoren, Würdenträger und schöne Frauen um mich gebildet hätten, einzudringen, sich in die erhabenen Diskussionen einzumischen, Grüße zu übermitteln und mich so ganz unauffällig an unsere Abmachungen zu erinnern. Sein Mitarbeiter habe nicht lange im Saal ausharren können, weil er zum Zug musste, und am Tag darauf bestand seine erste dienstliche Tat darin, seinem Chef die Nichterfüllung des erteilten Auftrages zu beichten.

Troganeck hatte mir das alles in einem solchen Tempo berichtet, dass es mir kaum gelang, ihm zu folgen.

„Du siehst“, sagte er auf einmal langsam und mit erstaunlicher Betonung, „ich muss mich selber um diese Sache kümmern. Also, wann kommst du?“

Vielleicht passierte mir jetzt ein erster Fehler, anstatt irgendeinen ferneren Termin zu nennen, stellte ich ihm die Frage, ob er denn überhaupt eine Wohnung für mich habe.

Freilich habe er eine Wohnung, ich könne doch wohl nicht im Zelt kampieren. Auch wenn Wohnungen äußerst knapp wären, der Bezirksrat hätte ein Kontingent, klärte er mich auf. Somit könne ich sofort eine Ein-Raum-Wohnung beziehen und das in einem neuen Hochhaus am Stadtrand, so schön wie auf dem Dorf.

Eine Ein-Raum-Wohnung reiche mir nicht aus, da ich zu heiraten beabsichtige, und mit Frau und Kind, das gehe ja wohl nicht, erwiderte ich und merkte, dass ich ihn in Schwierigkeiten brachte.

Er wisse es nicht ganz genau, aber er glaube, der Neubaublock, in dem ihnen eine Zwei-Raum-Wohnung zugesichert worden sei, solle in ein oder zwei Monaten schlüsselfertig übergeben werden. Wenn ich in den nächsten Wochen zum Besuch käme, könnte ich meine künftige Wohnung schon besichtigen, rohbaufertig sei sie dann allemal. Es bestehe also die Aussicht, Hochzeit und Einzug in die neue Wohnung auf einmal zu feiern, und wenn wir noch einen Trauzeugen brauchen würden, er stünde gerne zur Verfügung.

Troganeck lachte laut, und ich wusste nicht, was ich darauf antworten sollte, ich war froh, dass er seine Fragerei fortsetzte. Er wollte wissen, was meine künftige Frau von Beruf sei. Ich sagte es ihm, doch ich nannte nicht ihre Arbeitsstelle, ich erklärte ihm, dass sie in Berlin promoviere, sie sei mit der Promotion B beschäftigt, hob ich hervor, bei Professor Brähmisch, den er natürlich nicht kannte, so dass er nach dem Fachgebiet fragte. Ich sagte, Betriebswirtschaft, sie promoviere zu einem sehr zeitbezogenem Thema, also rundum produktionswirksam, es werde allerdings noch einige Zeit dauern, bevor sie zum Abschluss komme.

Sie solle sich beeilen, sagte Troganeck. Sie könne sofort bei ihm anfangen, als Abteilungsleiterin im Bezirksinstitut für Landwirtschaft, mit der Zielstellung, mal Chefin zu werden. Ob das ein ordentliches Angebot sei, kam seine Frage.

„Ich hoffe, sie wird damit zufrieden sein“, sagte ich. „Ich kann natürlich nicht über ihren Kopf hinweg entscheiden. Ich werde mit ihr sprechen.“

„Du musst sie überzeugen“, sagte Troganeck. „Gegenüber Berlin haben wir doch Vorteile, es ist ruhiger bei uns, alles ist überschaubarer, wir haben saubere Luft zum Atmen, eine reizvolle Landschaft, ausreichende Plätze in Kinderkrippen und Kindergärten, was willst du mehr, also überzeuge sie, dass sie dir hierher folgen wird.“

Die Funktionäre, die beauftragt worden waren, sich um meine Entwicklung zu kümmern, ließen mir zwar etwas Zeit, doch sie vergaßen mich nicht. Sie luden mich erneut zum Gespräch ein, sie hörten sich die Neuigkeiten, über die ich sie in Kenntnis setzte, schweigend an. Sie waren offensichtlich enttäuscht, aber sie wagten nicht, mir vorzuwerfen, dass ich mich der Parteidisziplin widersetzte, sie mussten mein Argument akzeptieren, auch wenn sie mich aufforderten, es zu wiederholen, weil ihnen nicht alles, was man seinerzeit an höchster Stelle beschlossen hatte, bekannt war.

Ich sagte, dass ich mich noch immer an den damaligen internen Ministerratsbeschluss gebunden fühle. Folglich wolle ich dort wieder anfangen, wo ich für die Zeit der Promotion meine Tätigkeit unterbrochen habe. Und ich wolle es ihnen auch gleich sagen, fuhr ich fort, damit sie nicht falsche Schlussfolgerungen zögen, ja, ich müsse ihnen sagen, ich sei nicht auf den Titel, den ich hier erlangt habe, scharf gewesen, sondern wollte, indem ich promovierte, noch mehr lernen, wollte mir mehr Wissen aneignen. Und das Gelernte, das erworbene Wissen, das würde ich einsetzen, das könnten sie mir glauben, allerdings in dem Gebiet, in das mich seinerzeit dieser Ministerratsbeschluss geführt habe.

Sie nickten, sie waren maßlos enttäuscht, ich sah es ihnen an, sie erhoben sich, und bevor wir uns voneinander verabschiedeten, wünschten sie mir Erfolg, aber ich hatte den Eindruck, sie kannten mich nun nicht mehr.

Zwar gelang es mir mit den Auskünften zu meiner Entscheidung, die Versuche abzuwenden, mich auf den Weg zu einer Parteikariere zu zwingen, doch das Ausmaß der Enttäuschung, die ich Günzerodt mit meinem Fortgang bereitete, wurde mir erst allmählich bewusst. Ganz begriff ich es, als mir Troganeck, ich hatte da schon einige Wochen bei ihm absolviert, vertraulich mitteilte, dass mein ehemaliger Chef aller Voraussicht nach aus der Akademie ausscheiden müsse und für öffentliche Vorträge nicht mehr in Frage komme, das sei längst von oben aus durchgestellt, man habe ihn also abserviert, und dass auch der Wissenschaftsbereich, dem er momentan noch vorstehe, bei einem anderen eingegliedert werden solle. Es sehe nicht gut aus für ihn, sagte Troganeck. Ich könne froh sein, mit all den Querelen nicht mehr konfrontiert zu werden.

Ich sagte nichts dazu, aber ich dachte, ich gehöre nun auch zu denen, die Günzerodt im Stich gelassen und ihn unglaublich enttäuscht haben, ich weiß nicht, wie viele es sind, ich jedenfalls gehöre zu ihnen.

Gehofft hatte ich, dass es mir gelänge, Irene von der Richtigkeit meines Schrittes zu überzeugen, sie dazu zu bringen, dass sie meine Einwände in Bezug auf die Stellen, um die sie sich für mich bemüht hatte, einzusehen begann, dass sie sich zumindest anhörte, weshalb bei mir Unbehagen aufgekommen war, zu dicht bei den Hebeln der Macht sitzen zu müssen, weil dort Befehle oder Anweisungen zu befolgen waren und weil beim Sichwidersetzen oder Einbringen der eigenen Meinung, sofern sie nicht konform ging mit den höchsten Beschlüssen, die Ablösung und das Delegieren irgendwohin in Aussicht stand und damit zugleich die Ächtung als undisziplinierter Genosse, dem man zwar die

Gelegenheit bot, sich zu bewähren, allerdings dort, wo man ihn hinschickte, und nicht dort, wo er gern hingegangen wäre.

Oft dachte ich abends über unsere Situation nach, versuchte, mein Gefühl zu überprüfen, ob es noch ebenso war, wie vor meinem Weggang. Und jedes Mal stellte ich fest, nichts hatte sich an meinem Gefühl für Irene geändert, obwohl dieser Zwiespalt eingetreten war, obwohl wir beide in unseren unterschiedlichen Befangenheiten verhaftet waren. Ich war überzeugt, die für mich beste Entscheidung getroffen zu haben, und Irene war offensichtlich der Auffassung, dass ich mit der Ablehnung ihrer Vorschläge die große Chance verpfändet oder gänzlich vertan hatte, nicht nur für mein berufliches Fortkommen, sondern, was noch schlimmer war, für unsere gemeinsame Zukunft. So sehr und so lange ich auch nachdachte, wenn ich nicht einschlafen konnte und mich unruhig im Bett von einer zur anderen Seite wälzte, zu einem Schluss kam ich jedes Mal, ich liebte Irene noch immer wie zuvor oder noch mehr, ich liebte sie so sehr, wie man es nicht beschreiben kann, so dass mich danach jeweils eine Welle von Angst erfüllte, ich könnte sie verlieren.

Ich erinnere mich, es dauerte etliche Monate, bis Irene bereit war, mit mir wieder regelmäßig zu korrespondieren und unsere Vereinbarung, jede Woche einen Brief, nicht mehr als hinfällig, als gegenstandslos zu betrachten, sondern meinen Versuchen, das einzuhalten, was wir einst abgemacht hatten, mit einer zaghaften Resonanz zu begegnen, und auch am Telefon die Antworten nicht lediglich auf ein paar Sätze mit meist unverbindlichen Inhalten zu reduzieren.

Im Dezember sah es mit unseren Kontakten noch ganz anders aus.

Ich hatte ihr einen Brief geschrieben, in dem ich mitteilte, dass der neue Winterfahrplan der Deutschen Reichsbahn günstige Verbindungen bieten würde, unter anderen auch zwischen der Bezirksstadt und der

Hauptstadt, so dass es möglich sei, ohne umsteigen zu müssen, in erstaunlich kurzer Fahrzeit am Wochenende uns gegenseitig zu erreichen.

Irene antwortete, sie halte es für angebracht, unsere gegenseitigen Besuche auch weiterhin auszusetzen, sie denke, wir sollten die Ferne als Chance annehmen, unserer Zuneigung und unserer Sehnsucht zuliebe. Sie schreibe zur Zeit intensiv an ihrer Habilarbeit, sie nutze jede freie Stunde, sie werde in den nächsten Tagen auch Professor Kaufhold besuchen, um noch einiges mit ihm zu besprechen. Über Weihnachten und Neujahr werde sie gemeinsam mit ihren Eltern ins Riesengebirge fahren, sie hoffe auf viel Schnee.

Ich legte den Brief beiseite. Mich überkam der Gedanke, mir war bei ihr kein Platz mehr zugedacht. Die Ferne als Chance annehmen, wie sollte das gehen? dachte ich.

Ich ging, um mich abzulenken, aus dem Haus und die Straße entlang Richtung Innenstadt, ich kehrte am Ende des Neubauviertels um, nahm eine andere Strecke zurück, noch war mir hier alles neu, ebenso neu und trostlos, wie die Situation, in die ich geraten war.

Plötzlich spürte ich die ersten Regentropfen, die mein Gesicht trafen, sie erinnerten mich an den Abend, als wir auf dem Platz vor dem Opernhaus standen, und ich dachte daran, es dem Milchmann Tewje gleichzutun, zu fragen, ob sie mich liebe. Ich sang nicht, ich sprach nur den Text, den ich noch kannte, aber ich wusste, die Ferne, die eine Chance sein sollte, war viel zu groß, ich wusste, dass sich bei mir nicht das Jauchzen einer ewigen Liebe einstellen würde, sondern das Wehklagen einer ungestillten Sehnsucht.

In meiner Wohnung angekommen, versuchte ich, Irene anzurufen.

Ich besaß ein Telefon, das von meinen Nachbarn als ein außerordentliches Privileg angesehen wurde, es gab anfänglich tatsächlich nur diesen einen Anschluss in unserem viergeschossigen Hausaufgang mit acht Wohnungen, vier mit zwei und vier mit zweieinhalb Zimmern. Die Nachbarn, ich sah das ein, sie mussten mir misstrauisch begegnen, ein

Alleinstehender erhält eine derart große Wohnung, zwei Zimmer, dazu Küche und Bad, eine Wohnung, die normalerweise Ehepaaren mit Kind vorbehalten war, und er wird obendrein noch mit einem Telefon beschenkt, volkswirtschaftlich gesehen eine Verschwendung, soll darüber geurteilt worden sein, was zum Glück etliche Wochen nach dem Einzug nicht mehr geschah, da ein weiterer Anschluss bei dem Ehepaar installiert wurde, das mit Mutter und Kind in der obersten Etage wohnte. Die meisten Mitbewohner kamen lieber zu mir, wenn sie zu telefonieren wünschten, ich bot ihnen einen Stuhl an und ließ sie danach allein im Wohnzimmer, so dass sie glauben konnten, niemand höre das mit, was sie sagten, von mir jedenfalls nahmen sie die Geräusche wahr, die ich mit meiner Küchenarbeit verursachte, wobei ich wirklich kein Interesse daran hatte, den Inhalt ihrer Gespräche kennenzulernen. Oft allerdings war es so, dass sie das Bedürfnis hatten, mich darüber in Kenntnis zu setzen, was ihren Verwandten oder Bekannten unlängst widerfahren war, und, was auch passierte, dass sie danach noch meine Meinung zum soeben Mitgeteilten wissen wollten.

Gegenstand vorsichtiger oder schon mehr neugieriger Nachfragen war nicht selten die Frau, deren Foto auf meinem Schreibtisch ihnen nicht entging, auch wenn ihre Blickrichtung eine etwas andere war, da sich das Telefon, genauso wie in Bodelin, auf dem Bücherschrank befand. Mehr noch, das Foto, das sie während ihres Gesprächs offenbar zum genaueren Betrachten reizte, veranlasste sie zuweilen dazu, hernach mit mir noch einige Zeit zu reden, weil sie scheinbar unbedingt mehr erfahren wollten, als das wenige, was sich bisher schon herumgesprochen hatte.

Dass es meine Verlobte sei, erfuhren sie zumeist bei ihrem ersten Besuch, wo sie tätig sei, spätestens beim zweiten oder dritten, und danach interessierte sie natürlich, wann meine Verlobte und künftige Frau zum ersten Mal hier anreisen werde, um die Wohnung zu besichtigen und, sofern sie ein paar Tage länger bleiben könne, sich schon einzugewöhnen. Und da sie ihre Fragen nach einem bevorstehenden ersten Besuch der Verlobten hartnäckig wiederholten, musste ich Antworten erfinden, ihnen begründen, weshalb sich die Ankunft noch verzögern werde, ich sagte, sie sei in Berlin im Moment kaum abkömmlich, sie müsse viel reisen, auch ins Ausland, in die Sowjetunion und nach Bulgarien, doch das werde sich ändern, es sei mittlerweile schon abzusehen. Und wenn sie mich nach konkreten Terminen fragten, brachten sie mich für einen Augenblick in Schwierigkeiten, ich konnte doch nicht die Wahrheit sagen, ich sagte ihnen schließlich, spätestens Mitte oder Ende des nächsten Jahres werde sie für längere Zeit oder, was ich sehnlichst hoffe, für immer hierher kommen. Ich staunte danach, wie leicht es mir fiel, ihnen eine solche Auskunft zu geben, und ich wunderte mich zugleich, wie zufrieden ich sie mit dieser Unwahrheit machte. Was hätte ich bewirkt, wenn ich ihnen wahrheitsgemäß erklärt hätte: „Ich weiß es nicht, momentan erscheint mir alles als völlig aussichtslos“ – was hätte ich damit bewirkt? dachte ich jedes Mal nach derartigen Diskussionen.

Die Tatsache an jenem Abend war, erinnere ich mich, dass sich Irene, wie zur Strafe für das, was ich meinen Nachbarn in unserer Angelegenheit stets erzählte, nicht meldete, sooft ich auch ihre Nummer anwählte. Und ich konnte Irene auch an den folgenden Tagen nicht erreichen. Was nützt mir mein Privileg, einen Telefonapparat zu besitzen, dachte ich, wenn sich die Ersehnte nicht meldet?

Für einige Tage kamen mein Bruder und meine Mutter zu Besuch. Ich führte sie durch die Stadt, die ihnen sehr gefiel, nicht nur, weil sie noch ein paar Einkäufe für das Fest tätigen konnten.

Als sie von mir erfuhren, dass ich die Feiertage nicht mit Irene verbringen würde, überredeten sie mich, mit ihnen nach Hause zu fahren. Sie blieben einen Tag länger als geplant, weil ich meinen Urlaubsbeginn nicht kurzfristig verändern wollte, außerdem musste ich Troganeck noch bitten, meinen Dienstantritt im neuen Jahr um drei Tage zu verschieben. Er tat das mit der Bemerkung, eigentlich könne ich im neuen Jahr eine ganze Woche frei nehmen und in der Zeit mit meiner Verlobten eifrig diskutieren, um sie, wie seinerzeit in Aussicht genommen, für die hiesigen Vorhaben zu gewinnen. Ich versprach es ihm und nahm sein Angebot an, aber ich hütete mich, auch nur einen Satz über unsere Probleme zu äußern.

Fast wie nebenbei erzählte mein Bruder, dass Irene unlängst für einige Stunden bei ihnen gewesen sei, sie sei von Berlin gekommen und habe dann weiter fahren wollen, um am nächsten Tag mit ihrem Professor zu debattieren. Sie hätten sie zu überreden versucht, bei ihnen zu übernachten, doch sie habe erklärt, die Familie Weber erwarte sie. Sie habe Weihnachtsgeschenke gebracht und darauf gedrängt, dass ihr Neffe den finnischen Anorak gleich anprobiere. Darüber, dass sie mit ihren Eltern die Feiertage im Ausland verbringen werde, habe sie nichts berichtet.

Ich merkte, meine Mutter sorgte sich, dass unsere Beziehung Schaden genommen hatte und in die Brüche zu gehen drohe. Und auch die Bemerkung meines Bruders, er glaube, es werde sich alles wieder einrenken, änderte nichts daran.

Als ich Anfang Januar zurückkam, lagen auf meinem Wohnzimmertisch, von der Nachbarin exakt sortiert, links die Zeitungen und Zeitschriften und rechts die Weihnachtspost, darunter eine Karte aus dem Riesengebirge, vorn vier Aufnahmen mit viel Schnee, auf der Rückseite, von Irene geschrieben, Schnee sei sehr spärlich vorhanden, aber ansonsten sei alles in Ordnung. Auch Irenes Eltern hatten die guten Wünsche und die herzlichen Grüße unterschrieben.

Nichts war in Ordnung, aber das konnte ich nicht schreiben, und wenn ich es geschrieben hätte, so wäre es überflüssig gewesen, denn es hätte nichts bewirkt.

Ich bedankte mich für die Karte, berichtete, dass ich mich hier allmählich eingewöhne und dass meine Mutter und auch mein Bruder die Stadt sehr schön fänden.

Es vergingen Wochen, bevor wieder ein Brief eintraf. Aber ich zwang mich, nicht anzurufen. Wir steckten in einer Krise, ohne Zweifel, doch das musste nicht das Ende unserer Beziehung sein. Das dachte ich, als ich erneut ihre Ansicht las, die Ferne als Chance anzunehmen, unserer Zuneigung und unserer Sehnsucht zuliebe. Ich fragte nicht an, ob ich sie besuchen dürfe, und ich lud sie auch nicht ein, mich zu besuchen, und ich beschwerte mich auch nicht darüber, dass ihre Briefe nicht regelmäßig eintrafen, sondern nur sporadisch, mit großen Abständen, obwohl ich selbst darauf bedacht war, alle sofort zu beantworten.

Irgendwann, es muss im Frühling gewesen sein, fiel mir fast zufällig auf, dass sie bei der Anrede statt: „lieber Peter", „mein lieber Peter" schrieb. Anfangs wusste ich nicht, wie ich es deuten sollte, aber als im nächsten Brief wieder: „mein lieber Peter" stand, redete ich mir ein, dass sich allmählich etwas entwickelte, dass sich eine Wende zum Besseren andeutete.

Ich hatte in den Monaten zuvor versucht, mich mit meiner Arbeit abzulenken. Troganeck deckte mich überreichlich mit Aufträgen ein, vor allem, wenn es um seine Reden ging, die er irgendwo halten musste, oder um Berichte, die für die oberste Leitung bestimmt waren. Meist landete die Zuarbeit aus unseren Fachbereichen auf meinem Schreibtisch, und ich musste das Geschriebene sichten und zu einem Ganzen zusammenfügen, bei Reden in eine, wie er sich ausdrückte, für ihn und andere genießbare Form bringen, bei den Berichten die Fassung schaffen, die die Ergebnisse unseres Bezirkes im gewünschten vorteilhaften Licht erscheinen ließen.

Wenn es mir zu viel wurde, beschwerte ich mich bei ihm, und ich erinnerte ihn jedes Mal daran, dass er mich als Mitarbeiter für

Wissenschaft und Technik eingestellt hatte und nicht als Vorbereiter von Reden und Berichten.

Meist geschah das abends, nach Dienstende, wenn er noch einmal bei mir vorbeischaute, um zu sehen, wie weit ich mit dem Prüfen oder dem Zusammenfügen oder dem Neuformulieren vorangekommen war, er forderte mich dann auf, den ganzen Papierkram sorgsam wegzupacken und ihm in sein Zimmer zu folgen. Dort füllte er zwei Gläser mit Weinbrand, mir schien, er mochte lieber Weinbrand als Korn oder Wodka, obwohl er auch davon Flaschen zu stehen hatte. Wir müssten erst mal den Ärger des Tages hinunter spülen, pflegte er danach zu sagen, der müsse unbedingt weg sein und dürfe nicht wie ekliger Staub auf der Zunge kleben.

Nachdem wir das erste Glas getrunken hatten, gab er meist unumwunden zu, mich übermäßig mit Papier eingedeckt zu haben, anstatt mir freie Hand zu lassen, damit ich mich mehr den Problemen des wissenschaftlich-technischen Fortschritts widmen könne. Nach dem zweiten Glas belehrte er mich, dass wir eigentlich in der kurzen Zeit meines Hierseins schon allerhand auf den Weg gebracht hätten. Er sagte wir, er meinte also wir beide, als wären wir so etwas wie eine verschworene Gemeinschaft.

In der Regel tranken wir nur zwei Gläser Weinbrand.

An einem Maiabend, ich war in guter Stimmung, vielleicht, weil ich ihm das Manuskript für eine Rede übergeben konnte, vielleicht aber auch, weil ich tags zuvor einen etwas ausführlicheren Brief von Irene erhalten hatte, wieder mit der Anrede: „Mein lieber Peter!“, an diesem Abend tranken wir drei Gläser, und als ich aufstehen wollte, um mich zu verabschieden, sagte Troganeck, das Wichtigste komme noch, es sei ein etwas verrücktes Vorhaben, über das er mich in Kenntnis setzen wolle, weil er dafür meine volle Unterstützung brauche. Ich erfuhr von ihm, dass er mit seinen beiden Amtskollegen eine Aktion der drei nördlichen Bezirke vereinbart hatte. Sie wollten mit den besten Leitern der kooperativen Abteilungen Pflanzenproduktion für zwei oder drei Tage zur Landwirtschaftsausstellung nach Leipzig-Markkleeberg fahren, um dort die neuesten Erfahrungen zu studieren und mit einer gewichtigen Abschlusstagung die Teilnehmer zu befähigen, schneller von dieser Übergangsform hinwegzukommen und richtige spezialisierte Pflanzenproduktionsbetriebe zu schaffen. Lieber sei es ihm, wenn sie ihn kritisierten, weil er das Tempo der Entwicklung zu sehr beschleunige, als wenn sie hinter vorgehaltener Hand über die Schlafmützen im Norden spotten würden. Erst unlängst habe es vom Chefökonom der obersten Leitung eine Bemerkung gegeben, die er sicher nicht hätte hören sollen, aber er habe sie gehört und sofort scharf reagiert, indem er den hohen Funktionär aufgefordert habe, etwas für die Genossen und Kollegen im Norden zu tun, und dieser zuweilen recht arrogant auftretende, aber zumeist klug handelnde und darüber hinaus einflussreiche Mann habe sofort freundlich zugesagt, einen Vortrag zu halten und sich anschließend in der Diskussion den Fragen der Zuhörer zu stellen.

„Und die Tagung wird auf der Ausstellung stattfinden?" Ich hätte mir die Frage ersparen können, aber ich brauchte Zeit zum Nachdenken.

Troganeck schenkte uns noch einen vierten Weinbrand ein, dann antwortete er: „Ja, auf der Ausstellung. Es muss ein großer Erfolg werden. Die Funktionäre aus der obersten Etage müssen staunen, was wir für fähige Leute haben. Und du bist für die Organisation zuständig. Also, zum Wohl, auf den Erfolg!"

Mehr als vier Wochen später genoss ich nach dem Mittagessen die kurze Zeit der Entspannung in diesem klimatisierten Vortragssaal der Ausstellung, ein wenig schläfrig zwar, aber nicht schlafend, denn ich trug die Verantwortung für unsere Gruppe, die aus zweiunddreißig Chefs von kooperativen Abteilungen Pflanzenproduktion bestand, dazu Troganeck und ich.

Rechts neben mir, auf dem zweiten Platz der ersten Reihe, saß Heinz Wendler, er hatte zu mir gesagt, er bitte mich, ihn zu wecken, wenn der Spaß beginne, rechtzeitig natürlich, es wäre ihm peinlich, dem stellvertretenden Minister schlafend gegenüber zu sitzen. Danach hatte er sich zurückgelehnt und war augenblicklich eingeschlafen.

Das Programm, das ich in Absprache mit Alfons Troganeck zusammengestellt und mit Vertretern der beiden anderen Bezirke abgestimmt hatte, hatte sich bei seiner Realisierung als außerordentlich anstrengend erwiesen, ich musste es mir eingestehen, auch wenn die Mitglieder unserer Gruppe es zu bemänteln versuchten, in dem sie ihre nachlassende Aufmerksamkeit auf die ungewohnt schwere Luft dieser Gegend schoben, einer Luft, die, wie sie feststellten, nicht nur ein freies Atmen behindere, sondern auch in den Augen brenne, als sei ihr Salz- oder Schwefelsäure beigemischt, ein Wunder, dass die, die immer hier leben müssten, nicht schon längst auf die Idee gekommen wären, dorthin zu reisen, wo man freier atmen und beschwerdeloser gucken könne, wie zum Beispiel in Mecklenburg.

Doch die Leute unserer Gruppe waren diszipliniert oder gaben sich diszipliniert, sie kämpften sich zwei heiße Tage lang von Halle zu Halle, besichtigten die vorgeschlagenen Stationen im Freigelände, hörten sich die Vorträge an, mussten immer wieder die gleichen, ihnen längst bekannten Sätze aus den Parteibeschlüssen über sich ergehen lassen, obwohl ich nicht nur unseren Führungserklärer, sondern auch die Vortragenden in den Hallen darum gebeten hatte, den ganzen Vorspann wegzulassen und gleich zum Kern der Sache, zur gesammelten Erfahrung oder zur gewonnenen Erkenntnis, zu kommen, es half nichts, das Vorbereitete wurde abgespult, selbst auf die Gefahr hin, dass die wichtigsten Aussagen dem Zeitmangel zum Opfer fielen. Ich weiß nicht, ob auch bei den Anderen gelegentlich der Eindruck entstand, dass die Erfahrungen, die man uns zu vermitteln suchte, lediglich Vorstellungen waren, wie man anderenorts irgend einen Beschluss zu verwirklichen plante.

Für die Abschlusstagung hatte ich beim Frühstück jedem Mitglied unserer Gruppe eine Mappe übergeben, die neben ein paar Bogen Papier und einem Kugelschreiber auch die von mir auf zwei Seiten formulierten Schwerpunktfragen enthielt, dazu die Bitte, dem stellvertretenden Minister die Fragen zu stellen, deren Beantwortung sie aus ihrer Sicht als besonders wichtig erachten würden.

Bereits an den Abenden zuvor war viel diskutiert worden, allerdings, da ich auf Anraten von Troganeck Bier, Weinbrand und Korn zur freien Verfügung hatte auffahren lassen, nicht nur über die große Politik, sondern auch über ganz private Themen.

Von Heinz Wendler, mit dem ich ein Zweibettzimmer im Fachschulinternat teilte, erfuhr ich, wie es in Bodelin aussah. Ich solle nicht hinfahren, riet er mir, der schöne Acker gleiche einer Kraterlandschaft, der Autobahnbau habe seinen Tribut verlangt, aus dem Untergrund sei, wie ich mir denken könne, der Kies gewonnen worden, man sei zwar dabei, einiges wieder zu rekultivieren und anschließend mit Bäumen und Sträuchern zu bepflanzen, allerdings wären meine einstmaligen Maßnahmen, viel Stalldung für die Bodenfruchtbarkeit auszubringen, leider nun Geschichte, das ganze Gut bestehe nicht mehr, die nicht vom weiträumigen Kiesabbau betroffenen Flächen und die noch intakten Stallanlagen habe man Nachbarbetrieben angegliedert. Manche Beschäftigte, fuhr er fort, hätten sich anderweitig orientiert, auch bei ihm hätten sich mehrere gemeldet.

Ich hatte Heinz Wendler nicht unterbrochen, ich hatte ihn berichten lassen, doch als er auf die ehemaligen Bodeliner zu sprechen kam, die sich bei ihm gemeldet hatten, wollte ich von ihm deren Namen wissen, und er nannte mir das Ehepaar Kaschiller, er sagte, die Frau habe er gleich an das Landambulatorium vermitteln können, und der Mann sei ein Spezialist für komplizierte Feldarbeiten, für Pflanzenschutz und Schädlingsbekämpfung. Und Willi Friedländer, der sich auch bei ihm eingestellt habe, sei bereits nach einigen Monaten der Prüfung zu einem

Qualifizierungslehrgang geschickt worden, vielleicht könne der einmal Bürgermeister oder Parteisekretär werden, das Zeug dazu besitze er.

Heinz hoffte, dass es ihm gelänge, den Bau neuer Häuser zu bewerkstelligen, denn er hätte vielen versprochen, dass sie Eigenheime errichten könnten.

Ich hatte danach den Namen Wiesemühl genannt und dabei erwähnt, dass ich von Gotthilf keine Antwort auf meinen Brief erhalten habe.

Wiesemühl könne mir nicht antworten, sagte Heinz, er lebe nicht mehr, er sei an einem Tag im Januar gestorben, einfach auf der Treppe umgekippt, von einer Sekunde zur anderen, Herzversagen, er hätte sich in letzter Zeit vielfach sehr aufgeregt über das ganze Drumherum, dem er machtlos gegenüber gestanden habe, er sei restlos kaltgestellt worden. Willi Friedländer könne mir bestimmt Genaueres erzählen, sicher auch, wo man Wiesemühl auf der Insel Rügen beerdigt habe, Gotthilfs Frau wohne nun bei ihrem Sohn, dem Schuldirektor. Mehr wisse er nicht über Wiesemühls Ende. Damit schloss Heinz seinen Bericht, der mich traurig stimmte, inmitten der Gesellschaft von Leuten, die in bester Laune waren, sich, je später es wurde, beim Witzeerzählen zu übertreffen suchten, vor allem bei den politischen, die enthemmende oder befreiende Wirkung des Alkohols auf Gedanken und Zungen war offensichtlich geworden. Nur ich verhielt mich teilnahmslos, als fühlte ich mich ihnen nicht zugehörig, als hätten sie mich ausgegrenzt oder als mangele es mir an Mut, mit ihnen beim Reden über die Stränge zu schlagen. Ich musste an Gotthilf Wiesemühl denken, ich hätte ihn besuchen müssen, wir hätten noch einmal miteinander sprechen können, auch wenn es an der ganzen Situation nichts geändert hätte.

Ich hatte gerade auf meine Uhr geschaut, es war 14 Uhr 12, erinnere ich mich, als jemand die große Flügeltür vorn rechts öffnete und Heinz Wendler gegen meine Schulter kippte. Es hatte keinesfalls einen starken Luftzug gegeben, der das hätte verursachen können, es war reiner Zufall, dass mein Nachbar im gleichen Moment, als die Präsidiumsmitglieder den Saal betraten, mich ein wenig zur Seite drückte, ohne dass er durch diese Berührung aufwachte.

Ich glaube, er hätte auch in dieser misslichen Position weiter geschlafen, wenn ich ihn nicht geweckt hätte.

„Was ist?", kam seine Frage, noch bevor er sich aufrichtete.

„Wach` endlich auf, der Minister ist da, unser Dienst beginnt", raunte ich ihm zu.

Es war natürlich nicht der Minister, sondern, wie vorgesehen, der für den Bereich Ökonomie zuständige Stellvertreter, einer von drei Ministerstellvertretern, die man alle mit Genosse Minister anredete. Dieser, so hieß es, sei der einflussreichste oder zumindest der mit den besten Verbindungen, ich kannte ihn von Fotos aus den Zeitungen, direkt begegnet war ich ihm bisher noch nicht.

„Hat der sich eine attraktive Mitarbeiterin zugelegt, als ich ihn das letzte Mal gesehen habe, wurde er von einem ziemlich vertrockneten alten Kerl begleitet", sagte Heinz. „Ich finde, der Fortschritt ist nicht zu übersehen."

Ich antwortete ihm nicht, ich schaute schräg nach vorn, wo der Direktor der Ausstellung seine Gäste bis zur kleinen Treppe geleitete, die zum Präsidium führte.

Der Stellvertreter betrat als erster das Präsidium, wendete sich um und ergriff, als wäre das alles eingeübt, die Hand seiner Begleiterin, dann ließ er ihr den Vortritt, rückte ihr den Stuhl zurecht und setzte sich neben sie.

„Die Frau gefällt mir", sagte Heinz leise. „Findest du nicht, so etwas hat man selten, sonst haben die doch nur unansehnliche Geschöpfe, außer natürlich bei den Sekretärinnen, da legen sie schon Wert aufs Aussehen. Aber die da vorn, die ist nicht nur hübsch, die hat bei der Garde bestimmt auch was zu sagen, das sieht man der an, ich bin gespannt, ob die hier reden darf. Du sagst ja gar nichts?"

„Ich hab` nichts zu sagen, ich muss jetzt schweigen, aufpassen und zuhören“, antwortete ich ihm und blickte nach vorn, wo Irene gerade aufstand, ihre dunkle Kostümjacke auszog und über die Stuhllehne hing. Sie trug eine weiße Bluse, die mir bekannt vorkam. Der Stellvertreter sagte etwas zu ihr, danach folgte er ihrem Beispiel und zog sein Jackett aus, und noch während er hinter seinem Stuhl stand, taten es die Anderen ihm gleich, erst der Direktor und danach Troganeck und seine beiden Amtskollegen.

Als sich Irene wieder gesetzt hatte, trafen sich unsere Blicke. Sie hatte, nahm ich an, mich gewiss schon viel früher bemerkt, aber sie hatte mich warten lassen, auch wenn es nur wenige Minuten waren. Sie sitzt im Präsidium, also bestimmt sie auch den Ablauf unserer Begegnung, dachte ich, sie aus erhöhter Position, ich ihr gegenüber etwas tiefer. Zwischen uns war eine Distanz von vielleicht fünf Metern, so dass ich jede Regung in ihrem Gesicht zu beobachten vermochte, das Zucken ihrer Mundwinkel, die Bewegung ihrer Lippen, das angedeutete Lächeln, ich kannte ihre Art, vorsichtig zu lächeln, und ich deutete das, was ich sah, als eine erste übersandte Botschaft.

Ich hatte mir vorgenommen, dem Stellvertreter aufmerksam zuzuhören, weil ich überzeugt davon war, dass ich das, was er sagen würde, für meine Tätigkeit gut nutzen könne. Ich schrieb ein paar Sätze aufs Papier, die mir später beim Lesen ziemlich zusammenhanglos erschienen. Ich hörte ihm zwar zu, aber ich hätte hinterher kaum etwas davon wiedergeben können.

Meine Gedanken beschäftigten sich bald nur noch mit Irene, ich übte Sätze, die ich ihr, wenn sich die Gelegenheit dazu bieten würde, unbedingt sagen wollte.

Heinz Wendler nutzte die Pause, um draußen zu rauchen, wie die meisten der Teilnehmer.

Ich ging die paar Schritte nach vorn und wartete. Ich sah, dass Irene nicht den anderen Präsidiumsmitgliedern zum Kaffeetrinken folgte, sondern sich umwandte und langsam auf mich zukam. Kurz vor mir blieb sie stehen, als müsse sie sich erst vergewissern, ob ich es tatsächlich sei. Wir machten dann wohl beide einen Schritt aufeinander zu, ich spürte ihren Arm an meiner Schulter, ich umarmte sie, ich küsste sie auf die Wangen, und sie entzog mir nicht ihre Lippen als ich sie mit den meinen streifte.

„Schön, dass ich dich wieder sehe", sagte ich, und sie lachte, und dann drückte sie mich noch einmal fest an sich.

„Was machst du heute Abend?", fragte sie.

„Ich beaufsichtige meine Truppe."

„Sind die nicht alt genug, dass sie selber auf sich aufpassen können?"

„Ich weiß nicht", sagte ich.

„Na, hör` mal, die meisten von denen sind doch älter als du, die brauchen keinen Aufpasser."

„Also, wann soll ich mich wo einfinden?"

„Im Foyer des Hotels „Stadt Leipzig", so gegen 19 Uhr 30."

„Gut, einverstanden", sagte ich. „Ich komme."

„Ich erwarte dich", sagte Irene, und es klang bei ihr jetzt fast dienstlich.

„Ich freue mich, ich komme", wiederholte ich.

Irene nickte, drehte sich um und verließ den Saal.

Der zweite Teil der Veranstaltung war für die Diskussion vorgesehen. Die Fragen hatten anfänglich ausnahmslos die Teilnehmer aus den Reihen hinter uns gestellt. Wir saßen in den beiden ersten Reihen. Ich hatte unsere Leute gedrängt, vorn Platz zu nehmen. Die beiden anderen Gruppen waren nach uns eingetroffen, es hatte bei ihnen Verzögerungen beim Mittagessen gegeben.

Ich bemerkte nun, dass Troganeck, der rechts neben dem Direktor saß, also näher zum hohen Gast als seine beiden Amtskollegen, schon grimmig zu mir herüberblickte, ihn ärgerte zweifellos das Schweigen unserer Leute, ich konnte es mir denken, doch mir fiel nur eine

Möglichkeit ein, das zu ändern, ich stieß Heinz an und forderte ihn auf, mit einer Frage oder einer Bemerkung in die Diskussion einzugreifen.

Der Stellvertreter war gerade dabei, eine ihm gestellte Frage ebenso souverän zu beantworten wie alle bisherigen, als Heinz seine Hand hob und gleich danach selbst aufstand, so dass der hohe Gast auf ihn aufmerksam wurde und seine Antwort abkürzte.

„Ja, bitte", sagte er und blickte zu uns herüber.

„So, jetzt sind wir mal dran, ich stelle eine etwas kompliziertere Frage", begann Heinz. Seiner Ansicht nach bedürfe das Problem, über das er schon lange nachdenke, einer baldigen Lösung, fuhr er fort. Was halte die oberste Leitung davon, möglichst rasch eine leistungsgemäße Vergütung einzuführen, weil die bisher gebräuchliche Arbeitseinheit nicht immer real zeige, wie stark die einzelne Genossenschaft sei, und keineswegs für die Mitglieder im Rahmen der Kooperation eine gerechte Größe darstelle, sondern oft zu heftigen Auseinandersetzungen führe. Und er füge, wenn er einmal beim Reden sei, sogleich eine zweite Frage hinzu, für die er hier auf der Ausstellung noch keinen Lösungsansatz habe finden können. In seinem Kooperationsbereich bestünden fünf LPG Tierproduktion, ihm schwebe vor, durch entsprechende Zusammenschlüsse auf drei oder besser noch auf zwei zu kommen, die Vorteile, die dies verspreche, müsse er hier nicht erläutern, es wisse sicher jeder, wie langwierig und unproduktiv sich das Verhandeln mit zu vielen Partnern zumeist gestalte. Er wäre dankbar, wenn man ihm das beantworten könne, schloss Heinz und setzte sich.

Es folgte ein Moment der Ruhe, es war auch kein Gemurmel zu hören, ich sah, dass sich der Stellvertreter ein wenig zu Irene hinüber beugte und dass so etwas wie eine Blickverständigung stattfand und dass sie sogleich nickte und in ihre Mappe schaute.

„Darauf wird die Genossin Dr. Vonderlind antworten", sagte der Stellvertreter und versicherte dann lächelnd, sie könne das wesentlich besser als er, denn sie arbeite wissenschaftlich auf diesem Gebiet, und sie wisse selbstverständlich auch, mit welchen Problemen sich die Praxis herumschlagen müsse, sie besitze also in jeder Hinsicht die Kompetenz, Lösungswege aufzeigen zu können.

Jetzt erst hörte man das Murmeln im Vortragssaal.

Irene blieb neben dem Tischpult stehen, prüfte das Polylux-Gerät, indem sie es ein- und wieder ausschaltete, und sie wartete dann noch so lange, bis im ganzen Saal wieder Ruhe eingekehrt war und niemand mehr zu tuscheln wagte.

Dann begann sie zu reden.

Und sie überraschte sicher nicht nur mich, sondern auch Heinz, als sie zuerst die Frage stellte: „Kann ich davon ausgehen, dass die Tierproduktionsbetriebe in ihrer Leistungsfähigkeit erhebliche Unterschiede aufweisen?"

Meines Erachtens hätte sie die Frage gar nicht stellen müssen, aber sie stellte sie, obwohl diese Situation nicht nur anzunehmen, sondern indirekt von Heinz bereits angedeutet worden war.

Doch Heinz reagierte darauf, er erhob sich wie ein Schüler, den man zur Mitarbeit aufgefordert hatte, er bestätigte, dass es bei ihm in der Kooperation genau so sei, wie sie es vermute. Er könne fast annehmen, sagte er, sie hätte bereits die Möglichkeit gehabt, die Verhältnisse in seinem Verantwortungsbereich zu studieren.

„Gut", sagte Irene, „dann können wir damit beginnen, nach Entscheidungsschritten zu suchen, denn Verharren beim gegenwärtigen Stand dürfen wir keinesfalls, wir haben mit dieser Entwicklung angefangen, folglich müssen wir klug handeln, um sie fortzuführen, wobei das alles nicht Selbstzweck sein darf, sondern uns zu höheren Ergebnissen bringen muss."

„Genauso sehen wir das auch, Genossin Dr. Vonderlind", sagte Heinz und setzte sich wieder.

Und dann präsentierte Irene Vorschläge, sie legte dazu einige Folien auf, sie fragte zwischendurch mehrmals, ob es Einwände gäbe.

Und jedes Mal hörte ich Heinz sagen: „Nein, nur weiter so. Mir gefällt das."

Mich interessierte sehr, was sie vorschlug, doch im Gedächtnis geblieben ist mir, wie sie es tat. Ich konnte mich nicht erinnern, jemals eine solche perfekte Präsentation erlebt zu haben.

Später musste Irene noch einige kurze Fragen von anderen Teilnehmern beantworten.

Ich achtete nur auf Irene, ich verfolgte jedes Wort und jede Bewegung von ihr, und ich bemerkte erst, dass Heinz neben mir wieder aufgestanden war, als ich seine Stimme hörte.

„Genosse Minister", sagte er, „auch bei uns drängt die Zeit, im Januar wollen wir den Schritt von der kooperativen Abteilung zur selbständigen LPG Pflanzenproduktion vollziehen, dabei unbedingt auch den Zusammenschluss mehrerer LPG Tierproduktion erreichen, es wäre eine große Hilfe für uns, wenn deine Mitarbeiterin, die Genossin Dr. Vonderlind, die heute für meine Begriffe überzeugend argumentiert hat, im Herbst, nach der Kartoffelernte, bei uns im Rahmen einer Tagung vor den Leitungskollektiven aller Betriebe der Kooperation referieren würde."

Ob er auch an das Honorar gedacht habe, rief jemand aus den Reihen hinter uns.

„Selbstverständlich gibt es bei uns ein ordentliches Honorar, wir haben noch niemals etwas für umsonst verlangt", konterte Heinz.

Der Stellvertreter lachte. Irene Vonderlind habe dienstlich sehr viel zu tun, außerdem befasse sie sich mit einer komplizierten wissenschaftlichen Arbeit, sagte er. Wenn sie zustimme, dann sei selbstverständlich auch er einverstanden. Er schaute zu Irene, wartete, bis sie nickte, dann sagte er, die Einladung müsse aber über seinen Tisch gehen, das sei so üblich.

Es gelang mir, noch bevor Troganeck zum Auswertungsgespräch ging, mit ihm zu reden. Er hätte gern gewusst, was ich am Abend vorhatte, doch er gab sich schließlich mit meiner Auskunft zufrieden, dass ich ihm alles noch ausführlich erzählen werde. Heinz Wendler solle das Kommando über die Truppe übernehmen, schlug er vor. Doch im Laufe des Vormittags müsse ich mich wieder einfinden, spätestens bis zur Rückfahrt 14 Uhr.

Heinz Wendler war einverstanden, er sicherte mir zu, mich am Abend zu vertreten und auch am Vormittag sich um die Truppe zu kümmern. Er sah das nicht als eine schwierige Aufgabe an, denn die Zeit bis zur Abfahrt war ohnehin für jeden zur freien Verfügung eingeplant worden. Doch irgendwie war ihm die Neugierde anzumerken, er fragte mich, was ich denn für den Abend und die Nacht ins Auge gefasst habe, ob es was besonders Wichtiges sei.

Wenn er mir zu schweigen verspreche, dann könne ich ihm mehr sagen.

Auf ihn sei Verlass, das müsse ich doch allmählich wissen, erklärte er mir.

„Irene Vonderlind ist meine Verlobte“, sagte ich. „Reicht dir das?“

„Dann bist du ja zu beneiden“, antwortete er.

„Ich weiß es nicht“, erwiderte ich ihm. „Das muss sich erst noch herausstellen. Vergiss aber keinesfalls, darüber zu schweigen. Und kein einziges Wort zu Troganeck.“

Ich war früher als geplant im Foyer des Hotels, die Straßenbahnen waren pünktlich gefahren.

Irene entdeckte ich erst, als sie schon fast vor mir stand. Sie begrüßte mich wie einen Arbeitskollegen, etwas zurückhaltend, als müsse sie sich zunächst vergewissern, ob die Zuarbeit, die er ihr brachte, auch die nötige Qualität aufwies oder ob sich noch Korrekturen erforderlich machten, so dass sie dazu gezwungen war, den Überbringer samt der Akten zurückzuschicken.

Wir gingen an der Rezeption vorüber, und sie nickte dem Diensttuenden zu, der lächelnd seine Hand hob, in der Art, wie man eine Bekannte grüßt, die einem mindestens einmal am Tag begegnet.

Es war ein Doppelzimmer, in das sie mich führte, eins mit einer gehobenen Ausstattung, jedenfalls erschien es mir so, ich kannte mich da nicht allzu gut aus, ich verglich es mehr mit dem Internatszimmer, das ich mir mit Heinz Wendler teilte.

„Willst du dich ein bisschen frischmachen?“, fragte sie mich.

Und während ich Jacke und Hemd auszog, sagte sie, bevor sie es vergesse, sie besitze eine Kopie des Redemanuskriptes ihres Chefs, wenn ich Wert darauf legen würde, könne sie es mir geben.

Natürlich würde ich es gern mitnehmen, antwortete ich ihr, bis wann sie es wieder zurückhaben müsse.

Sie lachte, ich könne es behalten.

„Hast du bemerkt, dass ich kaum mitgeschrieben habe?“, fragte ich.

„So genau konnte ich das nicht beobachten“, antwortete sie, aber mir war klar, dass sie jetzt nicht die Wahrheit sagte.

„Es gab Gründe dafür, nicht ordentlich mitzuschreiben“, erklärte ich.

„Und welche?“ Irene schaute mich prüfend an.

„Ich konnte meine Augen nicht von dir lassen“, sagte ich. „Ich konnte mich einfach nicht sattsehen an dir, ich habe dich viel zu lange nicht mehr gesehen.“

„Und deshalb hattest du dich in die erste Reihe gesetzt?“

„Ich wusste doch nicht, dass du mitkommen würdest. Mein Platz in der ersten Reihe, vielleicht ist das eine Eingebung des Himmels gewesen“, sagte ich.

Wir aßen im Restaurant.

Irene hatte zwei Plätze an einem separaten kleinen Tisch reservieren lassen. Wir hätten dort ungestört miteinander reden können. Aber unsere Unterhaltung war mehr ein zaghaftes, ein schüchternes Abtasten. Ich fragte, wie weit sie mit ihrer Promotion B sei, und sie antwortete, sie sei auf einem guten Weg und hoffe, im Laufe des kommenden Jahres fertig zu werden.

Wir vermieden es beide, über unsere Probleme zu sprechen.

Nach dem Essen fragte sie, ob mich noch ein Barbesuch reizen würde, Bar mit Tanz, ich verneinte es.

Im Zimmer schauten wir noch eine Weile aus dem Fenster, wir beobachteten, wie die Straßenbahnen, die sich am Bahnhof ihrer Menschenlast entledigt hatten, sich erneut in Bewegung setzten, wir hörten ihr Kreischen, wenn sie in der Nähe des Hotels die Kurven durchfuhren. Dabei hätten wir uns nicht ablenken müssen, wir hätten reden können, es wäre kein Mangel an mitteilenswerten Gedanken und Taten gewesen, von denen jeder dem anderen hätte berichten können, es hätte ein Erzählen über Stunden werden können, vielleicht die ganze Nacht hindurch bis zum frühen Morgen, aber wir scheuten uns wohl beide davor.

Ich ging zuerst ins Bad.

Als ich zurückkam, waren nur noch die Nachttischlampen an.

Ich hatte danach die Decke bis zum Kinn hochgezogen und meine Nachttischlampe gelöscht.

Ich erinnere mich, ich beobachtete, wie Irene ihr Nachthemd anzog, sie hatte mir dabei den Rücken zugewandt.

Eine ganze Weile lagen wir schon im Dunkeln, bevor Irene leise fragte: „Schläfst du schon?"

„Wie kann ich schlafen", antwortete ich, „ich genieße es, neben dir zu liegen, ich hätte nicht zu träumen gewagt, dass mir heute ein solches Glück…"

„Sag` mal, darf ich dir eine Frage stellen?" Irenes Stimme klang noch immer sehr leise zu mir herüber.

„Du darfst, natürlich darfst du", sagte ich.

„Hast du noch das Gefühl, dass wir einander brauchen, hast du noch dieses Gefühl?"

„Wie kommst du auf eine solche Frage?"

„Du musst mir die Frage, wenn du erst darüber nachdenken willst, nicht jetzt gleich beantworten, du kannst dir damit Zeit lassen, gibst mir irgendwann eine Antwort."

„Jetzt gebe ich dir die Antwort, jetzt sofort", sagte ich. „Wir brauchen einander, mein Gefühl sagt mir, wir brauchen uns noch viel mehr als je zuvor. Du musst mich nie mehr fragen, hörst du, nie mehr, meine Antwort ist endgültig, wir brauchen einander."

Danach spürte ich ihre Hand auf meinem Arm. Und es folgte ein schüchternes Abtasten, wie es bei unserem Gespräch im Restaurant gewesen war, es dauerte lange, bis mehr daraus wurde.

Auf der Rückfahrt im Bus sagte Heinz Wendler zu mir, er wundere sich, dass ich mit zurückfahre, er an meiner Stelle hätte diese attraktive Dame keine Sekunde allein gelassen, er wäre mit ihr den ganzen Sonnabend über die Ausstellung gewandert, dann mit nach Berlin gereist und hätte frühestens am Montagvormittag die Heimreise angetreten, Troganeck sei ohnehin angehalten, mir Sonderurlaub zu gewähren, eine solche Veranstaltung, die habe ihm doch höheren Orts jede Menge Pluspunkte eingebracht.

Alfons Troganeck, den sein Fahrer am Sonnabendmorgen abgeholt hatte, grollte mir am Montagnachmittag. Ich hätte ihn in eine sehr missliche Situation gebracht, er wäre fast zur Witzfigur verkommen, jedenfalls hätte man ihn als völlig uninformierten Leiter erlebt. Nach der Tagung habe er in der illustren Runde erklärt, seinen Mitarbeiter beauftragen zu wollen, endlich direkte Kontakte zur Genossin Dr. Vonderlind aufzunehmen, um künftig noch wirksamere Hilfe aus Berlin zu bekommen, und diese kluge Frau habe ihm lächelnd darauf geantwortet, dass dieser Auftrag zu spät komme, da schon seit Jahren eine ziemlich enge Verbindung bestehe, denn dieser Genosse Dr. Bornschein sei immerhin ihr Verlobter. Ich könne mir doch wohl denken, welch schallendes

Gelächter es auf seine Kosten gegeben habe, er habe dagesessen wie ein Trottel, und das alles im Beisein des stellvertretenden Ministers.

„Nun bist du wenigstens genauestens informiert", sagte ich. „Also, wie soll es weitergehen?"

Ich musste ihm in sein Dienstzimmer folgen, aber wir tranken nur ein Glas Weinbrand, als er mir die neue Aufgabe erläuterte.

Er beabsichtigte, eine Arbeitsgruppe Wissenschaft und Technik ins Leben zu rufen. Mit Heinz Wendler habe er gesprochen, und der sei auch bereit, den Vorsitz zu übernehmen, doch der habe zur Bedingung gemacht, dass man mich als Sekretär für diese Arbeitsgruppe einsetze.

Es wurde Ende Juli, bevor wir uns über die konkrete Aufgabenstellung einig geworden waren. Troganeck vereinbarte mit Heinz Wendler einen Termin, und ich fuhr für zwei Tage nach Lübenow.

Es war mein erster Besuch in Lübenow. Mich erstaunte, dass ich vor der Freitreppe des Schlosses begrüßt wurde. Es konnte doch wohl nicht sein, dass Heinz Wendler hier auf mich gewartet hatte. Als wir dann in seinem Arbeitszimmer saßen, wo uns seine Sekretärin Kaffee und ein kleines Frühstück servierte, wurde mir klar, wie einfach es für Heinz war, immer im Bilde darüber zu sein, was draußen geschah. Von seinem Schreibtisch aus sah er den gut fünfzig Meter entfernten Parkplatz in der rechten Ecke des Vorhofes, so dass er ohne Mühe kontrollieren konnte, wer vorfuhr, und es bedurfte seinerseits keiner großen Eile, noch vor dem Gast die unterste Treppenstufe zu erreichen. Andererseits, das erzählte er mir aber erst später einmal, war es für ihn ein Leichtes, einen ungebetenen Gast ins Leere laufen zu lassen, er benutzte dann zum Entkommen einfach den früheren Dienstbotenzugang an der Rückseite des Gebäudes, wo sich die Küche mit dem angebauten, geräumigen Speisesaal befand.

Im Grunde war die Bezeichnung Schloss ziemlich hoch gegriffen, Gutshaus wäre sicher treffender gewesen, doch die Einheimischen gebrauchten hartnäckig diese Bezeichnung, auch wenn sich der innere Charakter des Bauwerks gänzlich verändert hatte oder verändert worden war. Jetzt zitterte niemand mehr oder blickte demütig zu Boden, wenn er ins Schloss gerufen wurde, in den linken Teil, wo der Bürgermeister sein Domizil hatte, oder in den rechten, wo die Büros zweier Landwirtschaftsbetriebe waren. Das Schloss betrachteten die Leute jetzt als ihr Eigentum.

Vieles von den Lübenower Verhältnissen habe ich erst in den folgenden Jahren erfahren, an den zwei Tagen lernte ich die Flur kennen, das heißt, ich konnte mir einen ersten Überblick über die Nutzflächen verschaffen, und unser Weg führte dabei auch zu dem kleinen Hügel mit dem riesigen Findling, von wo aus ich zum ersten Mal diesen schönen weiten Blick genoss, der mich so an den Blick aus Vonderlinds Garten erinnerte und mir in den späteren Jahren oftmals zu der Vorstellung verhalf, ich wäre bei denen, nach denen ich mich sehnte.

Und ich lernte einige Lübenower kennen. Gleich zu Anfang meines Besuchs war es Irma Birke, die mir nach wenigen Sätzen, die wir miteinander gewechselt hatten, eingestand, ich hätte beim Sprechen den gleichen Tonfall wie ihr verstorbener Mann, und ich musste ihr danach meinen Geburtsort nennen, worauf sie sagte, dort hätten sie einmal zwei Stunden Aufenthalt gehabt und in der tristen Bahnhofsgaststätte rote Fassbrause getrunken.

Irma Birke war die Ökonomin, und sie hatte ehrenamtlich auch einige Jahre als Parteisekretärin gewirkt. Während ihres Fachschulstudiums hatte sie einen Dozenten geheiratet, und sie waren dann in den Norden gezogen, sie hatten beim Kreis gearbeitet, ihr Mann, von Anfang an bis zu seinem plötzlichen Tod als Abteilungsleiter, während man sie bald davon überzeugte, als Hauptbuchhalterin in die Lübenower LPG zu wechseln, wo man ihnen auch ein Wohnhaus anbot. Von Robert Hohler, mit dem sie jetzt zusammen lebte, erzählte mir Heinz, dass man ihn dafür gewonnen habe, eine Chronik der hiesigen Gegend zu schreiben, es solle mal ein Buch werden, und er glaube, es gelänge auch, denn der Mann betreibe hier intensive Forschungen, anfangs aus eigenem Interesse, Hohler sei zwar Schweizer, doch seine Mutter stamme aus Mecklenburg, und sein Vater und sein Großvater seien auf hiesigen Gütern tätig gewesen, als Schweizer, wie man seinerzeit die Melker bezeichnet habe. Hohler habe seit Jahren in Berlin gewohnt und für Zeitungen gearbeitet, vornehmlich für die seines Landes, neuerdings wohl auch für Zeitschriften unseres Landes, er stehe weit links, er beobachte, wie sich bei uns die neue Gesellschaftsordnung entwickle. Jetzt sei er fast ständig hier in Lübenow, denn er werde nicht nur gedrängt, den großen hiesigen Auftrag auszuführen, er werde auch entsprechend vergütet, es solle doch ein schönes Buch werden, und das habe schließlich auch seinen Preis.

Es war für uns kein allzu anstrengendes Problem, das Programm für die neu zu bildende Arbeitsgruppe zu verfassen. Allerdings entschlossen wir uns, bevor die Sekretärin die handgeschriebene Vorlage abtippte, zu einer Namensänderung, wir nannten das neue Vorhaben großspurig Kommission.

Bei der Rückfahrt überlegte ich mir die Sätze, mit denen ich meinem Chef begründen wollte, warum wir uns eigenmächtig für den neuen Namen entschieden hatten.

Doch als er die Überschrift las, sagte er schmunzelnd, er frage sich, wieso er nicht schon selber darauf gekommen sei, diesen Namen zu wählen, jawohl, Kommission, ein Name, der etwas aussage, mehr noch, bei dem wir alle gewonnen hätten, Kommission für Wissenschaft und Technik, das verspreche doch was für die Zukunft.

Die Tagung mit Irene kam Anfang November zustande.

Heinz hatte in aller Form an den stellvertretenden Minister geschrieben, und der hatte Wort gehalten und seine Mitarbeiterin beauftragt, den Vortrag zu übernehmen.

Für Irene wurde es ein überaus anstrengender Nachmittag. Ihr Vortrag dauerte zunächst eine reichliche Stunde. Dann folgten, unterbrochen von einer kurzen Pause, fast drei Stunden Diskussion, in der sie Frage um Frage beantworten musste, und wiederholt wurde ihr von Vorstandsmitgliedern, meist aus den Betrieben der Tierproduktion, heftig widersprochen, so dass sie das aufgetretene Problem jedes Mal neu zu klären versuchte, solange, bis man ihr Zustimmung signalisierte.

Es war draußen schon dunkel, der Wind trieb Regentropfen gegen die Scheiben, als Heinz Wendler verkündete, dass es eigentlich Zeit sei, die Teller mit den Schweineschnitzeln herein zu bringen. Angesichts der zähen und nicht enden wollenden Diskussion habe er jedoch die Küchenmannschaft gebeten, noch zu warten, selbst auf die Gefahr hin, dass das Essen kalt werde. Doch bevor man sich einem Genuss zuwende, müsse, wie es bei Bauern üblich sei, erst die Arbeit getan sein, er betone, mit Erfolg, also genau so, wie sie es seit Jahren hier gewohnt seien, so solle es auch heute geschehen, nämlich so lange dieses Forum abzuhalten, bis jeder der Abschlusserklärung, die seine Sekretärin ausgeteilt habe, zustimmen könne. Das Wissen für die darin verankerten Vorhaben sei von Frau Dr. Vonderlind in überzeugender Weise übermittelt worden. Er schlage deshalb vor, dass jeder, der der Auffassung sei, noch eine Frage stellen oder eine Meinung äußern zu müssen, dies unverzüglich in knapper Form tun solle, erst danach könne das Abendessen folgen, denn mit vollem Mund zu reden, sich dabei eventuell auch noch gegenseitig anzuschreien, so etwas sei bei ihnen nie üblich gewesen und heute schon gar nicht geduldet, denn sie hätten Gäste, die dann möglicherweise berichten müssten, in Lübenow wären über vierzig Leute wie wild aufeinander losgegangen. Viel besser sei doch wohl die Aussicht, die Gäste würden berichten, wie zielstrebig man hier die Linie verfolgt habe, beispielgebende Genossenschaften schaffen zu wollen.

Es gab danach nur noch eine Wortmeldung. Der Büdewiner Vorsitzende Friedrich Albrecht, dessen Name mir seit seiner Zuschrift zum

ND-Artikel bekannt war, sagte, der heutigen Abschlusserklärung stimme er voll inhaltlich zu, und er denke, auch alle anderen könnten es ihm gleichtun. Er halte auch die Konzentration der Tierproduktion in zwei LPG für angemessen, ganz gleich, ob er danach noch Vorsitzender sei oder nicht. Er hob die Hand, und auch alle anderen folgten seinem Beispiel.

Später saßen wir noch im kleinen Kreis zusammen, neben mir Robert Hohler, den ich an diesem Tag zum ersten Mal sah, Irene saß neben Heinz Wendler, es wurde noch über den Kooperationsrat gesprochen, wobei man der Meinung war, dass von ihm eine weit größere Wirksamkeit als bisher ausgehen müsse.

Auf einmal wurde die Frage gestellt, ob dieser Rat nicht baldmöglichst in die Lage versetzt werden müsse, dass er eine wirtschaftsleitende Funktion ausüben könne, denn einen Diskutierklub hätte niemand nötig.

Ich bemerkte, wie sich die Blicke der Praktiker auf Irene richteten.

„Meine Antwort jetzt ohne Protokoll“, sagte sie.

„Und wie lautet die Antwort?“, fragte Friedrich Albrecht.

„Eindeutig ja, meines Erachtens wird es nicht anders gehen“, sagte Irene, und die Anwesenden schienen mit ihrer Antwort zufrieden zu sein.

Wir übernachteten im Ferienheim, wo die Tagung stattgefunden hatte, nur eine Etage höher. Wir waren nicht mehr dazu gekommen, noch ein paar Schritte um den ganzen Gebäudekomplex zu gehen und den im Rohbau befindlichen neuen Teil zu betrachten. Es hatte zu regnen aufgehört, der Wind hatte sich gelegt, und der Mond begann, allmählich die Wolken zu durchbrechen, wir hätten das kleine Stück bis zum See hinunter laufen können, doch wir blieben nur eine kurze Zeit draußen vor der Treppe stehen, Irene hatte mir zugeflüstert, sie sei fix und fertig, sie müsse ins Bett.

Und dann fror sie, beklagte sich, ihre Füße seien eiskalt.

Ich empfahl ihr, zu mir ins Bett zu kommen, ich könnte sie erwärmen.

Doch sie kroch nicht zu mir ins Bett, sie streckte nur die Füße herüber, und ich rieb sie, bis sie sie wieder zurückzog.

„Wir dürfen nicht zu spät aufstehen, ich muss unbedingt den Vormittagszug erreichen, das Wochenende habe ich voll ausgeplant“, sagte sie.

„Du brauchst Ruhe, du musst dich erholen“, erwiderte ich.

„Auf keinen Fall, ich muss zurück“, beharrte sie.

„Ich fahre dich“, sagte ich. Meine Auskunft schien sie zu beruhigen, ich hörte, dass sie sich umdrehte. „Aber nicht zum Bahnhof“, ergänzte ich.

Sie drehte sich jetzt wieder zu mir um. Ihr Kopf war dicht an meinem Kissen, als sie erschreckt fragte: „Wohin denn dann?“

„Zu mir in die Wohnung.“

„Bist du verrückt?“

„Ein bisschen schon“, sagte ich. „Doch du musst jetzt nicht mit mir diskutieren. Ich habe meinen Plan. Und außerdem, könntest du nicht ein einziges Mal nachgeben? Nach einem solchen Tag muss man einmal nachgeben können.“

Wir lagen eine Weile schweigend nebeneinander. Ich hatte mir in den Kopf gesetzt, Irene mitzunehmen, ich wollte unbedingt, dass Irene meine Wohnung kennenlernte und dass meine Nachbarn sie sahen.

„Und wenn ich dich sehr bitte, würdest du mich dann zum Bahnhof in die Kreisstadt bringen?“

„Es bleibt dabei, wir fahren zu mir“, sagte ich. Doch ich war mir sicher, dass sie auch diesen Versuch, ihr die Endgültigkeit meines Planes klar zu machen, nicht zur Kenntnis nehmen würde.

Sie kam zu mir ins Bett, umklammerte mich, sagte, sie müsse unbedingt übers Wochenende noch etwas für ihre Arbeit tun, ich solle es doch einsehen.

„Du machst dich kaputt“, sagte ich. „Ich glaube, du bist es schon. Eigentlich müsste ich morgen früh im Ambulatorium anrufen und den Arzt bitten, dich mindestens eine Woche krankzuschreiben. Ich bin überzeugt, er würde es tun, wenn er dich sehen und hören würde. Wie kann man nur so uneinsichtig sein? Ich werde versuchen, den Arzt zu erreichen, auch wenn morgen Sonnabend ist, er wird dich krankschreiben, eine Woche oder sogar zwei, du hast dich maßlos übernommen.“

Eigentlich wollte ich ihr noch mehr sagen, aber ich merkte, sie schlief, und sie hielt sich noch immer an mir fest.

Wir frühstückten am Morgen, ohne viel miteinander zu reden.

Heinz Wendler erschien, um sich noch einmal bei Irene zu bedanken. Sie habe ihm unwahrscheinlich geholfen, er wisse gar nicht, wie er sich bei ihr revanchieren solle, sagte er. Als Gegenleistung könne er einen Aufenthalt im Ferienheim anbieten, gewissermaßen zum Ausspannen für uns beide.

Es habe ihr Spaß gemacht, antwortete Irene. Sie selbst habe dabei auch sehr viel gelernt. Sie werde gern wiederkommen, falls man sie brauche.

„Ihr fahrt also jetzt in die Bezirksstadt“, sagte Heinz. „Ihr werdet dort ein ruhiges Wochenende verleben, denke ich.“

Irene ließ sich nichts anmerken, sie nickte bloß.

Auch im Auto redeten wir kaum. Gelegentlich wies ich auf die Orte hin, die wir durchfuhren, erwähnte, was man in der Umgebung besichtigen könne, nannte auch die Namen der Landwirtschaftsbetriebe, die in den Orten ansässig waren.

Ich war gespannt, was sie zu meiner Wohnung sagen würde.

Doch sie schwieg, sie folgte mir, als wäre es für sie etwas ganz alltägliches.

Sie entdeckte ihr Foto auf meinem Schreibtisch und sagte, ich hätte ihr doch in Leipzig erklärt, ich müsse mich an ihr sattsehen, ob mir das Foto nicht ausgereicht hätte.

„Es hat mir eben nicht ausgereicht“, sagte ich und nahm sie in den Arm.

„Lass mich bitte los“, wehrte sie ab.

„Ich denke nicht daran“, sagte ich. „Erst musst du begreifen, dass mir das Foto nicht ausreicht. Es ist so etwas wie eine Tröstung, verstehst du, aber nur wie eine Tröstung.“

„Ich verstehe“, sagte sie, „ich verstehe es.“

„Vergiss es nicht, nur eine Tröstung“, mahnte ich und ließ sie los.

Auf einmal schien es mir, als hätten meine Worte bei Irene etwas bewirkt.

Mit einer erstaunlichen Entschlossenheit stellte sie ihre Reisetasche auf einen Stuhl und begann, sie auszupacken. Dann kontrollierte sie die Vorräte in meinem Kühlschrank.

„Wir müssen doch Essen kochen“, sagte sie.

„Während du dir alles Brauchbare für ein Mittagessen zusammensuchst und mit dem Kochen beginnst, säubere ich schon mal draußen die Treppe, ich bin nämlich dieses Wochenende an der Reihe“, sagte ich.

„Nein“, erwiderte sie, „das erledige ich nach dem Mittagessen. Deine Nachbarn müssen sehen, dass du dir eine Hausfrau zugelegt hast.“

Am Sonntagabend brachte ich Irene zum Zug, Es gab diese angenehme Verbindung, bei der man bequem, ohne Umsteigen zu müssen, in die Hauptstadt gelangte.

Von dem Tag an glaubte ich die Gewissheit zu haben, dass Irene mir nicht mehr zürnte.

Anfang Dezember musste ich noch in die östliche Bezirksstadt fahren, um an einer zentralen Tagung teilzunehmen, die sich mit dem Thema Saatgutproduktion befasste. Auch von unserem Bezirk sollte ein Zehn-Minuten-Bericht über den erreichten Stand gegeben werden, und Troganeck hatte mich beauftragt, diesen zu übernehmen, da er, was er auch den Organisatoren schriftlich mitteilte, nach Berlin zu einer Unterredung beim Minister müsse. Ich hatte ihn im Verdacht, dass er den Termin dem Minister selbst vorgeschlagen hatte, um die Organisatoren auf seine Art abzustrafen. Denn seinem Wunsch, diese Tagung in unserer Bezirksstadt durchzuführen, waren sie nicht nachgekommen.

Ich hatte mir die Einladung zwar angeschaut, aber ich war nicht auf die Idee gekommen, dass sich hinter dem ausgedruckten Referentennamen Dipl.-Landwirt K. Wiedemann niemand anderes als Karin Burger verbarg, sie war ja seit einigen Jahren mit Dr. Ulrich Wiedemann verheiratet, und man hatte sie eingeplant, ein Kurzreferat zu halten, in dem aus der Sicht des zentralen wirtschaftsleitenden Organs über den derzeitigen Stand des Saat- und Pflanzgutaufkommens und über die Möglichkeiten einer weiteren Steigerung informiert werden sollte.

Karin hatte man als letzte Referentin vor dem Mittagessen vorgesehen, und ich war als zweiter Referent für den Nachmittag eingeplant worden. Da jedoch das Grundsatzreferat mehr Zeit in Anspruch genommen hatte, verschob sich das Programm etwas, so dass sie gleich nach der Mittagspause reden sollte.

Karin war ungewöhnlich aufgeregt. Beim Mittagessen saßen wir zwar nebeneinander, aber es gab zwischen uns kein richtiges Gespräch, wir wechselten lediglich ein paar nichtssagende Sätze.

Als ich ihr eine Frage stellte, sagte sie: „Lass` uns heute Abend darüber reden, da haben wir Zeit und Muße."

Für die Referenten hatte man am Abend einen separaten Raum hinter dem Restaurant reserviert, und als ich kam, saß Karin schon an einem der kleinen Tische und wartete auf mich. Sie stand sofort auf und umarmte mich.

Jetzt erst sei sie imstande, sich mit mir so zu befassen, wie es sich gehöre, sagte sie, als müsse sie sich entschuldigen. Sie sei froh, ihren Auftrag zur Zufriedenheit hinter sich gebracht zu haben, sie rede nun mal nicht gern vor großem Publikum.

Einen Moment standen wir uns gegenüber, mir fiel auf, dass ihr Körper fülliger geworden war, dass ihr Busen zugenommen hatte und dass unübersehbare Veränderungen eingetreten waren im Vergleich zu der Erscheinung, an die ich mich erinnerte und die wohl immer in meinem Gedächtnis bleiben wird, damals als sie mir an jenem Morgen gegenüber saß, im Morgen- oder im Bademantel und, während sie zurückrutschte oder sich zurücklehnte, der flauschige Stoff sich ein wenig öffnete, und ich den Ansatz ihrer Brüste sah und tiefer, in Frottee gehüllt, noch die Konturen dieser Brüste, so dass meine Augen wie magnetisch angezogen wurden, obgleich ich gerade dies zu vermeiden suchte, denn ich musste mich auf ihr Gesicht konzentrieren, auf jede Regung in diesem Gesicht, mir musste es zu dieser frühen Stunde gelingen, sie zu überzeugen, dass sie statt meiner das Gut für ihr Praktikum wählen würde.

Ich wusste nicht, ob sie sich noch daran erinnerte, es war auch nie die Gelegenheit gewesen, die Umstände dieser Begegnung in einem Gespräch zu erwähnen, und ich hätte ohnehin nicht über meine damaligen Gefühle zu sprechen gewagt, nicht mit ihr und auch nicht mit Irene.

Später, während unseres abendlichen Gesprächs im Hotel der östlichen Bezirksstadt, rückte Karin sehr nahe an mich heran, vermutlich um zu vermeiden, dass andere das hören könnten, was sie mir erzählen wollte. Da entdeckte ich auch die Falten um ihre Augen und ihren Mund, nie waren mir derartige Falten bei Irene aufgefallen.

„Sag` mal, wie geht es dir?", fragte ich, nachdem wir ein paar Sätze über den Tagungsverlauf ausgetauscht hatten, denn irgendwie bedrückte mich ihr Aussehen.

Sie kam noch näher an mich heran, ihr Mund berührte fast mein Gesicht, sie sprach mir ins Ohr. Es sei wirklich nur für mich bestimmt, für mich und Irene, flüsterte sie und zögerte, weiterzusprechen.

„Welche Geheimnisse hast du denn?", fragte ich, vielleicht etwas zu laut für diese Situation.

„Ulrich, mein Mann, ist verschwunden“, sagte sie.

„Heutzutage verschwindet doch niemand mehr“, entgegnete ich ihr.

Und dann folgte ihr Bericht, bei dem ihr wohl jeder Satz Überwindung kostete, aber vielleicht auch eine Spur Erleichterung brachte, wenn sie bemerkte, dass ihr Zuhörer Anteil nahm an dem.

Ich erfuhr, dass Dr. Ulrich Wiedemann zum letzten Mal in Plovdiv gesehen worden war, Mitte Oktober im Hotel „Trimontium“, zusammen mit einer attraktiven dunkelhaarigen Frau, einer Dolmetscherin, die bei „Balkantourist“ tätig war. Er soll wohl des Öfteren dort gewesen sein. Beruflich war er Stufe um Stufe aufgestiegen, er hatte auch Karin eine gut bezahlte Stelle verschaffen können. Er selbst kümmerte sich um Sortenprüfungen und betreute, was ihm offensichtlich viel Anerkennung eingebracht hatte, die Saat- und Pflanzgutvermehrung unserer Neuzüchtungen in Bulgarien, auf die man wegen des dort günstigeren Klimas große Hoffnungen setzte, er war der ausgewiesene Spezialist für Luzerne, Klee und andere Leguminosen sowie für Kartoffeln. Während der Vegetationszeit blieb er meist mehrere Wochen im Gebiet um Assenovgrad. Er beherrschte die russische Sprache, konnte sich aber auch mit seinen dortigen Kollegen ziemlich gut auf Bulgarisch verständigen. Es ist anzunehmen, dass es schon seit längerem eine Beziehung zu der Reiseleiterin gab. Am Tag seines Verschwindens soll eine westdeutsche Reisegruppe mit zwei Mercedes-Bussen von „Balkantourist“ in Plovdiv, wo sie sich zwei Tage aufgehalten hatte, Richtung Istanbul aufgebrochen sein. Am späten Abend sei die Grenze zur Türkei passiert worden.

Es könne sein, sagte Karin, nachdem uns der Kellner einen Schoppen Wein serviert hatte, dass Ulrich diese Möglichkeit der Ausreise genutzt habe. Weitreichende Verbindungen, über das Verhältnis zur Reiseleiterin hinaus, traue sie ihm zu, auch in Bezug auf das Verschieben von Saatgut unserer Neuzüchtungen. Doch das wären von ihr bloße Annahmen und Spekulationen, irgendwelche offiziellen Verlautbarungen gäbe es bisher noch nicht. Auch die beiden Herren, deren erster Besuch sie überaus erschreckt hätte, wären nicht imstande oder nicht willens gewesen, ihr nähere Auskünfte zu erteilen. Sie hätten ihr nur einige Fragen gestellt, darunter auch, wie ihr eheliches Verhältnis in der letzten Zeit gewesen sei, doch sie hätten sich mit dem, was sie ihnen gesagt habe, ohne weitere Bemerkungen abgefunden, ja, sie hätten nach ihrer letzten Antwort sogar Mitgefühl gezeigt, jedenfalls habe sie es so empfunden.

„Was hast du ihnen geantwortet?“, fragte ich, und wusste im gleichen Moment, dass ich die Frage so hätte nicht stellen dürfen. Ich hoffte, dass sie diese Frage ignorieren würde.

Doch Karin scheute sich nicht davor, mir zu antworten. Sie zögerte nur einen Moment, in dem sie mich erstaunt anblickte, als wundere sie sich darüber, dass ich mir nicht schon hätte denken können, was sie mir sagen wollte.

„Unsere Ehe lief nicht mehr gut“, sagte sie. Ihr Mund war jetzt wieder dicht an meinem Ohr.

„Das hast du ihnen gesagt?“

„Ja. Das war doch die Wahrheit. Oder auch nicht ganz. So richtig ist es in unserer Ehe nie gelaufen“, präzisierte sie. „Am Anfang ja, oder genauer gesagt, bevor wir geheiratet haben. In der Zeit, als seine Scheidung lief, da hat er mich begehrt, da konnte ich mir keinen besseren Liebhaber wünschen, da hat er mich umsorgt, was glaubst du, er kam von sonst woher, und wenn es Mitternacht war, um bei mir zu sein. Dann, Monate nach unserer Hochzeit, fiel mir auf, dass er tagelang fort blieb, nicht mehr des Nachts, wie anfänglich, nach Hause kam und dabei vorgab, sehr viel in den Zuchtstationen oder in den Verwaltungen, die er besuchen musste, zu tun zu haben. Ich hatte da schon den Verdacht, andere Frauen könnten im Spiel sein. Mich hatte er regelrecht ruhig gestellt. Es war für ihn dank seiner Position nicht schwer, mich in eine Funktion zu bringen, die mich fest einband und mich zwang, an Ort und Stelle zu bleiben, zumindest in den ersten Jahren. Außerdem verdiente ich sehr gut, was sich bis jetzt nicht geändert hat, es sei denn, sie entfernen mich von diesem Platz, weil sie den Verdacht haben, ich hätte noch Verbindungen zu ihm und wäre damit untragbar für eine solche Funktion. Aber ich glaube das nicht so sehr, sie werden schon einiges nachgeprüft haben. Und ich habe den beiden Herren doch die Wahrheit gesagt, so dass sie ihre Schlussfolgerungen ziehen können. Natürlich musste ich ihnen nicht sagen, dass bei uns so gut wie nichts mehr ging, dass ich längst annahm, seine Liebe zu mir sei erloschen, jedenfalls war sein Verlangen erloschen, vielleicht weil sein Interesse auf fremde Frauen gerichtet war, auf jüngere oder eben auf andere, wie auf diese Dolmetscherin, was weiß ich. Als er dann immer die lange Zeit nach Bulgarien reiste, war es ohnehin vorbei. Wenn er zurückkehrte, erschien es mir im Bett wie eine Pflichtübung, er dachte dabei nicht an mich, vermute ich, er dachte immer an die anderen oder an die andere, er war nicht bei mir, er war bei einer anderen."

Sie unterbrach ihre Rede, sie nippte an ihrem Wein.

„Weißt du, so etwas spürt man", fuhr sie fort. „Wenn keine echte Berührung mehr stattfindet, wenn sogar im Bett alles vorbei ist, dann braucht man auch keine Erklärungen mehr, woran man ist, dann begreift man es, auch wenn man es nur allzu gern hätte weiterhin verdrängen mögen."

Ich hatte das Gefühl, Karin würde mir noch mehr erzählen wollen, noch intimere Dinge, ich hob mein Glas, um mit ihr anzustoßen und sie damit von dem, was sie vielleicht plante, ein wenig abzulenken. Doch es war von mir offenbar eine falsche Annahme, jedenfalls achtete sie nicht auf mein Glas, das ich ihr entgegenhielt, sie trank ihr Glas hastig leer, als sei sie am Verdursten.

Ich winkte dem Kellner, der an einem der Nebentische servierte, ich zeigte auf unsere Gläser, und ich sah, er nickte mit geschäftigem Lächeln, danach leerte auch ich mein Glas in kleinen Schlucken.

„So war es. Oder so ist es. Damit muss ich fertig werden, verstehst du." Karin blickte mich jetzt direkt an. Und plötzlich sagte sie: „Bei euch ist es besser, da klappt noch alles, ich nehme an, es läuft alles normal, in der Beziehung und auch im Bett. Schön, wenn es so ist."

Ich hätte eigentlich nur zuhören brauchen und nicht darauf reagieren müssen, vielleicht handelte es sich bei ihr tatsächlich um eine Feststellung, die ihr zufällig herausgerutscht war oder eben beiläufig, wie es passiert, wenn die Gedanken noch bei den eigenen Problemen hängengeblieben sind.

Doch ich reagierte, als wäre eine Frage von Bedeutung an mich gerichtet worden, aber ich zog dabei nicht einen Augenblick in Erwägung, auch nur eine Andeutung über die Höhen und Tiefen in unserer Beziehung zu machen. Selbst wenn Karin vielleicht glauben mochte, Irene und mir sehr nahe zu stehen, sah ich keinen Grund, auch nur das kleinste unserer Probleme preiszugeben.

„Es klappt mit unserer Beziehung, und es klappt auch noch im Bett", sagte ich. „Ich kann dir, auch wenn darüber kein Eintrag in meinem Kalender zu finden ist, sogar den Termin nennen, an dem wir zuletzt miteinander geschlafen haben. Du siehst also, bei uns läuft alles normal."

„Entschuldige", sagte Karin. „Bitte, entschuldige, ich bin unmöglich, ich weiß, so etwas fragt man nicht. Nein, nein, du musst mir keinen Termin nennen. Nein, das musst du wirklich nicht. Bitte entschuldige."

Ich spürte Karins Hand auf meinem Arm, erst tastend, dann fest drückend, und die Hand blieb dort, als wäre es mit dieser Berührung möglich, sich eine Absolution zu verschaffen und vielleicht darüber hinaus auch das Mitgefühl, das sie brauchte.

Ich wagte es nicht, Karin einen tröstenden Satz zu sagen, ich neigte mich nur ein wenig zu ihr und erklärte, das Leben sei zuweilen unerhört kompliziert, wir hätten es uns während des Studiums gar nicht so denken können, wie es einmal kommen würde, damals sei uns alles so einfach, so überschaubar, so planbar erschienen.

Karin nickte, ich merkte, wie sie überlegte, was sie darauf antworten könnte. Ich war froh, dass der Kellner kam, zwei Schoppen Wein vor uns auf den Tisch stellte und die leeren Gläser auf sein Tablett nahm.

Diesmal stießen wir miteinander an.

„Weißt du, ich muss dir etwas gestehen", sagte Karin, nachdem wir getrunken hatten. „Darf ich es dir erzählen?"

„Erzähle", sagte ich.

„Ich habe Irene immer bestaunt, wie zielstrebig sie vorgegangen ist. Eine solche Zielstrebigkeit habe ich bisher bei sonst Niemandem feststellen können", sagte sie.

„Im Ernst?", fragte ich.

„Ja, diese unwahrscheinliche Zielstrebigkeit, die kann man einfach nur bestaunen", stellte sie fest. Dann fragte sie vorsichtig: „Darf ich weiterreden?"

„Du darfst", antwortete ich ihr. Ich trank einen Schluck Wein und lehnte mich zurück.

Und dann redete Karin, als hätte sie schon seit langem den Wunsch verspürt, mir unbedingt ihre Version nahezubringen, wer den Grundstein für die Beziehung von Irene und mir gelegt und somit die ganze Entwicklung in Gang gebracht hatte. Sie berichtete erneut von dem ersten Gespräch, das es zwischen ihr und Irene gegeben hatte. Ich tat so, als hörte ich erstmals davon. Meine Interessiertheit schien sie zu ermuntern, mir das damalige Gespräch in allen Einzelheiten zu schildern. Sie ließ nicht aus, dass Irene, nachdem ich erwähnt worden war, unbedingt Näheres über mich hatte wissen wollen, vor allem auch über unseren Tausch der Praktikumsorte und die Einschätzung meiner Leistungen während des Jahres in Bertlingen. Sie habe offensichtlich bei Irene ein beträchtliches Interesse geweckt, mich kennenzulernen. Wie sonst solle man sich erklären, dass sie, die in unseren Universitätsort gewechselt sei und ziemlich bald im Betriebslehre-Institut ausgeholfen habe, weil sie unbedingt Hilfsassistentin werden wollte, ausgerechnet Bernd

Scheufler, der wegen seiner Diplom-Arbeit regelmäßig Brähmisch besuchte, bei einem mehr oder weniger zufälligen Gespräch davon überzeugte, mich unbedingt zum bevorstehenden Fakultätsball mitzubringen. Bei einer Studentin wie Irene zögere auch ein Bernd Scheufler keinen Moment, die gewünschte Zusicherung abzugeben. Ja, sie hätten eine Abmachung getroffen, so dass alles planmäßig verlaufen sei, ganz wie es sich Irene Vonderlind vorgestellt und gewünscht habe. Der Student Bornschein habe sich überreden lassen, den Fakultätsball zu besuchen, und er habe die blonde Irene entdeckt und sei sogleich entzückt von ihr gewesen. Sie habe ihn nicht nur beachtet, sondern ihm darüber hinaus im Laufe des Abends das Gefühl gegeben, dass sie ihn überaus schätze, nur ihn, und keinen anderen.

Karin trank von ihrem Wein.

„Es kann vielleicht so gewesen sein“, sagte ich.

„Es ist so gewesen“, beharrte sie. „Bisher hat Irene alles erreicht, was sie erreichen wollte.“

„Meinst du das wirklich?“

Karin nickte. Sie sei keineswegs neidisch auf Irene, sagte sie. Im Gegenteil, sie freue sich, dass wir beide miteinander glücklich seien.

Wir tranken unsere Gläser leer.

Ich schaute mich um. Es waren kaum noch Gäste in unserem Raum.

„Sind wir die Letzten?“, fragte Karin.

„Fast“, sagte ich. „Der Tag morgen wird für uns nicht allzu anstrengend.“

„Es können noch Fragen kommen“, erwiderte Karin.

„Die beantworten wir doch mit links“, sagte ich. „Die wichtigsten Dinge, die haben wir heute besprochen, wir beide, miteinander.“

Ich winkte dem Kellner und bezahlte.

„Danke“, sagte Karin und gleich darauf: „Ich danke dir auch, dass du mir zugehört hast. Du nimmst mir doch nichts übel, auch nicht, was ich über Irene gesagt habe?“

„Nein, da kannst du beruhigt sein", antwortete ich.

Wir fuhren mit dem Fahrstuhl bis zur dritten Etage. Karin musste nach links, ich nach rechts, sie küsste mich auf die Wange und sagte, dass sie mir unendlich dankbar sei.

Ich sagte: „Gute Nacht, dann bis morgen."

Irene berichtete ich über diese Begegnung bei meinem Weihnachtsbesuch, der eigentlich nicht geplant war und dann zum Krankenbesuch wurde. Doch ich vermied es, auch nur einen Satz von dem zu wiederholen, was mir Karin über Irenes zielstrebiges Handeln erzählt hatte. Aber ich unterrichtete sie über die nahezu unbegreifliche Neuigkeit, dass Karins Mann verschwunden sei.

„Er wird sich in den Westen abgesetzt haben", sagte Irene.

„Damit wird Karins Ehe höchstwahrscheinlich am Ende sein", stellte ich fest. Und als mir Irene zustimmte, erzählte ich ihr auch, worüber mich Karin in aller Ausführlichkeit informiert hatte und was sie dann von mir hatte wissen wollen, und es reizte mich ein wenig, meine Karin gegebene Auskunft zu wiederholen, dass bei uns alles normal verlaufe, in der Beziehung und auch im Bett, und dass ich, sofern sie es wissen wolle, sogar sagen könne, wann wir das letzte Mal miteinander geschlafen hätten.

„Über solche intimen Dinge habt ihr gesprochen?" Irene schüttelte den Kopf. „Hast du etwa mit ihr geschlafen?"

Lachend sagte ich: „Ein bisschen blöd mag ich ja sein, aber nicht so, wie du mich jetzt einzuordnen versuchst. Ich musste Karin auch nicht den bewussten Termin nennen, da sie sich vorher wegen der Frage entschuldigt hat. Und die Verabschiedung vor der Nachtruhe verlief völlig harmlos auf Etage drei, Karin nach links, ich nach rechts und zwischen unseren Zimmern gab es bestimmt noch zehn andere. Aber weißt du, könntest du nicht an geeigneter Stelle einmal nachfragen, ob man über Wiedemann etwas weiß?"

Sie überlegte einen Moment, bevor sie mir antwortete, sie werde nicht nachfragen, nein, keinesfalls, und auch ich solle mich zurückhalten, niemand müsse wissen, dass irgendeine Verbindung zu uns bestehe. Die Angelegenheit sei viel zu heikel, als dass man, ohne Argwohn zu erregen, darüber reden könne.

Ursprünglich war mein Besuch tatsächlich nicht geplant gewesen.

Irene hatte mich telefonisch davon in Kenntnis gesetzt, dass sie über Weihnachten gemeinsam mit ihren Eltern wieder ins Riesengebirge fahren werde. Es sei also wie im Jahr zuvor, hatte sie gesagt, wir müssten die Feiertage getrennt verleben.

Ich hatte ihr darauf nur erwidert, ich fände es sehr schade, dass wir nicht zusammen feiern könnten.

Und auf einmal überraschte mich ein Anruf von Irenes Mutter. Sie teilte mir mit, Irene sei erkrankt, eine Grippe oder eine schwere Erkältung mit ziemlich hohem Fieber. Sie hätten schon überlegt, die Reise gänzlich abzusagen. Doch Irene bestehe darauf, dass sie unbedingt allein fahren sollen. Sie käme schon zurecht, sie würde sich in aller Ruhe auskurieren. Ob ich verstehen könne, welche Bedenken sie hätten, fragte mich ihre Mutter.

Das heiße mit anderen Worten, dass ich kommen solle, sagte ich, und mir wurde sofort geantwortet, genau das heiße es, oder noch besser ausgedrückt, genau um das bitte sie mich.

„Weiß Irene, dass du mich anrufst?“, fragte ich.

„Sie weiß kein Wort davon. Du könntest doch rein zufällig bei uns auftauchen. Und dann, glaube ich, läuft alles wie von selbst. Ist das ein Vorschlag?“

„Ich bin froh, eine solche Schwiegermutter zu haben“, versicherte ich ihr.

Also traf ich im Gebirge scheinbar unerwartet ein.

Und die Art, wie ich von ihren Eltern begrüßt wurde, muss sich für Irene als höchst überzeugend erwiesen haben, denn sie hatte wahrhaftig nicht die geringste Ahnung vom Telefongespräch, sie wusste kein Wort von dem, was hinter ihrem Rücken angezettelt und vereinbart worden war.

Mich hatte Irene erstaunt gefragt, wie ich darauf gekommen sei, hier bei ihnen vorzufahren, wo es doch hätte sein können, dass sie schon längst unterwegs gewesen wären.

„Ich hatte ganz einfach Sehnsucht, kannst du das nicht verstehen“, sagte ich. Und dann erzählte ich ihr, was ich mir auf der Herfahrt ausgedacht hatte. Ich hätte in zwei thüringischen Bezirksstädten Absprachen zu führen gehabt, und mir wäre in den Sinn gekommen, den relativ kleinen Umweg zu riskieren. Einen halben Tag sei ich zu Hause gewesen, fuhr ich fort. Meiner Mutter hätte ich schon angekündigt, dass ich über Weihnachten sicher allein kommen werde, nun müsse ich noch anrufen und ihr mitteilen, dass ich hier dringend als Krankenpfleger gebraucht werde.

Ich rief am Abend tatsächlich noch an, meine Schwägerin war am Apparat, ich sagte, obwohl Christel über alles unterrichtet war, es werde nun nichts mit meinem Besuch, Irene brauche mich. Aber voraussichtlich werde ich während der Feiertage einmal anrufen und sie dabei auch informieren, ob ich meinen Dienst hier schaffe oder noch Hilfe benötige.

„Wie lange kannst du bleiben?“, fragte Irene.

„Solange, wie ich hier gebraucht werde“, antwortete ich.

Ich weiß nicht, ob ich von Irene die gleiche Disziplin verlangte, die sie seinerzeit bei mir erzwungen hatte. Es kann sein, dass ich nachsichtiger war, vielleicht ein wenig, ich gestattete ihr zu lesen, keinesfalls jedoch Fachliteratur, nur die Zeitung, nachdem ich sie überflogen und dabei geprüft hatte, dass es keine Artikel gab, die, nach meiner Meinung, ihrer Genesung abträglich sein konnten. Ich schaltete bisweilen auch für kurze Zeit den Fernseher ein, entschied dann aber meistens, ihn wieder auszuschalten, mit der Begründung, die Sendung sei für sie zu anstrengend. Vor allem vermied ich jegliche Diskussionen über Politik.

„Bettruhe“, sagte ich, wenn es darauf ankam, meine Entscheidung durchzusetzen. „Absolute Bettruhe, darauf zu achten, hat mir deine Mutter aufgetragen.“

Irene war nicht verärgert über meine Entscheidungen, sie akzeptierte, was ich anordnete. Ich staunte zuweilen, dass sie, wenn auch im nachsichtigen Ton, mir antwortete, ich hätte schon recht mit dem, was ich von ihr verlangte, sie werde es befolgen, zumindest während der Zeit, die sie im Bett verbringen müsse.

Gewöhnlich lockerte ich nach solchen Eingeständnissen ihr Kopfkissen, stützte sie, wenn sie sich zurücklegte. Zumeist ließ ich eine Weile meine Hand auf ihrem Arm ruhen und blieb neben ihr sitzen, bis sie eingeschlafen war. Es passierte, dass sie, kurz vor dem Einschlafen, mir noch zuflüsterte, ich würde doch dableiben und auf sie aufpassen.

„Ich wache hier, du kannst ungestört schlafen“, flüsterte ich zurück.

Gelegentlich rückte ich den Schreibtischsessel, der bequemer als ein Stuhl war, an ihr Bett.

Es muss am ersten Feiertag gewesen sein, als ich nach dem Mittagessen neben ihrem Bett saß und mich darüber sorgte, dass ihre Genesung so langsam voranschritt, sie hatte noch immer leichtes Fieber, und dennoch musste ich mir eingestehen, dass ich glücklich war. Hier an ihrem Bett sitzen zu dürfen und auf ihre Genesung zu warten, machte mich glücklich. Der Gedanke erstaunte mich.

Ich weiß es noch, ich hatte mich zurückgelehnt, ich saß sehr bequem, meine Hand lag auf ihrem Arm, und ich musste eingeschlafen sein. Als ich erwachte, kam kein Licht mehr von draußen herein, ich wollte aufstehen, aber Irene sagte leise, ich solle sitzenbleiben, wir hätten uns doch gegenseitig gut bewacht, sie schaltete die Lampe auf ihrem Nachttisch an und lächelte zu mir herüber.

Es gehe ihr schon wesentlich besser, versicherte sie mir. Sie meine das ganz ehrlich, sie fühle sich richtig wohl, dank meiner fürsorglichen Pflege.

Der Sommer versetzte uns in große Aufregung.

Bei meiner Mutter war in der Brust ein Knoten entdeckt worden, man riet ihr zur baldigen Operation.

Es klang alles sehr ernst, was mir mein Bruder am Telefon gesagt hatte. Ich nahm Urlaub, ich wollte wenigstens ein paar Tage zu Hause sein.

Sie wisse nicht, was das Schicksal für sie bereithalte, sagte meine Mutter zu mir. Man müsse mit allem rechnen, wir hätten es ja bei meinem Vater gesehen, niemand hätte damals gedacht, dass der Tod bei ihm so plötzlich, von einem Tag auf den anderen, eintreten würde.

Natürlich hatte sie Recht, es ist besser, wenn man sich auf die Dinge einstellt, die sich ereignen können. Und dennoch versuchte ich, ihre Bedenken zu zerstreuen, ihr die Ärzte, die sie operieren würden, als sichere Fachleute darzustellen, auch wenn sie an einem Kreiskrankenhaus tätig waren.

Sie selbst sei auf alles vorbereitet, erklärte sie mir. Doch auch ich müsse mich darauf vorbereiten, ebenso wie mein Bruder. Wir beide müssten schließlich vernünftig mit unserem Erbe umgehen können, auch wenn es nicht sehr groß sei, aber es handele sich eben um ein Grundstück, und wenn Werner das Grundstück übernehmen würde, müsste er mir meinen Anteil auszahlen, wozu er, wie sie wisse, gegenwärtig nicht in der Lage sei, folglich drohe der Verkauf, was schlimm wäre, doch sicher nicht zu ändern sei.

Nichts müsse verkauft werden, sagte ich. Haus, Hof und Garten solle Werner übernehmen, und er brauche mich auch nicht auszuzahlen, er müsse nur das Grundstück pflegen, und wenn ich irgendwann einmal hierher zurückkommen würde, könnte er mir ein Stück Gartenland abgeben und mir beim Hausbau behilflich sein, er sei ja schließlich Fachmann.

Sie fragte, ob das tatsächlich meine Meinung sei.

„Ich meine es genauso, wie ich es dir gesagt habe", antwortete ich. „Und ich werde es in deinem Beisein Werner wiederholen. Und damit haben wir diese Angelegenheit endgültig geregelt."

Sie nickte. Und dann fragte sie nach kurzem Schweigen: „Und was wird Irene dazu sagen?"

„Nichts anderes als ich."

„Bist du dir da sicher?"

„Du kannst sie ja fragen, sie wird dich bestimmt besuchen."

Meine Mutter überlegte einen Moment, bevor sie fragte: „Und wann werdet ihr heiraten? Weißt du, ich würde es gern noch erleben, und ich würde mich auch noch gern an einem Enkel erfreuen. Einen habe ich ja schon, aber von euch könnte ja noch einer hinzukommen."

„Mutter", sagte ich nachsichtig, „wir strengen uns an, glaub` es mir, es ist so."

Vierzehn Tage später, eine Woche nach der Operation meiner Mutter, musste ich Troganeck erneut bitten, mir ein paar Urlaubstage zu gewähren.

Es gelang mir nicht, mit dem Chefarzt zu sprechen, aber der Stationsarzt, der mit operiert hatte, versicherte mir, sie hätten sehr gründlich gearbeitet, für meine Mutter bestünden die besten Aussichten auf eine vollständige Heilung.

Anfang September verteidigte Irene ihre Promotion B.

Für mich bestand kein Zweifel, dass es ein großer Erfolg für sie werden würde. Der Hörsaal war mit über zweihundert Leuten bis auf den letzten Platz gefüllt, und einige, vermutlich Studenten, saßen noch auf den Treppenstufen.

Am Anfang war Irene ziemlich aufgeregt, ich spürte es, und diese Aufregung übertrug sich auch auf mich. Ich saß in der ersten Reihe, ich beobachtete jede ihrer Bewegungen, ich atmete ebenso wie sie und zitterte, wenn ich in ihrer Stimme eine Unsicherheit zu bemerken glaubte. Es dauerte vielleicht zehn Minuten bis sie wieder mit dieser Abgeklärtheit sprach, die ich seinerzeit, während der Tagung in Markkleeberg, bei ihr bewundert hatte. Und dann, nach etwa einer halben Stunde, fragte ich mich, ob bei Heinz Wendler, der zwei Reihen hinter mir saß, wieder die Meinung aufkam, die Frau lehne sich verdammt weit aus dem Fenster. Mir war klar, dass ihm gefiel, was sie sagte, aber ich konnte mir denken, dass dies nicht die Ansicht aller Funktionäre hier im Saal war, jedenfalls nicht die Ansicht derjenigen, die erst einen Beschluss aus dem hohen Haus brauchten, bevor sie einen längst erforderlichen Schritt taten oder, besser gesagt, diesen Schritt empfahlen, weil sie mittlerweile das eigene Gehen verlernt hatten.

Irene scheute sich auch später nicht, klare Antworten auf Fragen zu geben, Antworten, für die noch nirgendwo Leitlinien zu finden waren. Ich hatte auf einmal den Eindruck, Brähmisch schien das Eis zu glatt zu werden, denn er beeilte sich, Irenes Antwort mit zwei, drei Sätzen zu ergänzen, und er versuchte mit dem, was er hinterherschickte, das von ihr Gesagte ein wenig zurückzunehmen oder zu mildern oder zumindest es so darzustellen, dass es mit den bekannten Beschlüssen einigermaßen konform ging.

Ich hätte nie damit gerechnet, dass der stellvertretende Minister, Irenes Chef, sich sogleich einschalten würde.

Er fände die Aussagen von Frau Dr. Vonderlind richtig und höchst wertvoll, bekannte er. Seines Erachtens seien sie zukunftsweisend, und er wolle gern die Frage hinzufügen, wo sonst sei auch einmal lautes Denken gestattet und gefordert, wenn nicht in der Wissenschaft und folglich auch im Rahmen dieser Verteidigung.

Es wurde geklatscht, und ich zweifelte nicht daran, dass auch Heinz Wendler unter denen war, die ihren Beifall bekundeten.

Ich war mir sicher, es musste Ermunterung für Irene gewesen sein, den restlichen Teil ihrer Verteidigung noch freier, noch offensiver zu bestreiten. Und wenn man mich nach einem Urteil gefragt hätte, dann hätte ich geantwortet, die Kandidatin sei überragend gewesen, ich wüsste nicht, was sie hätte besser machen können.

Es war Professor Kaufhold, der als erster im kleineren Kreis seine Meinung äußerte, er sagte, Irene Vonderlind habe heute in einer Form Rede und Antwort gestanden, die man als beispielhaft, ja, als bewundernswert bezeichnen müsse.

Er solle sie getrost in seine Liste der Meisterschüler aufnehmen, schlug ihm schmunzelnd der stellvertretende Minister vor.

Das werde er auch mit Freude tun, antwortete ihm Kaufhold. Leider sei es seine letzte, doch in der Liste seiner Auserwählten befände sie sich zweifellos ganz vorn.

Er vermeidet es, sie als Erste zu bezeichnen, dachte ich, er vermeidet es mit Rücksicht auf Brähmisch, der sich gern als Kaufholds Schüler Nummer eins betrachtet.

Kaufhold redete von der Freude, die ihm Irene bereitet habe, und er sagte dann, er hoffe nun, dass der Erwerb der „facultas docenti" baldmöglichst erfolge, denn Frau Vonderlind sei geradezu prädestiniert für die akademische Lehre, sie brauche die Dozentur für ihr Fachgebiet, und wenn man auf eine solch charmante Weise seine Zuhörer zu fesseln vermöge, dürfte eine baldige Berufung in Aussicht stehen, er jedenfalls wünsche dies sehr.

Irenes Chef hob das Sektglas, bevor er erklärte, noch aber habe auch er ein Mitspracherecht, schließlich gehe es hier nicht nur um die anerkannte Meisterschülerin eines Professor Kaufhold, sondern es handele sich noch immer um eine Mitarbeiterin der höchsten Landwirtschaftsbehörde.

Kaufhold schüttelte energisch den Kopf. „Was besagt das schon, Herr Minister?“, fragte er herausfordernd und mit einer Spur innerer Erregung. „Auch ein Minister, denke ich, wird es kaum wagen können, sich dagegen zu stemmen, dass eine solche Frau einmal Professor wird.“

„Um Gottes willen, Herr Professor“, sagte der Angesprochene. „Keine Sorge, da sind wir uns doch einig, Frau Vonderlind wird Professor und das wahrscheinlich bald.“

„Wir nehmen es ins Protokoll, der Minister ist einverstanden“, sagte Kaufhold nun überlegen lächelnd.

Irene ergriff ihr Glas, stand auf und sagte fast feierlich: „Ich habe heute viele gute Worte gehört, ich bedanke mich dafür sehr herzlich.“

Danach setzten Irenes Chef und Brähmisch am Tisch, wenige Schritte von uns entfernt, ihre Diskussion mit gedämpfter Stimme fort, so dass kaum ein Wort von ihnen zu verstehen war, höchstens, wenn sie sich gegenseitig zum Trinken ermunterten, sie waren vom Sekt zum Weinbrand gewechselt. Erst als sich Troganeck und Wendler zu ihnen gesellten, vernahm ich einiges von ihrer Unterhaltung, so auch die Feststellung, dass heute das verkündet worden sei, was die Praxis an Hinweisen brauche. Diese Feststellung kam von Troganek, aber die anderen gaben ihre zustimmenden Kommentare dazu und schauten immer wieder lächelnd zu Irene herüber.

Professor Kaufhold trank indessen genüsslich Rotwein. Er saß ein klein wenig abseits, er hörte vermutlich zwar den Gesprächen in seiner Nachbarschaft zu, schien sich jedoch nicht einmischen zu wollen, es war wohl nicht mehr sein Thema.

Ich stieß Irene an und deutete mit dem Kopf in Richtung Kaufhold. Wir standen gleichzeitig auf und setzten uns zu ihm.

Ich hatte das Gefühl, ihn etwas fragen zu müssen, vielleicht, ob er mit dem heutigen Tag zufrieden gewesen sei, aber ich unterließ es, denn was er antworten würde, glaubte ich ohnehin zu wissen. Ich war deshalb froh, als er, während Irene ihm Wein nachgoss, sogleich fragte, ob ich mich noch an die spannenden Fußballspiele erinnere, vor allem an die attraktiven Mittwochspiele, wenn die Vorlesungen und Seminare verlegt werden mussten, um allen Interessierten den Besuch im Stadion zu ermöglichen.

„Und ob“, antwortete ich ihm. „Herr Professor, auch an das Spiel gegen Atletico Madrid erinnere ich mich noch. Das war schon was.“

„Ich habe mir vorgenommen, wieder ab und zu Oberligaspiele anzuschauen, natürlich nicht alle“, sagte er und fügte lachend hinzu: „Und meine Frau hat es mir erlaubt, und sie will bei schönem Wetter sogar mitkommen. Und wenn Sie mal zu Besuch kommen, können wir gemeinsam ins Stadion gehen, ich besorge Karten für die Tribüne.“

Dem Fahrer der komfortablen Limousine mussten wir nicht die Adresse nennen, er kannte sich aus, sicher hatte er schon öfter von seinem Chef den Auftrag bekommen, Irene nach Hause zu bringen.

Ich war nicht müde, als wir uns dann in den bequemen Sesseln gegenübersaßen, Wir stießen noch einmal an, allerdings mit Mineralwasser, nicht mit Sekt. „Schade“, sagte ich, „dass deine Eltern heute nicht teilnehmen konnten. Für sie wäre es ein besonderes Ereignis geworden. Bestimmt haben sie den ganzen Tag an dich gedacht.“

Wir hatten beide die Absage bedauert, und Irene war sehr besorgt, auch wenn ihre Mutter am Telefon erklärt hatte, ein verstauchter Fuß brauche nunmal eine Weile, um wieder einsatzbereit zu werden, sie solle sich davon bei ihrer Verteidigung keinesfalls ablenken lassen.

Ich sah, Irene hielt die Augen geschlossen, sie war in ihrem Sessel eingeschlafen.

***

Gestern rief mir Irma Birke zu, dass sie ihre Schweizer erwarte, Robert und auch seine Tochter, von der sie hoffe, dass sie sich auch bald als ihre Tochter fühlen werde.

Irma war aufgeregt, wie ich es schon lange nicht mehr bei ihr erlebt hatte, und wir wechselten nur wenige Sätze miteinander, von Vortreppe zu Vortreppe, sie wischte an ihrer Haustür herum, und ich wollte ins Büro, um noch einiges abzusprechen, bevor ich anschließend zu einer Beratung in die Bezirksstadt musste, wir waren beide in Eile und hatten keine Zeit für längere Ausführungen, für Fragen und Antworten, es genügte, dass ich informiert war, dass ich nun wusste, die Herbeigesehnten würden aller Voraussicht nach im Laufe des Nachmittags eintreffen.

Und heute erreichte mich Irmas kurzer Telefonanruf, während ich über Mittag die Post durchsah, die mir Frau Walter auf meinen Schreibtisch gelegt hatte.

Irma sagte, sie würde sich freuen, wenn ich abends zum Essen käme, so gegen neunzehn Uhr, wie üblich. Mit der Schweizerin sei auszukommen, es sei ein nettes, aufgeschlossenes Mädchen. Nur Robert scheine sich etwas verändert zu haben, doch sie werde ihn schon wieder hinbekommen.

Als Frau Walter die Post bei mir abholte, fragte sie mich, ob ich den tollen Wagen in der Hofeinfahrt bei Irma schon gesehen hätte. Sie wundere sich, dass sie das Auto nicht gleich in die Garage gestellt hätten, aber vielleicht passe das gar nicht da rein, die Garage reiche sicher nur für den Trabant aus. Ein solches Auto, das präsentiere man eigentlich nicht vor aller Augen, ein nagelneuer Renault 19, in einem vornehmen Grau, der löse doch Begehrlichkeiten aus. Ihr Mann habe gesagt, dass ZH gemeinsam mit dem Schweizer Emblem auf dem Kennzeichen bedeute, dass Irmas Besuch aus Zürich oder dem Umland von Zürich komme. Vielleicht könne ich gelegentlich Näheres erkunden, mir erzähle Irma bestimmt mehr als ihr. Erstaunlich, dass eine ehemalige Parteisekretärin Besuch aus der Schweiz empfangen dürfe.

„Herr Vorsitzender“, sagt die junge Dame aus der Schweiz, „würden Sie es mir als Ausländerin erlauben, die Kuhstallanlage ihres Unternehmens anzuschauen?“

Und als ich mit meiner Antwort zögere, fragt sie: „Muss ich erst auf die Knie, wenn ich Ihnen eine solche Bitte vortrage? Oder müssen Sie, bevor Sie die Erlaubnis dazu erteilen dürfen, erst eine höhere Instanz befragen? Herr Vorsitzender, wie ist die Lage, darf ich oder darf ich nicht?“

„Eigentlich nicht, aber ich könnte eine Ausnahme machen“, antworte ich.

„Sie könnten also, wenn sie wollten, ja?“

„So ist es“, sage ich und lache.

„Soll ich meine Bitte mündlich wiederholen oder schriftlich einreichen?“

„Weder noch, ich weiß ja nun Bescheid“, sage ich. „Etwas allerdings ist mir völlig unklar: Wieso will eine Schweizer Medizinerin einen hiesigen Kuhstall besichtigen?“

Und dann erzählt sie, dass sie vor Jahren zwei Sommer über mitgeholfen habe, auf der Alp Kühe zu betreuen, zuerst 24 und danach 26 Kühe. Sie verstehe sich aufs Melken und aufs Käsemachen, sie habe alle Arbeiten ausgeführt, die auf einer Alp anfallen, wirklich alle, sogar mit der Sense mähen und Holz hacken. Nur die Vorstellung, dass man über tausend Kühe an einer Stelle halten könne, die fehle ihr gänzlich, damals sei sie froh gewesen, dass sie die kleine Herde habe überblicken und jede Kuh beim Namen nennen können. Wie man mit einer Herde von über tausend Kühen umgehe, wie man die einzelnen Kuhdamen unter Kontrolle halte, genau das interessiere sie, das interessiere sie sehr. Ja, sie denke noch heute gern an diese Zeit, im Sommer Kühe betreuen, im Winter Kranke pflegen.

Warum sie das nicht beibehalten habe, will ich wissen.

Sie lacht, schaut kurz zu ihrem Vater, als ob sie von ihm Unterstützung erwarte, doch der schweigt.

„Schlussendlich hat mein Großvater ein Machtwort gesprochen, und ich musste mit dem Medizinstudium beginnen“, sagt sie. „Das Herumlungern müsse bei mir aufhören, war seine Meinung als alter Arzt mit einer überaus gutgehenden Praxis. Einer musste ja eingreifen, meine Mutter lebte zu der Zeit schon nicht mehr, und mein Vater war unterwegs, um darüber zu berichten, wie man eine neue Gesellschaftsordnung aufbaut, und um dabei gleichzeitig zu studieren, wie das alles funktioniert, ich weiß nicht, vielleicht hatte er den Glauben, man könne auch im eigenen Land einen derartigen Versuch starten.“

Ich sehe, Robert nippt an seinem Rotweinglas, zögernd sagt er, auf den Versuch werde er verzichten, auch wenn er tatsächlich lange Zeit über eine solche Möglichkeit nachgedacht habe, gewissermaßen wie über ein Traumvorhaben, wobei der Gedanke an die Realisierbarkeit von den zunehmenden Zweifeln aufgefressen worden sei. Doch er gestehe, die Träume habe es bei ihm gegeben.

Ich entschließe mich, Inge Krüger noch anzurufen.

Ob sie schon geschlafen habe, frage ich, als sie sich endlich meldet.

Ob ich sie etwa noch besuchen wolle, um ihr Dienstaufträge zu erteilen, fragt sie zurück.

Mir gehe es nur um eine kleine Bitte, sage ich. Dann erzähle ich ihr von dem Wunsch, den mir Roberts Tochter angetragen hat.

Ich hätte doch einfach ablehnen, mich auf Festlegungen berufen können, sagt Inge Krüger. Sie könne sich nicht vorstellen, was die Schweizerin hier in der Anlage sehen wolle, etwa herumspionieren und dann dummes Zeug verbreiten, so etwas müssten wir uns nicht einhandeln.

Ich merke, dass Inge Krüger nicht gewillt ist, die Schweizerin in ihrer Anlage herumzuführen.

„Gut“, sage ich, „die Besichtigung wird rigoros abgelehnt. Wir mögen keine Spionage.“

„Sag` mal, ist Michaels Einsatz klar?“, fragt Inge vorsichtig.

„Hast du vergessen, was ich entschieden habe?“

„Es gibt Diskussionen“, sagt sie.

„Die interessieren mich nicht. Du weißt, dass ich Michael so einsetzen werde, wie wir es abgesprochen haben.“

„Gut, dann weiß ich Bescheid“, sagt sie. Danach gesteht sie mir, sie habe immer den Eindruck, ich behandle Michael so, als wäre es mein Sohn, obwohl es nicht der Fall sei, auch wenn einige Leute so etwas verbreiten würden.

„Es hätte ja auch so sein können“, erkläre ich lachend.

„Du warst ja längst vergeben“, entgegnet sie mir. „Doch manche Leute reden eben solchen Unsinn.“

„Lass sie reden“, sage ich. „Michael gefällt mir, und ich bin überzeugt, dass er seinen Weg gehen wird.“

„Glaubst du?“

„Ich bin davon überzeugt“, sage ich mit Bestimmtheit, und dann erzähle ich ihr, dass ich immerhin einer der ersten gewesen sei, der von Michaels Existenz oder, besser gesagt, von seinem bevorstehenden Erscheinen in dieser Welt erfahren habe.

Ich höre, dass sie sich räuspert. „Von wem?“, fragt sie.

„Von deinem Vater. Er hat in Bodelin stets von meinem Zimmer aus mit dir telefoniert. Wir haben sonst nie über den Inhalt der Gespräche geredet, nur an diesem einen Abend hat er mir berichtet, dass du schwanger bist, und er hat mir auch die Problematik nicht verschwiegen, die es mit Michaels Vater gab.“

„Darüber hat er mit dir gesprochen?“

„Inge, du weißt doch, ein Vater macht sich bisweilen große Sorgen um seine Tochter. Und manchmal erzählt er das auch jemandem, dem er vertraut, und scheinbar hatte er Vertrauen zu mir.“

„Das hat er auch heute noch“, sagt Inge und fragt danach: „Wann kommst du mit der Schweizerin?“

„Morgen Nachmittag, kurz vor dem Melken“, antworte ich ihr.

„Wo ist die Schweizerin?“, frage ich Inge Krüger am nächsten Tag, als ich wieder im Melkhaus eintreffe, um Roberts Tochter abzuholen.

„Na, siehst du sie nicht?“

„Nein“, sage ich. Und im gleichen Moment sehe ich, dass die Schweizerin, wie alle anderen Melkerinnen gekleidet, ihrer Arbeit nachgeht.

„Bist du verrückt, die an die Kühe zu lassen“, fahre ich Inge an.

„Ich würde sie sofort einstellen“, erwidert mir Inge. „Die kann das, da staunst du, was? Das hast du auch nicht alle Tage, dass jemand alles auf Anhieb beherrscht. Den Wunsch, hier in unserem modernen Melkstand mal mit zu melken, konnte ich ihr wirklich nicht abschlagen. Ich musste es auf meine Kappe nehmen. Du kannst mich ja dafür rügen.“

„Das werde ich auch tun, irgendwann einmal.“

„Du musst es ja nicht gleich meinem Chef erzählen.“

„Gut“, sage ich.

Ich gehe in Inges Büro, setze mich hinter ihren Schreibtisch und lese in der Zeitschrift „Tierzucht“. Dann nehme ich die Zeitung „Bauern-Echo“, überfliege einige Artikel, lege die Zeitung wieder auf den Ständer, der neben dem Schreibtisch steht, blicke auf meine Uhr und ärgere mich darüber, dass die beiden Damen sich nicht an die Absprache halten und damit meinen Zeitplan durcheinander bringen.

Später kommen beide gutgelaunt ins Büro. Inge Krüger serviert Kaffee, und ich wage es nicht, zum Aufbruch zu drängen.

Roberts Tochter erklärt mir, es sei großartig gewesen. Sie lacht mich an und wiederholt, ja, großartig, sie danke mir sehr, dass ich ihr diesen Wunsch erfüllt habe. Und dann fragt sie, ob sie nun gebüßt werde, denn sie habe sich ja nicht an meine Anweisung gehalten. Doch sie habe einfach mal mitmelken müssen.

Sie wartet anscheinend auf eine Antwort von mir, und als die nicht kommt, stellt sie fest, es sei hier bei weitem nicht eine solche Büez wie auf der Alp, und vermutlich merkt sie sogleich, dass wir mit dem Wort Büez nichts anfangen können, und sie übersetzt uns: Plackerei. Es sei hier keine Plackerei gewesen, fügt sie hinzu, es habe ihr einfach großen Spaß gemacht.

Roberts Tochter sei zu einer Konferenz an die Ostsee gefahren, berichtet mir Irma am Tag darauf. Es gehe dort um Fragen der Diabetesbehandlung.

Ob sie noch einmal herkomme, will ich von Irma wissen.

Irma nickt, und danach verrät sie mir: „Robert ist wie umgewandelt. Und weißt du, ein bisschen anders ist es bei mir auch. Kannst du das verstehen?“

„Ihr seid jetzt wohl sehr glücklich?“, frage ich.

„Eine solche Tochter habe ich mir schon immer gewünscht“, sagt Irma.

Dann, als ich wieder in meinem Büro sitze, über Direktiven gebeugt, die uns vom Bezirk zugegangen sind, denke ich, Irma hat sich also eine Tochter gewünscht, schon immer, eine Tochter, die man ihr nun geschenkt hat, nein, die sich selber als Geschenk eingefunden hat, einfach so, hier bin ich, Leta Grünenfelder, deine neue Tochter, und Irma verkündet allen, die es hören wollen, es sei ein nettes, aufgeschlossenes Mädchen. Und sie tut dabei so, als sei es auch heute noch möglich, dass Wunder geschehen. Eine Tochter, die einfach ins Haus flattert oder, besser gesagt, mit einem nagelneuen Renault 19 vorfährt, einem Wagen, der Aufsehen erregt, als ob es nicht schon ausreicht, wenn sich plötzlich eine hübsche Tochter aus der Schweiz einfindet.

Warum muss ich jetzt diese langweiligen, idiotischen Direktiven lesen, was kümmert mich der 40. Jahrestag? denke ich. Warum habe ich immer die dienstlichen Verpflichtungen vorangestellt, anstatt darüber nachzudenken, wie ich mein privates Leben hätte besser organisieren können. Warum?

Selbst als mir Irene offenbarte, dass sie zwei Neuigkeiten für mich habe, fiel mir nicht ein, darauf zu drängen, dass sie mich auch über die zweite informierte, nachdem sie mich von der ersten, der überraschenden, unterrichtet hatte. Wir hätten uns beide über die Aussicht auf das zu erwartende Ereignis unendlich freuen können, und sicher freuten wir uns auch, doch in unserem tiefsten Innern, bei Irene, da sie alles wusste, weit mehr als bei mir, mischte sich, wie ich glaube, die aufkeimende Freude sogleich mit einer Spur Unbehagen, bei ihr vermutlich sogar mit dem Vorgefühl auf hereinbrechendes Unglück. Sie war besser informiert als ich, sie wusste, was ihr bevorstehen könnte, und vielleicht fragte sie sich, warum gerade bei uns die Zukunft nicht imstande war, sich in vernünftigen Bahnen zu bewegen, obgleich wir beide uns doch darum bemühten.

Ich lege den bezirklichen Schriftkram in die Schublade. Es lohnt sich nicht, weiter zu lesen, auch wenn mich der Gedanke befällt, dass alles hätte von mir verfasst sein können. Und möglicherweise hätte ich es auch tun müssen, wäre ich in Troganecks Bereich geblieben.

Ich hätte das verfertigt, was mir aufgetragen worden wäre. Ich hätte mich eben an meine Tätigkeit und die mit ihr verknüpften Gepflogenheiten gewöhnen müssen. Viele Mitarbeiter, die mir auch heute noch gut bekannt sind, haben fast ihr ganzes Berufsleben in einer solchen Verwaltung zugebracht, sie haben Aufträge empfangen und diese, wie es ihren Kenntnissen und Möglichkeiten entsprach, im Laufe der vorgegebenen Zeit, wie man es allgemein nannte, abgearbeitet.

Ich erinnere mich, ich habe mich damals gewundert, mit welcher Gelassenheit Irene reagierte, als ich ihr sehr zaghaft zu vermitteln begann, dass ich daran dachte, die Bezirksverwaltung zu verlassen.

Sie habe seit langem gemerkt, dass ich mich danach sehne, wieder in der Praxis arbeiten zu können, sagte sie.

Mich beeindruckte ihr Taktgefühl, mit dem sie meinem Vorhaben begegnete, und mich beeindruckte zugleich auch, dass sie mich ermutigte, diesen Schritt nicht zu lange hinauszuschieben.

Ich hatte sie über vieles informiert. Ich hatte ihr von meinem Widerwillen erzählt, jedes Jahr annähernd das Gleiche zu bewerkstelligen, Programme und Anleitungen zu erarbeiten, wie höheren Orts gefasste Beschlüsse an der Basis umzusetzen seien und welche Initiativen dazu ausgelöst werden müssten. Ich hatte ihr einmal berichtet, dass der zuständige Sekretär der Bezirksleitung nach einer Feldbesichtigung felsenfest davon überzeugt war, die neue Roggensorte aus der Sowjetunion werde einen Ertrag von 34 Dezitonnen je Hektar erbringen, und dass er von allen Verwaltungsmitarbeitern forderte, dies in der Öffentlichkeit propagandistisch wirksam zu verbreiten. Und als schließlich keine 24 Dezitonnen erreicht wurden, musste darüber geschwiegen werden, um nicht die Gefahr heraufzubeschwören, dass sich eine falsche Position zum großen Bruder etablierte.

Es widerstrebte mir allmählich, immer wieder Reden für Troganeck und Berichte für die Zentrale zu verfassen. Auch wenn mir die einzelnen Bereiche unserer Verwaltung hatten zuarbeiten müssen, das Zusammenfügen, das Schönfärben und das Brauchbarmachen war eine anstrengende und keineswegs befriedigende Tätigkeit. Selbst das Lob, das mein Chef mir meistens aussprach, nachdem er die Seiten gezählt und einige Sätze laut vorgelesen hatte, erheiterte mich nicht mehr, und auch nicht der Weinbrand, von dem wir ein Glas tranken, oder der Korn, den er anbot, wenn gelegentlich einer der Sektorenleiter zum Abschlussgespräch hinzugezogen worden war. Troganeck trank lieber

Weinbrand, das wusste ich, doch er hatte auch stets einen Vorrat von einigen Flaschen Korn und Wodka im Schrank, aber von mir aus hätte der kleine Umtrunk unterbleiben können, ich sah mittlerweile diese Zeremonie nicht mehr als würdigen Abschluss einer intensiven Arbeitsphase an.

Einmal, an einem Freitag im Sommer, es war ziemlich heiß, der verantwortliche Einsatzstab dirigierte nicht nur die Mähdrescherkolonnen über die Straßen des Bezirkes, sondern auch die Mitarbeiter, denen die Aufgabe erteilt worden war, zu kontrollieren, ob die Mähdrescher die vorgesehenen Orte erreicht hatten und nun dort alles nach Plan lief, an diesem Tag wurde ich gegen Mittag, obwohl ich bereits die Genehmigung hatte, am Nachmittag meinen Dienst zu beenden, unerwartet zu Troganeck gerufen. Ich musste im Vorzimmer warten, die Sekretärin legte den Finger auf ihre Lippen und neigte den Kopf bedeutungsvoll Richtung Chefzimmer, hinter dessen Tür es eine heftige Auseinandersetzung gab. Troganeck schien sich einer Anweisung des Landwirtschaftssekretärs zu widersetzen, jedenfalls klang seine Stimme lauter als die seines Gastes. Ich verstand nicht, um was es bei diesem Streit ging, nur die letzten Sätze konnte ich mir aus den Bruchstücken, die ich hörte, zusammenreimen, die beiden Männer standen vermutlich schon hinter der Tür, und Troganeck erklärte mit lauter Stimme, ich fügte es mir zumindest so zusammen, er gehe auch gern wieder in die Praxis, er hänge nicht an diesem Schreibtisch, die Funktion könne er von heute auf morgen aufgeben, sofern es aus dem hohen Haus gewünscht werde.

Kurze Zeit später saß ich dort, wo zuvor, wie ich annahm, Troganecks Gast gesessen hatte, und mein Chef, im Gesicht rot, aber mit müden Augen, versuchte mir den Auftrag, den ich unverzüglich ausführen sollte, zu erläutern, er sprach langsam, wenig selbstsicher, verhaspelte sich mehrmals, gab mir dann ein Schriftstück mit der Bitte, es gründlich zu lesen und danach die Konzeption so zu erarbeiten, wie es von den hohen Genossen gewünscht werde, es müsse am Dienstag fertig sein, bis Dienstagvormittag, dann müsse es mit Maschine geschrieben und mittags dem Sekretariat der Bezirksleitung übergeben werden. Ich machte ihn darauf aufmerksam, dass er mir drei Tage Urlaub gewährt habe.

Dann solle ich eben ab Dienstag Urlaub nehmen, ab Dienstagnachmittag, und seinetwegen auch einen Tag oder zwei Tage zusätzlich, sagte er und lächelte, aber sein Lächeln misslang. Einen Auftrag der Bezirksleitung der Partei könne man nicht ignorieren, ich solle das endlich begreifen. Er sei gezwungen, mich offiziell zu beauftragen, das geforderte Schriftstück zu verfassen und termingerecht abzuliefern.

Am Dienstag, als ich mein Werk abgeben wollte, war Troganeck in Berlin. Seine Sekretärin sagte, der Chef habe am Montag spätabends die Order erhalten, sich beim Minister einzufinden. Die Konzeption, die mittags im Nachbarhaus übergeben werden sollte, sei von der Tagesordnung der Bezirksleitungssitzung abgesetzt worden. Voraussichtlich werde man sie, wenn überhaupt, zu einem späteren Zeitpunkt, wahrscheinlich nach der Getreideernte, behandeln.

Mir war es nicht gelungen, Irene telefonisch zu erreichen. Der Besitzer ihres Feriendomizils hatte noch keinen Anschluss, und beim Gemeinderat schien das Telefon defekt zu sein.

Als ich im Gehöft am Bodden ankam, fand ich nur den Besitzer vor, der mich kannte und mich wie einen alten Freund begrüßte, den man nicht nur auf ein Bier einlädt, sondern den man sogleich auch über die Fortschritte bei der Verschönerung des eigenen Grundstücks informiert. Die Genehmigung für den Erweiterungsbau, eigentlich war es, wie ich wusste, sein Traum, ein Hotel zu errichten, besaß er noch nicht, doch wenigstens konnte er sich über die Zusage freuen, in der folgenden Woche einen Telefonanschluss zu bekommen. Auf diesen Erfolg tranken wir einen Schnaps.

Irene traf zwei Stunden nach mir ein.

Sie hatte eingekauft, sie öffnete den Kofferraum und begann, die Taschen auszuladen und auf den betonierten Weg zu stellen.

Ich hatte gehofft, sie würde mir die Arme um den Hals schlingen und mich küssen, stattdessen sagte sie, es sei ja anerkennenswert, dass ich wenigstens zum Hineintragen ihrer Einkäufe erscheine, sie hätte zwar schon am Freitagabend oder am Sonnabend früh mit mir gerechnet, doch sie müsse zufrieden sein, dass ich überhaupt am Dienstagabend bei ihr eintreffe.

Behutsam versuchte ich ihr zu erklären, welcher Auftrag mich zurückgehalten hatte. Trotz ihres Kopfschüttelns verschwieg ich ihr nicht, dass letztendlich alles umsonst gewesen sei, weil man aus irgendwelchen Gründen dieses Thema erst Wochen später behandeln wolle, ich setzte hinzu, eventuell überhaupt nicht, was mir egal sein könne, ich jedenfalls hätte meine Arbeit getan.

Sie vermute, mir wäre das alles ganz recht gewesen, ich hätte diesen zusätzlichen termingebundenen Auftrag gern ausgeführt, damit wäre mir wenigsten erspart geblieben, mich ein ganzes Wochenende am Strand zu langweilen.

Ich ging nicht darauf ein, ich schwieg und wartete, ich dachte, irgendwann wird sie schon ihren Ärger an mir abreagiert haben.

Sie sei nicht am FKK-Strand gewesen, sagte sie, während sie den Tisch deckte. Sie habe es nicht gewagt, allein dort hin zu fahren.

Wenn du möchtest, fahren wir morgen zum FKK-Strand, schlug ich ihr vor. Ich werde dir wieder den Rücken eincremen und, sofern du es ausdrücklich wünschst, selbstverständlich auch die Vorderseite, du erinnerst dich, ich sehe das noch immer als einen lukrativen Auftrag an und gegenwärtig auch als Ausgleich zum langweiligen Murks am Wochenende, es könnte zweifellos für mich eine aufregende Sache werden.

Es wurde nichts mit dem FKK-Strand und folglich auch nichts mit dem lukrativen Auftrag, wir kamen überhaupt nicht mehr zum Baden, es regnete bis zu unserer Abreise.

Troganeck muss ich trotz allem zugutehalten, dass er sich mehrmals mit einem unerwarteten Entgegenkommen revanchierte, das heißt: dass er mir meine zusätzliche oder komplizierte oder idiotisch rasch auszuführende und bisweilen unnütze Schreibarbeit, da ich ja ein festgelegtes Gehalt bezog und Prämienzahlungen nur zu bestimmten Anlässen erfolgten und von allen möglichen Gremien befürwortet werden mussten, auf eine besondere Weise honorierte, die darin bestand, dass er mir vorschlug, einen halben oder einen ganzen Tag länger in Berlin zu bleiben, den Kontakt mit der Mitarbeiterin des Ministers zu pflegen, wir lächelten stets beide, wenn das Wort Kontakt fiel, und möglichst dieser klugen Frau viele Informationen über geplante neue Aktivitäten zu entlocken und sie ihm danach vertraulich zu übermitteln. Ich glaube nicht, jemals das Vertrauen, das er dabei in mich setzte, missbraucht zu haben. Ich brachte ihm immer verwendbares Wissen über zentrale Vorhaben mit. Selbstverständlich hatte ich mit Irene abgesprochen, was ich weitersagen durfte. Mehrfach hatte mir Troganeck bestätigt, dass er besser informiert war als seine beiden Amtskollegen aus dem Norden.

Als in der Silvesternacht der verheerende Schneefall einsetzte und der Norden dann Tag für Tag mehr im Schnee versank, riet mir Troganeck am Telefon, keinesfalls zurückzukommen, sondern dort zu bleiben, wo ich war, im Gebirge, wo normale Verhältnisse herrschten, ich solle ihm nur rasch den Antrag auf meinen restlichen Urlaub übersenden, er werde ihn sofort genehmigen, zum Schneeräumen oder zum Kontrollieren dieser Tätigkeit brauche er mich nicht.

Ich blieb im Gebirge, ich verbrachte ruhige Tage mit Irene und ihren Eltern. Und wir schafften es auch, einiges an neueren Informationen zu notieren, denn ich beabsichtigte, meinem Chef zum Jahresauftakt ein kleines Dankeschön zu übergeben.

Der Bekanntschaft mit ungeheuren Schneemassen entging ich aber nicht. Wochen später wiederholte sich alles in ähnlicher Weise wie zum

Jahresanfang, nun sogar noch wuchtiger und hinsichtlich der Auswirkungen auf die Lebensbedingungen weit verheerender, die Fernwärme in den Neubauwohnungen, auch bei mir, fiel aus, die Stromversorgung brach zusammen, Straßenbahnen und Busse fuhren unregelmäßig oder zeitweise überhaupt nicht mehr, etliche Züge steckten im Schnee fest, es waren chaotische Verhältnisse, die zeigten, wie machtlos wir waren, um den Naturgewalten zu widerstehen. Zeitungen, Rundfunk und Fernsehen bemühten sich, die vielerorts geleistete schwere Arbeit zu würdigen, und es überschlugen sich die Meldungen von Heldentaten, die beweisen sollten, wie die von Partei und Regierung fürsorglich gefassten Beschlüsse zum Wohle des Volkes tatkräftig umgesetzt würden. Doch nicht wenige wagten hinter vorgehaltener Hand die Befürchtung zu äußern, dass uns die blanke Katastrophe bevorstehe, wenn es den Kohlenzügen aus dem Westen nicht gelänge, ihre Zielorte in unserem Lande zu erreichen. Spötter meinten, es sei doch ein Segen, dass sich der Klassenfeind dazu hergäbe, uns sozialistische Hilfe zu gewähren, selbst auf die Gefahr hin, dass wir sie nicht bezahlen können.

Und irgendwann triumphierten wir wieder, oder wir taten zumindest so, als hätten wir mit vereinter Kraft den Naturgewalten getrotzt. Wir gingen zur normalen Tagesordnung über, wir vermieden es, die vor Zeiten gefassten Zielstellungen abzurechnen, wir machten Plankorrekturen, wir schrieben neue Konzeptionen und bereiteten Tagungen vor, einige von uns mussten sich durch Parteiversammlungen quälen, in denen Lob und Kritik meist ziemlich nahe beieinander lagen, und es im Vorfeld kaum einzuschätzen war, wen das eine oder das andere gerade treffen würde.

Nach einer Parteiversammlung, auf der man eine vorgelegte Konzeption, für deren Erarbeitung ich verantwortlich gewesen war, überraschend gelobt hatte, diskutierten wir noch im kleineren Kreis mit dem Sekretär der Bezirksleitung, der in der Regel als Gast bei uns teilnahm, aber länger zu reden pflegte, als jeder andere, diesmal fast eine dreiviertel Stunde, ohne dass es der Versammlungsleiter gewagt hatte, ihm das Wort zu entziehen oder ihn wenigstens zu bitten, die für Diskussionsbeiträge vorgesehene Zeit von fünfzehn Minuten einzuhalten. Der hohe Gast wiederholte, an mich gewandt, nochmals einen Satz der Anerkennung und ermahnte mich sogleich, auch für die Erfüllung der Konzeption zu sorgen und zwar Tag für Tag.

Ich versprach es ihm, und er lächelte mich an, als wollte er meine Folgsamkeit honorieren. Doch irgendwie reizte es mich plötzlich, ihn anzugreifen, obwohl ich mit ihm hätte zufrieden sein können, denn nur selten hörte man von ihm derart lobende Worte.

Und während er noch immer mich freundlich lächelnd anblickte, fragte ich ihn, warum er uns für Fälscher halte.

Ich sah, wie das Lächeln auf seinem Gesicht erfror, als er von mir eine Erklärung verlangte.

In seiner Rede sei, wenn ich richtig gezählt hätte, sieben Mal die Formulierung von der unverfälschten Durchsetzung der Parteibeschlüsse vorgekommen. Ich hätte daraus schlussfolgern müssen, dass er uns für Verfälscher oder für Fälscher halte, was im Grunde genommen auf das Gleiche hinauskomme. Akzeptieren würde ich den Hinweis, dass wir die Beschlüsse konsequent oder, was noch besser wäre, schöpferisch umsetzen sollten. Es handele sich um die Beschlüsse, die er uns zu erläutern sich bemüht habe und die wir sehr wohl verstanden hätten. Uns aber zu unterstellen, wir würden dazu neigen, und anders könne ich mir seine Formulierungen nicht erklären, den Inhalt dieser Beschlüsse nach Gutdünken zu verändern und somit gar zu verfälschen, das gehe mir doch gegen die Hutschnur.

Der Gast aus dem hohen Haus trat einen halben Schritt zurück, als sei er dazu gezwungen, den Abstand zwischen sich und mir zu vergrößern. Mir fiel auf, dass seine Hand zitterte, während sie zum Jackenknopf tastete, um ihn zu öffnen, und danach zum Schlipsknoten, um ihn zu lockern, wie immer, war der hohe Gast so gekleidet, als hätte er vor, ins Theater zu gehen und nicht eine Parteiversammlung bei der Landwirtschaftsverwaltung zu besuchen, dunkelgrauer Anzug, weißes Hemd und roter, mit schrägen Streifen durchwirkter Schlips.

„Genosse Bornschein", hörte ich ihn sagen, dabei blickte er mir nicht mehr in die Augen, sondern über mich hinweg, „mir scheint es erforderlich zu sein, baldmöglichst mit dir ein grundsätzliches Gespräch zu führen."

Mir fiel auf, dass er mich nicht, wie sonst üblich, mit meinem Vornamen ansprach, sondern das Wort Genosse vor meinen Nachnamen setzte.

Ich antwortete ihm, dass ich gern zu einem Gespräch käme. Bis dahin würde ich nach weiteren Adjektiven suchen, denn dieses „unverfälscht", das gefalle mir keinesfalls.

Da er nicht darauf antwortete, wandte ich mich wortlos um und verließ den Raum.

Ich wartete die Tage danach auf eine Einladung von ihm.

Mich erreichte keine Einladung. Stattdessen wurde mir zwei Wochen später mitgeteilt, die Parteileitung habe in Absprache mit dem dienstlichen Leiter festgelegt, mich zur Parteischule zu delegieren. Ich solle es als Auszeichnung werten, man sei überzeugt, ich wüsste das zu schätzen.

Mit Freude nehme ich diese Auszeichnung an, noch dazu, wo man für mich das Institut nördlich von Berlin vorgesehen habe, sagte ich, worauf mich der Überbringer der Nachricht fassungslos anschaute. Niemand hatte bisher von diesem ZK-Institut gesprochen.

Noch am gleichen Tag bestätigte mir Troganeck, dass meinem Wunsch selbstverständlich entsprochen werde. Mir war klar, er hatte meine Überlegungen längst durchschaut. Doch er lobte später in aller Öffentlichkeit, dass ich mich gerade für diesen Intensivlehrgang entschieden habe, der nur fünf Monate dauere, statt, wie sonst üblich, ein

Jahr. Ich müsse zwar in kürzerer Zeit mehr studieren, kehre jedoch früher an meinen wichtigen Arbeitsplatz wieder zurück. Er betrachte meinen Entschluss als gründlich überlegt, da ich ja noch viele Aufgaben hier vor Ort und anderswo zu lösen habe.

Irene brach in Lachen aus, als ich ihr von meiner Delegierung erzählte und von den Umständen, die dazu geführt hatten, und davon, wie Troganeck reagiert hatte.

„Hast du dich bei ihm bedankt?", fragte sie.

„Bis jetzt noch nicht", sagte ich.

„Aber das musst du noch tun. Stell` dir vor, sie hätten dich ein Jahr zur Bezirksparteischule geschickt. Wir hätten uns kaum sehen können. Jetzt wirst du in meiner Nähe sein. Über die Wochenenden kannst du immer zu mir kommen. Du musst Troganeck wirklich dankbar sein, denn er wird das alles für dich geregelt haben. Und reize künftig diesen Landwirtschaftssekretär nicht mehr, das geht nicht immer so glimpflich ab wie dieses Mal bei dir. Du weißt doch, wenn ein kleiner Genosse einen großen Genossen kritisiert, das ist etwa so, als wenn du einen Ziegelstein senkrecht hoch wirfst und dann auf deinem Platz stehenbleiben musst, um abzuwarten, was passieren wird."

Wir lachten beide.

Und wir fanden danach immer wieder Gründe, um zu lachen, wir lachten auch, als Irene mir ihre Schnellhefter und Bücher aufschichtete und dabei erklärte, wie gut ich es mit all dem, was sie mir zur Verfügung stelle, haben würde, ich könnte mich in der bevorstehenden Zeit ausruhen und mich von meiner schweren Verwaltungsarbeit endlich einmal gründlich erholen.

Es war tatsächlich so, Irenes Schrift glich ein wenig der meinen, die Buchstaben sahen bei ihr allerdings viel exakter, viel gleichmäßiger, viel schöner aus als bei mir, doch wenn ich langsam schrieb und mir viel Mühe gab, ähnelten die von mir beschriebenen Seiten den bereits im Schnellhefter vorhandenen zumindest insoweit, dass einer, der sich nicht oder noch nicht in meinen Verhältnissen auskannte, annehmen musste, sie stammten von der gleichen Hand und wären lediglich zu verschiedenen Zeiten gefüllt worden, einerseits in einer ruhigen, besinnlichen Zeit, gewissermaßen in der Vorbereitungsphase, und andererseits in der akuten Seminarphase, in der es wesentlich hektischer und kämpferischer zuging. So jedenfalls deutete es mein Zimmergenosse, der in einem Bördekreis Landwirtschaftschef war und sich ständig über seine miserable Schrift ärgerte und mir immer wieder klarzumachen versuchte, dass es in seinen wenigen Grundschuljahren keine Zeit für Schönschreibübungen gegeben habe. Und wenn von ihm schließlich die Frage kam, ob ich das verstehen könne, eine Frage, die eigentlich überflüssig war, ich hatte es schon beim ersten Mal kapiert, er war um etliches älter als ich und war in den Kriegsjahren zur Schule gegangen, da antwortete ich ihm, er solle doch meine Unterlagen nehmen, ich hätte so viel geschrieben, dass es für zwei Lehrgangsteilnehmer völlig ausreichen müsste.

Erst Monate später sorgte ich dafür, dass er über den wahren Sachverhalt Bescheid bekam, zuvor war es tatsächlich so, dass er glaubte, alle Aufzeichnungen stammten von mir, und dass er niemals auch nur den leisesten Zweifel geäußert hatte.

Richard war ein angenehmer Zimmergenosse, wir studierten in aller Ruhe die angewiesenen Texte, nicht nur die der Klassiker, sondern auch die in Broschüren gedruckten Reden der führenden Genossen. Wir vereinbarten, wobei wir die vier Bewohner des Nachbarzimmers mit einbezogen, wie man im Seminar die Diskussion beginnen und schließlich, gewürzt mit einem inszenierten Meinungsstreit, beenden konnte. Und da ich mit Irenes Unterlagen bestens ausgerüstet war, besaß ich gegenüber den anderen spürbare Vorteile, was mich in die Lage versetzte, den Bewohnern unserer beiden Zimmer, meinen Vertrauten, Vorschläge zu unterbreiten, wie die Sache ablaufen sollte, und wir praktizierten es dann auch wie abgesprochen, so dass wir auf Grund unserer Aktivität vielfach lobend genannt wurden und uns allmählich eine Art Sonderstellung sicherten.

Seit Irenes Lehrgangsbesuch hatte sich nichts Wesentliches verändert, höchstens, dass der führenden Rolle der Partei noch mehr Gewicht beigemessen wurde, weil, wie man uns erläuterte, die volkswirtschaftlichen Aufgaben nicht nur weiter zugenommen hätten, sondern auch wesentlich komplizierter geworden wären. Ich musste da immer an die gewaltigen Kredite denken, die man uns von westlicher Seite gewährt hatte, und auch an die zahlreichen Kohlenzüge, die bei uns angekommen waren, aber ebenso an die Frage, ob wir überhaupt noch die Schulden, die sich mittlerweile angehäuft hatten, zu bezahlen vermochten, und es schloss sich bei mir hartnäckig die Frage an, ob der weitere Ausbau der führenden Rolle der Partei uns dabei auch nur einen Schritt voranbringen würde. Solche Fragen stellte ich selbstverständlich in keinem Seminar, und auch die anderen, sofern sie ähnlich dachten wie ich, vermieden es, derartig verfänglich nachzufragen, denn niemand hatte die Absicht, den Dozenten und Seminarleitern die Arbeit unnütz schwer zu machen; wer wusste es schon so genau, aber es konnte doch wohl sein, dass auch deren private Meinung erheblich von dem abwich, was man ihnen vorgeschrieben hatte, uns zu verkünden.

Wer fleißig studiert und sich dabei ordentlich aufführt, dem steht auch ein erholsamer Ausgleich zu, denn der Aufenthalt soll, trotz strenger Parteidisziplin, trotz kritischer Aussprachen bei leichten Verfehlungen, als angenehm im Gedächtnis bleiben und somit die Position jedes Teilnehmers stärken, damit er künftig die beschlossene Linie noch schöpferischer umzusetzen versteht. So oder so ähnlich formulierte es wiederholt der Direktor, und mir fiel auf, dass er sehr gern das Wörtchen schöpferisch verwendete. Ich kann mich nicht erinnern, dass ich, wie ich es bei unserem Landwirtschaftssekretär erlebt hatte, von ihm jemals den Ausdruck „unverfälschte Durchsetzung" hörte, nein, bei ihm hieß es „schöpferische Verwirklichung“, und damit konnte ich mich zufrieden geben.

In den größeren Pausen schlenderten wir oft hinüber zum Kanal, es waren nur wenige Schritte. Meist blickten wir dann von der schmalen Brücke aus eine Weile auf das ruhig dahinströmende Wasser, gelegentlich spuckte auch einer hinunter, in der Regel einer der Raucher, und tat danach so, als habe er vor, die Fließgeschwindigkeit und die Strudelbildung zu bestimmen. Und manchmal lieferte der, der aufs Wasser gespuckt hatte, sogleich seine neuesten Erkenntnisse ab, indem er behauptete, das Wasser fließe jetzt schneller oder bilde mehr kleine Strudel als am Tag zuvor, und ein anderer kommentierte umgehend das Gesagte mit den Worten, es habe sich absolut nichts verändert. Und es konnte sein, dass sich ein Dritter einmischte und die Politik ins Spiel brachte, indem er den auf der Brücke Versammelten lauthals verkündete, so schnell auch das Wasser fließe und der Kapitalismus sich entwickele, der Sozialismus werde nie seine Überlegenheit einbüßen, er halte das Wasser sicher im Kanal und übertrumpfe den Kapitalismus in allen Belangen.

Gebe es Gott, sagte mein Zimmergenosse eines Tages nach einer solchen Prognose zu mir. Und als ich ihn erstaunt anblickte, fügte er hinzu, dass das seine Großmutter stets gesagt habe, wenn jemand versuchte, etwas Großartiges, aber noch nicht garantiert Sicheres ins Blickfeld der Öffentlichkeit zu rücken. Und gleich danach spuckte auch Richard, der wie ich Nichtraucher war, kräftig ins Wasser und fragte mich, ob ich etwas erkennen könne.

Ich schüttelte den Kopf.

„So ist es, das Resultat ist gleich Null“, sagte er. Und nach einer kurzen Pause fuhr er fort, er leite daraus die Erkenntnis ab, dass unser hiesiges Studium seines Erachtens nach kaum etwas bringen werde. Genauso wenig wie wir mit unserer Spucke den Lauf des Wassers zu ändern vermögen, genauso wenig gelänge es uns, mit dem hier angeeigneten Wissen künftig auf die Entwicklung der großen, entscheidenden Prozesse Einfluss zu nehmen.

„Richard, sag` das nicht so laut“, ermahnte ich ihn. „Denk` daran, du bist Mitglied der Parteileitung und vertrittst uns Studenten. Mit anderen Worten“, ich versuchte jetzt einen spöttischen Ton einzubringen, „damit musst du auch Vorbild für mich sein.“

Seine Erfahrung sage er ja auch nur ganz leise, und er sage sie auch nur zu mir, da ich gegen ihn noch ziemlich jung sei und noch viele Jahre des Lernens und Prüfens brauche, um die Verhältnisse durchschauen zu können. Doch er sei sich ziemlich sicher, dass ich mich irgendwann einmal an seine Feststellung erinnern werde und ihm dann Recht geben müsse und vielleicht, wenn ich ehrlich sei, sogar meinen Enkeln sagen werde, dem alten Richard hätte ich so viel Weisheit gar nicht zugetraut.

Es trieb uns wohl beide dazu, noch einmal kräftig ins Wasser zu spucken und danach laut zu lachen, aber wir verrieten den Anderen, die mit uns auf der Brücke standen, nicht, weshalb wir lachten, wir ließen sie bei dem Glauben, Richard hätte einen Witz erzählt, sie wussten ohnehin, er beherrschte das Witzeerzählen, und als sie nun darauf drängten, unbedingt auch diesen Witz zu erfahren, sagte Richard ganz gelassen: „Für den seid ihr noch viel zu jung.“

Erst Wochen später, nachdem Richard an einem Freitagabend beobachtet hatte, dass ich von Irene mit dem Auto abgeholt worden war, musste ich meine Geheimnisse lüften.

„Es ist meine Verlobte, die in Berlin lebt“, sagte ich.

„Also bist du nicht mehr ganz ledig, wie du behauptet hast“, stellte Richard fest.

„Und als zweites: Die vielen Aufzeichnungen in schöner Schrift stammen von ihr.“

„Und als drittes?“, fragte er, nun schon in der Tonart eines Verhörs.

„Den im Programm angekündigten Vortrag vom Landwirtschaftsministerium wird höchstwahrscheinlich sie halten.“

Doch der für unseren letzten Monat vorgesehene Vortrag wurde ohne nähere Begründung gestrichen.

Als ich Irene nach den Gründen fragte, wich sie mir anfänglich aus. Erst nach einiger Zeit entschloss sie sich, mich über die ganze Angelegenheit zu informieren.

„Weißt du“, sagte sie, „ich habe Ärger, großen Ärger.“

Und danach erfuhr ich von ihr, was vorgefallen war. Sie hatte vertretungsweise einen für ihren Chef vorgesehenen Vortrag übernehmen müssen, ausgerechnet an der Parteihochschule. In der sich anschließenden Diskussion war das Problem der Trennung von Pflanzen- und Tierproduktion zur Sprache gekommen. Auch wenn sie sich bemüht hatte, sehr vorsichtig zu argumentieren, konnte es passiert sein, dass einer ihrer Sätze für einige Zuhörer nicht ganz der vorgegebenen Linie entsprochen hatte. Vielleicht war sie auch der Frage, ob man von einer Fehlentwicklung in der Agrarpolitik der letzten Zeit ausgehen müsse, nicht entschieden genug entgegengetreten, sondern hatte nur auf ihrer Forderung bestanden, unbedingt zwischen den selbständigen Betrieben der Pflanzen- und Tierproduktion bindende Verträge zu schaffen und die Kooperationsräte in die Lage zu versetzen, dies zu organisieren und zu kontrollieren, insgesamt also leitend tätig zu werden. Darüber hinaus hatte sie es gewagt, kritisch zu vermerken, dass man es nicht mehr länger dulden dürfe, jahrzehntelange wissenschaftliche Erkenntnisse und praktische Erfahrungen in der Düngung zu negieren, sondern schnellstmöglich zu einer geordneten Stalldung- und Güllewirtschaft zu kommen, um langfristig für steigende Erträge zu sorgen und dabei schneller zu sein, als es die Landwirtschaft in der BRD sei. Einer der Teilnehmer hatte sie hinterhältig gefragt, ob sie beabsichtige, der Parteiführung vorzuschreiben, wie die Agrarpolitik gestaltet werden müsse. Darauf hatte sie geantwortet, sie sei fest davon überzeugt, dass der kommende Parteitag die richtigen Beschlüsse für die weitere erfolgreiche Agrarpolitik fassen werde. Danach war die Diskussion beendet worden, alles schien sich beruhigt zu haben, sie bekam den Dank ausgesprochen, sie informierte ihren Chef über den Ablauf der Veranstaltung, der lächelte zufrieden, doch einige Tage später traf eine geharnischte Kritik aus dem hohen Haus ein, in der man ihr unterstellte, sie habe von Gigantismus in der Tierproduktion und von einer gravierenden Fehlentwicklung gesprochen sowie von enormen Investitionen, die nicht zu der vorausberechneten Effektivität geführt hätten.

Irene sagte nach einer Pause: „Solche Unterstellungen sind wirklich schlimm. Die wünscht man niemandem. Du hast keine Möglichkeit, die Vorwürfe zu widerlegen. Es gibt Behauptungen, und du erhältst nicht die Chance, sie zu entkräften. Man verpasst dir einfach ein Brandmal. Ich habe alle Vortragsvereinbarungen abgesagt, mein Chef hat das akzeptiert, sicher ist er sogar froh darüber, dass ich mich selbst aus der vordersten Schusslinie genommen habe. Brähmisch hat mich schon immer gewarnt, ich solle vorsichtiger sein. Aber ich mag es nicht, wenn einer nur den Text abliest und nicht riskiert, frei zu sprechen. Sollen sie nun machen, was sie wollen, ich habe mich zurückgezogen, ich schweige, ich mache nur noch Dienst nach Vorschrift, mehr nicht. Ich werde gewiss noch mit einigem rechnen müssen, mal sehen, aber vielleicht bin ich dann, wenn sie die nächste Attacke reiten wollen, schon im Urlaub. Und jetzt etwas Angenehmes. Ich soll dich fragen: Kommst du mit nach Bulgarien, vierzehn Tage, kommst du mit?“

Alfons Troganeck nahm einige Wochen später meinen kurzen Bericht über den Lehrgangsabschluss mit zufriedener Miene zur Kenntnis, und er betrachtete auch mit Interesse das Zertifikat, das ich ihm vorlegte.

„Gott sei Dank, dass du alles ohne Blessuren überstanden hast und dich so richtig arbeitsbesessen bei mir zurückmeldest. Also, leg` hier wieder los!“, sagte er lachend.

Und dann verfinsterte sich sein Gesicht, als ich ihm mein Anliegen vorzutragen begann. Er unterbrach mich nicht, er hörte schweigend zu. Und gerade dieses stoische Schweigen bewirkte, dass mir immer unbehaglicher zumute wurde. Doch es ging nicht anders, ich musste ihn um diesen Urlaub bitten.

Und als ich schwieg und ihn wartend anschaute, stellte er mir die Frage: „Sag` mal, wann beabsichtigst du eigentlich, deinen hiesigen Aufgaben wieder nachkommen zu wollen?“

„Sofort, nachdem wir aus Bulgarien zurück sind“, antwortete ich ihm.

„Du wirst also, so nehme ich an, mit der Genossin Dr. Vonderlind reisen, mit deiner Verlobten?“

Ich nickte.

„Sie wird dich also nach Bulgarien mitnehmen“, sagte er.

Ich nickte erneut.

„Nach Bulgarien, sehr schön.“ Auch Troganeck nickte jetzt. Dann überlegte er einen Moment, bevor er feststellte, es sei in der Tat erstaunlich, was die da in Berlin an Anerkennungen für vorbildliche Leistungen vergeben können. Bei uns reiche es höchstens für hundert Mark und eine läppische Urkunde. Und die in Berlin verschenken Auslandsreisen für zwei Personen. Gewaltige Unterschiede gäbe es wahrhaftig in unserem kleinen Land.

Ich hätte ihn aufklären müssen, ich hätte ihm sagen müssen, dass Irenes Vater die Reise organisiert habe, und zwar privat, für seine Familie oder zumindest für einen Teil dieser Familie, zu dem nun auch ich gehörte. Doch ich tat es nicht, ich klärte meinen Chef nicht auf, ich dachte mir: Soll er doch glauben, was er will.

„Nach Bulgarien also, ganz erstaunlich“, wiederholte Troganeck und blickte mich an, als ob er erwartete, dass ich seiner geäußerten Ansicht zustimmte, so fasste ich es jedenfalls auf.

„Ja, ganz erstaunlich“, bestätigte ich ihm.

Er müsse mir den Urlaub gewähren, selbstverständlich werde er das tun, erklärte Troganeck. Er könne nicht anders entscheiden, er müsse mir freigeben. Es wäre nicht auszudenken, wie er dastehen würde, wenn dem stellvertretenden Minister zu Ohren käme, er verweigere dem Verlobten seiner besten Mitarbeiterin, mit ihr nach Bulgarien reisen zu dürfen. Die Blamage in Markkleeberg, nach der Tagung, die habe ihm gereicht. Seinetwegen solle ich fahren, vierzehn Tage oder noch länger, sofern es erforderlich werden sollte. Er denke daran, dass sich vielleicht auch die Möglichkeit biete, meine Verlobte für einen Vortrag hier bei uns zu gewinnen, so etwa in der thematischen Richtung, neue Herausforderungen in der Landwirtschaft in Vorbereitung auf den nächsten Parteitag. Ich solle es versuchen. In intimer Atmosphäre lasse sich derartiges viel leichter vereinbaren.

Ich versprach ihm, mit Irene zu verhandeln.

Wir flogen mit einer TU 134 der Interflug nach Sofia, es war ein ruhiger, angenehmer Flug, ohne Turbulenzen. Wir wohnten im Hotel „Pliska“, das sehr neu aussah.

Als wir in Begleitung von drei Forstleuten, die uns vom Flugplatz abgeholt hatten, an der Rezeption standen, fragte Irene ihren Vater, ob auch für uns ein Doppelzimmer gebucht worden sei.

„Ihr seid hier als Ehepaar registriert“, antwortete er ihr und fügte leise hinzu, aber so, dass auch ich, der hinter ihnen stand, es hören konnte: „Ihr müsst nicht zwei Nächte getrennt schlafen, ihr dürft in einem Zimmer schlafen, meinetwegen auch miteinander. Besser wäre es allerdings gewesen, ihr wäret tatsächlich schon ein Ehepaar, dann müsste ich nicht ständig schwindeln.“

Zwei der Forstleute, die uns hergebracht hatten, verabschiedeten sich, einer blieb da und aß mit uns zu Abend.

Wir saßen in einem separaten Raum, unser Gastgeber sprach gut Deutsch, er hatte, wie ich später erfuhr, in Tharandt promoviert und war während dieser Zeit mehrere Male für ein paar Tage im Forstbetrieb von Irenes Vater, um sich mit der dort praktizierten Arbeitsorganisation vertraut zu machen. Jetzt hatte er eine hohe Funktion im Ministerium inne. Ebenso, wie ihre Eltern, die mit ihm per Du waren, sprach auch Irene ihn mit seinem Vornamen Dimiter an.

Dimiter veranlasste, dass wir zum Essen neben Mineralwasser schon Kognak serviert bekamen, der den gleichen Namen trug wie unser Hotel, nämlich Pliska, so wie die erste bulgarische Hauptstadt geheißen hatte.

Dann tranken wir einen von Dimiter empfohlenen Rotwein, bestehend aus Cabernet Sauvignon und Merlot, einer Spezialität aus einem Weinanbaugebiet in Thrakien, uns wurde auch der Name des Ortes genannt, aber ich behielt ihn nicht, ich hatte noch nie von ihm gehört. Überhaupt, es war meine erste Auslandsreise, für mich war alles neu.

Den Tag darauf waren wir viel unterwegs, für uns war ein kaum zu realisierendes Programm vorbereitet worden, zuerst das Stadtzentrum, die Gedächtniskirche Alexander Newski, die Kirche Sveti Georgi, das Dimitroff-Mausoleum, zahlreiche Denkmale, das Nationaltheater Ivan Vasov, die Nationaloper, und am späten Nachmittag verließen wir die Stadt und fuhren Richtung Vitoschagebirge, und nach vielleicht zehn Kilometern schlug uns Dimiter vor, anzuhalten und die Kirche von Bojana zu besuchen. Doch Irenes Vater bestand darauf, unbedingt weiter zu fahren, ins Gebirge hinein, bis zu dem Hotel oder Restaurant, von dem aus, wie er sagte, sich ein herrlicher Blick auf die Hauptstadt biete, diesen Blick müsse man ganz einfach einmal genießen.

Ich war wohl gerade beim Einschlafen, als mir Irene im Bett einiges über Sofia und über die bulgarische Geschichte zu erzählen versuchte, erinnern konnte ich mich, als früh ihr Test über mich hereinbrach, nur noch an die fast fünfhundert Jahre türkische Fremdherrschaft und an das Jahr 1878, in dem die Befreiung des bulgarischen Volkes erfolgte.

Unser nächstes Ziel war Borovec, der berühmte Kurort, für mich erst ein Begriff seit Irenes Schilderung auf dem Fakultätsball, damals, als wir uns kennenlernten.

Die Familie Vonderlind war schon mehrere Male in Borovec gewesen, im Ferienheim der bulgarischen Forstleute. Irenes Vater hatte zusammen mit Dimiter den Urlauberaustausch in Gang gebracht, auch wenn obere Stellen in unserem Lande sich anfänglich nicht allzu erfreut darüber gezeigt hatten, da sich das Ganze schlecht kontrollieren ließ.

Borovec erwies sich als ein idealer Ausgangspunkt für Wanderungen und auch für Bergtouren, die wir allerdings nur in einem für alle zumutbaren, gemäßigten Schwierigkeitsgrad absolvierten.

Irenes Vater meinte an einem der Tage, wir könnten den Marsch zum Mussala antreten, vier Stunden bis zur Mussala-Hütte auf 2389 Meter Höhe, dann übernachten und anschließend den Aufstieg zum Gipfel auf 2925 Meter wagen, dort kurzes Verweilen, ruhiger Abstieg und Rückkehr zum Ausgangsort, etwa sechs Stunden Fußmarsch.

Schon als wir bei der Fahrt nach Borovec in Samokov anhielten, das Städtchen besichtigten und danach Kaffee tranken, hatte Irenes Vater zu mir gesagt, sein Traum sei es immer gewesen, den Mussala zu besteigen, doch er befürchte, auch dieses Mal werde es nicht dazu kommen. Als er dann in Borovec seinen Plan vom Erstürmen des Mussala-Gipfels hatte verlauten lassen, war er von den Damen mit Kopfschütteln bedacht worden, so dass er den Namen des Berges die folgenden Tage nicht mehr erwähnte.

Die Fahrt bis Varna war strapaziös, auch wenn die Sitze im Kleinbus, der uns und zwei andere ältere Ehepaare transportierte, einigermaßen bequem waren.

Irene schlief während der Fahrt mehrmals ein und lehnte ihren Kopf gegen meine Schulter. Ich musste sie auch wecken, als wir auf den Hotelparkplatz rollten.

„Wir sind da", sagte ich zu ihr. „Zlatni Pjasaci, Hotel Rodina, meine Liebe, bitte steige mit mir aus."

Geplant sei eine ruhige, erholsame Woche, so hatte es Hermann Vonderlind formuliert.

Wir alle hatten auf Badewetter gehofft, und wir bekamen es uneingeschränkt, auch wenn die Einheimischen bemängelten, das Wasser sei noch viel zu kalt, es sei höchstens für die Nemzis erträglich, nicht aber für Bulgaren.

Alles lief nahezu mustergültig ab. Der Landforstmeister provozierte nicht mehr mit seinem Gipfelsturm, sondern riet uns, neben dem Schwimmen auch zu gemächlichem Wandern. In der Nachbarschaft sei überwiegend ebenes Gelände mit uraltem Laubwald, sagte er. Man könne dort im Schatten wunderbar wandern, wenn man längere Zeit in der Sonne verbracht habe.

Wir fügten uns auch der Empfehlung des Landforstmeisters, Mittagsruhe zu halten.

Nachdem wir die Tür unseres Doppelzimmers verschlossen hatten, erinnerte ich Irene daran, was ihr Vater an der Rezeption des Sofioter Hotels Pliska ihr zugeflüstert hatte.

Sie wisse es noch, ich müsse ihr nichts wiederholen, antwortete sie.

Doch ich wiederholte es, auch wenn sie versuchte, mir den Mund zuzuhalten.

Wir müssten nicht getrennt schlafen, flüsterte ich, sondern in einem Zimmer. Aber das Wichtigste dabei sei: seinetwegen auch miteinander. Dein Vater, fuhr ich fort, sei immerhin eine Respektsperson, er sei bestimmt nicht damit einverstanden, wenn man seine Anweisungen einfach in den Wind schlage, ich sei dafür, dem nachzukommen, was er uns aufgetragen habe.

Beim Start und während der kurz danach auftretenden Turbulenzen schwieg Irene, sie hielt sich steif in ihrem Sitz, den Rücken fest gegen die Lehne gedrückt und den Blick unverwandt nach vorn gerichtet. Erst als die Maschine endlich die Wolkendecke durchstieß und wir von gleisendem Sonnenlicht empfangen wurden, wir befanden uns wohl noch immer im Steigflug, neigte sich Irene zu mir herüber und flüsterte dicht an meinem Ohr, sie habe die ganze Zeit über unser verrücktes, irgendwie schwer zu lösendes Problem nachgedacht, nun hätten wir uns bemüht, mehr noch, wir hätten uns gewaltig angestrengt, und wenn sich wieder kein Ergebnis einstelle, dann wisse sie auch nicht weiter.

Mir sei das Anstrengen in guter Erinnerung geblieben, versicherte ich ihr. Wir könnten unser Bemühen doch einfach fortsetzen, so intensiv wie bisher oder fast so intensiv, schlug ich ihr vor. Doch ich begann zugleich zu lachen, obwohl sich meine Erwartungen hinsichtlich eines Erfolgs nicht von den ihrigen unterschieden, und mir klar geworden war, dass sie die ganze Sache sehr ernst nahm. Aber ich musste lachen.

„Sag` mal, kommt dir auf einmal alles lächerlich vor?“ Sie blickte jetzt geradeaus, nicht mehr zu mir herüber, als gelte ihre Frage ihrem Vater oder ihrer Mutter, die beide in der Reihe vor uns saßen.

Ich legte meine Hand auf ihren Arm, in der Hoffnung, Irene besänftigen zu können. Und ich sagte einfach, sie solle hinausschauen, die Sonne strahle für uns, ein solches Glitzern erlebe man auch nicht alle Tage.

Irene schwieg, aber ich sah, dass sich ihr Gesicht entspannte. Vielleicht dachte sie das gleiche wie ich, vielleicht dachte auch sie, dass man nicht kapitulieren dürfe, schon gar nicht vor dem Problem, dessen Lösung wir so leidenschaftlich übten.

Wir feierten, bevor ich in den Norden zurückfahren musste, noch den Geburtstag des Landforstmeisters, es war der fünfundsechzigste, eigentlich ein großes Ereignis, aber Irenes Vater hatte die offizielle

Information in Umlauf gesetzt, er weile zu eben dieser Zeit noch in Bulgarien, gefeiert werde deshalb anlässlich seiner Verabschiedung als Direktor des Forstwirtschaftsbetriebes am Ende des Jahres, und so traf zwar sehr viel Post ein, doch kein Gratulant. Nur die Familienangehörigen waren zugegen und dazu die Sekretärin, die wenige Wochen später die Sechzig erreichte und gemeinsam mit ihrem Chef den Betrieb zu verlassen gedachte.

Troganeck hatte keine Zeit für langes Reden, als ich mich bei ihm zurückmeldete, er sagte nur, er hätte mich eine Ewigkeit lang nicht gesehen, und auch Heinz Wendler hätte sich schrecklich beschwert, mit der Konsequenz, die Funktion des Kommissionsvorsitzenden aufgrund mangelnder Unterstützung seitens der staatlichen Leitung niederzulegen. Und das sei nicht etwa mittels Telefonanruf geschehen, da hätte man ihm ja noch etwas zur Begründung sagen können, nein, ein Schreiben sei von ihm eingetroffen, das ich lesen könne, nur jetzt fehle die Zeit dafür.

Troganeck erteilte mir den Auftrag, sofort zu Wendler nach Lübenow zu fahren, um den Kerl umzustimmen. Allerdings, so sagte er, müsse mir das bis übermorgen gelingen, wenn nicht, solle ich unverrichteter Dinge abreisen, und man würde in Erwägung ziehen, jeglichen freundschaftlichen Kontakt mit Wendler abzubrechen.

Ich war schon in der Tür, als Troganeck noch hinter mir herrief, er mache mir diesbezüglich keinen Vorwurf, trotzdem treffe mich, ich solle das bedenken, eine gewisse Schuld an Wendlers Reaktion, ich hätte ihm doch ein, zwei schöne Karten von meinem Lehrgang oder wenigstens eine Ansichtskarte aus Bulgarien schicken können.

Ich hatte mich umgedreht und wollte Troganeck etwas entgegnen, aber er sagte schon: „Versuch` mit allen Mitteln, das verlorene Terrain wieder zurückzugewinnen. Und wenn alle Stricke reißen, biete ihm einfach an, dich um die Genossin Dr. Vonderlind bemühen zu wollen, damit sie seinen Kollektiven beibringt, was gegenwärtig unternommen werden muss. Das zieht bei dem Wendler ganz bestimmt. Und merke dir, nur der Erfolg zählt, ja, nur der Erfolg."

Ich hatte mit einem wütenden oder zumindest verärgerten Heinz Wendler gerechnet, ich hatte mir deshalb auf der Fahrt schon etliche Sätze überlegt, von denen ich glaubte, sie könnten ihn beschwichtigen.

Doch mich begrüßte ein lachender Mann mit den Worten, er hätte es nie für möglich gehalten, dass ein einziger kurzer Brief in einer Bezirksverwaltung eine solch frappierende Wirkung zeige, er könne nur staunen.

Die Belange unserer Kommission besprachen wir fast nebenbei oder, wie es Heinz formulierte, mehr oder weniger im Schnelldurchlauf. Zudem versicherte er mir gleich am Anfang unseres Gesprächs, er werde als ehrenamtlicher Vorsitzender weitermachen, ich könne aber Troganeck trotzdem sagen, ich hätte sehr viel Überzeugungsarbeit leisten müssen, tagelang, von früh bis spät, der Wendler sei überaus stur gewesen.

In Lübenow war die Getreideernte in vollem Gange, und Heinz schlug mir vor, ihn bei seiner Kontrollfahrt zu begleiten. Und während wir durch die Flur fuhren, nach den Mähdreschern und den Strohpressen schauten, uns mit den Leuten unterhielten, von ihnen die Kritik entgegennahmen, dass es des Öfteren Stockungen beim Abtransport der Körner und des Strohs gebe, dachte ich ein paarmal, ich würde mich hier bereits gut auskennen und mich sogar schon ein bisschen für alles verantwortlich fühlen, was natürlich übertrieben war, doch irgendwie schien es mir so, wenn die, die mit uns sprachen, auch mich sogleich in die Unterhaltung einbezogen und mich keinesfalls wie einen Fremden behandelten.

Irgendwann sagte Heinz: „Die glauben, du hast schon hier bei uns angefangen, jedenfalls denken sie nicht, du bist einer von den Kontrolleuren oder von den Klugscheißern, die es ja in Massen gibt."

Ich musste lachen.

„Nun sag` doch was, gefällt`s dir hier?“, fragte mich Heinz, als wir uns auf dem Findling niedergelassen hatten, den ich schon kannte.

Ich nickte, und ich genoss die schöne Aussicht und dachte wieder an Vonderlinds Garten und dessen wohltuende Wirkung auf mich.

Und als Heinz seine Frage wiederholte, als hoffte er auf ein Bekenntnis, entschloss ich mich, ihm zu antworten: „Ja, es gefällt mir, weißt du, es gefällt mir hier ebenso gut wie im Garten meiner Schwiegereltern.“

Abendbrot aßen wir gemeinsam im Ferienheim, wo ich übernachten sollte.

Auch Irma Birke und Robert Hohler hatte Heinz zum Essen eingeladen. Seine Frau versorgte uns, später setzte sie sich mit zu uns an den Tisch. Jetzt, während der Ernte, waren nur wenige Feriengäste im Hause.

Es war, wie ich mich erinnere, Erika Wendler, die unserem Gespräch, dass sich um die Getreideernte und die zu erwartenden Erträge drehte, also um das Übliche, was Landleute in einer solchen Zeit beschäftigt, eine andere Richtung gab.

Sie fragte Robert, wie weit er bei seinen Nachforschungen zum Leben der Hohlers in Mecklenburg gekommen sei, und sie bezog sich dabei auf seinen Besuch in einem gut dreißig Kilometer entfernten Dorf und seine dortige Einsichtnahme ins kirchliche Taufregister.

Robert antwortete ihr, dass er beide Namen, den seines Bruders und seinen eigenen, gefunden habe. Er bedauerte, dass ihm die Zeit gefehlt habe. Er hätte noch vieles erkunden können, sagte er. Es sei erstaunlich, mit welcher Akribie die Kirchenleute gewirkt hätten.

Und danach kam eine Frage zur anderen, und Robert berichtete, und es war ihm anzumerken, dass er das mit Freude tat.

Robert hatte keine rechte Vorstellung mehr von dem Dorf gehabt, aus dem seine Mutter stammte. Er war noch zu klein gewesen, als sie von dort abreisten. Sein Vater, der Schweizer, dort als Melkermeister tätig wie zuvor auch der Großvater, hatte das wohl schönste Mädchen der ganzen Gegend erobert, so jedenfalls hatte er es immer seinen Söhnen vorgeschwärmt. Ein Melkermeister war stark, geachtet und begehrt und folglich damals für junge Dorfmädchen eine nicht zu verachtende Partie. Und als sich Nachwuchs anmeldete, wurde geheiratet, das gehörte sich so. Es kamen der erste Sohn und danach der zweite, und auf einmal bestand sogar Aussicht auf eine eigene Bauernwirtschaft. Der Vater glaubte das, was der Gauleiter auf einer Wahlkundgebung, zu der er, wie viele andere Landarbeiter auch, auf Geheiß der Gutsbesitzer, mit einem Sonderzug gereist war, versprochen hatte. Es sollte eine Bodenreform geben zu Gunsten von Tagelöhnern und anderen, die auf den Gütern arbeiteten und bedürftig waren. Also rechnete sich auch der Melkermeister Hohler etwas aus und freute sich über das, was so verlockend klang, und selbstverständlich auch über die, die es verkündeten. Er ahnte nicht, dass eine solche Bodenreform undurchführbar war, denn die Großgrundbesitzer waren diejenigen, die gemeinsam mit den konservativen Eliten des Landes die Ziele der Nazis unterstützten. Robert wusste dies jetzt alles, er hatte unzählige Geschichtsquellen studiert, während sein Vater damals auf das Geschwätz hereingefallen war. Der Vater erschrak erst, als im Juni 1932 die NSDAP die Landtagswahl im Freistaat Mecklenburg-Schwerin gewann. Und als im Monat darauf ein Nazi, es war ein Gutsverwalter aus der Nachbarschaft, zum Ministerpräsidenten gewählt wurde und sein Programm offenlegte, zog es die Familie Hohler vor, das Land zu verlassen. In der Schweiz, im Entlebuch, war es dem Großvater gelungen, ein kleines Gehöft zu erwerben. Dort zogen sie hin, und sie nutzten eine sich bietende Gelegenheit und pachteten noch einige Morgen Land hinzu, so dass sie ein bescheidenes Auskommen hatten.

Robert, der Zweitgeborene, ist, nach eigener Aussage, ein strebsamer Schüler gewesen, der Förderer fand, die ihm halfen, seinen Neigungen folgend, Lehrer zu werden. Er nahm eine Stelle im Oberengadin an, die sich aber alles andere als günstig erwies.

Sicher veranlassten ihn die Verhältnisse, in denen zu leben er gezwungen war, zum Aufbegehren, er schloss sich linksgerichteten Gruppen an und begann, aufrührerisches Gedankengut unter die Leute zu bringen, und er muss in der Öffentlichkeit eine gewisse Beachtung gefunden haben, auch bei einer Tochter aus gutem Hause, die etwas jünger war als er. Denn die Tochter eines hochangesehenen Arztes, die dabei war, ihr Medizinstudium mit Erfolg abzuschließen, wiedersetzte sich nicht, als er mit ihr eine Beziehung anfing, im Gegenteil, er muss allem Anschein nach mit seinen Vorstellungen und seinem Charme ziemlichen Reiz auf sie ausgeübt und damit bei ihr zugleich auch den Wunsch nach zunehmender Nähe entfacht haben. Sie konnten nicht zusammen wohnen, aber sie konnten sich oft treffen, und sie riskierten es auch, bei Bauern für ein paar Tage, bisweilen auch nur für eine Nacht, Quartier zu nehmen. Die beiden Liebenden zeigten sich nicht gemeinsam beim Arztehepaar, und Robert wagte es auch nicht, um die Hand der Tochter anzuhalten, da ihm klar war, welche Antwort einem Habenichts wie ihm beschieden sein würde. Doch er glaubte, sein Ziel ohne den Segen des Arztes erreichen zu können, was sich bald als großer Irrtum herausstellen sollte. Denn kurze Zeit, nachdem die Eltern von der Beziehung erfahren hatten, erfolgte Roberts Versetzung ins Unterengadin, wo man ihn, auf Grund seiner, wie es hieß, moralischen Verfehlungen, nur noch als Hilfslehrer anstellte. Ihm stand jetzt mehr freie Zeit zur Verfügung in der er lesen konnte, und er las sehr viel. Und er begann zugleich, sich als Journalist zu betätigen, allerdings schrieb er nicht unter seinem richtigen Namen, er legte sich ein Pseudonym zu, zeitweise, wenn er über Italien, dessen Grenze sich hinter den Bergen befand, berichtete, sogar zwei oder drei. Er erlernte schnell die rätoromanische Sprache. Er freundete sich mit den Einheimischen an und schrieb über das, was er von ihnen erfuhr und was er bei ihnen beobachten konnte, niemals allerdings unter den Namen Robert Hohler. Es konnte also sein, dass die Mutter seiner Geliebten mit Interesse und Genuss seine Berichte aus ihrer einstmaligen Heimat las, aus der sie von einem Zürcher, der dort einige Jahre nach seinem Medizinstudium als Arzt gewirkt hatte, fortgeheiratet und ins berühmtere Oberengadin verbracht worden war. Vielleicht las Mengia Grünenfelder diese Berichte, während sie ihre Enkelin Leta betreute, auf diesen Vornamen hatte sie bestanden, diesen oder keinen, hatte sie beharrt, und sie hatte sich durchgesetzt. Vielleicht erheiterten sie auch die Neuigkeiten, während sie Letas Schlaf beaufsichtigte und dafür sorgte, dass sich niemand der kleinen Dame näherte, schon gar nicht ihr Erzeuger. Sie wachte auf Geheiß ihres Mannes zugleich streng darüber, dass die Tochter trotz allem eine ordentliche Ärztin wurde, um später die Praxis des Vater übernehmen zu können, da ihr erstgeborener Sohn sich im Hinblick auf den Beruf anders entschieden und statt Medizin Bauingenieurwesen studiert hatte, und es ihm auch, trotz vorhandener Chancen, denn beim Vater hospitierten gelegentlich Anfängerinnen, nicht gelungen war, eine Medizinerin zur Frau zu gewinnen, sondern eine Spezialistin für Finanzfragen, was sich nicht als Fehler erwies, aber eben nicht so recht in das Zukunftskonzept der Eltern hineinpasste. Was die Mutter außerdem mit Sorge sah, war die Tatsache, dass ihre Tochter sich weiterhin mit der Bergsteigerei befasste und zudem noch als Rettungsärztin an gefährlichen Einsätzen teilnahm. Sie versuchte, es ihr zu untersagen, doch sie hatte keinen Erfolg damit, und selbst der Vater, der ein Machtwort hätte sprechen können, war sich in der Angelegenheit unsicher und meinte schließlich, einen Ausgleich müsste man der Tochter ja zubilligen, wenn sie schon zum Lehrer keinen Kontakt mehr unterhalten dürfte.

Ob das mit dem Kontakt tatsächlich so war, erfuhr Mengia Grünenfelder niemals mit absoluter Sicherheit, doch sie war schon zufrieden, dass sie ihre Enkelin Leta nach den eigenen Vorstellungen so abzuschirmen und zu bewachen vermochte, dass nicht wenige Außenstehende glaubten, es sei nicht die Enkelin, sondern die eigene Tochter.

Und dann ereignete sich diese Tragödie, bei der die Ärztin Luisa Grünenfelder oben in der Bernina verunglückte. Die Zeitungen berichteten von einem spektakulären Einsatz, es war zu lesen, wie mutig sich die Rettungskräfte verhalten hatten. Doch die Ärztin und ein Sanitäter stürzten in den Tod, während die Bergsteiger, die gerettet werden sollten, schon nicht mehr am Leben waren.

Robert Hohler, der sich wohl immer wieder um den Kontakt bemühte und ein Erkalten der Beziehung zu verhindern suchte, nahm an der Beerdigung teil, ganz weit hinten unter Bäumen stehend und somit nahezu unbemerkt für die, die dicht am Grab weilen durften. Aber er war unfähig, irgendetwas zu unternehmen, selbst der Bericht über die Trauerfeier, den er für eine Zeitung liefern sollte, gelang ihm nicht.

Ab dieser Zeit taugte er scheinbar auch nicht mehr als Lehrer oder als Hilfslehrer, nur die Zeitungen, für die er bisher regelmäßig geschrieben hatte, vertrauten ihm auch weiterhin. Aber Robert Hohler wollte fort, ihm war auf einmal alles vergällt.

Doch bisweilen stellen sich gerade zur rechten Zeit Zufälle ein, eine Agentur überraschte ihn mit einem Angebot, und er nahm, ohne nachzudenken und zu prüfen, den Auftrag an. Er gab den Lehrerberuf auf und betätigte sich fortan als Berichterstatter oder Auslandskorrespondent aus Berlin, aus Ost-Berlin.

Er war nun dazu gezwungen, an seine weitere Zukunft zu denken, an sein gesichertes Überleben, also scheute er auch keine Kompromisse mehr und berichtete zumeist in der Art, wie es seine Auftraggeber wünschten, was ihm anfänglich nicht allzu schwerfiel, denn er misstraute zuweilen manchem Detail von dem, was man in diesem Lande als neue Zukunft proklamierte, und dennoch vermochte er nicht zu verhindern, dass sich bei ihm zunehmend Gefallen einstellte an den geplanten

Zielstellungen. Er zögerte deshalb nicht, auch Aufträge für Zeitungen und Zeitschriften seiner neuen Wahlheimat anzunehmen.

Während einer großen Tagung interviewte Robert Hohler eine Frau, die er als Rednerin gehört hatte, und die Frau gefiel ihm.

Diese Frau war es auch, die ihm die Begegnung in Lübenow mit Heinz Wendler vermittelte. Und auf einmal eröffneten sich für den Schreiber aus der Schweiz unerwartete Möglichkeiten, nicht nur der Auftrag, ein Buch, das heißt, die Chronik über das Lübenower Gebiet, zu verfassen, sondern darüber hinaus auch Unterkunft, Umsorgtsein und Liebe im Haus der Irma Birke zu finden.

Lübenow böte alles, um hier sesshaft zu werden, soll Robert gesagt haben, jedenfalls behauptete das Irma Birke, und ihr Lebensgefährte widersprach ihr nicht.

Mir ist das alles, was ich in den zweieinhalb Tagen erlebte, fest im Gedächtnis geblieben, auch das, was Robert Hohler berichtet hatte, wobei ich bei letzterem zugeben muss, dass er das nicht so vollständig an jenem Abend erzählte, wie es sich nun bei mir zusammengefügt hat. Manche Auskunft erfuhr ich von ihm viel später, einiges erst aus seinen Aufzeichnungen, die er mir zum Lesen gab. Und wenn manches in seinen Darstellungen in meinen Augen auch schwer zu verstehen ist oder sogar kaum zu begreifen, Robert muss es so empfunden haben, und ich will es ihm glauben.

Am Tag, als wir das Haus besichtigten und den Fortgang der Sanierungsarbeiten begutachteten, fragte mich Robert, ob ich mir vorstellen könne, hier zu wohnen, nicht allein, sondern mit Frau und Kindern.

Statt einer Antwort lachte ich, worauf Robert sagte, ich solle es mir genau überlegen, so etwas werde einem nicht alle Tage geboten.

„Heinz Wendler bleibt Vorsitzender unserer Kommission“, verkündete ich Alfons Troganeck nach meiner Rückkehr.

„Sehr gut, das verdient meine Anerkennung", antwortete er mir und fügte hinzu: „Du hast ihn also überzeugt. Du hast so argumentiert, wie ich es dir vorgeschlagen habe, nicht wahr?"

„Genauso, wie von dir vorgeschlagen, ja, ganz genauso."

„Folglich ist alles klar für die Zukunft", stellte Troganeck fest. „Ich danke dir. Bei passender Gelegenheit werde ich deine vorbildliche Leistung in der Öffentlichkeit würdigen."

Und dann sagte ich: „Es gibt nur eine einzige Änderung."

„Und die wäre?", griff Troganeck ein und schaute mich prüfend an.

„Ich steige aus", sagte ich und wunderte mich im gleichen Augenblick, dass ich dieses Wort verwendete, obwohl ich mir alles, was ich hier vorbringen wollte, auf der Rückfahrt zurechtgelegt hatte, keinesfalls hatte ich beabsichtigt, den Ausdruck Aussteigen zu gebrauchen.

„Verlangt das Wendler?", fragte Troganeck in scharfem Ton.

„Nein, ich verlange es", antwortete ich ihm und verbesserte mich sofort, ich sagte: „Ich bitte dich darum, baldmöglichst meinen Arbeitsplatz hier in deinem Hause verlassen zu dürfen."

Troganeck schaute mich eine ganze Weile sprachlos an. „Sag` das noch mal", forderte er mich schließlich auf.

„Du hast alles richtig verstanden, ich will gehen, ja, ich will wirklich gehen."

„Ihr habt ein Komplott geschmiedet, oder?"

„Nein", sagte ich, „es ist lediglich eine Übereinkunft oder so etwas Ähnliches. Du weißt da sicher besser Bescheid als ich."

„Wann du gehen darfst, bestimme noch immer ich, merk` dir das", sagte Troganeck und fuhr dann im normalen Tonfall fort: „Glaub` nicht, du oder Wendler, ihr könntet über ein solches Vorhaben so entscheiden, wie ihr wollt. Hier entscheide ich!"

Dann schwiegen wir beide und schauten uns an.

Auf einmal stellte Troganeck zwei Gläser auf den Tisch und schenkte Weinbrand ein.

Darauf hob er sein Glas und nickte mir zu, als erteile er mir den Befehl, es ihm gleichzutun. Wir tranken, danach füllte er wieder unsere Gläser.

„Das ist ein Problem, ein großes Problem, für mich und für dich“, sagte er und leerte sein Glas in einem Zug. Er zögerte erneut, dann goss er sich Weinbrand ein und schenkte auch mir nach, obwohl ich noch nicht einmal an diesem Glas genippt hatte. Ich sah, dass seine Hand, in der er die Flasche hielt, zitterte.

„Weißt du, ich könnte dir befehlen, ja, überhaupt, ich werde dir befehlen“, er brach ab. „So geht das nämlich nicht, wie ihr beide euch das vorstellt.“ Er blickte mich überlegen an.

„Also, was willst du mir befehlen?“, fragte ich einlenkend.

„Ich bin gezwungen, dir etwas zu befehlen“, sagte er. „Wie stellst du dir das vor? Ich kann dich doch nicht, so mir nichts dir nichts, laufen lassen. Was soll da für ein Licht auf mich und genauso auch auf dich fallen? Sollen wir beide als Versager, als Ohnmächtige, als blöde Verwaltungsleute dastehen? Unmöglich!“ Troganeck trank einen Schluck und nickte mir wieder zu, als solle ich ebenfalls trinken.

„Weißt du“, begann er, als sei es seine Absicht, mir ein schwieriges Problem zu erläutern. „Ich befehle dir jetzt etwas, und du wirst meinem Befehl Folge leisten. So sagt man es doch beim Militär?“

„Ja, so in etwa“, bestätigte ich ihm.

„Dann hör zu! Zum ersten Mai nächsten Jahres gehst du nach Lübenow, nicht früher und nicht später“, sagte Troganeck.

„Warum nächstes Jahr zum ersten Mai?“, fragte ich.

Troganeck verharrte einen Moment in Schweigen, schüttelte dann den Kopf, als sei ihm meine Naivität unbegreiflich.

„Entschuldige“, sagte ich, „aber ich kann deine Überlegungen nicht nachvollziehen. Beim besten Willen, ich kann es nicht.“

„Vom Parteitag hast du wohl noch nichts gehört?“, fragte Troganeck ironisch. „Du wirst in Auswertung der Beschlüsse eben dieses kommenden Parteitags in die Praxis delegiert. Ja, du wirst delegiert, mit allem, was dazu gehört. Und du wirst Stellvertreter des Vorsitzenden für den Bereich Wissenschaft und Technik. Dem Wendler werde ich es schon noch zeigen. Eine andere Funktion kommt nicht in Frage, stellvertretender Vorsitzender, darunter tun wir`s nicht, ich lasse nicht mit mir handeln. Eine Delegierung von uns aus, mit der entsprechenden öffentlichen Wahrnehmung, ganz wie es sich gehört. Wir sind doch keine Dilettanten. Wir wissen doch, auf was es ankommt!“

Es fiel mir schwer zu glauben, dass alles reibungslos verlaufen würde.

Sie werden es mir in der Zeit bis dahin spüren lassen, dachte ich. Einige werden sich für so etwas schon hergeben.

Und einige wenige versuchten es auch, mir zu schaden oder zumindest mich in Misskredit zu bringen, und sie stellten es dann so dar, als verlange es die Parteidisziplin, mich zur Ordnung zu bringen.

Ende April, es war Sonnenschein, erfolgte meine Delegierung in aller Öffentlichkeit, was ich eigentlich nicht wollte, aber ertragen musste. Troganeck hatte alles so inszenieren lassen, dass bei niemandem irgendwelche Zweifel entstehen konnten. Es war für jeden begreiflich, ein angesehener Mitarbeiter des Staatsapparates wurde in eine Genossenschaft delegiert mit dem Auftrag, den wissenschaftlich-technischen Fortschritt an der Basis wirksam umzusetzen. Der Ton der Rede war fast überschwänglich, die Zeitung wusste es gebührend zu würdigen, sogar mit Foto und vielen Einzelheiten, und selbst der zuständige Sekretär der Bezirksleitung, der an diesem Tag sich zum letzten Mal öffentlich präsentierte, eine Woche später löste man ihn ab, wünschte mir Erfolg, und mir schien, seine Worte waren tatsächlich ehrlich gemeint.

***

Wenn ich mir heute das Geschehen bei meinem Wechsel nach Lübenow aus dem Gedächtnis hervorrufe, dann überstrahlt Irenes Wunsch, bei meinem Umzug und bei der Einrichtung der Wohnung unbedingt dabei sein zu wollen, alles andere.

Es war das ganze Gegenteil dessen, was ich seinerzeit, als ich Trogenecks Ruf gefolgt war, von ihr hatte hören müssen. Sie fragte nicht wieder, ob ich glaubte, dort besser aufgehoben zu sein. Jetzt sagte sie stattdessen, sie fände es gut, dass ich mich zu diesem Schritt entschlossen hätte.

Wir hatten beide Urlaub genommen, zwei Wochen lang, wir ließen uns viel Zeit, und wir freuten uns, wenn das kleine Haus einen zunehmend wohnlicheren Charakter annahm, und wenn trotz des erforderlichen emsigen Wirkens sich uns noch die Gelegenheit bot, die Umgebung zu erkunden. Wir setzten auch unsere Bemühungen fort, das beim Bulgarienurlaub nicht gelungene Vorhaben vielleicht doch noch realisieren zu können.

Ich sagte an einem der ersten Tage, während wir mit der Platzierung der Möbel beschäftigt waren, es sei wirklich ein ziemlich kleines Haus, bei jedem der Zimmer würde ich ein paar Quadratmeter vermissen.

Für uns beide sei es doch groß genug, versicherte mir Irene darauf. Wir hätten alles, was wir brauchen würden.

Als sie mir ihre Hand entgegenstreckte, sicher wollte sie damit zeigen, dass wir ausreichend Bewegungsfreiheit hätten, umarmte ich sie, doch sie machte sich los von mir und erklärte, für den Anfang sei es ganz phantastisch, und es sei schließlich auch unser Haus, ja, unser Haus.

Von diesem Moment an sprach ich immer von unserem Haus. Und ich probierte es vor anderen erstmals, als Irma Birke und Robert Hohler an einem der Abende zum Essen kamen. Sie hatten uns die Tage zuvor stundenweise geholfen, doch sie hatten dabei wohl immer nur das eine

Zimmer oder den einen Schrank im Blickfeld gehabt, also stets Details, nie die nahezu vollständig eingerichtete Wohnung.

Robert schaute zuerst vorn rechts in die Küche, um Irene zu begrüßen, die dort noch eifrig hantierte. Er entschuldigte sich bei ihr, dass er früher komme als vereinbart, doch er hätte gedacht, Irma, die ihm gleich nachfolgen werde, könne ihr ein wenig helfen, während die Männer schon mal ein Wort miteinander reden könnten und vielleicht auch ein Bier trinken, er hätte einen Korb voller Flaschen mitgebracht.

Als ich Irma Birke hereinließ und ihr die zwei Netze mit gefüllten Schüsseln und Töpfen abnehmen musste, war Robert schon beim Inspizieren des Wohnzimmers. Das sei ja großartig, hörte ich ihn mit ehrlichem Staunen sagen, er stand dabei mitten im Zimmer, den Rücken mir zugewandt und blickte in Richtung der beiden Fenster, die nach Süden gingen. Dann schlug er vor, den Schreibtisch einige Zentimeter nach rechts zu rücken, er fände, die Lichtverhältnisse wären da noch günstiger. Wir führten seinen Vorschlag sofort aus. Robert setzte sich danach auf meinen Schreibtischstuhl und schien sichtlich zufrieden zu sein. Nur die Lampe gefiel ihm nicht, und er versprach, mir bald eine andere zu bringen. Einige Sekunden betrachtete er Irenes Bild, verschob es etwas, lehnte sich zurück und nickte, den Blick noch immer auf das Foto gerichtet, vielleicht mit Bewunderung.

Die Tür zum Schlafzimmer öffnete er nur kurz, meinte, der Raum sei groß genug. Doch beim Zimmer daneben, das als Kinderzimmer gedacht war, bemängelte er, es sei viel zu klein, hier lasse sich höchstens ein einziges Bett stellen, zur Zeit stand provisorisch eine Campingliege dort, wo einmal ein Kinderbett stehen sollte.

Noch hätten wir kein Kind, entgegnete ich ihm und lachte.

Doch er ließ sich nicht beirren, er sagte: „Ach, weißt du, was nicht ist, kann noch werden, und vielleicht bekommt ihr mal zwei oder sogar drei Kinder.“

Da sagte ich: „Robert, es ist nun mal ein kleines Haus, aber es ist unser Haus, verstehst du, unser Haus. Und wenn einmal erforderlich, dann stellen wir eben ein Doppelstockbett für die Kinder auf, und wenn wir drei haben sollten, dann kommt noch ein Kinderbett in unser Schlafzimmer. Was willst du machen, unser Haus ist nun mal nicht größer, aber wir fühlen uns hier sehr wohl."

Das Bad, das der Küche gegenüber lag, zwischen beiden der Flur, gefiel ihm in der Art, wie wir es eingerichtet hatten, er hielt nicht mit Lob zurück, obwohl wir es kaum anders gemacht hatten als sie.

Dann tranken wir Bier, noch bevor Irene und Irma gemeinsam das Abendessen servierten. Und Robert bestätigte mehrmals, mit unserem Häuschen könnten wir wirklich zufrieden sein.

Es war nun also unser Haus, und die Lübenower sahen es wohl ebenso, jedenfalls wunderten wir uns, wie viele Einheimische Anteil an unserem Einzug nahmen.

Das Ehepaar Kaschiller erschien eines Abends ohne Ankündigung. Sie gaben vor, uns ein paar Eier aus der eigenen Hühnerzucht bringen zu wollen, für den Anfang könnten wir so etwas bestimmt gebrauchen. Dann aber, als wir zusammensaßen, erklärte Frau Kaschiller unumwunden, sie habe schon immer darauf gehofft, die Freundin und Verlobte des Kollegen Bornschein einmal aus der Nähe besichtigen zu können, lange Zeit habe sie schließlich deren Foto während des Staubwischens betrachtet, ja, und stets auch bestaunt.

Wir lachten an dem Abend noch häufig, vor allem auch, als ich die Episode vom Aufstellen des Telefons und dem klugen Hinweis, dass es nur auf dem Bücherschrank stehen dürfe, erzählte. Beim Verabschieden waren wir per Du, und unsere Gäste versicherten, dass sie, wenn Hilfe vonnöten sei, sofort zur Stelle wären.

Heinz Wendler besuchte uns in der Regel alle zwei Tage, fragte, ob wir was bräuchten, brachte meist schon etwas mit, weigerte sich aber stets, dafür Geld anzunehmen, sagte stattdessen, seine Frau habe es ihm mitgegeben, und sie werde uns schon einmal die Rechnung präsentieren, was aber nie geschah.

Ich wunderte mich eines Abends, dass Erika Wendler bei uns vorfuhr, ihren Mann absetzte, Gefäße mit Speisen und einen größeren Beutel mit Flaschen hereintrug und in den Flur stellte, guten Appetit wünschte, uns bat anzurufen, wenn sie Heinz abholen solle, und sich eilig wieder verabschiedete.

Wir tranken nach dem Essen den ersten Nordhäuser Doppelkorn, als Heinz, noch während ich mein Gesicht verzog, sich entschloss, mit seinem Problem herauszurücken.

Noch Ende Mai solle meine Wahl zum stellvertretenden Vorsitzenden für den Bereich Wissenschaft und Technik erfolgen, begann er. Alles vollziehe sich so, wie von Alfons Troganeck gefordert. Doch schon im Laufe des nächsten Monats müsse ich, gewissermaßen notgedrungen, die Funktion des Produktionsleiters übernehmen, da der, der seit Jahren diese Tätigkeit außerordentlich perfekt ausführe, und dessen Frau, die darauf dränge, in die erzgebirgische Heimat, wo beide elterliche Gehöfte hätten, zurückzukehren beabsichtigten, sie in eine gehobene Stelle bei der örtlichen Sparkasse, er höchstwahrscheinlich als Vorsitzender in der Genossenschaft des Nachbarortes.

Wir schwiegen eine Weile. Dann sagte Heinz: „Ihr seht, wir haben eine ausgesprochene Zwangslage, so etwas kommt nun mal vor in der Praxis, und oft ist es von vornherein gar nicht abzusehen, nicht kalkulierbar, wie bei uns jetzt. Die Entwicklung hält bisweilen unerwartete Überraschungen parat.“ Heinz blickte uns an, als wünschte er, dass wir es ihm bestätigen würden.

Ich war weniger über das von Heinz vorgebrachte neue Problem überrascht, sondern mehr darüber, dass Irene fast wie nebenbei erklärte, dann müsse sich dieser Peter Bornschein eben damit abfinden, als Stellvertreter des Vorsitzenden die Produktion zu leiten und zugleich, was ihm ja, nach einer gewissen Einarbeitungszeit, nicht allzu schwer fallen dürfte, für die Anwendung des wissenschaftlich-technischen Fortschritts zu sorgen. Im Grunde genommen gehöre ja beides sowieso zusammen, man könne doch nicht zweigleisig fahren.

Sie schätze die Angelegenheit völlig richtig ein, lobte Heinz. Der wissenschaftlich-technische Fortschritt gehöre zur Produktion, beides müsse in einer Hand bleiben, anders gehe es gar nicht. Manchmal hätten einige Leute, die fernab der Praxis säßen, total verrückte Vorstellungen, man müsse dazu zwar, um seine Ruhe zu haben, Ja und Amen sagen, aber man müsse die ganze Sache nicht zu ernst nehmen.

„Leite alles in die Wege, ich bin einverstanden“, sagte ich.

Mir war klar geworden, dass Heinz seit langem der Wunsch seines Produktionsleiters, Lübenow zu verlassen, bekannt war und dass er die Neubesetzung dieser Stelle mit der gleichen Sorgfalt geplant hatte, mit der er alle seine Entscheidungen vorbereitete. Nun konnte er sich in aller Ruhe dem Angebot für Irene widmen. Wenn sie ihre Stelle in Berlin einmal aufgeben sollte, erklärte er ihr, könne sie in der hiesigen Kooperation Chefökonomin werden und die Produktionsergebnisse von über fünftausend Hektar überwachen, denn Irma Birke werde es zu viel, außerdem werde sie in absehbarer Zeit in Rente gehen. Chefökonomin sei die eine Stelle, die sich anbiete. In Aussicht stehe aber auch, Leiterin der Zweigstelle des Bezirksinstituts zu werden oder der ökonomischen Forschungsstation der Universitätssektion, beides sei im Gespräch. Ganz gleich, für was sie sich entscheide, wir könnten beide hier unser Auskommen haben.

An dem Tag, als wir begannen, den kleinen Garten hinter unserem Haus wieder herzurichten, das alte Ehepaar, das hier gewohnt hatte, war vor einem Jahr zu den Kindern gezogen, so dass nun vieles verwildert war, hörte ich, wie unsere Klingel heftig schellte.

Irene legte den Finger auf die Lippen und bedeutete mir, nicht nach vorn zu gehen, sie befürchtete anscheinend, dass wir zu lange von der

Arbeit abgehalten und folglich unser vereinbartes Programm nicht schaffen würden.

Doch ich ging nach vorn und fand den Bürgermeister vor, noch immer mit seinem Blumenstrauß auf der Treppe wartend.

„Willi, du hättest hineingehen können, die Tür ist auf", sagte ich.

Nein, er wollte nicht ins Haus, ihm ging es nur darum, uns als neue Einwohner von Lübenow willkommen zu heißen.

Als Bürgermeister hätte es sich gehört, am ersten Tag zur Stelle zu sein, gestand er mir. Er habe jedoch ein zweiwöchiges Seminar besucht, und nun sei es seine erste offizielle Amtshandlung, bei uns vorbei zu schauen.

Er folgte mir nach hinten in den Garten, wo er Irene den Blumenstrauß überreichte. Ihr Angebot, zu einem Kaffee mit ins Haus zu kommen, lehnte er ab. Er sagte, ein andermal, auf seinem Schreibtisch türme sich viel Papier, und wir hätten, wie er sehe, auch noch allerhand zu tun.

Irene entgegnete lachend, sie schulde ihm noch einiges, immerhin habe er seinerzeit das Motorrad, die schöne ES, auf Hochglanz gebracht und auf dem LKW für den Abtransport festgezurrt.

Und dann rechneten sie beide, wie viele Jahre seit dem Tag, an dem Irene meine Habe in Bodelin abgeholt hatte, mittlerweile vergangen seien, und sie kamen nicht auf die gleiche Zahl, so dass sie mir schließlich erleichtert zustimmten, als ich sagte, es sei schon ziemlich lange her.

Willi Friedländer war seit eineinhalb Jahren Bürgermeister in Lübenow. Heinz Wendler hatte es geschafft, ihn, den einstmaligen LKW-Fahrer, der mich nach Bodelin transportiert hatte, den Vorsitzenden der Gewerkschaftsleitung des Gutes, dahin zu bringen, dass man ihm die Verantwortung für das große Dorf übertragen konnte.

Irene lag sehr viel daran, dass wir dem Garten nicht nur wieder zu einer Kontur verhalfen, sondern dass frisch umgegrabene Beete sichtbar wurden, die nur darauf zu warten schienen, bepflanzt oder besät zu werden.

Einmal gerieten wir in einen harmlosen Streit, als ich vorschlug, das lange, schmale Beet entlang des Weges mit einer Reihe Erdbeeren zu bepflanzen, worauf Irene auf das große Beet am hinteren Zaun zeigte und darauf bestand, diese Fläche für Erdbeeren vorzusehen. Das lange Beet dagegen sei prädestiniert für Blumen, sagte sie. Und noch bevor es mir gelang, etwas dagegen einzuwenden, fügte sie hinzu, auch Rosen müssten wir haben, ja, unbedingt Rosen, denn erst mit Rosen erlange ein Garten eine herausragende Wirkung.

Ich sagte dann einfach: „Einverstanden."

„Mit was bist du einverstanden?", fragte sie.

„Mit deinen Vorschlägen", sagte ich.

Ja, Irene sollte ihren Willen haben. Doch einen Ausstellungsgarten müssten wir nicht anlegen, ein Bauerngarten, wie er auf dem Dorfe üblich ist und wie ich ihn von zu Hause her kannte, würde auch für uns ausreichen.

Und mit diesen Überlegungen verrichtete ich an den zwei Tagen, die uns noch blieben, ohne Hast die Arbeiten im Garten, und wenn Irene weitere Vorschläge äußerte, nickte ich zustimmend, oder ich schlug ihr vor, dass wir uns das fürs nächste Jahr vornehmen könnten, jetzt müssten wir erst einmal an die Erdbeeren denken, an Zwiebeln und an Salat, Kartoffeln bekämen wir in bester Qualität vom Betrieb, die müssten wir nicht selber anbauen, also sei alles ziemlich klar. Irene antwortete mir zwar darauf, doch ich hörte nicht sehr aufmerksam zu, weil ich schon daran dachte, wo ich Erdbeer- und Kohlrabipflanzen herholen könnte. Mir war der Gärtner in jenem kleinen Städtchen am See eingefallen, den ich vom Gut in Groß Bodelin aus mit Stallmist versorgt hatte, damit er sich bereitfand, für uns Wrukenpflanzen heranzuziehen, die wir ihm neben der Mistlieferung noch ordentlich bezahlten.

Am Abend vor Irenes Abreise gelangten wir plötzlich zum Thema Zierpflanzen, und sie meinte, auch einem gestandenen Landwirt könne es nicht schaden, sich neben Kartoffeln, Getreide und Futterpflanzen auch damit zu beschäftigen. Sie habe sich mehrere Wochen mit einer Studie zum Investitionsbedarf für die erweiterte Produktion von Zierpflanzen befassen müssen. Dass auf diesem Gebiet wesentlich mehr geschehen solle, wäre ja dem ND-Artikel „Auch Blumen gehören zum Sozialismus“ zu entnehmen gewesen, ich hätte ihn sicher gelesen.

Ich sagte nichts darauf, ich hatte den Artikel nicht gelesen, aber Irene schien auch nicht auf eine Antwort zu warten, sondern begann, mich darüber zu informieren, wie interessiert das westliche Ausland sei, von uns Zierpflanzen zu beziehen. Ich solle mir nur einmal vorstellen, sagte sie, als verrate sie mir ein Geheimnis, ein Rosenanbauer oder genauer, eine Firma, die Rosen vermehre und diese weiterverkaufe, erwerbe nahezu jede unserer Neuzüchtungen, eine attraktive Angelegenheit, die uns Devisen bringe, harte Währung, für unsere Volkswirtschaft von beträchtlichem Gewicht.

Ob ich das schon gewusst hätte, fragte sie mich.

Ich verneinte es.

Danach erzählte sie mir vom neuen Sekretär des ZK der SED, der nun behutsam versuchen müsse, all die Fehlentwicklungen und Verwerfungen zu korrigieren, die sein Vorgänger und dessen Abteilungsleiter verursacht oder zugelassen hätten, was keine leichte Aufgabe für ihn sei. Schade sei es, dass man ihn nicht wenigstens fünf Jahre früher in das neue Amt gebracht hätte, schloss sie ihre Betrachtungen, worauf ich antwortete, er hätte doch erst warten müssen, bis sein Vorgänger gestorben sei, und wenn dieses Ereignis nicht eingetreten wäre, hätten wir weiter auf Veränderungen warten müssen, denn innerhalb der Parteiführung scheine es doch wohl ein starres und wenig demokratisches System zu geben, das keinen Wechsel durch turnusgemäße echte Wahlen zulasse. Sicher stehe schon immer vor der Wahl genau fest, welches Ergebnis man danach verkünden wolle, hoffentlich gerate uns das nicht einmal zum Verhängnis.

Irene hatte nicht versucht, mit mir über meine Ansichten zu diskutieren. Zum Lachen hatte ich sie dann aber gebracht, als ich ihr versicherte, dass ich rechtzeitig abtreten würde, wenn ich den Eindruck hätte, meinen Verpflichtungen nicht mehr gewachsen zu sein. Und zu den Sitzungen müssten sie mich auch nicht tragen, ergänzte ich. Ich wüsste schon, wann mein Rückzug zu erfolgen hätte. Ich würde rechtzeitig abdanken, ich würde mich dann in den Schatten eines Baumes setzen, auf kluge Worte verzichten und stattdessen das Wachsen und Gedeihen um mich herum beobachten und dabei, sofern es warm sei, ein kühles Bier oder ein Glas Wein trinken.

Irene hatte ihre Sachen schon zusammengepackt. Es war unabänderlich, sie musste zurück nach Berlin.

„Soll ich die Rosen für uns bestellen?“, hörte ich Irene auf einmal fragen.

„Die Rosen?“

„Naja, die Rosen für unseren Garten“, sagte sie.

„Und wann wollen wir die Rosen pflanzen?“, fragte ich.

„Im kommenden Herbst“, antwortete sie. „Wir pflanzen wurzelnackte Rosen. Wir können sie natürlich auch im nächsten Frühjahr pflanzen, aber im Herbst ist es günstiger, das behaupten jedenfalls die Fachleute.“

„Gut, dann bestelle so viele Rosen wie du willst“, sagte ich. „Du kennst dich ja aus. Vielleicht bekommst du auch die Sorten, die ihr im Garten deiner Eltern gepflanzt habt.“

Es war damals im Spätherbst des vergangenen Jahres ganz offensichtlich gewesen, Irenes Eltern hatten ihre Freude an den vollbrachten Veränderungen, und sie hofften nun, dass ich die Freude mit ihnen teilen würde, als sie mich nicht ohne Stolz zum umgestalteten Teil des Gartens führten.

Auf Kosten einer der Rasenflächen hatten sie ein großes Rosenbeet angelegt, ich sah zahlreiche Erdhaufen, aus denen, etwas mehr als daumenbreit, einige Triebspitzen herausschauten, und ich musste mir jetzt vorstellen, wie dann im Frühjahr, wenn die Rosen auszutreiben beginnen, abgehäufelt wird und wieder eine ebene Oberfläche entsteht, gewissermaßen ein schönes, gleichmäßiges Beet, in dem sich die neuen Pflanzen überaus wohlfühlen, so dass sie emporwachsen und zur rechten Zeit blühen werden.

„Peter, weißt du", sagte der Landforstmeister zu mir, „Rosen benötigen vielleicht etwas mehr Pflege als manch andere Pflanze, aber dafür belohnen sie die Mühe auch mit wunderschönen Blüten vom Frühsommer bis zum ersten Frost."

Nun stand auch für uns das Rosenpflanzprogramm auf der Tagesordnung.

Am 22. Mai wurde ich, wie vereinbart, auf der Vollversammlung der LPG Pflanzenproduktion Lübenow auf Vorschlag von Heinz Wendler zum Stellvertreter des Vorsitzenden für den Bereich Wissenschaft und Technik gewählt. Es gab keine Gegenstimmen. Alfons Troganeck, der als Gast bis zur Mittagspause teilnahm, hatte meine bisherige Tätigkeit in seiner Verwaltung eindrucksvoll gewürdigt. Und Heinz Wendler hatte es sich nicht nehmen lassen, darauf zu verweisen, dass er mich seit vielen Jahren kenne, schon seit der Zeit, wo ich meine ersten Schritte durch die Mecklenburger Flur, nämlich im Gut Groß Bodelin, absolviert und er als Hauptagronom bei der Kreisverwaltung gewirkt hätte. Und wenn er sich an all die Jahre erinnere, fügte er hinzu, so könne er nicht umhin, als unumwunden zu bestätigen, zwischen uns habe immer ein echtes Vertrauensverhältnis bestanden.

Die einzige Frage, die man mir stellte, kam erst in der Diskussion am Nachmittag. Ein Genossenschaftsbauer sagte, er habe gern für mei ne Aufnahme als Mitglied gestimmt und auch dafür, dass ich der

Stellvertreter von Heinz Wendler werden solle, doch eine Frage sei ihm jetzt noch eingefallen, die er unbedingt stellen müsse, da auch andere sie schon leise geäußert hätten, er möchte wissen, ob ich beabsichtige, für immer hier zu bleiben.

„Ich will unbedingt hier bleiben", antwortete ich darauf. „Ich will zumindest solange bleiben, wie ich die hiesigen Anforderungen erfüllen kann und von den Mitgliedern geduldet werde."

„Danke, damit bin ich zufrieden, und die anderen sind es sicher auch", sagte der Fragesteller.

Und während einige zu klatschen begannen, rief Heinz in den Saal, es sei doch wohl offensichtlich, dass Peter Bornschein beabsichtige, für immer hier zu bleiben, denn er habe das renovierte Haus bezogen und den Garten kultiviert, und dabei habe ihm seine künftige Frau geholfen, die in absehbarer Zeit ebenfalls hier arbeiten werde. Lübenow biete eben für jeden ordentlichen Menschen eine Zukunft. Das wisse sein neuer Stellvertreter ganz genau.

Es herrschte, erinnere ich mich, an jenem Tag ohnehin eine Atmosphäre angespannten Hochgefühls. Heinz Wendler hatte in seinem Bericht eingeschätzt, sie hätten das bisher erfolgreichste Jahrzehnt in der Landwirtschaft erleben können, und in der Diskussion war danach der Vorschlag eingebracht worden, die bisher gefassten Zielstellungen zu erhöhen, schließlich würden die Parteitagsbeschlüsse die Anstrengungen aller Genossenschaftsbauern beflügeln. Auch das Wetter, wurde im gleichen Diskussionsbeitrag versichert, werde sie nicht davon abhalten, höchste Erträge zu erzielen.

Draußen herrschte tatsächlich strahlender Sonnenschein, und die warme Luft, die durch die geöffneten Fenster hereinflutete, schien jegliche Bedenken hinweg zu wehen oder zu ersticken. Niemand warnte, dass es auch noch anders kommen könne. Oder diejenigen, die ihre Bedenken, ihre Zweifel hatten, wagten es nicht, sie in der Öffentlichkeit zu äußern. Denn Bedenken und Zweifel mussten vorhanden gewesen sein, es gab doch wohl unter den im Saal Versammelten kaum jemanden, der nicht die Bauernregel kannte, dass der Mai soll sein kühl und nass, sonst füllt er uns nicht Scheun` und Fass.

Der Monat Mai allerdings, der hatte sich bisher völlig anders gezeigt, er war trocken und ungewöhnlich warm gewesen. Doch möglicherweise glaubte man allgemein, dass die neueren Beschlüsse nun sogar dazu imstande waren, auch die altbekannten Regeln außer Kraft zu setzen.

Gewundert hatte ich mich, dass ausgerechnet der Parteisekretär, der noch nicht lange hier war, während wir in einer Pause kurze Zeit zusammenstanden, leise zu mir sagte, manche dächten, die gefüllten Getreidesäcke könne man bereits im Frühling zubinden, sie hätten vergessen, dass man erst zu Weihnachten alles zählen und abrechnen dürfe. Sein Ton war scherzhaft, leicht ironisch, wie man ihn oft benutzt, wenn man andere auf heitere Art zum klügeren Handeln oder zur Besonnenheit ermuntern möchte.

„Ja, so ist es wohl“, antwortete ich ihm. Ich kannte ihn noch zu wenig, sonst hätte ich mehr gesagt. Ich wusste lediglich, er stammte aus der Gegend um Altenburg, man hatte ihn nach einem Parteischulbesuch zuerst in einem zentralen Parteigremium eingesetzt und danach in den Norden delegiert, wo er mehrere Jahre bei der Kreisleitung als zuständiger Sekretär für Landwirtschaft tätig gewesen war. Einige Male waren wir uns begegnet, aber es hatte zwischen uns nie ein längeres Gespräch gegeben. Irma Birke hatte mir im Vertrauen erzählt, Franz Schuchard habe sich um den Wechsel nach Lübenow bemüht, nachdem er von übergeordneten Funktionären wiederholt heftig kritisiert worden war, weil er statt kämpferischem Auftreten mehr die nachsichtige Überzeugungsarbeit bevorzugt und sogar rücksichtsvolle Erklärungen abgegeben habe, statt leidenschaftlich das Erfüllen der Beschlüsse zu verlangen. Zu oft habe er die Genossen an der Basis in Schutz genommen und kaum Kritik geübt, wenn sie sich nicht so verhielten, wie man es ihnen vorschrieb. Irma glaubte, der Mann besitze den Mut, Realitäten zu erkennen und diese auch zu benennen.

Irma hatte sich entschieden, nicht wieder für die Funktion des Parteisekretärs zu kandidieren, und sie hatte Heinz Wendler davon überzeugt, sich unbedingt für Schuchard einzusetzen, da der als gut ausgebildeter Landmaschineningenieur auch ins fachliche Konzept des Betriebes passe und außerdem sicher imstande sei, im Rahmen der Kooperation die Führung bei den Parteisekretären zu übernehmen.

Im Juni war Irene übers Wochenende zu Besuch, sie musste erst am Montag zurück nach Berlin, und wir hatten zwei volle Tage für uns allein.

„Es sei ein unwahrscheinlich schönes Gefühl, am Morgen gemeinsam aufzuwachen", sagte ich zu ihr, und sie lachte, kam zu mir ins Bett, und wir umarmten uns und hielten uns lange fest.

Wir frühstückten erst, als es schon auf Mittag zuging. Den ganzen Sonntag über war in unseren Gesprächen eine erstaunliche Heiterkeit.

Als ich Irene am Montagmorgen zum Bahnhof brachte, entdeckten wir, dass der Himmel schiefergrau aussah und dass ein eigenartig auffrischender Wind wehte. Vermutlich kämen die ersten Ausläufer des Tiefdruckgebietes, das über den Britischen Inseln liege, sagte Irene. Im Wetterbericht sei am Freitag schon die Rede davon gewesen.

Es hatte zunächst den Anschein, diese Ausläufer würden sich unserem Lande sehr zaghaft nähern, als wollten sie erst prüfen, ob ein Besuch überhaupt lohnend sei.

„Warte es nur ab, was noch kommt", prophezeite mir vielsagend der Produktionsleiter, der dabei war, seine Amtsgeschäfte, wie es Heinz Wendler festgelegt hatte, an mich zu übergeben. „Warte nur ab, wenn statt der Ausläufer das ganze Tiefdruckgebiet unser winziges Ländchen entdeckt hat und sich entscheidet, sein gesammeltes Wasser über uns auszuschütten, ich garantiere dir, dann saufen wir unweigerlich ab."

Am Mittwoch wurde mir seine Prophezeiung so richtig bewusst, und ich musste unwillkürlich auch an die Bemerkung von Franz Schuchard denken, es war offensichtlich, das Tiefdruckgebiet hatte unser Land oder zumindest dessen Norden gefunden, es regnete unaufhörlich drei Tage lang, und selbst am Sonnabend, als ich zu Irene nach Berlin fuhr, standen die Scheibenwischer meines Autos zumeist nur wenige Minuten still.

Am Montag war schon eine allgemeine Unruhe zu spüren, von einer Aufbruchsstimmung oder gar einem Hochgefühl war nichts mehr zu merken, im Gegenteil, wenn die Aussage wiederholt worden wäre, auch das Wetter werde uns nicht davon abhalten, höchste Erträge zu erzielen, hätte man sie bestimmt mit Kopfschütteln quittiert oder mit der Feststellung, so blöd könne doch wohl niemand sein, um nicht zu merken, dass uns der Untergang bevorstehe.

Das Regenwasser floss tatsächlich nicht schnell genug ab. Der Wiesengraben, wie ich ihn kannte, war ein kleiner Bach, jetzt führte er bereits Hochwasser. Die weiten Flächen links und rechts waren nicht mehr befahrbar, das Gras konnte nicht gemäht werden, und wo wir es schon gemäht hatten, ließ es sich nicht wenden und auch nicht abtransportieren. In dieser Atmosphäre sich ausbreitender Ratlosigkeit hörte ich während des Mittagessens im Speisesaal einen der Buchhalter ziemlich laut sagen, das Dieselkontingent für das erste Halbjahr sei restlos ausgeschöpft, die Kürzungen würden wir jetzt schon spüren, doch die eigentliche Katastrophe ereile uns erst im zweiten Halbjahr. Sicher müssten wir uns wieder Pferde besorgen, denn Traktoren und Mähdrescher, die ließen sich bestimmt nicht allein mit Beschlüssen bewegen. Und es sei sicher, dass unsere großen Freunde den Erdölhahn noch weiter zudrehen werden. Als Heinz Wendler hereinkam, verstummte der Buchhalter, stand auf, nahm seinen Teller und ging zur Essenausgabe, um sich einen Nachschlag zu holen, er wusste vermutlich genau, beim Essen musste er sich nicht sorgen, dass man ihm erklärte, sein Kontingent sei restlos ausgeschöpft.

An einem dieser Tage fragte mich der noch amtierende Produktionsleiter: „Würde es dir etwas ausmachen, sofort, meinetwegen ab morgen, das volle Kommando zu übernehmen?“

„Ab morgen?“, fragte ich. „Hast du mit Heinz gesprochen?“

„Er ist einverstanden.“

„Gut. Ab morgen“, sagte ich.

Am späten Abend rief ich Irene an und berichtete ihr, dass ich am nächsten Tag die volle Verantwortung als Produktionsleiter übernehmen werde.

Ob eine Woche früher oder später, das könne doch wohl nicht von Belang sein, antwortete sie mir lachend.

„Doch“, sagte ich.

„Wieso?“, fragte sie erstaunt.

„Weil es zugleich bedeutet, dass ich dich am Wochenende nicht besuchen kann.“

„Dann komme ich, was macht das schon.“

„Gut“, sagte ich. „Doch ich muss…“

„Was musst du?“, fragte sie.

„Dir schon jetzt die Einschränkung nennen“, antwortete ich. „Es verhält sich nämlich so, dass wir nicht die beiden Tage für uns allein haben werden. Du weißt schon, kein spätes Frühstück und so. Beenden der Nachtruhe bereits gegen fünf Uhr dreißig.“

„Das macht überhaupt nichts, wenn wir wenigstens ein paar Stunden für uns erübrigen können“, sagte sie. „Ich komme. Verlass dich darauf, ich komme.“

Irene ließ mich nicht im Stich, sie kam.

Ich solle mir keine Sorgen machen, sagte sie. Ich solle mich voll auf meine Pflichten als Produktionsleiter konzentrieren, sie kümmere sich währenddessen um die Wohnung, im Garten ließe sich ohnehin jetzt nichts tun. Der liebe Gott werde es sicher am Sonntag wieder regnen lassen, damit die Bauern in die Kirche gehen könnten. Sie hoffe, dass es dann in der kommenden Woche trocken bleibe, und sie hoffe vor allem auch, dass ich mich im Sommer für ein paar Tage vom Dienst frei machen könne, um ins Gebirge zu reisen.

Es war dann Anfang August. Das Wetter war nach wie vor miserabel, oder es war noch katastrophaler geworden als zuvor. Im Radio hatte man ein weiteres Tiefdruckgebiet angekündigt, bei dem man einschätzte, dass es den gleichen Weg von den Britischen Inseln nehmen würde wie das Vorherige.

In den Zeitungen war häufig von einer Regenschlacht zu lesen, jetzt schrieb man, die Regenschlacht nehme ihren Fortgang, und die Artikel strotzten wieder von Berichten über Heldentaten, auch wenn diejenigen, die die Taten an Ort und Stelle zu vollbringen hatten, das Geschriebene nicht mehr lesen mochten.

An einem solchen regnerischen Tag fuhr ich mit Heinz Wendler im Auto, wir hielten an, stiegen aus und blickten hinüber zum etwas tiefer liegenden Waldrand, wo die Mähdrescher zusammengedrängt wie ein Rudel urzeitlicher Ungetüme standen, als wären sie dabei, sich vor dem hereinbrechenden Untergang gegenseitig zu trösten. Noch bevor wir zu ihnen gingen, um den Fahrern zur Heimfahrt zu raten, sagte Heinz zu mir, ich müsse am Freitag unbedingt nach Berlin fahren, die Tagung habe schon im Juni während der Landwirtschaftsausstellung stattfinden sollen, sie sei aber verschoben worden. Er werde mir am Abend die Einladung des Ministers ins Haus bringen. Er werde auch eine Flasche Korn mitbringen, da wir einige Zeit bräuchten, um unter vier Augen alle Einzelheiten zu besprechen. Wir müssten auch über meine Prämie verhandeln, die selbstverständlich erfolgsabhängig sei. Würde ich das Höchstmaß erreichen, das er sich ausgedacht habe, dürfte ich meinen

Berlin-Besuch bis zum Montag ausdehnen, er wäre dann bereit, den anderen zu erklären, ich hätte noch einige wichtige, sich aus dem Auftrag ergebende Termine im Ministerium wahrzunehmen.

Im Plenarsaal der Akademie fand sich eine überschaubare Runde ein. Ich war rechtzeitig angekommen, und ich hatte mir sogleich einen Platz auf der rechten Seite, wo das Rednerpult stand, ausgesucht und ihn mit meiner Tasche auf dem Stuhl und meiner Schreibmappe auf der Tischplatte als besetzt kenntlich gemacht. Ich wollte nicht irgendwo im hinteren Teil des Saales sitzen, es war schließlich mein erster großer Auftrag als stellvertretender Vorsitzender und Produktionsleiter, und diese Funktionsbezeichnung war hinter meinen Namen in der Teilnehmerliste, die ich beim Pförtner mit der Vorlage meines Personalausweises hatte unterzeichnen müssen, auch exakt vermerkt worden.

Der Minister begann sein knapp halbstündiges Eröffnungsreferat, gute drei Meter von mir entfernt, pünktlich um zehn. Seinen Worten zufolge war das Vorhaben, Kartoffelneuzüchtungen, noch bevor sie als Sorte zugelassen würden, also als sogenannte Zuchtstämme, auf ihre Anbaueignung unter konkreten Praxisbedingungen im Großbetrieb zu prüfen, von außerordentlicher Bedeutung. Natürlich lasse sich das nur in Genossenschaften und Gütern durchführen, hob der Minister hervor, die bisher bewiesen hätten, dass sie eine hohe Ackerkultur besäßen und über große Erfahrungen in der Kartoffelproduktion verfügten. Ministerium, Akademie und Sortenkommission hätten sich die Auswahl der Betriebe nicht leicht gemacht, man könne folglich davon ausgehen, dass die Empfehlungen verantwortungsbewusst erarbeitet worden wären.

Nachdem sich der Minister verabschiedet hatte, übernahm je ein Vertreter vom Ministerium und von der Akademie die Leitung. Beide schienen mit den notwendigen Vollmachten ausgestattet zu sein, denn sie scheuten sich nicht, aufkommenden Streit unverzüglich zu unterbinden. Sie ließen nur Argumente gelten, die die Teilnehmer fundiert begründen konnten.

Zu meinem Erstaunen gelang es mir, die für uns vorgesehene Hektarfläche erheblich zu erhöhen, was den Unwillen eines Vorsitzenden aus dem sächsischen Raum erregte, so dass er schließlich schräg über die breite Tischplatte rief, man müsse wohl aus dem bedürftigen Mecklenburg anreisen, damit einem die gebratenen Tauben auf dem Tablett serviert würden. Ich hätte durchaus schweigen und über den heftigen Ton lächeln können, doch ich entgegnete ihm, es spiele hier sicher die ausgleichende Gerechtigkeit eine Rolle, dort, wo man tagtäglich eitel Sonnenschein habe und wo man nach Belieben den Feldarbeiten nachgehen könne, bedürfe es keiner zusätzlichen Unterstützung, die sei eben angebrachter bei denen, die sich mit ständigem Regen herumplagen müssten.

Wer hätte etwas von Sonnenschein geredet, jeden zweiten Tag eine kurze Aufheiterung, mehr nicht. Sein Ton war jetzt noch heftiger geworden.

Der Vertreter des Ministeriums warnte ihn streng, er solle die unsachlichen Bemerkungen unterlassen, so etwas habe hier nichts zu suchen. Mich fragte er freundlich, ob wir in Lübenow kräftemäßig in der Lage seien, die vereinbarten Flächen qualitätsgerecht zu bewirtschaften. Ich bestätigte es ihm, und ich sah, wie er in seiner Liste etwas abhakte.

Kurz vor drei erhielt ich als einer der Ersten die unterzeichneten Dokumente, ich musste nicht länger warten, es bedurfte keinerlei weiterer Rückfragen, man sagte mir, für Lübenow sei alles geklärt.

Als ich mich von den beiden Verantwortlichen verabschiedete und mich bedankte, meinte der Ministeriumsvertreter lächelnd, sie würden beide sehr gern mal nach Lübenow kommen, natürlich im Sommer, aber es bedürfe einer Einladung.

Nächstes Jahr, wenn es wieder einen richtigen Sommer gebe, zum Kontrollieren nach Lübenow, sagte ich, sie könnten sich darauf verlassen, die Einladung werde eintreffen.

Sie kämen nicht zum Kontrollieren, sie kämen zum Schauen, wurde mir lachend erwidert.

Ich war gerade dabei, meine Unterschrift in der Teilnehmerliste zu leisten und, wie es sich beim Verlassen des großen Gebäudes gehörte, auch die Zeit einzutragen, die mir der Pförtner nach der in der Loge befindlichen Uhr nannte, als ich eine Hand auf meiner Schulter spürte.

Vereinbart hatte ich mit Irene, dass ich aller Voraussicht nach am späten Nachmittag in ihrer Wohnung eintreffen würde. Sie hatte sich, wie ich von ihr erfuhr, beim Verantwortlichen des Ministeriums erkundigt, wie lange die Tagung dauern würde. Ich konnte mir denken, dass sie mit ihm nicht nur über die fachliche Problematik gesprochen, sondern ihn auch darüber informiert hatte, dass ich, ihr Verlobter, im Auftrage des Lübenower Vorstandes teilnehmen werde.

Meine Tasche durfte ich beim Pförtner in seiner verglasten Loge lassen, ich wollte es nicht riskieren, sie mit den wertvollen Unterlagen im Auto zu verstauen, das ich draußen auf dem unübersichtlichen Parkplatz abgestellt hatte.

Der Pförtner sagte, von ihm aus könnten wir bis gegen zehn durch die Stadt bummeln, er bleibe so lange hier im Hause wie der Präsident, sein allerhöchster Chef, er halte hier seine Stellung, auch wenn sein Kollege, der für den Nachtdienst verantwortlich sei, schon gegen acht eintreffen werde. Der Präsident nehme ihn nämlich im Dienstwagen mit, er müsse dann nicht mit der U-Bahn fahren. Während der Fahrt würden sie zumeist ein paar Worte miteinander wechseln, der Präsident, sein Fahrer und er. Der Präsident rede gern mal mit einfachen Leuten, vorausgesetzt, es seien vernünftige Leute, überhaupt, mit diesem Mann ließe sich gut reden, nicht nur übers Wetter, auch über andere Dinge, der Präsident habe nicht vergessen, wo er herkomme, der sei einmal

Landarbeiter gewesen, einfacher Knecht, der mit Pferden geackert habe. Selbst als Präsident scheue er sich nicht zu sagen, Professoren würden auch nur, wie alle anderen, mit Wasser kochen. Bei seinen letzten Worten lachte der Pförtner, und sicher hätte er uns noch mehr über seinen obersten Chef erzählt, vielleicht, weil wir ihm sympathisch waren oder weil er Irene schon mehrmals hier gesehen und auch heute bereits mit ihr gesprochen hatte, doch die nächsten Teilnehmer der Tagung kamen, um sich in der Liste auszutragen.

Draußen nieselte es ein wenig, aber wir brauchten keinen Regenschirm.

Wir hatten, glaube ich, die Leipziger Straße schon erreicht, als ich zu Irene sagte, der Pförtner scheine viel von seinem Präsidenten zu halten.

„Er wird seine Erfahrung mit ihm haben“, erwiderte mir Irene.

„Dabei hätte der Präsident mit der Faust auf den Tisch schlagen müssen“, sagte ich.

„Wann hätte er das tun sollen?“, fragte Irene und blieb überrascht stehen.

„Damals, als der ND-Artikel erschien“, sagte ich. „Immerhin, er ist Mitverfasser des Lehrbuches, das nicht nur bei uns eine Rolle gespielt hat, sondern auch ins Russische übersetzt worden ist. Er war damals, als der unselige Artikel erschien, schon Akademiepräsident. Aber er hat Günzerodt allein im Regen stehenlassen, er hat nichts für ihn getan, obwohl er doch Kraft und Einfluss besaß.“

Irene fragte mich, ob ich denn nicht begreifen könne, dass er sich genauso wie jedes andere Mitglied einer strengen Parteidisziplin hätte unterwerfen müssen. Und ein Politbüromitglied rangiere in der Parteihierarchie eben um vieles höher als ein Akademiepräsident.

Ich gab mich damit nicht zufrieden, ich sagte: „Trotzdem, er hätte mehr tun können.“

„Es kann sein, dass er versucht hat, etwas zu tun", antwortete mir Irene. „Intern soll er sich empört darüber geäußert haben, dass man Wissenschaftler diskriminiere, obwohl sie exakte Forschungsergebnisse vorgelegt hätten. Und zurzeit scheint es so, dass diese Auswüchse einer Wissenschaftsfeindlichkeit überwunden sind, sowohl im Politbüro als auch im Ministerium. Zumindest habe ich diesen Eindruck."

„Damals, da hätte er reagieren müssen", beharrte ich. „Nicht nur intern, sondern auch öffentlich."

„Allmählich müssten dir doch zwei Dinge bewusst geworden sein", sagte Irene, wie zu einem Schüler, der den Sachverhalt nicht begreifen wollte oder nicht begreifen konnte. „Erstens, der Präsident konnte nicht anders, als sich zu fügen, er musste akzeptieren, zumindest offiziell, was ihm die Parteioberen vorschrieben. Und zweitens, das betrifft jetzt dich, es gab einen Mitarbeiter, der hat seinen Chef, als der in Schwierigkeiten geraten war, einfach sitzenlassen, er hat die Nachteile gefürchtet, die er möglicherweise hätte in Kauf nehmen müssen, wenn er bei ihm geblieben wäre. Wenn bei dir jetzt alles klar ist, dann könnten wir dieses Thema beenden."

„Muss ich dir jetzt wieder rechtgeben?", fragte ich vorsichtig.

„Wenn es dir schwerfällt, dann stimme wenigstens dem Pförtner zu, der seinen Chef, den Präsidenten, als einen anständigen Menschen lobt."

Es muss abends kurz vor neun gewesen sein, als ich Heinz Wendler telefonisch erreichte. Ich nannte ihm detailliert die von mir vereinbarten Flächen und die dafür vorgesehenen Sorten.

„Wie hast du das geschafft?", kam seine Frage.

„Durch kluges Verhandeln, wie sonst", antwortete ich ihm.

„Unwahrscheinlich", sagte er anerkennend. „So viel hatte ich nicht erwartet, wirklich, so viel nicht."

„Ach", sagte ich lässig, „man muss mit den Leuten nur richtig umgehen."

„Stimmt“, erwiderte Heinz. „Erstmal danke ich dir sehr.“

„Weißt du“, sagte ich, „ich habe sie für nächstes Jahr nach Lübenow eingeladen. Die beiden Repräsentanten vom Ministerium und von der Akademie wollen kommen, im Sommer, wir sollen sie nur offiziell einladen.“

„Das war goldrichtig“, sagte Heinz, „ich erwarte dich am Montagnachmittag. Und grüß deine Verlobte.“

Es regnete den ganzen Sonnabend über, so dass wir die Wohnung nicht verlassen konnten.

Am Nachmittag, nach dem Kaffee, sagte Irene, sie habe noch zwei Neuigkeiten für mich.

Dann aber zögerte sie doch, mir die Neuigkeiten zu nennen. Sie holte eine Flasche Weinbrand, die noch halb gefüllt war, und schenkte mir ein.

„Trink“, forderte sie mich auf.

„Und du?“

Sie schüttelte den Kopf.

Ich trank einen Schluck und fragte, warum sie nicht auch ein Glas Weinbrand trinke.

Ob ich es mir denn nicht denken könne, fragte sie zurück.

„Nein“, sagte ich. Mir fiel tatsächlich nichts ein, was sie hätte davon abhalten können, einen Weinbrand zu trinken. Es hatte von ihr keinerlei Andeutung gegeben, dass sie sich irgendwie unpässlich fühle.

„Ich bin schwanger“, sagte sie.

„Wie, du glaubst, du bist schwanger?“

„Ich weiß es, ich bin schwanger“, sagte sie.

„Bist du dir sicher?“, fragte ich.

„Die Mediziner haben es mir bestätigt“, antwortete sie. „Was sagst du nun?“

Ich stand auf, ich wollte sie umarmen.

„Bleib sitzen!“, befahl sie mir. Und als ich mich wieder gesetzt hatte, fragte sie: „Freust du dich darüber?“

„Und ob ich mich freue“, sagte ich.

„Wirklich?“

„Ja. Weißt du, ich hätte fast nicht mehr daran geglaubt, dass es uns noch gelingen würde. Gehofft habe ich es natürlich immer.“

Eine Weile schauten wir uns an, ohne etwas zu sagen.

Dann fragte ich vorsichtig, wann wir denn nun heiraten wollten.

Irene zögerte mit der Antwort.

„Jetzt müssen wir heiraten“, sagte ich. „Stell dir vor, wir müssen heiraten, unbedingt, wir müssen es.“

„Erst das Kind, dann die Heirat“, antwortete sie mir.

Ich hatte zunächst die Absicht, ihr vorzuschlagen, lieber doch möglichst bald zu heiraten, vor der Geburt unseres Kindes, aber ich nahm an, sie würde sich nicht darauf einlassen, sie hatte ihre eigenen Vorstellungen.

Als ob sie meine Gedanken zu ahnen vermochte, sagte sie: „Lass` uns im kommenden Sommer heiraten. Es wird ein schöner Sommer, glaube ich. Und wir werden genau in der Zeit heiraten, in der wir uns damals verlobt haben. Stell` dir vor, wir haben wieder Sonnenschein, und wir haben fröhliche Gäste im Garten. Und, was das wichtigste ist, wir sind zu Dritt, wir sind auf einmal eine richtige Familie. Freust du dich?“

„Ja, natürlich, ich freue mich sehr“, sagte ich.

Ich trank einen Schluck Weinbrand. Dann schaute ich Irene an und fragte sie nach der zweiten Neuigkeit, die sie mir angekündigt hatte.

„Eine Neuigkeit muss für heute und morgen, ach was, für die ganze nächste Zeit reichen“, antwortete sie mit Bestimmtheit. „Die zweite Neuigkeit hat weniger Bedeutung, ich informiere dich später einmal, vielleicht schreibe ich es dir auch, wenn alles klar sein sollte. Heute spielt nur die eine Neuigkeit eine Rolle. Und die dazugehörige Frage, ob du dich freust."

„Weißt du, ich schreibe dir auch einen Brief", sagte ich lachend, „und in diesem Brief schreibe ich hundertmal: Ja, ich freue mich sehr."

Am Sonntag führten die meisten unserer Gespräche zum neuen Thema, es war wie eine Verheißung auf langersehntes Glück. Während wir redeten, fiel mir ein, dass wir uns noch keine Gedanken über den Namen für unser Kind gemacht hatten.

„Wir müssten den Namen noch suchen", sagte ich, „einen schönen Namen."

Irene lachte, als sie sagte: „Da wir zurzeit noch nicht verheiratet sind, müsstest du mir zubilligen, dass ich über den Namen bestimmen darf. Einverstanden?"

„Meinst du nicht, dass wir gemeinsam über einen Namen nachdenken sollten?", versuchte ich es erneut. „Immerhin haben wir es einmal so vereinbart."

„Schon", sagte sie nachsichtig. „Aber du könntest mir zunächst das Vorschlagsrecht einräumen."

„Und dann?", fragte ich.

„Wenn dir der Name gefällt, den ich dir vorschlagen werde, dann nehmen wir ihn."

„Und wenn er mir nicht gefällt?", fragte ich.

„Dann diskutieren wir so lange miteinander bis", sie zögerte und fuhr dann fort, „ja, bis wir uns auf einen Namen haben einigen können. Ich finde, das wäre doch eine vernünftige Methode. Wir sollten sie ausprobieren. Meinst du nicht? Und sollte uns die Methode wirklich nicht gefallen oder sollte sie nicht zum Ziel führen, dann machen wir es das nächste Mal anders."

„Beim nächsten Kind?"

„Ja, beim nächsten“, stimmte Irene zu. Und dann stellte sie befriedigt fest: „Also haben wir uns wieder einmal geeinigt. Erstaunlich, wie gut wir miteinander unsere Verhandlungen führen können.“

Am Montagvormittag fuhr ich zurück nach Lübenow.

Ich spürte, wie sich Veränderungen zu vollziehen begannen, mit mir, mit Irene und vor allem mit unserer Verbindung.

In nicht allzu ferner Zukunft würden diese Veränderungen konkrete Entscheidungen bedingen, dachte ich. Eine richtige Familie würde sich einen geeigneten Ort für das Zusammenleben aussuchen müssen. Es sprach wohl alles für Lübenow, denn dort hätten wir unser Auskommen.

Die missmutigen Gesichter, die ich fast jeden Morgen erblickte, die Verärgerung darüber, dass es in der Nacht wieder heftig geregnet hatte und der Himmel noch immer dicht bewölkt war, die erneute Ankündigung im Radio, dass ein ausgedehntes Tief sich anschickte, Kurs auf unser Gebiet zu nehmen, all das berührte mich auf einmal weit weniger als zuvor, ich dachte mir, es muss uns gelingen, mit diesen Schwierigkeiten fertig zu werden, ganz gleich, ob wir die Zielstellungen erreichen, die irgendwelche Beschlüsse für uns vorgesehen haben.

Über den Ablauf der Feldarbeiten konnten wir zumeist nicht mehr von Tag zu Tag entscheiden, sondern wir mussten es nun vielfach von Stunde zu Stunde tun. Das erforderte, dass ich immer anwesend oder, wie man es gern hörte und wie es auch die Zeitungen schrieben, immer vor Ort war.

Abends telefonierte ich mit Irene, in der Regel erst gegen neun.

Ich fragte stets am Anfang, wie es ihr gehe, wie sie sich fühle.

Und sie fragte, noch bevor sie darauf antwortete, ob ich im Betrieb alles ordentlich organisiert habe, schließlich sei ich nun gezwungen, für eine Familie zu sorgen, worauf ich ihr erwiderte, ich hätte zwar den ganzen Tag über emsig gewirkt und dadurch auch ein Anrecht auf eine angemessene Vergütung erworben, doch würde ich zugleich hoffen, dass auch sie noch ein bisschen mitverdienen könne, zumindest bis zur Geburt unseres Kindes.

An einem der Abende sagte sie, dass die Mediziner ihr möglicherweise empfehlen werden, eine Auszeit zu nehmen. Ich solle jedoch keine Befürchtungen haben, es scheine ansonsten bei ihr alles normal zu verlaufen.

Zwei Wochen nach meinem Besuch kam Irene zu mir.

Sie blieb das Wochenende über und dann noch den Montag und Dienstag und fuhr erst am Mittwochvormittag wieder zurück nach Berlin.

Am Sonntagvormittag war ich für einige Stunden im Betrieb, aber wir hatten alle Feldarbeiten wegen des starken Regens abbrechen müssen, wir konnten gemeinsam zu Mittag essen und uns dann ein wenig ausruhen. Während wir Kaffee tranken, eröffnete mir Irene, dass die Mediziner bei ihr eine ernste Erkrankung festgestellt hätten, es wäre, sagte sie, die zweite, die unangenehme Neuigkeit, die sie mir seinerzeit schon angekündigt hätte. Doch sie hätte sich damals entschieden, mir diese Sache zu verschweigen, wenigstens für kurze Zeit, weil ich mich erst einmal über die Nachricht, dass ein Kind unterwegs sei, hätte freuen sollen. Ja, sie hätte gehofft, dass ich mich richtig freuen würde, ohne dass ich zugleich mit Sorge hätte an das andere denken müssen.

Einen Moment schwieg sie, lehnte sich wie erschöpft im Sessel zurück. Dann sagte sie mit leiser Stimme: „Es hilft nichts, ich muss es dir sagen, ich habe eine unheilbare Krankheit: Multiple Sklerose. So ist es. Die Mediziner sind sich mittlerweile da ebenso sicher, wie mit meiner Schwangerschaft. Multiple Sklerose“, wiederholte sie. „Ich glaube, wir müssen nun alles neu überdenken.“

Ich war einige Augenblicke so erschrocken, dass ich nicht wusste, was ich sagen sollte. Schließlich sagte ich: „Ich weiß nicht, wahrscheinlich hast du recht."

Mich erfasste ein Gefühl der Hilflosigkeit.

„Sicher geht es gar nicht so sehr darum, ob ich recht habe", sagte Irene dann. „Es geht wohl mehr darum, dass wir uns auf diese neue Situation einstellen müssen. Auch hinsichtlich der Frage, ob wir überhaupt heiraten sollen. Stell` dir bloß mal vor, du hast eine Frau, die du mit dem Rollstuhl durch die Gegend fahren musst. Kannst du das verkraften? Darüber müssen wir nachdenken."

Ich erhob mich, ich ging zu Irene, umschlang ihren Kopf und drückte ihn fest an mich.

„Wir machen alles so, wie es gemacht werden muss, wie es sich für eine richtige Familie gehört. Der Termin für die Geburt unseres Kindes lässt sich nicht festlegen, aber der Termin für unsere Hochzeit schon. Und diesen Termin vereinbaren wir heute, jetzt sofort, unabhängig davon, ob es an diesem Tag Regen oder Sonnenschein geben wird. Einmal musst du mir schon das Entscheiden überlassen."

Als ich Irenes Kopf losließ und sie küsste, bemerkte ich die Tränen in ihren Augen.

Später war Irene bereit, mir von dieser Krankheit zu erzählen, zumindest das, was sie von den Ärzten erfahren und in den einschlägigen Büchern gelesen hatte. Sie wiederholte noch einmal, diese Krankheit sei unheilbar. Kein Arzt, auch kein ausgewiesener Spezialist, könne zurzeit voraussagen, welchen Verlauf die Krankheit, sie sagte die MS, nehmen würde. Und selbst, wenn der eine Mediziner erkläre, anzunehmen sei eine gute Prognose, weil es dafür sichere Anzeichen gäbe, könne ein anderer mit bedenklicher Mine behaupten, es sei eine sehr ernste Sache, mit anderen Worten, der sich abspielende Zerstörungsprozess lasse sich in seinem Tempo nicht einschätzen und folglich auch nicht die durch den Zerstörungsprozess entstehenden Beschwerden. Man müsse eben mit den heutzutage verfügbaren Therapien gegenzusteuern versuchen. Und auch da sei der eine Mediziner der Auffassung, sofort zu beginnen, der andere meine, es sei besser abzuwarten. Das sage jedenfalls auch ihre Schwägerin, die sich recht gut auszukennen scheine, immerhin habe sie bereits weitere Untersuchungen vorgeschlagen, die demnächst in dem Krankenhaus, in dem sie tätig sei, erfolgen sollen. Einig seien sich alle Mediziner darin, psychische Belastungssituationen unbedingt zu vermeiden, weil sie als mögliche auslösende Faktoren in Betracht kämen.

Ab sofort müsse sie ein stressfreies Leben führen, schaltete ich mich ein. Aufgrund der krankheitsbedingten Beeinträchtigungen müsse sie auch die beruflichen Anforderungen wesentlich reduzieren. Am besten sei es wohl, die Tätigkeit im Ministerium gänzlich aufzugeben. Sicher würde man ihr ohnehin erklären, dass sie ihren Platz frei machen solle, denn im Ministerium brauche man doch wohl Mitarbeiter und Mitarbeiterinnen, die imstande seien, Tag und Nacht für die Umsetzung der Beschlüsse hart zu kämpfen.

Irene lachte.

„Stimmt das nicht, was ich sage?“

„Wo denkst du hin“, antwortete sie nachsichtig, „mein Chef hat mir gesagt, ich soll mich ab sofort schonen. Vor allem auch, weil ich schwanger bin.“

Jetzt wagte ich es nicht, sie direkt zu fragen, wie lange sie noch im Ministerium zu bleiben beabsichtige. Ich fragte stattdessen, wie sich Krankheit und Schwangerschaft gegenseitig beeinflussen würden.

Die Mediziner scheinen sich darin einig zu sein, sagte sie, dass eine Schwangerschaft in den meisten Fällen den Verlauf der Erkrankung nicht beeinflusse, ja, dass im Gegenteil sich viele Patientinnen in der Zeit der Schwangerschaft wohl und leistungsfähig fühlen würden.

„Und wie ist es bei dir?“, fragte ich.

„Eher nicht ganz so“, antwortete sie mir. „Ich fühle mich weder besonders wohl noch besonders leistungsfähig, vielleicht mittelmäßig bis schwach, doch das muss nicht unbedingt etwas mit der Krankheit zu tun haben, eher mit dem ganzen Drum und Dran, wenn du weißt, was ich meine.“

Wir saßen uns eine Weile schweigend gegenüber. Ich beobachtete, wie Irenes Blick langsam über die Möbel streifte und schließlich bei der Zeitung vom Sonnabend, die vor ihr auf dem Tisch lag, verharrte. „Sie schreiben wieder über große Heldentaten“, sagte sie und wies auf die Zeitung. „Von Lübenow aber habe ich nichts gefunden.“

„Das wird noch kommen. Wart`s ab“, sagte ich. „Ich werde die Artikel sammeln und dir schicken.“

Irene nickte, aber in Gedanken schien sie woanders zu sein. Sie erhob sich, ging zum Schreibtisch und nahm das Foto.

„Heb` das auch auf“, sagte sie und schaute müde lächelnd auf ihr Bild. „Irgendwann wirst du den Leuten zeigen wollen, dass deine Verlobte auch einmal schön war.“

„Du wirst für mich immer die Schönste sein“, sagte ich, nahm ihr das Foto aus der Hand und stellte es wieder zurück an seinen angestammten Platz auf dem Schreibtisch.

Bei ihrem Anruf am Mittwochabend erklärte mir Irene, ihr hätten die Tage in Lübenow gutgetan. Sie fühle sich jetzt weit besser. Vielleicht würden die Mediziner tatsächlich nicht übertreiben mit ihrer Behauptung, die Patientinnen würden sich in der Zeit der Schwangerschaft wohl und leistungsfähig fühlen.

„Übernimm dich trotzdem nicht“, warnte ich sie. „Ich strenge mich hier an, um das zu verdienen, was ich für die Ernährung einer ganzen Familie brauche.“

„Noch benötige ich keine finanziellen, sondern nur ideelle Zuwendungen“, sagte sie. „Ruf mich gelegentlich wieder an, das reicht aus, um mich moralisch aufzurichten. Und du mach deine Arbeit so gut, dass sie dich auch weiter behalten wollen."

Zuständig war ich mittlerweile für alles, was sich in Lübenow und Umgebung auf den Äckern abspielte, die allmählich Schlachtfeldern glichen, weil der fortwährende Regen den Boden tief durchnässt hatte, so dass sich die Traktoren immer öfter festfuhren und tiefe Gräben hinterließen, wenn wir sie mit mühseligen Aktionen zu befreien suchten. Die Tage reichten nicht aus, wir entschlossen uns, das bei Tageslicht Versäumte oder Nichtbewältigte des Nachts aufzuholen. Und ausgerechnet an dem Tag, als ein großer, eindrucksvoller Bericht mit einem Foto in der Bezirkszeitung erschien und ein kleinerer, dennoch aussagekräftiger Artikel, gepaart mit einem kurzen Interview unseres Vorsitzenden, von der führenden Zeitung veröffentlicht wurde, mussten wir einige Minuten vor Mitternacht unsere Arbeit abbrechen, weil die Scheinwerfer zu wenig Licht boten, um zumindest schemenhaft das erkennen zu lassen, was der Traktorist für seine Orientierung brauchte.

In den wenigen Stunden, die mir von der Nacht verblieben, fand ich keinen Schlaf. Ich ging hinüber in mein Büro, und ich wunderte mich, dass Franz Schuchard noch vor allen anderen bei mir erschien. Es ging ihm um seinen Beitrag, den er auf einer Aktivtagung der Kreisleitung zu halten beauftragt worden war, und ich sollte nun lesen, was er aufgeschrieben hatte. Er gab mir sein mehrseitiges Manuskript, ich las die Überschrift, schaute ihn einen Moment an, las nochmals laut: „Bericht über die weitere Verwirklichung der führenden Rolle der Parteiorganisation in der LPG Lübenow", fragte ihn, ob wir nicht noch andere Sorgen hätten, und schob ihm, da er mir darauf nicht antwortete, sein Manuskript wieder zu, ohne auch nur eine weitere Zeile zu lesen.

„Erzähl` den hohen Genossen, was du für angebracht hältst", sagte ich.

Er war enttäuscht von mir, ich sah es ihm an. Doch irgendwie reizte mich dieser Unsinn, einen solchen Bericht zu verlangen, so dass ich noch abweisender wurde, als er mich fragte, was er über den Schichteinsatz berichten solle, denn immerhin hätten ja die meisten Genossen die Artikel in beiden Zeitungen gelesen.

Meinetwegen solle er ihnen erklären, dass der Lübenower Produktionsleiter mit zwei Kerzen vorangehe, um den Traktoristen bei ihrer Unternehmung den Weg auszuleuchten.

Der Parteisekretär stand auf, seine Hand drückte auf meine Schulter, ich sah zu ihm hoch, ich glaubte Niedergeschlagenheit oder Traurigkeit in seinem Gesicht zu erkennen, aber keine Wut, keine Verachtung. Ich sagte: „Entschuldige Franz, erkläre ihnen, wie schwierig die Schichtarbeit ist, und dann erzähle ihnen, dass wir ein Flugzeug einsetzen werden, um den Winterroggen auszusäen. Sage ihnen, das Düngerstreuen aus der Luft würden wir beherrschen, und diese Erfahrungen wollen wir nun für die Roggenaussaat nutzen. Das muss uns gelingen, ach was, das wird uns gelingen.“

Und an jenem Wochenende Mitte Oktober, als wir mit dem Einsatz des Flugzeuges begannen, als erstmals fünfzig Soldaten der Sowjetarmee anrückten, um uns bei der Kartoffelernte zu helfen, als wir die Vollerntemaschinen, die der weiche Boden an den Tagen zuvor immer tiefer in sich hineingezogen hatte, beiseite stellten und dafür die Grubber an die Traktoren koppelten, um die Kartoffeln an die Oberfläche zu bringen, damit sie danach von Hand aufgesammelt werden konnten, an jenem Wochenende trafen Irene und ihre Eltern in Lübenow ein, um in unserem Garten Rosen zu pflanzen.

„Es wird Zeit, die Rosen müssen in den Boden“, sagte Irenes Vater. Der Ton in seiner Stimme schien keinen Widerspruch zu dulden, und ich dachte, so wird er in seiner Amtszeit seinen Leuten gesagt haben: Heute beginnen wir mit der Fichtenpflanzung, heute und keinen Tag später. Mir sagte er noch, ich solle mich um meinen dienstlichen Kram kümmern, alles andere würden sie schon alleine regeln, zum Rosenpflanzen würden sie mich nicht brauchen.

Ich fühlte mich nicht wohl, weil ich für meine Gäste kaum Zeit erübrigen konnte. Aber ich hätte bei dem hektischen Trubel, der im Betrieb und im Dorf alle erfasst hatte, doch nicht sagen können, jetzt verlasse ich euch für zwei oder drei oder vier Stunden, um zu Hause mit meinen Gästen den heiligen Akt des Rosenpflanzens zu zelebrieren.

Ich hatte dann tagsüber kaum daran denken können, was sich in unserem Garten abspielte. Ich war überrascht, als der Landforstmeister mir am Abend den Pflanzplan mit dem Hinweis übergab, dass alles, wie von Irene vorgezeichnet, realisiert worden sei, und zwar, zwölf Rosen gepflanzt, vorschriftsmäßig angehäufelt und mit Stöcken markiert, jeweils den Namen der Sorte neben dem Kreuz auf dem Papier vermerkt, um Verwechslungen somit gänzlich auszuschließen, die Banderolen mit den üblichen Angaben in der Tüte gesammelt, die Tüte an den Plan geheftet, so dass alles seine Ordnung habe.

„Vielen Dank“, sagte ich.

Die Dämmerung war schon hereingebrochen, als wir gemeinsam in den Garten gingen und das vollbrachte Werk besichtigten.

„Bist du damit zufrieden?“, fragte Irene.

„Ganz großartig, mir fehlen die Worte“, sagte ich.

Am Dienstag fuhren sie zurück. Sie hatten die Absicht, in Berlin Zwischenstation zu machen, höchstens drei oder vier Tage, in denen Irene noch einige dienstliche Angelegenheiten erledigen wollte. Vorgesehen war auch ein Besuch beim Betriebsarzt, von dem sie die Krankschreibung und die Überweisung für das Krankenhaus ihres Heimatortes bekommen sollte. Sie rechnete mit mindestens einer Woche Krankenhausaufenthalt.

Bevor wir uns voneinander verabschiedet hatten, hatte Irenes Vater mir vorgeschlagen, sich um den Sommertermin zu kümmern und, wenn ich einverstanden sei, alles Erforderliche zu organisieren. An die Vorbereitungen für das März-Ereignis, hatte er mir versichert, werde er sofort gehen, als Rentner besitze er ausreichend Zeit, um die Umbaumaßnahmen zu überwachen und, falls das notwendig sei, selbst mit Hand anzulegen.

Auf einmal war ich wieder allein, es war ein bedrückender Gedanke, wieder in einem leeren Haus leben zu müssen, ich empfand eine lähmende Traurigkeit, die mich den Rest des Tages nicht mehr losließ. Dabei hätte ich ein wenig aufatmen können, denn der Regen hörte kurz nach dem Mittag auf, und die Wolkendecke begann dünner zu werden und in größere Höhen emporzusteigen. Damit boten sich auf einmal weit günstigere Bedingungen für unseren Flugzeugeinsatz, so dass wir am Abend erheblich mehr geschafft hatten, als ursprünglich von uns erhofft worden war.

Ich rechnete mit dem abendlichen Anruf, und dennoch schreckte ich auf, als mein Telefon klingelte. Erst nachdem mir Irene mitgeteilt hatte, dass sie gut angekommen seien und dass sie während der Fahrt sogar ein paarmal freundliche Flecken blauen Himmels hätten entdecken können, atmete ich auf und fühlte mich imstande, ihre Fragen in einem einigermaßen heiteren Ton zu beantworten. Sie wollte wissen, ob die Rotarmisten meinen Befehlen diszipliniert nachgekommen wären und ich mich wieder wie ihr Kompaniechef gefühlt hätte.

Ich antwortete ihr, ich hätte mittlerweile den Eindruck, ich wäre rangmäßig noch um einiges aufgestiegen, denn ich würde nicht nur die fünfzig Soldaten befehligen, sondern außerdem etwa die gleiche Anzahl Fachschulstudenten sowie die Bäuerinnen und auch die Hausfrauen, die unserem Aufruf zum Helfen gefolgt seien, dazu ein Flugzeug mit Besatzung und Bodenpersonal, es stünden folglich mehrere Kompanien unter meinem Befehl, ja, ich könne getrost schon von einer ziemlich schlagkräftigen Armee sprechen, mein einstmaliger Kompaniechef würde vor Neid erblassen.

„Dann bist du Feldherr geworden“, sagte lachend Irene.

„Ja, so ist es, aber einer, der mit seinen Gummistiefeln mehr als knöcheltief im Dreck watet“, erwiderte ich. „Ein Feldherr, der möglicherweise seine Schlacht leidlich über die Runden bringt, dabei sich über jeden Anhänger Kartoffeln freut, den man abtransportieren kann. Ein Feldherr also, der am liebsten jeden beglückwünschen würde, der so viele Knollen aus dem Schlamm gefischt hat, dass ein Korb voll geworden ist, und der dennoch zweifeln muss, ob das Erntegut die übliche Zeit überleben wird, ohne vorher zu verfaulen, und der bei jedem Schritt jetzt schon spürt, wie er seinen Ackerboden zugrunde gerichtet hat.“

„Peter“, sagte sie, „du musst dir keine Sorgen machen, weder um mich, noch um deinen Acker. Ich bin überzeugt, es wird alles gut werden. Ach übrigens, was ich noch fragen wollte, dein vertrauter Soldat, redet er dich noch immer mit Genosse Chef an?“

„Ja, noch immer“, antwortete ich. Und dann erzählte ich ihr, dass am Nachmittag plötzlich, ohne Anmeldung, zwei Zeitungsleute erschienen seien, ein Journalist und ein Fotoreporter. Und geführt habe sie Robert Hohler, und er habe nicht nur die Empfehlungen für die Aufnahmen gegeben, sondern auch die Gespräche vermittelt.

„Wirst du auf einer der Aufnahmen zu sehen sein?“, fragte sie.

„Auf mehreren“, sagte ich. „Ein Feldherr gehört nun mal zu seiner Armee.“

Zwei Tage später erschien ein großer Artikel in der Bezirkszeitung. Ihm waren drei Fotos beigefügt, ein Flugzeug in der Luft, ein Blick über den Kartoffelacker mit vielen Helfern, links im Vordergrund die Rotarmisten, und das dritte, das schönste Foto, trug die Unterschrift: Freundschaftliche Hilfe durch Soldaten der Sowjetarmee, abgebildet waren vier Soldaten, zwei davon mit freiem Oberkörper, und ganz links war ich zu schen, alle hatten wir einen Spaten in der Hand. Ich stand neben meinem Sonderkommando, als gehörte ich dazu, als hätten wir gerade eine Verschnaufpause eingelegt, um danach mit voller Kraft den nächsten Angriff beginnen zu können. Wir blickten alle sehr optimistisch in die Kamera, mein Nachbar, ein wenig zu mir gewandt, als ob er auf den neuen Befehl schon wartete. Dabei hatte ich den neuen Befehl längst erteilt, sie sollten mit dem Spaten Rinnen graben, damit das Wasser aus den großen Pfützen, die sich auf dem Acker gebildet hatten, allmählich ablaufen konnte.

Am Tag, als der Artikel erschien, sprach ich abends mit Robert, und er gab zu, dass er alles organisiert hatte. Ich bat ihn darum, ausreichend Fotos zu besorgen, ich wollte, dass alle, die fotografiert worden waren, auch Aufnahmen erhielten, unbedingt die Soldaten der Roten Armee.

Als ich einige Tage darauf Sergej, dem Soldaten, der auf dem Foto neben mir stand und der mich stets auf Deutsch mit Genosse Chef anredete, mehrere Aufnahmen überreichte, trug er mir eine etwas ungewöhnliche Bitte vor, er sprach dabei leise und dicht an meinem Ohr. Ich nickte ihm zu, und ein überraschend dankbares Lächeln überflutete sein Gesicht.

Und wenn wir uns die Tage danach trafen, wenn er sein: „Genosse Chef befehlen!“ sagte, bemerkte ich, wie bei ihm dieses Lächeln wieder aufflammte, so dass ich nicht umhin kam, ihm zumindest lächelnd zuzunicken, wir hatten ein gemeinsames Geheimnis, denn ich war mir sicher, wir hatten die bestehenden Vorschriften gröblich verletzt.

Sergej hatte mir, nachdem er im Besitz der Fotos war, an einem der nächsten Tage einen ziemlich dicken Brief übergeben, adressiert an eine Lydia Bondarenko in Kiew. Diesen Brief sollte ich mit meinem Absender und der erforderlichen Briefmarke versehen und danach abschicken. Jetzt konnte ich nicht sagen, ich würde es lieber nicht tun, ich hatte ihm versprochen, es tun zu wollen, er hatte niemanden sonst, den er darum bitten konnte, er vertraute mir, ich musste ihm helfen. Vielleicht war diese Lydia in Kiew seine Verlobte, der er seinen elenden Armeealltag zu schildern versuchte und der er nun berichtete, dass es eine wohltuende Unterbrechung dieser Tristesse gab, zwar lediglich nur drei oder vier Wochen lang, doch immerhin Tage mit Freude, wo es gestattet war, den Kommandeur aufzufordern, er möge befehlen, und wo das Befolgen dieser Befehle schon während der Anstrengungsphase, nicht erst beim erfolgreichen Abschluss, in einer bisher nicht gekannten Weise belohnt wurde, wo man sich nicht nur mit belegten Broten frei bedienen konnte, sondern auch mit Tee, der mit Rum oder Weinbrand aufgewertet worden war, und sogar mit Bier.

Ich brachte den Brief in der Kreisstadt zur Post.

Der einzige Mensch in Lübenow und Umgebung, den die durch das Wetter entfachte Aufregung kalt zu lassen, ja, überhaupt nicht zu berühren schien, war Robert Hohler. Seit ihm Heinz Wendler den Termin für die endgültige Fertigstellung der umfangreichen Chronik genannt hatte, seit er wusste, dass ein Papierkontingent zur Verfügung stand und ein Verlag bereit war, als Mitherausgeber zu fungieren, zog er sich von allem zurück, was nicht seinem Auftrag diente, dieses Werk voran zu bringen und es bis zum nächsten Bauernkongress, aus dessen Anlass es der Öffentlichkeit präsentiert werden sollte, zu vollenden.

Robert gelang es, selbst Heinz Wendler zu zwingen, in Nachtsitzungen, da der Vorsitzende am Tage keine Zeit dafür aufbringen wollte, die von ihm gestellten Fragen so präzise zu beantworten, dass er daraus eine Art Interview formen konnte, zumindest als vorläufigen Teil, der die bisherige Entwicklung der hiesigen Landwirtschaftsbetriebe beinhalten sollte. Den Abschluss der Darstellung könne man allerdings, so war Roberts Meinung, erst kurz vor der Drucklegung formulieren, nicht jetzt, wo noch einiges im Argen läge. Wo kämen wir hin, sagte er, wenn im Vorfeld des Kongresses nicht sichtbar werden würde, wie die kluge Agrarpolitik Erfolge hervorbrächte.

Ich war erstaunt, dass er an einem Abend, nachdem sämtliche Nachtsitzungen absolviert worden waren, sich bei mir blicken ließ. Er brachte Bier mit. Wir tranken einen Schluck, ich fragte nach dem Fortgang seiner Arbeit, und statt einer vernünftigen Antwort stöhnte er, es sei ein Scheißauftrag, dessen Weiterführung er am liebsten verweigern würde.

Auslöser des Ärgers war, wie ich von ihm erfuhr, eine Kontroverse mit Heinz Wendler gewesen, der sich ein paar Zitate aus den Reden des Generalsekretärs gewünscht hatte, die beizusteuern und einzufügen Robert sich anfänglich geweigert hatte. Doch im Grunde war ihr Streit nicht mehr als der Tropfen, der den Krug schließlich zum Überlaufen bringt. Bisher hatte Robert in den Kapiteln, die er in einer Rohfassung formuliert und mit kompetenten Fachleuten abgestimmt hatte und die zum Teil bereits von Gutachtern überprüft worden waren, historische Abläufe beschrieben, Geschehnisse also, die mit Literaturquellen belegt werden konnten. Jetzt plagte er sich mit Kapitel 17 herum, beschrieb die sozialistische Umgestaltung, den Weg vom „Ich" zum „Wir", und versuchte, da er sich zu sehr in Widersprüche verstrickt hatte, schon das nächste Kapitel zu konzipieren, in das er den ersten Teil des Interviews einzufügen beabsichtigte. Mit Erschrecken hatte er auf einmal festgestellt, dass er, ohne es beim Schreiben zunächst zu bemerken, von den historischen Fakten zu etwas anderem gelangt war, als er die Zeitungsausschnitte einbezogen hatte, denn das, was sie so beharrlich zu offenbaren trachteten, hatte vielfach den Charakter von propagandistischen Aussagen, die er unbedingt zu vermeiden gedachte, nun aber, sofern er Weitermachen würde, nicht mehr umhin konnte, in dieser vorgezeichneten Linie zu bleiben, die, wie er sagte, rechts und links abgesichert wäre durch Grenzgräben und –dämme, und in die er mit seiner freiwilligen Zusage zum Chronikschreiben jetzt fest eingefügt sei und der er nicht entkommen konnte, höchstens mit einem abrupten Bruch, mit einer Absage, doch er hatte, was belegt war, einmal ja gesagt und laufend Honorare bezogen.

„Das ist mein Dilemma“, sagte Robert.

Darauf riet ich ihm: „Versuch` trotzdem, das Beste daraus zu machen.“

Er nickte, und nach einer kurzen Pause sagte er: „Es existieren zum Beispiel für ein und dieselbe Sache zwei Bezeichnungen.“

„Und zwar?“

„Sozialistischer Frühling und Zwangskollektivierung“, erklärte er mir. „Da hast du es. Das Verrückte daran ist, dass beide Bezeichnungen mehr oder weniger zutreffen, je nachdem, von welcher Seite aus du die Sache betrachtest oder aus welcher Position du dich dem Tatbestand näherst. Für die Betroffenen liegt die Wahrheit irgendwo in der Mitte, vielleicht aber auch nicht, es ist sicher schwer, von außen zu beurteilen, wie sie sich gefühlt haben, damals, als die Entwicklung über sie hinweg ging, und wie sie es, nach den Erfahrungen, die sie inzwischen gewinnen konnten, heute sehen. Ich will nicht den Satz bemühen, dass man zuweilen zum Glück gezwungen werden muss, aber frag` einfach mal deine Mutter, wie sie es heute beurteilt, was sie zum befohlenen Schritt vom Einzelbauern zum Genossenschaftsbauern sagt. Frag sie mal. Ich bitte dich darum.“

Ich versprach es ihm.

Es ging schon auf Ende November zu, als ich es wagte, Lübenow für eine knappe Woche zu verlassen.

Zuerst fuhr ich in meinen Heimatort. Am Telefon hatte mich mein Bruder informiert, wie es um unsere Mutter stand. Sie war mehrfach zur Bestrahlung im Krankenhaus gewesen, Metastasen wucherten in ihren Knochen, vor allem in den Armen, man konnte ihr immer nur für kurze Zeit eine Linderung verschaffen.

Dann war ich überrascht, wie unbekümmert sie mir entgegenkam. Sie fühle sich jetzt weit wohler als am Monatsanfang, da hätte ich sie nicht erleben sollen, sagte sie. Deshalb hätte sie auch den Vorschlag meines Bruders, mich zu besuchen, ablehnen müssen, die weite Reise im Auto wäre zu viel für sie gewesen.

Es war ihr anzusehen, wie sie sich über meinen Besuch freute. Und als ich ihr, wie ein nur für sie bestimmtes Geheimnis, anvertraute, ein Enkel habe sich angemeldet, beteuerte sie mir, sie werde sich anstrengen, damit sie dieses unwahrscheinliche Glück noch erleben und vielleicht auch noch einige Zeit genießen könne. Die Aussicht auf einen weiteren Enkel oder auf eine Enkelin fände sie wie ein Geschenk des Himmels. Sie hoffe, dass die da oben noch so lange warten und sie nicht schon vorher abberufen würden, wenigsten einmal müssten sie doch ein bisschen Einsehen zeigen.

Meine Mutter schien dann in ihre Gedanken versunken zu sein, während mein Bruder mir von seiner Zwischenbetrieblichen Bauorganisation berichtete und von den langen Diskussionen, die er habe führen müssen, bis endlich alle beteiligten Genossenschaften begriffen hätten, welche wichtige Einrichtung ihnen damit zur Verfügung stehe. Unbegreiflich, meinte er, wie lange manche Leute brauchen würden, bis sie die Vorzüge und Möglichkeiten erkannt hätten.

Auch er schien überrascht zu sein, als unsere Mutter sich plötzlich mit ihrer Feststellung einmischte, es brauche eben alles seine Zeit, Hals über Kopf lasse sich gar nichts regeln.

Ich fragte nicht bei ihr nach, ob sich diese Aussage auf die Angelegenheit meines Bruders bezog oder auf die Geburt eines langersehnten weiteren Enkels. Doch ich glaubte, dass sich jetzt die Gelegenheit bot, Roberts Auftrag auszuführen, ich fragte sie, damals, beim Eintritt in die Genossenschaft, habe man doch wohl auch lange gebraucht, um alles gründlich zu durchdenken.

Meine Mutter schaute mich erstaunt an. Ob ich mich denn nicht mehr daran erinnern könne, fragte sie. Auch wenn das alles weit zurückliege, sie jedenfalls könne sich noch jeden Tag vorstellen, sie wisse noch genau, wie sich alles abgespielt habe, vor allem, wie die Werber sie mit ihren Diskussionen genervt und belästigt hätten, wie über die im Dorf neu angebrachten Lautsprecher ein jeder Bauer, der sich mit der Unterschrift noch zurückhielt, mit Namen und Hausnummer genannt worden wäre, immer mit der Aufforderung, den entscheidenden Schritt endlich zu tun, und sich nicht der notwendigen Entwicklung entgegenzustemmen. Hartnäckige Schmeißfliegen und stechlustige Wespen wären harmloses Ungeziefer gewesen gegen diese aufgestachelten Werber, so jedenfalls hätten sie damals gedacht, und sie hätten Türen, Tore und Fenster geschlossen gehalten. Doch das ununterbrochene überlaute Gezeter aus den Lautsprechern wäre durch jede Ritze gedrungen, und immer öfter wäre die Aufforderung an Kurt Bornschein ergangen, endlich in die Genossenschaft einzutreten, und manchmal hätten sie nach einer solchen Namensnennung gedacht, nun wären sie verkauft und verraten, wenn man sie jetzt als Feinde der Republik einstufen würde. Mit schrecklichen Zweifeln hätten sie schließlich unterschrieben, allerdings auch mit dem Gedanken, aus diesem Verein wieder auszutreten, wenn sie würden feststellen müssen, dass die Entwicklung ins Unglück führe. Ganz schlimm sei es gewesen, als die Kühe den Stall verlassen mussten und vom Gehöft geführt wurden, und danach auch das Pferd, und als die eine verbliebene Kuh ständig nach ihren Gefährtinen gerufen habe. Die Erleichterung bei der Arbeit sei allmählich gekommen. Man habe bestimmt zwei Jahre gebraucht, um es überhaupt zu bemerken. Aber eine Erleichterung habe es gegeben, geregelte Arbeitszeiten, nicht mehr so viel schwere körperliche Arbeit, weil mehr mit Maschinen bewerkstelligt werden konnte, und dann sogar Urlaubstage. Nie zuvor hätten sie sich Urlaubstage erlauben können, ein paar freie Stunden an manchen Tagen im Winter schon, aber das Füttern und Melken habe zu jedem Tag gehört. An einem Nachmittag, sie wären da bereits drei Jahre in der Genossenschaft gewesen, habe Minna Heinrich, die ich ja noch kennen müsse, auf dem Feld erklärt, die ganze Umgestaltung hätte mindestens fünf Jahre früher kommen müssen, wieviel unnütze Anstrengung wäre allen dadurch erspart geblieben und wieviel Angst, durch Krankheit die anstehende Arbeit nicht bewältigen zu können. Erst hätten alle geschwiegen, minutenlang, und dann auf einmal hätten sie laut gelacht, und keine der Frauen hätte Minna Heinrich widersprochen. In der Zeit sei unser Vater, sie blickte erst mich und dann meinen Bruder an, schon Mitglied im Vorstand gewesen.

Sie machte eine Pause, wischte sich mit dem Taschentuch die Nase und sagte dann nachdenklich: „Übrigens, das müsst ihr wissen, euer Vater war gerne Vorstandsmitglied, und er nahm diese Verpflichtung sehr ernst. Er wäre bestimmt, hätte er die Möglichkeit dazu gehabt, bis zur Rente im Vorstand geblieben, er kannte sich doch in allem so gut aus. Und die Mitglieder, die hätten ihn gewiss immer wieder in den Vorstand gewählt."

Am Nachmittag des nächsten Tages führte mir Irenes Vater die nahezu abgeschlossenen Umbaumaßnahmen vor.

„Was sagst du nun?", wurde ich gefragt, als ich das neuentstandene Zimmer besichtigte. Ich kannte alles noch als Garage und Abstellraum.

Und als ich das lobte, was ich sah, als ich sagte, es sei ein schönes Zimmer geworden, wurde ich korrigiert, eineinhalb Zimmer, und gleich darauf formte Irenes Vater mit seinen Händen die Wand, die noch zu errichten war, und auch die Schiebetür, die es dann geben und die teilweise verglast sein sollte, gewissermaßen das Apartment für Mutter und Kind und den anreisenden Ehemann und Vater. Es könne doch sein, wurde mir gesagt, Irene müsse eine Weile hierbleiben, wegen der Krankheit, da sei es erforderlich, dass man alles vorbereitet habe.

Wie es aussah, mangelte es Hermann Vonderlind, auch wenn er kein Direktor mehr war, sondern sich nur noch um bestimmte forstliche Objekte kümmerte und sich für das Naturschutzgebiet und das Biosphärenreservat engagierte, nicht an Beziehungen und Möglichkeiten, die es ihm gestatteten, in einer derart kurzen Zeit einen solchen Bau entstehen zu lassen.

„Zu Weihnachten, wenn du kommst, wird alles fertig sein“, versicherte er mir. „Ihr könnt dann in diesem Zimmer schlafen.“

Das scheint, dachte ich, offensichtlich das Geschenk für uns zu sein.

Irenes Mutter hatte ihr Geschenk ebenfalls vorfristig bekommen. Sie war mittlerweile dabei, emsig zu üben, und es klang nach meinem Empfinden schon recht ansprechend, was sie dem neuen Klavier entlockte, auch wenn sie noch über die mangelnde Geschmeidigkeit ihrer Finger klagte, wodurch ihr, wie sie sagte, immer wieder Fehler passierten.

„Es wird schon werden“, beruhigte sie der Landforstmeister. „Wolfram wird staunen, wenn du ihn aufforderst, mit dir vierhändig zu spielen. Dann kannst du auch prüfen, ob er auf deinem frühzeitig vererbten Klavier so regelmäßig übt, wie er immer vorgibt.“

Alles lief zu Weihnachten so ab, wie es von ihm vorausgeplant war. Irenes Mutter lobte das neue Klavier, und Wolfram, der mit seiner Familie am ersten Feiertag kam, konnte sich nicht dem Vorschlag entziehen, mit seiner Mutter ein paar Stücke vierhändig zu probieren. Schließlich bestätigte er seiner Mutter, sie spiele außerordentlich gut, er könne sich nicht mehr mit ihr messen, er könne sie nur noch bewundern.

Irene und ich schliefen zum ersten Mal im neuen Zimmer. Wir lobten die Einrichtung und auch die kluge Voraussicht, noch ein halbes Zimmer anzufügen, das vom großen Zimmer nur durch eine Schiebetür getrennt ist.

Das Kinderbett solle erst im großen Zimmer und später dann im kleineren, im halben Zimmer stehen, sagte Irene.

„Also wirst du hierbleiben?“, fragte ich.

„Vorerst ja“, antwortete sie.

„Und dann gehst du wieder zurück nach Berlin?“

„Nein“, sagte Irene. „Papiermäßig bin ich zwar noch in Berlin angestellt, und ich werde es einige Zeit auch noch bleiben. Du kannst dir aber denken, dass aufgrund meiner Krankheit und der ganzen Vorgeschichte bei mir alles ein wenig anders laufen muss, als es ansonsten allgemein die Regel ist. Nein, ich werde meinen Dienst in Berlin nicht wieder aufnehmen. Für mich steht das fest, auch wenn ich mit meinem Chef darüber noch nicht das letzte Wort gesprochen habe. Er will, dass ich unbedingt zurückkomme. Aber niemand weiß, wie lange er noch in dieser Funktion bleiben wird. Von heute auf morgen kann ein anderer auf diesem Sessel sitzen. Und ob der mich noch als Mitarbeiterin haben möchte, erscheint mir doch als sehr zweifelhaft. Stell dir nur einmal vor, eine Frau, die krank ist und dazu noch starrköpfig, mit zu vielen eigenen Gedanken ausgestattet, die außerdem als nicht mehr linientreu gilt, und die obendrein noch einen Säugling hat, also öfter mal ausfallen kann, muss man sich mit einem solchen Klotz belasten?"

„Also wirst du mit nach Lübenow kommen?", fragte ich.

„Ja, sofern die Krankheit nicht etwas anderes erfordern wird", sagte Irene.

Ich saß ihr gegenüber, schaute sie an, darauf wartend, dass sie mir mehr sagte, ich hoffte, die Gewissheit zu bekommen, dass wir möglichst bald gemeinsam in Lübenow leben würden.

Als Irene nicht weitersprach, fragte ich sie: „Meinst du, die Behandlung deiner Krankheit könnte nicht auch woanders erfolgen?"

„Ich bin mir da nicht sicher", antwortete sie. Und sie fügte erklärend noch hinzu, hier hätte sie allein in ihrem näheren Umfeld drei Krankenhäuser, darunter eine modern ausgestattete größere Klinik, und außerdem hätte sie ihre Schwägerin, die sich auf diesem Gebiet recht gut auskenne. Sie müsse deshalb erst einmal sehen, wie sich der weitere Verlauf der Krankheit vollziehe. Vielleicht werde alles viel normaler verlaufen als zunächst befürchtet.

Ich sagte: „Also kann ich noch darauf hoffen, dass Lübenow unser gemeinsamer Wohnort wird, ansonsten müsste ich mir tatsächlich hier eine neue Tätigkeit suchen."

„Und du willst mich wirklich heiraten?", fragte sie. „Du musst immer bedenken, dass bei mir plötzlich vieles auch nicht mehr gut verlaufen kann. Es kann bei dieser Krankheit so sein, nichts lässt sich einigermaßen exakt voraussagen." Sie hob, wie entschuldigend, die Schultern, dann sagte sie: „Jeglicher Reiz, in meiner Nähe zu sein, könnte bei dir erlöschen, davor habe ich Angst. Deshalb frage ich mich, ob eine lockere Verbindung zwischen uns nicht sinnvoller wäre, du könntest kommen, wenn du das Bedürfnis dazu hast, wenn du dein Kind sehen willst, und du könntest wieder fortfahren, ohne verpflichtet zu sein…"

„Irene, hör` jetzt bitte damit auf", sagte ich.

Ich hatte es energisch sagen wollen, aber meine Stimme muss wohl leise, besänftigend, bittend geklungen haben, denn Irene erwiderte, sie habe es ja nur noch einmal erwähnen wollen, damit ich sie später nicht bezichtige, Wichtiges verschwiegen zu haben. Im Grunde genommen sei ihr eine feste Verbindung auch viel lieber, schon unseres Kindes wegen.

Sie zog mich zu sich heran, und als ich vor ihr kniete, führte sie meine Hand über ihren Bauch und fragte mich, ob ich die Bewegungen schon spüren würde.

Ich war mir nicht ganz sicher, aber ich bestätigte es ihr, und dann fragte ich sie: „Müssen wir nun ein Protokoll aufnehmen, in dem der Heiratstermin und alles Weitere unumstößlich festgelegt werden?" Mir schien, jetzt hatte ich den energischen Ton, der mir von Anfang an vorgeschwebt hatte, auch tatsächlich getroffen.

„Nein, das müssen wir nicht", antwortete sie. „Mein Vater hat längst damit begonnen, alles, was nötig ist, in die Wege zu leiten."

In Lübenow bereiteten wir im Januar die Jahresvollversammlung vor.

Die Ergebnisse, die wir aufschrieben, waren miserabel.

Sie seien alles andere als ein Ausdruck unserer großen Initiativen zur Verwirklichung der Parteitagsbeschlüsse, stellte Franz Schuchard resigniert fest. Dabei habe der Generalsekretär auf der letzten ZK-Tagung das Getreideproblem in seiner Rangordnung mit dem Erdölproblem verglichen. Und nun hätten wir weder ausreichend Getreide noch ausreichend Dieselkraftstoff. In der Klassenauseinandersetzung sähe es für uns trübe aus, was bedeute… Er suchte nach den treffenden Worten, dann aber verzichtete er darauf, den Satz zu vollenden.

„Ein Jahr zum Vergessen, zum Vergessen und zum Abhaken", sagte Heinz Wendler. „Wir müssen überlegen, wie wir das den Mitgliedern beibringen können."

„Mein Kommen hat euch kein Glück gebracht", wandte ich ein.

„Ohne dich hätte es vielleicht noch schlechter bei uns ausgesehen, nimm das mal so hin", sagte Heinz mit Bestimmtheit. „Mehr Getreide produzieren und weniger Kraftsoff verbrauchen, das ist die neue Herausforderung. Wir müssen dafür sorgen, dass dieses neue Jahr für uns ein erfolgreiches Jahr werden wird."

Ich hoffte, es würde ein glückliches Jahr werden, ich hoffte vor allem, Irenes Schwangerschaft würde die restlichen Monate in ruhiger Normalität und die Geburt ohne Komplikationen verlaufen. Ich telefonierte jeden zweiten Tag mit ihr, aber ich war mir nicht sicher, ob ich immer die Wahrheit erfuhr oder ob sie die Auskünfte glättete, um mir die Sorgen zu nehmen.

Ende Februar fuhr ich die lange Strecke ins Gebirge, ich brauchte über sechs Stunden, es war kalt, aber auch im Gebirge lag kaum Schnee.

Immer öfter wurde unter Landwirten die Befürchtung geäußert, dass die strengen Kahlfröste bei den Winterkulturen, besonders beim Getreide, erhebliche Schäden anrichten könnten. Es fehlte die schützende Schneedecke.

Ich musste Tag für Tag an unsere Hoffnungen auf ein gutes Jahr denken, doch ich vermochte meine Zweifel und Ängste nicht niederzudrücken.

Wenigstens bestätigte mir Irene, dass sie sich sehr wohlfühle. Sie werde umsorgt, sagte sie, wie man es sich nicht besser wünschen könne.

An den meisten Tagen, die ich bei ihr im Gebirge weilte, konnten wir kleine Spaziergänge unternehmen. Es fiel mir unsäglich schwer, wieder nach Lübenow zurück reisen zu müssen.

Am 21. März, kurz nach dem Mittag, schickte Irma Birke alle, die sie in den Büroräumen erreichen konnte, auf die Suche nach mir. Dabei befand ich mich kaum mehr als hundert Meter von der Verwaltung entfernt in der Werkstatt und redete mit den Schlossern, die sich beschwert hatten, dass die Ersatzteile erst mit erheblicher Verspätung und dazu noch nicht einmal vollständig eingetroffen waren, obwohl man alles zur rechten Zeit angefordert hatte.

Ich eilte ins Büro, wählte hastig die mir bekannte Nummer, hörte die vertraute Stimme des Landforstmeisters, es sei eine Tochter angekommen, und es sei alles ganz normal verlaufen. Und da es beiden gutgehe, solle ich mir Zeit lassen und keinesfalls sofort losfahren, nicht in die Dunkelheit hinein, sondern erst tags darauf in aller Entspanntheit und mit mäßigem Tempo. Ich musste ihm versprechen, seinen Rat zu befolgen.

Am nächsten Tag fuhr ich zeitig los. Ich überlegte, ob ich erst zu meinen Schwiegereltern oder gleich ins Krankenhaus fahren sollte. Ich entschied mich für letzteres.

Und auf einmal befand ich mich in einer bisher ungekannten, aufregend neuen Situation. Ich konnte mir zwar einiges vorstellen, doch ich beherrschte die Grundbegriffe nicht, ich brauchte Nachhilfeunterricht. Eine Schwester half mir, meine Arme in die richtige Position zu bringen, und die andere Schwester überreichte mir ganz vorsichtig unsere Tochter, und sie trat erst einen Schritt zurück, als sie davon überzeugt zu sein schien, dass ich die Anweisungen begriffen hatte.

Ich hätte üben müssen, aber wie und wo hätte ich das tun sollen, ach, wie viel werde ich wohl noch lernen müssen, dachte ich. Zumindest könnte ich, selbst wenn ich nach den Hinweisen handelte, die man mir erteilte, mich so verhalten, als glaubte ich, hier allein zu sein, allein mit meiner Tochter und mich nur auf sie zu konzentrieren, ihr Gesichtchen mit meinem Blick einzufangen, zu beobachten, wie sie reagierte oder ob sie überhaupt schon reagierte.

Doch während ich mich noch darauf konzentrierte, das Bündel in meinen Armen möglichst gut und sicher zu halten, fragte mich Irene: „Gefällt dir deine Tochter?"

„Ja, natürlich", sagte ich leise.

„Das klang nicht sehr überzeugend", sagte Irene.

„Ich werde es gleich wiederholen, jetzt muss ich mich anstrengen, dass ich beim Halten alles richtig mache." Ich blickte in das winzige Gesicht, das von mir keinerlei Notiz zu nehmen schien. Ich sagte, nun etwas lauter: „Sie gefällt mir wirklich sehr."

Irgendwann durfte ich mich auf einen Stuhl setzen, ich fühlte mich regelrecht überanstrengt. Ich wurde aufgefordert zuzuschauen, wie unsere Tochter an Irenes Brust zu trinken begann. Ich hatte den Eindruck, es klappte noch nicht so, wie es hätte sein müssen. Die Schwester musste mehrmals eingreifen, wenn sich die winzigen Lippen von der Brustwarze fortbewegten.

„Das Trinken ist ihr sicher noch zu anstrengend", sagte ich, als mich der Blick der Schwester streifte.

Das sei ganz normal, wurde mir mit einem überlegenen Lächeln geantwortet.

„Unsere Felicia wird das schon noch lernen", sagte Irene und blickte zu mir auf.

„Felicia also", sagte ich. „Du hast dich für Felicia entschieden?"

„Du weißt es doch, wir haben darüber gesprochen, den Namen habe ich dir wiederholt genannt.“ Irene hatte keine Zeit, sich um mich zu kümmern, sie musste aufpassen und unserer Tochter helfen.

Ich erinnerte mich wirklich nicht, dass mir der Name genannt worden war. Gesprochen hatten wir darüber, doch Irene hatte sich meines Wissens nur insofern geäußert, dass sie den Namen aussuchen wolle, und sie hatte eine Art Vorschlagsrecht für sich beansprucht.

„Sagt dir der Name nicht zu, gefällt er dir nicht?“, fragte sie besorgt, ohne nach mir aufzuschauen.

„Doch, doch“, sagte ich schnell. „Ich finde, er ist schön, du hast, denke ich, für unsere Tochter einen sehr schönen Namen ausgesucht.“

Ich hatte den Eindruck, unsere Tochter hatte jetzt herausgefunden, wie sie es machen musste, die Bewegungen, die ich sah, waren auffallend gleichmäßig.

Irene schaute zu mir auf, einen kurzen Moment, in dem sie sich offenbar Gewissheit zu verschaffen suchte, dass meine Aussage ehrlich gemeint war. Ihre Prüfung fiel für mich sicher günstig aus, denn auf ihrem Gesicht erschien ein wissendes Lächeln und zugleich wohl auch ein Hauch von freudigem Stolz.

Ich sagte: „Irene, eine hübsche Tochter muss auch den entsprechenden Namen bekommen, du hast völlig richtig entschieden, Felicia, wirklich, ein schöner Name.“

„Meinst du?“

„Felicia Bornschein, das klingt auch sehr gut.“

„Vonderlind“, sagte Irene. „Felicia Vonderlind. So sind die Fakten.“

Ich nickte gezwungenermaßen.

„Trotzdem. Wir bleiben doch bei Felicia?“

„Selbstverständlich“, sagte ich und lachte. „Du hast wieder Recht, wie immer.“

Von Lübenow aus rief ich anfangs jeden Abend, dann zumeist jeden zweiten Abend an.

In den ersten Tagen, die Irene mit unserer Tochter noch im Krankenhaus zubringen musste, lieferte mir gewöhnlich ihre Mutter den gewünschten Bericht.

Wenn der Landforstmeister als erster den Hörer abnahm, sagte er nach einem Begrüßungssatz und der Kurzinformation, alles verlaufe planmäßig, dass er zur weiteren, genaueren Darstellung der hiesigen Ereignisse sofort seine Gemahlin zu Wort kommen lasse, die, wie ich mir denken könne, weit kompetenter als er über alles Bescheid zu geben imstande sei.

Das traf natürlich zu. Bei meinen früheren Besuchen hatte ich mehrfach erlebt, dass sie, wenn er eine Angelegenheit etwas großzügig behandelt und dabei Details ausgelassen hatte, mit, wie es bei Lehrerinnen zumeist üblich ist, unnachsichtiger Genauigkeit einsprang und aus ihrer Sicht den Hergang mit allen Einzelheiten schilderte. Während mich früher die Fülle von Details gelegentlich langweilte, vor allem wenn ich sie für das Verständnis dessen, was sie mir erzählte, als weniger wichtig erachtete, konnte ich jetzt nicht genug davon bekommen. Ich fragte sogar oft noch nach, weil ich zu glauben meinte, dass mir eine Winzigkeit vom Geschehenen nicht vollständig erzählt worden war.

Später, als Irene mit unserer Tochter schon zu Hause war, kam es zuweilen vor, dass mir, wenn ich nicht zu einer bestimmten Zeit am Abend anzurufen in der Lage gewesen war, gesagt wurde, die Damen seien noch bei der Arbeit oder auch, die Damen schlafen schon. Dann erstattete mir Irenes Mutter einen ausführlichen Bericht über den Tagesablauf. Lieber war mir natürlich, Irenes Stimme am Telefon zu hören, auch, wenn unser Gespräch oftmals kurz war und ich plötzlich gefragt wurde, ob ich die hartnäckigen, unverwechselbaren Beschwerdetöne unserer Tochter vernehmen könne. Ich hörte sie, ich durfte sie hören, zumindest für eine kurze Zeit. Danach setzte in der Regel Irenes Mutter das Gespräch mit mir fort.

Ich gewann allmählich den Eindruck, dass sich das ganze Leben bei den Vonderlinds nunmehr nur noch um unsere Tochter drehte. Und ich wünschte mir dann, mit dabei sein zu können.

Ich hatte wesentlich früher ins Gebirge fahren wollen, nicht erst gegen Ende April, aber es war anders gekommen.

Heinz Wendler musste ins Krankenhaus, um sich einer Operation zu unterziehen. Ich war sein Stellvertreter, und ich hatte auf einmal, ohne Vorwarnung, von einem Tag auf den anderen, das Kommando über den gesamten Betrieb. Dabei wäre ich schon mit der Frühjahrsbestellung restlos ausgelastet gewesen.

Obwohl uns das Wetter, scheinbar als himmlischer Ausgleich für die katastrophale Situation des Vorjahres, regelrecht verwöhnte, brauchten wir erstaunlich viel zusätzliche Zeit für unsere Kartoffeln; vor allem das Vorbereiten der Versuchsflächen und das anschließende Pflanzen der zu prüfenden Stämme verlangte größte Sorgfalt bei der Arbeit und erforderte meine ständige Anwesenheit, da die Beteiligten zwar neugierig auf das neue Vorhaben waren, es ihnen jedoch an der nötigen Erfahrung mangelte. Mein Erfolg damals beim Verhandeln im Berliner Akademiegebäude schlug sich nun zum Nachteil um im Hinblick auf meine Freizeit.

Ich musste mich also darauf beschränken, abends anzurufen, um mir die Informationen einzuholen, auf die ich den ganzen Tag schon sehnsüchtig gewartet hatte. Mittlerweile waren die Telefongespräche für mich wie eine Art Lebenselixier geworden.

An einem der Abende meldete sich zuerst Irenes Vater, er riet mir, die Rosen abzuhäufeln, es werde nun Zeit.

Noch am gleichen Abend nahm ich mir die Mappe mit dem Pflanzplan vor. Sie hatte die ganze Zeit über unberührt auf den drei

Rosenbüchern gelegen, die ich mir stillschweigend aus Irenes heimischem Bücherschrank entliehen hatte, um mir ein Quantum Grundlagenwissen in dieser, für mich als Landwirt neuen und ungewöhnlichen Sparte anzueignen. Den Landforstmeister hatte ich über meine Buchausleihe unterrichtet und zugleich an den einstigen Standort der Fachbücher einen Zettel gelegt mit dem Hinweis, zurzeit in Lübenow.

Als ich den Pflanzplan betrachtete, entdeckte ich, dass die Rose „Felicia" zweimal vertreten war. Ich versuchte, mir die Gespräche ins Gedächtnis zu rufen, was mir schwerfiel, aber zumindest zweifelte ich nicht mehr daran, dass Irene mich über diese Sorte umfassend zu unterrichten versucht hatte, nur war wohl meine Aufmerksamkeit zu anderen Dingen geglitten, und ich hatte bei ihr das Nachfragen versäumt, weil ich befürchtete, dass sie mich wegen meines mangelnden Interesses kritisieren würde.

Als mir Irene bei unserem nächsten Telefongespräch mitteilte, dass unsere Tochter gesättigt sei und ruhig schlummere und sich auch ansonsten überaus freundlich verhalte, sagte ich zu ihr, ich müsse es unbedingt noch einmal wiederholen, sie habe für unsere Tochter einen wunderschönen Namen ausgesucht, Felicia, der Name gefalle mir ungemein.

„Stell dir vor", antwortete sie darauf, „ich hatte noch Streit, sie wollten Felicia unbedingt mit Z schreiben. In irgendeinem ihrer amtlichen Bücher ist dieser weibliche Vorname mit Z aufgeführt, nicht mit C. Das hielten sie mir mit behördlicher Hartnäckigkeit entgegen."

„Und wie hast du dich durchgesetzt?"

„Ich habe ihnen dann ein Buch gezeigt, in dem sie Felicia mit C lesen konnten. Doch sie meinten, es handele sich ja nur um eine Rose. Ich musste sie mit der Frage konfrontieren, ob ein Mädchen denn nicht ebenso heißen dürfe, wie eine der schönsten Rosen."

„Und was haben sie dir geantwortet?"

„Sie werden den Namen so eintragen, wie ich es wünsche, doch es geht auf meine Verantwortung, sollte es eine Beanstandung geben, müsste ich sehen, wie ich damit klarkomme."

„Hat es etwa eine Beanstandung gegeben?"

„Ach wo, Felicia ist ordnungsgemäß eingetragen. Mit C. Wo kämen wir hin, wenn wir uns immer der behördlichen Obrigkeit beugen würden."

Unsere Felicia war schon in den ersten Wochen ein schönes Kind.

Das versicherte mir am Telefon auch meine Mutter. Mein Bruder hatte sie und meine Schwägerin zu einem Kurzbesuch ins Gebirge gefahren.

Felicia habe so erstaunlich klare Gesichtszüge, lobte meine Mutter. Und der leichte, goldene Haarflaum passe so schön zu diesem Gesicht. Liesbeth Vonderlind sei ja der Meinung, sie hätte große Ähnlichkeit mit Irene, als diese in dem gleichen Alter gewesen wäre, hätte sie ebenso ausgesehen. Hermann allerdings habe behauptet, Felicia habe von beiden etwas, von Mutter und Vater, das sei unverkennbar. So glaube sie es auch. Sie habe natürlich nicht gestritten, nicht mit Liesbeth und mit Hermann ohnehin nicht, denn sie sei seiner Meinung, Felicia habe tatsächlich von beiden etwas. Hermann habe natürlich bemerkt, dass sie auf seiner Seite stehe. Er habe ihr im Vertrauen gleich den Hochzeitstermin verraten. Nun hoffe sie sehr, dass ihr noch so viel Zeit beschieden sei.

Es war Ende Juni ein schöner Tag, an dem wir heirateten.

Wieder gab es Sonnenschein, jedenfalls überwiegend, nur gelegentlich schoben sich ein paar Wolken vor die Sonne, und am späten Nachmittag hörten wir ein paarmal fernes Donnergrollen. Aber dann war der Himmel wieder klar, und er blieb es auch die Nacht hindurch.

Hin und wieder ein paar dunklere Wolken und ein kurzes, fernes Donnergrollen, so etwas gehöre normalerweise dazu, aber daran scheitere keine Ehe, wenn beide Partner sich einigermaßen vernünftig verhielten, schätzte mein Schwiegervater lachend ein, und alle die es hörten, stimmten ihm zu.

Unser Gästekreis war nicht allzu groß, bei weitem nicht so groß wie bei der Verlobung, seinerzeit beim Dreifachfest, meine Mutter, mein Bruder und seine Familie, Irenes Bruder mit Familie, drei Familien aus der Nachbarschaft, eine der Nachbarinnen kümmerte sich um Felicia, nicht nur während wir zum Standesamt fuhren, sondern den ganzen Tag über, es kamen auch Gratulanten, die aber stets nur für ein Weilchen dablieben, um ein Glas Sekt auf unser Wohl zu trinken.

Felicia schien sich der ganzen Sache fast bewusst zu sein, sie weinte nicht, und wenn sie nicht gerade mit dem Trinken beschäftigt war oder schlief, blickte sie auch aufmerksam zu denen hoch, die sich voller Zuneigung über sie beugten. Ich hatte es mittlerweile gelernt, meine Tochter im Arm zu halten, und ich behauptete auch, sie hätte mich bereits angelächelt, jedenfalls würde ich es so deuten, und es gab von den Gästen keinen Widerspruch.

Es wurde eifrig fotografiert.

Entstanden ist auch eine Aufnahme mit dem Hochzeitspaar und dessen Tochter. Es ist ein schönes Foto. Irene hält unsere Tochter, deren Gesichtszüge deutlich zu erkennen sind. Das Hochzeitspaar würde auf dem Foto glücklich lächeln, sagen noch heute die Betrachter.

Und in beider Gesicht zeigt sich Zuversicht, so wie es sein muss, meint noch immer mein Schwiegervater.

***

„Du kannst dir denken, wie sehr ich gehofft habe, dass du an diesem Symposium teilnehmen wirst, als Referent, nicht nur als Zuhörer“, sagt Professor Günzerodt und drückt meine Hand, als müsse er sich für mein Kommen nochmals bedanken.

Da ich nicht sogleich antworte, fragt er: „Kannst du dir denken, wie sehr ich auf dich gehofft habe?“

„Wirklich, Herr Professor?“, frage ich zurück.

„Zweifelst du etwa an dem, was ich sage? Früher haben einige andere daran gezweifelt und mich und die, die zu mir hielten, lange und heftig beschimpft. Doch nicht du. Du hast immer zu mir gestanden, auch heute noch, dein Vortrag hat mir das bewiesen.“

Günzerodt lacht, er hat meine Hand losgelassen, und seine Hand zieht jetzt am Revers meiner Jacke.

„Und überhaupt“, sagt er, „in meiner Erinnerung ist, dass wir längst beim Du angekommen sind, ich habe dich schon von allem Anfang an geduzt, also solltest auch du mich wieder duzen.“

Ich wage es nicht, ihn zu korrigieren. Er hat mich zwar immer geduzt, auch Irene hat er geduzt, aber ich habe es bisher noch nie getan. Gewundert habe ich mich damals höchstens, wie viele Menschen er duzte, vor allem auch die Praktiker in den Betrieben, die es zweifellos mochten, wenn sie mit einem Universitätsprofessor per Du waren.

„Ich denke“, fährt Günzerodt fort, „trotz der langen Trennung hat doch wohl unsere freundschaftliche Verbindung, unser Vertrauen zueinander und die Offenheit zwischen uns nicht gelitten. Oder etwa doch?“ Er lacht. „Peter, ich glaube, da hat sich nichts geändert. Und bei offiziellen Reden, da kannst du ja sagen, sehr geehrter, oder wie heute am Vormittag, sehr verehrter Herr Professor, das klingt schön und würdevoll und ist für den so Angeredeten richtig wohltuend. Übrigens, du hast formuliert: Wenn ich heute auf diesem Symposium einige Ausführungen machen darf, so tue ich das mit einem besonderen Dank an meinen früheren Chef, Professor Kurt Günzrodt. Unter seiner Leitung hatte ich die Möglichkeit, auf dem wichtigen Gebiet der Bodenfruchtbarkeit zu forschen und neue Erkenntnisse zu gewinnen. Sehr gern denke ich zurück an diese Zeit, immer fand ich bei meinem Chef ein offenes Ohr und eine großzügige Unterstützung. Weißt du, wie du das so gesagt hast, das hat mir wirklich gutgetan, weil ich davon ausgehen kann, dass du es ehrlich gemeint hast."

Auf einmal umarmt er mich, drückt mich an sich, hält mich eine Weile fest, sagt, als er mich wieder loslässt: „Warum hast du deine Irene nicht mitgebracht? Ich hätte mich gefreut, sie zu sehen. Damals hatte ich immer den Eindruck, dass sie deinen Weggang nicht gutgeheißen hat. Sie hat nicht mit mir darüber gesprochen, es gab keine Gelegenheit dazu, aber ich hatte dieses Gefühl. War es so? Du musst einem alten Mann nicht darauf antworten, der denkt sich manches aus. Doch wenn ich damals ein paar Wünsche frei gehabt hätte, der Wunsch, ihn, diesen Bornschein, hierzubehalten, wäre einer davon gewesen. So blieb nur Bedauern. Es war diese Debatte, die dich veranlasst hat, wegzugehen, diese unselige Kampagne, die einige wenige im ZK, die in selbstgefälliger Weise die Agrarpolitik zu beherrschen begannen, inszeniert hatten. Weißt du, ich glaube, es waren eigentlich nur drei Leute, aber sie hatten unerhörte Macht, und sie schafften es, indem sie andere zwangen, ihnen als Sprachrohr zu dienen." Wir gehen ins Foyer, Günzerodt hebt seine Hand, uns wird Sekt gebracht, wir stoßen an, beinahe hätte ich gesagt: „Auf ihr Wohl, Herr Professor", aber mir gelingt es noch, mich umzustellen, wie es mein einstiger Chef wünscht, ich sage: „Auf dein Wohl!"

Doch er korrigiert mich: „Auf unser Wohl! Peter, wir haben es uns verdient", fügt er lachend hinzu.

Günzerodt, finde ich, ist noch immer die beeindruckende Erscheinung geblieben, die seinerzeit auf Studenten und auf Praktiker gleichermaßen anziehend wirkte, auch wenn sein schwarzes krauses Haar mittlerweile durchweg grau geworden ist, und die Falten und Fältchen in seinem Gesicht nicht zu übersehen sind. Er steht mir gegenüber, im dunklen Anzug, auf dem weißen Hemd einen zartdurchwirkten dunkelroten Schlips, er nickt denen freundlich zu, die sich grüßend für heute von uns verabschieden, er blickt mich mit dieser aufmerksamen Miene an, die mir immer die Empfindung gab, er achtet meine Meinung und ermutigt mich zugleich, offen zu reden.

Unvermittelt sagt er: „Ihr habt eine Tochter, wie alt ist sie?“

„Sieben Jahre“, antworte ich. „Woher weißt du von unserer Tochter?“

„Gottfried Kasberg hat es mir erzählt, gleich nachdem ihr euch hier auf der Landwirtschaftsausstellung begegnet seid, ich glaube, es war vor vier oder fünf Jahren. Ihr hattet euren Ausstellungsteil sehr ansprechend gestaltet. Kasberg war ganz begeistert davon.“

„Hast du es dir angeschaut?“

„Ja, allerdings nur kurz, ich musste das Feld räumen, nein, ich habe es freiwillig geräumt, um dem Generalsekretär und seinem Gefolge Platz zu machen, damit er und seine Meute studieren konnten, dass man mit einer ordentlichen Bodenfruchtbarkeit auch hohe Erträge erzielen kann. Ich habe folglich auch nicht mit deinem damaligen Vorsitzenden sprechen können, der war viel zu beschäftigt. Wenn man solch hohen Besuch empfangen muss, kann man sich nicht um andere kümmern. Doch was ich in der kurzen Zeit, die mir zur Verfügung stand, gesehen habe, hat mir wirklich gefallen, euer langfristiges Programm zur effektiven Bodennutzung, die Höchstertragskonzeptionen, das Verfahren zur Gülle-Stroh-Kompostierung, auch die ins Auge fallenden Kernsätze, wie zum Beispiel: Beim zunehmenden Einsatz von Mineraldüngern gewinnt die ausreichende und kontinuierliche Versorgung der Böden mit organischer Substanz weiter an Bedeutung. Weißt du, als ich das las, dachte ich mir, das alles trägt Bornscheins Handschrift, ganz im Sinne der Ergebnisse unserer Forschungstätigkeit, und ich hoffte, dass möglichst viele Praktiker eure Erfahrungen übernehmen werden.

Vielleicht gelingt es auch, dachte ich, über einen funktionierenden Kooperationsrat, wie er bei euch existiert, die übertriebene Spezialisierung zu überwinden und so eine Art runden Landwirtschaftsbetrieb wieder zu etablieren." Günzerodt trinkt den Rest Sekt aus, greift in seine Jackentasche, holt ein Etui hervor und setzt die Brille auf. Er will mir einen Zeitungsausschnitt zeigen. Als er ihn entfaltet, gesellt sich Gottfried Kasberg zu uns.

„Jetzt endlich habe ich es geschafft", sagt Kasberg. „Die Zeitungsleute sind zufrieden, so scheint es mir jedenfalls. Dass sie so zahlreich kommen würden, hätte ich nie geglaubt, vom ND über die Bauern-Zeitung, das Bauern-Echo, drei Bezirkszeitungen, bis hin zum ADN. Der ADN-Mann bat mich, ihm noch ein paar Fakten aus den Vorträgen zu liefern, da er erst ab Nachmittag hat teilnehmen können."

„Und hast du das gemacht?", fragt Günzerodt.

„Selbstverständlich, mit diesen Leuten darfst du es nicht verderben, mit Journalisten musst du immer vernünftig umgehen", sagt Kasberg. „Die Teilnehmerzahl unseres Symposiums habe ich ihnen natürlich auch genannt, sie lautet nach offizieller Zählung: 424. Ich habe ihnen gesagt, das sind weit mehr Teilnehmer als ursprünglich von uns erwartet."

Der Kellner bringt uns drei Gläser Sekt.

Günzerodt hebt sein Glas und sagt: „Auf den gelungenen ersten Tag, und dass morgen auch alles so gut klappen wird wie heute."

„Ein Glück, dass unser Symposium hier draußen am Stadtrand in aller Ruhe stattfinden kann und dass wir es nicht im Zentrum geplant haben, etwa in der Nikoleikirche", sagt Kasberg, nachdem wir unsere Gläser wieder abgestellt haben.

„In einer Kirche kannst du ja wohl kein solches Symposium machen", sage ich verwundert.

„Natürlich nicht", bestätigt mir Kasberg. „Da finden die Friedensgebete statt. Beim letzten Friedensgebet haben die Polizisten die Straßen rings um die Kirche abgeriegelt, und von Teilnehmern soll es „Wir wollen raus"-Rufe gegeben haben, so wird es jedenfalls erzählt, im West-Fernsehen soll auch darüber berichtet worden sein. Ja, hast du denn noch nichts davon gehört?"

„Nein", sage ich. „In der letzten Zeit habe ich viel zu tun gehabt, ich habe kein Fernsehen eingeschaltet, weder Ost noch West. Gelegentlich erzählt mir meine Sekretärin etwas von Unruhen, über Friedensgebete hat sie mir allerdings noch nichts berichtet. Über einiges bin ich schon informiert, auch wenn man uns nachsagt, dass wir im Norden immer ein bisschen hinterherhinken würden. Wir sind natürlich mit unseren Aufgaben beschäftigt, bis zum Stehkragen ausgelastet, so ist das bei uns auf dem flachen Land."

Vor dem Abendessen besichtigen wir noch die Ausstellung, die Studenten nach einer Idee des Sektionsdirektors gestaltet haben. Auf zwei langen Tischen sind die Veröffentlichungen von Günzerodt und seinen Mitarbeitern ausgelegt, zahlreiche Zeitschriften, einige Zeitungen, auch das Buch, aus dem man vor Jahren die Sätze entnommen hat, die für den Angriff gegen Günzerodt und seine Sympathisanten herhalten mussten. Der ND-Artikel, der den Anstoß zur großen Kampagne geben sollte und auch gegeben hat, ist nicht zu sehen. Ich suche nach ihm, aber ich sage nichts. Statt des ND-Artikels finde ich die Kopien der Glückwunschschreiben des Vorstandes der Bauernpartei und des ZK der SED zu Günzerodts 65. Geburtstag. Ich lese: „Lieber Kollege Prof. Dr. Günzerodt, wir anerkennen Deine wissenschaftliche Tätigkeit..." Und dann lese ich in dem anderen, vom Generalsekretär unterzeichneten Schreiben: „Ihre grundlegenden Forschungsarbeiten zur Humus- und Stickstoffreproduktion der Bodenfruchtbarkeit führten zu Erkenntnissen, die national und international hohe Wertschätzung erfuhren. Forschung und Lehre, Theorie und Praxis bildeten für Sie stets eine Einheit." Ich lese diese Sätze ein zweites Mal, ich denke, hier daneben müsste dieser ND-Artikel liegen, Ich lese weiter im Glückwunschschreiben, das der

Generalsekretär unterzeichnet hat, ich lese von der hohen Praxiswirksamkeit der wissenschaftlichen Leistungen und der erfolgreichen Tätigkeit als akademischer Lehrer. Ich vermisse eine Entschuldigung für die unflätigen Angriffe, für die hartnäckigen Versuche, ihn auszuschalten.

Ich bin froh, dass ich hier im Gästehaus der Ausstellung übernachten kann, was nicht für alle Referenten möglich ist, einige sind, wie die meisten der Teilnehmer, in Hotels untergebracht oder haben sich selbst Privatquartiere gesucht. Nicht wenige der Berufskollegen besitzen Verbindungen zu Vermietern, auf die sie jedes Jahr zurückgreifen, wenn sie die Landwirtschaftsausstellung besuchen.

Ich verspüre wahrhaftig keine Lust, ins Zentrum der Stadt zu fahren, um in einem der großen Hotels zu übernachten und mich dort womöglich noch zu amüsieren. Als ich mich seinerzeit zu Irene ins „Stadt Leipzig" begab, war die Situation eine ganz andere, ich war von einer unbändigen Hoffnung erfüllt. Heute würde ich es als eine zusätzliche Belastung ansehen, den Lärm, die Unruhe über mich ergehen lassen zu müssen, noch dazu, wo man befürchten muss, dass draußen auf dem Parkplatz, während man drinnen im Hotel übernachtet, das eigene Auto demoliert wird.

Vielleicht hat mein Leben in Lübenow dazu beigetragen, dass ich jetzt am Abend ein Bedürfnis nach Ruhe verspüre. Vielleicht hängt es aber auch mit der inneren Anspannung zusammen, mit der Aufregung, die mich am heutigen Tag nicht losließ, ich wollte vor Günzerodt bestehen, ich wollte etwas besonders gut machen. Nein, es ging mir nicht um Abbitte für mein einstmaliges Verhalten, ich wollte ihm unbedingt beweisen, dass ich in ihm so etwas wie eine Leitfigur sehe, deren Ausstrahlung und Einsatz mich noch immer begeistert.

Ich fühle mich todmüde und kann dennoch nicht einschlafen.

Wie so oft warte ich auf den Schlaf, doch die Gedanken, die ich zu verdrängen versuche, sind hartnäckig, und es gelingt mir nicht, sie mit anderen, schöneren Bildern zu überdecken, auch nicht mit dem Bild, wie nach meinem Vortrag Günzerodt aufsteht und mir applaudiert.

Ich muss an den gestrigen Tag denken, der mir vor der Abreise aus Lübenow noch zwei unerwartete Besucher bescherte, so dass ich erst einige Stunden später, als ursprünglich geplant, losfahren konnte.

Zuerst, kurz vor dem Mittag, kam Friedrich Albrecht, noch mit einem Plastekragen um den Hals, doch in erstaunlich lockerer Verfassung nach seiner Halswirbelsäulenoperation. Als ich ihn in der Universitätsklinik besuchte, fand ich ihn noch blass und niedergedrückt vor, ich zweifelte, ob er jemals wieder richtig einsatzfähig werden würde. Nun, knapp zwei Monate später, bemühte er sich, mir vertraulich beizubringen, dass seine Zukunftsplanung erheblich von dem abwich, was er kurz vor der Operation als unumstößliche Lösung angesehen hatte.

Ich sei erfreut, dass er sich wohlfühle und nun den seinerzeit von mir gemachten Vorschlag akzeptieren wolle, erklärte ich ihm. Aus meiner Sicht könne er doch wohl bis zum 65. Geburtstag oder noch darüber hinaus Vorsitzender bleiben, den Mitgliedern werde es bestimmt gefallen. Eigentlich könne er auch mal mit seinem Sohn sprechen und ihn dazu bringen, hier eine Aufgabe zu übernehmen, der müsse doch nicht in Vorpommern sein Brot verdienen.

Als ich gerade dabei war, den Koffer, die Taschen, die zwei halben Säcke mit Kartoffeln und die Beutel mit Geschenken im Auto zu verstauen, erschien Heinz Wendler.

Nein, ich war über sein Kommen nicht verärgert, eher erschrocken, obwohl er gleich sagte, dass er mich nicht weiter aufhalten, sondern nur informieren wolle. Er hätte angenommen, ich würde erst am nächsten Tag frühmorgens aufbrechen, wie er es immer gemacht habe, frühmorgens gegen vier loszufahren, da könne man es recht gut schaffen.

Ich entgegnete ihm nichts darauf, ich dachte nur, ich mache es so, wie ich es für richtig halte. Wie würde es denn auf Günzerodt, Kasberg und die Teilnehmer wirken, wenn ich wegen einer Panne oder eines Staus nicht rechtzeitig vor Ort wäre?

Er sei krankgeschrieben, man verfahre sehr großzügig mit ihm, teilte er mir mit. Und nun bestehe die Absicht, ihn, wie er sich ausdrückte, in eine Art Erholungsheim für durchgeknallte Funktionäre einzuweisen, also in eine Einrichtung, in der alles unter ärztlicher Aufsicht geschehe, denn wer, wie er, mit einer derart undurchsichtigen Begründung darum bitte, ihn von seinem Posten im Kampffeld zur Sicherung der führenden Rolle der Partei abzuberufen, der müsse tatsächlich krank sein, vornehmlich im Kopf, das selbstverständlich noch genauer zu überprüfen sei, bevor dann der Öffentlichkeit mitgeteilt werden könne, der Genosse habe aus gesundheitlichen Gründen um seine Abberufung gebeten, was dann allerorts mit Respekt und Dank bedacht zu werden habe.

Er benötige vorerst keine Hilfe von mir, sagte er. Später aber schon, denn er habe die Vorstellung, bei der Leiterin unseres Ferienheimes, also bei seiner Frau, als Hilfskraft, als Abräumer, als Hausmeister oder als so etwas Ähnlichem anzufangen und dort seine wenigen restlichen Arbeitsjahre in aller Abgeschiedenheit zu verbringen. Dafür und nur dafür wünsche er von mir eine Befürwortung.

Ob er verrückt sei, wollte ich wissen.

Er sei krank, ja, er sei sehr krank, und er habe es sogar schriftlich, sagte er und fuhr mit viel Ironie in der Stimme fort, ich hätte doch wohl nicht die Absicht, das Urteil eines hochdotierten Mediziners anzuzweifeln, eines Mediziners, der das uneingeschränkte Vertrauen der Partei genieße, wo kämen wir denn hin, wenn jeder anfangen würde, Urteile, Entscheidungen und dergleichen anzuzweifeln, das gäbe ja ein unvorstellbares Chaos im Lande.

Ich konnte nicht verhindern, dass mich noch während der Fahrt die Frage beschäftigte, was dazu geführt hatte, dass Heinz Wendler plötzlich ein solches Verhalten zeigte, in dieser Offenheit zwar anscheinend nur mir gegenüber, weil wir ja schon jahrelang unsere Übung darin besaßen, über manche Probleme, die uns bewegten, nicht ganz linienkonform zu reden und stattdessen unsere eigene, von der Parteidoktrin etwas losgelöste Politik zu betreiben. Aber immerhin, er hatte doch darauf bestanden, Zitate aus den Reden des Generalsekretärs in nicht geringer Zahl in den hinteren Teil der Lübenower Chronik aufzunehmen, er hatte Robert Hohler traktiert, die passenden Sätze zu finden und einzufügen, und er hatte auf dem Bauernkongress nach seinem Diskussionsbeitrag, für den er in der großen Halle von den über zweitausend Delegierten viel Beifall erhielt, ein in Leder gebundenes Exemplar der Chronik dem obersten Repräsentanten, gewissermaßen als Ausdruck des Dankes für dessen kluge Agrarpolitik, überreicht, und er war kurz danach dem Ruf der Partei gefolgt, um als Sekretär dafür zu sorgen, in unserem Kreis die Landwirtschaft, wie es so treffend formuliert worden war, zu einem Zweig angewandter Wissenschaft zu verwandeln mit dem Ziel, Erträge, Leistungen und Effektivität zu erhöhen, und er hatte, als er in die neue Funktion verabschiedet wurde, erklärt, er sei überzeugt, einen Nachfolger gefunden zu haben, der das von ihm Begonnene erfolgreich fortzusetzen vermöge, was zweifellos dazu beitrug, dass die Mitglieder, ohne zu zögern, mich zu seinem Nachfolger wählten. Was also hatte den Ausschlag für Heinz Wendlers Entscheidung gegeben?

Vielleicht die Erkenntnis, dass ihm die verordnete Disziplin so gut wie nichts nach seinen eigenen Vorstellungen auszurichten gestattet hatte, vielleicht die Einsicht, dass das vom Generalsekretär im Schlusswort auf dem Bauernkongress gegebene Versprechen, dafür zu sorgen, dass immer mehr moderne Technik in der Landwirtschaft Einzug hält, nicht eingehalten wird, stattdessen sich jedoch die Rahmenbedingungen für diesen Bereich immer schwieriger gestalten. Vielleicht aber war ihm auch mit der Zeit bewusst geworden, dass er nicht allzu freiwillig dem Ruf gefolgt war, sondern, dass man ihn gedrängt, ja, im Grunde genommen gezwungen hatte, einem höheren Beschluss zu folgen. Ich jedenfalls hatte mich gewundert, dass sie ihn so sicher in der Hand hatten, bei mir war der Gedanke gekommen, ob es sein konnte, dass den Kaderleuten etwas eingefallen war, ein Vorkommnis, eine Begebenheit in der bisherigen Bilanz seines Lebens, dass sich nun als zielführender Hebel einsetzen ließ. Mir hatte er einmal von einem Ungarnurlaub erzählt, von einem Aufenthalt am Balaton, wo sich während dieser Zeit auch viele Westdeutsche aufgehalten hatten. Aber mehr wusste ich darüber nicht.

Als ich vom Berliner Ring auf die Bahn in Richtung Süden einbog, fiel mir ein, dass im März anlässlich des Begräbnisses seiner Mutter, sie hatte bei seinem Bruder und dessen Familie in einer Kleinstadt nahe der Ostsee gelebt, die ältere Schwester aus dem Westen, zu der Heinz Wendler, wie er mir einmal erzählt hatte, keinerlei Verbindung hielt, angereist und über eine Woche hier geblieben war. Sie hatte sich auch in Lübenow und Umgebung umgeschaut, und Heinz war, wie er mir sagte, sehr überrascht gewesen, welch vernünftige Ansichten sie vertreten hatte. Konnte es sein, dass sie ihn in irgendeiner Weise beeinflusst hatte?

Ich hatte nicht weiter über eine Antwort nachgedacht, sondern mich auf das Fahren konzentriert, um schneller an den Ort des Symposiums zu gelangen. Und ich hatte es tatsächlich geschafft, alles andere aus meinem Bewusstsein einfach auszublenden.

Bevor ich am anderen Tag losfahren kann, muss ich erst die Scheiben meines Autos abwaschen. Die wenigen Regentropfen in der Nacht haben den Staub, dem der Himmel in dieser Gegend die Aufnahme zu verweigern und gnadenlos zur Erde zurückzuschicken scheint, zu einer Zementkruste werden lassen; in Lübenow würde das Auto monatelang draußen stehen können, ehe es dieses schlimme Aussehen hätte, wie hier nach zwei Tagen.

Mir fällt ein, dass ich noch Blumen brauche, und ich bin erstaunt, dass ich tatsächlich welche bekomme.

Über die Hälfte der Strecke ist es diesig, man kann nicht viel erkennen, aber hinter der Stadt ist die Landschaft ohnehin eintönig. Ich bemerke den eigentümlichen Geruch und das Kratzen in meiner Kehle. Wer immer hier lebt, denke ich, wird sich daran gewöhnt haben.

Als der Wald und die sachten Hügel beginnen, halte ich an. Ich blicke hinüber zum Unstruttal. Ich hätte auch die Straße im Tal entlang fahren können, denke ich.

Ich setze mich auf die Bank, die neu sein muss. Jedenfalls kann ich mich nicht daran erinnern, dass bisher an dieser Stelle eine Bank gestanden hätte.

Das sanfte Licht ist angenehm, auch die Ruhe. Selten fährt ein Auto vorbei.

Ich lehne mich zurück, die Zweige über mir zerteilen den Himmel in zwei blaue Stücke, erstaunlich, jetzt dieses Blau sehen zu können, ohne grauen Dunst, ganz normales Blau mit ein paar leichten weißen Wölkchen, die mir bewegliche, ununterbrochen sich ändernde Gebilde vorgaukeln.

Ich könnte auf dieser Bank sitzenbleiben, denke ich.

Ich scheue mich, das letzte Stück zu fahren. Es wird wieder so eigenartig sein, wie die Jahre zuvor, ich weiß es, und ich bin dann trotzdem überrascht, dass es so ist, wie ich es befürchtet habe, dass sich der Glaube einstellt, im nächsten Moment wird die Mutter zur Begrüßung kommen. Doch sie kommt nicht, alles hat den Anschein, dass sie sich ein wenig verspätet, obwohl ich weiß, dass sie immer pünktlich ist, ich möchte fragen, ja, wo bleibt sie denn, hält sie sich etwa noch in der Küche auf, steht sie am Herd oder was ist mit ihr, das möchte ich fragen.

Natürlich frage ich nicht, seit langem frage ich nicht, ihr Tod liegt Jahre zurück, aber ich empfinde es stets aufs Neue, ich kann es nicht ändern.

Nun werde ich von den Anderen gefragt, wie die Reise war. Und ob die Tagung für mich gut gelaufen sei, will mein Bruder wissen, und ich antworte ihm, ja, alles sei sehr gut gelaufen, nicht nur für mich, für alle Teilnehmer, und Günzerodt sei mit mir sehr zufrieden gewesen, worüber ich froh sei, mehr brauche ich nicht zu sagen, mein Bruder ist über die Problematik ausreichend informiert.

Ich betrete zögernd das Haus, bleibe in der Veranda stehen, einen Moment, bis ich in den Flur geschoben werde, die Küchentür ist geöffnet, ich sehe, dass niemand am Herd hantiert.

Nein, meine Mutter wird nicht mehr kommen können, nicht zur Begrüßung und auch nicht zu einem Gespräch.

Geschafft hat sie es noch, unsere Tochter kurze Zeit nach deren Geburt zu sehen und mir dann am Telefon die Freude über ihre Enkelin mitzuteilen. Und auch zur Hochzeitsfeier konnte sie noch kommen, obwohl es ihr unsäglich schwerfiel, sich zu bewegen und sich einige Stunden aufrecht zu halten. Sie ahnte, dass es ihre letzte Besuchsfahrt sein würde.

Danach musste sie noch drei oder vier Mal die Transporte im Krankenwagen ertragen, diese Strecke von nahezu fünfzig Kilometern über zum Teil holprige Straßen, um in die Klinik zu gelangen, wo die Bestrahlungen auf sie warteten, die zunehmend strapaziöser für sie wurden, doch nur für kurze Zeit ihre Schmerzen zu lindern vermochten.

„Was muss ein Mensch ertragen, bis das Ende eintritt?“, fragte einmal meine Schwägerin am Telefon, in der Zeit, als meine Mutter sich zum letzten Mal für eine Woche im Krankenhaus aufhielt.

„Entschuldige, dass ich das so formuliere“, hatte sie dann schnell hinzugefügt, aber ich hatte sie ermuntert, weiterzusprechen, weil mir bewusst war, dass sie durch das tägliche Erleben besser als jeder andere einschätzen konnte, was diese Krankheit für den Betroffenen bedeutete, zuerst einmal unerträgliche Schmerzen und gelegentlich auch aufkeimende Hoffnungen, die sich jedoch stets sehr rasch wieder in Enttäuschungen verwandelten. Christel wusste darüber Bescheid, sie pflegte ihre Schwiegermutter bis zum letzten Tag.

Das Begräbnis war im Januar, ein halbes Jahr nach unserer Hochzeit. Irene konnte nicht mitkommen, und ich musste mehrmals die Frage beantworten, ob bei meiner Familie alles in Ordnung sei. Ich konnte nicht wissen, inwieweit es sich herumgesprochen hatte, dass auch Irene krank war, ich sagte einfach, sie könne doch den Säugling nicht allein lassen, was offensichtlich akzeptiert wurde und weitere Erklärungen überflüssig machte.

Ich stelle einen Blumenstrauß auf das Grab meiner Mutter und danach einen auf das Grab meines Vaters. So mache ich es immer, wenn ich hier bin. Es ist ein Doppelgrab mit einem großen marmornen Stein, in den die Namen und die Geburts- und Sterbedaten eingemeißelt sind, ganz so, wie es auf Dorffriedhöfen üblich ist. Der Stein hat meiner Mutter gefallen, damals, als mein Vater gestorben war. Nun findet sich ihr Namen neben dem des Vaters. So wollte sie es.

Dann trage ich meinen dritten Strauß zum Grab der Großmutter.

Der Himmel über mir ist jetzt leicht bewölkt. Ich hoffe, dass sich am Nachmittag die Sonne wieder zeigen wird. Einen Augenblick stelle ich mir vor, wie ich die Straße, die sich durchs Schwarzatal windet, entlangfahren werde, links und rechts die mit Fichten bestandenen Hänge. Doch die Sonne müsste scheinen, um das Grün zum Leuchten zu bringen, denke ich.

Seinerzeit, als wir am Grab der Mutter standen, war der Himmel neblig grau, und es herrschte eine feuchte Kälte, doch wohl niemanden hatte das Wetter daran hindern können, auf den Friedhof zu kommen. Mir schien, das halbe Dorf hatte sich versammelt, um der Frau, die ihr ganzes Leben hier verbracht hatte, nun aus der vertrauten Umgebung auch den Abgang zu verschaffen, der ihr zustand.

Mittags um zwei, als die Uhr des Kirchturms zu schlagen begann, senkten die Anwesenden im weiten Halbkreis ihre Stimmen nicht nur auf ein Gemurmel, sondern auf ein Flüstern, das mit dem letzten Schlag gänzlich erstarb. Einen Moment war absolute Stille. Dann läuteten die Glocken.

Befiehl dem Herrn deine Wege, der Konfirmationsspruch meiner Mutter, erinnere ich mich, ist der Ausgangspunkt der Grabrede gewesen. Es folgten die Auskünfte, dass sie in ihrem Leben unermüdlich hart gearbeitet und dass sie stets Ruhe, Besonnenheit und Optimismus ausgestrahlt und ihren Mitmenschen nach Kräften geholfen habe. Ein bestaunenswerter Mensch sei die Verstorbene gewesen, ein zu ehrendes Glied der hiesigen Kirchgemeinde, sagte der Pfarrer, den man hier gewöhnlich Pastor nannte, obzwar er noch gar kein Pastor war, sondern erst Vikar, ein Theologe nach der ersten Prüfung, wie mir meine Großtante erzählt hatte, einer, der aber zu predigen verstand wie ein langgedienter, erfahrener Kirchenmann. Ohne Zweifel, er war sympathisch, einer, zu dem man vom ersten Augenblick der Begegnung an Vertrauen haben konnte; kein Wunder also, dass man ihn im Dorf unbedingt zu behalten suchte. Und nicht nur die Mitglieder der Kirchgemeinde wollten das, sondern auch die anderen, und sie alle waren verärgert, als er woandershin geschickt wurde, nachdem er sämtliche Prüfungen absolviert hatte.

Es ist merkwürdig, während ich die schmale Straße im Flusstal entlangfahre und die Sonne allmählich das Grün der aufstrebenden Fichten zum Leuchten bringt, fallen mir die Sätze des Pastors ein oder zumindest Teile dieser Sätze, die den Enkeln meiner Mutter gegolten hatten. Er sagte, bei deren Anblick habe sie die Gewissheit gewinnen können, die Familie würde in Zukunft nicht aussterben, sondern sich in hoffnungsvoller Weise fortentwickeln. Den einen Enkel habe sie immer um sich gehabt, doch es sei ihr auch noch vergönnt gewesen, eine Enkelin, die langersehnte, in den Armen zu halten, wenigstens zweimal habe sie dieses Glück erfahren können.

Ja, es ist merkwürdig, ich suche in meinem Gedächtnis nach diesen Sätzen, obwohl das Fahren meine ganze Aufmerksamkeit in Anspruch nehmen müsste, es ist viel Gegenverkehr, ich staune, dass heute auf dieser Strecke so viele unterwegs sind, an ein Überholen des Vorausfahrenden ist nicht zu denken.

Auf einmal habe ich keine Zeit mehr, es sind nur noch wenige Kilometer bis zu meinem Ziel.

Und dann begrüßt mich dieses Mädchen, eben diese, nach den Worten des Pastors, langersehnte Enkelin meiner Mutter, unsere Tochter, die man nun nicht mehr so einfach auf den Arm nehmen kann, sondern die sich in beachtlicher Schulkindgröße präsentiert. Sie begrüßt mich mit dem Satz: „Es wird Zeit, dass du kommst."

Ich neige mich etwas zu ihr herab, damit sie mich umarmen kann.

Und während sie sich fest an mich drückt, sagt sie: „Ich habe schon lange auf dich gewartet, es wird wirklich Zeit, dass du kommst."

„Hat das die Mama gesagt?", frage ich.

„Nein", sagt sie.

„Etwa Opa oder Oma?"

„Ich sage es dir, weil ich es so empfinde", erklärt mir Felicia mit Nachdruck und fügt hinzu: „Ich muss es dir doch mal sagen, sonst weißt du es womöglich nicht."

„Vonderlindchen", sage ich, „das machst du richtig. Jetzt weiß ich es. Jetzt weiß ich, dass du mich nicht nur magst, sondern mich auch liebst."

„Ja, aber du musst dann auch auf mich hören", sagt sie, „du musst dann öfter kommen und länger bleiben."

„Ich versuche es, Ehrenwort."

Felicia überlegt und fragt dann: „Habt ihr den Flieger noch? Weißt du, den Flieger, der auf dem alten Foto war, das du Mama geschickt hast, da war ich noch gar nicht geboren, erinnerst du dich, dieser Flieger, der düngen und säen kann."

„Ja", sage ich. „Den Flieger setzen wir noch ein, zeitweise brauchen wir ihn noch."

„Könntest du nicht mit dem bis hierher fliegen, das würde dann viel schneller gehen als mit dem Auto."

„Mit diesem Flugzeug darf ich nicht fliegen, ich habe keine Ausbildung als Pilot."

„Der richtige, der ausgebildete Pilot, könnte dich doch herbringen und dann wieder zurückfliegen. Meinst du nicht, dass der Pilot das machen würde?"

„Vonderlindchen, hier fehlt der Flugplatz, weißt du, so ein Flieger braucht einen richtigen Platz zum Landen", sage ich.

„Vielleicht weiß Opa Bescheid, wo es hier in der Nähe einen solchen Platz gibt. Oder er muss noch einen bauen lassen, das ginge natürlich auch."

„Sprich mit ihm", sage ich.

„Gelegentlich, wenn es passt, wenn ich mal mit ihm allein bin", sagt Felicia. „Da muss ich nämlich mit ihm allein reden. Die Anderen reden sonst gleich dazwischen."

„Jetzt kommt ihr aber erst einmal zu mir", sage ich. „Wenn deine Ferien beginnen, wirst du mit Mama kommen. Es bleibt doch dabei?"

„Mama muss nochmal ins Krankenhaus, aber nur für ein paar Tage, so hat sie es vor kurzem gesagt."

„Geht es ihr nicht gut?"

„Manchmal so und manchmal so", sagt Felicia und bewegt ihre Hände hin und her.

„Sie hatte wieder Beschwerden?", frage ich.

„Etwas schon", verrät mir Felicia. „Aber sie arbeitet auch wieder viel zu viel, immerzu muss sie Schulstunden geben in den Landwirtschaftsschulen, dann fährt sie in diese Fachschule und hält dort Vorlesungen oder Vorträge, und obendrein sitzt sie zu Hause noch am Schreibtisch und ärgert sich mit Artikeln herum, die in einer Zeitschrift gedruckt werden sollen. Das ist viel zu viel Arbeit für sie."

„Das meinst du?", frage ich.

„Nicht nur ich." Felicia schüttelt den Kopf. „Auch Opa und Oma meinen das, und sie sagen es ihr auch."

„Und dann ruht sich Mama aus?", frage ich.

„Ach wo", sagt Felicia. „Mama arbeitet weiter so wie immer."

„Und was sagt dann Opa?"

„Da redest du wie gegen eine Wand." Felicia schaut mich konzentriert an und nickt. „Ja, das sagt er. Wie gegen eine Wand."

„Und wenn du mit Mama sprichst, hört sie auf dich?"

„Da fragt sie mich gleich, ob ich meine Hausaufgaben ordentlich gemacht habe", antwortet Felicia. „Und dann kontrolliert sie auch noch. Ja, sie kontrolliert mich sofort."

Ich lege den Arm um ihre Schulter und versichere ihr, dass ich mit Mama reden werde.

„Aber du musst ganz vorsichtig mit ihr reden. Versprich mir das, ganz vorsichtig."

„Ja, das verspreche ich dir."

Felicia nickt, lächelt mich an.

Ich sage: „Es ist nicht mehr lange hin, dann kommt ihr nach Lübenow. Ich hole euch. Vielleicht wird Opa euch auch bringen. Jedenfalls könnt ihr euch dann ausruhen."

„Sag mal, wirst du mit uns zur Ostsee fahren?", fragt Felicia.

„Ja, wir fahren an die Ostsee", versichere ich ihr.

„Führt ihr Geheimverhandlungen?" Irene steht auf einmal neben uns. Mit ihren Händen zieht sie uns beide an sich und hält uns fest.

„Wie geht es dir?", frage ich und versuche sie zu küssen.

„Jetzt geht es mir gut, schön, dass du gekommen bist", sagt Irene. „Ich habe dein Auto gar nicht gehört. Ich habe ein bisschen geschlafen, nur im Sessel, ich wusste ja, heute würdest du kommen, ich wollte eigentlich nicht schlafen, mich nur ausruhen, aber irgendwann muss ich eingeschlafen sein. Ein Glück, dass Felicia aufgepasst hat. Sie hat schon sehnsüchtig auf dich gewartet. Wir haben eine aufmerksame Tochter, das musst du doch zugeben. Und was habt ihr besprochen?"

„Den Ferienplan", sage ich und tue so, als ob ich für uns beide, für Felicia und mich, spreche und mich nun anschicke, Irene dazu einzuladen, mit uns gemeinsam Ferien in Lübenow zu machen.

„Ja, das stimmt", sagt Felicia. „Wir haben alles, was nötig ist, schon vereinbart, sogar die Fahrt an die Ostsee. Und Papa ist mit meinen Vorschlägen einverstanden. Er hört auf mich, Tatsache."

„Und hast du ihn auch gefragt, ob er Zeit für uns hat?"

„Klar", sagt Felicia. „Er hat Zeit für uns. Da muss ich ihn doch nicht extra fragen. Er weiß, dass wir kommen, also plant er auch die Zeit für uns ein. Er hat doch seine Leute. Die können die Arbeit für ihn machen. Er muss ihnen nur sagen, was sie machen sollen, dann machen sie die Arbeit allein."

„Fast allein", sage ich.

„Meinetwegen, fast allein", billigt mir Felicia zu. „Ja, das ist genauso wie es bei Opa war. Opa musste seinen Leuten nur den richtigen Auftrag geben und dann sind die ans Werk gegangen."

„Ins Werk", sagt Irene provozierend und lacht.

„Opa hat gesagt", beharrt Felicia, „sie gehen ans Werk und schmeißen den Kram, sie wissen doch, wo`s langgeht. So hat es Opa gesagt, und er sagt es auch jetzt noch so. Und bei Papa ist es nicht anders, der hat auch seine Leute. Und dazu hat er noch ein Flugzeug, zum Düngen und Säen, wir haben ja das Foto davon. Und wenn seine Leute nicht ausreichen, dann holt er sich noch Soldaten von der Roten Armee, die arbeiten ganz mächtig, das hat er mir erzählt. Und Opa hat das bestätigt, der hatte auch schon solche Soldaten im Einsatz. Du weißt nur nicht alles, Mama. Du weißt es nicht, weil du noch nicht so große Betriebe geleitet hast. In solchen Betrieben hat man seine Leute. Das weiß ich von Papa und Opa. Und jetzt weiß ich, dass Papa für uns Zeit haben wird. Punkt, es ist alles besprochen.“ Felicia schaut kurz zu mir auf, und wir tauschen einen heimlichen Blick des Einverständnisses.

Ich sage: „So machen wir es, wie vereinbart.“

Irene betrachtet mich zweifelnd, aber sie erwidert nichts, ihr ist vermutlich klar, dass sie gegen Felicias Ansichten nicht ankommen wird, denn unsere Tochter würde, ohne einen Moment zu zögern, ihr erneut zu erläutern versuchen, wie die Verhältnisse bei Landforstmeistern und Vorstandsvorsitzenden aussehen würden, dass die nämlich ihre Leute hätten, auch wenn das nicht jeder wisse.

Ich kann mir vorstellen, was Irene jetzt denkt, deshalb sage ich: „In der Ernte sind die Tage zwar randvoll mit Arbeit, aber ich werde es schon schaffen, mich einige Zeit davon frei zu machen.“

Ich streiche Felicia über das Haar, ich sage: „So machen wir es.“

Und sie nickt.

Und ich frage sie, was Mama immer sagt.

„Punkt, es ist alles vereinbart“, antwortet Felicia mit einem schelmischen Lächeln.

„Das ist nicht ganz korrekt“, erklärt Irene und fügt hinzu: „Ich sage in der Regel: Es ist alles vereinbart, Punkt.“

Dann, als wir Kaffee trinken, erzähle ich vom Symposium, übermittle die Grüße von Günzerodt und Kasberg, ich erzähle von meinem Aufenthalt zu Hause, übermittle auch von dort die Grüße, berichte vom Besuch auf dem Friedhof und von den Blumensträußen, die ich am Stadtrand bekommen habe.

Irenes Eltern treffen kurz vor dem Abendbrot ein. Sie kommen von einer Tagung, auf der es um Probleme des Naturschutzes ging.

Mit den Ausführungen des Landforstmeisters seien die Zuhörer sehr zufrieden gewesen, erzählt uns lächelnd Irenes Mutter. Sie glaube, er genieße noch immer den nötigen Respekt, obwohl er kein Direktor mehr sei.

Irene sagt lachend: „Kein Wunder, wenn er dort in voller Uniform auftritt."

Ihr Vater kann nicht hören was sie sagt, ich nehme an, er wird sich umziehen, er wird bald in seinen ausgebeulten, aber sicher sehr bequemen Cordhosen erscheinen.

„Was sagst du zu deiner Tochter, ist sie nicht ein liebes Mädchen?", fragt später mich mein Schwiegervater, während wir in seinem Arbeitszimmer sitzen und Wein trinken.

„Ich denke, sie entwickelt sich gut", antworte ich ihm.

„Prächtig entwickelt sie sich", sagt er. „Ja, prächtig, es ist nur schade, dass du deine Tochter nicht jeden Tag erleben kannst. Ich will zu dir ehrlich sein, ich bin froh, dass es mir vergönnt ist, meine Enkelin täglich hier bei mir zu haben. Was glaubst du, wie emsig sie lernt, in ihrer Klasse ist sie Spitze. Und sie übt eifrig Klavier. Morgen wird sie für dich ein kleines Konzert geben. Und ganz bestimmt wird sie dich auch durch den Garten führen und dir alles erklären, sie kennt die Namen aller Rosen, selbstverständlich gefällt ihr die Rose „Felicia" am besten, deren Duft sei himmlisch, wird sie dir sagen. Doch zuerst, das nehme ich an, wird sie dich zum Phlox bringen, der natürlich noch nicht blüht. Vorn beim ersten Phlox wird sie dich fragen, ob du dessen Namen kennst. Da du den Namen nicht kennst, wird sie dir antworten: Uspech, auf Deutsch: Erfolg, und sie wird dir auch Erfolg wünschen, pass mal auf, genauso wird es ablaufen bei eurem Gartenrundgang."

Mein Schwiegervater strahlt mich an, ich muss nichts dazu sagen, ihm ist anzusehen, wie stolz er auf seine Enkelin ist.

Die Enkelin des Landforstmeisters, so würden es die Leute sagen, hat mir Irene einmal erzählt. Ich nehme an, zwischen den beiden besteht eine besondere Beziehung, und sie wird es auch bleiben, ganz gleich, ob Felicia mit in seinem Hause wohnt oder in der Ferne.

Als sich Felicia abends im Bad die Zähne putzte, sie hatte die Tür nicht geschlossen, wir hörten ihre Geräusche, sagte Irene, nun müsse ich unserer Tochter noch eine schöne Gute-Nacht-Geschichte erzählen. Ich sei dabei auf mich allein gestellt, es werde keine Hilfe geben, sie hätten noch eine wichtige Arbeit vor sich.

Die wichtige Arbeit, soweit haben sie mich informiert, besteht darin, ein neues Kuchenrezept auszuprobieren. Bevor ich dazu kam, am Bett meiner Tochter mit meiner Gute-Nacht-Geschichte zu beginnen, wurde mir zunächst erst einmal der Anspruch aufgezeigt, der üblicherweise für eine solche Einschlaferzählung in diesem Hause gilt. Ich begriff, mir fehlte erneut die Erfahrung. In Felicias ersten Jahren war Irene für diese Angelegenheit zuständig gewesen, später eroberte sich der Opa immer mehr dieses Gebiet und beherrschte es bald gänzlich, wenn er sich nicht gerade auswärts aufhielt.

„Der Opa kennt viele Geschichten von Rehen, Füchsen, Hasen und Eichhörnchen und sogar von frechen Eichelhähern“, erfuhr ich. Ich versuchte es auch mit den Rehen, die sich an unserer Luzerne gelabt hatten und nicht bereit waren, das Feld zu verlassen.

„Ihr hättet sie wirklich dort fressen lassen können, bei solch riesigen Feldern, die ihr habt, da fällt es doch gar nicht ins Gewicht. Beim Opa dürfen die Rehe im Wald auch nach Herzenslust fressen“, erklärte sie mir mit einem verschmitzten Lächeln. Und danach kam die Frage, ob ich ihr nicht etwas von den Kühen erzählen könne, wir hätten doch sehr viele davon, und sie könnte dann in ihrer Klasse darüber berichten, wie man mit Kühen umgehen müsse.

Ich erzählte von unseren Kühen und auch davon, wie störrisch sie sich oft auf der Weide aufführen würden. Ich glaubte schon, Felicia sei eingeschlafen, und ich schwieg einen Moment, da fragte sie: „Und wie reagiert ihr dann, schimpft ihr eure Kühe aus, wie die Kinder, die bei uns in der Klasse schwatzen oder sich hinlümmeln?“

Ich erklärte ihr, wie wir es mit den Kühen machen, ich erläuterte ihr unsere Methoden und versicherte ihr abschließend, bisher sei uns immer gelungen, zu verhindern, dass Kühe ausbrechen und die Gegend unsicher machen.

Also hätten sie eingesehen, dass auch sie sich diszipliniert aufführen müssten, meinte Felicia. Was ihr nicht gefiel, war, dass unsere Kühe keinen Namen, sondern nur Nummern hatten. Eine schöne Kuh müsse doch auch einen schönen Namen haben, sagte sie.

Ich stimmte ihr zu und versprach, darüber nachzudenken.

Es sei doch sicher nicht so sehr schwierig, meinte sie. Ich brauche doch nur denen, die für die Kühe verantwortlich sind, den Auftrag zu geben, Namen auszusuchen. Ich müsse ihnen aber sagen, sie sollen schöne Namen aussuchen, trug sie mir auf. Auch Opas Dackel, der vor vielen Jahren gestorben sei, habe einen schönen Namen gehabt.

„Wie hieß er denn?“, fragte ich.

„Er hieß Rudi“, flüsterte Felicia.

„Ach ja“, sagte ich ganz leise, „Opas Dackel hieß Rudi, ich erinnere mich, er hieß tatsächlich Rudi. Es war ein schöner Name, den Opas Dackel hatte.“

Aber das hörte sie wohl schon nicht mehr, sie war eingeschlafen.

„Entweder ist der erste Kuchen misslungen, und sie haben den zweiten in Arbeit, oder sie hatten von Anfang an vor, gleich zwei Kuchen zu backen. Wir jedenfalls mischen uns nicht ein, das ist ihre Angelegenheit, nicht unsere“, sagt mein Schwiegervater, während er uns Wein nachgießt.

„Auf eure Tochter“, sagt er und hebt sein Glas.

Manchmal, wenn ich in Lübenow abends so allein dasitze, den Fernseher nicht eingeschaltet oder schon abgestellt habe, weil es mich nicht interessiert, was sie bringen, denke ich, vielleicht wäre es besser, ich würde meine Arbeit aufgeben und mir hier etwas suchen. Ich sage das, und ich bin zugleich erschrocken darüber, dass ich mit dieser Offenheit zu meinem Schwiegervater spreche. Es kann sein, der Wein hat dazu beigetragen, dass ich so ohne Hemmungen rede.

Ohne zu zögern antwortet mein Schwiegervater, er könne mich verstehen, ja, er habe schon oft versucht, sich gedanklich in meine Lage zu versetzen.

Wir schauen uns eine Weile schweigend an.

Dann sage ich: „Was würdest du mir raten?"

„Ich kann dir nichts raten", antwortet er mir. „Peter, wir können nicht in die Zukunft schauen. Vielleicht ist das auch gut so."

„Weißt du, ich trage mich wirklich mit dem Gedanken, meine Zelte dort abzubrechen", sage ich.

„Mit dem Gedanken kannst du dich schon beschäftigen, niemand wird es dir verbieten können. Aber du darfst es nicht von heute auf morgen tun", entgegnet er mir.

„Meinst du nicht?"

„Ein solches Unternehmen, wie ihr es in Lübenow habt, zu führen, betrachte das immer als eine große Chance, die nicht jedem geboten wird und die auch nicht jeder wahrzunehmen in der Lage ist. Du bist dort der anerkannte Leiter, Vorsitzender einer großen Genossenschaft und obendrein Vorsitzender eines Kooperationsrates. Wer wünscht sich nicht eine solche Position? Also gib das nicht einfach auf. Noch dazu, wo die Zeiten jetzt zunehmend unsicherer werden, wo man nicht weiß, wie es weitergehen wird. Entscheide dann, wenn du mit einiger Sicherheit einschätzen kannst, wie die Entwicklung sich in den nächsten Jahren vollziehen wird. Im Moment ist alles ungewiss. Hier gibt es freie Stellen, doch niemand weiß, ob es zum Beispiel im nächsten Jahr überhaupt noch ein Institut für Landwirtschaft oder, wie es seit Jahren heißt, Wissenschaftlich-Technisches Zentrum, geben wird, das einer von euch beiden leiten könnte. Keiner vermag heute einzuschätzen, ob in absehbarer Zeit überhaupt noch eine Bezirksverwaltung in der jetzigen Form existieren wird."

„Glaubst du wirklich, dass alles so unsicher zu werden scheint?", frage ich.

„Es scheint nicht nur so, es ist so", sagt mein Schwiegervater, während er eine neue Flasche entkorkt.

Er gießt mir einen Schluck ein, fordert mich auf, den Wein zu probieren, fragt, ob er mir zusagt, und als ich es bejahe, füllt er beide Gläser.

Nachdem wir getrunken haben, redet mein Schwiegervater über die große Weltpolitik, zuerst über Gorbatschows Perestroika, und er äußert seine Zweifel, ob die eingeleiteten Maßnahmen zu einem vernünftigen Ergebnis führen werden. Überzeugt ist er davon, dass sich alles auch auf die Entwicklung bei uns auswirken wird. „Die Perestroika wird ihren Einfluss auf unser Land haben", schätzt er ein, „auch wenn sich die hohen Genossen im Politbüro dagegen sträuben und sich öffentlich darüber mokieren. Die Leute hier werden es sich nicht bieten lassen, dass die beim großen Bruder sich vollziehenden Veränderungen an unserer Grenze gestoppt werden."

Nach einer Pause sagt er: „Peter, du siehst doch, was sich bereits bei uns in einigen Städten abspielt."

„Bei uns im Norden ist noch alles ruhig", sage ich.

„Noch", entgegnet er mir. „Aber warte nur ab, was noch werden wird." Und dann erzählt er mir vom Besuch eines polnischen Kollegen, mit dem er schon seit vielen Jahren enge Kontakte hat. Dort in Polen, sagt er, habe das ZK der PVAP auf seinem Plenum im Januar beschlossen, sich dem geforderten politischen und gewerkschaftlichen Pluralismus nicht mehr zu verweigern. Mittlerweile gäbe es einen sogenannten Runden Tisch, ein riesiger lackierter Eichentisch mit neun Metern Durchmesser, an dem 57 Personen gleichzeitig sitzen können. Und dort werde wahrhaftig getagt, Regierung und Opposition, es sollen 56 mehr oder weniger namhafte Personen sein, die sich in Plenarsitzungen versammeln, und gleichzeitig solle es noch fünf Untertische geben, wo über politische, wirtschaftliche und soziale Fragen debattiert werde und wo es härter zugehe als am großen Tisch. Sein polnischer Kollege sei der Auffassung gewesen, wer sich darauf einlasse, mit anderen die Macht zu teilen, der müsse auch darauf vorbereitet sein, die Macht abzugeben, was bedeute, dass das Ende des alten Systems längst schon eingeläutet sei.

Mein Schwiegervater schweigt einen Moment, nimmt einen Schluck Wein und fragt dann: „Ist es nicht denkbar, dass das dortige Unternehmen Machtübergabe sich auch auf unsere Verhältnisse auswirken wird?"

Ich sage nichts darauf, nippe an meinem Glas.

Mein Schwiegervater fährt fort: „Das staatssozialistische System steht bei ihnen, so schätzt es mein polnischer Kollege ein, schon lange ökonomisch wie politisch am Abgrund. Peter, wie sieht es bei uns aus? Du kannst es für uns sehen wie du willst, aber von überraschenden Wendungen werden ganz bestimmt auch wir nicht verschont bleiben. Ja, was soll ich dir noch dazu sagen? Vielleicht etwas ganz Ketzerisches, zum Beispiel: Kann es sein, dass unser Gesellschaftskonzept überhaupt nicht funktioniert? Ist es so, dass die schönsten Utopien am besten auf dem Papier bleiben sollen, weil sie beim Versuch ihrer Realisierung die unglückselige Tendenz haben, sich ziemlich rasch in ihr Gegenteil zu verkehren? Ich weiß es nicht. Aber wir können uns meinetwegen auch noch fragen: Hätte man es besser machen können? Oder hatten, wie manche zu wissen glauben, die anderen zu viel Einfluss, um uns beim Verwirklichen der geplanten Vorhaben immer wieder durcheinander zu bringen und uns letztlich gnadenlos zu schaden? Noch eine Frage, aber nur unter uns: Ist es etwa den Falschen, den Ungeeigneten, den Machtbesessenen gelungen, an die oberste Spitze zu gelangen und sich dort festzusetzen, um von dieser Position aus zu diktieren, wie sich das

Gemeinwesen zu entwickeln hat? Vielleicht ist es im System begründet, meinetwegen auch in den Fehlern, die seinerzeit schon Lenin im Hinblick auf die Machtausübung festgeschrieben hat, dass die vielen anderen, die auch ihre Ideen haben, nicht zum Zuge kommen können und sich dem Diktat von oben beugen müssen, wenn auch zuweilen mit den löblichen Versuchen, Distanz zu riskieren, um nicht irgendwelches irrsinniges Zeug blindlings durchzusetzen, sondern vernünftig zu handeln, dafür zu sorgen, dass die Leute Arbeit und Brot haben. Peter, ich weiß nicht, ob sie uns beiden einmal bescheinigen werden, dass wir wenigstens das zu erreichen versucht haben."

Ich muss lachen, als er mir sein Glas zum Anstoßen entgegenhält.

„Entschuldige", sagt er, „aber einem alten Mann musst du schon gestatten, so zu reden."

„In deinem eigenen Haus darfst du doch wohl das sagen, was du für richtig hältst", sage ich lachend.

„Um eines bitte ich dich noch." Mein Schwiegervater zögert, bevor er weiterspricht: „Peter, riskiere keine voreilige Entscheidung, also keine Entscheidung, die du womöglich später bereuen könntest."

Noch ehe Irenes Mutter das Zimmer betritt, erreicht uns durch die geöffnete Tür schon der Duft von frischgebackenem Kuchen.

„Wollt ihr probieren?", fragt sie. „Wir haben gleich zwei Kuchen gebacken."

„Was stellst du uns für eine Frage? Bitte serviere den Kuchen", sagt mein Schwiegervater. Dann steht er auf, legt mir die Hand auf die Schulter und sagt: „Ich bringe Irene und Felicia zu Beginn der Ferien nach Lübenow. Du kannst dich auf mich verlassen."

***

Jetzt ärgere ich mich, dass ich so voreilig zugesagt habe, Fachleute aus dem Westen zu empfangen.

Seinerzeit habe ich nicht ahnen können, dass deren Besuch ausgerechnet unsere gemeinsamen Tage stören würde. Ursprünglich wollte Irene mit Felicia schon eine Woche früher anreisen, aber ihr Klinikaufenthalt hatte alles verzögert.

Der Landforstmeister hat sie beide am Mittwoch gebracht, und heute Vormittag ist er wieder zurückgefahren, nicht ohne bei der Verabschiedung Felicia die Wange zu streicheln und ihr zu versichern, er hole sie sofort wieder ab, wenn es ihr hier nicht gefalle, sie müsse nur bei ihm anrufen.

„Versprochen ist versprochen", sagt Felicia nun am Abend zu mir. „Wir fahren an die Ostsee. Die sollen warten bis wir wieder da sind."

„Den Leuten habe ich aber auch versprochen, dass ich sie zwei Tage bei uns herumführe", sage ich. „Die wollen sehen, wie wir hier unsere Felder bewirtschaften. Die kommen extra aus dem Westen nach Lübenow, um unsere Methoden zu studieren."

„Und wir kommen extra aus dem Thüringer Wald zu dir, ist das etwa nichts? Du versprichst den Leuten zu viel", tadelt mich unsere Tochter. „Man kann nicht allen versprechen, dass man für sie zur Verfügung steht."

„Vielleicht könnten wir auch am Sonntag zur Ostsee fahren, da sind die Gäste aus dem Westen wieder weg", versuche ich es mit einem Kompromissvorschlag.

„Und wenn es am Sonntag regnet?", fragt Felicia. „Und außerdem, einmal in der Ostsee baden reicht sowieso nicht aus, wenn man von soweit her angereist ist wie wir."

„Ihr bleibt doch noch länger hier", sage ich.

„So lange können wir gar nicht da bleiben", antwortet mir Felicia.

„Warum nicht?"

„Mama will doch arbeiten. Das heißt, sie muss arbeiten, sonst schafft sie ihren Plan nicht“, sagt Felicia, und ich sehe, wie sich zunehmend Enttäuschung auf ihrem Gesicht ausbreitet.

„Mach dir keine Sorgen um uns“, greift Irene ein. „Du musst dir wirklich keine Sorgen um uns machen. Führe du deine Gäste ordentlich durch den Betrieb und die Flur, die sollen begreifen, dass wir hier nicht nur mit Murmeln spielen. Ich kläre alles andere. Ihr könnt schon mal anfangen mit dem Abendessen. Aber lasst mir noch ein bisschen übrig“, sagt sie, während sie schon die Tür geöffnet hat.

„Haben wir sie jetzt verärgert?“, fragt mich Felicia.

„Nein, ich denke, Mama wird versuchen, unser Problem zu lösen.“

„Ob es ihr gelingen wird?“

„Ganz bestimmt“, sage ich, doch ich verrate ihr nicht, dass ich vermute, sie wird drüben mit Leta Grünenfelder reden, die eine Woche hier bei ihrem Vater und Irma Birke verbringen will, zwischendurch dabei aber auch vorhat, an einem Kolloquium in Greifswald teilzunehmen und unbedingt in der Ostsee zu baden.

„Mama wird schon eine Lösung finden“, sage ich und füge hinzu: „Aber dann müssen wir auch das akzeptieren, was sie uns vorschlagen wird. Einverstanden?“

„Einverstanden“, antwortet Felicia. „Wir werden uns schon einig.“

Die Gäste aus dem Westen treffen pünktlich ein. Ihr Bus hält fünf Minuten vor zehn genau an der Stelle, wo ich vor der Einfahrt zum Schlosshof auf sie warte.

Mit dem Sekretär unseres Bezirksverbandes, der eigentlich für die gesamte Organisation zuständig ist, bin ich bald eine Stunde lang nochmals alle Details des Besuchsprogramms durchgegangen. Er hat zwar so geredet, als würde das, was uns bevorsteht, eine ganz alltägliche Sache werden, als hätten wir so etwas bereits mehrfach absolviert, doch ich merke nun, wie aufgeregt er ist, welchen Respekt er vor diesen Bauern von drüben hat. Er steht drei Schritte seitlich hinter mir, als müsse er erst auf ein Zeichen von mir warten, um sich an der offiziellen Begrüßung zu beteiligen.

Dabei wird alles wohltuend unspektakulär, ohne große Reden, und der verantwortliche Reiseleiter unter den zweiundzwanzig Gästen, ein Mitarbeiter der Landwirtschaftskammer, ist mir vom ersten Moment an sympathisch, ebenso wie der Busfahrer, wie sich dann bei der Flurrundfahrt im Gespräch herausstellt, der Inhaber des Busunternehmens, der mir erklärt, bei einer solchen Premiere gehöre es sich, dass der Chef persönlich am Steuer sitze.

Unsere Gäste sind interessiert, begutachten die Feldkulturen, sparen nicht mit anerkennenden Sätzen, stellen viele Fragen, auch im Hinblick auf die Arbeitsorganisation, die Einnahmen des Betriebes, die Einkünfte der Mitglieder, die Kooperation zwischen den drei Genossenschaften, und bei den vier Ehepaaren wollen die Frauen genau wissen, wie die Arbeitszeiten geregelt sind, wie die Genossenschaftsbäuerinnen, zu meinem Erstaunen verwenden sie diese Bezeichnung, alles unter Kontrolle bringen, ihre Tätigkeit auf dem Feld oder im Stall, ihren Haushalt und die Kinderbetreuung. Nein, sie melden keine Zweifel an. Eine der Frauen stellt sogar einmal fest, es lasse sich also alles vernünftig organisieren, und ihr leuchte es ein, dass das auch so zu handhaben sei.

Ich wundere mich, dass keinerlei provokante Fragen kommen, obwohl ich ständig damit rechne.

Nur nach dem Abendessen im Ferienheim, als die Diskussionen in lockerer Runde fortgesetzt werden, als schon Bier getrunken wird, stellt einer der Bauern die Frage, ob ich mir denken könne, dass solche Genossenschaften auch für sie günstig wären.

Und plötzlich herrscht Ruhe, während ich nach einem wohlabgewogenen Satz suche, ich antworte schließlich: „Wenn Sie selbst es wünschen und ihr Umfeld dazu passt, und wenn die dafür erforderlichen Rahmenbedingungen vorhanden sind, könnte das bestimmt auch für Sie von Vorteil sein. Zumindest würde es sich lohnen, darüber nachzudenken."

Er sagt darauf, er bewirtschafte rund siebzig Hektar, allerdings fast die Hälfte davon Pachtland, er wäre also für uns so etwas wie eine Randfigur, gemessen an unserer Größe.

„Sie könnten aber sofort bei uns Mitglied werden, und nicht nur als Randfigur, sondern als geachteter Fachmann", sage ich. „Schade, dass es diese große Entfernung zwischen uns gibt."

Es wird gelacht, es ist ein freundliches, ein heiteres Lachen, kein abfälliges.

Nun ärgere ich mich nicht mehr, dass ich dem Besuch zugestimmt habe.

Auch Erika Wendler, die die gastronomische Seite unter Kontrolle hat, meint, es seien durchweg patente Leute, sie könne sich nicht beklagen. Vielleicht werde es einmal den Urlauberaustausch mit den Bauern von drüben geben.

Ich erkundige mich noch nach Heinz, und sie antwortet mir schmunzelnd, dass der sich offensichtlich wohlfühle, auch wenn er nicht bereit sei, von seinem Ansinnen abzurücken, und die Partei seinen Kuraufenthalt höchstwahrscheinlich als erfolglos einstufen werde. Ihr habe er erklärt, sie sollten ruhig mutmaßen, er wäre nicht mehr richtig im Kopf, ihn würde das nicht stören.

Kurz vor Mitternacht betrete ich unser Haus. Ich schalte das Licht im Flur an und sehe, dass die Türen der Zimmer nur angelehnt sind, ich schließe sacht die Schlafzimmertür, damit meine beiden Damen nicht aufwachen.

Irene muss bemerkt haben, wie ich ins Bett gekommen bin. Sie fragt leise, ob alles geklappt habe mit den Gästen.

„Ja, gut", flüstere ich. „Und bei euch?"

„Sehr gut, das Wasser hätte etwas wärmer sein können, aber ansonsten war alles fantastisch."

Als ich mich früh fertigmache, schlafen Irene und Felicia noch. Ich hätte eigentlich eine halbe Stunde später aufbrechen können, denn ich muss nicht befürchten, dass im Ferienheim irgendetwas beim Frühstück nicht klappen könnte. Außerdem übernachtet auch der Bezirkssekretär dort. Doch es könnte ja sein, unsere Gäste hätten Sonderwünsche, dann müsste ich mich darum kümmern, schließlich fühle ich mich als Gastgeber.

Auch der zweite Tag verläuft ganz normal, anstrengend zwar, weil ich ständig voll da sein muss und kaum an meine beiden Damen und ihr Tun zu denken wage. Doch meine Gäste verhalten sich weiterhin interessiert, berichten zunehmend auch von sich, deuten nicht nur an, dass ihre Situation gar nicht so einfach sei, sondern sagen ziemlich offen, dass nicht allein das reichliche Angebot an Maschinen, Dünger, Pflanzenschutzmitteln und dergleichen für ein erstrebenswertes erfolgreiches Wirtschaften ausschlaggebend sei. Es gehöre mehr dazu, sagt der Bauer, der sich tags zuvor als Randfigur für unsere Genossenschaft bezeichnet hat, und fährt dann fort, man müsse immer an die Konkurrenz denken und auch an die Absatzschwierigkeiten. Darauf meint ein anderer Gast lächelnd, ich solle mir doch selbst mal ein Bild machen, indem ich sie besuche, um ihre Verhältnisse kennenzulernen.

Das wäre nicht schlecht, denke ich ganz naiv und glaube einen Augenblick lang wahrhaftig, dass ein solcher Besuch machbar wäre.

Die Dankesworte bei der Verabschiedung empfinde ich als ehrlich. Und auch die Einladung, die der Leiter der Gruppe ausspricht, klingt ebenfalls ehrlich. In Schleswig-Holstein gäbe es für uns bestimmt viel Interessantes zu entdecken, sagt er. Eine schriftliche Einladung werde er noch schicken.

Ich weiß nicht, ob die Gäste etwas anderes hier bei uns erwartet haben, aber vielleicht sind sie doch positiv überrascht über das, was sie zu sehen bekommen und was wir ihnen sonst noch geboten haben.

„Tante Leta kann gut schwimmen, ziemlich schnell und mächtig lange, obwohl die in der Schweiz doch gar kein Meer haben“, sagt Felicia. „Sie ist auch recht verträglich. Nur mit dem Reden, weißt du, mit dem Reden, da ist es verdammt kompliziert.“

„Hast du sie nicht verstanden?“, frage ich.

„Na ja, ihre Ausdrücke, die sind so komisch“, erklärt mir Felicia. „Sie sagt, wir könnten jetzt eine Znünipause machen. Kannst du dir denken was sie damit meint?“

„Nein“, antworte ich.

„Siehst du, ich auch nicht, jedenfalls wusste ich es nicht, als sie das bei unserer Ankunft an der Ostsee gesagt hat. Das bedeutet eine Pause am Vormittag, um eine Zwischenmahlzeit einzunehmen, nichts anderes. Als ob sie nicht gleich sagen kann, dass sie Hunger hat. Ich hatte noch keinen Hunger, ich wollte erst baden und nicht essen. Essen kann man, nachdem man geschwommen ist. Aber man darf ja nichts dagegen sagen, sie ist doch schließlich Gast, und außerdem hat sie uns gefahren, und dass muss man schon zugeben, ihr Auto rollt unwahrscheinlich toll, mit diesem Renault kommt dein Wartburg nicht mit, auf gar keinem Fall, da sitzt du drin, wie…“ Sie zögert, sucht nach einem Wort.

„Wie wer?“, bohre ich nach.

„Na, wie sonstwer, du kannst es dir doch sicher schon denken, wie eine hochstehende Persönlichkeit. Solche Leute sind früher auch zum Opa gekommen, mit großen Autos und Fahrer. Ich bin deshalb gestern immer sehr vorsichtig gewesen, Mama musste nicht wieder warnen, ich solle mich zurückhalten. Am Nachmittag redete Tante Leta von Zvieri, da dachte ich mir gleich, die hat wieder Hunger.“

„Und hatte sie Hunger?“

„Na klar, Zwischenmahlzeit am Nachmittag, ein Glück, dass Mama viel zum Essen eingepackt hatte. Tante Leta hatte auch einen Korb voll, sie war gar nicht auf unsere Verpflegung angewiesen. Aber wir haben ihr von uns was angeboten, und sie hat sich revanchiert. Weißt du, sie ist ganz in Ordnung, sie müsste nur ein bisschen verständlicher reden, dann könnte man schon sein Auskommen mit ihr haben."

„Du sagst Tante Leta zu ihr, ja?"

„Wie soll ich denn sonst zu ihr sagen, etwa Frau Grünenfelder? Meinst du nicht, dass das eigenartig klingen würde, so auf Abstandhalten, als möchte ich nicht allzu viel mit ihr zu tun haben. Tante Leta klingt viel besser, viel verbindlicher, wir sind doch gut bekannt mit ihr und wollen es ganz bestimmt auch bleiben. Und ich habe den Eindruck, es gefällt ihr, wenn ich Tante Leta zu ihr sage, sie merkt dann nämlich, sie hat es schon bis zur Tante gebracht. Frau Grünenfelder sagen bestimmt viele Leute zu ihr, Frau Doktor sicher noch nicht, sie bastele noch an ihrer Doktorarbeit, hat sie Mama erzählt, von mir aus soll sie weiter daran basteln. Aber Tante hat sie sich schon verdient, schon damit, dass sie uns mit ihrem Auto so schön gefahren hat. Oder siehst du das anders?"

„Nein, du machst das völlig richtig", antworte ich ihr.

„Na, siehst du, endlich mal eine Anerkennung", sagt Felicia und gähnt.

„Bist du müde?"

„Ja", bestätigt Felicia und steht auf. Bevor sie ins Bad geht, sagt sie aber noch, die Mama könne mir ja alles andere erzählen. Zum Beispiel, was sie von Tante Leta über die Krankheit erfahren habe, eine Ärztin wisse da eben immer sehr viel und habe auch gute Ratschläge. Und vielleicht interessiere mich auch, was Tante Leta über ihren einstigen Freund berichtet habe, einen Oberarzt aus Zürich, der nach Brasilien gegangen sei und dort eine große Klinik leite.

Als Felicia aus dem Bad kommt, verrät sie mir noch, dass sie der Schweizer Tante die Rosen in unserem Garten vorführen will. Das habe sie mit ihr vereinbart. Sie wolle ihr auch die Rose Felicia zeigen, die jetzt mit den anderen um die Wette blühe. Sie habe sich aber vorgenommen, verspricht sie mir, von vornherein die Wahrheit zu sagen, dass es zuerst die Rose gegeben habe, obwohl es andersherum ja auch recht gut geklungen hätte.

„Felicia, wir bleiben bei der Wahrheit, jetzt und auch später“, sage ich, und während sie mich fest drückt, flüstert sie mir ins Ohr, sie habe Opa schon vor langem versprochen, bei der Wahrheit zu bleiben.

Für den Sonntag nehmen wir uns Warnemünde vor. Das Wetter zeigt sich noch günstig, etwas Wind und ein paar harmlose Wolken.

Felicia schweigt, ich denke, dass ihr der Ausflug gefällt. Dann aber sagt sie vom Rücksitz aus, im Renault hätte es sich besser fahren lassen.

„Sei froh, dass du im Wartburg sitzt und nicht im Trabant“, antworte ich ihr, vermutlich zu heftig, denn Irene stößt mich an und Felicia sagt kein Wort mehr, bis wir beim Parkplatz anlangen.

Sie lässt sich von mir überreden, ein Fischbrötchen zu probieren, doch sie fängt nur zögerlich an zu essen und bestätigt uns erst nach etlichen Fragen, dass es ihr schmeckt.

Sie amüsiert sich über die Möwen, die die ihnen zugeworfenen Brocken mühelos in der Luft fangen.

Vorn auf der Mole bläst der Wind stärker.

Wir fahren dann in westlicher Richtung. Felicia staunt über die Gärten, die an die Straße grenzen. Sie meint, die Besitzer hätten es gut, dic könnten von der Laube aus zum Strand und ins Wasser marschieren.

Wir finden eine Badestelle, die uns zusagt, etwas geschützt und mit wenigen Leuten, meist ältere, die uns nicht stören.

Mit unserem Sonntagsausflug scheint Felicia zufrieden gewesen zu sein. Nach dem Abendessen sagt sie vorsichtig zu mir: „Wenn mal so ein Renault, wie Tante Leta ihn hat, bei uns angeboten wird, müsstest du mit ihm fahren, nur so zur Probe, ich denke mir, er würde dir gefallen. Vielleicht fragst du auch Tante Leta, ob sie dich schon mal fahren lässt, was meinst du?“

„Lieber nicht“, sage ich. „Noch können wir bei uns keinen kaufen. Und wenn er uns sehr gefällt, dann sind wir traurig, weil wir keinen bekommen können.“

„Gut, dann warten wir eben. Aber wenn…“ Felicia schaut mich verschmitzt an.

„Dann probieren wir ihn sofort aus und lassen uns von niemanden abhalten“, sage ich und sehe, dass zwischen uns wieder ungetrübte Übereinstimmung herrscht.

„Allmählich wird es Zeit, dass wir uns über den Ablauf des Republikgeburtstages klarwerden“, sagt Franz Schuchard. Der Parteisekretär sitzt mir gegenüber und blickt mich unsicher an.

Ob er eine Direktive dafür habe, erkundige ich mich, und er antwortet mir, er habe eine ganze Mappe voll Anleitungsmaterial.

„Dann such` dir doch das Beste raus und sieh zu, dass du bald mit der Vorbereitung anfängst“, empfehle ich ihm.

„So einfach ist das nicht.“ Er stützt sein Kinn mit der Hand.

„Franz, dein Problem, nicht meins“, sage ich, als wäre es der Abschluss unserer Diskussion.

Franz schreckt auf und ermahnt mich: „Du bist hier der oberste Leiter, du trägst die Verantwortung, dass alles würdevoll abläuft, dass die bisherigen Ergebnisse eingeschätzt und die neuen Ziele gestellt werden.“

„Auf einmal bin ich jetzt die entscheidende Person“, sage ich, „bisher war stets die Partei die führende, die alles entscheidende Kraft. Schläft die zurzeit etwa? Oder verkriecht die sich vor den Problemen, die sich überall auftun, weil sie unfähig ist, diese zu lösen?“

„Trotzdem müssen wir überlegen, wie wir den Feiertag bei uns gestalten wollen“, versucht es Franz nun mit Güte. „Du hast doch immer brauchbare Ideen gehabt.“

„Du machst es so wie üblich“, rate ich ihm. „Du setzt nur die Zahl 40 ins Programm, ansonsten alles im Rahmen des Gemeindeverbandes, du und unser Bürgermeister, ihr übernehmt das Kommando, am Vorabend Laternenumzug, vorneweg die Schallmaientruppe, das organisiert die Schule, na ja, und den Rest kennst du ja aus deinen Direktiven. Übrigens, ich bin in der Zeit gar nicht hier, ich habe zehn Tage Urlaub, ich muss mich um meine Familie kümmern.“

„Bist du verrückt?“ Franz schüttelt den Kopf.

„Muss man verrückt sein, wenn man sich um seine Familie kümmert?“, frage ich scharf.

„Natürlich nicht“, lenkt Franz ein. „Können deine beiden Damen nicht hierher kommen und mit uns feiern?“

„Das können sie eben nicht“, sage ich barsch und füge dann mit Nachdruck hinzu: „Ihr kommt auch ohne mich zurecht.“

Franz blickt auf seine Mappe mit den Anleitungsmaterialien und schweigt.

„Auf irgendeine Art und Weise müssen wir alle zurechtkommen, zumindest müssen wir es versuchen“, sage ich schließlich zu ihm und denke schon an etwas ganz anderes.

„Hast du wenigstens einen Schnaps?“, fragt Franz. „Ich könnte jetzt einen vertragen.“

Ich habe mich nicht davon abhalten lassen, Anfang Oktober Urlaub zu nehmen. Und nun bin ich überrascht, dass es mich überhaupt nicht interessiert, wie sie in Lübenow und Umgebung den Tag der Republik begehen.

Ich rufe am 7. Oktober auch nicht bei Irma Birke an, um mich über alles informieren zu lassen. Ich habe nur nach meiner Ankunft kurz mit ihr telefoniert, um ihr mitzuteilen, ich sei gut im Gebirge angekommen. Ich hätte zwar hinter dem Schkeuditzer Kreuz im Wartburg eine Kerze auswechseln müssen, ansonsten sei die Fahrt aber reibungslos verlaufen.

Meinem Stellvertreter hatte ich vor der Abreise eingeschärft, mich erst dann zu alarmieren, wenn Lübenow der Zusammenbruch drohen würde, worauf von ihm die Antwort gekommen war, da bräuchte ich keinerlei Befürchtungen zu haben, unsere Kooperation stehe seines Erachtens nach sicherer da, als unser Staat. Vielleicht hatte er geglaubt, mit mir eine Diskussion beginnen zu können, aber ich hatte lediglich genickt, als wäre auch ich dieser Ansicht, ich wusste, dass er regelmäßig das Westfernsehen einschaltete.

Jetzt animiert mich mein Schwiegervater zum Fernsehen. Nach dem Abendessen schaut er mich kurz an, weißt mit dem Kopf in Richtung Arbeitszimmer, sagt, wir könnten noch einen kleinen Schluck trinken, und mir ist klar, er meint damit, wir dürfen die „Tagesschau" nicht verpassen.

Mir scheint, wir werden schon übermäßig mit Informationen versorgt, wir verkraften vor der „Tagesschau" bereits die „Aktuelle Kamera" in voller Länge, weil Felicia darauf besteht, dass der Fernseher im Wohnzimmer rechtzeitig eingeschaltet wird, damit sie das „Sandmännchen" nicht versäumt. Wir werden also von beiden Seiten über die Lage im Lande und über die Meinungen aller möglichen Leute in Kenntnis gesetzt, ganz gleich, ob sie uns helfen oder schaden oder auch nur leeres Stroh dreschen wollen, und offensichtlich erwartet jeder, der uns über den Fernseher anzusprechen sich bemüht, dass wir seinem Bild und seiner Aussage den Vorzug geben.

„Glauben, dass alles so stimmt, wie sie es darstellen, kannst du wohl keinem Bericht", sagt mein Schwiegervater. „Aber bei allem Schwindel, den sie uns auftischen, eines kristallisiert sich immer mehr heraus: Zu halten ist bei uns vermutlich nichts mehr, es geht alles den Bach runter. Und die oberste Führung begreift die Lage nicht oder will sie nicht begreifen, flüchtet sich in Schönrederei, als ob man damit etwas aufhalten oder verändern könnte. Was sind das nur für dämliche Gestalten in diesem Politbüro? Wenn ein Holzfäller verkehrt an sein Werk herangeht, erschlägt ihn der umstürzende Baum, und diese Leute glauben, sie könnten die Gefahr allein mit salbungsvollen Sätzen bannen, unbegreiflich ist das."

Ich will nicht, dass unsere Diskussion nach der Rückkehr ins Wohnzimmer im großen Kreis eine endlose Fortsetzung erfährt, und präsentiere deshalb den schönen Brief aus Schleswig-Holstein, der nicht nur den Dank für die – wie formuliert wird – spannenden zwei Tage in Lübenow enthält, sondern auch die Einladung, die man mir damals bei der Verabschiedung angekündigt hat. Und weil der Satz mir sehr gefällt und offensichtlich auch ehrlich gemeint ist, lese ich ihn vor und sage danach: „Eine solche Einladung zum Erfahrungsaustausch, das ist doch was, oder?"

„Da fahren wir hin", sagt Felicia, die im Schlafanzug noch auf dem Sofa sitzt und in einem Mosaik-Heftchen blättert.

„Da ist nur Papa gemeint", gibt Irene zu bedenken.

„Nein, wir alle", beharrt Felicia. „Wir mussten an den beiden Tagen auf Papa verzichten, also wollen sie sich auch bei uns mit der Einladung bedanken. Das ist doch auch ganz normal."

„Sie haben Papa eingeladen, ihn allein", sagt Irene energisch.

„Er kann doch mal nachfragen, ob er uns mitbringen darf", erwidert Felicia.

„Ihr dürft nicht zusammen über die Grenze", sagt Irenes Mutter.

„Wieso nicht?", fragt Felicia. „Wenn wir eine Einladung von da drüben haben, müssen sie uns an der Grenze auch durchlassen. Man muss nur die richtige Einladung besitzen. Oma, bis sie uns die schicken, bis dahin haben die Grenzer auch begriffen, dass sie uns rüber lassen müssen, wenn wir ihnen die Einladung vorzeigen."

„So machen wir es, Felicia, wie du es vorschlägst", sage ich.

„Gib ihr nur noch recht, du weißt genau, dass das nicht geht", tadelt mich Irene.

Doch Felicia lächelt mich an und tut so, als ob sie den Einwand ihrer Mutter überhört hat, sie richtet sich auf und sagt: „Papa, wir fahren, wir halten die Einladung hoch, und dann machen sie das Tor auf, und wir brausen durch, mit dem Wartburg, der hat Vorderradantrieb, der zieht durch, da bleibst du nicht stecken, da musst du keine Angst haben, das weiß ich von Opa, der fährt schon viele Jahre mit dem Wartburg. Papa, wir zischen über die Grenze, die müssen staunen, wenn wir kommen."

„Wer muss staunen?", fragt Irene.

„Na, die an der Grenze", sagt Felicia.

„Die Grenzer auf unserer Seite oder die von drüben?"

Felicia sagt kopfschüttelnd: „Mama, du stellst heute aber komische Fragen."

„Also, wer soll staunen?", beharrt Irene.

„Meinetwegen alle", sagt Felicia. „Meinetwegen sollen alle staunen, wenn wir kommen. Wir putzen den Wartburg, und dann rollen wir mit Hochglanz über die Grenze."

Wir haben schöne Tage verbracht, wirklich schöne Tage, wir waren glücklich miteinander, denke ich, während ich das Autoradio wieder ausschalte; ich kann es nicht ertragen, wenn der Empfang nicht einigermaßen stabil ist und der eingestellte Sender ununterbrochen schwankt oder sich zeitweise gänzlich verabschiedet.

Das Gefühl der Vertrautheit hat uns keinen Augenblick verlassen, denke ich danach und frage mich sogleich: Haben wir denn nicht auch einen Anspruch auf Vertrautheit, auf Glück, auf ein gemeinsames Leben, schließlich sind wir doch eine Familie?

Ich steuere den nächsten Parkplatz an, weil ich das Bedürfnis habe nachzudenken.

Vor mir steht ein grauer Trabant mit blauem Dach, eine De-Luxe-Ausführung, bestimmt mit Sonderausstattung.

Ich bleibe noch eine Weile im Wagen sitzen. Aber ich komme nicht zum Nachdenken.

Drei Kinder machen einen solchen Lärm, dass mich lediglich die Frage bewegt, wie passen die alle in dieses kleine Auto, ein Ehepaar mit drei Kindern.

Nein, ich zürne nicht den Kindern, dass sie mich am Nachdenken hindern, sie müssen sich hier austoben, wie sollen sie sonst stundenlang die Enge dieses Fahrzeugs ertragen können.

Ich beobachte, wie die Frau die Lehne des rechten Vordersitzes umklappt und wie die drei Kinder diszipliniert hineinkriechen. Sie scheinen sich mit ihrem geringen Platzangebot abgefunden zu haben, und ich sehe das zufriedene Lächeln der Frau, bevor sie die Lehne zurückklappt und selber einsteigt. Den Mann habe ich kaum wahrgenommen, er hat sich wohl schon vorher auf seinen Platz gesetzt, um sich noch einen Moment in die Straßenkarte zu vertiefen.

Als der Trabant losfährt, steige ich aus, vertrete mir die Beine, stelle mich hinter ein Gebüsch, um zu pinkeln.

Dann probiere ich nochmals das Radio aus, drehe geringfügig am Knopf und staune, dass ich den Deutschlandfunk auf Anhieb finde. Und während ich schon wieder auf der Autobahn mit der üblichen Geschwindigkeit rolle, erfahre ich vom Sturz Erich Honeckers.

Doch man hat ihn nicht gestürzt, deute ich nach weiteren hundert Kilometern die Meldung unseres Senders, er hat selbst seinen Rücktritt erklärt, im Wesentlichen begründet mit seinem Gesundheitszustand, und er hat Egon Krenz als seinen Nachfolger vorgeschlagen. Offensichtlich war die Mehrheit der ZK-Mitglieder damit zufrieden. Ob es auf der Tagung des ZK eine kritische Diskussion gegeben hat, ist aus den Sätzen des Nachrichtensprechers nicht herauszuhören.

Sollen die Dinge künftig ihren Lauf nehmen, denke ich und schalte das Radio wieder aus.

Vom öffentlichen Auftreten des neuen Generalsekretärs im Fernsehen erzählt mir Robert Hohler, und er meint, dieser Krenz habe die Massen und die eigene Partei mit seiner Rede schon von Anfang an gegen sich aufgebracht. Der scheine die Situation noch nicht begriffen zu haben, oder er stelle sich vielleicht vor, mit diesem Personalwechsel, mit ein paar neuen Worten und einigen wenigen Bekundungen hinsichtlich einer Wende die Lage im Lande stabilisieren zu können. Vielleicht aber wolle er auch nichts begreifen, immerhin habe er ja eine lange Lehre bei seinem Vorgänger genossen.

Mit Inge Krüger und Friedrich Albrecht musste ich den zweitägigen Besuch der nächsten Gruppe besprechen. Mitgeteilt worden war uns vom Bezirkssekretär der Agrarwissenschaftlichen Gesellschaft, dass wir diesmal mit 38 Teilnehmern zu rechnen haben.

„Scheinbar werden wir für die von drüben immer interessanter“, sagt Fiete. „Es muss sich bei denen doch rumsprechen, dass wir was aufzuweisen haben.“

„Wir haben die Arbeit mit diesen vielen Leuten, doch wir selber haben nichts davon“, klagt Inge.

„Warte es doch ab, der Erfahrungsaustausch beginnt erst“, sage ich.

Und wieder kommen wir erstaunlich gut mit unseren Gästen klar. Es sind mehr Ehepaare darunter als beim ersten Mal. Auch der Leiter der Gruppe gefällt mir, ein Geschäftsführer des Landeszuchtverbandes. Während der Verabschiedung bedankt er sich bei mir auch für meine Offenheit und Ehrlichkeit.

„Ob ich immer offen und ehrlich gewesen bin, können Sie das überhaupt beurteilen?“, frage ich ihn lächelnd.

„Ja“, antwortet er mir und lässt eine Pause eintreten, bevor er weiterspricht. „Mein Bruder ist Vorsitzender einer Genossenschaft im Kreis

Oschatz, einmal im Jahr besuche ich ihn mindestens. Übrigens, er redet ebenso wie Sie."

Und wieder erfolgt eine Einladung, und ich sage darauf zu ihm: „Wir kommen gern, schicken Sie uns einfach einen freundlichen Brief."

Es ist auch der gleiche Busfahrer, der Chef des Unternehmens, und mir fällt auf, dass er mehrmals längere Zeit mit unserem Bezirkssekretär verhandelt.

Ich frage den Bezirkssekretär danach nicht nach seinen Verhandlungen. Er sitzt hinter meinem Schreibtisch und telefoniert aufgeregt, vermutlich spricht er mit seiner Mitarbeiterin.

Ein paarmal fragt er: „Und das ist heute Abend?" Und danach hört er wieder angestrengt zu, was ihm geantwortet wird. Und schließlich sagt er: „Ja, gut, du informierst einfach, dass du mich nicht erreichen konntest. Und fertig."

Ich befrage ihn nicht nach der Angelegenheit, aber ich kann mir denken, dass man auch ihn noch unbedingt zu dieser Gegenveranstaltung beordern will. Von Franz Schuchard hatte ich vor Tagen die Information erhalten, dass aufrührerische Kräfte in der Bezirksstadt eine große Demonstration planen, mit der sie eine politische Erneuerung im Lande fordern wollen, vermutlich ebenso wie im mittleren und im südlichen Raum mit Kerzen in den Händen. Dem beabsichtige die Partei mit einer eigenen Veranstaltung zu begegnen, auf der man vorhabe, die Leitlinien für die künftige Entwicklung und zugleich auch die Regeln für den dazu zu führenden Dialog zu verkünden. Die Partei werde das Heft des Handelns keinesfalls aus der Hand geben, hatte Franz den Ersten Sekretär der Kreisleitung der SED zitiert und mir dessen Auftrag übermittelt, zuverlässige Kräfte aus Lübenow für die geplante gemeinsame Fahrt in die Bezirksstadt zu benennen.

„Du glaubst doch wohl nicht, dass ich dafür auch nur einen Finger rühren werde", hatte ich Franz geantwortet. „Wenn dir danach ist, dann suche dir Leute, die sich bereiterklären, mit dir dorthin zu fahren und sich eventuell die Jacke anzünden zu lassen, denn wenn es eng wird, kann so was mit brennenden Kerzen schnell passieren."

Franz hatte meine Reaktion kopfnickend zur Kenntnis genommen, vielleicht hatte er sich dabei auch über sich selber geärgert, dass er mir die Missbilligung des Ersten Sekretärs der Kreisleitung übermittelt hatte, einfach Urlaub zu machen, anstatt vor Ort das Staatsjubiläum würdevoll mitzugestalten.

Gewundert hatte ich mich, dass Franz nichts unternahm, um jemanden für das Parteivorhaben zur Einschränkung störrischer Aktivitäten auf Bezirksebene zu gewinnen, sondern dass er stattdessen an einem Abend ein kurzes vertrauliches Gespräch mit mir führen wollte. Sein Wunsch bestand darin, ein bisschen Kontakt mit den nächsten Gästen aus dem Westen aufnehmen zu können, am besten während der Besichtigung unserer Milchviehanlage. Er sei ja imstande, sagte er, die technische Seite des Melkens zu erläutern, und Inge Krüger hätte bestimmt nichts dagegen, da er bei Störfällen ohnehin der erste sei, der von ihr zum Helfen angefordert werde. Allerdings solle ich ihn als Techniker vorstellen, keinesfalls als Parteisekretär.

Es ist der 13. November, als mich der Sekretär unseres Bezirksverbandes spätabends anruft und ohne Vorbemerkung sofort fragt, ob ich die „Aktuelle Kamera" verfolgt habe, Hans Modrow sei zum Ministerpräsidenten gewählt worden, es sei schade, dass dies nicht schon vor mindestens zehn Jahren geschehen sei, wir wären dann sicher in einer weit besseren Lage.

„Ich lese das morgen in der Zeitung", unterbreche ich ihn, „du musst dich nicht zu dieser Stunde noch darum bemühen, mich mit dem gegenwärtigen Politikgeschehen zu konfrontieren."

„Ich konfrontiere dich gleich mit einer ganz anderen Sache", sagt der Bezirkssekretär. „Ja, es ist eine unerwartete, eine spektakuläre Sache, du wirst staunen."

„Wird Modrow dich etwa in seine Regierung berufen?“, frage ich. „Du hast mir doch einmal erzählt, dass du ihn in Markkleeberg kennengelernt hast.“

„Lass deinen Spott“, wird mir geantwortet. „Aber trotzdem, der Modrow, davon bin ich überzeugt, der wird noch einiges bewegen.“

„Die Mauer hat keine Bedeutung mehr, die Sache hat der Schabowski am 9. November in Gang gesetzt“, erwidere ich ihm. „Wenn wir wollen, können wir rüberfahren, sofern wir das nötige Geld dafür haben. Vielleicht hat dir unsere Zentrale in Berlin ein paar kräftige Scheine zukommen lassen. Willst du mir das sagen?“

„Es geht mir nicht um ein paar Scheine, sondern um eine große Reise“, sagt der Bezirkssekretär und wartet einen Moment. „Am ersten Dezember, hörst du, am ersten Dezember fahren wir nach Frankfurt, nicht nach Frankfurt an der Oder, sondern nach Frankfurt am Main, wir sind Gäste auf der großen internationalen Ausstellung unserer westdeutschen Partnerorganisation. Richte dich darauf ein. Du bekommst auch noch einen zweiten Platz, da schlage ich dir vor, deine Kollegin Krüger mitzunehmen.“

In der allmählich beginnenden Morgendämmerung rollt unser Bus auf der Autobahn Richtung Frankfurt. Ich sitze auf der linken Seite, neben mir Inge Krüger. Immer wieder versuche ich die Scheibe, die fortwährend beschlägt, abzuwischen, weil ich hoffe, irgendwann die Wartburg sehen zu können, sicher nur als eine Art Scherenschnitt, aber gewissermaßen als Markierung oder zumindest als Beweisstück dafür, wahrhaftig gen Westen gefahren zu werden.

Vermutlich habe ich doch die Wartburg verpasst, weil es noch zu dunkel ist, um sie sehen zu können, oder weil ich mit Inge eine Weile geredet habe, bevor sie wieder in ihren Schlaf abgetaucht ist. Ich weiß nicht, wie nahe wir schon dieser bisher unüberwindlichen Grenze sind. Vielleicht sind es nur noch ein paar Kilometer, jedenfalls hat unser

Busfahrer sich schon dazu entschlossen, uns vom Hessischen Rundfunk angenehme Morgenmusik zukommen zu lassen, die gelegentlich von der sonoren Stimme eines Sprechers unterbrochen wird, wenn der einige Informationen zur Ausstellung in einer Art übermittelt, als spräche er vornehmlich zu uns, als beabsichtige er, dafür zu sorgen, dass wir nicht ganz und gar als Uneingeweihte an der Ausstellungspforte eintreffen werden.

Mir ist nicht aufgefallen, dass der Busfahrer bei seinem Chef die Erlaubnis eingeholt hätte, seinen Passagieren schon weit vor der Grenze einen Westsender anbieten zu dürfen. Vermutlich ist das nicht geschehen. Aber wäre der Genossenschaftsvorsitzende, der sein Chef ist und vor langer Zeit, zumindest für ein Jahr, auch Irenes Chef war, damit nicht einverstanden gewesen, hätte der sich längst nach vorn gebeugt und ein Machtwort gesprochen, denn er sitzt direkt hinter dem Fahrer.

Früh vor der Abfahrt, als es in Erfurt noch stockdunkel war, hat der Vorsitzende mir bei der Begrüßung gesagt, sie hätten den Bus fast eine Woche in der Werkstatt gehabt und jedes einzelne Teilchen kontrolliert. Es sei eine aufwendige Angelegenheit gewesen. Ich könne Irene also berichten, dass sie sich noch immer so viel Mühe geben würden wie zu ihrer Zeit und dass es dabei auch bleiben werde, komme was wolle.

Der Rundfunksprecher ist gerade dabei, uns wieder etwas zu erzählen, als der Bus anhält. Seine Stimme wird leiser gedreht. Niemand muss aufstehen und den Bus verlassen, die Kontrolle verläuft überraschend reibungslos.

Einer sagt ziemlich laut: „Keine Angst, wir kommen heute Abend alle wieder zurück, wir sind ans heimische Brot gewöhnt."

Es wird gelacht, und niemand riskiert eine Ermahnung, bei der Kontrolle doch unbedingt Ruhe zu bewahren.

Die Grenzer schauen sich nachlässig die Ausweise an, ich kann nicht mit Sicherheit sagen, ob sie die Namen auf der ihnen übergebenen Liste abhaken.

Der Vizepräsident und der Sekretär des Zentralvorstandes unserer Organisation, die beide ihre Plätze vorne rechts in der ersten Reihe haben, reden noch mit einem der Grenzer. Ich beobachte, dass der Grenzer zunächst nickt und sie dann mit einem Ausdruck mustert, den man für Bedauern halten könnte.

Mich würde es schon interessieren, was sie gesagt haben, vielleicht, dass wir voraussichtlich gegen zwanzig Uhr hier wieder eintreffen würden, uns stünde also nicht sehr viel Zeit zur Verfügung, um diese große Ausstellung zu studieren. Vielleicht aber haben sie ihn auch gefragt, ob er gern mitkommen würde.

Als unser Bus anfährt, wird die Stimme des Sprechers wieder lauter, doch es wird noch geredet und gelacht, so dass ich nur mit Mühe verstehe, was gesagt wird. Ich kann mich nicht erinnern, den Namen Hanne Haller jemals gehört zu haben, aber ich höre jetzt von ihr „Mein lieber Mann“, und die eingängige Melodie weht über die Köpfe der vor mir Sitzenden und unablässig Diskutierenden zu mir, und auch der Wunsch, ein bisschen Zeit zu haben, kommt bei mir an, und ich muss an Irene denken, der ich zwar verraten habe, ich komme am 2. Dezember zu einem Kurzbesuch, ansonsten jedoch so getan habe, als hätte man mir absolutes Stillschweigen auferlegt. Ich schließe die Augen und versuche, die Melodie mitzusummen, und ich habe auf einmal das Gefühl, die Sängerin singt jetzt nur für Irene und mich, und wir tanzen danach, und es ist alles wie damals beim Ball, als wir uns kennengelernt haben, es ist wieder so, als würden wir schweben, wir beide ganz allein.

Ich werde gegen die Lehne des Vordersitzes gedrückt und im nächsten Moment gegen die Fensterkannte, der Bus bremst heftig und biegt nach rechts ab. Und ich überlege, ob wir schon da sind.

Unser Ziel haben wir noch nicht erreicht, stelle ich fest, aber etliche Westkilometer muss ich verschlafen haben.

Die Begrüßung geht sehr freundlich vonstatten. Ich zähle dreimal den Begriff: „Gäste aus der DDR“, und viermal registriere ich: „Unsere geschätzten Fachkollegen“. Danach wage ich, den mir übergebenen Umschlag zu öffnen. Ich finde darin den Ausstellungsplan, ein Informationsheft und zwanzig Mark Westgeld.

Die ausgestellten Traktoren und Geräte beeindrucken uns ungemein.

Jemand hinter mir sagt: „Wenn wir die hätten, würden wir den Westen glatt überrollen. Solche Maschinen und dazu unsere großen Flächen, niemand könnte mit uns konkurrieren.“

„Wozu braucht man einen weißen oder hellbeigen Trecker?“, fragt Inge Krüger einen der Erklärer.

Ein solcher Trecker werde gern von den Bäuerinnen benutzt, zum Beispiel wenn sie Tränkwasser für die Rinder auf die Weide bringen, wird ihr geantwortet.

„Aha“, sagt Inge und geht rasch weiter. Mir raunt sie zu: „Merkst du, die wollen uns hier für dumm verkaufen, ein weißer Trecker zum Wasserfahren, die haben mitgekriegt, dass wir aus der DDR kommen und denken nun, sie können uns auf den Arm nehmen. Welche Firma war das?“

„Same“, sage ich. „Aber schlecht sieht das nicht aus, so ein hellfarbener Trecker, und vielleicht fährst du schon bald mit so einem und ich mit einem großen grünen wie der, der daneben stand, auch von Same, wer weiß das schon?“

„Hör auf!“, sagt Inge und geht noch schneller.

Von der Kollektion stattlicher schwarzbunter Kühe kann sich Inge danach nicht losreißen. Sie möchte die Tiere ungestört begutachten.

Ich sage, zu Hause hätte sie annähernd zweitausend Stück davon.

„Aber nicht solche“, belehrt sie mich. Und auch der Bezirkssekretär, der bisher geschwiegen hat, gibt sich auf einmal fachmännisch, spricht von der Großrahmigkeit dieser Tiere und bleibt bei Inge, während ich weitergehe und mich inmitten einer Besuchergruppe ein ganzes Stück treiben lasse.

Wie ein Wegweiser fallen mir auf einmal die wohlgeformten Buchstaben eines Schriftzuges ins Auge, ich lese „Schweizer Braunviehzuchtverband“, und ich dränge sogleich zur Seite. Mir gelingt es, aus der Kolonne, die sich auf dem Hauptgang unbeirrt voranbewegt, auszuscheren und mich in dieses ruhige, großzügig angelegte Abteil zu begeben, das mir wie eine stille, anheimelnde Oase erscheint, die geradezu zum Verweilen einlädt.

Für das Schweizer Braunvieh, das ich bisher lediglich aus der Literatur und von Fotos her kenne, empfinde ich in der Tat sehr viel mehr Neugier als für die von Inge Krüger und vom Bezirkssekretär favorisierten großrahmigen Schwarzbunten. Die Kuh, die links den ersten Platz einnimmt, liegend und wiederkäuend, zeigt keinerlei Reaktion, sie scheint mich überhaupt nicht wahrzunehmen.

Doch die zweite Kuh erhebt sich, noch bevor ich mich ihr nähere. Sie streckt sich ein wenig, drückt danach mit ihrem Hinterteil ihre Nachbarin etwas weiter nach rechts, als wolle sie für mich Platz schaffen. Den Kopf hat sie längst in die Position gebracht, dass ich deutlich ihr Interesse an Zärtlichkeiten erkennen kann. Ich zögere nicht, ich gehe zu ihr nach vorn, umfasse mit meinem Arm ihren Hals und beginne sie zu kraulen. Es ist offensichtlich, dass sie meine Liebkosung genießt. Sie verharrt regungslos, und ich habe den Eindruck, ihr Hals wird immer länger, um meinen Fingern möglichst viel freie Fläche zum Kraulen zu bieten.

„Das gefällt dir“, sage ich, und ich wiederhole es mehrere Male, bis mich eine Stimme erschreckt, die vom Gang her fragt: „Kann ich Ihnen behilflich sein?“

Was soll ich darauf antworten? denke ich augenblicklich. Eine solche Frage ist mir bisher bei uns noch nie gestellt worden. Soll ich jetzt antworten: „Danke, das Kraulen schaffe ich schon allein“, soll ich das wirklich sagen?

„Am liebsten würde ich diese Kuh kaufen“, sage ich dann, weil mir nichts Besseres einfällt.

„Gut, darüber können wir reden“, antwortet der elegant gekleidete Herr, er lacht und streckt mir seine Hand entgegen.

„Das Kaufen muss ich aber verschieben, ich besitze nämlich weder Schweizer Franken noch D-Mark, leider“, antworte ich ihm.

„Ach“, wird mir gesagt, „was nicht ist, kann noch werden.“

Ich kann nicht einschätzen, was der Mann über mich und meine Verhältnisse denkt. Ich staune nur, dass er mich an seinen Verhandlungs- oder Ausstellertisch einlädt und von seiner Mitarbeiterin für mich Kaffee und Gebäck servieren lässt. Er sitzt mir gegenüber, und wenn ich über seine Schulter blicke, sehe ich einige Meter von uns entfernt die Kuh, die noch immer zu mir herüberschaut und die nun vermutlich enttäuscht ist, dass ich sie nicht mehr kraule. Dass ich sie nicht mitnehmen kann, wird sie nicht weiter bedauern, denke ich, während mir von der Arbeit des Zuchtverbandes berichtet wird.

Ich weiß nun, dass ich mit dem Geschäftsführer des Verbandes am Tisch sitze. Er hat mir seine Karte überreicht. Und ich habe ihn darüber informiert, was ich beruflich mache.

Als neue Besucher eintreffen, kümmert sich ein Mitarbeiter um sie, aber er führt sie nicht an unseren Tisch, niemand stört unsere Unterhaltung. Ich erwähne im Gespräch unsere Milchviehanlage, nenne deren Größe. Und der Geschäftsführer sagt darauf, eine solche Riesenanlage, wie wir sie besäßen, würde er sich gern einmal anschauen. Ich schreibe ihm meine Adresse auf.

Ob er selbst auch einen Betrieb bewirtschafte und Kühe halte, frage ich ihn, worauf er mir lächelnd antwortet, dass ihn die Aufgaben als Geschäftsführer voll und ganz auslasten würden. Doch sein Bruder betreibe Ackerbau und Milchviehhaltung, sagt er, allerdings in wesentlich kleineren Dimensionen als es bei uns der Fall sei. Dann lacht er, bevor er mir verrät, er habe sich einige Jahre mit Hundezucht befasst, jetzt habe er jedoch nur noch einen Hund, einen Sennenhundrüden.

„Einen Berner?", frage ich.

„Einen Entlebucher", sagt er. „Kennen Sie Entlebucher?"

„Nein", sage ich, „aber ich interessiere mich schon für Hunde."

„Soll ich ihnen ein wenig Informationsmaterial schicken?"

„Ja, natürlich, wenn es Ihnen nichts ausmacht."

„Gut, ich werde daran denken."

Ich schaue auf meine Uhr. Ich sage, dass uns der Präsident der Deutschen Landwirtschaftsgesellschaft um zwölf zum Empfang erwartet.

„Einen Moment noch", sagt er und gibt seiner Mitarbeiterin ein Zeichen.

Kurz darauf bringt sie zwei Beutel, die er mir überreicht. Einer mit Broschüren und Zeitschriften, der andere, wie er formuliert, mit einer kleinen Wegzehrung.

Und als wir uns zur Verabschiedung die Hand geben, sagt er: „Und denken Sie immer daran, was nicht ist, kann noch werden."

Inge Krüger und der Bezirkssekretär haben einen Platz freigehalten. Ein Glas Sekt steht für mich auch schon bereit.

Er wünscht sehr, dass wir uns als Gäste hier auf der Ausstellung wohlfühlen werden und dass wir die Gelegenheit nutzen können, viele neue Kontakte zu den hiesigen Fachkollegen zu knüpfen, erklärt der Präsident, der, wie wir erfahren hatten, eine Legislaturperiode Landwirtschaftsminister gewesen war und einen eigenen Betrieb bewirtschaftet.

Unser Vizepräsident bedankt sich für die Einladung und die überaus freundliche Begrüßung und versichert seinerseits, dass wir die Mühen des Gastgebers sehr wohl zu schätzen wissen und uns anstrengen werden, die Beziehungen fester zu knüpfen und stetig weiter auszubauen.

Während wieder geklatscht wird, flüstere ich Inge Krüger zu, sie solle ihren Sekt austrinken, die Serviererin warte schon mit dem zweiten Glas.

Ich hätte es mir denken können, schon während des Essens kritisiert mich Inge, dass ich mich nicht an der Begutachtung der Hochleistungskühe beteiligt habe. Sie spricht jetzt von den Holstein-Frisian-Kühen, nennt mir Zahlen und Fakten über deren enormes Leistungsvermögen, hebt drei Merkmale besonders hervor, ein kräftiger Körperbau, starke Beine und ein straffes Euter, und betont zusammenfassend, eben alles in allem eine schöne Milchkuh. Und ich merke, wie ein Vorwurf mitschwingt, als sie mir obendrein noch erklärt, dass das auch für uns einmal die Zuchtrichtung sein wird und dass man sich rechtzeitig damit beschäftigen müsse, weil wir sonst ganz einfach nicht mithalten können. Inge Krüger legt Messer und Gabel beiseite und sagt, wenn wir schon die weite Reise auf uns genommen hätten, dann müssten wir auch möglichst viel von der Ausstellung profitieren. Und gleich danach fällt Ihr Blick auf meine beiden Beutel mit dem weißen Kreuz auf rotem Grund, und es kommt ihre Frage, ob ich schon mit den Schweizern zu kooperieren begonnen habe.

Soweit sei es noch nicht, antworte ich ihr. Aber für den Anfang sei es schon ganz vielversprechend gewesen. Mehr verrate ich ihr nicht.

Früh muss ich auf dem Hotelparkplatz den Wartburg von Schnee und Eis befreien. Als wir spätabends aus dem Bus stiegen, fing es zu schneien an, und die Temperaturen lagen zwei oder drei Grad unter Null.

Inge Krüger und der Bezirkssekretär müssen mit dem Zug zurückfahren, ich weiß, die Verbindung ist recht günstig. Ich bin jedenfalls froh, dass ich nun meine Ruhe habe. Auf der Herfahrt in meinem Auto haben die beiden für meine Begriffe zu viel und zu intensiv geredet, doch ich wollte sie nicht auffordern, ihre Diskussionen etwas einzuschränken. Bei meinen langen Autobahnfahrten bin ich es nicht mehr gewöhnt, dass fortwährend geredet wird.

Jetzt muss ich mich auf die winterlichen Straßenverhältnisse einstellen, in vielen Abschnitten ist noch nicht ordentlich geräumt, die Fahrbahn ist tückisch glatt.

Auf den Höhen weht Schnee über die Straße. Ob der richtige Winter schon beginnt? frage ich mich, und einen Moment lang denke ich an meine Rückfahrt nach Lübenow.

Es wird nur ein Kurzbesuch sein, obgleich mir noch etliche Urlaubstage zustehen und ich viel lieber bis über Weihnachten und Neujahr hierbleiben würde.

Und dann werde ich versorgt und ausgefragt. So schnell kann ich gar nicht berichten, wie mir die Fragen gestellt werden.

Ich erzähle von meinem Besuch beim Schweizer Braunviehzuchtverband. Die beiden großen Beutel hat Felicia schon kontrolliert, nicht nur den ihr zugedachten Beutel, sondern auch den anderen mit den Prospekten und Broschüren.

„Und eine solche Kuh wolltest du kaufen?“ Mir war von vornherein klar, dass diese Frage kommen würde.

„Ja“, sage ich.

„Ich finde sie auch sehr schön. Die hätte zu uns gepasst“, stellt Felicia fest.

Ich warte darauf, dass von Irene sofort ein Einwand kommt, und bin erstaunt, dass sie lediglich lächelt und mir die Antwort überlässt.

„Wir haben nicht das richtige Geld, keine Franken und keine Westmark, und verschenken können die Schweizer solche prächtigen Tiere natürlich auch nicht. Höchstens verkaufen, zu einem angemessenen Preis verkaufen“, sage ich.

„Uns fehlt das richtige Geld, das weiß ich schon, jetzt jedenfalls fehlt es uns noch“, sagt Felicia.

Irene schaut mich prüfend an, aber ich nicke nur, ohne darüber zu orakeln, ob wir jemals das richtige Geld besitzen werden. Dann aber sage ich: „Schokolade und Gebäck ist für den Anfang doch auch schon was Ordentliches, meinst du nicht?“

„Jaja“, antwortet mir Felicia. „Die Schokolade kenne ich schon, die gleiche Sorte hatte Tante Leta mit an der Ostsee. Und bei den Plätzchen, da kommen sie noch nicht ganz an die von Oma heran. Weißt du“, fügt sie zögernd hinzu, „mal abgesehen vom richtigen Geld, das uns fehlt, einen Wunsch hätte ich schon.“ Sie blickt zu Irene, möchte wohl weitersprechen, aber unterdrückt ihre Wunschäußerung.

„Dein Wunsch?“, frage ich.

„So ein Hund, so ein kleiner Sennenhund, wie er auf einigen Fotos abgebildet ist, und wie du ihn mir aus Stoff mitgebracht hast, der könnte mir gefallen.“

„Ein Entlebucher?“, frage ich.

„Ja, meinetwegen ein Entlebucher, eben so ein kleiner Sennenhund, der ist doch bestimmt nicht so teuer wie eine Kuh, und für den hätten wir auch ausreichend Platz, für die Kuh nicht. Da müssten wir erst noch einen Stall anbauen.“

Der Wunsch unserer Tochter beschäftigt mich während meiner Rückfahrt. Wo soll ich einen solchen Hund auftreiben? Einen Hütehund, keinen Jagdhund für das Haus des Landforstmeisters. Mit meinem Schwiegervater habe ich darüber nicht gesprochen. Aber Felicias Argumente klingen bei mir nach. „Dieser Hund könnte auf mich aufpassen oder ich auf ihn, meinetwegen abwechselnd, mal so mal so“, hatte sie mir erklärt und dazu die mir mittlerweile gut bekannten Bewegungen mit den Händen gemacht, so dass ich lachen und ihr zustimmen musste.

Opa sei aber auf Jagdhunde spezialisiert, und Oma sei sicher ganz gegen Hunde, hatte ich eingewandt.

„Dann spezialisieren wir erst Opa auf Hütehunde um, er ist noch nicht zu alt zum Lernen, und wenn wir mit Opa alles klar haben, dann überstimmen wir einfach die Oma. Ich habe es mir gemerkt, Opa sagt immer, das ist alles möglich, du musst nur die richtige Strategie für ein schwieriges Unterfangen haben, dann gelingt es auch. Und Opa muss es ja wissen, er war Forstdirektor."

Als ich abends anrufe, um meine Ankunft in Lübenow zu melden, rede ich zuerst mit Irene und erfahre nach wenigen Sätzen, dass Felicia ungeduldig neben ihr warte, weil sie noch eine wichtige Nachricht für mich habe.

„Wir haben den Opa auf unserer Seite. Reicht dir der Satz?"

„Er reicht mir vollauf, ich weiß Bescheid", antworte ich ihr.

In den darauffolgenden Tagen komme ich nicht dazu, darüber nachzudenken, wie ich den Wunsch unserer Tochter realisieren könnte.

In Lübenow ist so etwas wie eine verdeckte Unruhe eingekehrt.

Franz Schuchard sagt mir, die Reform des politischen Systems, die zweifellos für den Erneuerungsprozess der sozialistischen Gesellschaft zwingend notwendig sei, würde ihm jeden Tag einige Dokumente bescheren, dazu außerdem den Kommentar derjenigen, die ihm ihr Parteibuch aushändigen, er möge es nicht persönlich nehmen, aber unter den gegenwärtigen Bedingungen möchten sie es versuchen, endlich ihre Selbstbestimmung zu verwirklichen, ohne ständig gezwungen zu sein, die Pflichten eines Parteimitglieds einhalten zu müssen. Einige würden sich noch deutlicher ausdrücken, einer, er nennt mir nicht dessen Namen, habe gesagt, dem Modrow würde er ja noch glauben, dass er es ehrlich meine, dem Krenz aber nicht. Das Parteidokument werde er trotzdem nicht mehr behalten, fünfundzwanzig Jahre würden ihm restlos reichen.

„Und was verlangst du von mir?", frage ich.

„Kannst du den Genossen nicht mal ins Gewissen reden, dass sie bei der Stange bleiben und sich bei der Umgestaltung, bei der grundlegenden Wende an die Spitze stellen, schließlich bist du hier der Chef."

„Aber du bist der Parteisekretär", sage ich.

„Vielleicht noch bis nächste oder übernächste Woche“, sagt Franz. „Wenn das so weitergeht, dann sind wir beide möglicherweise die letzten Mitglieder unserer Grundorganisation. Bei den anderen sieht es nicht besser aus.“

„Franz, ich glaube, ich kann da nichts daran ändern, und vielleicht will ich es auch gar nicht“, sage ich und erwarte eine heftige Reaktion von ihm. Doch Franz nickt nur resigniert und erwidert, er könne mich schon verstehen.

Inge Krüger ist seit dem Ausstellungsbesuch wie ausgewechselt. Sie zwingt mir regelrecht die Diskussion über die Fortentwicklung unseres Kuhbestandes auf. Friedrich Albrecht sei für sie zuständig, er sei der Vorsitzende ihrer Genossenschaft, wehre ich mich. Ich aber sei der Kooperationsratsvorsitzende, also der Chef über alles, attackiert sie mich. Und außerdem sei Fiete gar nicht informiert, wie der Trend aussehe. Nur wir beide hätten das Neueste auf diesem Gebiet studieren können. Scheinbar zürnt sie mir nicht mehr, dass ich in meiner Betrachtung das Schweizer Braunvieh den Holstein-Frisian-Kühen vorgezogen habe. Sie tut so, als ob wir über diese Schwarzbunten einer Meinung wären. Und im Grunde genommen sind wir das ja auch.

Und als ich ihr das bestätige, trifft mich ihr Ansinnen wie ein Keulenschlag, sie sagt, wir müssten uns einen Nachmittag aussuchen, um nach Lübeck zu fahren und uns die hundert Mark Begrüßungsgeld abzuholen.

Da ich nicht darauf antworte, eröffnet sie mir, dass sie mit Irma Birke den Freitagnachmittag als günstig für unsere Fahrt ausgesucht habe. Übrigens wolle Michael auch mitkommen. Ich solle es mir noch überlegen.

In der Bank geht alles professionell zu, aber mir ist es peinlich, eine Unterschrift zu leisten und die hundert Westmark in Empfang zu nehmen. Die beiden Frauen wollen sich noch in den Geschäften umsehen.

Ich trotte mit Michael hinter ihnen her. Als angenehm empfinde ich die Düfte, die uns in den Eingängen der großen Kaufhäuser empfangen, Konditorwaren im Eingangsbereich, so etwas erlebe ich zum ersten Mal. Zu einem Kauf kann ich mich nicht entschließen, obwohl es viele Waren gibt, für die ich mich interessiere. Schließlich kaufe ich doch etwas, ich kaufe eine Straßenkarte von Deutschland, Ost und West vereint, aber ich bezahle mit dem Geld, das man mir in Frankfurt ausgehändigt hat.

Es regnet leicht, als wir zurückfahren.

Wir nehmen eine andere Strecke und passieren auch das Dorf, das im Jahr zuvor im Rahmen unseres landesweiten Wettbewerbs ob seiner Schönheit ausgezeichnet worden ist. Mir erscheint es jetzt alles andere als schön, eher trist, doch ich sage es nicht, vielleicht liegt es an der Beleuchtung und dem Regen und an meiner gegenwärtigen Stimmung.

Irma überredet mich, zum Abendessen zu kommen.

Robert hat alles vorbereitet.

Ich versuche, unseren Lübeck-Ausflug aus unserem Gespräch herauszuhalten, was mir nicht gelingt.

Dann aber, nach dem Abendessen, bringe ich den Entlebucher in die Diskussion, und ich sehe, wie Robert sogleich zu strahlen beginnt. Er will wissen, ob wir in der fremden Stadt etwa einem Entlebucher begegnet wären.

„Einen Hund haben wir nicht gesehen, nur unheimlich viele Menschen, die ganze Stadt muss auf den Beinen gewesen sein", sage ich.

„Und wie kommst du da jetzt auf diesen Entlebucher?", fragt Robert.

Ich berichte ihm, dass unsere Tochter in den Ausstellungsprospekten einen Entlebucher entdeckt hat.

„Ach ja", sagt Robert, „Entlebucher sind wirklich was für Kinder, für Kinder sind sie der treueste Kamerad, den du dir nur wünschen kannst."

Ich schaffe es nicht, ihn zu fragen, wie er die Möglichkeit einschätzt, einen Welpen von einem Züchter zu bekommen, es drängt ihn, mir seine

Erinnerungen an den Entlebucher zu schildern, den sie auf dem Hof hatten und der am Tag die Kühe unter Kontrolle hielt und des Nachts das ganze Anwesen. Einen besseren Bewacher gebe es nicht, das sei die Ansicht seines Vaters gewesen, sagt er.

„Und nicht nur ein Bewacher, auch ein kluges und hübsches Tier“, setzt er nach kurzem Überlegen seinen Bericht in einer Weise fort, als fühle er sich auf einmal wie zu Hause auf dem kleinen Bauernhof und sehe vor sich diesen geliebten Hund, den er mir beschreiben muss. „Ja“, sagt er, „ein außergewöhnlich hübsches Tier, musst du wissen, kompakt gebaut, intelligenter Blick aus dunkelbraunen Augen, das Haarkleid fest anliegend und glänzend, natürlich dreifarbig wie bei allen Sennenhunden, schwarze Grundfarbe und nahezu symmetrische rostbraune und weiße Abzeichen, du weißt, es gibt vier Sennenhundrassen, den Großen Schweizer, den Berner, den Appenzeller und eben den Entlebucher. Ich sehe noch heute dieses strahlende Weiß der Pfoten vor mir, gewissermaßen wie Schuhe, darüber dann die braunen Strümpfe, immer sauber. Und er bellte gern, man wusste stets, wo er sich aufhielt. Ansonsten aber ein Kumpel vom Scheitel bis zur Sohle. Schade, dass es in diesem Land offensichtlich davon keinen gibt, ich jedenfalls habe bisher keinen entdecken können, einen Berner schon, einen Entlebucher aber nicht. Es gibt eben vieles nicht in diesem Land, leider. Ein komisches, ein ziemlich verrücktes Land, meinst du nicht?“ Robert steht auf und verlässt den Raum.

Ich blicke Irma fragend an, und sie zuckt mit den Schultern.

Einen Augenblick später bringt Robert Wein.

Während er mein Glas vollschenkt, schaut er mich nicht an. Erst danach sagt er, dass wir nun weiterreden können.

„Über den Entlebucher?“, frage ich.

„Über das politische und gesellschaftliche Zeitgeschehen, an dem ihr heute mit eurer Geldentgegennahme so aktiv teilgenommen habt“, sagt

Robert, nimmt einen kräftigen Schluck und fordert Irma und mich auf, den Wein zu probieren.

„Also Robert, du bist doch von Hause aus Lehrer, dann erkläre uns bitte die Lage in diesem, wie du sagtest, ziemlich verrückten Land", fordere ich ihn auf.

Er gehe davon aus, antwortet Robert, dass wir ihm zustimmen, wenn er einschätze, alles, was sich nun vollziehen werde, sei unberechenbar. Nicht wenige kluge Leute möchten den Sozialismus erhalten und machen sogar einen Aufruf für eine reformierte DDR, ohne sich genauer äußern zu können, wie künftig dieser DDR-eigene Sozialismus auszusehen habe. Es sei folglich ziemlich ungewiss, was nach der notwendigen Erneuerung oder Umgestaltung überhaupt übrig bleiben werde von dem Gebilde, das einstmals viele Jahre DDR geheißen habe. Wenn ein Koloss sich erst einmal in Bewegung setze oder gesetzt werde und sichtbare oder im Moment für die Allgemeinheit noch unsichtbare Kräfte dafür sorgten, dass er zügige Fahrt aufnähme, wäre er kaum noch zu stoppen und gelange an die Stelle, die bestimmte raffinierte Leute seit langem für seinen ewigen Verbleib vorbereitet hätten. Und die überdrüssige Bevölkerung, das müsse man auch begreifen, lasse sich vom Geschwafel einiger selbstherrlicher Parteioberen nicht mehr beeinflussen, im Gegenteil, sie sorge dafür, dass man die Insassen des Politbüros außer Kurs setzen werde. Und man vertraue wohl auch nicht den Leuten, die vorgeben, es besser machen zu wollen, man schaue stattdessen zu, wie die jetzige Gesellschaftsform sich auflöse, so dass vermutlich von dem gehabten Staat nicht mehr viel zu retten sei. Anzunehmen sei außerdem, dass fortan habgierige Elemente, die ja nun mal zum Kapitalismus gehören, über das kleine Land herfallen werden, und dass nicht wenige Ahnungslose, die überzeugt davon gewesen seien, Freiheit und Wohlstand gewählt zu haben, plötzlich in wirtschaftliche Unsicherheit und Arbeitslosigkeit abgleiten und dabei feststellen werden, wie ihr Dasein enttäuschend, voller Beklemmung und Bitterkeit geworden sei.

Möglich, dass es denen in vielen Lebensbereichen trotzdem kaum schlechter als zuvor in der alten Zeit gehen werde, aber andere werden unvergleichlich besser dastehen und viel reicher geworden sein, das heiße, hoch über denen zu rangieren, die sich auf einmal wie im niederen Abseits vorkommen, und die neue Zeit werde die einst Protestierenden und Hoffenden mit Hohn und Spott überfluten, so sie denn wieder aufmucken, weil sie sich dem unerwarteten Konkurrenzdruck nicht gewachsen fühlen.

Robert hat sich in Rage geredet. Ich sitze da, nippe an meinem Glas und warte darauf, dass ich ihn mit einer konkreten Frage unterbrechen kann.

„Robert, denkst du, dass es wirklich so werden wird?“, frage ich.

„Ich bin nicht allwissend“, sagt Robert. „Es sind eben meine Vermutungen, die ich für eine Zeitung zu Papier gebracht habe.“

Während ich dann im Bett liege, muss ich an Gotthilf Wiesemühl denken. Ihm ist das alles erspart geblieben. Ich weiß nicht, ob er vor seinem Tod schon hat einschätzen müssen, dass er sich mit seinen Vorhersagen gewaltig geirrt hat. Nicht diejenigen, die er favorisierte und zu denen er wohl sich und auch mich rechnete, hatten die Oberhand gewinnen können, sondern es wurden die eingeübten Spielregeln und Methoden weiter befolgt und blieben im Wesentlichen Grundlage des Handelns in den obersten Machtapparaten. Die stalinsche Ära habe abgewirtschaftet, hatte er mir einmal erklärt. Aber vermutlich hatte er sich auch hier geirrt. Was wäre mit uns geschehen, hätten wir beide damals so etwas Ähnliches wie eine Wende propagiert? Hätte ich also nicht auf Gotthilf hören dürfen? Welche Vorteile hat mir dieser Eintritt denn verschafft? frage ich mich und schicke die nächste Frage hinterher: Werde ich bleiben? Wohl nicht.

Danach muss ich fast augenblicklich eingeschlafen sein, und ich habe durchgeschlafen bis zum Aufwachen zur üblichen Zeit, trotz des

Traums, in dem mich Irene fragte, ob mein Entschluss schon feststehe, sie werde ihn gutheißen, vielleicht werde sie den Schritt noch vor mir vollziehen.

Robert muss in aller Frühe bereits auf mich gewartet haben, ich hatte ihm am Abend erzählt, dass ich das Büro aufsuchen werde, obwohl ich keinen Wochenenddienst habe.

„Zieh bitte den Schlüssel vom Glasschrank ab, in dem die Bücher liegen", sagt er.

„Will jemand unsere Chronik rauben?", frage ich.

„Ich habe dir noch nicht gesagt, was Heinz mir empfohlen hat. Er möchte, dass die restlichen Bände vernichtet werden. Stell dir das mal vor!"

„Die Bücher erfreuen sich großer Beliebtheit in der Genossenschaft. Jede Familie besitzt eins", sage ich. „Und die Bücher, die wir noch haben, werden bestimmt bei diesem oder jenem Gast Interesse finden."

„Es geht Heinz wohl vornehmlich um die zahlreichen Zitate des Generalsekretärs, die er mich aufzunehmen gezwungen hat."

„Robert, warum sollen die Leute später nicht einmal darüber schmunzeln, was so alles offiziell gesagt worden ist? Und vielleicht auch darüber staunen, wie treu wir gewesen sind, mit welcher Naivität wir agierten. Vielleicht können sie daraus lernen und es künftig besser machen."

„Ich wäre trotzdem froh, wenn du mir versprichst, den Schlüssel vom Schrank abzuziehen", bittet mich Robert.

„Ich mache es", versichere ich ihm.

„Danke", sagt Robert.

Der Anruf überrascht mich am Montag kurz vor elf, während ich im Büro mit einer Einschätzung beschäftigt bin, die die Kreisverwaltung von uns verlangt.

Irene habe einen Autounfall erlitten, teilt mir mein Schwiegervater mit. Er sei soeben von der Polizei informiert worden, auch darüber, dass ein nachfolgender PKW-Fahrer den Krankentransport verständigt habe. Irene und ihre Fahrerin seien unmittelbar nach dem Unfall in die Klinik gebracht worden. Der Moskvitsch sei vermutlich in einer Kurve von der Fahrbahn abgekommen und mit nicht allzu hoher Geschwindigkeit gegen einen Baum geprallt. Was die Schwere der Verletzungen und alle näheren Umstände des Unfallhergangs anbelange, darüber habe die Polizei noch nichts Genaues berichten können.

„Ich komme sofort", sage ich.

„Aber fahre um Gottes Willen nicht zu schnell", warnt er mich.

***

Als ich im Gebirge ankam, es war schon dunkel und regnete wieder stärker, empfing mich Felicia mit der bangen Frage, ob Mama sterben müsse.

„Nein, nein“, tröstete ich sie, „Mama muss nicht sterben, die Ärzte helfen ihr, dass sie schnell wieder gesund wird. Wenn Opa zurückkommt, wird er uns alles genauestens erzählen.“

Meine Schwiegermutter war kaum in der Lage, mir das, was sie bisher erfahren hatte, zu berichten. Immer wieder musste sie sich räuspern, weil ihr die Stimme versagte.

„Fahr` jetzt nicht ins Krankenhaus“, riet sie mir, „warte auf Hermann, er wird dir sagen, was du tun sollst.“ Ich erfuhr von ihr, dass er sie ein paarmal angerufen hatte, um sie zu informieren. Er war auch noch zu Wolfram gefahren, um mit dessen Frau zu sprechen.

Als mein Schwiegervater eintraf, war ihm anzusehen, wie müde und abgekämpft er war.

Wir müssten uns sicher keine so großen Sorgen machen, die Ärzte wären sehr darum bemüht, alles Nötige für Irene zu tun, sagte er. Aber mir war klar, er machte sich große Sorgen. Mir schlug er vor, im Laufe des Vormittags Irene zu besuchen. Er hätte alles vereinbart, man würde mich zu ihr lassen, obwohl erst am Nachmittag Besuchszeit sei.

„Darf ich mit zu Mama fahren?“, fragte Felicia.

„Morgen noch nicht, vielleicht übermorgen, ja, bestimmt übermorgen“, sagte mein Schwiegervater.

Ich saß lange an Felicias Bett. Ich berührte mit den Fingerkuppen ihre Stirn und strich ihr danach mehrmals übers Haar, bis sie mir zuflüsterte, dass wir uns doch Sorgen um Mama machen müssten, auch wenn der Opa etwas anderes gesagt hätte, sie glaube nämlich, er hätte uns nur beruhigen wollen, das mache er meist in solchen Fällen, sie kenne das schon und wisse, wie sie es zu deuten habe. Und auf einmal sei es ganz anders, ja, sie müsse das immer wieder denken, immer wieder.

„Denke einfach, Mama wird bald wieder gesund“, sagte ich.

„So einfach kann ich das nicht denken“, antwortete sie, als wollte sie sich für das, was sie dachte, bei mir entschuldigen.

„Morgen besuche ich Mama, und dann berichte ich dir, und übermorgen fahren wir beide in die Klinik, einverstanden?“

Ich hoffte darauf, dass sie mir zustimmen würde, doch sie sagte: „Mama hätte nicht mitfahren dürfen. So ein uralter Moskvitsch und nicht mal der richtige Fahrer, der sonst mit diesem Karren fährt, der richtige Fahrer war nämlich krank, und die Sekretärin der Schule ist gefahren, die ist dort für alles zuständig und fährt auch mal Auto, wenn es sein muss. Du weißt ja, wie das bei uns so zugeht, die rufen an, ob Mama nicht einspringen kann, und sie sagt zu, dass sie kommen wird, und die sind zufrieden, weil sie eine gute Vertretung haben werden. Papa, glaubst du es wirklich?“

„Was?“

„Dass Mama wieder gesund wird.“

„Ja“, sagte ich und versuchte zu lächeln.

Vermutlich sei ein Defekt an der Bremsanlage die Ursache für den Unfall gewesen, das hätte ihm einer der Polizisten gesagt, berichtete mir mein Schwiegervater. Es sei anzunehmen, dass es einem versierten Fahrer gelungen wäre, den Wagen trotzdem unter Kontrolle zu behalten, denn die Kurve sei nicht sehr eng und die Geschwindigkeit den Verhältnissen angepasst gewesen. Der Wagen sei mit der rechten Seite gegen einen Baumstamm geprallt, also mit der Beifahrerseite, wo Irene gesessen habe. Mehr habe er von der Polizei nicht erfahren können.

„Bitte, keine langen Gespräche, Ihre Frau braucht Ruhe, viel Ruhe.“ Die Krankenschwester begleitete mich in das Zimmer, schob mir einen Stuhl an Irenes Bett und ging erst, nachdem ich mich gesetzt hatte.

„Wie geht es dir?“, fragte ich. Mir schien, dass sich Irenes Lippen bewegten, aber es fehlte der Ton, trotzdem glaubte ich, sie wollte mir sagen, es gehe ihr schon wieder besser.

Ihre Augen, ihre Nase und ihr Mund waren frei, alles andere war von einem dicken weißen Verband bedeckt.

Wieder bewegten sich ihre Lippen, ich nahm an, dass sie mich etwas fragen wollte, ich sagte: „Du bist den zweiten Tag hier.“ Ihre Lippen formten abermals Worte, und ich war mir fast sicher, dass sie nach Felicia fragte.

„Felicia geht es gut“, sagte ich schnell. „Sie lässt dich grüßen, und sie hofft, dass du rasch wieder gesund wirst.“

Irene schloss die Augen, öffnete sie wieder, und auf ihren Lippen erschien ein zaghaftes Lächeln.

Ich berührte sacht ihren Handrücken und sagte, dass ich dableiben werde, bis sie wieder nach Hause könne. Und noch während ich es wiederholte, öffnete sich die Tür, und die Stimme der Krankenschwester klang fast vorwurfsvoll, als ich ermahnt wurde, Verständnis für die Anordnungen zu haben, schließlich dürfe meine Frau nicht mit langen Gesprächen belastet werden, ihr gegenwärtiger Zustand erfordere äußerste Ruhe.

Es gelang mir nicht, einen Arzt zu konsultieren.

Unsere Schwägerin schaffte es, Irenes Verlegung ins örtliche Krankenhaus zu organisieren. Sie kannte den Chefarzt recht gut und war sich obendrein sicher, dass man für Irene hier mehr Aufmerksamkeit aufbringen würde, als in der Anonymität der großen Klinik. Außerdem würden wir die Möglichkeit haben, Irene zu jeder Zeit besuchen zu können, was in Anbetracht der bevorstehenden Feiertage ein nicht zu unterschätzender Vorteil war.

Meist ging ich am Vormittag und am Nachmittag ins Krankenhaus, Felicia begleitete mich in der Regel nachmittags.

Am Tag vor Silvester streckte mir Irene die Hand zur Begrüßung entgegen und empfing mich mit den Worten Commotio cerebri, und als ich sie erstaunt anblickte, sagte sie, es gelänge ihr, sich wieder etwas einzuprägen, und wenn es auch nur eine Bezeichnung sei, die einer der Ärzte verwendet habe, um vielleicht ein wenig vor ihr zu glänzen. Sie habe ihn sogleich gefragt, wie viele Tage man bei einer Gehirnerschütterung oder der von ihm genannten Commotio cerebri im Krankenhaus verbringen müsse, bis alles wieder in Ordnung sei. Kopfschmerzen, Schwindel, Übelkeit, Erbrechen, all das sei im Abklingen oder schon vorbei, nur die Wunde an der Stirn brauche noch einige Zeit zum Abheilen und natürlich auch die Blutergüsse und Verstauchungen, habe er ihr geantwortet. Sie solle sich Zeit lassen, hier im Hause ermangele es ihr doch an nichts, beste Fürsorge und Betreuung, zu jeder Zeit gestattete Besuche, ihm scheine es so, als wollten sich viele beim Landforstmeister erkenntlich zeigen.

Als ich mir den Stuhl an ihr Bett herangerückt hatte, sagte sie: „Eine große Narbe wird bleiben, von der rechten Augenbraue bis hinauf zum Haaransatz, eine große sichtbare Narbe."

„Wenn dir der Arzt wieder einmal mit seinen lateinischen Ausdrücken zu imponieren versucht, kannst du ihn ja einfach fragen, ob er schon Trifolium pratense in seinem Garten besitze, wenn nicht, müsse er sich so etwas noch zulegen", sagte ich schnell, aber ich merkte gleich, es gelang mir nicht, sie von ihren Befürchtungen abzulenken.

„Lass den Rotklee beiseite", sagte Irene ein wenig tadelnd. „Hörst du, ich spreche von einer großen sichtbaren Narbe. Du wirst mich nicht mehr anschauen wollen. Und wenn ich dazu womöglich auch noch hinken werde, wirst du nicht mehr gemeinsam mit mir gehen wollen."

„Es kann sein, dass ich dich mehr als zuvor anschauen werde. Weißt du warum?"

„Nein."

„Weil ich sehen will, wie die Narbe zunehmend verblasst, und wie sie allmählich kleiner und unauffälliger werden wird. Es wird irgendwann den Tag geben, wo wir beide nach der Narbe suchen müssen und wo wir uns freuen werden, wenn wir endlich die Stelle entdeckt haben, an der sie sich einmal befunden hat. Vielleicht bleibt auch noch etwas von der Narbe übrig, das wäre insofern von Vorteil, dass wir uns dann nicht streiten müssten, sondern gleich feststellen könnten, hier ist sie gewesen, genau hier, ich sehe noch deutlich die winzigen Spuren von ihr. Oder möchtest du etwa, dass wir uns ständig streiten müssen?"

„Nein."

„Na also", sagte ich, um eine überlegene Miene bemüht. „Dann wollen wir froh sein, wenn noch etwas von der Narbe bleiben wird, wenigstens ein kleines Stück, womöglich ein Strich in der Haut, also etwas, das mich reizt, tagtäglich dein Gesicht anzuschauen und dabei dir zu versichern, ich glaube, ich habe sie gefunden, hier muss sie gewesen sein, ja, tatsächlich, hier an dieser Stelle. Und da ich ein großer Egoist bin, reicht es völlig aus, wenn ich dein Gesicht betrachte, verstehst du, nur ich, kein anderer. Und wenn es in deinem Gesicht auf einmal nichts zu entdecken gäbe, dann wäre es ja für mich langweilig, Tag für Tag forschend dein Gesicht abzusuchen. Das leuchtet dir sicher ein."

Eine Weile schwiegen wir. Ich wartete darauf, dass sie mir etwas entgegnen würde.

Schließlich sagte sie: „Ein Glück, dass dir noch immer was einfällt."

Als ich wieder in Lübenow eintraf, erregte gleich der Brief meine Aufmerksamkeit, den Irma abseits der anderen Post im Wohnzimmer auf den Schreibtisch gelegt hatte. Ich musste nicht den Absender entziffern, ich erkannte Bernds Schrift, es war ein großer, prall gefüllter Umschlag in mattbrauner Farbe, der sicher schon vor Heiligabend eingetroffen war.

Bernd verband mit den Weihnachts- und Neujahrswünschen seinen umfangreichen Bericht vom Sonderparteitag, an dem er als gewählter Delegierter teilgenommen hatte. Statt einem Empfang mit Blumensträußen wie früher, schrieb er, habe es vor der Dynamo-Sporthalle Proteste gegeben, und er sei sich vorgekommen, als würde man auch ihn als Mitschuldigen für diese verfehlte Politik ansehen. Am liebsten hätte dann auch er für die Auflösung der Partei plädiert, schrieb er weiter, sich schließlich aber von Modrows Argumenten, dass man sich in der Verantwortung für den begonnenen Prozess der Erneuerung befinde, für das Fortbestehen überzeugen lassen. Der nächste Hieb sei ihm eine Woche später bei der Fortsetzung des Parteitages versetzt worden, als ein Professor, ein Philosoph und Dozent, in einem Referat schonungslos mit der alten Parteiführung abgerechnet und die Symptome des Machtmissbrauchs analysiert habe.

Bernd hatte mir Stichpunkte aufgeschrieben und auf die beigefügten gedruckten Materialien verwiesen. Rot unterstrichen hatte er die Feststellungen: „Ausgrenzung der Parteibasis aus allen innerparteilichen Willensbildungs- und Entscheidungsprozessen, Konzentration der Macht in den Händen eines arroganten Alleinherrschers, Steuerung der Wirtschaft durch eine Kommandozentrale, Reglementierung und bürokratische Zentralisation von Kultur, Wissenschaft und Bildung, politische Entmündigung der Bürger und Kriminalisierung Andersdenkender."

Ein weiterer Professor, schrieb Bernd dann, habe zwar in seinen Ausführungen betont, der alten Herrschaft von Politbürokraten dürfe keine Herrschaft von Kapitalmagnaten folgen, doch das habe ihn kaum noch berühren können, auch nicht das entworfene Zukunftsbild eines demokratischen Sozialismus mit wahrer Volksherrschaft und Demokratisierung des gesamten wirtschaftlichen und politischen Lebens. Er habe geschwiegen, während der ganzen Rückfahrt, er habe sich ganz einfach geschämt, dieser Partei angehört zu haben, sicher viel zu lange.

Und er erinnere sich noch an meine Frage, nachdem er mir von seiner Antragsstellung erzählt habe, seinerzeit im dritten Studienjahr, ob er sich diesen Schritt auch gut überlegt hätte, denn er würde sich jetzt politisch unterordnen und stets einer bestimmten Parteidisziplin beugen müssen. Damals hätten wir mehrere Stunden diskutiert, aber wir wären, wie er sich erinnere, im Großen und Ganzen beide der Überzeugung gewesen, dass dem Sozialismus als ausbeutungsfreier, humanistischer und solidarischer Gesellschaftsordnung die Zukunft gehöre, allerdings hätten wir eben davon unsere eigene Version gehabt.

Während er mir dies schreibe, las ich, weile der Bundeskanzler Helmut Kohl in Dresden und empfange den Jubel tausender Leute. Manchmal hätten wir doch als Studenten und auch später gesagt, es gehe alles seinen sozialistischen Gang, ob ich mich noch daran erinnern würde; jetzt, davon sei er überzeugt, werde die Entwicklung unvergleichlich schneller verlaufen, ich solle es mir nur mal bildlich vorstellen, sie jubeln dem Kohl vieltausendfach zu, auf unserem Territorium. Er jedenfalls habe beschlossen, noch vor dem ersten Januar aus der Partei auszutreten.

Eigentlich hatte ich keine Lust mehr, nach dem Brief mich auch noch mit den zahlreichen Seiten bedruckten Papiers zu beschäftigen, aber ich las dann doch weiter, wenn auch manches nur oberflächlich, bis lange nach Mitternacht.

Bernd hatte seine Entscheidung getroffen.

Und auch ich übergab Franz Schuchard Mitte Januar mein Parteidokument.

Ich fragte ihn, ob er noch eine schriftliche oder mündliche Erklärung benötige, er verneinte es, er sagte, diesen Schritt von mir hätte er seit Tagen erwartet.

Ich wollte schon aufstehen, aber ich hatte das Gefühl, Franz in seinem kleinen Zimmer nicht allein zurücklassen zu dürfen, es konnte sein, er hatte vor, mit mir noch zu reden, vielleicht über seine Zukunft. Er tat es nach einer angemessenen Zeit des Schweigens.

„Wir können die Grundorganisation im Betrieb auflösen“, sagte er leise. „Diejenigen, die unbedingt Mitglied bleiben wollen, sollen sich in ihren Wohngebieten, also im Rahmen der Dörfer organisieren. Das erscheint mir schlüssig. Siehst du das auch so?“

Ich nickte, und er hob langsam den Kopf.

Dann sagte ich vorsichtig: „Du wirst sicher dein Amt niederlegen. Und die gewonnene Zeit könntest du für deine Spezialgebiete verwenden, für die Innenmechanisierung, für die Reparatur. Es sei denn, du hast schon andere Pläne.“

Er senkte den Kopf, als würde er sich in schwerwiegende Überlegungen vertiefen, dann richtete er seinen Blick wieder auf mich und fragte: „Willst du mich etwa loswerden?“

„Das will ich nicht, noch haben wir Arbeit für alle, die bei uns arbeiten wollen“, antwortete ich. „Und was die andere Seite anbelangt, da denke ich mittlerweile, man muss nicht einer Partei angehören, um etwas Vernünftiges tun zu können. Und was mich betrifft, auch wenn ich keine großen Illusionen mehr habe und annehme, dass Entwicklungen, die bei uns gut waren, über Bord gehen werden, dass nicht unterschieden wird zwischen dem Bewahrenswerten und dem Verzichtbaren, werde ich mir künftig dennoch nicht vorschreiben lassen, Behauptungen und Konzepte gutzuheißen, nur weil sie lautstark öffentlich verkündet werden und in das Streben bestimmter politischer Kreise und Gruppierungen passen, sondern stattdessen meinen Widerspruch anmelden, selbst wenn sie mich schmähen oder überschreien werden.“

„Dann versuche es“, sagte Franz.

Ich war mir nicht ganz sicher, ob er meine Meinung teilte. Aber er konnte ja seine eigene Vorstellung von den Geschehnissen und Erfordernissen haben, niemand schrieb uns jetzt vor, wie wir offiziell zu reden und zu handeln hatten.

Eine Woche nach der Veranstaltung, auf der uns der Göttinger Professor Mut zugesprochen hatte, ruft mich Heinz Wendler im Büro an, als ich schon dabei bin, meinen Schreibtisch abzuschließen. Er müsse unbedingt mit mir reden, baldmöglichst, sagt er.

Ich frage ihn, ob er ins Büro kommen möchte, ich würde dann auf ihn warten, er habe ohnehin unsere neuen Räume noch nicht gesehen, ihn interessiere doch sicher, wie wir jetzt hausen würden, es gehe leider alles ein bisschen enger zu als früher.

Manche könnten annehmen, er habe vor, mir in den Kram zu reden oder wieder etwas anzuzetteln oder mit mir irgendwelche Programme auszubrüten, er wolle sich aber aus allem heraushalten und niemandem Stoff liefern für fragwürdige Mutmaßungen, er komme lieber, wenn es mir recht sei, zu mir nach Hause. Er sagt das alles ziemlich aufgeregt, nicht mit der Ruhe und Gelassenheit, die ich von ihm kenne.

„Nun setz` dich endlich hin“, sage ich eine halbe Stunde später zu Heinz, der in meinem Wohnzimmer stehengeblieben ist, während ich die Flasche Doppelkorn und zwei Gläser geholt habe.

Es drängt mich, ihm vom Vortrag zu erzählen, ich wiederhole den Satz vom Ziegenhirten, merke aber, dass ihn die ganze Information, von der ich glaube, sie würde ihn erfreuen, völlig entgeht, dass es also überflüssig ist, wenn ich weiterrede. Ich breche mitten im Satz ab, und ich sehe, wie er mechanisch nickt, denke, dass er überhaupt nicht versteht und verarbeitet, was ich ihm mitteilen will.

Noch bevor wir den ersten Doppelkorn trinken, erfahre ich seinen Wunsch. Er will eine größere Anzahl Chronik-Bücher von mir.

„Willst du sie etwa vernichten?“, frage ich.

„Glaubst du etwa auch schon, dass ich verrückt bin? Die Genossen haben das tatsächlich geglaubt und den Weg freigemacht, dass ich in Rente gehen kann, um niemandem mehr zu schaden. Dich habe ich bislang immer für klüger gehalten.“

„Also, was willst du mit den Büchern? Bis jetzt sind „Die Lübenower und ihre Geschichte und Geschichten“ bei mir gut und sicher verwahrt, und ich habe nicht die Absicht, sie irgendwelchen gezielten hysterischen Aktionen zu opfern.“

„Denkst du etwa, dass ich die Bücher vernichten will? Auch ich will sie einstweilen sicher verwahren und später einmal an ehrliche Interessenten verschenken oder gegebenenfalls hochgestellten Persönlichkeiten überreichen, solchen Leuten also, die Wert darauf legen. Die ersten Anfragen gibt es übrigens schon. Du wirst es nicht für möglich halten, es sind Leute aus dem Westen.“ Heinz Wendler greift nach dem Glas, das vor ihm steht, er trinkt es in einem Zug leer, ohne dass wir uns zuvor zugeprostet haben. „Ja, Leute aus dem Westen“, wiederholt er. „Aus dem Westen, nicht irgendwoher.“

Scheinbar hat er zu seiner alten Besonnenheit zurückgefunden, zu seiner Selbstsicherheit, seiner Stärke, er lächelt mich an, er wünscht vermutlich, dass ich ihm beipflichte, unsere Bücher Gästen von drüben zu schenken.

„Meinst du“, frage ich, „die wollen wissen, wie es hier gewesen ist, wie wir gedacht oder besser, wie wir geredet und gehandelt haben? Und auch, wie fest wir eingebunden waren in die Partei- und Staatsdisziplin, wie wir uns von der verordneten Doktrin haben leiten lassen.“

„Ja, ich glaube das. Allerdings handelt es sich dabei offensichtlich um Leute, die ehrlich darum bemüht sind, bestimmte Entwicklungen begreifen zu wollen. Vielleicht auch solche, die sich mit den Verhältnissen auseinandergesetzt haben, wie sie seinerzeit drüben herrschten, als es die sogenannte Entnazifizierung gab und die bisherigen Tonangeber plötzlich sich wieder in den hohen Ämtern breitmachten und dafür sorgten, dass das umgesetzt wurde, was sie für Recht und Ordnung hielten. Ich weiß nun nicht, wie es bei uns weitergehen wird, aber interessant wird es für einige Leute schon sein, sich ein Bild zu machen, wie es gewesen ist, zumindest den Versuch zu unternehmen, sich in das

Denken der Menschen hineinzuversetzen, zu verstehen, warum und wie sie sich angepasst haben, um über die Jahre hinweg vernünftig leben zu können.“ Heinz nippt an seinem Glas, schaut mich danach einen Augenblick eindringlich an und sagt lächelnd: „Von Voltaire soll der Satz stammen, so habe ich es gelesen, Geschichte sei die Lüge, auf die man sich geeinigt habe. Stell` dir mal die Geschichtsbilder vor, die die offiziell beauftragten Historiker entwerfen werden. Wenn sich der Sozialismus durchgesetzt hätte, wäre es nicht anders vor sich gegangen, nur eben umgekehrt. Doch die historische Wahrheit wäre bestimmt auch auf der Strecke geblieben und auf alle Fälle nicht frei von Vorurteilen. Stimmst du mir da zu?“

Statt einer Antwort gieße ich ihm nach. Dann nehme ich mein Glas und sage: „Also, auf unsere neuen Erkenntnisse und unsere alten Erfahrungen, wir beide bilden uns zumindest ein, zu wissen, wie es hier gewesen ist.“

Nachdem wir getrunken haben, sieht Heinz mich mit einem listigen Lächeln an, wartet bis ich sein Glas erneut gefüllt habe und fragt schließlich: „Wie viele Bücher rückst du raus?“

„Zwanzig“, antworte ich ihm.

„Dreißig“, fordert Heinz.

„Meinetwegen, ich handle nicht mit dir.“

„Ich schätze mal, in deinem Schrank lagern dann noch fast einhundert Exemplare. Kannst du mir die dreißig oder besser, fünfunddreißig, womöglich auch vierzig Bücher unauffällig nach Hause bringen?“

„Bei Nacht und Nebel, was verlangst du von mir?“, erwidere ich ihm. „Stell` dir mal vor, was dann in der Zeitung stehen könnte. Der Vorstandsvorsitzende Bornschein verschachert genossenschaftliches Eigentum. Oder auch: Bornschein vernichtet belastendes Material. Da bin ich reif für die Anklage.“

„Fest steht doch“, sagt Heinz gelassen, „dass unsere Mitglieder, die sich mit Namen und Hausnummer und Foto in dem Buch wiedergefunden haben, darüber höchst erfreut waren, ja, und auch stolz, weil ihre Arbeit gewürdigt worden ist, sie haben ihr Leben hier gelebt, ohne sich übermäßig mit den politischen Fragen zu beschäftigen, auch wenn es manchmal so dargestellt wird. Sie haben einfach die von oben erwünschten Zustimmungen durchgewinkt oder freundlich ihre Hand gehoben zum Zeichen, dass sie auch künftig mitziehen werden. Sie wollten ihr Auskommen und ihre Ruhe haben und zogen es deshalb vor, nur im kleinen, überschaubaren Kreis ihre private Meinung über dies und jenes zu äußern. Zur Zwangsarbeit aber hat sie in Lübenow und Umgebung niemand verpflichtet. Glaubst du, dass die drüben immer frei entscheiden können, ich meine, die einfachen Leute, glaubst du das?"

„Nein, aber..."

„Was aber?"

„Wenn sie das von uns lesen, glauben sie bestimmt, sie hätten es in den ganzen Jahren viel besser gehabt, was zum großen Teil auch stimmen wird. Auf alle Fälle sind sie überzeugt, in Freiheit gelebt zu haben."

„Ja", sagt Heinz, „doch die Freiheit hat zuweilen ihre Schattenseiten. Wart` es nur ab. Da wird sich bei uns noch mancher wundern, wenn ihn der freiheitliche Wind erwischt und ihn aus seinem, bisher von allen Seiten gesicherten Arbeitsfeld hinausweht."

Bevor Heinz sich verabschiedet, erzählt er mir noch, dass er mit Erika die Woche darauf zu seiner Schwester fahren will, in die Nähe von Gütersloh, zur Geburtstagsfeier.

„Weißt du, wo das liegt?", fragt er mich im Ton und Gehabe eines Schulmeisters.

„Du kannst mich ja prüfen", antworte ich ihm. „Ich kenne mich schon recht gut da drüben aus, leider nur auf der Landkarte, die ich für mein erstes Westgeld in Lübeck erworben habe."

Ich weiß nicht, ob es richtig war, dem Bezirkssekretär, der neuerdings den Titel Geschäftsführer der Agrarwissenschaftlichen Gesellschaft trägt, abermals zuzusagen, Gruppen von Landwirten aus dem Westen in unserer Kooperation zu empfangen und ihnen zu zeigen, wie wir hier wirtschaften und leben.

„Die drei Betriebe eurer Kooperation scheinen eine ungewöhnliche Anziehungskraft auf Gäste von jenseits der Grenze auszuüben. Es ist wirklich ganz erstaunlich, aber es ist nun mal so. Ich könnte dir aller vierzehn Tage eine Busladung voll Bauern schicken."

Ich habe noch immer seine wohlklingenden Überzeugungsätze im Ohr, während ich Inge Krüger anrufe, um sie zu bitten, ihren Sohn davon zu unterrichten, dass ich ihn übers Wochenende wieder als Fremdenführer brauche.

„Ach, der macht das gerne", antwortet mir Inge. „Du musst die Truppe nur begrüßen und hernach verabschieden, alles andere erledigt Michael allein. Dann erfahre ich von ihr, dass erneut ein Viehhändler bei ihr ohne Anmeldung aufgekreuzt sei. Er habe Kühe und Färsen kaufen wollen, allerdings in Größenordnungen von jeweils hundert Tieren."

„Hast du ihn rausgeschmissen?"

„Nein, nur verabschiedet, ich habe ihm erklärt, wir müssten erst darüber nachdenken. Und wir müssen das tatsächlich tun. Uns wird bald das Geld für die Lohnzahlungen fehlen."

Es müssen nicht unbedingt die modernen Holstein-Frisian-Kühe sein, sie wollen auch unsere einfachen Schwarzbunten kaufen, für möglichst wenig Geld, sie wissen, dass wir dringend D-Mark brauchen und können uns somit auch die Preise diktieren. Das aber denke ich nur. Zu Inge sage ich, dass wir uns in den nächsten Tagen zusammen mit Fiete hinsetzen und über die Maßnahmen entscheiden müssen, die die Liquidität des Betriebes sichern helfen.

Erstmals riskiere ich, dem Reiseleiter der neuen, vornehmlich aus Ehepaaren bestehenden Gruppe, einem Geschäftsführer des

Bauernverbandes, unser Chronik-Buch zu überreichen. Ich sage, ich würde es auch sofort zurücknehmen, falls es für ihn nicht von Interesse wäre.

Er blättert vor aller Augen eine Weile in dem Buch, dann bittet er mich zu meiner Überraschung darum, ihm, wenn möglich, noch ein weiteres Exemplar zu überlassen, er würde es auch gern bezahlen, damit er auch privat eines besitze, da dieses Exemplar seinen Platz in der kleinen Dienstbibliothek finden werde, wo es fortan ausgeliehen werden könne. Er jedenfalls fände ein solches Buch hochinteressant, wie sollten wir sonst zusammenwachsen, wenn wir nichts voneinander wüssten.

Es wird geklatscht.

„Verlange ich jetzt zu viel von Ihnen?“, fragt er.

Und als ich ihm ein zweites Buch schenke, wird erneut geklatscht.

Noch am gleichen Tag macht sich Michael an den beiden Zeitungsstapeln zu schaffen, die sich im Vorzimmer befinden. Er sucht in der Bauernzeitung und im Bauern-Echo nach Heiratsanzeigen. Eine Bäuerin, erfahre ich von ihm, habe wiederholt seine Nähe gesucht und ihm schließlich erzählt, wie schwierig es bei ihnen für Bauernsöhne sei, eine Frau zu finden, ihr Sohn habe die Dreißig überschritten, suche aber noch immer eine Frau, die bereit sei, mit auf den Hof zu ziehen. Sie habe beteuert, dies sei kein Einzelfall, viele Bauernsöhne würden eine Partnerin suchen. Er habe den Eindruck gehabt, die Bäuerin hätte am liebsten gleich eine Schwiegertochter unter unseren Lehrlingsdamen ausgesucht, jedenfalls hätte sie die Mädchen bei seiner Mutter im Stall und im Melkstand ziemlich lange wohlwollend beobachtet.

Die sind doch viel zu jung für ihren dreißigjährigen Sohn, gebe ich zu bedenken.

Der Bäuerin wäre das sicher völlig egal gewesen, meint er. Nun werde er ihr erst einmal die Zeitungen schicken, er habe die Adresse des Ehepaares, und er werde auch schreiben, dass sie ohne weiteres selber in unseren Zeitungen annoncieren könnten, jetzt sei das doch alles möglich. Die Bäuerin hätte ihn auch gefragt, ob er eine feste Freundin habe, und er hätte ja gesagt.

„Und hast du eine feste Freundin?“, frage ich.

„Eine feste noch nicht, doch ich will es mal so sagen, es bahnt sich allmählich etwas an. Aber das konnte ich der Frau aus dem Westen doch nicht so genau erklären, also habe ich einfach Ja gesagt.“

Ich erzähle die Sache auch dem Bezirkssekretär, der sich nun Geschäftsführer nennt, als er mich anruft, um sich über den Ablauf informieren zu lassen.

Er könne sich denken, dass wir in Lübenow auch noch eine Heiratsvermittlung für Bauernsöhne aus dem Westen aufbauen würden, spottet er, fährt darauf aber rasch sachlich fort, dass ich ihm zuvor jedoch noch eine Bitte erfüllen müsse. Er brauche mich unbedingt noch einmal für eine Tagungsleitung.

Die Veranstaltung mit dem Göttinger Professor sei mein krönender Abschluss gewesen, antworte ich ihm. Jetzt sei endgültig Schluss, es reiche mit meinem öffentlichen Auftreten.

Die von ihm geplante neue Tagung werde höchstwahrscheinlich noch attraktiver werden, beteuert er. Und wenn es sein müsse, könnten wir uns auch die Tagungsleitung teilen, einer vormittags, der andere nachmittags, ich dürfe ihn keinesfalls im Stich lassen, er könne nicht alles allein bewerkstelligen, noch sei ich als Stellvertreter des Vorsitzenden im Amt, gewissermaßen als Vizepräsident, und ich wisse ja, dass der Vorsitzende sich weigere, öffentlich aufzutreten. Die Neuwahlen seien erst für Ende Oktober oder Anfang November mit der Bildung des Landesverbandes vorgesehen. Er nennt mir den Termin für die Informationstagung.

Ich erkläre ihm, dass voraussichtlich meine Frau zu dieser Zeit in Lübenow sein werde.

„Dann bring` sie doch mit“, sagt er sofort. „Ja, bring` sie mit, damit sie dich wenigstens einmal als Tagungsleiter erleben kann, noch dazu in diesen einstmals geheiligten Hallen der Bezirksparteischule, die wir bisher lediglich betreten durften, um vom zugewiesenen Platz aus den ausgefeilten Orientierungsreden zu lauschen und dabei im Kopf schon deren Umsetzung für den eigenen Verantwortungsbereich durchzuexerzieren."

Ich habe kaum noch die Gelegenheit, eine halbe Stunde ungestört über eine Sache nachdenken zu können, höchstens spätabends oder nachts, wenn der Schlaf sich nicht einstellen will, aber dann muss ich in Kauf nehmen, dass sich Ängste einschleichen, weil das Leben riskanter zu werden droht und weil man sich möglicherweise selbst aufs Spiel zu setzen befürchtet.

Friedrich Albrecht konfrontiert mich mit dem Vorschlag, 300 Kühe zu verkaufen. Und Inge Krüger nickt dazu. Über die Zahl der Färsen sind sie sich noch nicht einig geworden.

Die beiden Mitarbeiter der westlichen Agrarberatungsgesellschaft, die uns helfen sollen, unsere drei Genossenschaften so umzustrukturieren, dass sie den bundesdeutschen Gesetzen entsprechen, also zu eingetragenen Genossenschaften werden können, raten uns sogar, den Kuhbestand auf die Hälfte zu reduzieren.

Und dann unterbreitet mir Fiete den Vorschlag, Pflanzen- und Tierproduktion baldmöglichst wieder zusammenzuführen. Wir würden mehr oder weniger dazu gezwungen werden, sagt er, denn erste Stimmen aus unserem Nordosten würden laut, die das Land der Gemarkung Glanstorf zurückfordern, da sie sich mit dem Gedanken tragen, eine Genossenschaft mit eigener Feld- und Viehwirtschaft zu bilden.

„Das klingt regelrecht revolutionär oder mehr konterrevolutionär", antworte ich darauf und wundere mich, dass Fiete und Inge erschreckt aufschauen, weil sie anscheinend von mir eine andere Aussage erwartet haben. „Zwei Genossenschaften, Lübenow und Glanstorf, beide rundum abgesichert und groß genug, um ordentlich wirtschaften zu können“, füge ich hinzu. „Von mir aus. Warum auch nicht?“

Vermutlich ahnen sie beide nicht, dass ich Lübenow verlassen will. „Habt ihr euch schon Gedanken gemacht, wie die neue Lübenower Genossenschaft heißen soll?“, frage ich in das Schweigen hinein.

„Nein“, antworten Fiete und Inge nahezu gleichzeitig.

„Doch wohl nicht Agrargenossenschaft Lübenow, das klingt viel zu altmodisch, etwas moderner müsste es sich schon anhören“, sage ich.

„Wie dann, weißt du was Besseres?“ Fiete blickt mich verstört an.

„Meinetwegen Agrofarm oder so ähnlich.“ Ich warte auf ihre Reaktion, und als die ausbleibt, bekräftige ich: „Agrofarm e.G. Lübenow, ja, das würde meines Erachtens anständig klingen. Mir würde es gefallen. Welchen Namen die Nordostler wählen, kann uns egal sein, da mischen wir uns nicht ein. Doch wir Südwestler, die wir wesentlich mehr Fläche besitzen werden, nämlich die Gemarkungen Lübenow und Büdewin und die angrenzenden Gebiete, also über 3200 Hektar, außerdem große Stallanlagen, wir müssen schon einen klangvolleren Namen wählen.“

Ich warte, ob sie Widerspruch anmelden wollen, doch sie brauchen wohl einige Zeit, um über den Namensvorschlag nachzudenken. Ich wäre nie auf eine solche Bezeichnung gekommen, hätte ich mich nicht an das Gespräch mit Michael Krüger erinnert, in dem er seine Wunschvorstellung erwähnt hatte, nach dem Studium sich einige Jahre die Welt anzuschauen, vielleicht mal auf einer großen Farm zu arbeiten, und wenn es ihm dann Spaß machen würde, ein richtiger Farmer zu werden. Er könne sich vorstellen, weite Flächen und große Rinderherden zu beherrschen und sich nach Herzenslust auszutoben, hatte er mir vorgeschwärmt.

Fiete und Inge schweigen noch immer, da sage ich: „Ihr seid also einverstanden, Agrofarm. Damit haben wir alles besprochen.“

Seltsamerweise schlafe ich die folgende Nacht besser als die Nächte zuvor. Und früh kommt mir als erstes der Gedanke, übers Wochenende ins Gebirge zu fahren und nicht vor Dienstag zurückzukehren.

Ich kann mir das erlauben, denke ich, als ich mein Büro betrete. Die Getreideernte ist restlos abgeschlossen, wir müssen mit einem mittleren Ertrag zufrieden sein, wir hatten auf mehr gehofft, aber es gibt nicht jedes Jahr Höchsterträge.

Ich rede mit meinem Stellvertreter, der die Absicht hat, die Vorruhestandsregelung für sich in Anspruch zu nehmen, um künftig mehr Zeit als bisher seinen Bienen widmen zu können. Ich staune, dass er mir gleich vorschlägt, bis Mitte der Woche im Süden zu bleiben, er würde das, was nötig sei, bestimmt allein schaffen. Unvorhergesehene große Ereignisse werde es sicherlich nicht geben, und wenn doch, könne er anrufen. Und die Kreisverwaltung scheine es nicht mehr zu wagen, uns mit kurzfristigen Terminen zu drangsalieren, die sei jetzt mehr mit sich selbst beschäftigt. Er fährt nach unserem Gespräch kurz nach Hause und holt drei Gläser frisch geschleuderten Honig, die ich mitnehmen soll. Solcher Honig, versichert er, sei nicht zu verachten.

Ich sage Irma Bescheid, dass ich ein paar Tage nicht da sein werde und erfahre von ihr, Robert halte sich in Berlin auf und werde höchstwahrscheinlich erst zu Wochenanfang wieder hier aufkreuzen. Sie frage sich, ob er bereits plane, wieder gänzlich nach Berlin zu ziehen. Um das hiesige Haus zu kämpfen, lehne er strikt ab, er behaupte, wir hätten ohnehin keine Chancen.

Ich stehe um vier Uhr auf und fahre kurz nach fünf los. Die Septembersonne zeigt sich zaghaft erst auf der zweiten Hälfte der Strecke.

Als Felicia die Schultreppe herabkommt, warte ich schon über zwanzig Minuten auf der gegenüberliegenden Straßenseite. Ich rufe, und sie stürmt auf mich zu.

„Endlich ist dir mal eine richtige Überraschung gelungen“, sagt sie, während wir uns umarmen. „Wir basteln aber auch an einer

Überraschung für dich, verrät sie mir dann. Die Überraschung ist nur noch nicht ganz fertig, weil wir noch nicht mit dir gerechnet haben. Du hast ja Mama nicht verraten, dass du heute kommst. Mama wird Augen machen, wenn wir plötzlich beide zusammen eintreffen."

Ich halte Felicia die Tür auf, und sie steigt ein. Als wir nebeneinander im Wartburg sitzen, versuche ich, sie über die geplante Überraschung auszufragen.

Felicia schaut mich schelmisch an und sagt schließlich, es werde noch daran gebastelt, so rede jedenfalls der Opa, wenn es um diese große Sache gehe. Mehr verrät sie mir nicht.

„Höchste Geheimhaltungsstufe, hat das der Opa verordnet?", frage ich.

Felicia nickt.

„Also schweigen wir darüber", schlage ich ihr vor und starte.

„Sonst könnte es ja auch keine Überraschung werden", sagt Felicia mit einem Blick, aus dem ich mühelos herauszulesen glaube, wie gern sie trotz allem noch ein Weilchen darüber geredet hätte.

„Über außergewöhnliche Dinge muss man auch schweigen können", bekräftige ich und tue so, als ob ich mich aufs Fahren konzentrieren muss.

Dann wird weder über eine bevorstehende Überraschung noch über ein Geheimnis gesprochen. Unser gemeinsames Eintreffen ist für alle zunächst einmal die große Überraschung und bestimmt das Gespräch. Und Felicia kostet das Geschehen aus, als wäre das alles ihr Verdienst, als hätte sie eine Ahnung gehabt, dass ihr Vater kommen würde und dass sie lediglich aufpassen musste, um ihn nicht zu verfehlen. „Da seid ihr wohl ziemlich überrascht, was?", fragt sie.

„Ich will dich abholen", sage ich nach dem Mittagessen zu Irene. „Zwei Wochen Luftveränderung, das wird dir gut tun."

„Ich kann doch nicht so ohne weiteres mitkommen", erwidert sie.

„Wieso nicht?"

„Ich glaube, ich bin arbeitslos.“

„Du musst doch wissen, ob du...“ Mehr sage ich nicht, ich scheue mich, das Wort „Arbeitslos“ auszusprechen.

„Ich weiß es nicht. Bis jetzt hat es mir niemand mitgeteilt. Aber das meiste, für das ich gearbeitet habe, gibt es nicht mehr. Kein wissenschaftlich-technisches Zentrum der Landwirtschaft, keine Zeitschrift, für die ich Artikel zurechtschneidern musste, die Landwirtschaftsschulen machen keinen Unterricht mehr, sie sollen umstrukturiert werden. Und die mir mitteilen könnten, wir brauchen dich nicht mehr, scheinen ihr Amt aufgegeben zu haben oder ihrer Funktion enthoben worden zu sein. Oder sie haben Urlaub oder sie machen was anderes. Wenn ich für mich Urlaub beantragen will, weiß ich im Moment gar nicht, an wen ich mich wenden soll. Vielleicht rufe ich den an, der jetzt übergangsweise auf Bezirksebene das Kommando über die Landwirtschaft ausüben muss, den kenne ich recht gut, dem habe ich vor Jahren bei seiner Diplom-Arbeit geholfen. Ich nehme nicht an, dass er soweit umgeschwenkt ist und sich nicht daran erinnern möchte oder mit mir nichts mehr zu tun haben will. Ich muss versuchen, ihn telefonisch zu erreichen. Und wenn es nicht klappt?“ Irene schaut mich ratlos an.

„Dann lässt du dich krankschreiben“, sage ich. „Was sonst? Zur Privatkur nach Mecklenburg. Fertig.“

„Und was ist mit mir?“, fragt Felicia.

„Du bleibst hier und gehst zur Schule“, sagt ihre Oma streng.

Als ich vorschlage, den Garten zu besichtigen, erklärt mir mein Schwiegervater, er habe noch eine wichtige Angelegenheit zu erledigen, für die er unsere Unterstützung brauche.

Es gehe um die Überraschung, raunt mir Felicia zu.

Zu viert machen wir uns auf den Weg, nur meine Schwiegermutter bleibt zu Hause.

Ich weiß dann nicht, was ich sagen soll. Es fällt mir schwer, zu glauben, dass dieser glänzende Wagen, vor dem ich stehe, wirklich für uns bestimmt ist.

Felicia stößt mich an und flüstert, dieser Renault sei noch besser als der von Tante Leta. Wenn ich die Überraschung gut fände, müsste ich jetzt auch was sagen, sonst könnten die anderen denken, das Auto gefalle mir nicht.

„Das Auto gefällt mir sehr", sage ich laut, damit es auch die anderen hören. „Auch die Farbe gefällt mir", füge ich hinzu, „dieses schöne Grau."

„Asphalt-Grau", präzisiert Felicia. „Guck` mal, du kannst dich im Lack spiegeln. Bei deinem Wartburg gelingt dir das nicht. Und wenn du erstmal im Renault drinsitzt, dich so schön in die Polster lümmelst, dann merkst du den Unterschied. Opa ist begeistert. Und Mama auch. Nur bei der Probefahrt, da war sie aufgeregt und hat gezittert. Du kannst dir das nicht vorstellen, wie sie gezittert hat. Und im Gesicht war sie ganz blass. Vielleicht ist es besser, wenn du den Renault nach Hause fährst. Du darfst ihn ja fahren, auch wenn Mama in den Papieren als Halter steht. So ein Quatsch, sie soll ihn doch nicht halten, nicht festhalten, sie soll mit ihm fahren."

Mir ist es angenehm, dass ich mich um nichts kümmern muss. Alles ist verhandelt und entschieden. Es genügt, wenn ich meine Rolle als Schwiegersohn des Landforstmeisters spiele, der von irgendwo da oben aus dem fernen Mecklenburg angereist ist und staunend feststellt, wie weit ein Kraftfahrzeug-Meister, dessen Werkstatt sich bislang auch um die Autos des Forstwirtschaftsbetriebes und die seiner Betriebsangehörigen gekümmert hat, sich bereits in die neuen Gefilde des Fahrzeughandels vorgewagt hat. Immerhin ist schon ein Teil der Werkstatt zu einem Autosalon umfunktioniert worden, vier Clios können in Augenschein genommen werden, drei davon stehen für die Auslieferung bereit, dazu zwei R 19, wovon einer auf seine Abfahrt wartet, und im angrenzenden Garten sind die Pfähle gesetzt, die die Fläche des in den nächsten Tagen zu errichtenden Verkaufs- und Ausstellungssalons markieren. Provisorisch ist an der Einfahrt das Marken- und Firmenlogo montiert.

„Das muss alles noch vernünftig gestaltet werden", sagt der Chef und fügt erklärend hinzu: „Hermann, das musste so schnell gehen, sonst hätten womöglich andere den Vortritt gehabt. Doch unser Ort braucht ein attraktives Autohaus, und da habe ich eben handeln müssen."

Ich sehe, wie mein Schwiegervater lächelnd nickt.

„Wenn ich mich nicht so schnell entschieden hätte", sagt der Chef danach, „wären ganz bestimmt ein paar clevere Leute von drüben gekommen und hätten ein großes Autohaus hier errichtet. Aber das, was damit zu verdienen ist, müssen wir nicht denen aus dem Westen überlassen. Hermann, das siehst du doch auch so?"

Und mein Schwiegervater nickt abermals zustimmend.

Danach soll die Frage beantwortet werden, wer den R19 nach Hause fahren wird.

Ich zeige auf Irene, und sie zeigt auf mich.

Obwohl ich einen Schritt zurücktrete, drückt mir der Chef den Schlüssel in die Hand. Ich vermute, dass mein Schwiegervater ihm ein Zeichen gegeben hat.

Die Unterweisung ist kurz, als fehle nun plötzlich die Zeit.

Wenn mir der Wagen nicht gefalle oder ich mit ihm nicht klarkäme, könne ich ihn zurückbringen, es gelte eine Geld-zurück-Garantie, sagt der Chef und öffnet die neue gläserne Doppeltür.

Sein „Allzeit gute Fahrt" höre ich noch, dann lasse ich die Kupplung kommen und gebe zaghaft Gas.

Mein Schwiegervater, der neben mir sitzt, sagt schmunzelnd: „Merkst du, der zieht anders ab als dein Wartburg."

Felicia möchte, dass wir noch nicht nach Hause fahren. „Wenigstens eine kleine Tour", bittet sie.

„Dann müssen wir aber erst tanken“, sage ich.

„Das müssen wir sowieso“, erklärt mein Schwiegervater.

Wir fahren danach in südlicher Richtung bergab. Ich muss nicht ständig bremsen, der Motor schafft das allein, es gibt keinen Freilauf wie beim Wartburg.

„Ich könnte jetzt bis Lübenow durchfahren“, sagt Felicia dicht an meinem Ohr.

„Wir fahren aber in die entgegengesetzte Richtung“, antwortet ihr Irene.

„Trotzdem“, sagt Felicia, „mir macht das Mitfahren Spaß. Mal sehen, ob der Renault, wenn wir den Berg wieder hochfahren, auch richtig abzischt.“

„Bist du zufrieden?“, fragt mein Schwiegervater, als wir vor der Garage anhalten.

„Es ist ein ganz anderes Fahrgefühl“, sage ich.

„Also“, sagt er, „lass deinen Wartburg hier stehen und steige auf den Neuen um.“

„Fahr` nicht so schnell“, warnt mich Irene zum wiederholten Male während der Fahrt nach Lübenow.

Ihr Vater hatte mir gesagt, sie müsse sich erst wieder daran gewöhnen, im Auto vorn rechts zu sitzen, noch immer wirke der Unfall bei ihr nach.

Als wir in der Küche Abendbrot essen, stellt sie bedauernd fest, leider werde es bald nicht mehr unser Haus sein, sie hätte nicht geglaubt, dass sich die Verhältnisse so schnell ändern könnten.

„Wer im exklusiven Auto fahren will, muss auch das in Kauf nehmen, es gehört nun mal dazu“, antworte ich.

Irene legt die Schnitte auf den Teller zurück und fragt mich: „Könnte das sich nicht alles ein bisschen anders vollziehen?“

„Wie anders?“, frage ich. „Du weißt doch, dass der Sieger rasch und vollständig von einem eroberten Gebiet Besitz ergreift, früher hielten wir uns für die Sieger, und jetzt sind es die Anderen, die die Regeln bestimmen und sie auch von eigenen Richtern interpretieren lassen. Die Politik wird nach der Pfeife des großen Geldes tanzen. Als Ökonomin müsstest du das ja wohl wissen. Wenn ein armer Ackerbauer wie ich da seine Schwierigkeiten hat, ist das vielleicht noch zu verstehen, aber eine habilitierte Ökonomin mit Rang und Namen sollte damit schon vertraut sein. Du wirst sehen, für bestimmte Leute, die unser Land überziehen, wird es ein großer Reibach werden, und wenn wir nicht aufpassen, rutschen wir glattweg hinten runter. Der Freund deines Vaters hat das längst erkannt. Er hat schnell ein Renault-Autohaus installiert, vor allen anderen, vielleicht können wir wenigstens ein bisschen von ihm lernen.“

Irene schaut mich schweigend an, dann nimmt sie ihre Schnitte und isst weiter.

Während sie abzuräumen beginnt, sagt sie: „Weißt du, aber die Rosen im Garten, die graben wir aus, restlos, die überlassen wir denen auf keinen Fall.“

„Es wird heute mein endgültig letzter öffentlicher Auftritt sein, drück` mir die Daumen“, sage ich, als wir auf dem großen Parkplatz vor der ehemaligen Bezirksparteischule aus dem Auto steigen.

„Soll ich mich in die erste Reihe setzen?“, fragt Irene.

„Ja, von mir aus“, antworte ich. „Allerdings gibt es eine Bedingung: versuche immer, ein freundliches Gesicht zu machen, ganz gleich, was der Referent den Zuhörern gerade zumutet oder was ich hinterher oder vorneweg sage. Auch wenn mir der Beitrag des hochdotierten Referenten nicht gefällt, ich muss ihm trotzdem mit Anstand danken und danach den nächsten Redner überaus zuvorkommend ankündigen, denn ich bin nicht Privatmann, sondern beim Betreten des Gebäudes der Stellvertreter des Vorsitzenden eines Verbandes mit über sechstausend

Mitgliedern, vielleicht jetzt auch mit weniger, weil schon etliche ausgetreten sind, was ich aber nicht so genau weiß und deshalb so tue, als wären wir noch immer ein solch großartiger mitgliederstarker Verein."

„Und wie würdest du als Privatmann reden, wenn dich der Referent enttäuscht hätte?"

„Der blöde Hund, der hätte zu Hause bleiben können", sage ich und nehme meine Aktentasche vom Rücksitz.

„Danke", sagt Irene.

„Wofür?"

„Für dein Stichwort Hund." Sie lacht. „Hund, das war nämlich der Auftrag deiner Tochter, den sie mir ins Ohr geflüstert hat. Ich soll dich daran erinnern."

Und während ich wie üblich noch ein paar Dinge mit dem Bezirkssekretär, der sich nun Geschäftsführer nennt, bespreche, merke ich, dass ich mich kaum halbwegs darauf konzentriere, was wir Punkt für Punkt durchgehen, sondern stattdessen an den Entlebucher denke, den Felicia haben möchte. Erst als ich gefragt werde, ob mir der zweite Referent vom Namen her bekannt vorkomme, bin ich wieder hellwach, tadele mich insgeheim, dass ich nicht schon eher die Hintergründe erkundet habe, warum auf der Einladung nach dem Namen nur Hessischer Rundfunk ausgedruckt ist und keine weitere Dienstbezeichnung. Ich zucke dennoch mit den Schultern und lasse mich informieren, dass ich auch heute die freundliche Stimme hören werde, die mir seinerzeit am ersten Dezember im Busradio so gefallen hat.

Wie kann er so reden, denke ich dann. Hätte bei uns ein hochangesehener Rundfunkredakteur mit dieser Offenheit Entwicklungen analysiert und dabei die Probleme und Fehler genannt und auch die amtlichen Anordnungen und Orientierungen, die dazu geführt haben, er hätte dies nur ein einziges Mal tun können und wäre danach weg vom Fenster gewesen, endgültig, und niemand hätte mehr seinen Namen zitieren dürfen.

„Bei aller Aufbruchsstimmung“, höre ich ihn am Ende des Vortrags sagen, „schätzen sie die Verhältnisse stets nüchtern ein, denken sie immer daran, nichts ist so gut, dass es nicht noch besser werden könnte, entscheiden sie, wen sie an Bord holen oder mit wem sie zusammenarbeiten wollen, nutzen sie alles, was ihnen hilft, Effizienz und Handlungsfähigkeit dauerhaft zu verankern, kontrollieren sie ständig, wo sie aktuell stehen, sie brauchen das als hilfreiche Entscheidungsgrundlage, um Risiken abfedern zu können. Die Vorteile, den steigenden Anforderungen der kommenden Jahre zu genügen, befinden sich eindeutig hier bei ihnen. Ergreifen sie diese Chance, ich wünsche ihnen Erfolg.“

Der Beifall hält länger an als beim Vorredner. Vielleicht hat daran auch die geschulte, angenehme Stimme ihren Anteil. Es fällt mir leicht, die Dankesworte zu formulieren. Für die Diskussion steht, wie meistens, zu wenig Zeit zur Verfügung; die Mittagspause lässt sich nicht verschieben.

„Waren Sie mit mir halbwegs zufrieden?“, werde ich gefragt.

„Sehr zufrieden“, antworte ich ihm ehrlich. „Ebenso zufrieden wie ich es in den Morgenstunden am ersten Dezember im vergangenen Jahr gewesen bin.“

Ich muss ihm von dieser Reise berichten, und danach erfahre ich von ihm, dass sein Vorredner dem hiesigen Geschäftsführer vorgeschlagen habe, ihn gewissermaßen als Korreferenten einzusetzen. Und er kenne auch den nachfolgenden Referenten sehr gut, den Vertriebsdirektor Landwirtschaft der großen Versicherungsgesellschaft. Manchmal sei es so, sagt er, dass sich alle Referenten untereinander kennen und auch schätzen, ja, so etwas sei ein glücklicher Umstand für eine Tagung, zumeist garantiere dies deren Erfolg.

Irene und die Frau des Geschäftsführers servieren dem mir noch unbekannten Mann schon das Mittagessen. Ich nehme an, es ist der Vertriebsdirektor, und ich begrüße ihn.

Irene sitzt neben dem Versicherungsmann, der auf mich einen sympathischen Eindruck macht. Und auch bei seinem Vortrag ändert sich nichts an meiner Einschätzung.

Bisher wäre es in unserem Land für Agrarbetriebe einfach gewesen, gesteht er gleich mit seinem ersten Satz ein. Ein einziges Versicherungsunternehmen hätte den Landwirten gesagt, was alles und wie alles zu versichern sei. Und auf einmal müssten nun die Landwirte als Versicherungsnehmer eigenverantwortlich über alles entscheiden und dazu noch unter den zahlreichen Versicherungen eine auswählen. „Eine wahrhaft nicht leichte Aufgabe“, sagt er und wartet dann einen Augenblick, bevor er sich der neuen Herangehensweise widmet.

Später, während wir noch gemeinsam Kaffee trinken und Kuchen essen, wundere ich mich, dass Irene wieder neben dem Vertriebsdirektor sitzt und beide auffallend vertraulich miteinander reden, als würden sie sich bereits seit längerem kennen.

Wie beiläufig frage ich sie auf der Rückfahrt, ob sie dem Versicherungsmann etwa schon mal begegnet sei.

Sie bedaure es sehr, dass sie ihn erst heute kennengelernt habe, antwortet sie mir.

So jung wäre er schließlich auch nicht mehr, erwidere ich.

Irene schweigt, sie lässt mich erst die drei LKW überholen, dann sagt sie: „Ich habe auch nicht vor, dich gegen ihn einzutauschen. Doch seine Einladung, ihn zu besuchen, die habe ich angenommen. Sie wird demnächst auch noch schriftlich eintreffen.“

„Und du hast wirklich vor, dorthin zu fahren?“

„Ja, unbedingt“, sagt sie. „Und stell` dir mal vor, ich wurde gefragt, ob mein Mann auch gern mitkommen würde. Eine solche Frage kommt doch wohl nicht alle Tage von einer hochgestellten Persönlichkeit. Hätte ich da etwa antworten sollen, nein, meinen Ehemann lasse ich zu Hause, weil ich befürchte, dass ich mich mit ihm blamiere?“

„Und ich soll da wirklich mitkommen?“

„Ja, ich darf dich mitbringen. Punkt. Aus."

„Und wann soll die Reise stattfinden?"

„Noch in diesem Jahr werden wir beide in diese westliche Landeshauptstadt reisen", antwortet mir Irene, als hätte diese Angelegenheit oberste Priorität.

Müssen es immer Leute aus dem Westen sein, die uns auf die Sprünge helfen wollen? denke ich. Aber vielleicht wollen sie sich damit auch selber helfen? Es gibt wohl auf beiden Seiten solche und solche, ehrliche Leute und Strolche, und höchstwahrscheinlich sind sie gleichermaßen verteilt, im Westen und im Osten, ich hoffe es zumindest.

„Auf diese Reise mit dir freue ich mich", sage ich, als wir schon kurz vor unserem Haus sind, das bald nicht mehr das unsere sein wird.

Nach dem Abendessen trinken wir Wein.

Wir reden darüber, wieviel sich bereits verändert hat. Über das, was noch kommen wird, können wir nur spekulieren.

Es ist inzwischen völlig dunkel geworden. Ich will die Deckenlampe einschalten, aber Irene sagt: „Deine Schreibtischlampe reicht aus. Setz dich wieder."

Ich frage: „Erinnerst du dich noch, damals, während des Studiums, haben wir geglaubt, dass alles planmäßig verlaufen wird. Wir sind den Verheißungen und Ideen gefolgt, doch nichts hat sich so entwickelt wie wir es erhofft hatten."

Irene antwortet nicht darauf, wir schweigen eine Weile.

„Vielleicht hätten wir ordentlich dagegenhalten müssen, gegen diese offiziellen Beschlüsse", sage ich dann. „Nur welche Chance auf Erfolg hätten wir gehabt? Sicher nicht die Spur. Bevor ein erstes Wort von uns die Öffentlichkeit erreicht hätte, wären wir schon in der Versenkung gewesen."

„Ach, hör` auf, dich damit zu quälen", sagt Irene. „Freu dich lieber über die Einladung, die ich dir beschert habe. Vielleicht öffnen sich Türen für uns. Unser Horizont wird sich allemal durch die Reise erweitern.“ Und nach einiger Zeit, in der wir uns anschauen, verblüfft sie mich mit der Frage: „Möchtest du nicht mal wieder mit mir schlafen, oder verspürst du dazu überhaupt keine Lust mehr?“

Zwei Wochen später reizt es mich, in der Sitzung des Kooperationsrates auszuprobieren, inwieweit sie meinen Vorschlägen noch Gehör schenken würden und bereit wären, deren Umsetzung zu unterstützen.

„Das Ferienheim muss verkauft werden, wir brauchen dringend Geld, das Haus würde uns künftig ohnehin nur belasten“, sage ich. „Auf der einen Seite laufen uns die Immobilienmakler Tür und Tor ein und schicken sich an, uns mit ihren Angeboten zu übertölpeln. Auf der anderen Seite möchte Heinz Wendler das Objekt für seine Tochter und seinen Schwiegersohn haben. Ich plädiere für Letzteres.“

Es gibt Zustimmung, ohne Vorbehalte.

„Den Preis legen wir nach der Schätzung fest“, sage ich.

„Und wie soll das Ferienheim einmal heißen?“

Mit der Frage habe ich nicht gerechnet, aber mir fällt trotzdem etwas ein, ich antworte: „Landhotel am See.“

„Mit oder ohne Ortsangabe“, wird noch gefragt.

„Nur in der Adresse, nicht im Namen des Hotels“, sage ich. „Territorialer Streit muss von vornherein vermieden werden.“ Damit leite ich über zum Vorhaben, Pflanzen- und Tierproduktion zusammenzuführen und zwei eigenständige Genossenschaften zu bilden.

„Die Lübenower und Büdewiner haben für ihre zu bildende Genossenschaft den Namen Agrofarm vorgeschlagen. Welchen Namen wünscht sich der Nordosten?“ Ich blicke dorthin, wo die Glanstorfer sitzen und miteinander tuscheln. „Den Namen, bitte“, fordere ich sie auf.

„Vielleicht Landwirtschaftliches Unternehmen“, wird mir zugerufen.

„Was soll ich nun ins Protokoll schreiben, etwa vielleicht, vielleicht?“, fragt Frau Walter ärgerlich.

„Landwirtschaftliches Unternehmen“, sage ich. „Das „E.G.“ kommt erst nach der Registrierung, noch sind sie keine eingetragene Genossenschaft.“

„Und wenn wir es uns noch anders überlegen?“, bricht es aus dem Vorsitzenden der Tierproduktionsgenossenschaft hervor.

„Ihr müsst endlich mal eine Entscheidung fällen, ihr könnt doch nicht was wollen und danach wochenlang herumalbern, ohne euch einigen zu können. Was soll das erst später werden, wenn ihr eine neue Genossenschaft seid?“, ermahnt Fiete seinen Kollegen.

Eine Weile schweigen die Nordostler, während ich hoffe, dass sie sich untereinander verständigen, was nicht geschieht.

„Soll der Name nun protokolliert werden oder nicht?“, frage ich barsch, um das aufkommende Gerede der Südwestler einzudämmen.

„Protokollieren“, wird mir geantwortet.

„Damit stehen die Namen fest“, schließe ich das Thema ab. „Es wird nötig sein, die Beratungsgesellschaft auch weiterhin zu nutzen“, schlage ich vor. „Uns dürfen beim Weg zur eingetragenen Genossenschaft keine Fehler passieren.“

Als sie meinem Vorschlag zugestimmt haben, werfe ich einen Blick auf meine Armbanduhr, es ist zehn Minuten nach einundzwanzig Uhr. Das geht, denke ich. Ursprünglich hatte ich befürchtet, wir würden bis Mitternacht zu tun haben. „Das müsst ihr jetzt mit allen Mitgliedern beraten. Ihr wisst, wir brauchen eindeutige Beschlüsse“, erkläre ich noch, obwohl das allen bekannt ist, diese alten Regeln haben noch immer Bestand.

„Geschafft“, sage ich dann zu Frau Walter, die mich anlächelt, als hätten wir beide gerade eine große Schlacht für uns entschieden.

Doch bei mir kommt kein Gefühl von Zufriedenheit auf. Wir haben uns mit schwierigen Themen befasst, wir haben begonnen, etwas in die Wege zu leiten, ohne voraussehen zu können, ob es sich als richtig erweisen wird. Und ich habe die Versammelten gedrängt, sich für meine

Vorstellungen, meine Vorschläge zu entscheiden, ja, nicht nur gedrängt, ich habe ihnen diktiert, was sie machen sollen, vielleicht habe ich es heute auf die Spitze getrieben, sage ich mir. Sie hätten mich auf der Stelle ablösen können, die Macht hätten sie gehabt. Doch sie haben es nicht getan, vielleicht waren sie sogar froh, dass sie die Sache nicht selber in die Hand hatten nehmen müssen.

Ich kann es nicht verhindern, mich erfasst ein Unbehagen, während sie sich von mir verabschieden und ich jedem Einzelnen lächelnd zunicken muss, als käme es ab sofort nur noch auf unser optimistisches Handeln an.

Fiete sagt mir, dass sein Sohn nicht hierher ziehen werde, seine Frau wolle ihre vorpommersche Heimat auf keinen Fall verlassen.

„Du übernimmst zunächst ab Jahresanfang den Vorsitz", antworte ich ihm. „Und dann musst du dir Michael Krüger heranziehen, der steht jetzt kurz vor dem Diplom. Und nach seinem Abschluss muss der nicht auswandern, um irgendwo Farmer werden zu können. Der hat hier seine Agrofarm, auf der er sich nach Herzenslust austoben darf. Das kann dein Nachfolger werden."

Darauf will Fiete noch irgendwelche Einzelheiten mit mir besprechen.

„Ein andermal, heute nicht", sage ich zu ihm und lasse ihn stehen.

Heinz Wendler rufe ich zuerst an.

„Landhotel am See, so lautet der Name", sage ich.

„Hast du das durchgebracht?", fragt Heinz vorsichtig.

„Sonst würde ich dich ja nicht anrufen", antworte ich ihm. „Du kannst deine Schwester beauftragen, die Rosen für die Bepflanzung der Freiflächen zu bestellen."

„Ich bekomme wurzelnackte Rosen zur Herbstpflanzung", verrät er mir und beginnt sogleich, mir die Vorzüge der vorgesehenen Sorten zu erläutern. Von Heidetraum und Schneeflocke ist die Rede und von der

Strauchrose Münsterland, sehr widerstandsfähig und herrlich duftend, ich würde einmal staunen, welcher Rosenpark bei ihm entstehen werde.

„Entschuldige, ich muss noch mit Irene telefonieren", beende ich unser Gespräch.

„Die offizielle Einladung ist eingetroffen. Der Vertriebsdirektor hat Wort gehalten, er würde sich freuen, wenn wir beide zum vorgeschlagenen Termin kommen könnten", informiert mich Irene. Danach berichtet sie mir, dass sie zurzeit einige Probleme habe und manchmal sogar etwas hinken müsse. Sie sagt: „Nicht auszudenken, mit Stock diese Reise antreten zu müssen."

„Ich reiche dir den Arm, dann wirst du keinen Stock brauchen", antworte ich ihr.

Irene sagt darauf: „Denk an den Eindruck, den eine lädierte Frau an deiner Seite machen würde. Ach ja, fragen soll ich von Felicia, ob du an ihren Wunsch gedacht hast."

„Nächste Woche kommt der Schweizer Geschäftsführer mit seiner Truppe zu Besuch", sage ich. „Ich bin überzeugt, der kennt Züchter und ist obendrein auch imstande, etwas zu vermitteln. Die Devise gilt also noch: Ein Entlebucher muss her?"

„Mehr als je zuvor", antwortet Irene. Und dann fragt sie: „Freust du dich auf unsere Reise?"

***

„Stell` dir vor, heute Vormittag waren wir zum Konzert, zum Kurkonzert im Taiswald, und Julie hat die Musik ebenso gefallen wie uns.“ Ich höre Felicias helle Stimme aus dem Nebenzimmer, wo das Telefon steht. Es ist die Berichterstattung an den Landforstmeister, ihren Großvater, dem sie versprochen hat, regelmäßig anzurufen, damit er und die Oma Bescheid wissen, was bei uns los ist.

Er sei nicht mehr in der Lage, solche Reisestrapazen auf sich zu nehmen und die Oma schon gar nicht, hatte er vor unserer Abreise Felicia erklärt. Das Hochgebirge wäre nichts für solche alten Leute, die nicht ständig dort gelebt hätten oder öfter mal in dieser Gegend zu Besuch gewesen wären. Ihm würden die Thüringer Berge nun ausreichen, die wären für ihn hoch genug, aber junge Leute, die müssten das alles mal auskosten können, gerade die Alpen und besonders auch das schweizerische Oberengadin.

Ich verstehe nicht, was mein Schwiegervater am Telefon sagt, aber ich höre Felicias Lachen und darauf ihre Beteuerung: „Opa, du kannst es mir glauben, Julie hat nicht gebellt, sie hat die Musik wirklich genossen, sie hat nicht geschlafen, auch wenn sie die Augen fast geschlossen hielt und nur ab und zu geblinzelt und dann aufgeschaut hat, wenn ein Stück zu Ende war. Ich hatte den Eindruck, sie hoffte, dass das Orchester weiterspielen würde.“

Einen Moment schweigt Felicia, dann sagt sie: „Das Programm vom Kurorchester hat mir sehr gefallen. Begonnen haben sie mit dem Liebeswalzer von Carl Michael Ziehrer, ja, mit dem Liebeswalzer, den habe ich auch zum ersten Mal gehört, und dann folgte die Wildschütz-Ouvertüre von Lortzing und danach ein Klaviersolo von Chopin, Scherzo b-Moll, ein toller Pianist, Oma hätte bestimmt ihre Freude gehabt, vergiss nicht, ihr zu sagen: Scherzo b-Moll, vielleicht will sie es auch mal versuchen.“

Wieder gibt es eine Pause, ich ahne, was mein Schwiegervater antwortet.

Felicia sagt: „Ach, sie kann es ja langsamer spielen, zu Hause muss sie sich doch nicht an die vorgeschriebenen Tempi halten. Hier ist das was anderes, vor Publikum und so, mindestens 150 Leute, wenn da der Solist zu langsam spielen würde, würde er niemals wieder engagiert werden, aber die Oma, die hat zu Hause doch freie Hand."

Wieder schweigt Felicia. Dann sagt sie: „Nein, Opa, Wagner war heute nicht dran, nur Rosini, die Ouvertüre Wilhelm Tell, Wagner steht erst nächste Woche auf dem Programm, Tristan und Isolde, das heißt natürlich nicht die ganze Oper, nur eine Opernsuite, sonst würde das Kurkonzert ja zu lange dauern, es beginnt täglich um 11 Uhr, je nach der Zahl der Zugaben, etwa eineinhalb Stunden, ich könnte mindestens zwei Stunden oder noch länger zuhören."

Irene tippt mich auf die Schulter. Wir gehen hinaus auf die Terrasse.

„Hast du ihr aufgetragen, Grüße von uns auszurichten?", fragt sie, nachdem wir uns gesetzt haben.

„Das muss ich ihr doch nicht auftragen, das weiß sie. Felicia ist ein großes Mädchen. In dem Alter..."

„Was ist in dem Alter?"

„Weiß man schon sehr viel", sage ich. „Und unsere Felicia höchstwahrscheinlich mehr als die meisten anderen in ihrem Alter."

„Denkst du das?"

„Ja", sage ich. „Schau dir mal die Berge an und dann nenne mir deren Namen. Ich bezweifele, ob du klarkommen wirst. Frage mal unsere Tochter, die nennt sie dir alle, ohne erst lange nachdenken zu müssen, da beginnt sogar Robert zu grübeln, wenn sie loslegt."

„Unsere Tochter also", sagt Irene, und wir schweigen und schauen hinüber zu den Berggipfeln, deren weißbetuchte Spitzen noch einen Rest Sonnenlicht erhaschen.

„Willst du mich jetzt etwa doch prüfen, die Namen der Berge, ihre Höhe in Metern?" Mich trifft ihr fragender Blick.

„Nein“, sage ich, „wir haben schon genug Prüfungen hinter uns.“ Ich lehne mich zurück, überlege einen Augenblick und fahre dann fort: „Es waren übermäßig viele Prüfungen, und ich glaube, bisher haben wir sie alle bestanden. Wir brauchen auch nicht zu befürchten, dass wir in endlose Tiefen abstürzen werden, denn allmählich haben wir das Gehen auf den neuen schmalen und gelegentlich glatten Pfaden ganz gut gelernt.“

„Bist du dir da so sicher?“

„Ja“, sage ich, „denk nur mal an die Begrüßung in der westlichen Landeshauptstadt. Dass gleich zu Anfang Sekt angeboten wurde, stellte doch auch schon eine Art Prüfung dar, nehme ich an. Wie werden sich die beiden aus dem Osten verhalten, könnte der Vertriebsdirektor damals gedacht haben.“

„Mag sein“, stimmt mir Irene zu.

Dann schweigen wir wieder.

Und ich muss an unsere Reise denken, bei der wir anfänglich so schrecklich unsicher waren, ob es uns gelänge, die Vorstellungen, die wir hatten, einigermaßen realisieren zu können. Mir ist das Geschehen noch so gegenwärtig, als wäre es erst vor wenigen Tagen gewesen. Wir wagten nicht, den Sekt abzulehnen, wir tranken jeder ein Glas davon, nicht mehr. Anschließend gab es ein etwa zweistündiges Gespräch. Dann folgte die Stadtbesichtigung, auch da wurde über vieles geredet. Zum Abendessen führte uns unser Gastgeber in ein ziemlich teures Restaurant. Als wir auf dem Hotelparkplatz noch einmal nach unserem R19 schauten, begann es zu regnen. Schon am nächsten Vormittag vereinbarten wir das weitere Vorgehen, Irenes mehrwöchige Schulung, die Einrichtung einer Agentur, in die auch ich zu gegebener Zeit mit einsteigen sollte, wenn ich meine Ämter in Lübenow los sein würde, vorausgesetzt, ich würde mich nicht für die Angebote entscheiden, die mir von der uns damals betreuenden Beratungsgesellschaft oder von zwei Landmaschinenfirmen und einem renommierten Saatzuchtunternehmen vorlagen. Beratungsgesellschaft und Versicherungsdienst zu verbinden, wäre noch denkbar, hatte der Vertriebsdirektor eingeschätzt, es dann allerdings als ziemlich unklug bezeichnet, da wir allein mit Versicherungen für Privatkunden und für Unternehmen so ausgelastet sein würden, dass uns höchstwahrscheinlich noch nicht einmal Zeit für die angenehmen Seiten des Lebens bleiben würde. Wozu also noch solche zusätzlichen Verpflichtungen aufhalsen, die die Gefahr mit sich brächten, einen vom Hauptsächlichen, also vom eigentlichen Broterwerb über Gebühr abzuhalten, hatte er gesagt und außerdem darauf hingewiesen, dass auch mir eine mehrwöchige Schulung bevorstehen würde. Eine gründliche Ausbildung, hatte er hinzugefügt, erachte man als zwingend erforderlich, sie gehöre bei seiner Versicherungsgesellschaft an den Anfang jeder Tätigkeitsaufnahme. Methoden einiger weniger anderer Gesellschaften, Leute ein bisschen im Verkaufen zu unterrichten und sie alsdann auf den gesamtdeutschen Neubürger loszulassen, könne man nicht gutheißen, ja, sie wären überaus verwerflich und würden das vielerorts vorhandene negative Image von Versicherungen noch verstärken. Wir beide müssten Versicherungsvertreter aus Überzeugung werden, die den Kunden qualifiziert beraten und ihm den Abschluss nur solcher Verträge empfehlen, die wir, wären wir an seiner Stelle, ebenfalls kaufen würden.

Bei der Verabschiedung hatte der Vertriebsdirektor Irene seine Visitenkarte übergeben mit der Bemerkung, sie könne ihn gelegentlich einmal anrufen, wenn sie wolle auch abends, seine Privatnummer sei mit ausgedruckt. Mir hatte er vorgeschlagen, bei der Neuausrichtung der Betriebe an unsere Versicherung zu denken, ja, er sagte tatsächlich, unsere Versicherung, als wären wir längst eng verbunden. Wenn es so weit sei, werde er einen Spezialisten schicken, versprach er, einen, der nicht nur seine dienstlichen Aufgaben vorbildlich wahrnehmen würde, sondern mir zugleich etwas Appetit auf künftiges eigenes Handeln machen könnte.

Auf der Rückfahrt war mir erstaunlich fröhlich zumute. Zu Irene sagte ich, es habe den Anschein, als könne das Angebotene eine vernünftige Sache für uns beide werden.

Ich solle nicht so schnell fahren, erwiderte sie darauf, sonst könne es mit uns vorbei sein, bevor wir überhaupt begonnen hätten, am Vernünftigen zu arbeiten.

„Zu basteln, würde Felicia sagen“, versuchte ich Irene aufzuheitern, aber sie ging nicht darauf ein.

Ich fuhr langsamer, es wurde allmählich dunkler, und wir redeten nichts mehr bis zu unserer Ankunft.

Erst als Felicia zu Hause ängstlich fragte, ob wir umziehen müssten in eine fremde große Stadt, klang Irenes Stimme bei der Antwort wieder heiter und gelöst. Wir müssten nicht umziehen, versicherte sie unserer Tochter, wir könnten hier bei Oma und Opa bleiben, und das für immer.

Wer von uns beiden, denke ich, hätte zu glauben gewagt, dass wir einmal hier in Pontresina auf dieser Terrasse sitzen würden.

Jetzt genießen wir es.

Ich spüre dann eine Hand auf meiner Schulter. Ich habe nicht bemerkt, dass Felicia zu uns auf die Terrasse getreten ist, und offensichtlich ist auch Irene in Gedanken versunken gewesen.

„Ich soll euch von Oma und Opa grüßen“, sagt Felicia. „Und auch von Matthias, der euch darum bittet, den Urlaub nicht unendlich lange auszudehnen, weil es ihm schwerfällt, das Pensum für drei Leute zu schaffen. Er meint, er habe vor allem bei den Landwirtschaftsbetrieben im Gebirge und südlich und nördlich desselben seine Schwierigkeiten, weil sie vermutlich den erfahrenen Fachmann sehen wollen und nicht den zum Versicherungskaufmann umgeschulten Bänker. Aber Matthias wünscht uns trotzdem gute Erholung und viel Spaß.“

„Du merkst, wir haben gar keine Zeit, in Urlaub zu fahren“, sagt Irene. „Wenn man ein solches Geschäft, wie wir es betreiben, in Gang halten will, muss man tagtäglich vor Ort sein. Das habe ich euch immer zu erklären versucht."

„Aber Mama, nun hör auf", sagt Felicia.

„Du bist der Chef", wendet sich Irene an mich, „dir obliegt es, festzulegen, wie gehandelt werden muss."

„Da möchtest du wohl morgen zurück, nur weil dein Neffe über die viele Arbeit zu stöhnen beginnt?", provoziere ich. „Lass den Burschen sich nur mal richtig anstrengen, wir mussten das auch."

Irene antwortet nicht darauf. Und Felicia reibt sich die Hände und strahlt mich an. Ich frage sie, wie der Tagesplan für Morgen aussieht.

„Feiertag", wird mir geantwortet. „Fakultativ der musikalische Auftakt, also keine Pflichtveranstaltung, aber ich will das Schweizer Alphornquartett im Taiswald hören, pünktlich halb elf, Jubel-Ouvertüre von Weber, danach Allegro und Presto G-Dur von Mozart und zum Schluss Heil Swizerland von Mersson. Papa, du kommst doch mit, Onkel Robert hat zugesagt und auch Tante Leta. Mama, du kannst dich mit Tante Irma, der die Beine wehtun, um das Mittagessen kümmern, wenn nicht, müssen wir alle im Steinböckli speisen, was ins Geld geht. Die Wanderung zum Morteratsch-Gletscher können wir verschieben, ich möchte die Feier auf dem Dorfplatz miterleben. Onkel Robert hat mir erzählt, es werde alles so ähnlich ablaufen wie früher in der DDR, mit einer Festrede und später dann mit dem Singen des Schweizer Psalms statt eurer Nationalhymne, und beim Abendkonzert können wir noch den Kaiserwalzer von Strauß und Gounods Faust-Opernsuite hören, es wird also richtig feierlich."

„Danke", sage ich. „Du kannst mit mir rechnen."

Nachdem Felicia die Terrassentür geschlossen hat, ich nehme an, sie wird eine Etage höher zu Irma und Robert zum Fernsehen gehen und Julie mitnehmen, sagt Irene: „Merkst du nun, man kommt nicht an gegen unsere Tochter, sie bestimmt was gemacht wird."

„Sie hat doch nur wissen wollen, ob wir akzeptieren, was sie uns vorschlägt“, wende ich vorsichtig ein. Aber ich nehme an, Irene wird gleich mit ihrem üblichen Satz antworten wollen und frage deshalb, ob sie einen Schluck Rotwein mit mir trinken möchte.

„Nicht nur einen Schluck, wenn möglich ein ganzes Glas voll“, höre ich sie sagen, während ich hineingehe.

Als ich unsere Gläser fülle, rechne ich noch immer damit, dass sie bald feststellen wird, ich würde unserer Tochter viel zu oft recht geben, so dass sich zwangsläufig bei ihr die Überzeugung festigen müsse, immer das Richtige zu planen und es danach folglich auch zu tun.

Ich hebe das Glas und finde es auf einmal erstaunlich, dass ihre Feststellung ausbleibt und stattdessen die Frage kommt: „An was denkst du?“

Ich brauche ein paar Sekunden zum Überlegen, dann antworte ich ihr: „An den Abend denke ich, als die Leuchtschrift zum ersten Mal über unserem neuen Büro eingeschaltet wurde, dieses sanfte Blau auf weißem Grund, irgendwie war das erhebend. Unser Büro wird nun allen Leuten sichtbar gemacht, sagtest du damals.“

Irene setzt ihr Glas ab und fragt: „Wie kommst du gerade jetzt darauf?“

„Schau mal auf die Berge“, sage ich. „Das Blau direkt über den Gipfeln, das strahlt ebenso schön wie das Blau der Buchstaben über unserem Büro. Und außerdem haben wir an jenem Abend mit allen Helfern Rotwein getrunken, zuerst ein Glas Sekt und danach viel Rotwein, so dass wir auf dem Heimweg unsere Schwierigkeiten hatten. Ein Glück, dass die Strecke vom Büro zum Haus nicht weit ist. Womöglich hätten wir es sonst gar nicht geschafft. Übrigens, bis dorthin, wo das Blau die Bergspitzen berührt, werden wir es nicht mehr schaffen. Das ist jedoch nicht schlimm. Aber wären wir seinerzeit abgestürzt, als wir dabei waren, uns das Schriftblau zu erobern…“ Ich breche den Satz ab.

„Was wäre dann gewesen?“, fragt Irene.

„Nicht auszudenken“, antworte ich leise. Mehr sage ich nicht. Und auch Irene schweigt. Ich spüre, dass ihr Kopf sich mir, meinem Nacken genähert hat, als hätte sie sich ein wenig geneigt, um den Abstand zwischen uns zu verringern. Aber es gibt noch keine Berührung, vielleicht erst später, hier stehen unsere Stühle zu weit voneinander entfernt.

Es kann sein, denke ich, dass auch Irene es vermeiden will, die Ängste von damals erneut ins Gespräch zu bringen, weil sie hier nichts mehr zu suchen haben. Uns bot sich die Möglichkeit oder, wenn man so will, die Freiheit, den Weg zu einem gänzlich neuen Feld zu wählen, das wir zu beackern gedachten, allerdings unter Bedingungen, die für uns ungewohnt waren. Dass sich dabei Schwierigkeiten einstellten und Rückschläge und auch Sorgen, die uns schlaflose Nächte brachten, gehört wohl dazu.

Jetzt rutsche ich mit meinem Stuhl ein Stückchen nach rechts, ich suche die Berührung und gebe es auf, über eine Antwort auf ihre Frage nachzudenken. Es hat nicht den mehrmals befürchteten Absturz gegeben, sondern den gemeinsamen Erfolg.

Ich ergreife mein Glas, das vor mir auf dem runden Tischchen steht, ermuntere Irene, es mir gleichzutun, und sage: „Auf die fünf Jahre, diese fünf anstrengenden Jahre.“

„Wenn diese Jahre nicht gewesen wären, würden wir keinesfalls hier so zufrieden sitzen können“, sagt Irene. „Schau mal, wie dunkel das Blau geworden ist. Und das Bergpanorama gleicht nun einem Scherenschnitt, man könnte glauben, sie hätten ihn extra für uns angefertigt.“

„Vielleicht haben wir es verdient“, sage ich.

„In Lübenow hättest du das nicht erleben können, mein Lieber. Das alles haben sie dir missgönnt, vergiss das nicht.“

Mein Nicken kann Irene nicht wahrnehmen, denn sie schaut noch immer hinüber zu den Bergen.

„Bist du anderer Meinung?“, fragt sie nach einer Weile.

„Nein“, antworte ich. Es lässt sich hier gut sitzen und Rotwein trinken.

Irene lehnt sich gegen meine Schulter, und ich vermute, sie fühlt sich gestärkt durch diese Berührung.

Ich aber muss auf einmal an Lübenow denken, obwohl es mir, wie ich glaube, schon ein wenig ferngerückt ist. Mir erscheint das Bild, wie wir unseren ganzen Besitz auf den großen Transporter verstaut haben. Willi Friedländer und das Ehepaar Kaschiller halfen uns, auch wenn sie sicher unseren Fortgang viel lieber verhindert hätten. Ich hatte ihnen einst den Weg von Bodelin nach Lübenow aufgezeigt und geebnet. Nun sorgten sie sich um meinen Abgang. Inge Krüger stellte sich für zwei Stunden ein, Michael war die ganze Zeit da, wir hätten gar nicht so viele Helfer gebraucht.

„Es sieht fast so aus, als wollt ihr mich rasch loswerden“, sagte ich, als Friedrich Albrecht kurz vor unserer Abfahrt eintraf.

„Wenn du dich bislang noch nicht geirrt hast, jetzt irrst du dich gewaltig.“ Fietes Stimme klang seltsam belegt, als er das sagte. Später, bei der Verabschiedung, flüsterte er mir ins Ohr, dass ich, sollte es mir in dieser anderen Gegend nicht gefallen, ohne Hemmungen zurückkommen könne, eine passende Aufgabe und einen Bauplatz für ein ordentliches Haus werde sich ganz bestimmt finden lassen.

Heinz Wendler kam nicht, er rief nur an, es war das letzte Telefongespräch, das ich aus dem Haus führte, das wir einmal als unser Haus angesehen und auch so bezeichnet hatten. Ich musste auf die Knie, um den Hörer abzunehmen, der Apparat stand bereits auf dem Fußboden.

„Ich wünsche euch alles Gute, aber richtig begreifen kann ich die Situation nicht. Vielleicht gewöhne ich mich mit der Zeit daran, dass du nicht mehr in Lübenow bist.“ Einen Moment hielt er inne, dann fragte er: „Was soll ich dir noch sagen? Möglich ist, dass einige unken werden, nun gehe eine Ära zu Ende, dem Wendler fehle fortan der getreue Kumpel. Meinetwegen sollen sie so reden. Die Abschiedsfeier machen wir später, wenn ihr euch beide im neuen Terrain eingelebt habt. Aber gefeiert wird hier bei uns, ihr seid Ehrengäste, wohnt wieder im Zimmer mit der schönen Aussicht, du weißt schon, wo ihr beide damals genächtigt habt. Macht`s beide gut.“ Seine letzten Worte waren kaum noch zu verstehen, ihm schien die Stimme zu versagen.

Irma und Robert hatten ihren Umzug eine Woche nach uns geplant. Robert hatte eine Wohnung in Berlin besorgt, überraschenderweise drei Häuser von dem Haus entfernt, in dem Irene einmal gewohnt hatte. Von Irma wussten wir, dass er nun zahlreiche Aufträge von Zeitungen bekam und dass ihm dennoch vorschwebte, sich wieder in seiner einstmaligen Heimat niederzulassen, zumindest zeitweise, und er sie selbstverständlich mitnehmen werde.

Tagelang hatten wir seinerzeit über unser Büro beratschlagt, uns beschäftigte die Frage, Räume zu mieten oder das Haus umzubauen. Die Vorteile und Nachteile gegeneinander abzuwägen, hatte nicht nur viel Zeit in Anspruch genommen, sondern auch heftige Diskussionen ausgelöst. Ausgerechnet an dem Tag, als mein Bruder angereist war, um die Möglichkeiten für einen Anbau an das Wohnhaus zu prüfen, stellte sich unverhofft der Inhaber des altehrwürdigen Herrenkonfektionsgeschäftes zur Kaffeezeit bei uns ein und schlug uns ohne Umschweife vor, seine Räume zu übernehmen. Mein Schwiegervater brachte schon Weinbrand, noch bevor es uns überhaupt gelungen war, die erste Gesprächsrunde abzuschließen. Mir war gleich klar, dass die alten Herren hinter unserem Rücken längst alles ausgehandelt hatten. Zunächst sollten wir die Räume mieten, dazu eine der beiden Wohnungen über dem Geschäft, vorgesehen für unseren Neffen Matthias, sofern er in unsere Generalagentur mit einsteigen würde. Und außerdem sollte die Option vereinbart werden, das gesamte Haus zu gegebener Zeit kaufen zu können. Noch am gleichen Abend waren wir uns tatsächlich über alle Details einig geworden.

„Mir wird es kühl“, sagt Irene, und ich spüre ihre Hand auf meinem Arm.

„Das hast du damals auch gesagt“, erinnerst du dich?

„Wann damals?“

„Als wir vor dem großen Gebäude standen und dein Vater uns begreiflich zu machen versuchte, in welcher optimalen Lage sich einmal unser Büro befinden werde. Und statt ihm zuzustimmen und ihm einen anerkennenden Satz zu sagen, sagtest du: Mir wird es kühl.“

„Habe ich das wirklich gesagt?“

„Ja. Und mein Bruder hat dir sofort seine Jacke über die Schultern gelegt, und danach hat er uns erklärt, der Umbau des Geschäfts in eine attraktive Versicherungsagentur sei eine echte Premiere für ihn, sein wirklich erster anspruchsvoller Auftrag nach der schwierigen Umwandlung der zwischenbetrieblichen Bauorganisation in ein marktfähiges privates Bauunternehmen. Wenn er allerdings an das Vorhaben denke, würde ihm zugleich heiß und kalt, aber für dich würde er sonst was riskieren. So ist es gewesen.“

„Ich staune wirklich, an was du dich alles erinnerst“, sagt Irene. „Aber wenn du noch ein Weilchen hier sitzen möchtest, hole ich dir deine dicke Strickjacke. Du weißt, wir sind schon in einem Alter, wo man sich ein bisschen vorsehen muss.“

Irene bringt mir die Jacke.

Ich sitze gern auf dieser Terrasse, im Rücken das Haus in einem Hanggrundstück, die Etage über uns mit einem eigenen Ausgang zu einem nicht sehr breiten Weg, der unten von der Fahrstraße abzweigt und sich steil hinaufwindet zu ein paar Häusern, die so ähnlich gebaut sind wie das, in dem wir im Parterre in einer geräumigen Ferienwohnung residieren. Vor der Terrasse, einen reichlichen Meter tiefer, befindet sich ein schmaler Garten, von einem niedrigen Holzzaun begrenzt, und dann, zur Straße hin abfallend, erstreckt sich eine ansehnliche Grasfläche, von der Irma anfänglich behauptete, es sei eine Wiese, und

Robert ihr widersprach, es sei eindeutig eine Weide, und ich zu schlichten versuchte, man könne ja von Wechselnutzung sprechen, bis Felicia schließlich die Bezeichnung Hausalp einführte, was nun allen zu gefallen scheint. Unsere hängige Hausalp mildert die Geräusche der Straße, und, was sich als noch vorteilhafter erweist, sie gewährt den freien Blick hinüber zu den Bergen. Vorn Muottas da Puntraschigna und dahinter Piz Chalchagn, dessen Namen auszusprechen mir immer Schwierigkeiten bereitet und Felicia danach stets zur Korrektur reizt, wobei sie sofort dessen Höhe 3154 Meter hinterherschickt und den Wunsch, dort hinaufsteigen zu wollen, wozu sie natürlich erst noch intensiv üben müsse und einen erfahrenen Bergführer brauche. Das Val Roseg, neben Felicias Traumberg, lässt sich jetzt nur noch erahnen. Aber ein ganzes Stück weiter rechts sehe ich die vielen Lichter von St. Moritz. Ich glaube, ich werde nie müde, hier zu sitzen und dieses Panorama zu genießen. Ich kann auch Robert verstehen, wenn er sich so sehr um dieses Haus bemüht, das zur Zeit einer Erbengemeinschaft gehört, zu der auch seine Tochter zählt. Vielleicht wünscht er es sich als Alterssitz, gewissermaßen als ein sehr später Ausgleich für alles, was ihm einst versagt worden ist. Leta, seine Tochter, hat er mir versichert, stehe zu ihm, und Irma sei nicht abgeneigt, hier zu wohnen, zumindest zeitweise.

So hat jeder seine geheimen Wünsche, denke ich und blicke wieder in Richtung Val Roseg, wohin wir unseren Tagesausflug geplant haben, übermorgen, sofern das Wetter günstig sein wird. Aber da verlasse ich mich auf Felicia, die jeden Tag aufmerksam den Wetterbericht vom hiesigen Regionalsender verfolgt und uns danach informiert.

Vor einigen Tagen habe ich mit Bernd Scheufler gesprochen, er rief an, und wenn er anruft, dann heißt das zumeist, dass er ein Anliegen hat. Er möchte eine Weile ausspannen, und ich soll ihm raten, wo er möglichst ungestört ein paar Tage verbringen könne. Helga hatte einmal Irene eröffnet, Bernd leide noch immer unter einer Art Wendeproblem, er brauche manchmal etliche Tage absolute Ruhe, um mit seinen aufflammenden trübsinnigen Gedanken fertigzuwerden. Er nehme wohl auch, wie sie glaube, seine Verantwortung als Prokurist in der Genossenschaft viel zu ernst, es gelinge ihm kaum, am Abend einfach abzuschalten, selbst sie werde sehr oft mit den Problemen konfrontiert, die ihn bedrängen.

Gottfried Kasberg bin ich bislang nur einmal wiederbegegnet.

Ich habe ihn im März vor zwei Jahren anlässlich der Beerdigung von Professor Günzerodt getroffen.

Die wenigen Sätze, die er am Grabe sprach, waren ehrlich gemeint, sie waren alles andere als eine Pflichtübung, das spürte ich. Er habe den Verstorbenen außerordentlich geschätzt, sagte er. Er habe ihn geschätzt als einen streitbaren Kollegen und als einen Hochschullehrer, dessen Engagement und Überzeugungskraft nicht nur seine Studenten faszinierten, sondern auch die in der Praxis tätigen Landwirte. Professor Günzerodt habe sich heimtückischer Anfeindungen erwehren müssen, aber er sei seinen Prinzipien immer treu geblieben. Eine bewundernswerte Persönlichkeit, die im Gedächtnis bleiben werde.

Kasberg brach ab, ihm versagte die Stimme. Vielleicht vermochte er erst jetzt zu ermessen, was Günzerodt seinerzeit hatte durchleiden müssen, nachdem ihm nun Ähnliches widerfahren war. Er erzählte es mir, kurz bevor wir uns voneinander verabschiedeten. Meinen Vorschlag, im Landhotel „Am See“ zu übernachten, ich war mir sicher, dass auch für ihn noch ein Zimmer zu haben war, fand er gut, aber ihm fehlte die Zeit, er musste zurück, ihm stand eine längere Auslandsreise bevor.

Der für mich überraschende Satz lautete: „Ich bin nicht mehr an der Universität tätig.“

„Weshalb nicht?“, fragte ich, worauf er in aller Eile versuchte, mich in die damaligen Geschehnisse einzuweihen. Von Evaluierung war die Rede, von Kommissionen und Behauptungen, von Anschuldigungen, die nicht bewiesen werden konnten und dennoch als Grundlage für weitreichende Entscheidungen dienten, von Kuriositäten, unter anderem, dass eine Mitarbeiterin, die gegen ihn aufgetreten war, kurze Zeit danach selbst das Kündigungsschreiben empfing, da man ihre Stelle gestrichen hatte. Was sich abgespielt habe, sei Stoff für mehrere Tage, meinte er. Man habe ihn regelrecht hinweggetrieben, doch irgendwie sei er wieder aufgefangen worden. Nur wenige Tage nach seiner Entlassung habe er ein Angebot von einem weit über Europa hinaus agierenden Unternehmen erhalten. Sein neues Arbeitsgebiet sei höchst interessant, das Gehalt, das man ihm jetzt zahle, mehr als doppelt so hoch wie zuvor, seine Kenntnis der russischen Sprache erweise sich als außerordentlich vorteilhaft. Eigentlich dürfte er sich nicht beklagen, versicherte er mir. Nur eben die Art und Weise, wie man ihn an der Uni abgehalftert habe, belaste ihn noch immer.

Gottfried Kasberg fehlte die Zeit, sonst hätte ich ihm noch von Günzerodts Besuch in Lübenow erzählt.

Er sei noch viel unterwegs, hatte mir Kurt Günzerodt seinerzeit begeistert berichtet. Ihn interessiere vor allem, wie die Landwirte nun ohne Reglementierung selbst über die günstigsten Proportionen entscheiden würden. Wir kamen dabei auch auf sein zuvor im Januar in der Zeitung abgedrucktes Interview zu sprechen, in dem er auf einer ganzen Seite seine Vorstellungen über eine ökologiegerechte Agrarproduktion hatte unterbreiten können.

Was er bei unserer Rundfahrt auf den Feldern und in den Ställen sah, erfreute ihn ganz offensichtlich. Und als wir auf seine Bitte hin am Luzernefeld anhielten, sagte er schmunzelnd, gelegentlich habe er empfohlen, die Luzerne, die Königin der Futterpflanzen, nicht nur auf den sehr guten Böden anzubauen, sondern auch auf den dürftigeren Standorten, weil sie diese dann auflockere, mit Wurzelmasse anreichere und mit Stickstoff versorge und sie somit wesentlich fruchtbarer mache. Er hoffe ja, dass man nicht vergesse, welche Besonderheit den Boden auszeichne, nämlich die einzigartige Eigenschaft, dass er durch richtige Behandlung seine Fruchtbarkeit ständig vermehre.

Günzerodts unverhoffter zweiter Besuch, von dem ich Kasberg auch hätte erzählen können, war nur kurz, nicht mal drei Stunden. Er hatte seine einstige Wirkungsstätte besucht und auf der Rückfahrt zur Ostsee, wo er mit seiner Frau nun wohnte, den Umweg über Lübenow in Kauf genommen, vielleicht, weil er das Bedürfnis verspürte, jemandem, der sich einigermaßen auskannte, seine Eindrücke mitteilen zu müssen. Ihm seien auffallend viele unbekannte Gesichter begegnet, er sei sich wie ein Fremder vorgekommen, schilderte er mir. Nur bei dem früher für unseren Bereich zuständigen Hausmeister sei er endlich auf ein wohltuend bekanntes Gesicht gestoßen. Am liebsten hätte er den immer hilfsbereiten Mann umarmt. Der Hausmeister habe ihm anvertraut, dass ihn die Empfindung bedrücke, in eine ganz und gar verrückte Zeit geraten zu sein, wo man nicht recht wisse, wie es weitergehe und wer in der nächsten Woche überhaupt das Sagen haben würde, was hätten wir doch einmal für wohlgeordnete Verhältnisse gehabt.

„Du wirst also nicht wieder hinfahren?“, fragte ich ihn.

„Nein, ganz sicher nicht“, sagte er. Danach äußerte er die Vermutung, dass man der Bodenfruchtbarkeit heutzutage keinen allzu großen Stellenwert mehr beimesse, man versuche, hohe Erträge allein mit mineralischem Stickstoff zu erreichen, den man ja in beliebiger Menge erwerben könne. Möglicherweise werde man auch die Luzerne nicht mehr benötigen, man werde noch mehr Mais anbauen, wenn es sein müsse, auch in Monokultur. Diese Entwicklung werde man nicht beeinflussen können, der Profit zähle und das Streben nach Profit bestimme alles.

Es kann sein, dass Günzerodt noch einiges hinzugefügt hätte, aber Frau Walter servierte uns Kaffee und Kuchen und sagte, sich dem Gast zuwendend, sie hoffe, sie habe das Richtige getroffen.

Wenn man ihn derart verwöhne, werde er öfter mal nach Lübenow kommen, hatte er geantwortet, obwohl er längst wusste, dass ich nur noch wenige Wochen hier sein würde. Er lächelte dabei, und für einen Moment genoss auch ich seinen heiteren Gesichtsausdruck, der mich an unsere ersten Begegnungen erinnerte. Doch dann, als er mich wieder anschaute, aus dieser großen Nähe, fiel mir auf, dass er auf einmal niedergeschlagen wirkte, vielleicht weil er sich krank fühlte, vielleicht aber spielte auch die Hilflosigkeit, der er sich bewusst geworden war, eine Rolle. Ich fand, dass er sehr gealtert war, das Haar grau, fast wie mit Asche bestreut, die Haut faltig, und die Brille mit dem dunklen Rahmen schien den Eindruck noch zu verstärken, dass mir ein Mann gegenüber saß, den die einstmalige Eleganz in seiner Erscheinung, in seinen Bewegungen abhandengekommen war, ein Wissenschaftler, der seine Forschungstätigkeit endgültig abgeschlossen hatte und der scheinbar ohne Aufschub zu einem Schlusspunkt gekommen war. Er trug mir auf, Irene zu grüßen und auch unsere Tochter, die er nur vom Foto her kannte. Es war so etwas wie ein Abschiedsbesuch, auch wenn ich glaubte oder vielleicht sogar wir beide glaubten, es böten sich noch weitere Gelegenheiten für abermalige Gespräche.

Zu Professor Kaufholds Beerdigung musste Irene allein fahren, ich weilte in jener Woche im Westen, ich absolvierte eines der Seminare, die der Abschlussprüfung zum Versicherungsfachmann vorausgingen.

Von Irene erfuhr ich, dass sie während der Trauerfeier Alfred Brähmisch getroffen habe, der auch seinen Lehrstuhl losgeworden sei. Aber er habe sich im Hinblick auf seine berufliche Zukunft dennoch ziemlich zuversichtlich geäußert, sagte sie. Er besitze gute Kontakte zu Parteigremien, wodurch er gelegentlich bestimmte Aufträge für Publikationen erhalte, und er trage sich sogar mit dem Gedanken, ganz und gar in die Politik einzusteigen. Außerdem liege ihm ein lukratives Angebot von Alfred Fiedler, dem großen Ben Alfi, vor, der dabei sei, ein Prüfzentrum für Landmaschinen zu etablieren, für das er noch einen versierten Ökonomen suche. Später, bei der Verabschiedung, habe sie

Brähmisch mitgeteilt, dass wir eine Versicherungsagentur betreiben würden, worauf er aber nur Aha gesagt habe.

Das Bild des schwadronierenden Brähmisch kann ich mir vorstellen, auch jetzt noch, wo ich daran denke. Ein Glück, dass der Kerl nicht darauf aus ist, uns besuchen zu wollen.

Dennoch, mir gefällt es, wenn Irene über Neuigkeiten spricht oder mich über solche Begegnungen unterrichtet und ich genüsslich ein paar spitze Fragen oder Bemerkungen einstreuen kann, selbst auf die Gefahr hin, dass sie sie als abwegig bezeichnet oder mich mit einem tadelnden Blick straft. Ich lasse mich nicht davon abbringen, es immer wieder zu riskieren, und bisweilen glaube ich auch, dass sie sogar darauf wartet, um einen Anlass zu haben, mich ein wenig in die Schranken zu weisen oder mir wenigstens zu widersprechen und damit eine lebhafte Diskussion entfachen zu können. Ich möchte, dass nichts sich je daran ändert. Was wäre es für ein Leben, wenn wir uns nichts mehr zu sagen hätten, wenn wir nicht auch mal miteinander streiten dürften?

Erstaunt war ich, als eines Abends Irene mich während des Essens regelrecht zwang, zu erraten, wer sie über zwei Stunden von der Arbeit abgehalten habe. Ich war spät aus dem südlichen Gebiet zurückgekehrt, ich hatte noch eine Brauerei besucht, um von dort Bier für meinen Schwiegervater und mich mitzubringen, und ich fühlte mich ziemlich abgekämpft, jedenfalls kam ich nicht darauf, dass es sich bei dem überraschenden Besuch um Karin Burger und deren neuen Lebensgefährten gehandelt hatte. Sie waren auf dem Weg nach Coburg, wo irgendwelche Verhandlungen erfolgen sollten. Karins Lebensgefährte schien Irene gefallen zu haben. Für einen, der zur oberen Leitung eines Theaters gehöre, erläuterte sie mir, habe er sich erstaunlich normal verhalten. Überhaupt sei es eine angeregte, heitere Unterhaltung gewesen, so dass sie es als vernünftig angesehen habe, mit Karin einen Termin für September zu vereinbaren, für einen Wochenendbesuch bei uns. Da sei dann auch Gelegenheit, mehr über die Erkundungstour nach Bulgarien zu erfahren.

Die beiden seien in Plovdiv gewesen, dienstlich, und danach weitergereist in die Rhodopen, nach Pawelsko und Umgebung, auch nach Smoljan, das aber privat. Ob ich mir denken könne, um was es da gegangen wäre, fragte mich Irene schmunzelnd.

„Etwa um Wiedemann und seinen Verbleib? Karin erhoffte sich wohl Aufklärung? Sie hätte das ruhen lassen sollen, na ja, sie muss es für sich entscheiden", sagte ich.

Es ist dunkel geworden hier auf der Terrasse. Ich sehe den Lichtschein eines Autos weit unten auf der Straße zum Bernina-Pass. „Via da Bernina", würde jetzt Felicia präzisieren, wenn sie hier wäre, sie kennt, glaube ich, alle Straßen von Pontresina mit ihrem korrekten Namen. Halbrechts schimmern noch immer zahlreiche Lichter von St. Moritz herüber und ganz rechts die von Samedan, wo sich Leta vielleicht noch im Spital aufhält. Es kann sein, dass sie Nachtdienst hat oder beides, Tages- und Nachtdienst. Vielleicht aber hat sie auch frei, erholt sich in ihrer kleinen Wohnung, denkt darüber nach, hierher ins Haus zu ziehen, die Entfernung ist nicht groß. Ja, es könnte sein, dass sie mit einem Freund, einem Lebensgefährten hier wohnen möchte. Ich weiß es nicht, Felicia wird genauer darüber unterrichtet sein, doch sie verrät ihr Wissen über solche Dinge nur, wenn man sie präzise danach befragt.

Zwei Autos befahren jetzt die Via da Bernina, diesmal talabwärts, beobachte ich. Vielleicht wollen sie nach St. Moritz oder nach Samedan oder noch weiter nach Bern oder Zürich, ich werde es nie erfahren.

„Willst du nicht ins Bett?" Irene steht hinter mir.

Ich folge ihr ins Haus. Ich werfe einen Blick in Felicias Zimmer, die Tür war nur angelehnt. Julies Kopf taucht hinter dem Rand des Hundebettchens auf, einen kurzen Moment, sie hat wohl gemerkt, dass es keinerlei Veranlassung gibt, etwas für Felicias Sicherheit unternehmen zu müssen.

Ich spüre, wie Irenes Brust im Bett meinen Rücken berührt, ich drehe mich zu ihr um, ihre Hände streichen über mein Gesicht, sie sagt, ich würde mich kalt anfühlen, ich müsste mich mehr vorsehen und nicht so lange draußen sitzen bleiben, in den Nächten werde es hier wesentlich kühler, als bei uns zu Hause oder auf Rhodos, wo es im vergangenen Jahr schon im Juni abends so schön warm war.

„Ich musste über vieles nachdenken", sage ich, „du kannst mich ja nun erwärmen."

Sie übergeht meinen Vorschlag, sie fragt mich stattdessen fast inquisitorisch, ob ich das neue Vorhaben unserer Tochter schon kenne.

Ob sie den Ausflug ins Val Roseg meine, erwidere ich, Felicia und ich zu Fuß, die übrige Mannschaft mit der Kutsche, das sei doch längst vereinbart.

Sie meine Felicias Ansinnen, einen Tag im Kreisspital zubringen zu wollen, gewissermaßen bei Leta zu hospitieren, irgendwelche Hilfsarbeiten auszuführen, wenn es sein müsse, auch den Fußboden zu scheuern, das zu machen, was man ihr zuweisen werde.

Da ich schweige, fragt Irene: „Was sagst du dazu?"

„Wenn Leta das organisiert hat, wird es schon vernünftig ablaufen. Und außerdem, unsere Tochter will die Verhältnisse in einem Krankenhaus kennenlernen, und sie will sich ausprobieren, das ist doch vernünftig. Sie denkt schon, wie ich vermute, über den Beruf nach, den sie einmal ergreifen will. Wenn ihre Eltern sich vor ewig langer Zeit für die Landwirtschaft entschieden haben, dann muss sie das doch jetzt nicht auch tun. Stell` dir mal vor, sie würde eine gute Ärztin werden, das wäre doch auch günstig für uns beide?"

Irenes Hände drücken auf meine Schulter, und während sie noch näher an mich heranrückt, sagt sie: „Du wirst schon recht haben."

„Der Satz klingt unwahrscheinlich gut", flüstere ich ihr ins Ohr. „Du könntest ihn gleich noch ein paarmal wiederholen."

Dieser Tag ist nach Felicias Vorstellungen verlaufen.

Am Vormittag der musikalische Auftakt im Taiswald. Dank des Drängens unserer Tochter gehörten wir mit zu den ersten, die dort eintrafen, so dass es uns leichtfiel, eine schöne, schattige Bank zu finden, die uns allen Platz bot, Robert, Leta, Felicia und mir. Unsere Hündin Julie kannte sich bereits aus, sie legte sich ohne zu zögern unter die Bank, den Kopf auf die Vorderpfoten gebettet, still verharrend und die Musik sicher wieder ebenso genießend wie wir.

Wir mussten nirgendwohin zum Mittagessen gehen, Irma und Irene hatten ein Menü bereitet, das dem Feiertag entsprach.

Und nun am späten Abend, während wir auf der Terrasse sitzen und die vier Höhenfeuer auf Las Sours, Clix, Muottas da Puntraschigna und Muottas da Schlarigna beobachten, diskutieren Robert und Felicia über die Festansprache des Engadiner Großrats. Felicia ist von der Rede begeistert, doch Robert versucht vorsichtig etwas abzuschwächen, meint, der Großrat hätte in diesen hektischen Zeiten ein wenig mehr über die konkrete Zukunft sagen sollen, seinetwegen auch über die abstrakte Zukunft, also über die Gegenwart hinaus, wie es aus seiner Sicht vorstellbar gewesen wäre. Keine allzu großen Glücksverheißungen, die niemals taugen würden, erklärt Robert unserer Tochter. Darüber würden ihre Eltern besser als er berichten können, denn sie hätten so etwas wie einen diesseitigen Paradiesersatz schon zu Zeiten ihres Studiums vorgesetzt bekommen. Er meine also mehr das Denken als Überschreiten des Vorgegebenen hinaus, das hätte er sich vom Großrat in dessen Rede gewünscht, sozusagen den Übertritt ins Ungesicherte.

Felicia erwidert ihm lachend: „Onkel Robert, vielleicht war ihm die Sache zu heikel, vielleicht hatte er die Befürchtung, man würde ihn in späteren Jahren daran erinnern, dass er etwas Falsches gesagt hat. Doch interessant finde ich es schon, was du sagst. Wenn du es aufschreiben würdest, ich würde es lesen, ganz bestimmt."

Ich habe meinen Spaß daran, wie unsere Tochter reagiert. Aber ich äußere mich nicht dazu.

Ich weiß, Robert arbeitet an einer neuen Chronik. Die Chronik bezieht sich nicht nur auf Lübenow und Umgebung, sondern soll die ganze Entwicklung der Landwirtschaft umfassen, beginnend mit der Arbeit der Schweizer auf den großen Gütern in Mecklenburg und Vorpommern vor langer Zeit. Er hat sich vorgenommen, es aus heutiger Sicht darzustellen, ohne Auftrag zu zeitgemäßen Formulierungen, sondern als ehrlicher Erkunder. Er muss nicht befürchten, dass man ihm das Honorar kürzen oder gänzlich verweigern würde. Es gibt keinen Auftraggeber.

Ich muss an seine Mühen von damals denken, während an der rechten Seite des Tisches Irene und Leta über neue Medikamente reden und links von mir Robert und Felicia noch immer über die Feier diskutieren. Die Melodie der Schweizer Hymne gefalle ihr, sie sei ergreifend würdevoll, höre ich Felicia sagen.

Irma ruft nach Felicia, es werde Zeit, mit Julie die obligatorische Abendrunde zu absolvieren.

Bevor uns Felicia verlässt, gibt es noch die Verständigung mit Robert, dass das Val Roseg-Projekt um einen Tag verschoben werden muss, denn morgen wird es regnen.

Da könnten wir uns auf den Wetterbericht verlassen, er habe die Kutsche bereits umbestellt, sagt Robert.

Schon während ich am Morgen im Bad bin und mich rasiere, höre ich Donnergrollen und kurz danach auch den Regen gegen die Scheiben klatschen. Es regnet heftig, fast den ganzen Vormittag über, es gibt nur einige wenige Unterbrechungen.

Felicia muss Julies Fell lange trockenrubbeln, nachdem beide von ihrer Morgenrunde zurückgekommen sind.

„So sind eben die Pflichten, wenn man sich für ein Tier entschieden hat“, sage ich, aber eine Erwiderung bleibt aus, stattdessen beginnt

Felicia mit einem neuen Tuch nachzureiben, und ich habe den Eindruck, die Prozedur bereitet beiden zunehmendes Vergnügen.

Später trällert Felicia im Nebenzimmer, wie ich es von ihr gewöhnt bin, wenn sie zu Hause am Klavier sitzt, aber nicht spielt, sondern sich nur in die Partitur vertieft und die Melodie ein wenig anzustimmen versucht.

Ich zögere, die Tür zu öffnen, da Felicia nun richtig zu singen anfängt, ein paar Takte, dann abbricht, weil sie husten muss, erneut beginnt, nun jedoch deutlich artikulierend, so dass ich die Worte verstehe. „Trittst im Morgenlicht daher", höre ich, wieder wie immer ihre helle Stimme bewundernd und heute dazu den besonders feierlichen Klang, als wolle sie den Psalm nicht nur bedeutungslos für sich daher singen, sondern habe ihn angestimmt, um gehört zu werden.

Ich bedauere, dass ihr Gesang plötzlich abbricht, noch ehe die erste Strophe zu Ende ist, und dass nach einem Moment der Stille von ihr das Wort: „Gut!" kommt, ganz abrupt, wie ich es von ihr kenne, wenn sie eine Arbeit, mit der sie zufrieden ist, endgültig abzuschließen gedenkt.

Ich öffne die Tür und sage: „Dir fehlt das Klavier."

Sie schüttelt den Kopf, zeigt mir das nach einer Vorlage von ihr beschriebene Notenblatt und sagt: „Für zu Hause, ich werde es der Oma vorspielen und dazu auch singen, wenn es gewünscht wird. Und die Oma muss natürlich nicht aufstehen, wie es bei einer Nationalhymne sonst üblich ist", fügt sie schelmisch hinzu. „Die Oma kann sich die drei Strophen in aller Ruhe sitzend anhören."

„Aber sicher wird sie dir dann sagen, sie merke deutlich, dass du über vierzehn Tage nicht geübt hast, dein Gefühl für das Instrument sei nicht ganz so, wie es sein müsste, und dein Anschlag lasse zu wünschen übrig, na du weißt schon."

„Kann sein." Felicia winkt ab. „Oma ist eben Lehrerin. Da ist das so. Und außerdem glaubt sie, dass ich das Zeug für eine Pianistin hätte, sie glaubt es, weil ich den Wettbewerb gewonnen habe. Um als Pianistin bestehen zu können, musst du jedoch absolute Spitze sein, auch international und nicht nur im kleinen Ländchen. Wahrscheinlich glänze ich für den Hausgebrauch und vielleicht ein bisschen darüber hinaus, wenn ich mich mächtig anstrenge, also wird das Klavierspielen sicher nur mein Hobby bleiben, nicht aber mein Beruf werden können."

„Und was könnte mal dein Beruf werden? Soviel Zeit hast du gar nicht mehr für diese Entscheidung."

Felicia lacht. „Glaubst du etwa, ich denke nicht darüber nach?"

„Nein, nein", sage ich. „Ich könnte mir zum Beispiel vorstellen, dass du…"

„Was kannst du dir vorstellen?"

„Dass du Medizin studieren willst."

„Gut gedacht", antwortet mir Felicia. „Weißt du, wenn ich Tante Johanna und Tante Leta so beobachte, dann reizt es mich schon sehr, auch Ärztin zu werden. Am Sonntag und Montag bin ich bei Tante Leta im Spital. Sie holt mich hier ab, ich darf auch bei ihr übernachten. Schade, dass sie morgen nicht mitkommen kann, ein Professor aus dem Unispital Zürich wird hier im Spital sein, soviel ich weiß, ist es ihr Doktorvater."

„Vielleicht wird er auch am Sonntag noch da sein und du wirst ihn kennenlernen", sage ich. Aber Felicia scheint es zu überhören. Sie bittet mich, nichts der Oma zu erzählen, weil sie sonst enttäuscht wäre und glauben könnte, ihre Anstrengungen hätten nichts bewirkt. Ich wisse ja, entweder Pianistin oder Lehrerin, damit wäre die Oma glücklich.

„Absolute Verschwiegenheit", versichere ich ihr und sehe, dass wir uns wieder einmal einig sind.

Am Nachmittag scheint kurz die Sonne, so dass wir einkaufen können.

Früher als sonst ziehen dann die Gewitter über die Berge heran, und auch im Dorf beginnt es erneut wieder heftig zu regnen.

„Aber morgen haben wir Sonnenschein“, sagt Robert, als ich ihn in seinem Zimmer aufsuche, um mit ihm über den Ausflug zu sprechen. Gleich zu Anfang erzählt er mir, dass Letas Onkel über Winter oder Frühjahr das Haus zu sanieren vorhabe und es am liebsten gänzlich Leta übereignen möchte, sofern er alle Angehörigen der Erbengemeinschaft von der Richtigkeit dieses Schrittes überzeugen könne. Er plane, einige größere Ferienhäuser zu errichten, womit er restlos ausgelastet sei.

„Gut für Leta und sicher auch für dich und Irma“, sage ich.

„Kapitalistisches Denken mit einer Spur Freundlichkeit und Familiensinn“, sagt Robert. „Ich schreibe nur darüber, er aber handelt, verstehst du, was natürlich weit effektiver ist, zumindest eben wesentlich mehr Geld einbringt.“

Während wir das Programm für morgen besprechen, schlage ich eine auf dem Tisch liegende Mappe auf, ich nehme an, dass er es heute gern sieht, wenn ich mich für seine Arbeit interessiere.

„Essay“, lese ich, als er mir gerade die Abfahrtszeit der Kutsche nennt und mir vorschlägt, mit Felicia gut eine Stunde früher aufzubrechen, da die Pferde im Gegensatz zu uns einen wesentlich schnelleren Schritt auf der langen Strecke durchhalten und keine Verschnaufpause einlegen werden.

„Einverstanden“, stimme ich ihm zu. „Wir wollen uns ja auch noch mit der Flora am Wegesrand befassen und eventuell sogar mit der Fauna. Wenn sich Steinböcke oder Murmeltiere zeigen sollten, da werden wir sie selbstverständlich beobachten.“

Robert nickt, und ich weise mit der Hand auf das Papier mit der Überschrift Essay.

„Ein Entwurf, mehr nicht“, sagt Robert wie zur Entschuldigung.

Dann frage ich ihn, wann er damit rechne, seine neue Lübenow-Chronik abschließen zu können.

„Ich werde noch einige Zeit brauchen, um die ganze Sache aus heutiger Sicht zu Papier zu bringen, noch dazu, wo ich die Arbeit immer wieder unterbrechen muss“, antwortet Robert, und er erzählt mir danach, dass er im September mit Irma zu seinem Bruder ins Entlebuch fahren werde, also die erste längere Unterbrechung der Schreibarbeit. Er müsse aber Fritz endlich einmal besuchen, und dessen Geburtstag sei ein willkommener Anlass, wobei er auch das elterliche Gehöft wiedersehen möchte, das jetzt der Neffe führe und beträchtlich vergrößert habe, mit einem neugebauten modernen Kuhstall, mit etlichen Ferienwohnungen, das alles interessiere ihn mächtig. Außerdem sei das Entlebuch eine wirklich schöne Gegend, eine Bilderbuchlandschaft könne man sagen. Und danach, Mitte Oktober, sei geplant, nach Lübenow zu reisen, worauf er sich freue, auch wenn es ein Arbeitsbesuch werde, er müsse noch einiges erkunden, prüfen, eben gründlich recherchieren, denn er habe vor, aufzuzeigen, wie es den Einheimischen gelungen sei, sich nach der Wende den neuen Bedingungen anzupassen.

Robert schaut mich an, ich merke, er will etwas von mir hören, ich sage: „Da hast du ja ein ganz ordentliches Programm vor dir, beeindruckend.“

Robert nickt.

Dann sagt er plötzlich: „Stell` dir mal vor, wir würden uns in Lübenow treffen, im Oktober. Wäre das was?“

„Ich bezweifle, dass sich das bei uns ermöglichen lässt, zu der Zeit sind wir im Dienst voll gefordert“, erwidere ich. „Aber im Dezember könnten wir uns treffen, allerdings bei uns, und ihr beide berichtet, wie es in Lübenow gewesen ist.“

„Einladung und Auftrag zugleich, nicht schlecht“, sagt Robert und blättert in seinem Kalender.

Dass ich oftmals an Lübenow denke, erzähle ich Robert nicht. Ich erzähle es niemandem, weil ich der Auffassung bin, es ist ganz und gar meine Angelegenheit, dass ich mich einerseits dagegen sträube, meine Gedanken zu dem schweifen zu lassen, was einmal dort war, und mich andererseits im Moment des Erinnerns zugleich frage, was ich jetzt, in diesem Augenblick, wohl machen würde, wäre ich noch in voller Verantwortung an jenem Ort.

Und ich verbleibe bei meinem Erinnerungsspiel. Ich gestatte mir, aus dem Moment eine ganze Weile werden zu lassen, weil ich auch noch darüber nachdenken muss, was mich Michael Krüger bei seinem unlängst geführten Telefongespräch gefragt hat. Nein, nein, ich hüte mich davor, ihm Ratschläge zu erteilen, schon gar nicht, wenn er mir eine allzu präzise Frage nach einer konkreten Sache gestellt hat. Ich versuche zunächst, ihn davon zu überzeugen, dass ich kaum noch in der Lage bin, mich in seine Aufgaben hineinzuversetzen, aber ich weiß natürlich, dass er mir das nicht abnimmt, denn er ist darüber informiert, dass ich auf Grund meiner gegenwärtigen Tätigkeit Einblick in die organisatorischen Abläufe von mehr als fünfzig Landwirtschaftsbetrieben habe, überwiegend größere Unternehmen und keineswegs nur auf Mittelgebirgsverhältnisse beschränkt. Er ruft folglich wieder an und gibt sich erst zufrieden, wenn er meine Meinung erfahren hat. Ich bin also auf diese Weise noch immer mit Lübenow verbunden, auch wenn es lediglich eine gedankliche Verbindung ist, aber Michaels Anrufe speisen sie stetig, und ich finde kein Mittel, mich dem zu entziehen.

Nichts ist verblasst, bemerke ich dann, selbst wenn es mein Trachten ist, diese Etappe endgültig abzuschließen, da man, wie es heißt, nach Ablauf einer bestimmten Frist eine Linie ziehen muss. Ich nehme es mir jedes Mal wieder vor, versuche das Gewcsene als abgeschlossene Vergangenheit nach hinten zu transportieren und einzuebnen.

Und dennoch frage ich mich bisweilen, durch einen Anruf oder durch ein rein zufälliges Gespräch dazu ermuntert, ob es mir dort in Lübenow oder in einem anderen Betrieb dieser Art und Größe vielleicht mehr gefallen würde, das Kommando zu führen, als in der Einrichtung, für die ich nun die Verantwortung trage. Die Antwort versage ich mir, doch es reicht allein schon die Frage, sie ist für mich beunruhigend genug.

Offensichtlich ist Lübenow noch immer nicht ganz so weit in die Ferne gerückt, wie ich es mir zuweilen einzureden versuche. Vielleicht wird es in der bevorstehenden Zeit geschehen, in der ich meine Sinne und mein Bestreben auf die Aufgaben verwenden muss, die mich tagtäglich aufs Neue herausfordern werden.

Es könnte so sein, denke ich.

Am Morgen, beim Frühstück, erleben wir, wie die Sonne zum Vorschein kommt, sich zaghaft den Weg über die Berge suchend.

Felicia hat mit Julie längst die obligatorische Frührunde absolviert, sie waren oben, wo die Häuser aufhören und das Wäldchen beginnt.

„Ihr dürft nicht zu spät losgehen", sagt Irene. „Ihr kennt den Weg noch nicht, er wird sehr uneben sein, steinig und sicher auch schmal, nur eben ein Pfad. Bei uns bestimmen dagegen die Pferde das Tempo, sie bewegen sich tagein tagaus auf dieser Fahrstraße, vielleicht benutzt auch ihr sie, statt des Pfades, der am Hang entlangführt. Und wenn euch das Laufen schwerfallen sollte, wartet ihr einfach bis wir mit der Kutsche kommen und steigt dann bei uns zu."

„Das fehlt noch", sagt Felicia. „Wir kämpfen uns durch, und wenn es sein muss, klettern wir über die herabgekullerten Steine und die umgestürzten Bäume."

„Es sind über sieben Kilometer, denk` daran", mahnt Irene.

„Eine leichte Tour, sacht ansteigend durch die Val Roseg, habe ich gelesen", erwidert Felicia. „Und wir wollen uns wandernd dieses wildromantische Tal erschließen. Und sollte uns jemand fragen, wohin des Wegs, dann antworte ich einfach, ins Rosedsch, so sagen es nämlich die Einheimischen."

Ich sehe, Irenes Blick ist besorgt. Bestimmt hätte sie es gern, wenn ich ins Gespräch eingreifen würde. Aber ich schweige und höre nur zu.

„Mama, du musst dich wirklich nicht um uns sorgen, wir passen schon auf uns auf." Felicias Stimme klingt einschmeichelnd. Und als

Irene nickt, fügt unsere Tochter hinzu: „Du weißt, hier heißt es doch: Den Himmel atmen und die Erde fühlen. Und dabei hoch über die Nebelgrenze der Alltagssorgen hinausgelangen. Das hast du doch auch gelesen, und wir werden nun genau prüfen, ob es tatsächlich so ist, wie sie es für die Gäste aufgeschrieben haben. Den Himmel atmen und die Erde fühlen, das wollen wir."

„Gut, dann mach` dich fertig", sagt Irene.

Julie folgt Felicia ins andere Zimmer, sicher ist sie davon überzeugt, dass es einen gemeinsamen Aufbruch geben wird. Doch es ist vorgesehen, dass Julie in der Kutsche mitfahren soll, gemeinsam mit Irene, Robert und Irma, da die Meinung besteht, wir hätten mit ihr zu viel Aufenthalt, denn sie würde in der ihr unbekannten Gegend viel zu viel herumschnuppern wollen.

Jetzt, nachdem wir allein sind, erwarte ich von Irene noch einige Verhaltensregeln, wie es häufig vor solchen Unternehmungen geschieht und wo ich mir angewöhnt habe, möglichst nichts zu erwidern, schon gar nicht zu sagen, ich wüsste mittlerweile, was zu beachten sei.

Doch zu meiner Verwunderung schweigt Irene und beginnt, für uns ein paar Schnitten zu schmieren. Während sie eine Flasche mit Leitungswasser füllt und dann den Rucksack auf den Stuhl stellt und alles ordentlich verstaut, damit nichts gegen den Rücken drücken kann, sagt sie schließlich, eine kleine Stärkung für unterwegs sei sicher sehr angebracht.

Und als ich ihr dankbar zulächle, empfiehlt sie mir doch noch, von unserem Pfad hinüber zur Fahrstraße zu wechseln und auf die Kutsche zu warten, wenn uns der schmale Weg am Hang zu beschwerlich werden würde.

„Zwischen Fußweg und Fahrstraße fließt die Ova da Roseg", sage ich und ergänze sofort, „aber es wird schon immer mal eine Brücke geben, so dass wir nicht durchs Wasser waten müssen. Ich denke, wir finden da schon Möglichkeiten, um hinüber zu kommen."

Als ich dabei bin, auf dem Bett sitzend, meine Wanderstiefel anzuziehen, höre ich die Musik, die aus dem Nebenzimmer herüberdringt. Felicia hat ihr Radio eingeschaltet, nicht sehr laut, es soll nicht stören, aber ich möchte sie am liebsten bitten, lauter zu drehen, damit ich die Musik noch besser hören kann.

Woher kenne ich die Melodie? frage ich mich, während ich die Haken-Ösen-Schnürung mit einer Schleife abschließe. Ich lasse mich nach hinten aufs Bett fallen und versuche, die Melodie mitzusummen, und auf einmal glaube ich zu wissen, woher ich sie kenne.

Insgeheim bin ich Felicia dankbar, dass sie ihr Radio, obwohl ich die Tür einen Spalt breit öffne, nicht ausschaltet, sondern wartet, bis das Musikstück zu Ende ist.

Ich summe auch noch in der Küche beim Anziehen meines Anoraks, und Felicia stellt fest, ich sei in guter Stimmung, was für den bevorstehenden Marsch sehr wichtig sei.

Wir gehen zur Gartenpforte hinaus und dann gleich die Treppenstufen hinunter, links der Weide, unserer sogenannten Hausalp, um etwas abzukürzen.

„Zeitvorsprung“, sagt Felicia lachend, als wir die Via Maistra erreicht haben.

„War die Melodie so?“, fragt sie nach ein paar Schritten und summt dicht an meinem Ohr.

„Ja, vielleicht, so oder so ähnlich“, antworte ich und bemühe mich, in ihr Summen einzustimmen.

Dann lachen wir beide.

Ich vermute, Felicia möchte mich etwas fragen, aber es wird eng, wir müssen nun hintereinander gehen.

„Via da la Stazion“, sagt Felicia, als wir bergab in Richtung Brücke wieder nebeneinander laufen können.

Am Parkplatz verlassen wir die Straße, die zum Bahnhof führt, und folgen dem Fußweg, der ausgeschildert ist.

Als nach links ein Weg abzweigt, liest mir Felicia die Aufschrift des Wegweisers vor und schickt den Wunsch hinterher, dass sie unbedingt noch mal zum Konzert in den Taiswald gehen möchte.

Und kurz darauf verkündet sie mir ihre Idee, bei der Rückfahrt noch einen Tag anzuhängen.

Sie sagt: „Julies Züchterfamilie würde sich bestimmt über unseren Besuch freuen. Wir müssen nur vorher anrufen, was ich gern übernehmen würde. Der Umweg ist auch nicht erheblich. In Sargans müssen wir von der Rheintalautobahn abbiegen und anschließend über Luzern in westliche Richtung fahren. Wir könnten dann auch wieder in dem gemütlichen Gasthaus an der Aare übernachten, du weißt doch, das Gasthaus, das unter Denkmalschutz steht, wo wir damals waren, als wir Julie abgeholt haben. Bei der Abreise können wir dann in Niederbipp auf die Autobahn fahren und über Zürich Richtung Grenze rauschen."

Von Felicias Ansinnen hatte mir schon Irene erzählt und dabei keinen Zweifel an ihrer Ablehnung aufkommen lassen.

Da ich nicht antworte, bleibt Felicia stehen und fragt: „Was sagst du dazu?"

„Es ist ein mächtiger Umweg, uns geht ein ganzer Tag verloren."

„Aber es ist auch ein Gewinn, sie werden sich unheimlich freuen, Julie wiederzusehen", prophezeit mir Felicia.

„Ja, freuen würden sie sich ganz bestimmt", sage ich.

„Siehst du", sagt Felicia. „Du müsstest nur noch ein bisschen mit Mama darüber reden."

„Aber nicht heute."

„Dann eben morgen oder übermorgen. Du könntest es Mama ja so ganz nebenbei vorschlagen", sagt Felicia und schaut mich schelmisch an.

Danach bleiben wir noch einen Moment stehen und blicken hinüber zur Fahrstraße, die für Autos gesperrt und nur Pferdefuhrwerken vorbehalten ist. Auf der anderen Talseite zeichnen sich schroffe Felswände ab, der Baumbestand ist dort weit spärlicher als hier bei uns.

Felicia erklärt mir, dass wir uns jetzt, bei etwas mehr als 1800 Metern Höhe, im letzten, dem höchsten Waldgürtel befinden, im sogenannten Arven-Lärchen-Wald, wo Fichten ihre Schwierigkeiten haben, weil sie in Winternächten, wenn das Thermometer unter Minus 30 Grad Celsius fällt, Frostschäden erleiden, den Lärchen und Arven so etwas aber nichts antun kann. Und sie erläutert mir die Mechanismen, die das ermöglichen.

Ich frage sie, ob sie das vom Opa erfahren habe.

Ein bisschen habe sie schon von Opa erfahren, antwortet sie mir. Doch sie habe auch darüber nachgelesen. Opa besitze nämlich viele interessante Bücher, die sie einmal von ihm erben werde. Das habe er ihr versprochen. Über die montane und subalpine und alpine Stufe wisse sie schon recht gut Bescheid, versichert sie mir. Und über die Alpenpflanzen, die dort gedeihen, habe sie nachgelesen. Oberhalb des Dorfes, sie glaube, an den Hängen des Schafbergs, wüchsen Lilien, die weiße Türkenbundlilie, die Türkenlilie und die leuchtende Feuerlilie, es könne sein, dass sie schon verblüht oder am Verblühen seien. Edelweiß, Alpenaster und Alpenmohn müssten wir weiter oben finden, am Berninapass, der ja noch auf unserem Ausflugsprogramm stehe.

Sie geht ein paar Schritte, hält dann inne und zeigt nach links.

„Dort drüben“, sagt sie, „das ist die Alpenrose, wir werden noch mehr davon sehen, leider schon am Verblühen. Papa, wenn es mal nach Vanille riecht, dann müsste Männertreu in der Nähe sein, der blüht dunkelrotbraun oder auch leuchtend rot. Männertreu, ein putziger Name. Schade, dass wir heute keine Zeit haben, um uns genauer mit der Flora zu befassen. Oder interessierst du dich nicht so sehr für die Alpenpflanzen, sondern mehr für Getreide, Kartoffeln, Raps, Luzerne, Klee und so?“

Ich muss lachen. „Wir müssen als erste am Ziel sein“, erinnere ich sie. „Wir wollen uns doch nicht blamieren.“

Wir marschieren jetzt im forschen Tempo, doch Felicia hält trotzdem noch Ausschau nach Rehen, Gämsen und Steinböcken. Und sie scheint auch darauf zu hoffen, Murmeltiere zu sehen oder wenigstens zu hören.

Aber wir begegnen nur drei Kühen, die gut zehn Meter rechts von unserem Weg stehen und ruhig wiederkäuen, ohne sich um uns zu kümmern.

„Sicher sehen wir ebenso unauffällig aus, wie die meisten der anderen Wanderer, die hier bei ihnen vorbeikommen“, sage ich zu Felicia. Und als sie sich noch einmal nach den drei Kühen umblickt, füge ich hinzu: „Siehst du nun ein, dass eine Kuh, auch wenn sie noch so schön ausschaut, zu groß für uns gewesen wäre. Julie, unsere Entlebucherin, war da viel geeigneter. Und ihre Schönheit, die ist doch wohl unübertroffen.“

„Siehst du“, stimmt mir Felicia zu, „deshalb müssen wir unbedingt zur Züchterin fahren, um ihr zu zeigen, wie prächtig unsere Julie sich entwickelt hat.“

Der Pfad wird ein kurzes Stück steiler und verwandelt sich dann in eine Treppe, ein paar Stufen nur, die aus großen Steinen oder Steinplatten bestehen.

„Wir müssen aufpassen, damit wir nicht stolpern oder gar abstürzen“, warne ich.

Doch Felicia macht es Spaß, dic Stufen mit Schwung zu nehmen, ja geradezu mühelos hinaufzufedern, auch wenn ich sie nochmals ermahne, vorsichtig zu sein.

„Schau dir das Panorama an“, sagt Felicia, ohne auf meine Ermahnung zu reagieren. „Dort, das müsste der Piz Roseg sein, davor der Piz Aguagliouls, schwer auszusprechen, nicht wahr, und rechts dahinter La Sella und Piz Glüschaint, tolle Berge, auch wenn man nicht so genau weiß, wie sie heißen, oder ihre Namen verwechselt, sie sind wunderschön, ich könnte sie jeden Tag wieder bestaunen." Dann breitet sie beide Arme aus und fragt, ob es mir auch so ergehe.

Ich bestätige es ihr, hebe darauf meine Hand und sage: „Aber trotzdem, wir müssen…"

„Ich weiß", fällt mir Felicia ins Wort, „wir müssen marschieren, uns sputen, um unbedingt vor den anderen da zu sein." Danach macht sie große Schritte und verschafft sich etwas Vorsprung. Bald darauf lässt sie sich wieder zurückfallen, als möchte sie mich neben sich haben.

Uns kommen drei ältere Männer entgegen und grüßen freundlich, und ich staune, wie sicher auch wir bereits das „Grüezie miteinand" beherrschen.

„Sie werden hinten im Hotel wohnen und jetzt nach Pontresina wollen", flüstert mir Felicia zu.

Nach ein paar Schritten beginnt sie zu summen, allmählich lauter werdend, so dass ich die Melodie deutlich hören kann.

„Die Melodie taugt nicht zum Marschieren", sage ich. „Felicia, die ist eher zum Tanzen."

„Es ist die Melodie aus dem Radio, von heute früh", bekomme ich zur Antwort.

„Ich weiß", sage ich.

„Papa, als du die Tür aufgemacht hast, dachte ich, dass dir die Melodie gefällt, und dann dachte ich gleich, dass sie dir bestimmt auch etwas bedeutet. Da muss etwas mit dieser Melodie gewesen sein. Willst du mir das nicht verraten?"

„Sei nicht so neugierig", sage ich.

„Ich bin nicht neugierig, ich bin wissbegierig, das hast du selber mal gesagt. Erzähle, bitte erzähle es mir, wir sind hier doch unter uns, es ist also ein ganz vertrauliches Gespräch, niemand hört zu. Ich frage dich: Hat die Melodie mit Mama und dir zu tun?"

„Felicia, ich weiß nicht, ob es damals diese Melodie war, vielleicht war es auch eine ganz andere", antworte ich ausweichend.

„Wann damals?“ Sie bleibt stehen und schaut mich prüfend an.

„Auf dem Fakultätsball“, antworte ich. „Du kannst ja Mama fragen. Sie wird sich vielleicht daran noch besser erinnern können als ich.“

„Von Mama habe ich erfahren, dass ihr euch während des Studiums kennengelernt habt.“

„Das stimmt auch“, sage ich.

„Doch mehr hat sie mich nicht wissen lassen. Leider“, sagt Felicia. „Aber ich möchte gern mehr wissen. Es war also auf einem Fakultätsball?“

„Ja. Mama war im vierten und ich im sechsten, also im letzten Studienjahr. Da habe ich sie gesehen, zum ersten Mal.“

„Also entdeckt?“, fragt Felicia.

„Wenn du so willst, ja, entdeckt. So kann man es sagen.“

„Und da habt ihr getanzt?“

„Ja, wir haben getanzt“, sage ich.

„Und da haben sie diese Melodie gespielt?“, fragt sie.

„Beim letzten Tanz an jenem Abend. Es war schon nach Mitternacht. Da gab es diese Melodie oder eine, die so ähnlich klingt. Aber es kann schon sein, dass es die gleiche war wie heute früh im Radio“, sage ich und merke, wie das Geschehen von damals in mein Bewusstsein steigt, und ich beginne meiner Tochter mehr zu erzählen, als ich es eigentlich will. „Kannst du es dir vorstellen, wir tanzten, als gäbe es nur uns beide auf dieser Welt, und uns schien, als würden wir schweben. Es waren ja nur Minuten, wie ein Lied, ein Schlager, ein Musiktitel, zu dem man tanzen kann, eben dauert, kurze Zeit nur, aber in der Erinnerung kommt es mir nun so vor, als ob es unendlich lange gewesen wäre. Und es war unwahrscheinlich schön an diesem Abend.“

„Ich kann es mir vorstellen, ein bisschen schon, wie ihr beide getanzt habt. Bestimmt wart ihr verliebt, Papa, anders kann es gar nicht gewesen sein.“

„Wir müssen weiter“, fordere ich sie zum Gehen auf.

„Du könntest mir noch mehr davon erzählen", sagt sie nach wenigen Schritten.

„Was willst du denn noch wissen?", frage ich.

„Habt ihr euch geküsst?" Felicia schaut mich wieder prüfend an.

„Wir haben nur miteinander getanzt", sage ich.

„Aber irgendwann müsst ihr euch doch geküsst haben?"

„Irgendwann schon", sage ich ausweichend.

„Also wann?", fragt Felicia unerbittlich. „Daran müsstest du dich doch auch noch erinnern können. Wann also?"

„Ist das jetzt deine letzte Frage zu diesem Thema?"

„Wenn du sie mir richtig beantwortest, dann ist es meine letzte Frage", sagt sie versöhnlich.

„Geküsst haben wir uns bei der Verabschiedung auf der Treppe von Webers Haus, du kennst doch das Haus."

„Ach ja", sagt Felicia, „ich weiß, wo die Professorin wohnt, zu der Mama immer fährt, um sich untersuchen zu lassen."

„Die Professorin ist die Tochter von Herrn Dr. Weber, Opas Freund und Studienkollegen", sage ich.

„Da habt ihr euch also geküsst, bei der Verabschiedung", wiederholt sie nachdenklich.

„Ja", sage ich, „da haben wir uns geküsst. Aber nur ganz kurz, ein paar Sekunden vielleicht. Und dann fiel die schwere Tür zu. Mama war im Haus drin und ich war draußen. So war es in dieser kalten Dezembernacht. Jetzt weißt du über alles Bescheid."

Felicia fragt tatsächlich nicht weiter, sie blickt zur Brücke, über die die Fahrstraße die Talseite wechselt und sich unserem Fußweg nähert.

„Wir haben es nicht mehr weit", sage ich.

Eine Weile gehen wir schweigend nebeneinander.

„So lange kennt ihr euch also schon, seit diesem Fakultätsball, erstaunlich", stellt Felicia fest, als wir die Stelle erreicht haben, wo sich Fahrstraße und Fußweg treffen. „Wirklich erstaunlich", wiederholt sie.

„Was ist daran erstaunlich?“, frage ich.

„Da bin ich aber ziemlich spät angekommen“, sagt sie.

„Ja, Felicia, das stimmt wirklich“, antworte ich ihr. „Aber es ist im Leben oft so, dass man auf die ganz großen, auf die besonders schönen Geschenke sehr lange warten muss.“

Felicia fasst nach meiner Hand und hält sie fest, bis wir am Hotelrestaurant angelangt sind.

„Wir haben es geschafft, wir sind als erste da. Papa, wir sind wirklich gut“, sagt Felicia und zieht mich zu einer Bank, die im Schatten des vorderen Gebäudes steht.

Julie ist dann außer sich vor Freude, sie kann es kaum erwarten, dass Robert sie herunterhebt.

„Wie war der Weg, war er sehr beschwerlich?“, will Robert wissen.

Felicia kann nicht antworten, sie ist mit Julie beschäftigt, deshalb sage ich: „Nein, der Weg war genau das, was wir uns als noch nicht ganz hochgebirgserfahrene Wanderer gewünscht hatten.“

„Na also, dann war unsere Planung doch richtig“, sagt Robert und bleibt mit hochgestreckten Armen stehen, wie ein Dirigent, der nach einem besonders gelungenen Stück nun die Mitglieder seines Orchesters bittet, sich zu erheben, um die Beifallsovationen entgegen zu nehmen. Doch das Publikum fehlt oder mag nicht applaudieren, so dass sich Robert entschließt, seine Hände in Brusthöhe zu positionieren, wie man es von Lehrern kennt, die ihre Weisheiten den Schülern zu Gehör bringen wollen.

„Also hat Hermann Hesse recht“, doziert Robert, „wenn er feststellt, dass das Oberengadin den Vorteil hat, so hoch zu liegen, dass man kaum zu steigen braucht, um sich der prickelnden Frische des Klimas und rundum der schönsten Gänge und Ausblicke erfreuen zu können.“

„So ist es wirklich“, stimme ich zu.

Robert nickt zufrieden, geht zum Kutschenchef, der vorn bei den Pferden steht, und redet mit ihm.

Felicia stößt mich an und sagt vertraulich: „Onkel Robert kennt ihn, von früher her, so lange besitzt der nämlich schon diese Fuhrhalterei, die hat er von seinem Vater geerbt, und er hat den gleichen Vornamen wie du, Peter, obwohl er etliche Jahre älter ist als du, aber der Name hält sich wohl durch die Jahrhunderte, weil er vielen Menschen gefällt."

Ich komme nicht dazu, ihr einige berühmte Männer zu nennen, die den gleichen Vornamen besitzen. Robert ist zurück, er klatscht in die Hände, sagt in liebenswürdiger Art: „Ich wäre euch dankbar, wenn ihr wieder aufsteigen würdet, dann könnten wir unser Programm planmäßig fortsetzen, wir werden noch ein Stück in Richtung Gletscher fahren."

„Damit Mama nicht laufen muss", raunt mir Felicia zu.

Später, als wir wieder ausgestiegen sind, beginnt Robert mit seinen Erläuterungen, doch mir scheint, sie sind eigentlich nur für Felicia bestimmt.

Soweit ich sehe, hört unsere Tochter interessiert zu, so wie sie gern ihrem Großvater zuhört, wenn er ihr etwas erzählt, um das sie ihn gebeten hat oder von dem er glaubt, dass sie es unbedingt wissen sollte, weil es für ihr weiteres Leben nützlich sein könnte.

Ich höre, wie Robert sie fragt, ob sie einmal da hinaufsteigen möchte.

Sie müsse vorher allerdings noch intensiv üben und benötige außerdem einen erfahrenen Bergführer, antwortet sie ihm. Angst davor habe sie nicht.

Dann sehe ich, wie Irene die Hand auf Felicias Schulter legt und ihr etwas zuflüstert, das ich nicht verstehen kann, wir sind gut zehn Meter voneinander entfernt. Sie nicken beide und lachen, sie scheinen einer Meinung zu sein. Vermutlich haben sie ein Thema gefunden, über das es sich in einem leisen, vertraulichen Ton weiterzureden lohnt und das ihre Sinne ausfüllt und sie daran hindert, auf das zu achten, was um sie herum geschieht, ob die anderen Wanderer mit einem Blick von hier aus zum Gletscher und zu den aufragenden Gipfeln zufrieden sind oder ob sie sich anschicken, den Rest der Strecke noch zurückzulegen, um zu

Hause berichten zu können, das Eis in seiner Beschaffenheit erkundet zu haben. Ich glaube, selbst wenn ich mich den gletscherbesessenen Wanderern angeschlossen hätte, Irene und Felicia würden meine Abwesenheit erst dann bemerken, wenn Robert sein Kommando zum Aufbruch geben würde.

Es ist folglich keineswegs anzunehmen, dass sie bemerken, wie ich sie beobachte, wie ich mit einer Aufmerksamkeit nach ihnen schaue, als hätte ich dazu einen Auftrag erhalten, als müsste ich jede ihrer Bewegungen, jedes Mienenspiel aufs genaueste registrieren, um erneut zu der Einschätzung zu gelangen, dass Felicia ihrer Mutter immer ähnlicher wird.

Mit Irene habe ich darüber noch nicht gesprochen. Sie würde mich vielleicht sofort fragen, ob mir nie ihre strengeren Gesichtszüge aufgefallen wären, über diese weichen, anmutigen Linien, die sie bei unserer Tochter bewundere, hätte sie nie verfügt, bei ihr wäre immer eine gewisse Härte festzustellen gewesen, nicht so bei Felicia, das müsste doch auch mir sichtbar geworden sein. Und dann die Falten und Fältchen, die sich immer tiefer in ihre Haut eingraben würden, und dazu noch die jedem ins Auge fallende Narbe, vergleichen könne man da überhaupt nichts mehr.

Ich weiß, ich würde in dem Moment zu lachen anfangen und ihr beteuern, dass ich sie kaum so begehrt hätte, wäre da nicht dieses anmutige Gesicht gewesen und diese ganze beeindruckende Erscheinung mit dem wippenden blonden Pferdeschwanz.

Robert klatscht in die Hände und schreckt mich auf.

„Es wird Zeit, dass wir zurückfahren“, ruft er. „Habt ihr etwa keinen Hunger?“

Zum Mittagessen sitzen wir im Restaurant auf der Sonnenseite.

Felicia entscheidet sich für Bündner Gerstensuppe. Ich flüstere ihr ins Ohr, dass ich in ihrem Alter die Graupensuppe, die meine Großmutter ziemlich oft gekocht hat, nicht ausstehen konnte.

Felicia lacht darüber, und ich sage: „Vonderlindchen, ich hoffe, du bereust es nicht, denn wenn man dir die Suppe erst serviert hat, dann musst du sie auch essen."

Mich trifft Irenes Blick, aber sie sagt nichts. Ich weiß, dass sie es nicht gern hört, wenn ich unsere Tochter mit diesem Namen anrede, und meistens werde ich von ihr auch kritisiert, obwohl ich davon überzeugt bin, dass Felicia nichts dagegen hat, wenn ich sie so nenne.

„Bündner Gerstensuppe", sagt Felicia überlegen, „das ist doch wohl etwas ganz anderes als die Graupensuppe, die deine Großmutter gekocht hat."

Und sie bleibt bei der Gerstensuppe und dazu ein großes Käsebrot. „Ja, einen hiesigen würzigen Bergkäse", betont sie auf die Nachfrage der Serviererin.

Irene und ich entscheiden uns für Gemüse-Rouladen mit Bündner Bergkäse, Robert und Irma für Hirtenmakronen.

Felicia ist von der Gerstensuppe begeistert. Und während sie genüsslich isst, füttert sie unauffällig Julie, die artig unter dem Tisch liegt, mit Käsebrothappen.

Robert überredet uns nach dem Mittagessen, noch die Bündner Nusstorte zu probieren. Die sei einmalig, versichert er uns.

Später schlägt er Felicia vor, zwei Wochen länger hierzubleiben, sie habe schließlich Ferien. Gemeinsam könnten sie den Aufstieg auf den Schafberg zur Segantini-Hütte in Angriff nehmen und, wenn sie es wolle, auch das Museum in St. Moritz besuchen, sie interessiere sich doch für die Malerei des Meisters.

„Das planen wir für nächstes Jahr", sage ich darauf. „Da brauchen wir auch wieder ein interessantes Programm."

„Gut, dann belassen wir es dabei“, meint Robert. Und gleich danach sagt er: „Ich glaube, die Kutsche steht schon für uns bereit.“

Als alle aufstehen, frage ich Felicia: „Oder wollen wir wieder laufen?“

„Papa“, antwortet mir Felicia, „du weißt doch, es ist weit bis Pontresina.“

„Sie hat Recht“, pflichtet ihr Irma bei. „Und du müsstest es mittlerweile auch wissen, wie weit es bis Pontresina ist, denn sonst wärest du doch schon viel früher hierher gereist.“

„Ach“, sagt Robert, „in Gedanken waren wir schon vor etlichen Jahren einmal hier.“

„Ja, aber leider nur in Gedanken“, sage ich. „In der Realität allerdings, da waren wir in Lübenow. Und Pontresina lag weit weg im Nebel.“

Felicia hat die Kutsche bestiegen, und ich hebe Julie zu ihr hinauf. Dann gehe ich auf die andere Seite, um Irene zu helfen.

„Habt ihr auch noch Platz für mich?“, frage ich.

„Komm hoch“, sagt Felicia. „Zwischen uns ist immer Platz für dich.“

Robert und Irma sitzen in der vorderen Reihe, rechts neben dem Gespannführer oder, wie ihn Felicia nennt, unserem Kutschenchef, der auch Peter heißt.

„Alles klar?“, fragt Robert und wendet sich nach uns um.

„Alles klar“, bestätige ich ihm, während Felicia dicht an meinem Ohr zu summen beginnt.

„Die Melodie könnte es gewesen sein, aber ganz sicher bin ich mir nicht“, sage ich zu ihr.

Sie unterbricht ihr Summen, schaut mich lächelnd an und sagt: „Ich glaube, du hast mir doch noch nicht alles erzählt.“

„Fast alles“, erwidere ich.

„Und den Rest, erzählst du mir den auch noch? Oder, du schreibst alles für mich auf, was noch besser wäre.“

„Ich werde es mir überlegen“, sage ich.

„Habt ihr Geheimnisse?“, fragt Irene.

„Eigentlich nicht, höchstens ganz kleine“, sagt Felicia.

Kaum merklich hat sich unsere Kutsche in Bewegung gesetzt.

Die Pferde kennen den Weg, sie gehen ihren gewohnten unaufgeregten Schritt. Und die Kommandos von ihrem Dienstherrn sind für sie lediglich Bestätigungen ihres eigenen Programms oder die Freigabe für etwas, das längst zu ihrer Absicht gehört, den Weg zurück im angemessenen Tempo zu absolvieren, um hernach den Stall mit der gefüllten Krippe aufzusuchen.

Auch unsere Hündin hat es geschafft, den Platz zu finden, den sie mag, auf der Sitzbank neben Felicia, in einer Mulde, die aus Decken geformt ist und von der Seitenlehne geschützt wird. Sie liebt es, so nah bei Felicia zu liegen, dazu die Decke und die sanfte Handberührung auf ihrem Rücken. Aber der Kopf muss frei bleiben.

Wir sind noch nicht lange unterwegs, eine knappe halbe Stunde vielleicht, als mich die Vorstellung überkommt, jemand sei dabei, eine gewaltige dunkle Decke über uns auszubreiten. Ich vermute zuerst, es handelt sich um den Schatten der Bergwand, an der wir gerade entlangfahren. Doch als ich aufblicke, entdecke ich die dichte Wolkenwand, die das Tal überzogen hat, so dass sich die Lichtverhältnisse derart beunruhigend verändert haben.

Ich nehme meine Sonnenbrille ab, die ich vor unserer Abfahrt aufgesetzt habe, als es über uns noch diesen zarten blauen Himmel gab. Aber ich empfinde kaum eine Aufhellung.

Einen Moment warte ich noch, dann stoße ich Robert an und frage ihn, ob es etwa gleich regnen werde, er kenne sich doch wohl ein wenig aus in dieser Gegend.

„Möglich ist das schon“, antwortet er mir.

Daraufhin dreht sich der Kutschenchef um und sagt: „Es wird erst gegen Abend regnen, nicht früher, keine Angst, wenn überhaupt, dann gegen Abend, bestimmt nicht vor halb sechs, da sind wir längst im Dorf."

„Ja", sagt Felicia, „wir werden voraussichtlich um fünf in Pontresina sein, wir haben eben gut geplant."

Jetzt muss ich über sie lächeln, weil sie so gern diesen Satz von der guten Planung gebraucht, den ihr Großvater oft verwendet. Und während ich ihr anerkennend zunicke, blickt sich der alte Peter, unser erfahrener Kutschenchef, erneut nach uns um, als sei ihm gerade noch etwas Wichtiges eingefallen, das sich lohnt, uns mitgeteilt zu werden.

„Vertraut immer darauf", rät er uns, „dass die Wolken irgendwann die Sonne wieder freigeben müssen. Wenn ihr darauf vertraut, lässt es sich leichter über manches Ungemach hinwegtrösten. Nicht über alles, aber über vieles. Und wenn ihr heute beim Nachtessen über die Fahrt ins Val Roseg reden werdet, dann darf es doch ruhig regnen, euch wird das in der Stube nicht stören."

Er wartet nicht unsere Zustimmung ab, er wendet sich nach vorn seinen Pferden zu.

Ich spüre, wie sich Irene und Felicia fest an mich schmiegen.

Ich rechne damit, bald an meinem Ohr wieder diese Melodie zu hören, die selbst beim leisen Summen dafür sorgt, dass nichts vergessen wird, dass immerfort die Gefühle und Erinnerungen bleiben werden, die aufrichten, stärken und Mut machen.

Alles erlebe ich neu.

Und ich denke: Es ist wirklich angenehm, den langen Weg bis ins Dorf mit der Kutsche zu fahren.

***

Rolf Helmboldt

Der Autor (Jg. 1937) wurde in Bretleben (Thüringen) geboren und ist aufgewachsen auf einem kleinen Bauernhof.
Er besuchte die Oberschule (Gymnasium) in Bad Frankenhausen (Kyffhäuser). Von 1956 bis 1962 studierte er Landwirtschaftswissenschaften an der Friedrich-Schiller-Universität in Jena mit dem Abschluss Diplom-Landwirt. Während des Studiums heiratete er eine seiner Kommilitoninnen.

Es folgte ein staatlich gelenkter beruflicher Einsatz im Norden der DDR, zunächst als Agronom, danach als Produktionsleiter in einem Volkseigenem Gut (VEG).

Er wurde zum Geschäftsführer eines Bezirksverbandes berufen, später gewählt zum Geschäftsführer des Landesverbandes Mecklenburg-Vorpommern der Deutschen Agrarwissenschaftlichen Gesellschaft.
Nach der Auflösung des Landesverbandes war er als Sonderbeauftragter für die Landwirtschaft bei einem Versicherungsunternehmen tätig.

Er lebt mit seiner Familie in Schwerin.

AUS DEM AKTUELLEN VERLAGSPROGRAMM

www.anthea-verlag.de

Karola Beck
Verwischte Spuren
Eine Berliner Novelle
Broschur, 14,8, x 21,0 cm
102 Seiten, 9,90 €
ISBN 978-3-89998-266-4

Zum Buch

Es ist eine Reise in die Vergangenheit, als Isa nach dem Fall der Mauer 1989 in der Absicht Aufklärung über den Tod ihres Bruders zu erlangen, nach Berlin fährt.
Die vertrauten Straßen der Kindheit wecken Erinnerungen. Und statt die Stasi-Unterlagen-Behörde in Berlin aufzusuchen, folgt sie einem inneren Wegweiser, der sie schließlich mit ihrem totgeglaubten Sohn zusammenführt. Von der 25 Jahre zurückliegenden Zwangsadoption ihres Kindes in der DDR weiß sie nichts, da man ihr nach der Entbindung sagte, dass sie eine Fehlgeburt gehabt hätte. Schließlich steht Isa vor einem Rätsel, als sich nach langer Zeit unverhofft ihre Wege kreuzen …

Florian Wolf-Roskosch
Orpheus in Prag
Reiseerzählungen und Gedichte
Broschur, 12,0 x 19,0 cm
184 Seiten, mit Abbildungen, 9,90 €
ISBN 978-3-943583-57-1

Zum Buch

Kommen Sie mit auf eine Reise durch Europa, an seine Küsten, seine Grenzen und darüber hinaus! Begleiten Sie Orpheus durch die alten Städte Mitteleuropas, durch Prag, Krakau und Breslau, durch ihre Geschichte und Kultur! Tauchen Sie ein in das südliche Lebensgefühl Marseilles, in die antiken Landschaften und poetischen Echokammern des Mittelmeers, bis hinauf an die Küsten der Ostsee. Diese Reisen beginnen am Tag und enden oft in der Nacht, im Traum, in der Halluzination. Seien Sie dabei, wenn sich die Schatten der Kiefern und Platanen mit dem Rauschen des Meeres zu einer dunklen Sinfonie verbinden. Der nächste Morgen wartet mit Licht und neuer Hoffnung.

Anant Kumar
Ostdeutschland ist Vielfalt
Essays – Reportagen – Gedichte
Broschur, 14,8 x 21,0 cm
mit Abbildungen, 172 Seiten, 14,90 €
ISBN 978-3-943583-19-9

Zum Buch

Anant Kumar, der indische Autor deutscher Zunge, bezeichnet Kassel als seine Wahlheimat. Die vorliegenden Texte aus den letzten zwei Jahrzehnten befassen sich vordergründig mit kulturellen, historischen, interkulturellen und vor allem ästhetischen Ereignissen in den Regionen Thüringen, Sachsen, Sachsen-Anhalt, Brandenburg und Mecklenburg-Vorpommern in unterschiedlichsten schöpferischen Ausgestaltungen. Sie sind reflektierende Beobachtungen, Betrachtungen und Einmischungen.

Heidrun Fritzsche
Winterblues
Lyrik
Broschur, 12,0 x 21,0 cm
74 Seiten, 7,90 €
ISBN 978-3-89998-280-0

Zum Buch

"In den nachfolgenden Gedichten nehme ich Bezug auf Ereignisse in meinem Leben, die mich unmittelbar betroffen und berührt haben. Zu diesen Ereignissen zählt unter anderem die Teilnahme von hunderttausenden Menschen an der Demonstration am 4. November 1989 in Ost-Berlin, sowie die anschließenden gesellschaftlichen Entwicklungen in Ost- und Westdeutschland.
Die Folgen des Mauerfalls betrafen auch meine Familie direkt. Der Verlust der bisherigen Arbeit, persönliche Einstellungen zum neuen politischen Gesellschaftssystem und der Zwang sich neu zu orientieren, stellten mich vor sehr persönliche Fragen, aber auch Hoffnungen für die Zukunft."

Heidrun Fritzsche

Unsere BÜCHERSTUBE

im LESSINGHAUS in Berlin

Nikolaikirchplatz. 7, 10178 Berlin

(Nikolaiviertel, Nähe S-Bf. Alexanderplatz)

Öffnungszeiten

Mo – Sa 13.00 – 18.00 Uhr

Wir bieten Ihnen Bücher, DVDs und CDs
zu den folgenden Themen an:
Osteuropa, Berlin und Deutsche Aufklärung
des 18. Jahrhunderts sowie
geisteswissenschaftliche Fachliteratur.

www.anthea-verlagsgruppe.de